시대의 말 욕망의 문장

■ 이 도서의 국립중앙도서관 출판예정도서목록(CIP)은
서지정보유통지원시스템 홈페이지(http://seoji.nl.go.kr)와
국가자료공동목록시스템(http://www.nl.go.kr/kolisnet)에서 이용하실 수 있습니다.
(CIP제어번호: CIP2014030563)

# 시대의 말 욕망의 문장

123편 잡지 창간사로 읽는 한국 현대 문화사

천정환

마음산책

# 시대의 말
# 욕망의 문장

123편 잡지 창간사로 읽는 한국 현대 문화사

1판 1쇄 인쇄  2014년  10월 25일
1판 1쇄 발행  2014년  11월  1일

지은이 | 천정환
펴낸이 | 정은숙
펴낸곳 | 마음산책

편집 | 이승학 · 최해경 · 박지영    디자인 | 이수연 · 이혜진
마케팅 | 권혁준 · 곽민혜    경영지원 | 이현경

등록 | 2000년 7월 28일(제13-653호)
주소 | (우 121-840) 서울시 마포구 잔다리로 3안길 20(서교동 395-114)
전화 | 대표 362-1452 편집 362-1451    팩스 | 362-1455
홈페이지 | http://www.maumsan.com
블로그 | maumsanchaek.blog.me
트위터 | http://twitter.com/maumsanchaek
페이스북 | http://www.facebook.com/maumsanchaek
전자우편 | maum@maumsan.com

ISBN 978-89-6090-206-0 93810

영원한 플랫폼이나 '매개'(미디어)는 없다.
그것은 미디어 역사, 나아가 문화사의 법칙이다.
그러니 '잡지스러운 것'도 끝없이
모양을 바꾸고 다른 '매개화'를 겪을 것이다.
그 작용은 인간의 언어와 교통이 있는 한 영원할 것이다.

1   이 책에 실린 창간사는 띄어쓰기와 숫자 표기 등 일부 사항을 제외하고 오자와 탈자, 맞춤법
    을 원문대로 옮겼다. 단, 세로쓰기는 가로쓰기로 바꾸고 문장부호를 일부 수정했으며, 필요한
    경우 구두점을 추가했다. 자료 상태가 좋지 않아 판독이 어렵거나 불가능한 글자는 '○' 기호
    로 표시했고, 한자는 한글 독음으로 옮긴 뒤 필요한 경우에만 선택적으로 병기했다. 그 밖에
    원문과 관련해서는 그때그때 각주를 달았다.

2   창간사는 창간호(또는 속간·복간호) 발행일순으로 실었다. 단, 내용상 예외적으로 〈사진예
    술〉(1989)은 1990년대 창간사 모음 맨 앞에, 〈시대와 철학〉(1990)은 1980년대 창간사 모
    음 맨 뒤에 수록했다. 일부 잡지는 원래 창간사가 없어서 판단에 따라 편집후기나 창간 축
    사 등을 실었다.

3   창간사의 서지 정보는 각 판권면을 참조하되 불충분한 경우 국립중앙도서관 및 국
    회도서관의 서지 정보와 한국민족문화대백과, 두산백과, 국어국문학자료사전 등을
    참조해 작성하였다.

4   외국 인명·지명·작품명 등은 외래어표기법에 따라 표기하되 창간사에서 언급된 것들은 원
    문 표기를 살렸다.

5   저자의 주석은 권미로 몰고 본문에 색깔로 숫자를 달았다. 경우에 따라서는 본문 글줄 상단
    에 맞춰 각주를 달았다.

6   잡지, 신문 등 연속간행물과 영화, 노래, 텔레비전 프로그램 등의 제목은 〈  〉로, 편명은 「  」
    로, 단행본의 제목은 『  』로 묶었다.

# 잡지 창간 정신과 창간사의 문화

## 잡지와 구텐베르크의 은하

이 책은 1945년 해방부터 2000년대까지 나온 우리 잡지의 창간사 중에서 읽을 만한 가치가 있다고 생각되는 글들을 묶어 모으고, 그에 대한 해설을 덧붙인 책이다. 말하자면 '창간사로 읽는 한국 현대 문화사'쯤 되겠다.

잡지의 역사를 파악하기란 무척 어려운 일이었다. 혼자 감당하기 힘든 무모한 작업을 하게 된 것을 여러 번 후회하지 않을 수 없었다. 무엇보다 잡지라는 매체 자체의 특성 때문이다. 잡지는 그 발간 주체의 형성이 상대적으로 쉽고, 유통 네트워크와 독자의 확보도 상대적으로 용이하다. 신문과 비교해보면 이런 점이 더 분명해진다. 잡지는 신문과 달리 단지 몇 명의 동인들만으로도 발간할 수 있고, 또 최소한의 수익과 최소한의 독자와의 피드백만 있으면 재생산이 가능한 매체다. 지적으로나 매체 문제에 있어서의 '아마추어'들도 얼마든지 잡지를 만들 수 있다. 그래서 잡지는 명멸明滅과 부침浮沈이 매우 심하다. 얼마나 많은 잡지가 언제 나타났다 사라져갔는지 파악하기 실로 어렵다는 말이다.

또한 잡지는 미시적으로 분화하여 전개되는 사회세계 각 영역의 작고도 전문적인 혹은 공동체적인 요구와 이해를 반영하는 매체다. 이 또한

7

잡지 문화의 전모를 파악하기 어렵게 만든다. 이를테면 배구를 통해 교양을 전파하고자 한 〈배구계〉(1969), 영화감독 지망생들을 위한 〈조감독〉(1981), 풍수와 관상 전문 〈역학〉(1991) 같은 잡지들이 있었다. 지금도 〈월간 유아〉〈월간 우등생〉〈월간 암〉〈월간 사인문화〉뿐 아니라, 전문적 직업인들을 위한 〈월간 축산〉〈월간 양계〉〈월간 배관기술〉〈전자부품〉〈월간 버섯〉 같은 잡지들이 발간되고 있다.

실로 '구텐베르크의 은하'의 성좌 중 잡지가 이룬 별里 무리가 많다. 종류 자체도 무척 다양하다. 흔히 잡지를 얼마나 자주 내느냐에 따라 주간, 월간, 계간, 반년간 등으로 나눈다. 또 내용이나 대상 독자별로 '종합·대중·생활·여성·어린이·문예·취미' 잡지 등으로 나눈다. 한국잡지협회는 31종, 한국잡지연구소는 27종의 잡지가 있다고 범주화한 바 있다.[1]

잡지 종류 자체가 시대에 따라 변화한다. 잡지 또한 '시대의 매체'이기 때문이다. 종합지나 지식인 잡지만 그러한 것은 아니다. 시대별로 문화의 상황을 반영하는 종류의 잡지도 있다. 이를테면 20세기 초 한국에는 '하이틴'을 위한 잡지가 따로 없었다. 어린이를 위한 잡지도 있었고 '학생'이란 존재도 물론 있었지만, '청소년'이라는 범주의 주체는 미처 '발견'되지 않았기 때문이다. 그러나 지금은 여러 종류의 청소년 잡지가 있다. 1980년대에는 다른 시대에는 거의 없던 무크지가 무수히 발행되고 노동자(계급) 교양을 위한 잡지도 새로 생겨났다. 전두환 정권의 언론 정책과 '운동'의 필요 때문이었다. 또한 근대 초기부터 여성지는 늘 있었지만, 다양하고 화려한 글로벌 출판 자본이 만든 '라이선스' 잡지가 본격적으로 독자들을 끌어들이게 된 건 1990년대 이후다. 또한 오늘날 한국에는 지식인 잡지, 담론 잡지는 줄어들었는데 대신 학술지는 크게 늘어났다.

잡지의 역사를 근저에서 결정하고 또한 개별 잡지들의 명멸·성쇠를 좌지우지하는 것은, 무엇보다 해당 시대의 출판자본주의다. 잡지는 광고나 후원 그리고 구독과 판매에 의해 재원을 조달해야 한다. 잡지 광고의 특징은 매체의 특징과 조응한다. 신문이나 방송에 비해 잡지는 반복해서 읽히는 경향이 있고, 목적의식이 좀 더 분명한 특정 계층 독자들이 구독한다. 상대적으로 잡지 독자는 구매력이나 지적 수준도 높은 경우가 많다. 그리고 잡지 광고는 비교적 상품에 대한 정보 제시나 재현이 쉽고 다양하다.[2] 그런데 광고가 하나도 실리지 않는 잡지들도 있다. 그렇다면? 이나라의 성인치고 잡지 구독을 애원 또는 강권하는 요청을 받아보지 않은 사람은 거의 없을 것이다. 그러니까 그런 애원이나 요청은 한국 잡지 문화사의 가장 중요한 '하부구조'인지도 모르겠다.

물론 이외에도 잡지사史를 결정하는 요소들은 많다. 여기서 일일이 다 논의할 수는 없으나, '구조와 주체'로 나누어 생각하면 전자는 미디어 문화 및 문자문화의 상황일 것이다. 그 속에는 미디어 테크놀로지와 미디어 복합의 문제가 포함된다. 한국 현대 문화사는 다수의 대중이 '낫 놓고 기역 자도 모르는' 문맹자이던 과거로부터 세계에서 가장 앞선 기술로 만든 스마트폰 사용자가 된 현재까지, 드라마틱한 압축적 성장과 변화를 겪어왔다. 한편 잡지 문화 '주체'의 가장 중요한 요소는 대중과 국가다. 앞의 계층구조와 대중지성의 상황이 잡지 읽기 문화를 결정한다. 잡지는 다른 매체보다 더 선명히 계층 문화와 취향의 차이를 반영한다. 그리고 한국에서는 권력의 언론·출판 정책과 검열 제도가 잡지의 운명과 잡지 창간의 문화적 양상도 결정해왔다. 근대 잡지가 처음 출현하던 때부터 지금까지 계속 그렇다.


### 왜 창간사인가?—창간 정신과 창간 주체

나는 두어 번 잡지 창간 작업에 참여해보았다. 신문보다는 쉽다 했지만 잡지를 창간한다는 것은 결코 쉬운 일이 아니었다. 없던 뭔가를 새로 만들고, 새로운 일을 함께 도모하고 시작하는 데 필요한 그 모든 섬세한 생각과, 과감하고 부지런한 실행이 필요했다. 또한 실패에 대한 두려움을 이겨낼 자신감과 신념, 자주 만나고 뜻을 나눌 다정하고 든든한 친구들, 그리고 돈! 돈이 필요했다. 즉, 잡지 창간은 조직과 실행 그리고 자금과 이념이 다 필요한 일종의 '창조'였다.

그렇게 사람과 돈을 모으는 어려운 일을 다 겪고 난 뒤에 닥치는 재밌는 일 하나가 잡지 제호를 정하고 창간사를 쓰는 일이었다. 뭔가 각오하고 새로 시작하는 마당이니 어찌 흉중의 말들이 꿈틀거리지 않겠는가.

잡지의 제호와 창간사에는 그 잡지의 발행인이나 편집위원 또는 동인들이 시대와 사회를 어떻게 보는지, 또 '왜' 그 잡지를 창간(해야) 하는지에 대한 생각이 집약된다. 이를테면 1955년에 나온 〈현대문학〉은 왜 '현대'를 앞장세웠을까? 또 1990년대 중반에 나온 〈씨네21〉과 〈한겨레21〉은 왜 '21'을 달았을까? 이 잡지들의 제목은 상징적이고도 시의적절한 것이다. 다시는 아마 그때 그런 맥락의 '현대'와 '21'이 들어간 잡지가 만들어지지 않을 것이다.

잡지를 창간하는 일에는 세상을 바꾸고 싶다는 욕망, 자신의 생각을 세상에 퍼뜨리고 싶다는 욕망, 그리고 잡지를 중심으로 앎과 삶의 네트워크를 만들고 싶다는 욕망 같은 것이 관여한다. 이 욕망은 권력욕이나 인정 욕망과 다르지 않은 것이라고 할 수 있다. 특히 '먹물'에게 그렇다.

그래서 창간사에는 어떻게 세상을 '취재' '편집'해서 보여줄 것인지에 대한 창간 주체들의 방향이 천명된다. 고로 대개 창간사는 '선언'이다. 특히 지식인들이 만든 잡지의 창간사는 예나 지금이나 한결같다. 그들은 우리가 처한 '현재'는 전에 없던 '위기의 시기'라며, 따라서 '우리'는 지금 당장 '무엇을 할 것인가' 하는 물음을 묻는다고 엄숙히 말한다.

예를 들면 1963년 6월에 창간된 〈세대〉 창간사는 아예 "새 세대의 역사적 사명과 자각—획기적인 시대정신으로 세계 사조의 광장에 나아가자"라는 거창한 제목을 달고 있었고, 1970년 〈문학과지성〉의 창간사는

"이 시대의 병폐는 무엇인가? 무엇이 이 시대를 사는 한국인의 의식을 참담하게 만들고 있는가?"라는 심각한 의문문으로 시작된다. 그로부터 20년 뒤인 1991년에 창간된 〈사회평론〉은 첫 문장을 "오늘 우리는 매우 엄중한 시대적 도전에 직면해 있음을 자각한다"라고 한다. 비슷한 때 나온 〈녹색평론〉의 창간사는 이런 모든 의문들과 문제 제기에 답이라도 하듯, 다음과 같이 말한다.

> 그러면 어떻게 해야 하는가? 무엇보다 우리는 지금 닥친 위기가 민족 단위로서는 말할 것도 없고, 인류사 전체의 경험으로서도 미증유의 것이라는 것을 생각해야 하고, 그러니만큼 여기에 관한 한 어디에서 빌려올 수 있는 손쉬운 처방이 없다는 사실에 유의해야 한다.

창간사가 선언의 성격이 강할수록, 그 잡지는 인정 투쟁의 욕망이나 계몽성이 강하다고 보아도 될 듯하다. 이 책 1990년대 장에 실려 있는 페미니즘 잡지 〈페미니스트 저널 이프IF〉의 창간사를 보면, 창간사의 제목을 아예 '출사표'라 했다. 원래 『삼국지』에 나오는 제갈공명이 쓴 글이 '출사표'다. 늙어 죽어가는 공명이 마지막으로 큰 전투에 임하는 각오와 소회를 밝힌 글이다. 그러니 출사표라는 말 자체가 아주 '남성적'인 단어 아닌가? 이런 단어를 빌려 남성 중심 사회에 맞짱을 뜨고, 세상의 남녀를 페미니즘으로 계몽하겠다는 의지를 천하에 포고한 것이다. 바야흐로 1990년대 중반, 마르크스·레닌주의가 망한 자리, 페미니즘은 새로운 급진적 사회적 상상력으로서 세상을 바꾸고 있었던(싶었던) 것이다. 그런 상황을 이 창간사가 상징한다.

그러나 위기를 운위하며 현재의 역사적 좌표와 사회상을 말하는 것은 공통적이나 그 내용이나 필법은 조금씩 다르다. 1945~60년대까지의 잡지 창간사에서는 '사회와 민족의 공기公器가 되겠노라'는 다짐이 비교적 자주 보인다. 또 50년대 잡지의 창간사는 전쟁을, 60년대의 창간사들은 수난과 오욕에 찬 민족의 역사를 언급하는 경향이 눈에 띈다. 그러나 80, 90년대 지식인 잡지의 창간사들은 '전투'를 다짐하거나 한국 언론의 척박한 상황을 거론하는 경우가 많다.

창간사는 누가 쓰는가? 이는 잡지 창간과 운영의 주체 문제와 바로 맞닿아 있다. 첫째, 발행인이 쓰는 경우다. 발행인은 잡지의 재원을 조달하는 사람이나 출판사의 대표다. 잡지 '창간 정신'의 상징적 대표인 이들이 쓰는 경우 창간사의 내용이 상대적으로 소박하다. 발행인의 글솜씨나 언변은 지식인의 그것처럼 화려하진 않은 경우가 많다. 그래서 발행인 명의로 된 창간사 중에는 기실 편집진의 한 사람이 대신 쓰고, 발행인의 명의만 내세운 경우가 있다.

둘째는 편집인이나 동인의 대표 또는 편집위원회의 대표가 쓴 경우다. 이들은 잡지 창간과 운영의 이념과 기획을 주도하는 사람들이다. 그런 경우 창간사는 장황하고 또 비감해지는 경향이 허다하다. 실패가 두렵고, 돈과 사람 모으기가 쉽지 않기 때문이리라. 실제 잡지 운영에 있어서 애초에 창간에 의기투합했던 발행인과 편집진이 서로 갈등하는 경우도 허다하다. 그런 경우 잡지는 '창간 정신'에서 이탈하여 실패하는 확률이 높아진다.

셋째, '편집위원 일동' 혹은 '편집부' 등으로 표시하고 공동 집필한 경우다. 즉, 누군가 초를 잡고 다른 '동지'(≒동인)들이 가필·첨삭한 후 공동 명의로 창간사를 내는 것이다. 이런 창간사가 가장 '창간 정신'에 부합하는 것이라 볼 수 있다. 이런 경우 잡지 창간을 주도한 개인의 이름은 드러나지 않거나 아예 아무 명의 없이 창간사가 나오기도 한다. 하지만 그 경우에도 판권란이나 편집후기 등에 주체들의 이름은 대부분 나타난다.

이 책에 실린 창간사들의 집필자는 꽤 다양한 면면을 갖고 있다. 이런저런 동인들은 물론 출판사 대표들, 즉 정진숙, 김익달, 한창기, 박맹호 같은 한국 현대 출판문화사의 거성들, 함석헌, 김현, 조세희, 강만길 등 시대의 지성을 대표하는 여러 지식인과 문필가 들, 그리고 민주당 당수이자 대선 후보였던 조병옥, 박정희의 오른팔이자 중앙정보부장이었던 이후락, 이건희 삼성 회장의 장인이자 중앙일보사 회장이었던 홍진기 같은 정·재계의 거물들도 포함되어 있다. 그리고 또 한 사람, 하이패션을 사랑하고 외국어에 능통하며 혹자들에겐 파스칼처럼 아름다운 수필을 쓰는 것으로 돼 있는 최고의 '존엄'도 중요한 잡지의 창간사를 썼다. 이 책 어딘가에 있으니 확인해보시기 바란다.

그렇기에 이런 사정들을 모아 생각하면 잡지를 만들고 싶어 하지 않는 지식인은 지식인이 아니며 잡지를 갖고 싶어 하지 않는 출판인은 출판인이 아니라고 할 수 있다. 아니, 이제 모두 '아니었다'라고 과거형으로 말해야 한다. 21세기에 들며 지식인 문화와 잡지 문화는 몽땅 달라지고 있기 때문이다. 이를테면 이 책에 실린 지식인 잡지의 창간사들을 통해 우리나라 참여적 지성의 전통이 무엇이었던가를 알 수 있다. 저 해방기의 〈문학〉이나 〈대조〉로부터 1950~70년대의 〈사상계〉〈청맥〉〈창비〉〈씨올의 소리〉를 거쳐 80, 90년대의 잡지들도 그러하다. 그리고 오늘날 이 전통이 어떻게 망실되거나 다른 플랫폼으로 산개하고 있는지?


## 123편의 창간사 고르기

그렇게 창간사에는 당대의 현실과 잡지를 만든 당대 지식인·출판인·문화인들의 정신과 말이 담겨 있다. 물론 그 정신과 말은 당대의 현실과 상호작용하여 빚어진 것이라, 창간사에는 지성사와 문화사가 담긴 것이다. 그걸 한자리에서 보고 싶어 이 책을 만들었다. 그래서 우선 대한민국 사회·문화사를 나누는 보통의 시기 구분법에 따라 연대별로 나누고, 123편의 잡지를 골라 그 창간사 전문을 실었다. 창간사를 실을 잡지를 고르는 과정이 특히 어려웠다. 무엇보다 70년에 걸친 역사 속에 잡지가 너무 많고, 책의 지면이나 저자의 시야는 제한돼 있기 때문이다. 2년 넘게 나름 고심했으나 작업은 끝이 없었다. 자신의 출판사나 자기가 관여한 잡지가 빠진 분들도 너무 화를 내시지 않았으면 한다. 마음산책의 편집자들은 일일이 창간사를 원문대로 입력하고, 저자는 나름의 눈으로 선별한 잡지 창간사에 대해 해설하며 그 시대 문화정치의 맥락에 대해 이야기를 풀었다. 독자들께서는 관심이 생기는 잡지의 창간사는 반드시 스스로 읽어보시기 바란다. 각 부의 뒤쪽에 잡지 창간사를 실었다.

다음의 기준을 적용하여 창간사를 골랐다.

(1) 해당 시대의 지성과 문화적 상황, 또한 그에 대한 문제의식을 잘 보여줄 수 있다고 생각되는 중요한 잡지의 창간사

(2) 지속성을 갖고 발간되어 특정 분야뿐 아니라 다른 분야와 우리 문화사에 영향을 미친 잡지의 창간사

(3) 내용과 문장이 독특하고 아름다운 창간사

창간사 중에는 명문이 많다. 한창기 선생이 쓴 〈뿌리깊은 나무〉나 함석헌 선생이 쓴 〈씨올의 소리〉 창간사는 그 자체로 오래 두고 읽을 만한 시대의 문장이라 생각한다.

대신 아래와 같은 잡지들은 불가피하게 제외되었다.

(1) 창간호가 유실된 잡지

(2) 창간사가 시대의 특징이나 특별한 내용을 담지 못한 잡지

(3) 소수의 전문 직업인이나 연구자들만을 독자로 삼은 잡지와 학회지

〈월간 팝송〉은 (1)의 이유로 제외됐다. 〈월간 팝송〉 창간호를 가지고 계시는 분은 연락해주시기 바란다. (2)는 창간사의 언어와 내용이 지나치

게 소박한 경우고, (3)은 그 문화적 기능이 제한적인 경우다. 명멸한 많은 문예지들처럼, 잡지의 성격이나 창간사의 내용이 서로 비슷하고 '중복'된다고 보이는 경우도 제외했다.

예외적인 경우도 있다. 이를테면 지금도 한국에서 가장 중요한 잡지의 하나인 〈창작과비평〉의 경우는 창간사가 없다. 대신 30페이지가 넘는 권두 논문이 실려 있다. 다른 잡지들의 창간사는 평균 200자 원고지 10~20매 정도다. 이 논문은 문학·문화사를 전공하는 연구자들에게 자주 언급되는 중요한 글이지만 분량 때문에 부득이 제외할 수밖에 없었다. 여성 학자·문인이 모여 만든 〈또 하나의 문화〉에도 긴 창간 좌담이 실려 있어 싣기가 곤란했다.

잡지 자체는 중요하지만 창간사에는 특별한 내용이 없는 경우들도 있다. 특히 대중지 중에는 아예 창간사가 없는 경우가 적지 않다. 대중지는 지식인 잡지들처럼 목소리 높여 '위기'를 말한다든지 독자를 가르치려 들지 않는다. 그래서 창간사 없이 창간 경위를 편집후기를 통해 간단히 말하는 경우도 있다. 그런 편집후기도 대체로 목소리가 낮고, 글이 완결적이지도 않다. 저자 자신에게도 그렇지만, 〈새소년〉〈소년중앙〉〈어깨동무〉〈보물섬〉 같은 어린이 잡지가 우리들의 잡지 독자로서의 소양과 문화 의식 형성에 끼친 영향은 대단히 크다. 그러나 어린이 잡지 중에도 창간사가 없거나 매우 소박한 경우가 많았다.

이처럼 창간사가 없는 경우에도 시대의 징후와 문화를 보여주는 잡지의 편집후기 몇 편을 골라 싣거나, 잡지의 문화사적 위상에 대해서는 언급했다. 잡지 창간 축사나 축시가 흥미로운 경우에도 수록한 경우가 있다.


## 창간사의 역사와 잡지사—방법과 시각

잡지사와 문화사 그리고 정치사는 그 진행이 반드시 일치하지는 않는다.[3] 잡지사는 출판자본주의의 변동이나 문화사적 변화에 주로 영향받고, 정치사나 사회사적 변동은 간접적으로 그리고 조금 늦게 잡지사에 수렴된다. 이를테면 잡지사에서는, 6·25가 일어난 1950년이나 4·19혁명의 해였던 1960년보다 1955년이나 1964년이 더 중요하다고 할 수 있다. 출판계의 분위기가 확 바뀌고 새로 중요한 잡지가 많이 창간됐기 때문이다. 또한 어떤 잡지는 우리가 상식적으로 생각하는 시대상과 다른 시대에 태어나고 활약했다. 지금은 없어진, 한때 '황색 잡지'의 대표 격으로 간주됐으나 이제 문화사 연구자들에 의해 중요한 연구 대상으로 꼽히는 〈선데이서울〉은 언제 나왔을까? 인테리어, 요리법, 패션 같은 '라이프스타일'을 전문으로 다루는 〈행복이 가득한 집〉은 언제 창간됐을까? '새 밀레니엄'을 강하게 의식한 제목을 단 영화 잡지 〈씨네21〉은 언제 나왔을까? 이들은 모두 정치사나 사회운동의 시대와는 다른 시점時點에서, 정치가 삶의 전부는 아니라는 것을 증명하며 세상에 나왔다.

하지만 이 책에서는 가장 일반적인 정치사, 사회사, 문학사 등의 시기 구분법과 같이 해방기(1945~49), 1950년대, 1960년대 등 10년 단위로 잘랐다. 그래서 창간된 시기와 해당 잡지가 대표하는 시대가 일치하지는 않는 경우들이 있다. 하지만 10년 단위의 구분법이 아직도 한국 현대사의 '시대'를 이해하기에 가장 편하고 나름의 객관성도 지니고 있다고 생각한다.[4]

이 책은 잡지사이면서 동시에 '잡지 창간과 읽기'의 역사라서 지성사와 문화사에 걸친다. 잡지의 선별과 그 창간사를 중심에 둔 분석은, 잡지를 통해 지성사와 문화사를 그리기 위한 이 책의 방법 자체다. 잡지의 종류별 계보, 기사들 자체, 표지와 디자인 등을 통해서도 지성사나 문화사를 쓸 수 있을 것이다. 따라서 '창간사 중심'은 이 책의 한계로 작용할수도 있다. 잡지 창간의 역사와 잡지의 역사는 다른 것이고, 창간 문화 및 창간사의 역사와 잡지들의 역사 또한 일치하지는 않는다.

잡지의 세계에는 어떤 시대를 막론하고 시사지, 대중지, 오락지, 여성 잡지, 문학지, 지식인 잡지 등이 공존해왔다. 한 시대의 지성과 욕망을 표현하는 이들을 모두 함께 '상수常數'로 다루었다. 이 또한 책 고유의 문화사관이자 방법론과 유관한 것이다. 대중성의 내포와 대중지성의 상태가 역사적으로 어떻게 변천해왔는지를 잡지 문화를 통해 가늠할 수 있다. 그럼에도, 계간지나 지식인 담론지가 실제 대중 독자나 시장에 한 역할에 비해 이 책에서 상대적으로 더 크게 다뤄졌다고 느낄 수 있다. 창간사가 이 책을 잡지사의 '실제'로부터 조금 떼어서 담론의 역사나 지성사에 더 가깝게 하는 작용이 있기 때문이다.

모쪼록 70년에 걸친 한국 현대 잡지사와 문화사를 다루는 이 책이 잡지사와 문화사 연구의 자료나 자극제가 되고, 또한 잡지와 책을 좋아하는 서로 다른 세대 간의 소통에 작은 도움이 됐으면 하는 바람이다.

2014년 10월 연신내에서

천정환

# 1980년대 운동으로서의 잡지, 저항으로서의 독서

### "사상의 대중화를 위하여"

# 1990년대 문자문화의 마지막 전성과 '역사의 종언'

### "함께 꿈꾸세. 동상이몽이라도 좋으니. 그러면 세상은 달라질 거야"

〈사진예술〉|〈우리교육〉|〈핫 뮤직〉|〈좋은생각〉|〈시와 시학〉|〈오늘의 문예비평〉|〈사회평론〉|〈녹색평론〉|〈과학사상〉|〈문화과학〉|〈이론〉|〈상상〉|〈황해문화〉|〈한겨레21〉|〈문학동네〉|〈작은책〉|〈키노〉|〈씨네21〉|〈페이퍼〉|〈이매진〉|〈버전업〉|〈페미니스트 저널 이프〉|〈당대비평〉|〈삶이 보이는 창〉|〈인물과 사상〉|〈사진비평〉|〈진보평론〉|〈비평과 전망〉

## 2000년대 잡지 문화의 현재와 미래
### "세상을 바꾸는 시간이 더디고 더디게 올지라도"

## 해방과 잡지

—1945~1949년

"굶주린 독자여 맘껏 배불리 잡수시오"

# 연속과 불연속, 우리 문화사의 아르케

## 해방과 자유

1945년 12월에 창간된 월간지 〈백민〉의 창간사가 다시 출발한 한국 문화의 '근본적 배경'을 잘 요약하고 있다.[1]

> 지난 반세기 동안 우리는 횡포한 검열의 제재로 맘 놓고 잡지 편집을 할 수 없었으며 찍기우고 깍기워서 병신만을 내놓았든 것입니다.

즉, 한국에서 근대 잡지 문화가 시작된 이래, 아니 근대 문화와 공론 장이 형성된 이래 언제나 검열이라는 제도의 폭력이 있었다. 그래서 잡지도 마음껏 쓰고 온전히 만든 게 아니라 검열로 찢기고 깎인 "병신" 상태만 있었다는 것이다. 그러나 이제는 해방이다. 완전히 다르다. 이제 '자유'다. 일제가 물러감으로써 얻어진 자유다. 이 같은 자유의 상황은 몸과 먹는 것의 비유를 써 강렬하게 표현되기도 했다.

> 백민은 대중의 식탁입니다. 문화에 굼주린 독자여 맘껏 배블리 잡수시요 쓰는 것도 자유, 읽는 것도 자유, 모든 것이 자유해방이외다.

마음껏 먹고 마시고 자유를 구가할 것! 그것은 이민족 제국주의자의 압제에서 근 40년을 신음하던 조선인들이 누려야 할 것임에 분명했다.

실제로 1945년 8월, 조선 사람들이 해방의 감격에 들떠, 뒤는 생각하지 않고, 잔치를 벌이며 마음껏 흰쌀밥을 짓고 소를 잡아먹기도 했다.[2]

마음껏 먹고 마시듯 마음껏 읽고 쓸 것! 해방은 봉건 왕조에 이은 제국주의 통치, 그중에서도 마지막 8년간의 잔혹한 전시 동원 체제 뒤에 온 것이었기 때문에, 일거에 자유와 '민족'에의 뜨거운 열정을 전체 민중에게 가져다주었다. '광복'은 앎과 정보에 대한 통제와 문맹과 무지로부터의 해방을 의미하는 것이기도 했다. 대중적인 차원의 정치적·민족주의적 열정은 해방기의 문화 전반을 규정했다. 한글이 급격한 속도로 보급되고 '민족문화'와 정치 이념에 대한 관심이 동시에 꽃을 피웠다. 하지만 제약 조건도 많았다. 생활고와 빈곤이 만연해 있었고, 정치 정세가 급변하며 문화적 유동성도 컸다.


### 자유의 한계

자유는 언제나 우선은 말과 생각의 자유다. 그래서 많고도 다양한 매체가 새로 태어났다. 상상할 수 있는 모든 신문과 잡지가 창간됐다. 지금은 완전히 잊힌 〈해방일보〉〈자유신문〉〈신조선보〉뿐 아니라 〈동아일보〉〈조선일보〉〈한국일보〉〈경향신문〉 등 지금까지 한국 언론 문화를 끌어가는 신문들이 1945~46년 사이에 창간 또는 복간됐다. 잡지도 마찬가지여서 모든 분야에서 잡지가 새로 창간됐고, 일제강점기 때의 대표적인 잡지였던 〈개벽〉〈조광〉〈별나라〉 등도 복간됐다.[3]

하지만 무한히 누릴 수 있을 것 같던 자유의 상황은 그리 오래가지 못했다. 아니, 해방의 환희 전체가 곧 환멸과 증오로 바뀌게 되었다. 해방은 식민성의 재구조화, 그리고 동족상잔의 분단과 원점이기도 했기 때문이다. 마음껏 먹을 자유도 곧 배고픔으로 바뀌었고, 마음껏 쓰고 말할 자유도 곧 부활한 검열과 탄압에 의해 제한됐다.

해방의 여름이 지나고 찬바람이 불기 시작하자 좌우는 충돌하기 시작했다. 그리고 1945년 12월 UN 신탁통치안이 결정되자 충돌은 격렬해졌다. 반도 남쪽을 점령한 미국은 중립적인 자세를 버리고 좌익을 탄압했다. 1946년 5월 '정판사 위폐 사건'이 발생한 뒤 상황은 급격히 그리고 돌이킬 수 없이 나빠졌다. 〈대동신문〉〈해방일보〉가 정간 처분을 당했고, 5월 29일 미군정은 군정법령 제88호로 신문·정기간행물 허가제를 실시했다. 이 법령은 일면 일본 제국주의의 통제를 계승하고, 또 황당하게도 대한민국 건국 이후에도 한참 살아남아 언론 매체 억압의 법적 근거가 된다.

이로써 불과 9개월 만에, 언론과 표현의 자유는 다시 끝장난 셈이다. 이어 그해 9월 미군정은 〈조선인민보〉 등 여섯 개 일간지를 정간시키고 조선공산당을 불법 단체로 규정했다. 미군은 조선총독부 못지않은 검열 체제를 구축하여 모든 매체와 장삼이사가 쓰는 편지까지 검열했다.

따라서 고난에 찬 한국 언론·잡지사가 속개되는 셈이다. 종이 매체사 연구의 비조 중 한 사람인 김근수는 이 상황에 대해 '쿨'(?)하게 써두었다. "검열난·원고난·재정난" 등 일제강점기 때의 한국 잡지 문화의 '삼난三難'이 해방기에는 "용지난·인쇄난·재정난"이 된다고. 그래서 "계속 간행되고 내용도 알차고 편집도 참신하고 면수도 두두룩한 잡지다운 잡지는 흐린 하늘에 별같이 찾아보기 어려웠"다고. 잡지다운 잡지는 "고작해야 〈백민〉〈민성〉〈신천지〉〈문예〉 등을 손꼽을 정도"⁴라고. 이렇게 해방과 자유뿐 아니라 새로운 고난까지를 다 합쳐야 비로소 우리 잡지사·문화사의 아르케라 할 수 있는 것이겠다.

당대 가장 유명하고 '샤프'한 문필가라 할 이태준과 박치우가 각각 주간과 편집인을 맡은 〈현대일보〉(1946년 3월 25일 창간)라든가 조선문학가동맹의 기관지로서 중요한 문예지였던 〈문학〉(1946년 7월 창간), 임화, 이원조 같은 걸출한 문학평론가들이 참여해서 만든 〈신문예〉(1945년 12월 창간) 같은 잡지도 오래가지 못했다. 그뿐 아니라 〈문화창조〉〈여성문화〉〈인민〉

〈인민예술〉〈예술〉〈예술운동〉〈예술문화〉〈학병〉〈인민평론〉〈적성〉〈신문학〉 등도 1~4호 발간에 그쳤다. 대체로 진보적인 잡지들이었다. 좌우 대립과 미군정의 탄압 덕분에 버틸 수가 없었던 것이다.

# 가난과 균열

1946년 1월 1일 새해 첫날. 희망에 차 복간된 〈개벽〉도 민족의 '재생'을 보여주는 좋은 사례지만 오래 버틸 수 없었다. 알다시피 〈개벽〉은 한국 근대 잡지사를 대표하는 1920년대의 종합지였다. 〈개벽〉은 3·1운동 이후 급격하게 '근대'로 이행하던 당시의 사회, 문화, 정치 그리고 지성과 문학을 총괄적으로 보여주었다. 하지만 이 책에 수록한 복간사에서도 잘 말하고 있는바, 〈개벽〉은 일제에 의해 반복해서 정간과 압수를 당하다가 1926년 8월 72호를 끝으로 폐간당했다. 순종 인산과 6·10만세운동의 정세하에서였다. 천도교 측은 1934년 11월에 복간을 시도했으나 두 호밖에 더 내지 못했다.[5]

재생한 〈개벽〉의 복간사는 스스로 감격하였지만, "속간의 이야기를 떠나" 우선 급히 할 말이 있다 했다. 이 "말"이 1946년의 정세와 그에 대한 심경을 잘 보여준다. 통일 민주공화국의 건설이 점점 난망難忘해가고 있다는 것이다. 소련과 미국의 한반도 분할 점령이 어떤 결과를 가져올지, 도무지 희망보다 불안이 더 커지기 시작한 상황이다. "건국 삼 년이 망국 삼 년보다 더 어렵다"라는 속언이 회의와 불안을 요약한다.

복간 〈개벽〉 스스로의 전도도 순탄치 못했다. 〈개벽〉은 1920년대처럼 월간을 표방했으나 잡지는 띄엄띄엄 나왔다. 총독부의 정간과 압수 조치가 반복되던 식민지 시대보다 나은 게 없었다. 복간 2호는 3개월이 지난 후인 4월에야 나왔다. 인쇄를 맡은 한성도서주식회사에 불이 났기 때문이다. 그러고는 한동안 잡지가 아예 안 나왔다. 무려 1년 4개월 지난 뒤인 1947년 8월에야 복간 3호가 나왔다.

편집자는 복간 3호 편집후기에 그 사정을 울분에 찬 목소리로 적고 있다. 용지의 부족이 "드디어 문화의 위기를 양성하고 있"어 "민주개혁의 일익을 담당한 잡지와 서적이 간행 불능에 빠지고 반동 자본가의 손에서 나오는 일체의 퇴폐 문화의 산물이 가두에 범람하게 되려는 통탄할 현상"[6]이 나타나고 있다고 한다. 두 가지가 지적되고 있다. 잡지를 만들기 위한 종이가 계속 부족하다는 점, 그리고 그마저 제대로 분배되지 않고 있다는 것. 뭔가 제대로 된 잡지는 종이가 없어 찍질 못하는 판인데, "퇴폐 문화"는 가득 종이에 실려 거리를 덮고 있다는 것이다. 종이 분배는 어디까지나 미군 당국에 의해 통제된 일이었다.

마치 공기나 물처럼 종이를 세상에서 제일 흔한 물건처럼 여기는 오늘날의 우리는 전혀 경험하지 못하지만, 종이의 생산과 분배는 언제나 이 땅 출판문화의 중요한 물질적 변수였다. 책을 만들 만한 질 좋은 종이가 언제나 풍부했던 것도 아니고, 제지업이 종이 수요를 충분히 감당한 것도 아니었다. 어쩌면 한국 출판·언론계는 일제시대부터 1970년대 초까지 늘 종이 부족에 시달렸다고 하는 편이 더 정확하겠다.[7] 박정희 정권 때는 물론, 심지어 1990년대에도 신문 용지나 교과서 용지 수급에 실패한 상황이 있다.[8] '용지난'은 이제는 사어가 되다시피 한 말인데 옛 신문과 잡지에는 꽤 자주 '용지난'이라는 단어가 보인다.

그래서 이 땅의 지배 권력은 종이 공급을 언론·출판에 대한 통제 수단으로 이용했다. 1940년에 〈동아일보〉〈조선일보〉를 폐간시킨 조선총독부의 핑계도 '용지 부족'이었다. 물론 미군정도 용지 공급을 통제했고, 미군정 법령 제88호의 표면상 제정 명분도 용지 부족이었다. 반면 〈신천지〉〈민성〉 등이 비교적 안정적으로 발간될 수 있었던 것도 일제가 남긴 풍부한 재고 용지를 쓸 수 있었기 때문이다.[9]

전자책 같은 물건이 도저히 가질 수 없다는 책의 '물성物性'을 결정하는 것이 결국 종이 아니겠는가. 이 글을 읽는 젊은 독자들도 아마, 때로 '똥종이'라는 애칭(?)으로 불리는 갱지를 아실 터이다. 오늘날 중·고등학교에서도 비용을 적게 들이고자 가정통신문이나 시험지 따위를 갱지로 만든다 한다. 이런 갱지와 함께, '누런 봉투'나 포장용 종이로 주로 사용하는 선화지는 종이 세계의 최저 계급이라 할 수 있다. 그런데 해방기 잡지의 재료는 거개 이 갱지와 선화지였다.[10]

'손대면 톡', 아니 그냥 죽 찢어질 것 같은, 아니면 반대로 절대로 찢어지지 않을 것 같은 누렇고 거친, 너무 가볍거나 터무니없이 무겁고 불균질한 종잇장 위에 조악한 활자들이 박힌 잡지를 상상해보시라. 그리고 알고 있는 오늘날 잡지들의 종이 질을 떠올려보시라. 잡지는 어떤 종이로 만들어져야 할까? 대개 잡지는 단행본보다 더 좋고 비싸거나, 반대로 더 싸고 나쁜 용지를 사용해서 만든다. 해당 잡지 고유의 기능과 위상에 유관한 일이다. 여성지 그리고 미술·사진 관련 잡지는 전자에, 〈녹색평론〉 〈문화과학〉 같은 담론 잡지나 지식인 잡지는 후자에 속한다. 잡지 만들기에 쓰는 용지는 콘텐츠의 질감과 마케팅에도 중대한 영향을 미친다.

자전적 소설 『화두』(1994)에서 남북한과 미국을 두루 겪은 최인훈이 말한 대로, 종이 소비의 양과 인쇄·제본의 수준은 곧 문명 수준과 국력의 직접적인 지표였다. 1946~49년에는 남북한에서 다 신문이나 교과서 만들 종이마저 태부족이었다. 해방 조선은 가장 가난한 후진 '신생국'이었던 것이다. 해방기에서 1950년대 사이에 튼튼한 표지 장정에 빳빳하고 광채도 있는 좋은 종이로 만들어진 책들은 거의 미국의 지원으로 만들어진 책들이었다. 〈사상계〉도 그러했다.

## 좌우로 찢어진 '몽마르트'

어려운 상황이었지만 해방기에는 문예지의 발간도 활발했다. 그리고 김수영이 회고한 것처럼 문단에는 "짧은 시간이기는 했지만 가장 자유로웠던, 좌우의 구별 없던, 몽마르트 같은 분위기"[11]도 있었던 모양이다. 이 회고는 일종의 역설이다. 그 이후에 실로 참담한 반反몽마르트적인 상황이 있었기 때문에 나온 말일 것이기 때문이다. 사람들은 '좌우'로 나뉘고, 남북으로 갈려 흩어졌다. 증오가 사람들을 지배했다. 학살과 전쟁이 있었다. 물론 문단과 지식인 사회도 돌이킬 수 없이 갈라졌다.

해방되자마자 좌파는 중도까지를 아우르고 '민주주의혁명'으로 설득하며 큰 세를 형성했었다. 사실 양심적인 지식인과 문필가의 대다수가 좌파를 지지하거나 좌파로 귀착할 수밖에 없었다. 친일파와 '모리배'가 득세한 남한보다는 북한의 상황이 좀 더 나아 보이기도 했다.

1946년 7월 해방 공간의 가장 대표적인 문예지인 〈문학〉이 창간됐다. 조선문학가동맹의 기관지였는데, 이는 대표적 문화단체이자 좌익계 지식인의 단체였다. 이는 1945년 8월 18일 조직된 건설된 조선문학건설본부와 조선연극건설본부, 조선영화건설본부, 조선음악건설본부, 조선미술건설본부 등이 연합하여 조직한 조선문화건설중앙협의회라는 좌파 예술단체와 그 기관지인 〈문화전선〉(1945년 11월)의 후신이라 볼 수 있다.[12]

그러나 조선문학가동맹은 사실상 '중도'까지를 아우르고 있었다. 〈문학〉은 1930년대 순수문학을 추구하는 구인회의 좌장이었다가 해방기의 상황 속에서 좌파가 된 이태준을 창간 발행인으로 했다. 창간호엔 이태준, 안회남, 지하련, 김학철 등의 소설, 김기림, 권환, 오장환, 설정식, 박세영, 김광균, 이용악 등의 시, 그리고 임화, 김남천, 이원조, 한효 등의 평론이 실렸다. 즉, 식민지 시대 이래의 가장 대표적인 '조선 문인'들이 참가했던 것이다.

〈문학〉의 창간사에는 우리 근대사와 근대문학사에 대한 인식이 서두에 나와 흥미롭다. 민족문학과 근대국가 성립의 관계를 말하는 대목은 1970년대 민족문학론도 연상시킨다. 이의 논리적 귀결로서 "민족문학 건설 운동의 기본 강령"이 언표되어 있다. 그것은 "일, 봉건 잔재의 청산 / 일, 일제 잔재의 소탕 / 일, 국수주의의 배격"이었다. 아주 당연한 말들 같지만, 이는 매우 정치적인 구호로서 '8월테제'에 입각한 것이었다. 봉건 잔재의 청산은 사회주의로의 이행 이전에 부르주아 민주주의 혁명 단계가 필요하다는 상대적 점진론이자 남로당의 기본 노선이었고, '일제 잔재의 소탕'은 '반공' 뒤에 숨은 우파와 친일파와의 대결을 의미하는 것이었다. 그러나 김구를 위시한 우파 민족주의와도 거리를 두어야 했기 때문에 "국수주의의 배격"도 기본 강령 속에 포함됐다. 창간사도 자신의 민족주의와 국수주의가 어떻게 다른지를 논했다. 창간사는 이처럼 "민족문학의 수립"을 위한 현실적이고 논리적인 조건들을 검토하고 있는데, 말하자면 민족문학론은 8월테제의 문화론 그 자체였다.

〈문학〉은 20세기적인 '운동으로서의 문학' '정치로서의 문학'이 갈 수 있는 최대치가 어떤 정도인가를 가늠하게 할 수 있는 잡지였다. 해방기 상황의 그때그때 제기된 현실적·정치적 과제들에 부응하는 문학작품과 노동시 그리고 구호시가 실렸다. 우익과 미국을 공격하고, 노동자와 사회주의자의 투쟁을 예찬하는 작품들이다. 임화, 이원조, 김남천 같은 가장 내공 깊은 평론가들은 정론政論을 썼다. 그러나 〈문학〉의 문학은 '당 문학' '주체문학'과는 아직 거리를 둔 단계의 문학이었다.

# 중립 또는 중도 영역의 형성

고려문화사가 낸 〈민성〉은 1945년 12월에 창간되어 1950년 5월 통권 45호까지 이어진 월간 종합지다. 〈민성〉에는 상당히 전형적인 창간사가 있다. "우리 민족의 공명정대한 여론의 공기公器가 되고 우리 민족의 활로를 가르치는 지남指南이 되려 한다" "뒤떨어진 조선의 문화를 바루잡고, 향상시키고 새 건설을 하는 대업에" "미력이나마 도음이 되기 위하여"라 한 창간사는 당시 한국(조선) 언론과 지식인의 사명감을 잘 요약하고 있는 것이라 하겠다. 창간사에서 특히 두드러지는 단어는 "우리"와 "민족"이다. 이 두 단어는 〈민성〉이 지향한 포괄성과 중도성을 상징한다. 〈민성〉이 창간된 것은 좌우의 대립이 막 본격화하던 시점인데, 그래도 "우리"와 "민족"은 두 진영이 공유할 수 있는 최소한의 무엇을 지시하는 단어였기 때문이다. 〈민성〉 창간호 '표지 모델'은 귀국한 지 얼마 안 된 김구였고, 창간을 축하하러 각계에서 보낸 "격려"에도 조만식, 최규동, 이병도, 이극로, 이태준, 백남운 등 좌우 양측의 정치인, 지식인 들이 함께 있었다.

"삼천만 동족의 언론의 벗"을 자처한 〈대조〉(1946)는 "중정中正"의 위치를 취하여 사회주의 대 자본주의 또는 소련 대 미국이라는 전승 세력의 세계 전략 때문에 극한 대립으로 치닫던 정치 상황을 타개하고자 했다.

이 '중정'의 방법론을 설득하기 위하여 당시의 정세를 길게 설명하고 있는데, '중정'이란 그 어떤 당파에 대해서도 엄정한 비판의 자세를 취하여, "민족의 전진前進 역사의 발전을 긍정하는 것이면 어느 파임에 불구

## 本誌創刊과 各界의 激勵

참된『民聲』을
傳達하라

中東學校長 崔奎東

젊은 陣容임을

小說家 李泰俊

特히『民聲報』의

高麗文化社發行

民 聲

創刊號

고려문화사의 〈민성〉 창간호(1945년 12월)
표지(오른쪽)와 2면 하단에 실린 '각계의 격
려'(위).

하고 그것과의 협조協調를 취할 것이요 그것을 거부하는 정책인 경우에는 우리는 공격을 가할 따름"인 태도다. 이는 '불구대천不俱戴天'의 지경으로 치닫던 좌우 대립 속에서 "연립"이 가능한 "중간 지대"를 찾는 것만이 통일 독립국가를 건설하기 위한 방법일 것이라는 현실적 고민의 표현이었다. 〈대조〉의 1호에는 그 같은 노선의 중도좌파이자 국민당 당수였던 안재홍의 글 「내외 정세와 건국 전망」이 총론의 위치를 차지하고 있었고 홍명희, 이태준, 이원조, 김남천 등의 좌담과 박치우, 김동인, 안회남 등의 글도 실렸다. 그러나 굳이 말하자면 '중도 좌'가 〈대조〉의 노선이었던 것이다. 역사학자 김기협은 자신의 책 『해방일기』(너머북스, 2011)를 안재홍의 시각에서 서술하여 당시 통일 독립국가를 건설하기 위한 '현실적' 노선이 무엇이었던가를 모색해보았다 한다. 일제강점기 때부터 존경받는 민족주의자였던 안재홍의 노선과 운명은, '중도'가 불가능한 한반도 정치의 상징 같다. 그는 사회주의 진영의 중요 산업 국유화 정책에는 지지를 보냈으나, 토지개혁에서는 유상매수·무상분배라는 절충 정책을 주장했다 한다.[13] 좌우합작위원회에서 활동하고 미 군정청의 요직을 맡기도 했다. 대한민국이 수립되자 무소속으로 2대 국회의원이 되었으나, 한국전쟁 때 납북되어 북한에서 생애를 마쳤다.


## 장의 형성

사람 사는 세상에 이데올로기 대립과 정치만 있을 수는 없다. 치열한 갈등 속에서도, '조선 사회'가 구축되고 새롭게 계界나 장場이 만들어졌다. 즉, 정계, 재계, 학계, 출판계, 여성계, 체육계 등 자율적인 장의 논리와 네트워크가 형성되고 재출발했다는 뜻이다. 잡지는 그런 계와 장들을 서로 소통하게 하고, 또한 계와 장 자체가 독립적인 자기 목적과 이해관계에 따라 운동하고 순환하게 한다. 전자에 목적을 두면 종합지가 되고, 후자에 목적을 두면 전문지가 되는 것이다.

〈신천지〉나 〈민성〉은 해방기를 대표하는 시사 종합지였다. 서울신문사가 1946년 1월에 창간한 〈신천지〉는 좌우를 망라하여 '제너럴'하고 긴급한 시사적인 주제를 다루었다. 그 범위는 정치, 경제, 사회를 망라한 것이었다. 발행 부수가 3만에 달했다 한다. 당시로서는 최고 수준에 해당하는 것이다.

〈신천지〉 창간호에는 창간사가 없고 편집후기만 있다. 이런 경우는 내걸 이념적·정치적 기치가 없거나 아니면 굳이 강한 이념을 표방하지 않겠다는 뜻이다. 대신 〈신천지〉의 편집후기는 "우리말 우리글에 굶주려 오섰던 삼천만 동포"에게 "어쩌한 의미에서든 조곰이라도 이바지함이 있다면 오즉 다행"이라고 했다. 〈신천지〉의 편집은 매우 다양하고 포괄적이었다. 매호 특집을 실었는데, 나열한 것을 보면 해방기의 '우리들'이 맞닥뜨려야 했던 다양한 내외의 문제가 무엇인지 보여준다.

내가 겪은 3·1운동(1946년 3월), 여성 문제 (1946년 5월), 중국(1946년 7월), 해방 후 문화계의 동향(1946년 8월), 아메리카(1946년 9월), 군정에 대한 진언(1947년 2월), 인도(1947년 7월), 세계문학의 동향(1947년 9월), 전후 일본의 동향(1947년 11~12월), 아메리카 영화(1948년 1월), 실존주의(1948년 10월), 충무공 사후 350년 기념(1948년 11~12월), 흑인문학(1949년 1월), 희랍 문제(1949년 3월), 중국 문제(1949년 8월), 유엔 문제(1949년 10월), 동구라파 문제(1949년 11월), 원자력 문제(1950년 1월), 전후 세계 5개년 총관(1950년 2월), 3·1운동 기념(1950년 3월), 미국 문화(1950년 4월), 시국 현실과 그 타개책(1950년 5월), 경제문제(1953년 6월), 휴전 후의 내외 정세 비판(1953년 9월), 사회문제(1953년 10월), 교육 문제(1953년 11월)[14]

그러나 '중도' '중립'은 '현실' 속에서는 점점 불가능한 미션이 돼가고 있었다. 1947년 6월의 상황에서 쓰인 〈새한민보〉의 창간사는 절절하고도 아프다. '해방'의 의의란 이제 "수난" "혼란" "파괴"밖에는 없다. 강대국에 의한 분할 점령 때문에 분단 정치는 이미 총가동되고 있었다. 글에서처럼 좌우 양측은 상호 절멸의 독단에 빠져 있었다. 좌우와 그 등 뒤의 거대한 미국·소련의 힘이 팽팽했다는 점은 민족의 비극이었다. 창간사는 이런 상황을 강하게 비판하며 "제삼세계", 즉 '중도'의 가능성을 묻는다. 자주·민주의 조선은 '실용주의, 실력주의, 실천주의'로 건설될 것이라 했다. 실제로 분단과 전쟁을 피하는 방법은 초고도의 민족적 실용주의밖에는 없었을 것이다. 그러나 막상 글에서 내세운 "첫째"부터 "넷째"까지의 강령은 "우주" 운운하며 상당히 추상적이다. 왜 추상으로 흘렀을까? 좌우 합작이나 중도의 길은 그만큼 약하고 외려 '비현실적'인 상황에 처해 있었다. 〈새한민보〉가 가장 중간파의 문제의식을 잘 드러낸 매체라는데도 말이다.[15]

　　화려한 수사로 창간사를 쓰고 〈새한민보〉를 운영한 설의식은 젊어서부터 〈동아일보〉에서 잔뼈가 굵은 대표적인 언론인의 한 사람이었다. 지금도 〈동아일보〉에 있는 「횡설수설」란을 맡아 썼고, 1931년 〈신동아〉가 창간될 때는 제작을 총괄했다. 1936년 8월 '일장기 말소 사건' 때 회사를 떠났다가 1945년 12월 〈동아일보〉가 복간되자 주필과 부사장 역을 맡기도 했다.

# 분단 이후의 지식인

1948년 8월과 9월에 남북한에 각각 정부가 수립되면서 중립이나 중도 노선은 불가능해진다. 이미 1946년과 47년에 걸쳐, 좌파나 중간파 문인들이 월북하여 문단과 지식인의 세계에서도 분단이 진행되고 있었다. 북조선에서도 노동당의 '공식 잡지'들이 나오기 시작했다. '정치 이론 잡지'라는 〈근로자〉는 1946년 10월 25일에 창간되었으며, 북조선예술총동맹이 창간한 〈문화전선〉이 1946년 7월, 그리고 〈조선문학〉(1947년 9월), 〈문학예술〉(1948년 4월)이 각각 창간되었다. 1947년 8월 〈문화전선〉 5호까지 발간되고 〈조선문학〉과 통합되니 〈조선문학〉의 전신이라 할 수 있다. 〈조선문학〉은 조선작가동맹 중앙위원회 기관지로서 지금까지 발간되고 있는 북조선 '공식 문학'의 최고 잡지다.[16]

좌우 갈등과 전쟁은 문단을 참혹한 상황으로 몰았고 일부 지식인·문학가의 정신은 황폐해졌다.[17] 1949년 8월에 창간된 〈문예〉는 통권 11호까지의 반은 한국전쟁 이전(1950년 5월까지)에, 나머지 반인 21호까지는 한국전쟁기 이후에 발간되었다. 그래서 '1950년대적인 것'도 상당히 담겨 있다. 한국전쟁 당시 이 잡지는 남한 종군 문인의 사령부와 같은 역할을 했고, 종군 문학작품의 상당수가 이 잡지에 실렸다. 그리고 휴전 후 '1950년대 문인' 대부분이 이 잡지에 작품을 실었으며 실존주의 등 당시의 유행 문예사조도 이 잡지를 통해 소개됐다.

하지만 〈문예〉의 창간사에는 1949년 '현재'의 상황이 반영되어 있다.

그것은 1945년 8월 이래 좌우 갈등의 상처와 내전의 전조前兆라 보아도 무방하다. 창간사는 "진정한 민족문학의 건설"과 창작 자체를 열심히 하는 것이 문인의 임무라는 당연한 이야기를 하고 있는 듯하지만, 이 언설은 기실 날카로운 증오와 대립을 배면에 깔고 있던 것이었다.

"소설가는 소설을 쓰고 시인은 시를 쓰는 것만이 민족문학 건설의 구체적 방법"이라고 하면서도 "그러나 모든 시 모든 소설이 다 민족문학이 되는 것은 아니"라는 이 글의 논법은, 배제와 분리의 담론이었다. '민족문학'이나 '문인의 임무'를 놓고 좌·우파는 그야말로 동상이몽으로부터, 결국, 결코, 화해하기 어려운 철학의 차이를 노정했다. 단적으로 〈문예〉의 '민족문학'과 앞에서 본 〈문학〉의 '민족문학'이 서로 다른 것이었다.

그리고 〈문예〉가 발간된 1949년 현재, 남쪽에 남아야 했던 좌파 지식인들뿐 아니라 조선문학가동맹에 가입한 적이 있거나 명백한 극우파로서 이승만 노선을 지지하지 않은 사람들은 보도연맹에 가입하거나 전향서를 발표하고 있었다. 문학 판에서는 양주동, 정지용, 황순원, 김기림, 백철, 염상섭, 박태원, 이무영 등이 그들이다. '전향'은 말하자면 중간파, 아나키스트, 자유주의자, 심지어 민족주의자에게도 강요된 이승만 정권의 폭력이었다. 보도연맹의 가입이 명실상부한 대한민국의 국민이자 사상적으로 반공주의자임을 증명할 수 있는 방법이었다.[18] 중도나 좌우합작의 길은 물론, 한 뼘의 '회색 지대'도 전혀 허용하지 않은 정치 상황이 사상이나 양심에 반하는 '전향'을 강요했다. 〈문예〉가 창간된 바로 그 여름, 김구조차 총을 맞고 세상을 떠나지 않았는가.

〈문예〉는, 우익의 최선봉일 뿐 아니라 이승만의 측근으로 활약했던 모윤숙과 역시 해방기에 우익의 이데올로그이자 문단의 실력자로 떠오른 김동리가 주도해서 발간됐으며, 전쟁 이후에는 조연현이 이끌었다. 이들은 오랫동안 대한민국 문단 권력을 거머쥐었던 사람들이다. 남북 분단과 치명적인 내전은 주류 문인 일부에게는 '친체제'를 생활화·체질화하도록 했다. 어떤 권력이든 그것에 아부하며 권력과 한 몸이 되는 글을 쓰는 것을 마다하지 않으며 문단 내부의 권력에 집착하는, 영혼을 다친 문인들을 만들어냈다.[19]

## 학문의 재출발

〈학풍〉은 해방기 수준에서의 아카데미와 사회적 자율성의 장, 즉 계界나 장場의 분화가 어떤 정도였는지, 특히 학계의 재출발이 무엇인지 보여주는 잡지다. 이 나라 거의 모든 근대 학문의 장과 제도들은 일본인들에 의해 이식·운영된 것이었다. 해방이 되자 일본인들이 없어진 자리를 조선인 스스로가 채우고, 또 그들이 남겨놓은 제도를 없애거나 새로 고쳐 써야 했다. 이를테면 경성제국대학의 조선인들은 1945년 10월 17일, 학교 이름에서 '제국'을 빼기로 결의했다. 그리고 이 경성대학을 몇 가지 전문학교와 합쳐 새로운 국립대학으로 만들었다. 조선의 관립 최고 고등교육기관이었던 성균관은 일제 때 명륜전문학원 또는 명륜연성소로 재편되는 수모를 당했다. 그러나 1945년 12월 5일 열린 전국유림대회는 이를 다시 새로운 사립 종합대학인 성균관대학교로 재구성·설립하기로 결정했다.

1948년 11월 남한의 잡지 문화를 논한 한 글은 〈신천지〉를 위시한 〈민성〉〈신세대〉〈백민〉 등 대부분의 잡지를 "싸구려"라는 식으로 강하게 비판했으나 〈학풍〉에 대해서만은 "지질과 인쇄가 근래의 호화판일 뿐만 아니라 내용에 있어서도 해방 후 기간된 이 방면 잡지의 최고봉이 아닐까 생각한다"라고 평했다.[20]

〈학풍〉은 말하자면 '종합 학술지'다. 문학은 물론 과학, 역사학, 사회학, 법학, 문화학, 정치학 등에 걸친 학술적 논문들이 실려 있다. 저명한 외국 학자의 논문을 번역하는가 하면 시와 소설 등으로 채워진 창작란도 있었다. 아직 한국의 각 '학계'는 각자의 전문적 장으로 흩어지지 않은 채, 이 잡지에서 서로 섞이고 만나고 있었던 것이다. 즉, 〈학풍〉에 실린 논문들은 '후기 식민지'에서 한국 인문학의 (재)출발점이 무엇이었는가를 알게 한다. 이를 반영해서 각호 특집이 이를테면 '경제학 특집' '정치학 특집' '전후 불란서 문학 특집' '사회학 특집' 등이었다. 이런 특집 하에 한국 사나 한국 어문학, 미술론이나 고고학 분야에 대한 논문도 실려 이상백, 고승제, 안응렬, 전석담, 양주동, 김기림, 이양하, 홍이섭 등 인문·사회과 학 각 분야의 비조가 된 학자들의 글이 한 잡지에 실려 있었다.

창간사에서 표 나게 내세웠듯이 "어느 특정한 단체의 소속도 아니 요 다만 학문의 권위를 위하여 한 개의 초석이 되기를 기할 따름"이라 했 다. 아카데미즘 자체의 자율성과 완결성이 '사회'와 일정한 거리를 둘 것 을 천명한 것이라 하겠다.

〈진단학보〉〈국어국문학〉〈경제학연구〉 같은 인문·사회과학 학회 의 전문 학술지는 1950년대 초중반이 되어서야 발간되기 시작한다. 전쟁 과 분단이라는 대홍역을 치러야 했기 때문이다. 물론 그보다 좀 빠른 경 우도 있고 늦은 경우도 많다. 이를테면 내과 의학 연구자들은 1945년에 학회를 결성하고 1949년 10월에 대한내과학회지 창간호를 냈다. 모든 학 문 분야 중에 가장 빠른 편이다. 한국사회학회는 1950년대에 결성됐지만 학회지 〈한국사회학〉 제1집을 1964년이 되어서야 발간한다.[21]

# 잡지 문화의 다른 새 출발

가난과 정치적 갈등에도 불구하고 1946년부터는 '잡지 문화'를 구성하는 모든 종류와 형태의 잡지들이 다 발간되기 시작했다. 바꿔 말하면 한국전쟁 이후 1950년대 잡지들도 이 시기에 만들어진 잡지를 모태나 모델로 삼아 창간되었다는 말이다.

잡지는 사진과 결합하면서 현대의 매스미디어로서 거듭 태어났다고 한다. 사진은 잡지뿐 아니라 인쇄 미디어를 '읽는 것'으로부터 '보는 것'으로 진화하게 한 가장 결정적인 요소다. 미디어와 사진의 관계사史에서 선구적인 일을 한 사람들도 미국인이다. 사진을 정기간행물에 처음 실은 것은 1873년 12월 2일 자 신문 〈뉴욕 데일리 그래픽〉이었으며, 역시 미국에서 나온 〈라이프〉(1936~)나 〈내셔널 지오그래픽〉(1899~) 같은 잡지의 최고급 사진들은 잡지사에 있어서나 사진 역사에 있어서도 획기적인 역할을 하며 전 세계에 영향을 미쳤다.[22]

사진 잡지는 한 시대의 인쇄·제책 기술의 수준을 보여준다. 그것은 물론 사진 예술이나 시각 문화의 표현이기도 하다. 우리 근대 문화사에서도 〈매일신보〉〈조광〉〈삼천리〉 등의 매체가 사진으로써 해당 시대 조선인의 시각과 인지에 영향을 미치고 바꾼 일은 기억할 만하다. 해방 이후 한국 최초의 사진 잡지는 1948년 7월에 창간된 〈사진문화〉로 알려져 있다. 이 잡지는 한국전쟁 직전인 1950년 6월 20일에 간행된 통권 제12호까지 간행되었다. 총 지면이 24~32쪽 정도인 얇은 책이었는데 그래도 종합지로서의 면모를 갖춰 사진에 관련된 전문적인 지식과 정보와 담론을 게재하였다. 이 잡지를 통해 비로소 '사진 담론'이 독자적인 공간에서 정기적이고도 심도 있게 토론될 수 있는 장이 마련되었다 한다.[23]

　　해방기의 여성 잡지로는 〈부인婦人〉(1946), 〈새살림〉(1947), 〈여학생〉(1948), 〈신여원〉 등과 좌파의 〈여성문화〉(1945년 12월), 〈여성공론〉(1946년 1월) 등이 있었다.[24] 여성 일간지도 있었는데, 이 시기에 여성운동이나 여성의 정치에의 동원이 중요했다는 사실을 짐작할 수 있다. 다른 잡지들과 똑같이 용지난이나 분단 때문에 이들 중에 오래 유지된 것은 거의 없으나 체제나 제호는 1950년대 이후 재활용되기도 했다.

　　〈여학생〉이 1965년에 재창간된 것처럼, 해방기에 발간됐던 〈진학〉(19 46)이라는 잡지도 1965년 학원사 김익달에 의해 다시 창간되었다. 중·고등학생을 주요 독자로 한다는 점도 같고, 김익달의 〈진학〉이 이 잡지를 참고했을 가능성도 높다. 그러나 창간사나 창간호 목차를 보면 '진학'의 속뜻은 서로 좀 다르다. 해방기의 〈진학〉은 '학문을 진작振作함'에 가까운 뜻을 갖고 있으며 학생 교양 잡지에 더 가깝다고 해야겠다.[25] 반면 학원사의 〈진학〉은 1970~80년대에도 많이 읽힌 수험 정보 잡지였다.

　　해방기 〈진학〉 창간호에는 좌우가 공존했다. 우파에 속한 미군정 학무국장 유억겸과 경기중학교 교장 이헌구가 창간 축사를 쓰기도 했고, 대표적인 좌파 평론가인 임화의 글과 학생운동론이 실렸다. 창간사는 강렬한 의고적 문체로 시국의 엄중함과 청년 학생의 사명에 대해 이야기했다. "희망은 크고 이상은 높다. 젊은이여 이러나자!"

　　1946년은 희망이 가능한 시점이었다. 다만 방향이 문제였던 것이다.

創刊辭

一

드듸여 새天地가 우리들의 눈아페 展開되엿다。威力의 時代는 가고 正義의 時代는 왔다。過去에

紀에다듬고 컬러워진 人道的 精神은 이제 바야호로 새文明의 첫발을 人類의 歷史에 미워기시작하야

이것을 追憶할때마다 우리가슴을 설매게하는 已未運動 獨立宣言의 感激的인 一句節이다。

記憶에 새로운 已未年 獨立運動! 그러나 全國的으로 온民族이 顯起한 이大革命運動은 그目的이

하고 眞理에 貫徹되고 正義에 불타오르는 黎明의 烽火임에 不拘하고 아니 그것이 眞理와 正義의

기매문에 虐殺虐遇한 帝國主義日本의 말발굽아레 悲慘한 蹂躪을 當하고 말것든것이다。

그리나 歷史는 結局 그가 正義와 眞理의 벗임을 오늘와서 證明해주엇다。뿐라 우리祖國을 國

리民族을 虐殺하고 三十六年間 喋血冤와같이 우리朝鮮을 略奪搾取한 不共戴天의 원敵 帝國主義日

날 一九四五年八月十五日를、期하야 거룩한 歷史의 神의 수떼바퀴아레 餘地없는 勢破를 當하고 말

그리하야 드듸여 우리三千萬同胞앞에 새天地가 展開되엿으며 國力의 時代는 가고 正義의 時代는

것이다。이땅에 世紀의 아춤이 오고 解放의 날이오다!

그 解放이 은뒤 이제四個月, 다시금 빛나는 自主獨立을 約束하는 一九四六年의 新年을 마지하는

야 우리들은 解放된 이땅 이民族을 覜鬬하고 빛나는 獨立을 마지하는 크고만 紀念塔을 세우는

「大潮」를 現出하는 三千萬胞들고저한다。

〈대조〉(1946년 1월) 창간사.

〈문학〉 창간호(1946년 7월) 표지.

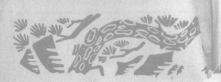

# 文學
（朝鮮文學家同盟機關誌）第一號 次例

그리고 뒤 떨어진 朝鮮의 文化를 비루잡고, 向上시키고 새

設을 하는 大業에 至極히 적은 微力이나마 도움이 되기 위하

여 우리는 마음과 情誠을 다하고 또 몸소 이를 躬行하려한다

이러한 적은 뜻에서 高麗文化社를 創立하고, 우선 週刊「民聲

報」,「어린이신문」,單行本等 各種出版事業에 全力을 다 하려는바

이다。

우리는 이 文化事業을 通하야 우리 民族의 繁榮과 우리 文

化史우에 巨大한 足蹟을 남길줄 確信하야 마지안는다。

滿天下 讀者諸賢의 愛護를 비는 바이다。

함수 있나?

臨時政府와 微妙한 政界의 今後

〈민성〉(1945년 12월 창간) 창간사.

〈학풍〉 창간호(1948년 9월) 표지.

〈학풍〉 창간호 목차(위)와 창간사(아래).

둘째로 學問의 權威問題는 對 政治問題로서 急迫을 告하고 있다。學問은 그 本質에 있어 元來 抽象的인 理

○

論的인 事業이므로 恒常 實權을 行使하는 政治와 摩擦이 생길 때는 政治의 壓力에 依하여 不斷한 威脅을 받

아 왔다。더구나 現下 朝鮮과 같이 學問의 傳統이 없고 이와 反對로 短見淺識의 一部 政治人들이 政權爭奪

에 汲汲하고 있는 이때에 있어서 그들의 政見과 對立되는 學問에 對하여 걸핏하면 强壓으로써 臨하려 함

은 이미 그 동안 無數히 우리 學界가 體驗해 온 바이다。그러나 우리의 學界는 實로 이러한 難關에 부닥침

으로써 오히려 自體의 權威를 試驗할 좋은 機會를 얻은 것이다。

일찍기 眞理의 探求가 眞理되기 爲하여 虛僞와 더불어 얼마나 苛烈한 鬪爭을 겪어 왔던가。眞理에 對한 迫害

는 도리어 眞理에 依하여 그 虛僞性이 暴露되고야 마는 법이다。學問의 權威도 이러한 鬪爭을 通해서 비로

소 樹立되는 것이니, 現在 우리의 學界가 不當한 威壓 아래에 있다면 그럴수록 한층 더 反撥의 力量을 培養함

으로써 學問의 威嚴을 보여야 할 것이다。學問이란 것은 政治와 關聯이 없는 바 아니나 決코 그때의

는 不絕한 變動을 거듭하는 政權當局의 政策的 道具가 되어도 좋다는 것은 아닌 것이다。

○

以上과 같이 우리 學界가 여러 가지 難關에 逢着함으로 해서 그 때문에 차라리 時急을 要하는 學問의 權

威를 우리는 緊切히 痛感하고 있다。그러나 생각하건대 學問의 權威란 그렇다고 一朝一夕에 서둘러서 確立한

수 있는 것은 아니다。幾個人의 學者가 입으로 學問의 權威를 絕叫한다고 해서 되는 것도 아니요, 社會가

일부러 그렇게 認定하려고 企圖함으로써 到達될 수도 없다。學問의 길은 멀고 오랜 時日을 두고 꾸준한 努

力을 쌓지 않으면 光芒을 發揮할 수 없는 것이다。여기에 모든 喧騷한 混亂을 떠나 그 위에서 높이 우뚝 未

來를 바라보며 學問의 尊嚴性을 爲하여 첫 出發을 내어 디디려는데 『學風』의 使命은 있다。『學風』은 어느 特

定한 團體의 所屬도 아니요 다만 學問의 權威를 爲하여 한개의 礎石이 되기를 期할 따름이다。

〈학풍〉 창간사.

# 백민白民

## 창간사

포악무비暴惡無比한 인류의 적은 동서에서 보기 좋게 패망하였고, 평화를 사랑하는 연합군의 승리로 우리 삼천리강산에는 자유의 꽃이 피었읍니다.

지난 반세긔 동안 우리는 횡폭한 검열의 제재로 맘 놓고 잡지 편집을 할 수 없었으며 찍기우고 깍기워서 병신만을 내놓았든 것입니다. 그러나 오늘날 그놈들은 이 땅에서 지배권을 잃고 떼거지로 몰여갔읍니다. 맘 놓고 쓰시요 자유의 노래를 불으시요.

백민은 대중의 식탁입니다. 문화에 굼주린 독자여 맘껏 배블리 잡수시요 쓰는 것도 자유, 읽는 것도 자유, 모―든 것이 자유해방이외다. 그러나 이 자유는 조선의 독립과 건설의 노선에서만 베푸러진 것입니다.

계급이 없는 민족의 평등과 전 세계 인류의 평화를 위해 이 땅의 문화는 자유스러이 발전해야 할 것이며 그것을 달성키 위해 백민이 미력이나마 피나 살이 되기를 바라면서 창간호를 보내는 것입니다.

| | |
|---|---|
| 발행일 | 단기 4278년(1945년) 12월 1일 |
| 발행 주기 | 월간 |
| 발행처 | 백민문화사 |
| 발행인 | 김현송 |
| 편집인 | 김현송 |

# 민성民聲

## 창간호를 내면서

동양의 아침은 마침내 밝아왓다. 동양의 모든 나라, 모든 민족들은 이제 악몽에서 깨여 참된 신생의 길을 걷게 되엇다. 군국 일본의 패배는 동양 제 민족의 자유와 각 민족 자체의 새로운 각성, 내지 통일에 가장 큰 기회를 주엇고 동양을 노리던 다른 침략자들에게도 자제自制의 일침一針이 되어 마침내 동양은 해방되고 또 진정한 신생의 길을 찾고 잇다.

이 신新동양 건설의 위업은 용감한 우리 연합군의 힘으로 성취되엇다. 승리의 관을 그들의 머리 우에 씨우고, 두 손을 들어, 영광과 감사를 먼저 그들에게 돌리자.

과거 삼십육 년의 오랜 굴욕의 역사와 비참한 압박에 눌리엇던 우리 조국도 그동안 부단히 우리의 선구들의 피로써 이 더러운 역사를 씻으려고 노력하엿다. 그 피의 값은 헛되저 안하, 모든 정의의 용사, 연합군의 거룩한 피와 함께 조선의 새 역사는 탄생되엇다.

삼천만 동포들이여!

| | |
|---|---|
| 발행일 | 1945년 12월 25일 |
| 발행 주기 | 월간 |
| 발행처 | 고려문화사 |
| 주간 | 임병철 |

이 민족의 머리 우에 무궁한 자유의 축복을 밧는 광영의 이 아침에 우리는 가장 경건한 마음으로 거룩한 우리 조국의 국기 앞에 나아가 한마음 한 뜻으로 머리를 숙여 감사와 기쁨을 드리고, 그리고 가장 위대한 노력이 없는 민족은 이 땅 우에 존립할 수 없다. 이제 우리는 과거와 현재를 알고, 또 장래에 어떠한 길을 걸어야 하겠다는 것도 명확히 안다.

모름지기 삼천만은 다 함께 팔을 것고, 우리의 위대한 조국을 완전한 독립국으로 건설하는 이 역사적 사업에 힘을 애끼지 말자.

이 위업을 도웁고저 우리는 이제 무기보다 더 힘찬 붓을 들고 나섰다.

우리는 신생 조선 백성의 부르짖음을 듯고 쓰고, 때로는 이 민중의 심혼을 불러이르키고, 째로는 칼로 살을 벼이는 듯 아픈 충언도 사양치 안는다. 이리하야 우리는 우리 민족의 공명정대한 여론의 공기公器가 되고 우리 민족의 활로를 가르치는 지남指南이 되려 한다.

그리고 뒤떨어진 조선의 문화를 바루잡고, 향상시키고 새 건설을 하는 대업에 지극히 적은 미력이나마 도음이 되기 위하여 우리는 마음과 정성을 다하고 또 몸소 이를 궁행躬行하려 한다.

이러한 적은 뜻에서 고려문화사를 창립하고, 우선 주간 〈민성보〉, 〈어린이신문〉, 단행본 등 각종 출판 사업에 전력을 다하려는 바이다.

우리는 이 문화 사업을 통해 우리 민족의 번영과 우리 문화사 우에 거대한 족적을 남길 줄 확신하야 마지안는다.

만천하 독자 제현의 편달을 비는 바이다.

# 개벽 開闢 (복간호)

## 복간사

이제 조선이 해방됨과 함께 〈개벽〉이 다시 나온다.

개벽은 지난 1920년, 조선의 독닙운동과 함께 창간되야, 무릇 닐곱 해 동안을 싸워오다가 1925년▪ 8월, 우리의 혁명가 여러분을 소개했다는 리유로 필경 저들의 손에 암살되었던 것이다. 여기에 긴 말을 하고 싶지 않거니와 도합 칠십이 호를 내는 중에 발매 금지가 삼십사 회, 거기에 또 벌금, 또 정간, 오히려 부족하야 그들은 우리의 손에 수갑을 채워 종로 네거리를 걸리고 잔학하게도 〈개벽〉을 우리들의 손으로부터 빼앗었었다.

그러나 어떠한가 이십 년이 지난 오늘, 그들은 패망하고

조선은 자유 되고

〈개벽〉은 다시 나온다.

오오 망할 것은 망하고

흥할 것은 흥하고

있어야 할 것은 반다시 있고야 마는 것인가.

더 말할 것도 없이 개벽이라 함은 그 말뜻에서, 먼―넷적에 천지가 개벽

**발행일**　단기 4279년(1946년) 1월 1일
**발행 주기**　월간
**발행처**　개벽사
**발행인**　김기전
**편집인**　김기전

하고 이 세상이 창조되든 것과 같이, 인류의 력사가 또 한 번 다시 오천 년을 지난 오늘에 이 세상이 또다시 개벽되며 우리의 인문人文 생활이 근본적으로 새로워진다는 그 정신을 취한 것인바 이것을 어떤 철인哲人의 예언적 계고誠告에서만 말고, 뚜렷한 력사의 필연성에서 이 뜻을 붓잡아 정말로 다시 개벽의 큰 정신을 드러내이는 동시에 몬저 이 땅 이 나라에서의 개벽시開闢時 국초일國初事을 만지장서로 론의하고 제창하야 써 민족국가의 만년대계를 세우는 일에 큰 공양을 드리며 나아가 인류 문명의 근본적 개조를 감행하는 일에 한 개의 힘찬 돌장楨杆이 되려 하는 것, 이것이 일즉히 〈개벽〉을 발행한 정신이요 이제 또 〈개벽〉을 발행하는 정신이다.

그런대 이 속간의 이야기를 떠나 위선 급히 한 말을 할 것이 있다. 무엇이냐 저— 오천만의 인명과 수만억의 재화를 희생한 이번의 세계대전은 민쥬쥬의의 위대한 승리로써 그 막을 닫치며 자유 독립의 빛나는 기—ㅅ빨은 이 강산에 날리여 우리의 기쁨과 감격은 그 형용할 바를 모르거니와 눈을 들어 다시금 목하의 현실을 보면 니른바 정당인들 사이에서 지나치는 의견의 대립과 고집은 우리의 통일정권 수립을 천연케 함이었고 여긔에 대중의 생활은 날로 불안을 더하고 미소 량군의 철귀는 그 시기가 어느 날일가를 알 수 없게 되야 참으로 천만 백성의 근심과 저픔은 정당 사무실이나 어떤 사랑방이나 또는 연단 우에서 정책 정권을 맘하고 '네'이냐 '나'이냐를 싸우는 사람으로서는 거이 생각할 수 없을 만한 심각함이 있다. 건국 삼 년이 망국 삼 년보다 더 어렵다는 속담이 있거니와 우리는 이때, 무릇 주의 주장을 말하고 정권 장악을 생각하는 사람은 어데까지 사私에 겁내고 공公에 용맹하야 새 국가다운 청신한 리념 밑에서 각층 각 당의 진보적이오 또 량심적인 사람을 마땅하게 망라하야 곧 과도기 정권으로의 통일 정부를 세울 것이오 삼천만 백성은 민중의 졉대한 압녁으로써 이를 촉성식혀야 할 것이다.

우리는 이 글이 독자의 손에 들기 전에 우리의 통일 정권이 수립되야 우리는 동포의 말할 수 없는 근심과 저픔이 완전히 해소될 것을 바라고 또 믿으며 이 붓을 놓는 바이다.

■　　1926년의 오식 또는 착각이다.

# 대조大潮

## 창간사

### 일一

드듸여 새 천지가 우리들의 눈아패 전개되었다. 위력威力의 시대는 가고 정의의 시대는 왔다. 과거에 오랜 세기에 다듬고 길리워진 인도적 정신은 이제 바야흐로 새 문명의 횃불을 인류의 역사에 비춰기 시작하얏다. ─이것을 추억할 때마다 우리 가슴을 설네게 하는 기미己未운동 독립선언의 감격적인 일一 구절이다.

기억에 새로운 기미년 독립운동! 그러나 전국적으로 온 민족이 궐기한 이 대혁명운동은 그 목적이 성대聖大하고 진리에 관철되고 정의에 불타오르는 여명의 봉화임에 불구하고 아니 그것이 진리와 정의의 운동이기 때문에 잔학무도한 제국주의 일본의 말발굽 아레 비참한 유린을 당하고 말었든 것이다.

그러나 역사는 결국 그가 정의와 그가 정의와 진리의 벗임을 오늘 와서 증명해주엇다. 보라 우리 조국을 빼았고 우리 민족을 학살하고 삼십육 년간 흡혈귀와 같이 우리 조선을 약탈 착취한 불공대천의 구적仇敵 제국주의 일본은 이날 1945년 8월 15일을 기하야 거룩한 역사의 신의 수레박휘 아레

| | |
|---|---|
| 발행일 | 1946년 1월 1일 |
| 발행 주기 | 월간 |
| 발행처 | 대조사 |
| 발행인 | 이홍기 |
| 편집인 | 이홍기 |

여지없는 분쇄粉碎를 당하고 말었다.

그리하야 드듸여 우리 삼천만 동족 앞헤 새 천지가 전개되였으며 위력의 시대는 가고 정의의 시대는 도래한 것이다. 이 땅에 세기의 아츰이 오고 해방의 날이 오다!

그 해방이 온 뒤 이제 사 개월, 다시금 빛나는 자주독립을 약동約束하는 1946년의 신년을 마지하는 데 제際하야 우리들은 해방된 이 땅 이 민족을 축복하고 빛나는 독립을 마지하는 조고만 기념탑을 세우는 의미에서 〈대조〉를 친애하는 삼천만 동포 앞헤 내놓고저 한다.

〈대조〉! 삼천만 동족의 언론의 벗인 〈대조〉는 이제 새 세기의 축복과 희망을 만재滿載하고 신년 창간으로써 새로운 출발을 하거니와 출발에 제하야 우리는 몬저 자임하는바 수 항의 행동강령을 제시코저 한다.

가, 우리는 역사적 필연의 진리(현실성)를 적극적으로 신뢰 긍정한다.

나, 우리는 그 진리의 실현을 위하야 싸우는 진보적 노력을 동지同志적으로 지지한다.

다, 우리들은 그 진리를 선전 주장하는 언론 선봉의 사명을 다한다.

라, 우리는 그 진리 표현의 민족문화의 창조적 책임에 임한다.

이 소신을 밝히고 금일의 현실에 당면할 때에 오늘은 결코 해방되였다는 사실만에 만족하고 도취할 때가 아님을 통감케 한다. 현실은 해방 직후의 그것과 비교하야 훨신 복잡한 혼란의 현상을 정시呈示하야 악감樂感을 허許치 안는 계단 우에 노힌 것이다. 말하면 오늘은 창조와 건설 전에 오는 그 혼돈의 '케이오스'의 상태다. 여기엔 빗깔이 필요한 것이다. 그 혼돈의 암흑을 분간하야 주畫와 야夜를 정하고 아츰과 저녁을 논혼 그 비깔의 지위 여기에 금일 언론지의 지대차중대至大且重大한 비판의 사명이 있지 않은가 생각한다.

비깔! 그러기에 대조는 '광공曠空과 암흑의 심연' 우에 나타난 그 '광명'에 감히 자처하야 그 중대 사명을 다하고저 한다.

그러나 〈대조〉는 비깔이 돼되 그 너무나 반조적反照的인 월색月色을 취하지 않고 엄격한 비판과 왕성한 창조열을 동시에 가진 태양이 되기를 원한다. 비판은 단순한 비판에 너머저지지 않고 커다란 창조를 전제한 비판이여야 하기 때문이다.

## 이二

금일의 혼돈한 현실 그것에 대한 정당한 비판과 함께 진실한 건설의 길을 개척하려고 할 때에 우리는 방법론으로서 그 현실 우에 나타난 어떤 주류적인 현상과 일정한 기준적인 현실성을 파악하야 그 정리整理에 당할 필요를 느낀다. 또한 이 점을 강조하야 여기에 대할 때에 우리는 비교적 쉽게 표면화된 두 가지의 주류적인 것을 발견하게 되며 동시에 금일 현실 일절의 기조가 되여온 그 역사적인 필연의 기준적인 것에 엄숙한 주목을 가하게 된다. 여기서 기준적인 현실성이란 설명할 것도 없이 이번 제이차세계대전이 연합국의 승리로서 종료된 데 있어 그 전승戰勝적인 이익이 우리 조선 해방에까지 미치게 된 세계사적인 필연성의 문제다. 그러기에 우리들은 이번 전쟁의 새로운 특징으로서 그 파시즘을 괴멸시킨 연합군 측에 민주주의 국가인 미국과 조선과 사史적으로 지리적으로 특수한 관계에 있는 중국이 참가한 우에 특히 소련이 참가한 사실을 들게 된다. 민주주의에 있어서의 개個에 대한 존중 지역과 민족에 대한 대등관對等觀 사회주의에 있어서의 민족 자결권을 민족 정책의 원칙으로 삼는 점 등 이런 사실 우에서 우리들은 이번 전쟁의 조선 해방에 미친 필연성에 대한 소결론을 얻게 되는 것이다.

그러나 이것이 아무리 세계사적인 필연에서 오는 형세라고 하더라도 여기에 아무 주체적인 비판의 준비가 없이는 이 해방은 실현되지 못했을는지 모른다. 그 점에서 중대하게 평가할 것은 서두에 말한 기미운동의 금일에 미친 역사적 의의다. 그 운동은 비록 당시는 실패했으나 결코 무의미로 도라간 것이 아니고 말하면 이십육 년 뒤의 금일에 와서 커다란 결실을 한 셈이다. 무엇보다도 이 운동을 계기로 중국 등 국외에 망명한 혁명가들이 지금까지 꾸준히 이 운동을 계속해왔다는 것 이번 전쟁에 있어서는 제국주의 일본에 대하야 실질적인 참전을 했다는 것 여기에 오늘날 조선 해방의 직접 동기의 하나가 있었든 것이다. 이제 이들 국외의 혁명가들이 환국을 하야 국내 정치의 수습에 임하고 있거니와 여기에 이들을 중심하야 하나의 커다란 주류가 형성된 것은 당연의 소치일 것이다. 이것이 우리들이 첫재로 보는 하나의 주류다.

둘재로 우리가 손곱는 또 하나의 주류는 그간 일본 제국주의의 지배하에서 꾸준히 지하적으로 혁명적 역량을 준비하고 금일의 해방을 촉진시켜온 국내적 세력을 가르킴이다. 과거에 있어 꾸준히 이 세력이 준비되여온 사실은 그동안에 이러난 여러 가지 혁명적인 사건을 예거例擧하지 않더라도 금일에 와서 뚜렷이 표면화한 이 세력이 거대한 민중의 지반을 획득하고 있는 사실로서 그 주류 됨을 지적할 수 있는 것이다.

### 삼三

이상의 두 가지 주류를 두고 볼 때에 금일의 정치 방면이 일견 난립하는 정치단체, 백출百出하는 정견 등으로서 복잡한 현상을 정시呈示하고 있으나 결국 이 두 가지 주류의 부작용으로서 나타난 것임을 알 수가 있다. 따라서 우리들이 금일의 혼돈의 현실에 임하되 이 두 가지 주류적인 것을 통하야 비교적 쉽게 그것을 단순화하고 또 부단히 그 두 가지의 동향을 주시할 때에 여기에 언론과 비평의 진로가 규정될 것을 믿는다.

그러면 금일의 현실에 대한 그 지배적인 두 가지 주류에 대하야 〈대조〉가 취할 기본적인 태도는 무엇일까 여기서 우리는 '중정中正'을 표명하야 거기에 임책臨責하려고 한다.

중정! 그러나 이것은 금일의 인난因難한 과도기의 현실 앞헤 정면을 피하고 애매한 중간적 태도를 취하자는 것이 아니다. '중정' 대신에 불편부당不偏不黨이란 말이 씨워진다면 그것은 어느 정당과도 마찰을 피하고 안전지대에 처하자는 것이 아니라 어느 정당에나 대담한 비평을 말하되 공정한 기준에서 입각하자는 태도일 것이다.

그 점에서 금일에는 언론에 불편부당이 있을 수 없다는 '중정' 부인否認의 입론이 있단 듯하나 우리들은 이 입론에 대하야 현 계단의 의의를 다음과 같이 설명한다. 금일의 현실에 한 통일이 요구되고 있는 것은 이상에서 지적한 두 가지의 주류적인 것이 그 어느 하나에 의한 독재적인 형태에서가 아니라 그 두 가지의 연립인 일종의 모간矛看■적 통일을 의미하는 것 같다. 그리고 이 '연립'에 의한 통일은 오로지 조선의 현 계단이 보이는 현실일 뿐 아니라 신정권 수립의 약소 제국에 공통된 표현인데 금일의 언론이 중정을 택한다는 것은 그 연립의 중간 지대에서되 그 중간 지대는 먼저 말한 그 역사적인 필연성과 그 현실적인 기반이 되어 있다는 것이다.

말하면 금일의 언론이 중정을 취하는 것은 비평의 기준 되는 그 현실성을 신뢰하는 데서 어느 당파적인 주장에도 무조건하고 찬성의 의意를 표할 수 없다는 것이다. 가령 그 일파에 대하야 이해와 호의를 가지더라도 호의를 가지면 가질사록 그 유파에 대한 더 한층 엄격한 비평과 공격을 가할 수 있다는 것 그 기준에 빛이여 민족의 전진 역사의 발전을 긍정하는 것이면 어느 파임에 불구하고 그것과의 협조를 취할 것이요 그것을 거부하는 정책인 경우에는 우리는 공격을 가할 따름이다. 역사의 필연적 과정에서 보아 선과 악이 있다면 언론의 현 계단적 사명도 그 선을 조장하고 악을 공격하는 데 있을 뿐이다. 따라서 우리들도 왕왕히 환국한 선배들의 정치에 대해서도 외람된 항의와 불손한 공격을 가하게 될 것이요 진보적인 유파의 정책에 대하야도 각금 엄격한 자기비판을 요구하게 될 것이다. 창간에 제하야 〈대조〉는 그 주장의 일단—端을 피로披露하며 새 시대에 처한 언론지의 지대한 임무를 다하도록 삼천만 동포 앞에 굳게 서약하는 바다.

■　　'모순矛盾'의 오식으로 보인다.

신천지新天地

## 편집후기

　해방의 첫 선물로서 서울신문사 출판국은 삼가 독자 여러분 압폐 〈신천지〉를 올립니다. 지극히 빈약한 선물인 줄 압니다만 우리말 우리글에 굼주려 오섯던 삼천만 동포 제위에게 어쩌한 의미에서든 조곰이라도 이바지함이 있다면 오즉 다행이라고 생각합니다.

　삼십 년간의 일본의 압정, 그중에서도 더욱이 가혹햇던 언론의 압제 밋 테서 우리는 할 말을 못하고 들을 말을 듯지도 못했습니다. 그러나 해방된 오늘 함봉緘封했던 입이 열리고 묵겻던 싣이 풀리고 보니 도리혀 무슨 말을 해야 하고 무슨 일을 해야 할지 마치 호화로운 돌상 압폐 안지운 어린애 모양으로 당황할 뿐입니다. 이것도 건듸려보고 십고 저것도 헤집고 십고, 욕심만은 만헛습니다만, 원체 전쟁의 중병을 치른 뒤라 모든 자재가 결핍하고 가는 곳마다 부닥치는 장벽이 만허서 뜻같이 되지를 못했습니다. 그러나 될 수 잇는 대로 만혼 페―지 속에 훌륭한 내용을 듬북 실어서 싼 갑스로 여러분의 손에 들어가도록 편집자 일동이 최대한의 노력은 햇습니다. 불비 不備한 점은 아프로의 여러분의 지시애 싸라 한 거름 두 거름씩 극복해가겟

| | |
|---|---|
| 발행일 | 1946년 1월 15일 |
| 발행 주기 | 월간 |
| 발행처 | 서울신문사 |
| 발행인 | 하경덕 |
| 편집인 | 하경덕 |

습니다.

　이 잡지를 처음에 계획할 쌔는 독특한 성격과 체제를 가추려 햇던 것이 상상 이외의 원고난으로 말미아마 뜻하지 않은 기형아?가 되고 마랏습니다. 편집자의 본의는 아니나 압프로 당분간은 이러한 체제를 그대로 이여나가게 될 것 갓습니다. 이것도 차츰 개량해나갈 생각입니다.


　이 잡지의 일부를 이미 인쇄에 걸엇슬 쌔 신탁통치라는 벼락이 써러젓습니다. 우리는 맥시 풀리고 기가 질려 어찌할 바를 몰랏습니다. 모든 노력이 허사로 돌아간 것은 고사하고 민족의 완전 독립을 위하야 총력을 한곳에 모흘 이쌔 이 김쌔진 어리적은 잡지를 무슨 체면에 독자 압헤 내놀 것인가. 우리의 생각 가태서는 모든 원고를 불사라버리고 새로히 만들고 십흔 마음은 간절햇스나 간단히 그러케만도 할 수 업는 형편이여서 기계를 정지시키고 여기에 관한 기사를 불야불야 권두에 부처 우리의 성의만을 표하고 그대로 내보내는 것이오니 양해하시기 바랍니다. (현玄)

# 진학進學

## 창간사

　시국은 복잡한 양상을 정물하고 있다. 일제 압제 시하의 잔재 세력 소탕으로부터 국제 조류潮流에 협조한 신新조선 진로의 규정—이 규정 아래 배열된 통일전선 결성에 이르기까지 우리는 도저이 과거 어느 민족이나 어느 국가가 봉착하지 않었든 난관에 부닥쳤다. 어느 학설이 답습이나 어느 한 주장의 신봉만으로는 용이容易 해결치 못할 이 난관은 또한 자못하면 비관과 자기自棄와 운명의 지배에 추종하게 할 무서움도 반려伴侶한다.

　여기에 용감히 민족의 봉화를 들고 이러날 사람이 기대되는 바이며 창조적 신新이념과 그 이념이 가르치는 바를 과감이 실천하는 용사가 기대되는 바이다.

　그러면 이 창조적 역할을 질머질 자는 누구냐? 그는 오직 젊은 사람들이다.

　특히 학도 제군들이다.

　세계 어느 민족이 학도들보다도 이 땅의 학도의 힘과 노력의 더욱 기대되는 바가 여기에 있다.

| | |
|---|---|
| 발행일 | 단기 4279년(1946년) 1월 27일 |
| 발행 주기 | 월간 |
| 발행처 | 학생사 |
| 발행인 | 김정수 |
| 편집인 | 김정수 |

영국, 미국, 기타 제국에 있어서는 그들이 과제는 유有에서 유有로 나가는 소위 진보 일로임에 비하여 우리에게는 무無로 않이 부負로부터 유有로 향상하지 않으면 안 되기 때문에 더욱 그런 것이다.

이것은 과연 용기 없는 비굴한 자에게는 불가담부不可擔富의 중하重荷일는지도 몰은다. 그러나 붉은 피 끓고 의기意氣에 불타는 젊은이들에게는 희망이며 생에 의의를 느끼게 할 것이다.

우리의 앞길은 빛난다.

희망은 크고 이상은 높다.

젊은이여 이러나자!

지와 덕과 체의 완전한 무장을 가추자. 그리하여 용감이 이 과제를 등에 지고 분투매진奮鬪邁進하자.

# 문학文學

## 창간사

　오랜 질식 가운데서 간신히 소생한 우리 민족문학을 재건함에 있어 우리
는 이 사업이 결코 용이하지 않다는 것을 새로히 느끼지 안흘 수 업는 것이다.
　봉건제의 동양적 특수성인 정체성은 우리나라에서도 거의 전형화하여
서 우리는 근대적인 민족문학을 늦도록 가지지 못하였다. 그러나 다른 모든
근대국가가 다 그러케 형성되드시 우리 민족도 능히 이 봉건사회를 타도할
만한 주체적 역량과 객관적 조건이 일치되었더면 우리도 그처럼 지리하던
봉건적 질곡에서 버서나 훌능한 근대적 국가를 수립하고 따라서 참신한 민
족문학을 건설하였을 것인데 혁명 노력이던 동학란은 농민 폭동의 형태로
실패하게 되고 갑오경장이란 것은 관제의 개편에 끗치고 말엇슴으로 우리
는 멧 번의 민족적 시련에서 번번히 근대국가 수립의 기회를 놋친 채 마침
내는 일본 제국주의의 야만적 침략을 받게 되엿다.
　이러는 동안 물론 미미하게나마 싹트고 자라온 우리 신新문학 사십 년
동안의 역사와 업적을 무시하려는 것은 아니다. 우리 신문학이 초기에 있
어서는 계몽적 활동으로서 봉건 타도의 측면 공격적 역할을 하다가 일본

발행일　　1946년 7월 15일
발행 주기　월간을 표방했으나 불규칙
발행처　　조선문학가동맹
발행인　　이태준
편집인　　이태준

제국주의가 조선의 봉건 유제遺制를 비호하게 되자 우리 문학의 주류는 반일, 반봉건의 양면 투쟁의 전초에 나서게 되었으니 이때의 우리 문학은 민족문학 수립을 위해 경찰정치의 무장 앞에 정면한 혈투를 한 것이였다.

그러나 일제의 최후 발악으로 우리의 언어를 말살하고 소위 민족문학의 강요까지 하다가 제 자신의 패퇴로 말미아마 우리 민족 해방과 더부러 민족문학 수립의 과업이 우리에게 당면되었을 때 우리는 민족문학 건설 운동의 기본 강령으로서

일一, 봉건 잔재의 청산

일一, 일제 잔재의 소탕

일一, 국수주의의 배격

이 세 가지 항목을 들고 나섰다.

이것은 우에서도 말한 바와 같이 우리는 아직도 근대국가로서의 민족문학을 가지지 못하였다는 것은 정치적으로 오늘날 우리 혁명 단계를 부르죠아 민주주의 혁명 단계로 규정한 바와 맛찬가지로 문학에 있어서도 이 봉건 유제를 청산하지 않고는 참다운 근대적인 민족문학을 수립할 수 없으며 일제의 잔인무도한 문화 정책으로 말미아마 우리 문학에 삼투된 일제의 여독餘毒은 문학적 사고, 양식, 소재(언어) 등 전면에 뻐처 있다.

그러므로 이것의 철저한 소탕이 없이는 민족문학의 수립은 기대할 수 없는 때문이다.

끝흐로 국수주의에 대해서 말한다면 국수주의란 반드시 자본주의의 말기 현상이라고만 보는 것은 일면적 견해인 것이다. 국수주의의 정치적 입장은 전제주의요 논리적 입장은 비합리주의인 때문에 우리와 같이 봉건 유제를 다분히 갖이고 민주주의의 기반이 약한 데서는 정치적 전제주의의 발호跋扈는 십분 가능한 것이며 문화적으로 외적의 침략에서 버서났음으로 일제 잔재 청산의 미명하에서 자기 문화에 대한 비합리주의적인 배물拜物 사상과 감상주의로서 천조대신 대신에 대大단군과 팔현일우八紘一宇 대신에

홍익인간을 내세울 것이니 이렇게 되면 우리 문화는 일제에서 조선 사람에게로 번역은 되였으나 도리혀 그것을 모방하는 것이니 혁명적 민족문학 수립은 아닌 것이다. 그러므로 국수주의의 배격 없이는 봉건 잔재의 청산이나 일제 잔재의 소탕이란 것도 헛소리에 지나지 못하는 것이다.

이에 우리 조선문학가동맹은 민족문학 수립의 과업과 방법을 이상과 같이 규정하고 그 기본적 실현을 위해 기관지 〈문학〉을 창간하게 되였으며 이것으로서 우리 민족문학의 초석이 되고 저수지가 되려는 것이다.

# 새한민보

## 창간에 제함

설의식

허울 좋은 해방 조선은, 수난의 연속이오 혼란의 반복反覆이오, 파괴의 전야에 다닥처 있다. 좌는 좌로라 하야 제패를 일카르고 우는 우로써 독존獨尊을 꿈꾸고 있다. 이념의 시是로써 방법의 비非까지를 엄호하려는 진보의 용사가 있는 반면에, 현상現狀의 이욕利慾을 위하야 내두來頭의 정의를 불고不顧하는 보수의 잔당이 꾸물거린다.

이 중에, 어부의 이利를 노리는 자, 편복蝙蝠의 멸機을 엿보는 자, 좌도 아니오 우도 아니라는 '얼간'적 존재에 좌도 좋고 우도 좋다는 '낙지'적 존재 등이 지동지서之東之西로 뜨고 잠기니 이 같은 우리네 현상을 무었이라고 형용할 것인가? 사십 년 노예의 통사痛史를 뒤집는 이 마당에서, 사천 년 유사 이래의 변혁을 의욕하는 이 고비에서 우리의 얼과, 넋과, 주ㅅ대는 이렇게도 녹신하든가? 우리의 피와, 살과, 꼴은 이같이도 햇슥하든가?

독선 제패를 서로 다투는 좌우의 반역 틈에서 자불능기自不能己로 솟아 나오는 제삼세계의 새로운 경지는 어데로부터 올 것인가? 정반正反의 모순

발행일  1947년 6월 1일
발행 주기  순간(열흘에 한 번 간행)
발행처  새한민보사
발행인  설의식
편집위원  문철민, 백남교, 장인갑, 정광현

과 신구의 마찰에서 빚어나오는 합일의 창조는 무엇으로써 가기可期할 것인가? 오직 진통이다! 물적으로 심적으로 비상非常한 진통을 겪처야 할 것이다. 이념상으로 실천상으로 비범한 진통을 치러야 할 것이다. 변역變易의 진통이오 대사代謝의 진통이오 탈각脫殼의 진통이다. 이 같은 진통을 전제로 하지 않고는 생성도 창조도 없다. 이 같은 진통감의 자각이 없이는 피가 통하는 생생한 진보도 발전도 없다. "헤헤" 하고 "흥흥" 하는 부동浮動적 부유浮遊적 부평浮萍적 존재로는 만사가 허虛요 무無다.

우리는 우리가 느끼는 진통 중에서 민족의 명일明日을 보았다. 그리하야 건곤일척乾坤一擲으로 재○■하려는 신조선 건설 운동의 상징이오 신호로서 "새한"이라는 기ㅅ빨을 세운다. 재건 조선은 자주조선이자 민주조선이자 청년조선이기를 염원하고 조선 재건은 실용주의요 실력주의요 실천주의가 추진되기를 기약하는 우리는 진통의 뼈아픈 실감으로 울어나온 이 "새한"의 기ㅅ빨을 선두로 하야 행동의 일보를 밟으려 하는 것이다. 언론기관으로의 "민보"의 사명이 또한 여기에 있음은 말한 것도 없다.

이론이 아니오 행동인지라, 강령이 필요하다. 논리적 전색詮索과 고증考證적 분석은 우리의 능能도 아니오 또 흥興도 없다. 우리는 오직 우리의 신념으로써 우리 행동의 준칙을 삼을 뿐이다. 첫째로 우리는 우주의 본성에 즉하야 발현되는 인류적 이념을 신봉하야 써 국제 공도公道의 세계사적 공전公轉에 순응하겠다.

둘째로 우리는 자별自別한 시공으로 빚어진 우리 문화의 독자성을 발양發揚하야 자립자존의 자가율적 자전自傳에 노력하겠다.

셋째로 우리는 정반합의 변증법적 우주관 세계관 인생관의 구현을 위하야 내성內省에 의한 자기 수정에 충실하겠다.

넷째로 우리는 특권의 말살과 민존民尊의 창달로써 최대 다수의 행복과 번영을 위하는 시책을 추진하겠다.

거듭 말하거니와 우리는 이론이 아니고 신념이다. 문사文辭가 아니고 행동이다. '새한주의'는 이것이다. 따라서 〈새한민보〉의 노선도 이것이다.

암흑에서 광명으로 새여가는 명일의 새로운 조선, 동트는 새ㅅ쪽으로 밝아오는 조선의 새벽, 한없이 크고 높은 새ㅅ파란 한을에 빛나라! 태양 같은 정열과 주홍 같은 양심으로 이 빛을 받을 때, 우리의 '한겨레'는 복될 것이다.

**해방 후 다음다음 해 6월 1일**

■　　　'재개再開'로 추정된다.

# 학풍學風

## 학문의 권위를 위하여

지금 우리는 어느 의미로 보아서 학문의 권위를 수립할 가장 긴급한 요청에 당면하였다고도 할 수 있다. 어느 방면의 건설인들 급무急務 아님이 없겠으나, 그러면 특히 학문의 권위를 시급히 요구하는 이유는 어디 있는가. 그것은 금일의 현실에 비추어서 우선 다음의 두 가지에 있다고 할 것이다.

첫째 학문 자체의 분야에서 일어나는 요구이다. 장구한 일제의 식민지 정책에 계속하여 해방 후도 외래 세력의 주동 이래 놓여진 우리의 학계는 자주적 권위를 채 세우기도 전에 혼란의 선풍에 휘몰려들고 말았다. 이러한 간극을 틈타서 학문 이외에 분야에서 아무런 학적學的 수업도 없는 도배徒輩가 일시의 영달을 노리고 사이비 이론을 강단에서 지상紙上에서 파허뜨려 학문과 궤변의 분별조차 구별하기 어렵게 되었을뿐더러, 학계 자체에서도 자신의 긍지와 권위를 망각하고 이런 현상을 감수하는 일부 무력한 학자가 있는가 하면, 한편 양심 있는 다수의 학도는 생활의 위협 아래 헛되이 항간을 배회하고 있는 형편이다. 이에 이르러 학문에 전심전력을 경도하여

**발행일** 단기 4281년(1948년) 9월 28일
**발행 주기** 월간
**발행처** 을유문화사
**발행인** 민병도
**편집인** 조풍년

야 할 학자가 오늘은 생활을 위하여 몸을 영리기업에 두기도 하며, 내일은 세속적 위력에 아첨하여 학계를 파는 데 여념이 없다. 학문은 단순히 광범한 지식의 획득만으로써 권위를 자랑할 수 있는 것이 아니고, 학문하는 태도 다시 말하면 학문을 욕구하는 강력한 윤리적 힘이 필요한 것이다. 우리의 학계가 비록 가난하고 천일淺日하다 하나 밖으로는 세계 학계에 연접하고 안으로는 인민 대중의 주시 가운데 놓여 있음을 잊어서는 안 된다. 여기에 우리의 학계가 급속히 자체의 권위를 자각하지 않으면 학문의 이름 앞에 자멸의 길을 피하지 못할 것이다.

둘째로 학문의 권위 문제는 대對정치 문제로서 급박을 고하고 있다. 학문은 그 본질에 있어 원래 추상적 이론적인 사업이므로 항상 실권을 행사하는 정치와 마찰이 생길 때는 정치의 압력에 의하여 부단한 위협을 받아왔다. 더구나 현하現下 조선과 같이 학문의 전통이 없고 이와 반대로 단견천식短見淺識의 일부 정치인들이 정권 쟁투에 급급하고 있는 이때에 있어서 그들의 정견과 대립되는 학문에 대하여 걸핏하면 강압으로써 임하려 함은 이미 그동안 무수히 우리 학계가 체험해온 바이다. 그러나 우리의 학계는 실로 이러한 난관에 부닥침으로써 오히려 자체의 권위를 시험할 좋은 기회를 얻은 것이다. 실례를 제諸 외국의 학문 발전사史상에서 보더라도 일찌기 진리의 탐구가 진리 되기 위하여 허위와 더불어 얼마나 가열한 투쟁을 겪어왔던가. 진리에 대한 박해는 도리어 진리에 의하여 그 허위성이 폭로되고야 마는 법이다. 학문의 권위도 이러한 투쟁을 통해서 비로소 수립되는 것이니, 현재 우리의 학계가 부당한 위압 아래 있다면 그럴쑤록 한층 더 반발의 역량을 배양함으로써 학문의 위엄을 보여야 할 것이다. 학문이란 것은 정치와 관련이 없는 바 아니나 결코 그때그때의 부절不絶한 변동을 거듭하는 정권 당국의 정책적 도구가 되어도 좋다는 것은 아닌 것이다.

이상과 같이 우리 학계가 여러 가지 난관에 봉착함으로 해서 그 때문에 차라리 시급을 요하는 학문의 권위를 우리는 긴절히 통감하고 있다. 그러나 생각하건대 학문에 권위란 그렇다고 일조일석一朝一夕에 서둘러서 확립할 수 있는 것은 아니다. 기幾 개인의 학자가 입으로 학문의 권위를 절규한다고 해서 되는 것도 아니요, 사회가 일부러 그렇게 인정하려고 기도함으로써 도달될 수도 없다. 학문의 길은 멀고 오랜 시일을 두고 꾸준한 노력을 쌓지 않으면 광망光芒을 발휘할 수 없는 것이다. 여기에 모든 훤소喧騷한 혼란을 떠나 그 위에서 높이 먼 미래를 바라보며 학문의 존엄성을 위하여 첫출발을 내어 디디려는 데 〈학풍〉의 사명은 있다. 〈학풍〉은 어느 특정한 단체의 소속도 아니요 다만 학문의 권위를 위하여 한 개의 초석이 되기를 기할 따름이다.

# 문예 文藝

## 창간사

　국토의 통일이나 산업의 진흥이나 공업 시설의 확충이나 그 모도가 다 긴급하고 절실한 민족적 국가적 과제 아닌 것이 없다. 그리고 이러한 긴급하고 절실한 민족적 국가적 과제를 민족 전체가 또는 국민 전체가 다 함께 인식하고 절규하는 것도 좋다. 거리마다 골목마다 모든 사람이 이것을 되풀이하고 또다시 되풀이하여 외침도 좋다. 그러나 아무리 이렇게 떠들고 외친다고 하드라도 밤낮 같은 구호만을 되풀이하는 데서 그 과제가 해결되는 것은 아니다. '국토 통일'이란 구호를 억만 번 되풀이한댔자 그 구호의 되풀이만으로 국토가 통일되는 것은 아니다. 그 구체적 방법과 성실한 실천만이 이것을 해결할 수 있을 것이다.

　같은 말을 문화운동 또는 문학 운동에 돌려보드라도 마찬가지다. 해방 이래 이 땅에 족출된 모든 문화 단체 또는 개인들의 예외 없는 슬로강은 민족문화(또는 민족문학)를 건설하자는 일언에 지나지 않았다. 그러나 아모리 많은 문화 단체 또는 문화인들이 아무리 거리마다 골목마다 민족문학을 건설하자고 웨쳐봐야 그러한 슬로강의 되풀이만으로써 민족문화 민족문학

**발행일**　단기 4282년(1949년) 8월 1일
**발행 주기**　월간
**발행처**　문예사
**발행인**　모윤숙
**편집인**　김동리

이 건설되는 것은 아니다. 혹자는 이 표어를 정치 선동에 남용하였고 혹자는 이것을 개인 기업에 도용했을 뿐이다. 민족문학 건설의 광휘 있는 위업은 아즉도 난마亂麻와 형극荊棘 속에 놓여 있을 뿐이다. 문인이 붓을 잡는 것은 일부 정치 문학청년들이 오신하는 바와 같은 '칩거'도 아니요 '도피'도 아니다. 붓대를 던지고 당파 싸움이나 정치 행렬에만 가담하는 것이 현실을 알고 문화를 건설하는 방법이라 생각하는 것은 세상에 흔히 있는 '거짓'의 하나다. 우리는 이러한 '거짓'을 거절해야 한다. 소설가는 소설을 쓰고 시인은 시를 쓰는 것만이 민족문학 건설의 구체적 방법의 제일보第一步가 되리라고 우리는 믿어야 한다. 모든 문인은 우선 붓대를 잡으라 그리고 놓지 말라. 이것이 민족문학 건설의 헌장 제일조가 되어야 한다. 그러나 모든 시 모든 소설이 다 민족문학이 되는 것은 아니다. 그 아름다운 맛과 깊은 뜻이 능히 민족 천추에 전해질 수 있고, 세계 문화 전당에 열列할 수 있는 그러한 문학만이 진정한 민족문학일 수 있는 것이다.

우리는 이러한 진정한 민족문학의 건설을 향하여 붓을 놓지 말아야 한다. 그리하여 우리의 생명을 문자에 색여야 한다.

본지의 사명과 이상은 이상以上 말한 바에 있다. 즉 민족문학 건설의 제일보를 실천하려는 데 있다. 본지가 모든 당파나 그룹이나 정실情實을 초월하여 진실로 문학에 충실하려 함은 당파나 그룹보다는 민족이 더 크고 정실이나 사감私感보다는 문학이 더 높은 것이기 때문이다. 민족문학 건설의 공동 목적을 달성하기 위하여 모든 문인은 본지를 통하여 그 빛나는 문학적 생명을 색여주기 바란다. 본지는 이러한 생명을 빛내임에 미력과 성의를 다하려 한다.

**기축 6월**

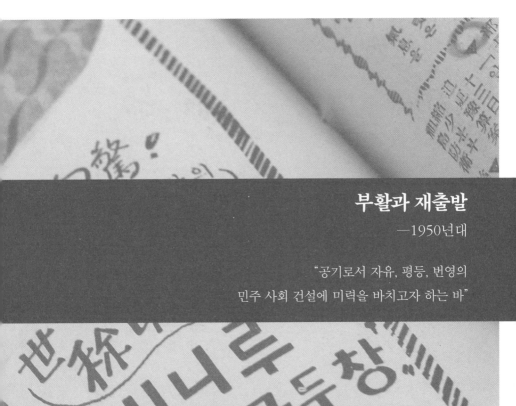

# 부활과 재출발

## ―1950년대

"공기로서 자유, 평등, 번영의
민주 사회 건설에 미력을 바치고자 하는 바"

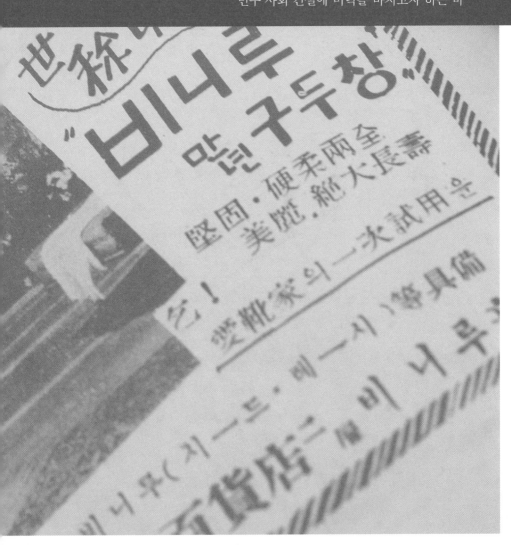

# 재건과 동시대 세계에의 참여

1950년대라 하면, 전쟁과 가난에 더하여 이승만식 반공 독재와 부정부패 때문에 온통 암울하고 어두운 이미지를 떠올리게 된다. 실제로 문화의 모든 면에서 1950년대 초는 전쟁과 문화·예술인들의 이산 때문에 퇴락 그 자체였다 해도 될 듯싶다. 식민지 시절보다 나을 게 없었다. 1955년 4월에 「잡지 문화의 실태」라는 글을 쓴 박원식의 말처럼 "수도 서울을 비워놓고 문화인도 그 대부분이 부산, 대구에 피난 생활을 하던 후퇴 즉후 문화의 어린싹은 그나마 심야의 상설 속에 묻혀 다시 싹이 틀 가망도 없었"던 것이다. 그렇지만 기적처럼 싹은 "점차 소생하기 시작하여 환도 후에야 어지간히 잎이 피"기 시작했다.[1] 제국주의의 잔혹한 지배 아래에서도 1930년대에 '식민지 근대성'이 발화했듯, 한국의 문화는 1950년대 중반부터는 '발전'과 회생의 길을 걷기 시작했다. 잡지계도 마찬가지였다.

1950년대 초중반에 한국 문화사에서 잊을 수 없는 중요한 잡지가 여럿 새로 나왔다. 1952년 〈학원〉이 창간된 데 이어 1953년에 〈사상계〉, 1954년에는 〈새벽〉〈문학예술〉〈학생계〉가 나왔다. 1955년에는 〈아리랑〉〈여원〉〈현대문학〉 등 우리 잡지사 전체에서 가장 생명이 길고 중요한 잡지들이 등장했고, 1956년에는 〈자유문학〉〈명랑〉도 나타났다. 1955년에 한 관계자는 희망에 찬 어조로 잡지계의 현황을 진단하면서 다음과 같은 바람도 피력했다.

수입 영화가 내 세상인 양 독단장으로 날뛰어 식자의 빈축과 상심 거리가 되어 있는 이때 여기에 발을 맞추어 영화 잡지들이 맞장구를 치고 나타난 것은 한국 문화에 얼마마한 거름이 되고 있는 겐지 나는 모른다. 정말 대중을 위한 싱싱하고 소담한 과실과도 같은 종합 잡지도 한두 종이 있어야겠고 특히 새 세대의 특수층들을 위한 자연과학이나 사회과학 방면의 전문지, 민족문화, 예술 문화, 생활 문화 방면의 전문지도 한두 종씩은 나와야만 그것이 세계 신문화 신사조의 촉수 노릇도 하겠고 또 그들의 계몽·연구의 지침이 되지 아니할까.[2]

더 다양하고 전문적인, 그리고 연구자와 교양인의 세밀한 이해 요구에 부응하는 잡지가 있으면 좋겠다는 것이다. 이런 바람은 1950년대 후반에 그 나름의 수준에서 이뤄진다. 1940~49년대 문화와 미디어 연구에서 탁월한 업적을 이뤄온 이봉범에 따르면 1950년대 후반에 이르러 놀라울 정도로 급격하게, 잡지의 계층·취향·목적별 분화가 달성된다.[3] 그는 다음과 같이 1950년대 잡지를 나눴다.

학생지 : 〈학원〉〈학생계〉〈학생 다이제스트〉
정론적 종합지 : 〈사상계〉〈자유세계〉〈현대공론〉〈세대〉〈새벽〉〈전망〉〈사조〉〈현대〉
여성지 : 〈여성계〉〈여원〉〈신가정〉
대중지 : 〈희망〉〈신태양〉〈청춘〉〈삼천리〉
오락지 : 〈아리랑〉〈명랑〉〈화제〉〈혜성〉〈흥미〉
〈야담과 실화〉 등 고전물 잡지 : 〈야담〉〈실화〉〈야담과 실화〉
소년지 : 〈새벗〉〈소년세계〉〈만세〉
소설 전문지 : 〈소설공원〉〈소설계〉〈대중문예〉〈이야기〉

순문예지 : 〈현대문학〉〈문학예술〉〈자유문학〉[4]

이를테면 같은 학생이나 주부라 하더라도 취향이나 계층, 학력이나 아비투스 등에 따라 서로 다른 잡지를 선택할 수 있게 됐다는 뜻이다. 이 같은 분화는 이전에는 확연하지 않았던 것이다. 물론 과학이나 예술, 취미 영역의 전문지도 생겨나기 시작했다.

혹 '오팔 년 개띠'라는 말을 아시는지? 1958년, 전후 베이비붐의 상징처럼 돼 있는 이 개띠 해는 출판문화사에 있어서도 잊을 수 없는 한 해였다. '재건'되어가던 출판문화는 이때 완전히 새로운 국면을 맞이했다. "언제나 국민학교 교과서 하나 제때에 박지 못하고 있다가 겨우 외국 원조로 엊그제야 교과서 인쇄 공장 하나를 얻어 받게 된 형편"[5]과, 상시적인 자금난 때문에 "생각하면 눈물겨운 것밖에 없다"[6]던 출판계가 안정(?)을 찾고 성장의 길로 들어선 것이다.[7] 1958년에는 전체 간행물의 규모 자체도 전년에 비해 20퍼센트나 늘어났다. 당시 문교부에 등록된 출판사는 800여 개였는데, 규모와 구조의 호전은 출판 전 영역에 걸친 것이었다. 또 『우리말큰사전』『과학대사전』『이조실록』처럼 대자본과 대규모 집필·편집진이 필요한 책들이 발간되는가 하면 '문학 전집'도 다시 나타났다. 장사가 되자 치열한 경쟁이 시작됐다. 정음사, 동아출판사, 을유문화사 등이 각각 대규모 세계문학·한국문학 전집 발간에 뛰어들었다.[8]

50년대 후반의 이런 정황은 몇 가지 중대한 문화사적 전환이 일어나고 있음을 뜻한다. 첫째, 출판 시장의 규모와 메커니즘이 달라졌다. 대형 기획 출판 붐 이후에 외판과 할부판매라는 1960~70년대의 지배적인 마케팅 방식이 '정착'한다. 이는 한국 출판자본주의의 새로운 국면을 상징한다.

둘째, 이 전환은 독서 대중의 역량이 커지고 있었던 데 실질적 기반을 두고 있었다. 여성을 위시한 모든 계층에서 '신규' 독자가 빠르게 성장하여 다양한 출판물의 간행을 가능하게 했다.

셋째, 한국 출판계가 거대한 일제日帝 출판 시장의 일개 지역이었던 구 식민지 상황과 그 영향, 또한 미국의 원조에 의해서 지탱 가능하던 전후 상황으로부터 문화적·경제적으로 벗어나기 시작한 것을 의미한다. 1950년대의 잡지들 대부분도 미국의 아세아재단(자유아세아협회)과 주한 미국공보원의 재정 및 용지 지원으로 발간될 수 있었다.[9] 그러나 이제 식민지적 상황을 서서히 극복하며 독자적 발전의 길로 들어간 것이다. 물론 이 출판문화의 점진적·실질적 '독립'은 우리말로 된 문학과 학문적 활동의 본격화와 조응하는 과정이다.

# 〈사상계〉의 한 세상과 냉전 질서의 안착

　　현대 한국 지성사에서 가장 중요한 잡지의 하나인 〈사상계〉는, 1952년 8월 문교부 산하 국민사상연구원(원장 백낙준)의 기관지였던 〈사상思想〉을 전신으로 출발했다. 〈사상〉은 총 4호를 냈는데, 이승만 정권이 마뜩잖게 여겨 자금 지원을 끊자 잡지 편집에 깊이 참여하고 있었던 장준하가 인수하여 '사상계'라는 제호로 새로 시작했다. 1953년 4월이었다. 그로부터 〈사상계〉는 17년간 이어지며 한 시대를 누렸다.

　　〈사상계〉는 1950년대의 잡지이자 4·19혁명의 미디어, 그리고 1960년대의 잡지였다. 따라서 1950~60년대 한국의 '거의 모든 것'을 담고 있어 이 시대를 이해하기 위한 필수·기본 자료다. 〈사상계〉에 대해서는 진작부터 수준 높은 문학사·문화사 연구가 많이 나와 있다.[10] 이 시대를 전공하는 모든 인문·사회과학자들은 이 잡지를 읽는 것으로 공부를 시작한다.

　　관련 연구자 중의 선구자인 김건우는 문학사와 지식사적 관점에서 이 잡지의 성격과 문예장에서의 위치를 연구했다. 그에 따르면 〈사상계〉의 '사상'이란 식민지 시대에 배태된 문화적 민족주의에 곧장 닿아 있었고, 동시에 계몽적 지식인들의 근대주의이기도 했다. 〈사상계〉의 지식인들, 즉 장준하, 함석헌, 김준엽, 안병욱, 김형석, 양호민, 신상초, 황산덕, 선우휘, 이범선 등은 모두 월남한 반공주의자이며 그중 다수가 기독교 신자였다. 기독교 민족주의 혹은 서구지향적 자유주의는 〈사상계〉 '사상'의 다른 한 측면이기도 했던 것이다.

'종합' '교양지'였던 〈사상계〉는 매월 소설과 비평을 신고 가장 오래되고 권위 있는 문학상인 동인문학상도 운영했다. 물론 문예 잡지가 아니었음에도 불구하고 비평과 소설 담론에 강한 영향을 끼쳤다. 이런 현상은 문학이 공론장 전체에서 어떤 위치에 있는가에 대한 문제와 결부된다. 이에 대해 김건우는 〈사상계〉가 지식의 기능적 분화가 완전히 이루어지기 전의 공론장이었다고 평가했다. 다시 말해 50년대 한국 사회는 아직 근대화가 덜되고 '사회'가 미분화했기에 문학이 높은 대접을 받았다.[11] 그런데 더 크게 보면, 인간 개인의 성장 과정에서나 사회의 분화 과정에서 문학은 전인적 교양과 공통의 앎을 운반하는 매개였다고 할 수 있다. 1980~90년대까지 모든 종합지에는 시, 소설, 수필 또 문학평론이 실려 있었다. 좌우와 계층에 관계없이 그랬다.


### '사상'의 내용과 사상계 헌장

〈사상계〉는 특히 이승만 정권 말기부터 박정희 정권 초기까지, 즉 4·19세대와 6·4세대가 형성되던 시기에 가장 큰 영향력을 행사했다. 한국 사회가 두 '혁명'(?)을 경과하던 그때 이 월간지는 7~9만의 독자를 거느리고 있었다. 이 부수는 당시 웬만한 일간지와 비슷한 정도였고, 지금의 가장 잘 팔리는 월간지나 주간지보다 더 많은 수다.

〈사상계〉의 인적 핵심은 장준하와 함석헌이라는 '투톱'이다. 광범위한 지성인과 젊은이들의 존경을 받던 이들은 1964년 이후에는 본격적으로 반反박정희 민주화 운동의 최전선에 나섰다. 장준하는

1967년에 야당 국회의원이 되고 난 뒤, 부완혁에게 잡지 운영을 물려줬다. 〈사상계〉는 이때부터 힘을 잃어갔고 박정희는 세무조사 등 다각도로 '작업'을 해서 〈사상계〉가 몰락하도록 했다. 특히 유신 치하 장준하의 죽음은 그야말로 박정희 정권의 범죄적 성격의 상징적인 사건이다.

〈사상계〉는 장준하가 매월 쓴 권두언이 유명했는데, 창간사는 따로 없다. 〈사상계〉로 재출발한 1953년 4월 호 권두언은 해당 호 기획에 대해서만 주로 이야기한 글이라 싣지 않았다. 그 호 편집후기에서 장준하로 추정되는 "C生"이 "〈사상〉 창간을 위하여 편집하였던 것을 〈사상계〉란 이름으로 내여놓게 된다. 동서고금의 사상을 밝히고 바른 세계관 인생관을 수립하여보려는 기도企圖는 변함이 없는 것이다"라고 간단히 계승과 새 출발의 변을 썼다. 대신 이 책에서는 〈사상〉의 창간사와 「사상계 헌장」을 실었다.

국회의원이었던 이교승이 쓴[12] 〈사상〉 창간사는 한국전쟁 중에 쓴 글답게 전쟁에 대한 성격 규정으로부터 시작한다. 한국전쟁을 "적색 제국주의 세력"의 "불법 침략"으로, 또한 "세계사적 의의를 가지는 대공對共 전쟁"으로 규정했다. 이를 통해 "민족의 교양재로서 또한 모색하는 지성의 길잡이"를 자처한 〈사상(계)〉의 '사상'이 "전 민족의 지향과 이상을 하나로 귀합시킬 수 있는" 승공과 통일의 사상이며, 또 한편 "조국의 통일과 부흥 재건"과 "국민사상"이었다는 점을 알 수 있다. 〈사상계〉는 사실 반공주의와 서구적 자유주의에 기초해 있었던 것이다. 장준하가 뛰어난 지식인이자 반독재 민주화 운동의 지도자였지만, 동시에 친미 기독교 반공주의자였다는 점도 기억할 필요가 있다. 박정희에게 살해당했던 1975년 즈음에 장준하는 그런 한계를 벗어나고 있었다는 주장도 있다.

〈사상〉 창간사는 읽기가 꽤 어렵다. 오늘날과는 굉장히 다른

## The Kyunghyang Shinmoon 京鄉新聞
서기 1968년 12월 5일 (목요일) (2판) [활간]

**국민교육헌장 선포**

국민교육헌장

민족 中興사명 생활화

빛난얼 되살려 독립의 자세확립하고

정신革命으로 더큰 발전을

南대표 7일 도착

美·越盟 일부절차엔 합의

경향만평

---

<革命公約>

∧1∨ 反共을 國是의 제일의로 삼고 지금까지 形式的이고 口號에만 그친 反共態勢를 再整備強化한다.

∧2∨ 유엔 憲章을 遵守하고 國際協約을 충실히 이행할것이며 美國을 위시한 自由友邦과의 紐帶를 더욱 鞏固히 한다.

∧3∨ 이나라 社會의 모든 腐敗와 舊惡을 一掃하고 頹廢한 國民道義와 民族正氣를 바로잡기위하여 淸新한 氣風을 振作시킨다.

∧4∨ 絶望과 飢餓線上에서 허덕이는 民生苦를 시급히 해결하고 國家自主經濟再建에 총력을 경주한다.

∧5∨ 民族的宿願인 國土統一을 위하여 共産主義와 對決할수있는 實力培養에 전력을 집중한다.

∧6∨ 이와같은 우리의 課業이 成就되면 참신하고도 良心的인 政治人들에게 언제든지 政權을 移讓하고 우리들 本然의 任務에 復歸할 준비를 갖춘다.

---

우리의 맹서

一, 우리는 대한민국의 아들딸 죽음으로써 나라를 지키자.

二, 우리는 강철같이 단결하여 공산침략자를 쳐부시자.

三, 우리는 백두산영봉에 태극기 날리고 남북통일을 완수하자.

野談과 實話
二月號 (第一卷 第一號)
定價 二百圜

檀紀四二九〇年一月三一日 印刷
檀紀四二九〇年二月 一日 發行

編輯發行人
象印刷人 李鍾鴻

---

(왼쪽 위) 「국민교육헌장」 선포 당시의 신문.(〈경향신문〉 1968년 12월 5일 자 1면)
(오른쪽 위) 1960년대 신문과 잡지에 실려 있던 군부 정권의 「혁명공약」.
(아래) 〈야담과 실화〉 창간호(1957년 2월) 판권면에 실린 「우리의 맹세」.

이 문체는 식민지 시대의 문장에 뿌리를 둔 것인데, 사실 이렇게 한자가 가득한 만연체 문장은 초기 〈사상계〉에서도 흔했다. 1950년대에 아직 한글 문장체는 완전히 제자리를 못 잡고 있었던 것이다.

이에 비해 「사상계 헌장」은 어떤가? 명문이라 회자되었다는 이 글도 지금은 거의 쓰지 않는 어려운 한자어들과 대체로 호흡이 긴 문장으로 구성돼 있다. 특히 마지막에서 두 번째 문장을 감상해보시기 바란다. "조상을 모독하는 어리석은 후예가 되지 않기 위하여" "자손만대에 누를 끼치는 못난 조상이 되지 않기 위하여"라는 "역사적 사명"을 말한 이 헌장은 1955년 8월 호부터 〈사상계〉 매호 권두에 실려 있었다.

한편 지금은 그런 것이 다 사라졌지만, 1950~70년대 잡지에는 모든 잡지에 공통적으로 들어간 '다짐'이나 '헌장'이 있었다. 한국전쟁기와 그 직후엔 「우리의 맹세」가, 1961년 쿠데타 이후엔 「혁명공약」이, 1968년 이후엔 「국민교육헌장」이 모든 잡지의 권두에 박혀 있었다. 그림을 참고하기 바란다.


## 냉전으로 굳어진 '신세계'

〈사상계〉가 냉전 체제 속에서의 (자유)민주주의를 추구한 대표적인 매체라면 이와 유사한 지향의 또 다른 잡지는 〈신세계〉다. 한국전쟁 중에 창간된 〈자유세계〉의 후신이며 창평사 동인의 잡지였다. 이 시사 잡지는 강렬한 정치성을 갖고 있었다. 이승만식 '정치'에 반대하며, 정당정치와 대의제 민주주의의 제 문제를 다루고 있었다.

창간 좌담에 나온 인물들이 신익희, 조병옥, 장면, 곽상훈, 백남훈, 김동명 등 민주당의 핵심 정치인들이었다는 것, 그리고 젊은 김대중이 한때 〈신세계〉의 주간 역할을 맡았다는 사실이 이 잡지의 많은 것을 설명해준다.[13] 한국 '자유민주주의'의 아이디어나 인맥이 어떻게 형성되었는지 이 잡지를 통해 짐작할 수 있다.

조병옥의 창간사는 장황하고 길지만 읽을 만한 가치가 있다. 나름의 관점에서 사회주의와 냉전의 역사를 정리하는 한편, 안착·확장되고 있던 냉전 질서를 중심으로 1956년 당시의 국제 정세를 총괄 분석하고 있기 때문이다. 이에 따르면 1955년 11월의 제네바회의 이후 냉전 체제는 새로운 국면에 들어서고 있다. 그 전선은 "서방측을 기점으로 하면, 독일로부터 지중해, 홍해, 인도양, 태평양을 거쳐 한국에 이르는 선이고, 이 선에 접근하는 모든 약소국 내지 후진국 등은 전부 이 냉전의 목표가 되고 대상이" 된다.

얼마나 광범위하고 살 떨리는 전선인가? 대한민국이라는 "약소국" 내지 "후진국"은 그 자체가 냉전 체제의 산물일 뿐 아니라 가장 큰 피해자다. 그래서 이런 국제 정세에 민감하다. 어쩌면 오늘날의 지식인·정치가들보다 1945~60년대의 사람들이 훨씬 더 그랬을 가능성이 높다. 동족상잔 전쟁은 끝나지 않았고 강대국은 직접 이 나라의 명운을 좌우했다.

그런 나라에서 사는 각오 또한 이 글에 들어 있다. 그것은 "자유와 행복과 생활의 자주성을 전취戰取하는 것"이며 이것이 "닥쳐올 대공전對共戰에 대비할" "자주적 확립책"이다. 흥미롭게도 상당히 '자주'가 강조되어 있다. 알다시피 김일성의 주체사상과 박정희의 조국 근대화론에서도 '자주'야말로 사고의 중핵이자 염원 그 자체였다.

창평사 동인은 조병옥 중심의 야당 정치인·언론인의 모임으로, 출판사를 만들어 단행본과 〈자유세계〉 등의 잡지를 내놓으며 대중 계몽과 반이승만 독재정치 투쟁을 벌이고자 했다.

또한 〈신세계〉는 국내외의 현실정치를 농도 짙게 다루는 잡지였지만 박연희, 천상병, 김종삼, 선우휘 같은 50, 60년대 많은 작가들이 활동한 종합 잡지이기도 했다. 범우사 대표로서 이름난 출판인이자 책 수집가인 윤형두도 〈신세계〉에서 경력을 시작했다.[14] 출판과 정치 혹은 문학과 정치의 관계를 다른 각도에서 살펴볼 수 있는 흥미로운 자료다.

# '현대' 그리고 '문학'—50년대식 문학잡지

1950년대를 대표하는 문학지로 흔히 〈현대문학〉(1955년 1월), 〈문학예술〉(〈문학과 예술〉, 1954년 4월), 〈자유문학〉(1956년 6월) 등을 든다.

1954년 4월 1일에 창간된 〈문학과 예술〉은 창간사가 없고 편집 후기만 있다. 편집후기에서는, 경비를 절약하고 잡지 편집의 특색을 주기 위해 지면을 2단으로 조판했다는 것과 '외국 문학에 관한 내용' 을 많이 실으려 했다는 것을 밝혔다. 등록 절차 문제 때문에 제호가 '문학과 예술'에서 3호부터 '문학예술'로 바뀌었다. 창간 당시 '편집 겸 발행인'은 오영진이었다. '50년대 잡지'로서 조연현, 강소천, 김병 기, 박두진, 백철, 김춘수, 최정희 등 당대 유명 문인들이 여럿 편집진 에 참여했다. 시인 박희진·신경림, 소설가 이호철·선우휘·송병수, 평 론가 이어령·유종호 등이 이 잡지를 통해 등단했다. 1957년 12월 호 로 폐간되었다.

애초에 자유문학자협회의 기관지로 창간된 〈자유문학〉도 대 표적인 50년대 문학지인데 창간사는 없고 편집후기만 있다. 한국문 학가협회에 반대하는 문인들이 모여 만든 자유문학자협회는 50년 대식 문단 갈등의 산물이기도 했다. 〈자유문학〉은 한때 큰 영향력을 발휘했으나 1963년에 폐간되고 말았다.[15]

이에 반해 지금도 명맥을 잇고 있어 문학잡지 중 가장 지령誌齡

이 오래된 잡지인 〈현대문학〉은 문학적 권위도 가장 크고 인기도 있었던 대표적인 잡지다. 1950~60년대에 〈현대문학〉은 전체 잡지 시장에서도 중요한 위치를 차지하고 있었다. 1956년에 실시된 한 독서 설문 조사에서 〈현대문학〉은 잡지 중 남자 대학생의 무려 21퍼센트가 읽고 있다고 답변하여 1위를 차지하였다. 여학생의 경우는 〈여원〉(33퍼센트), 〈사상계〉(18퍼센트)에 이어 제3위(11퍼센트)였으며[16] 1957년경에는 1만 부의 판매 부수를 기록하고 있었다.[17]

〈현대문학〉은 주지하듯 '순수문학'을 기치로 한국 문단의 헤게모니를 장악한 소위 '문협 정통파' 문인들에 의해 운영된 잡지다. 창간 당시 주간은 조연현, 편집장은 오영수였다. 편집위원들은 해방기 이래 문단 한켠을 장악한 우익 문학가들이었다.

지금도 남아 있는[18] 〈현대문학〉의 '신인 추천제'는 수많은 문인을 배출했다. 그러나 한편으로는 한국문학 재생산의 가장 문제적인 제도였다. 기성작가인 〈현대문학〉의 심사위원 1인이 한 신인의 작품을 세 번 추천하면 등단하게 된다는 것이 핵심이다. 이 제도는 기성 심사위원이 '스승'이 되고 추천받은 신인이 '제자'가 되는 데 결정적인 역할을 했다. '추천권'을 가진 심사위원들은 실제로 문단 권력을 행사했다. 김승옥 같은 4·19세대 문학가들은 종속과 사제 관계를 강요하는 이 〈현대문학〉의 추천제를 모멸적인 것으로 간주했다.[19] 갖은 비판에도 이 제도는 없어지지 않았다. 왜냐하면 비판을 일부 수용하여 심사위원을 다변화하고 지면을 점진적으로 개방했으며, '능력 위주 선발' 원칙을 지키고자 하기도 했기 때문이다. 그래서 유능한 신인이 추천제를 통해 계속 배출될 수도 있었다고 평가되기도 한다.[20]

〈현대문학〉의 창간사는 간결하고도 강렬하다. '쿨'하고도 울림이 있어 내공이 만만치 않은 자가 썼다는 것을 짐작하게 한다. "문화의 힘이 그 민족이나 국가의 기본적인 요소"이고 "문화의 기본적인 핵심은 문학"이며, 나아가 "문학은 철학, 정치, 경제 등 일절의 학문을 대표할 수도 있"고 "문학이 인생의 총체적인 한 학문인 까닭으로서 다른 어떠한 예술보다도 사상思想적인 위력을 발휘할 수 있는 소이" 운운에서 자신감과 도저한 문학주의를 읽을 수 있다. 문학은 "총체"다.

그런데 "한국의 현대문학을 건설하자는 것"이 〈현대문학〉의 "목표이며 사명"이란다. 아직 '현대문학'이 남한에 없으니 '건설'하자는 것인데, 고로 '현대'의 의미가 중요해진다. '현대'란 곧 당대當代이며, 하버마스가 『현대성의 철학적 담론』에서 말한 것처럼 시간 의식 자체를 나타내는 기표다. 창간사는 많은 분량을 할애해서 '현대'라는 개념을 설명하는데, '현대'는 한국뿐 아니라 제2차 세계대전 후 세계적인 키워드였다. 그 시절 세계적으로 가장 영향력이 컸던 불란서 철학자 장 폴 사르트르가 제2차 세계대전 종전 직후 창간한 잡지 제호도 '현대Les Temps modernes'(1945)였다. 물론 이 땅에서도 해방기에 〈현대일보〉(1946), 〈현대〉(1947) 같은 미디어가 벌써 나왔다.

그런데 1955년 한국 〈현대문학〉의 '현대'는 "순간적인 시류나 지엽적인 첨단 의식과는 엄격히 구별"되며, "언제나 전통의 주체성을 통해서만 이해하고 인식할 것"이라 했다. 또한 "과거는 언제나 새로이 해석되어야 하며 미래는 항상 전통의 결론임을 잊어버리지 않겠다는 것이 그것이다"라고 강조했다. 이렇게 '현대'라는 말을 '보수적'으로 사용한 경우는 드물 것이다.

창간사를 썼을 조연현은 기실 모더니스트도 아니었다. 그는 물론 '현대문학'을 공부한 사람이지만, 정신 깊이 파시스트에 가까웠다.[21] 그 시절의 진정한(?) '현대'주의자들, 즉 김수영, 박인환, 김경린, 김규동 같은 모더니스트들은 따로 있었다.

〈현대문학〉은 양가적이며 모순적인 역할을 했다. 한편으로는 문단의 공기公器로서 기능했고, 다른 한편 문단 권력뿐 아니라 지배와 우익의 문학을 대변하는 도구로서 군림하기도 했다. 한국문인협회와 함께 그랬다. 잡지 자체의 복합성에 비하면 주간 조연현의 사상과 행보는 좀 얄팍한 것이었다. 그는 계속 권력의 편에 섰고 그 자체로 권력이었다. 김명인은 그가 70년대까지 문단의 사실상의 수장이었으며, 그와 김동리가 함께 창출해낸 '순수문학' 담론은 남한 문학의 지배 담론이자 제도 문학 교육의 골간이었고, 문인 지망생들의 금과옥조이자 일반 문학 독자들의 상식이었다는 것. 그리하여 1970년대에 창비나 문지가 한 일의 대부분은 조연현(식 문학 담론)과의 힘겨운 싸움이었다고 해도 과언이 아니라고 썼다.[22] 박근혜 정권 출범 이후 〈현대문학〉지가 벌인 사달은 안타깝기 그지없는 것으로,[23] 세인들로 하여금 새삼 이 잡지의 오랜 역사와 명암을 되돌아보게 했다.

당대 최고의 출판사의 하나인 을유문화사에 의해 1958년 6월 창간된 계간지 〈지성〉은 한국 최초의 계간지로 간주된다. '문예 중심'을 내세우고 박종홍, 정명환, 이어령, 정병욱 등 당시의 젊고 잘나가는 필자들을 앞장세운 이 잡지는 50년대적인 것과 60년대를 잇는 역할을 했다고 평가할 수 있다. 그러나 오래가지는 못했고, 계간지 시대는 좀 더 있다 본격적으로 열린다. 정진숙이 쓴 창간사도 "사이비 문화인"과 "음담패설"에 찌든 대중을 꾸짖는 '정통적'인 필법으로 쓰였으나 다소 무겁다.

# 새로운 독자층의 성장과 대중지

1950년대 후반 출판문화의 재생과 붐은 당연히 독자층의 성장과 함께한 사실이었다. 독자층은 한글 문해 및 학교 교육의 광범위한 보급과 함께 빠르게 재구성되고 있었다.

여러 자료를 취합하여 보면 60년대 초에는 대략 학령 이상 전체 인구의 70~80퍼센트의 문해율이 객관적인 듯하다.[24] 과장과 조사 방법의 문제 때문에 신뢰할 수는 없지만, 50년대에 이미 초등학교(당시 국민학교) 취학률이 90퍼센트에 이르고 여성의 초등학교 취학률도 남아 취학률에 육박하고 있었다는 보고도 있다.[25] 여성의 경우 특권적 상층만 인쇄 매체의 수용자이던 시대가 끝나고, 새로운 여성 독자층이 넓게 형성되고 있었다는 의미다.[26]

50년대에 대중지 영역이 새롭게 개척된 것은 순전히 이 같은 상황에 근거한 것이다. 한 시절 대중잡지의 대명사로 꼽혔던 잡지들이 줄줄이 등장했다. 〈희망〉〈신태양〉〈아리랑〉〈명랑〉〈야담과 실화〉 등이다. 또한 식민지 시대의 대표적인 대중잡지였던 〈삼천리〉와 〈혜성〉도 같은 이름으로 재창간됐다.

과연 이 시절의 잡지는 얼마나 읽혔을까? 1954년 현재 〈학원〉은 무려 10만 독자를 거느리고 있었으며 1955년 〈아리랑〉은 9만 부, 〈희망〉(1951~1963)도 8만 부까지 팔려나갔다 한다. 이는 50년대 가장 많은 판매 부수를 가진 일간지 〈동아일보〉보다 많은 것이었다. 〈사상계〉는 1955년에 매월 약 2000부 정도가 팔렸다는데, 1960년대 초에는 무려 6~7만 부가 발행됐다.[27] 이 또한 오늘날의 비슷한 부류의 잡지보다 더 많은 것이다.

전후의 '피폐'와 아직 라디오, TV 등 다른 매체가 발전하지 못하고 있던 저개발의 상태에서 '대중잡지의 전성시대'라는 말이 가능할 정도의 상황이 전개된 것이다. 이 시절 잡지값은 무척 쌌고,[28] "성이나 성행위를 설명한 기사, 치정 관계를 흥미 본위로 폭로한 스캔들, 비정상적인 애욕 생활의 묘사를 위주로 한 에로 기사 제일주의"가 판을 치며 잡지사 간의 경쟁이 치열해졌다. 대중문학은 이 같은 대중지들의 주요한 '콘텐츠'의 하나였다.[29] 소위 '순수문학'은 대중문학과의 '구별 짓기'를 통해 자신의 룰을 정립해갔다.

## 학원 그리고 여원

1952년 11월에 창간된 월간지 〈학원〉은 이 같은 독자 형성의 상황과 함께 1950~60년대를 대변하는 청소년 잡지다. 요즘은 이런 형식과 독자층을 가진 잡지가 없다고 할 수 있다.

창간사를 보면 〈학원〉은 "중학생 종합 잡지"로 시작했는데, 이 때의 중학생은 오늘날의 '중딩'과는 사회적·세대적 위상이 다른 존재들로서, 1318 청소년층 자체를 가리킨다. 이 시절엔 중등학교 진학률이 그리 높지 않았기 때문에 이들은 예비 지식층이자 대중 독자 그 자체였다. 〈학원〉은 다양한 콘텐츠로 이들의 전폭적인 지지를 받는다. 1954년에 약 10만의 독자에게 읽혔다니 전국 중·고교 재학생의 10퍼센트를 훨씬 넘는 수가 이 잡지를 읽은 셈이다.

참혹한 전쟁 중에 학생들을 위한 "이렇다 할 잡지 하나이 없는" 형편에서 "참된 교양과 올바른 취미의 앙양"을 기하겠다 한 이 잡지는 전후 문화사와 잡지사에 영향을 끼친 바가 크다. 장수경 등의 연구자들이 이 잡지와 독자에 대해 깊이 있는 연구를 통해 한국문학사에 '학원 세대'라는 특별한 세대가 있다는 점을 밝혔다. '학원 세대'는 50, 60년대 〈학원〉을 읽고 성장하고 '학원 문단' 및 '학원문학상'(1954~1967)을 통해 지식인, 문인 들로 성장한 이들을 지칭한다. 총 11회 실시된 '학원문학상'은 전국의 중·고교생에게 매회 엄청난 인기와 관심을 끌어, 1회 때 응모작이 시 4000편, 산문 1000편 이상이었다. 이제하, 유경환, 황동규, 정공채 등 시인들과 송기숙, 유현종, 이청준, 김주영, 김원일, 최인호, 황석영 같은 소설가들이 학원문학상을 받았다 한다.[30] 학원사는 '학원 문단'뿐 아니라 장학제도를 통해서도 다음 세대를 길렀다.

〈학원〉 창간사는 20세기 한국 출판계 최고 거물 중 한 사람인 김익달(1916~1985)이 직접 썼다. 상식적인 수준의 소개밖에 할 수 없는 점이 안타까운데, 김익달은 1937년 일본 와세다대학교 상업과를 수료하고 해방 직후 대양출판사를 설립한 것으로 출판인 인생을 시작했다. 1952년 이 회사를 '학원사'로 개칭하고 그해에 학원장학회도 설립, 〈학원〉을 발행하였다. 〈학원〉이 엄청난 성공을 거두자 1955년 여성지 〈여원〉을 만들고 1960년대 이후에는 〈진학〉 〈주부생활〉 〈독서신문〉을 창간했다. 이들 잡지도 모두 성공이었다. 학원사와 김익달은 단행본 발간을 통한 문화 발전에도 공이 큰데, 1945년부터 1985년까지 40년간 약 3000여 종의 단행본을 만들었다. 또한 사전, 전집, 대저大著 발간 붐이 불던 1958년부터는 우리나라 최초의 백과사전이라는 『세계대백과사전』(전 6권)과 『가정의학대전』 『과학대사전』(전 8권) 등을 냈다. 1960~70년대의 『한국출판연감』이나 『한국잡지총람』 같은 관련 자료를 봐도 언제나 김익달은 대한출판문화협회 회장 등 출판계를 대표하는 인물로 일하고 있다. 학원사는 정진숙의

을유문화사 등과 함께 일종의 미디어 그룹을 이뤘던 것이다.

〈여원〉의 창간사도 김익달이 직접 썼다. "남녀동등권"이라는 단어가 눈에 띄는 이 창간사는 함축적이다. 〈학원〉의 성공을 바탕으로 여성 잡지를 창간하게 되었다는 출판사의 상황과 함께, 여권과 여성의 자기 권리에 대한 인식이 매우 낮다는 인식으로부터 출발했다는 점을 썼다.

여성 잡지의 역사가 그대로 현대 한국 여성사라 해도 과언이 아닐 것이다. 1955년에 창간되고 1970년에 종간된 〈여원〉[31]은, 서울 및 지방 도시뿐만 아니라 읍리 단위의 농촌에까지 보급되어 독자층이 매우 넓었다. 김예림은 독자 투고를 통해 이 잡지의 수용자층을 연구했다. 교사, 가정주부, 농촌 여성, 여대생, 여고생, 여고 졸업생 등 다양했고 그 사연도 농촌 여성의 삶에 대한 이야기를 많이 실어달라거나, 문학이나 연예 관련 기사를 조절해달라거나, 잡지값을 내려달라거나 하는 등 다양했다. 그러나 기본적으로, 읽을거리가 부족했던 이 시대의 여성 독자 대부분은 이 잡지를 문화적 교양과 다채로운 생활 지식을 제공해주는 아주 유용하고도 수준 높은 매체로 인식하고 있었다.[32] 1960년대 중반의 한 조사에 따르면 〈여원〉은 '이대 다니는 여자'들도 가장 많이 보는 잡지였다.[33]

그런데 사실 한국 여성 지식인이나 연구자가 종합지나 지식인 잡지 등에 참여하거나 기고하는 일은 80년대까지는 드물었다. 50, 60년대의 〈사상계〉나 〈청맥〉, 또는 70년대 〈창비〉나 〈문지〉 등에 시인, 소설가를 제외한(물론 이들도 소수지만) 여성 필자가 얼마나 등장하는지 살펴보면 좀 놀랍다. 그래도 이런 시대에 〈여원〉이나 〈여상〉 등이 여성 종합 교양지 역할을 맡고, 여성 지식인이 활동할 터가 되었다. 1950년대에 김말봉, 박경리 같은 여성 작가들, 그리고 1960년대에 전혜린, 천경자, 최은희, 이태영 같은 예술가나 '여류' 지식인들이 이 잡지에 글을 기고했다.


## 오래된 통속과 새 통속

잡지 〈희망〉은 50년대의 대표적인 대중지로 알려져 있는데, 이 잡지의 발행 사항은 연구자를 혼란스럽게 한다. 먼저 1950년 2월 미국공보원에서 주한 미국공보원장 "제임쓰 L 스튜워트"를 발행인, 홍신洪信을 편집인으로 하여 발간된 월간 잡지가 있다. 이는 판권지에 발행처를 "미국공보원 서울시 중구 을지로 1가'로 표시하고는 전화번호는 "와싱톤 60·71번"으로 적어두었다. 전화는 워싱턴에서 받았다는 이야기일까?

그러다가 1951년 5월 피난지 부산에서 창간된 〈월간 희망〉(1951년 5월)이 발간됐다. 그런데 〈주간희망〉이 또 1955년 12월 26일 창간되었다. 이 〈주간희망〉은 〈라이프〉〈타임〉 같은 미국의 대표적인 잡지의 영향을 받았다는 것을 드러내며 한국 최초의 본격적 주간지임을 자처했다.[34] 그래서 50년대 후반에는 〈주간희망〉과 〈월간 희망〉이 공존했다.[35] 책에는 첫 번째와 세 번째, 즉 50년본 창간사와 55년 창간된 〈주간희망〉의 창간사를 함께 실었다. 각각 흥미 있는 문화사적 의의를 갖고 있다. 1950년 1월에 쓰인 전자는 주한 미국공보원장 "제임쓰 L 스튜워트"라는 미국인이 "친애하는 대한의 학우 여러분"에게 권학하는 글로 돼 있다. 과연 주한 미국공보원과 그 기관장은 그럴 만한 위치에 있었다. 해방 직후부터 한국전쟁과 1950년대에 걸쳐 미 공보원은 미국의 대對동아시아·대한반도 지배 정책의 문화적 첨병 구실을 했다. 이는 전후방에 걸친 심리전의 중추 기구였으며 출판, 영화, 교육 등 모든 면에서 남한 민중에게 아메리카니즘을 전파했다.[36] 물론 달러를 많이 썼겠다. 훗날 미국공보원이 미국문화원이

月刊 희망

創刊號

定價 壹百圓

一九五〇年一月二十五日 印刷
一九五〇年二月 一日 發行

發行人　Ｊ·Ｌ·스튜워―트
編輯人　洪　相　信
印刷人　崔　相　潤
印刷處　朝鮮敎學圖書株式會社

〈登錄　第三六號〉

서울市中區乙支路一街
發行處　美　國　公　報　院
電話와싱톤　六〇·七一番

미국공보원이 발간한 〈월간 희망〉 창간호(1950년 2월) 판권.

되고 나서도 그런 상징성에는 변함이 없었기에, 80년대의 청년들이 이 기구를 여러 차례 공격했던 것이다.

### 야담 시대의 연장

서구와 일본의 문학 개념을 공부한 전문적인 창작가와 새로운 미디어에 의해 '근대문학'이 문화적 헤게모니를 차지하는 과정에서 구소설, 신소설, 딱지본 소설, 대중소설, 유모어, 영화소설 등 주변 장르문학이 명멸했다. 다양한 대중 서사가 시대에 적응하며 변모해갔던 것이다. 야담도 그 가운데 하나다. 야담은 "역사적 사건이나 인물에 관하여 민간에서 전해온 이야기를 통칭하는 용어"[37]랄 수 있는데, '재밌고 기이한 이야기' 정도로 널리 편하게 쓰인 용어다. 식민지 시대에는 소설가 윤백남, 김동인을 발행인으로 한 월간지 〈야담〉과

신문사가 개최한 야담 대회도 있었을 정도로 야담은 한때 인기 있는 양식이었다.

1955년 희망사에 의해 월간 〈야담〉이 부활했다. 이 〈야담〉도 동아시아와 식민지 시대의 서사 전통을 계승하고 있다. 이를테면 '의복가화' '구빈미담' '중국기화' '명판쾌담' '역대호걸' '인협쾌담' 등의 서사가 그렇다. 표지 그림도 그런 점을 표현하는 듯 모두 한복 입은 여성이었다. 그러나 이들은 '연재소설'과 '특집 만화' 같은 현대적인 콘텐츠와 함께, 또 신문학 교육을 받은 김광주, 조흔파, 백대진, 장덕조 같은 대중작가들의 글과 함께 놓여 있었다.

이에 비해 창간사에 표명된 것처럼 〈야담과 실화〉(1957)의 '야담'은 더 현대적인 것이었다. 그러니까 〈야담과 실화〉는 근대 초기 이래의 '읽을거리 대중 서사'의 계보를 이으면서도 '야담'을 현대 도시의 기담·괴담, 또 연예계의 가십과 성 문제에 관련된 '실화'로 적극 변용했다. 이를테면 편집후기에 언급된바 "육체파 미인 윤인자 양"의 총천연색 화보가 실렸고, 2호부터는 최독견의 '영화 소설' 「욕정만리」 같은 작품도 게재됐다. 육肉과 욕慾이 〈야담과 실화〉의 핵심이었

희망사에서 나온 〈야담〉 창간호(1955년 7월) 표지.

던 것이다.

이 잡지가 1950~60년대 이래 '옐로페이퍼'를 대표하는 것처럼 된 것은, 4만 부를 넘을 정도로 발행 부수가 많았거니와, '음란하다'는 이유로 종종 권력의 표적이 되거나 송사에 휘말렸기 때문이다. 1958년 12월 이승만 정권은 〈야담과 실화〉를 미 군정령 제88호 위반으로 폐간 조치했다. 국회 문교위에서 문제가 된 1959년 1월 호 기사는 「서울 처녀 60퍼센트는 이미 상실?」과 「경이―한국판 킨세이 여성 보고서」였다 한다. 여성의 욕망을 선정적으로 대상화하고 드러내어 보여주는 것은 언제나 남자들에게 당혹스럽고도 자극적인 콘텐츠다. 잡지의 독자가 많았고, 정부의 폐간 조치가 낡은 법령에 의지한 것이었기 때문에 논란을 야기했다.[38]

〈야담과 실화〉는 그러나 4·19의 '자유'에 편승해서 1960년 9월 말에 부활했다. 말뜻 그대로 '잡초' 같은 이 잡지는 박정희 체제하에서는 살아남았지만, 1980년 전두환의 신군부에 의해 다시 폐간되었다. 하지만 또 부활해서 명맥을 유지했다. 1992년에도 "전라 여인의 사진과 노골적인 성행위를 묘사한 만화를 게재한" 즉 "형법 제243조(음란한 문서 제조 등) 위반 혐의"로 발행인이 구속되기도 했다.[39]

〈아리랑〉(1955년 3월) 또한 50, 60년대의 대표적인 대중지다. 만화와 흥미 위주 읽을거리의 배치는 〈야담〉〈야담과 실화〉와 비슷하면서도 조금 차이가 있다. 이 차이와 유사점에 50년대식 대중성이 잠겨 있겠다. 이들 대중잡지의 창간호 표지 그림도 서로 비교해볼 만하다. 〈아리랑〉〈야담〉〈야담과 실화〉〈명랑〉 등의 대중지에는 오래된 통속성과 새로운 통속성이 겹치고 또 분기하고 있었다.

특히 〈아리랑〉과 〈명랑〉에 의해 주도된 대중지 시장은, 도시화·근대화와 결부된 대중의 앎과 욕망에 계몽적인 역할도 수행하게 된다. 〈아리랑〉은 창간사와 편집후기가 다 없고 창간호는 한국잡지박

삼중당에서 나온 〈아리랑〉 창간호(1955년 3월) 표지(왼쪽)와 목차(아래).

물관에 소장돼 있다. 창간호 표지와 목차 그림을 수록한다.


## 그리고 또 다른 시작

2014년 8월 통권 686호에 이른 〈기독교사상〉은 단기 4290년, 즉 1957년 8월에 출발했다. 개신교계의 잡지이지만 보편적인 철학 문제와 한국 사회의 현안도 다뤄왔다. 맹목과 독선, 친미반공과 탐욕의 상징이 된 '개독'이 아니라 "한국 기독교의 양심과 지성의 상징"[40]을 자처하여 기독교 사상을 제대로 공부하고 '실천'하려는 지성들에게 영향을 끼쳐왔다. 이를테면 창간호에는 칼 바르트, 라인홀드 니버 같은 세계적인 신학자의 글을 번역하고 전영택, 주요한, 이병도, 홍이섭, 홍현설 등 당대의 지성이 참여한 '한국 문화와 기독교'라는 좌담이 개재됐다.

특히 〈기독교사상〉은 박정희 정부의 검열이 극악해지고 기독교에서 민주화 운동을 주도했던 70년대에 큰 활약을 했다. 문익환, 김재준, 한완상, 안병무, 박경서, 김동길 등 주로 '한신계' 기독교 지식인들과 함께 한승헌, 백낙청, 지명관, 진덕규, 양성우, 김명인 등 기독교 바깥의 지성인들도 기고하고 비기독교 신자에게까지 널리 읽혔다. 또한 M. 엘리아데의 「우주와 역사」, 케이트 밀레트의 「성의 정치학」, 마르틴 부버의 「성격 교육」 같은 글들도 이 잡지에 번역됐다. 개신교 지식인의 국내외 네트워크는 지금과 비교할 수 없는 문화적 의미와 힘을 갖고 있었던 것이다.

창간사는 대표적인 신학자의 하나이며 초대 감리교신학대 학장을 지낸 홍현설이 썼다. 글을 통해 약 60년 전인 그때에도 종교계가 혼란스러웠고, 종교가 오히려 "민심을 교란하고 사회의 논리와 양풍을 문란케 하"기도 했으며, 양적인 번영에 목을 맨 종교인이 많았다는 것을 알 수 있다.

## 과학 잡지의 계보와 '전파'

이미 식민지 시대에 〈공우工友〉(1920), 〈문명〉(1925), 〈백두산〉(1930), 그리고 1933년부터 1944년까지 무려 11년간 꾸준히 발행된 조선과학연구회의 〈과학조선〉 같은 과학 잡지들이 있었다. 과학 잡지의 역사도 해방기에 새로 시작됐다. 〈대중과학〉 〈현대과학〉 〈과학시대〉 등이 1946~47년 사이에 명멸했다. 1950년대에는 〈과학 다이제스트〉(1954), 〈소년과학〉, 〈과학세계〉(1958) 등이 나오다가[41] 〈전파과학〉의 발간으로 새 전기를 맞았다.

과학 잡지는 과학자들 사이의 의사소통을 위해 발간되거나 아니면 교양 독자를 상대로 발행되어왔다. 후자의 경우 특히 과학에 관심 많은 청소년들이 주요 독자였다.

〈전파과학〉은 〈과학조선〉 이래 처음 대중성과 지속성을 다 가진 잡지였다. 그런데 왜 '전파' '과학'일까? 19세기 말에 이뤄진 전파의 발견은 최대 그리고 최고 속력의 과학기술 혁명의 동력이 되었다. 전파의 중요성을 말한 창간사의 다음 문장은 비록 비문이지만, 지금도 여전히 통하는 말이다. "전파는 (…) 오늘날 인류의 과학 문명에서 그 첨단을 걷고 있습니다. 라디오, 텔레비죤, 하이·파이 등으로 무선전신, 무선전화로 이것이 우리들의 국방, 치안, 산업, 문화, 정치, 외교, 교통, 기상 등등의 그 어느 곳에서든 없으면 안 될 중요성을 띤 과학임은 이미 너무나 잘 알고 있습니다." 그러니까 '전파과학'은 단지 20세기 과학 패러다임이 아니며, 〈전파과학〉은 오늘날 세계에서 가장 발달한 한국 전자통신 문화의 조상 또는 선배 격인 셈이다.

그런데 한국 과학 교양 잡지가 '과학 입국'이나 '과학 대중화'의 기치를 내걸지 않은 경우는 없었다. "과학, 기술의 계몽 보급과 진흥"만이 "우리나라의 부흥과 부강을 가져오게 하는 가장 미더운 길"이기 때문에 과학 잡지를 만든다는 창간의 변은 반복돼온 것이며 이후에도 복창될 것이었다. 일상생활에서 과학기술이 '대중화'돼야 하고, 그리고 그를 통해 '선진국'을 따라가야 한다는.

〈전파과학〉 창간호의 내용을 보면 '라디오·TV'가 같이 묶여 가장 중요한 항목으로 되어 있고, 라디오 제작 방법이나 TV 수리법 같은 기사가 중요한 비중으로 다뤄져 있다. 라디오의 시대였던 1960년대를 관통해서 발간된 이 잡지는 10년여를 버티다 없어졌으나 지금도 전파과학사는 과학 도서를 출간하고 있다. "오늘에 와서 우리나라가 전자 과학과 통신공학 등에서 세계 정상에 이르고, 바이오테크놀러지를 비롯한 여러 분야에서 선진국과 나란히 경쟁할 수 있게 되기까지 본사의 출판 사업이 그 밑거름이 될 수 있었음을 무엇보다 보람되게 생각"한다고 한다.[42]

# 週刊希望

〈주간희망〉 창간호(1955년 12월 26일) 표지.

# 첫 號를 내면서

구태어 虛勢를 부리어 무슨 主義마위를 뿌리삼아 엄매려 하지않으며 억지로 假飾을 꾸미어 흔해빠진 主義을 내세우려 하지도않는다. 다만 조고마한 試圖로서 한줌의 흙을 文化의 언덕에 보태려 함이며 한가닥의 細流를 音論의 大海에 흘러 合치려 함이 『週刊希望』을 江만이못된 내려놓는 微意다.

갈퀴를 뒤지어 분간하기 어렵고 실머리를 찾아 제대로 알아볼수도 없는 錯綜하고 多端한 現實에 對處하여 우리들의 呼吸이 밖으로 世界와 共通하며 안으로 社會와 함께 冷暖을 같이하여 숨가삐 돌아가는 이週間의 大小의 事相이며 동안의 大小의 事相을 區間삼아 이제 한 週間의 造作이라면 이제 現實에 뒤덮히는곳, 흐리지않고 어지럽지 않고 바르고 빠르게 보고 듣고 느끼는 것만이 간절히 要望되는 것이다.

혀를 北돋우고 괴우는 底만으로 더한층 掲載와 鞭撻의 이있어주시면 發幸되이 勇敢이 첫

元來 無限한 時間에서 하루나 한달을 區間지음이 生活의 便利를 爲함인 間을의 造作이라면 이제한 週間을 區間삼아 이제한 週間의 『希望』이나 『野談』을 通하여 더할수없는 眷揚을 베풀어주신 江湖人士 여러분께 새로 『週刊希望』을 북돋고 괴우는 底望만으로 더한층 掲載와 鞭撻의 이었어 力으로써 더한층 力으로써 믿는마음 자욱을 내어디린다.

## 編輯者의 片紙
### 美國週刊紙의 先例

親愛하는 讀者여러분!

우리나라 新聞史上에서 처음으로 試圖된 것이라고 自負할수 있는 『週刊希望』을 創刊함에 있어서 外國—特히 美國의 週刊紙이야기를 하여보겠습니다.

世界文化의 發展過程에서 볼때 한世紀가 뒤떨어졌다고 볼수있는 우리가 先進國의 先例에서 무엇을 배우고 느껴야 할것은 그무엇보다나 위도 없는 노릇입니다.

『타임』? 『타임』이 도대체 무엇인가—하면 반드시 顧坦함 …

〈주간희망〉 창간호 3면.

---

## 目次 〈創刊號〉

新版娛樂誌

野談과 實話

創刊

2日

〈야담과 실화〉 창간호(1957년 2월) 표지.

〈야담과 실화〉 창간호 광고면(위)과 목차(아래).

〈월간 희망〉 창간호(1950년 2월) 표지.

〈지성〉 창간호(1958년 6월) 표지(위)와 본문(아래).

# 월간 희망希望

## 대한 학도들에게

### 제임쓰 L 스튜워트(주한 미국공보원장)

친애하는 대한의 학우 여러분 우리는 지금 가장 소란한 이십 세기 후반기에 직면하고 있읍니다.

지난 사십구 년간 인류는 놀라운 진보와 발전이 과학과 기계 문명에서 찬연한 바 있었으나 그러나 인류는 불행이도 동정심과 형제애의 진보가 지지미미遲遲微微하였었읍니다.

결국 인류는 이런 현상으로 말미암아 전반 세기를 피비린내 나는 전쟁과 비애의 역사를 가질밖에 없었던 것입니다. 핸들을 잡고 있는 이는 곧 여러분밖에는 없읍니다.

남녀 학생 여러분! 여러분은 원치 않는 고경苦境과 여러분이 건설하고자 하지 않았던 세계에 처하고 있음을 느끼실 것입니다. 우리들의 선조들도 이것이 우리에게 적합 여부를 불고하고 지나간 세대에서 물려받아 우리에게 전하여왔던 것입니다.

역사는 분초를 다투는 듯이 흐르고 있읍니다. 그러나 다른 세계가 도래할 때까지는 이 세계는 계속한다는 분명하고 엄연한 현실이 있읍니다.

발행일    1950년 2월 1일
발행 주기    월간
발행처    미국공보원
발행인    J. L. 스튜워트
편집인    홍신

나는 여러분에게 부탁하고 싶은 것은 현하의 청년 남녀 학도 여러분은 지식을 함양하심에 적극적인 성의와 정열을 경주하실 것을 바랍니다. 지식이 없이는 인류의 진보가 없을 것이며 다만 지식과 썩썩한 도덕적 양심만이 인류로 하여금 더 한층 높이 향상시킬 수 있을 것입니다.

　나는 독자 여러분이 이 글을 읽으시므로 이러한 지난 반세기의 종결은 인류는 가장 치명적인 무기를 갖게 되었으며 또 이 반면에 개인은 물론 만인의 행복을 보증하는 안녕과 질서를 이룩하기 위한 역사상 위대한 기회를 얻게 되었습니다.

　다시 오는 우리의 앞길에는 전쟁과 평화 파괴와 건설 퇴영과 발전이 가장 중요한 분기점에서 이를 좌우하는 결정적인 지혜를 얻고자 하심에 목마른 사람과 같이하시며 이 지혜를 모든 생활에 있어 옷 입듯 실천하시기를 충심衷心으로 바랍니다.

# 사상思想

## 창간사

이교승

오늘 우리 한국은 인류의 역사가 생긴 이래 가장 흉학하고 잔혹한 적색 제국주의 세력의 불법 침략을 받은 지 이미 이 년여를 경과하여 수많은 인명재산을 희생시키고 삼천리 아름답던 강토疆土를 황량한 폐허로 만든 채 아직도 그 야망을 버리지 않는 침략자와 대결하여 가열한 전쟁을 진행하고 있다. 이 중대한 단계에 처한 우리나라에 있어서 실로 가장 중요하고 적절한 문제는 이 광고曠古 미증유의 대국난을 극복하고 새로운 민족 역사를 개척할 결전決戰 국민의 사상과 정신을 옳바르게 지도귀일指導歸一시켜 이 세계사적 의의를 가지는 대공對共 전쟁에 대한 필승의 신념을 공고히 하는 일일 것이며 그 기초를 조건으로서 이 나라의 젊고 진지한 지식인 특히 학자, 문화인, 학생들에 의한 사상의 연구, 이념의 형성 운동이 제요提要되는 것이다. 생각컨대 한국 민족은 광막한 아세아 대륙의 동단에서 그 역사를 창시한 후로 오늘에 이르기까지 실로 기구한 운명 속에 가혹한 수난을 거듭해 왔다. 그러나 연면유장連綿悠長한 오천 년의 성쇠소장盛衰消長의 자취를 거슬러 보면 일찌기 우리의 선민들은 외우내환의 국난이 닥칠 때마다 영원한 민

발행일　단기 4285년(1952년) 8월 21일
발행 주기　월간
발행처　국민사상연구원
발행인　이교승
편집인　이교승

족 생명에 융합하는 조국애로서 의결 단합하여 민족의 정기와 '얼'을 발휘 선양했고 나아가 새로운 민족 역사를 창조하는 한 전기를 이루곤 하였으며 그럴 때마다 그 근저와 배후에는 국민의 사상과 기지를 순화하고 작흥作興 한 정신운동이 선구하였다는 것을 찾아볼 수 있다. 그러나 근고 이래로 쇠 미부후衰微腐朽했던 국민사상과 민족정신은 필경 왜제倭帝의 마수에 국권을 강탈당하여 반세기에 가까운 굴욕의 역사를 자초하기에 이르렀고 저 혹독 한 식민정책의 문화 말살, 사상 탄압으로 말미암아 교육의 예속, 지식의 영세, 학문의 불구는 필연 세계 문화와 시대의 조류에 배합진취配合進取할 자유와 기회를 금단당하였고 민족 고유의 전통적인 사상과 기풍을 상실함을 면하지 못하게 하였다. 8·15의 해방은 우리를 이러한 이념의 공백, 정신적 마취 상태에서 하로아침에 서로 주의主義와 이해를 달리하는 공산, 민주 두 세계의 대립과 모순이 자아내는 강한 폭풍의 세례를 받게 하였으며 민족이 하나로 뭉치어 통일된 조국의 독립을 이루려는 삼천만의 염원은 충절함에 도 불구하고 홍수와 같이 밀려든 외래 사상에 감염된 민중을 사이비한 지도자들은 정쟁의 도구로 구사하기 시작하였으니 좌우로 남북으로 사분오열된 이 겨레에게는 날로 새로운 비극적 수난의 제諸 요인이 조성되어가는 것을 저지할 길이 없었다. 민족과 조국을 배반하고 쏘련 제국주의에 충성을 다하는 공산도당의 독재 음모에서 획책되는 선동과 파괴의 갖은 방해를 받으면서 남한에 수립된 대한민국은 민주주의의 강화로 국가, 민족의 만년 복지의 기초를 존정尊定하려 할 지음 강토의 배반을 점단占斷하고 쏘련 제국주의의 세계 제패의 전위前衛가 되어 전쟁을 준비해오던 북한 괴뢰 집단의 불법 남침을 받게 되어 조국의 운명은 다시 누란의 위기에 직면하게 되었으니 이 6·25동란은 곧 이차대전 후 양성釀成되어온 국제 모순의 압축된 폭발이며 민주주의와 공산주의가 대립한 세계적 전쟁의 전초인 동시에 이 비참한 전쟁을 이 땅에서 발발케 한 책임이 우리들 민족 내부의 분열 상쟁에 있다 할 것이며 이것은 장구한 기간을 두고 자민족의 전통과 긍지를 잊고 사대와 의타依他와 당쟁을 일삼던 주체의 병폐에 기인한다 할 것이다. 이제 우리는 이 숙명적인 순환을 극복하고 새로운 세계사와 민족사의 전환을 획하는 과업을 달성하기 위하여 총탄의 전쟁에 배합하여 일대 반성과 모색과 노력으로서 세계관, 국가관, 인생관의 형성에 의한 사상과 이념의 투쟁이 절실히 필요하게 되었다. 무슨 싸움에 있어서나 그 상대방을 알고 또 자기를 아는 것은 잘 싸울 수 있고 이길 수 있는 필수 조건이다. 우리는 공산주의의 발생된 유래와 근거한 철학과 그의 전술을 철저히 파악하고 또 우리 자신이 구비한 철학과 이론의 장단을 여실히 인식하여 전쟁의 성격과 의의를 포착할 뿐 아니라 반드시 승리할 신념을 견지하여야만 할 것이다. 조국의 통일과 부흥 재건은 무력에 의한 전쟁의 승리로만 되는 것이 아니고 진실로 전 민족의 지향과 이상을 하나로 귀합시킬 수 있는 사상과 이념의 통일이 선행하여야 할 것이다. 싸우는 적이 선전하는 주의사상主義思想이라 하여 그 나쁜 일면만을 확대해볼 것이 아니오 자기편이 신봉하는 주의사상이라 하여 그 좋은 것만을 과장해서 내세울 것이 아니고 남의 것이라도 장점을 취하고 자기의 것이라도 허물은 버리어 가장 옳바른 길을 택하는 것이 자기를 강하게 성장 발달시키는 요제要提라 할 것이다. 우리는 냉철한 지성과 순결한 정열로서 학구의 정신을 제고하여 전 인류의 이념에 공통할 수 있고 자민족의 전통을 계승할 수 있는 세계관, 국가관, 인생관을 파지하여 부동浮動함이 없이 생신生新하고 고루함이 없이 건전한 진보적이고 완미完美한 국민의 사상과 기풍을 진작해야 할 지상 명제를 가지고 있다. 지금 우리나라에 이 방면의 연구와 지도에 임하는 학자와 문화인이 없지는 아니하나 아직 충분히 그 능을 발하지 못하고 있어 닥쳐오는 각종 외래 사조로 말미암아 고민하는 수많은 학도와 지식인들이 있음에도 불구하고 해명解明의 길을 열어주지 못함은 실로 유감된 일이 아닐 수 없다. 이러므로 월간지 〈사상〉은 우리 민족의 교양재로서 또한 모색하는 지성의 길잡이로서 이 민족의 활로를 개척할 역군이 될 것을 자부하고 나서게 되는 것이다.

전시하 피난 도시에서 물심양면으로 궁지함이 많은 환경이라 모—든 조건이 지극히 불리하나 민족과 시대의 요청에 수응하여 감히 다난한 과업을 자부하고 첫 발자국을 내디디게 된 〈사상〉지의 앞길을 위하여 이 땅의 지식인과 학도들의 절대한 애호를 바라 마지않는다.

**8월 9일**

# 학원學園

## 창간사

**본사 사장 김익달**

시대의 요구에 응하여 본사는 이에 중학생 종합 잡지 〈학원〉을 간행한다. 본디 〈학원〉은 글자 그대로 배움의 뜰이 되어야 할 줄 안다.

우리의 장래가 모든 학생들의 두 어깨에 달려 있다는 것은 누구나 다 말하는 바다. 그러나 불행히도 그들을 위한 이렇다 할 잡지 하나이 없는 것이 또한 오늘의 기막힌 실정이다.

여기에 본사는 적지 않은 희생을 각오하며 본지를 간행하게 되었으니, 우리가 뜻하는 바는 중학생들을 위한 참된 교양과 올바른 취미의 앙양이다. 아직 시작이라 무어라 앞일을 말하기 어려우나, 불행한 이 나라 학생들에게 '마음의 양식'이 될 만한 것을 드리고자 하는 본디의 뜻만이라도 알아주었으면 이 이상 더 고마운 일이 없을 줄로 생각한다.

본디 〈학원〉은 여러분의 참된 벗이 되고 싶어 세상에 나온 것이다. 바라건대 버리지 말고 끝내 아끼어주시압.

| | |
|---|---|
| 발행일 | 1952년 11월 1일 |
| 발행 주기 | 월간 |
| 발행처 | 대양출판사 |
| 발행인 | 김익달 |
| 편집인 | 하영오 |

## 사상계 헌장 ■

　자유와 평등을 근본이념으로 하는 근대적 과정을 거치지 못하고 봉건사
회에서 직접 제국주의 식민 사회로 이행한 우리 역사는 세계사의 조류와
격리된 채 삼십육 년간 암흑 속에서 제자리걸음을 하였다. 그것은 자기 말
살의 역사요 자기 모독의 역사요 노예적 굴종의 역사였다. 다행히 제이차세
계대전의 결과로 이 참담한 이민족의 겸제箝制에서 해방은 되었으나 자기
광정匡正의 여유를 가질 겨를도 없이 태동하는 현대의 진통을 자신의 피로
써 감당하게 된 것은 진실로 슬픈 운명이 아닐 수 없다. 그러나 모든 자유의
적을 쳐부수고 진정한 민주주의의 사회를 이룩하기 위하여, 또다시 역사를
말살하고 조상을 모독하는 어리석은 후예가 되지 않기 위하여, 자기의 무능
과 태만과 비겁으로 말미암아 자손만대에 누를 끼치는 못난 조상이 되지 않
기 위하여, 우리는 이 역사적 사명을 깊이 통찰하고 지성일관至誠一貫 그 완
수에 용약매진勇躍邁進해야 할 줄로 안다. 이 민족사생관두民族死生關頭에서
우리는 과연 유신창업維新創業의 기백과 실천이 있었던가? 사私를 위하여
공公을 희생한 일은 없었던가? 정치인은 과연 구국대업救國大業에 헌신하고

| | |
|---|---|
| 발행일 | 단기 4286년(1953년) 4월 1일 |
| 발행 주기 | 월간 |
| 발행처 | 사상계사 |
| 발행인 | 장준하 |
| 편집인 | 장준하 |

발분망식發憤忘食하였던가? 민民은 과연 대를 위하여 소를 버릴 용의가 있었던가? 우리는 서슴치 않고 "그렇다"고 대답할 수 없음을 지극히 유감이라 아니할 수 없다. 이 지중至重한 시기에 처하여 현재를 해결하고 미래를 개척할 민족의 동량棟樑은 탁고기명託孤寄命의 청년이요 학생이요 새로운 세대임을 확신하는 까닭에 본지는 순정무구純正無垢한 이 대열의 등불이 되고 지표가 됨을 지상의 과업으로 삼는 동시에 종縱으로 오천 년의 역사를 밝혀 우리의 전통을 바로잡고 횡으로 만방의 지적 소산을 매개하는 공기公器로서 자유, 평등, 번영의 민주 사회 건설에 미력을 바치고자 하는 바이다.

오직 강호의 편달을 바랄 뿐이다.

**단기 4288년 8월**

**장준하**

■    「사상계 헌장」은 1955년 8월 호부터 실리기 시작했다.

# 현대문학現代文學

## 창간사

　인류의 운명은 문화의 힘에 의존된다. 때로 민족은 성할 수도 있고 때로 국가는 패망할 수도 있으나 인류가 남겨놓은 문화는 결코 그 힘을 잃은 적이 없다. 석가나 기독의 사상이 민족과 국가를 초월해서 항상 인류의 위대한 광명이 되어왔음은 이의 가장 유력한 증거의 하나이다. 우리가 인류의 역사를 성찰할 때 한 민족이나 한 국가의 존망이 일시적으로는 그들의 무력에 의존됨을 볼 수도 있으나 높은 문화적 전통을 지닌 민족이나 국가가 허무히 패망한 예를 보지 못했으며 문화의 배경이 없는 무력만으로써 그 국력을 확장한 민족이나 국가의 장래가 또한 길지 못했음을 볼 수 있었다. 이는 어느 민족이나 국가에 있어서도 문화의 힘이 그 민족이나 국가의 기본적인 요소임을 말해주는 것이 아닐 수 없다.

　이러한 문화의 기본적인 핵심은 문학이다. 우리는 문화라는 개념 속에 얼마나 많은 뜻이 포함되어 있는가를 잘 알고 있다. 그러나 이 속에 포함되는 뭇 사상事象들은 제가끔 전문적으로 독립되어 있거나 기계적으로 분해

| 발행일 | 단기 4288년(1955년) 1월 1일 |
| 발행 주기 | 월간 |
| 발행처 | 현대문학사 |
| 발행인 | 김기오 |
| 편집인 | 김기오 |
| 주간 | 조연현 |

되어 있을 따름이다. 그러므로 그곳에는 인생의 종합적인 표현으로서의 문화의 근원적인 생명이 결여될 수밖에는 없다. 문학은 그러한 어떠한 문화 형태와도 그 성질을 달리하고 있다. 문학은 확실히 독립된 한 학문이요 예술이면서도 철학이나 정치나 음악이나 미술과 같이 분명히 독립적인 것은 아니다. 문학은 어떤 경우에 있어서는 하나의 철학이요 종교며 또 어떤 경우에 있어서는 음악이며 미술일 수도 있다. 협의에 있어서의 문학은 일종의 언어예술에 그칠 수도 있으나 광의에 있어서의 문학은 철학, 정치, 경제 등 일절의 학문을 대표할 수도 있다. 이는 문학이 인생의 총체적인 한 학문인 까닭으로서 다른 어떠한 예술보다도 사상적인 위력을 발휘할 수 있는 소이所以이기도 하다.

이번 뜻을 같이하는 몇몇 동지들이 모여 가치 있는 그 많은 여러 문화 기업 중에서도 특히 문학 활동에 봉사하기 위한 본지의 창간을 실천한 것은 문학이 이와 같이 문화의 기본적인 핵심임을 깊이 인정한 까닭에서이다.

본지는 본지의 제호가 암시하는 바와 같이 한국의 현대문학을 건설하자는 것이 그 목표이며 사명이다. 그러나 본지는 이 '현대'라는 개념을 순간적인 시류나 지엽적인 첨단 의식과는 엄격히 구별할 것이다. 본지는 현대라는 이 역사상의 한 시간과 공간을 언제나 전통의 주체성을 통해서만 이해하고 인식할 것이다. 즉 과거는 언제나 새로이 해석되어야 하며 미래는 항상 전통의 결론임을 잊어버리지 않겠다는 것이 그것이다. 그러므로 아무리 빛난 문학적 유산이라 할지라도 본지는 아무 반성 없이 이에 복종함을 조심할 것이며 아무리 눈부신 새로운 문학적 경향이라 할지라도 아무 비판 없이 이에 맹종함을 경계할 것이다. 고전의 정당한 계승과 그것의 현대적인 지양止揚만이 항상 본지의 구체적인 내용이며 방법이 될 것이다.

이러한 본지의 목표와 사명을 완수하기 위하여 본지는 본지를 일개인의 적은 기업이나 취미로부터 해방하여 명실공히 한국 문단의 한 공기公器로써 문단의 총체적인 표현 기관이 되게 하는 데 성심을 다할 것이다. 건전한 한국의 현대문학을 건설하기 위하여 본지는 일절의 정실과 당파를 초월할 것이다. 그러나 현대 한국문학의 위대한 전통을 확립하기 위하여서는 어떠한 기관보다도 본지는 작품에 대한 가치판단에 준열할 것이다. 작품의 가치를 판별하는 행위에 있어서만은 본지는 결코 기계적이며 형식적인 공정公正에 타협하지 않을 것이다. 본지는 무정견無定見한 백만인의 박수보다도 문학에 대한 깊은 애정과 옳은 식별력을 가진 단 한 사람의 지지를 오히려 영광스럽게 생각할 것이다.

이 땅의 모든 문학인들은 여상如上의 본지의 포부를 가상히 여겨 본지를 통하여 당신들의 생명과 영혼을 조각해주시기를 기대하며 사회 각층의 성원과 협조를 충심으로 빌어 마지않는 바이다.

여원女苑

## 여성의 문화 의식 향상을 위하여

해방 십 년.

민주주의의 파도는 여성에게도 밀려와 눈부신 각성에서 '여성해방'의 구호는 쉴 사이 없이 부르짖어졌다.

그러나 해방 십 년을 맞이하는 오늘, 과연 어느 정도의 남녀동등권은 획득되었으며, 우리나라 민주주의 발전에 여성으로서의 이바지함은 얼마나 컸었는가를 돌이켜 생각해볼 때, 무언가 공허함을 느끼지 않을 수 없음이 솔직한 실정일 것이다.

그 이유를 살피건대, 여성들의 문화 의식이 높지 못하다는 결론에 용이容易히 도달하게 된다.

어느 나라든, 여성의 문화 의식이 얇고서 그 국가 사회의 번영 발달을 바랄 수 없음은 더 말할 나위 없다.

이에 본사에서는, 만 삼 년래 월간 〈학원〉을 발행하여 미급한 대로 학생들의 정신적 양식을 제공하여왔거니와, 다시 갖은 애로를 극복하면서 〈여

**발행일**　　단기 4288년(1955년) 11월 1일
**발행 주기**　월간
**발행처**　　학원사
**발행인**　　김익달
**편집인**　　김익달
**주간**　　　김명엽

원)을 내어놓게 됨은 모든 여성들의 지적 향상을 꾀함과 아울러 부드럽고 향기로운 정서를 부어드리며, 새로운 시대사조를 소개 공급코자 하는 데에 그 미의微意가 있다.

**사장 김익달**

# 주간희망週刊希望

## 첫 호를 내면서

구태여 허세를 부리어 무슨 주의 따위를 뿌리 삼아 얽매려 하지 않으며 억지로 가식을 꾸미어 흔해 빠진 주장을 내세우려 하지도 않는다. 다만 조고마한 시도로서 한 줌의 흙을 문화의 언덕에 보태려 함이며 한 가닥 세류細流를 언론의 대해에 흘려 합치려 함이 〈주간희망〉을 강호에 내어놓는 미의微意다.

갈피를 뒤지어 분간하기 어렵고 실마리를 찾아 제대로 알아볼 수도 없는 착종錯綜하고 다단한 현실에 대처하여 우리들의 호흡이 밖으로 세계와 더불어 공통하며 안으로 사회와 함께 냉난冷暖을 맛볼 수 있는 길은 오직 이목이 부딪치는 곳, 흐리지 않고 어지럽지도 않으며 바르고 빠르게 보고 듣고 느낄 수 있는 것만이 간절히 요망되는 것이다.

원래 무한한 시간에서 하루나 한 달을 구간 지음이 생활의 사리를 위한 인간들의 조작이라면 이제 한 순간을 구간 삼아 이레 동안의 대소의 사상事相들을 정리하고 종합하며 분류하여 요약하는 임무는 하루 동안의 생명을 살리는 일간이거나 한 달 동안의 사물을 요리하는 월간과 마찬가지의 노력

발행일    단기 4288년(1955년) 12월 26일
발행 주기  주간
발행처    희망사
발행인    김종완
편집인    김종완

과 의의를 갖춘 것이면서 보다 더 많은 사람의 지식의 욕구에 부합할 수 있는 주간週間 세계의 총체적인 집약으로서 잡지적인 풍격과 신문적인 정수精粹를 살려보려는 것이 〈주간희망〉을 만드는 우리들의 희망인 것이다.

허나, 오늘날 반드시 순탄함만이 못된 출판문화의 걸어가는 가시밭길에서 온갖 환경의 제약과 정세의 전변轉變이 우리들의 포회抱懷한 초지를 달성하기에는 전도前途 자못 다난할 것임을 미리부터 헤아려두며 또한 우리를 사회에서 금일까지 주간으로서 성장함이 극히 어려웠던 것을 돌이켜 생각해볼 때 동인들의 부하負荷한 책무 더욱 중난한 것임을 통절痛切히 느끼어 마지않는다.

오로지 우리들의 함誠과 열熱이 엉키어 적으나마 굽히지 않고 흩어지지 않을 것을 자기自期하면서 주간 〈희망〉이나 〈야담〉을 통하여 더할 수 없이 성원을 베풀어주신 강호 인사 여러분께 새로금 〈주간희망〉을 북돋고 키우는 저력으로써 더 한층 지교指敎와 편달이 있어주시면 영행榮幸됨이 더함 없을 것으로 믿으며 용감히 첫 자욱을 내어디딘다.

# 신세계 新世界

## 자유세계의 방위와 그 의의를 중심으로

조병옥

이제 이 〈신세계〉지를 창간함에 있어, 창평사의 동인들은, 4년 전 임시 수도 부산에서 발간하여, 우리 독서계에 일대 선풍을 일으킨 민주주의의 수호지 〈자유세계〉의 정신을 그대로 계승하여, 정치, 경제, 사회, 과학, 문화 등의 평론과 연구 및 창조, 그리고 조사 등의 발표 잡지로서 만천하 독서자 앞에 내놓게 되었다는 데 대하여, 우리나라 민주 언론의 창달과 아울러 앞날의 민주주의 발전을 위하여, 무한한 기쁨을 느끼는 바이다.

우리 창평사 동인 일동은 이 월간 종합지를 간행함에 있어, 무엇보다 한국의 문화를 세계적인 수준에 지향시키는 데 최대의 진력盡力을 다할 뿐만 아니라, 한국의 민주 언론의 창달과 민주 문화의 발전을 위하여, 응분의 공헌을 할 수 있는 각오와 원대한 포부와 공고한 신념과 그리고 실현할 수 있는 찬연한 이상을 가지고, 우리 언론계 및 문화계의 한자리를 적으나마 찾아보려고 한다. 이런 의미에서 나는 여기에 창간사를 대신하여, 오늘날 우리의 현실과 결부시켜 몇 마디 피력하고자 한다.

**발행일**　1956년 2월 6일
**발행 주기**　월간
**발행처**　　창평사
**발행인**　　고재욱
**편집인**　　고재욱
**주간**　　　임긍재

오늘날 자유세계의 방위와 발전은, 인류사에 있어서 커다란 창조를 갖어 왔을 뿐만 아니라, 적어도 20세기 후반기에 있어 중대한 역사적 과제가 되었다고 아니할 수 없는 것이다. 이 역사적 과제로서의 자유세계의 발전과 방위의 전초전은 이미 우리 한반도에서 6·25동란으로 하여금 시도된 바 있거니와, 지금 명예스럽지 못한 휴전협정이 성립되어 가열苛烈한 전투는 계속되지 않고 있드라도, 우리는 전쟁 상태 이상의 대공對共적 임전 상태에 놓여 있는 것이다. 즉, 가장假裝의 선전 공세와 동갈恫喝적 경제 공세 및 사기적 평화 공세를 위주로 하고 있는 소련의 적색 제국주의적 침략의 노골화는 해가 바뀌고 날이 갈수록 우심尤甚해가고 있는 형편이다. 그러므로 이로 인하여 세계는 바야흐로 세계적 성격을 띤 전면전쟁의 동란動亂화할 가능성이 차쯤 가까워지고 있는 것이다. 그 시기는 언제라고 단언할 수는 없으나, 오늘날 국제적 환경의 조성으로 보아서, 그러한 역사적 단계에 놓여 있는 것만은 사실이다. 즉 소련은 '철의 장막'의 확장을 획책함으로써, 약소민족 및 인접 국가의 정복과 병합을 자행하고 있으며, 그 침략에 따라 필연적으로 획득하게 되는 자원과 시장이 점차로 팽창하게 될 것은 물론이다. 그리하여 이에 따르는 국가 자본의 비약적인 축적은 가일층 증대하여질 것이며, 이로 말미암아 적색 세계 제패의 야욕으로써, 침략의 도는 더욱 노골화할 것은 명약관화한 일이라고 생각하지 않을 수 없다. 이것은 재언할 것도 없이 소련의 침략사가 증명하고 남음이 있는 것이다. 1950년도에 발발된 한국동란도 소련의 그러한 침략적 야욕으로 인하여, 소련의 주구인 북한 괴뢰 집단의 불법 남침으로 하여금, 도발된 전쟁이었다. 그러나 여기에 '유엔' 군은 '유엔'헌장을 수호하기 위해서뿐만 아니라, 세계 평화를 교란하는 음모적인 소련의 적색 침략 야욕을 분쇄하고 아울러 자유세계의 평화적 발전과 방위를 위하여, 이역만리 한국에 견군遣軍되어 공산도배共産徒輩들을 응징하는 데 피를 흘렸던 것이다. 이와 같이 소련과 그 위성국가들은 우리 자유 진영을 붕괴하려는 데 전력을 경주하여, 때에 있어서는 냉전(Cold War)

도 하고 부분적으로는 열전(Hat War)▪을 감행하는 때도 있는 것이다. 이에 대하여 '유엔'은 언제나 정의에 입각한 세계 평화를 위하여, 최대의 노력을 다하고 있거니와 자유 진영의 총본영인 미국도 냉전에는 냉전으로 대항하고 있으며, 열전에는 열전으로 대하고 있는 것이다. 최근 국제적 물의를 비등沸騰시킨 〈라이프〉지에 발표한 '떨레스' 미 국무장관의 전쟁 불사의 침략 방지론도, 결국 따지고 보면, 힘에는 힘으로써 방어하여 세계 평화를 유지해보자는 데 있는 것이다. 이것을 가지고 소련은 하나의 커다란 선전 자료 모양 역이용해가지고, 전쟁 발발의 언사라고 비난하고 있다. 소련이 이와 같이 선전하는 이면에는 자기네의 침략적 과시와 야욕 근성의 정곡을 찔렀기 때문이다. 그러므로 미국의 대소對蘇 정책은 항시 강경 정책이래야만 한다. 미국의 대소 정책이 강경할수록, 모든 자유 진영의 국가군이 고무하여, 집단안전보장 체제하에 단결하게 될 것이며, 일본과 같은 협공 정책을 실리 외교의 도구로 삼는 국가는 나타나지 않을 것이다.

　지금 국제 정국은 '제네바' 사상회의四相會議 결렬 후 냉전의 신新단계에 이르렀다. 즉 자유 대 공산 양 세계의 냉전은 1955년 11월 '제네바' 사상회의에서 소련이 서방 삼 개국의 모든 제안을 반대하고, 동同 회의 진행 중 11월 중순경 최대의 수소폭탄(Hydrogen bomb)을 실험 실시하였다는 발표와 동시에, 객년 11월 12일에는 아랍 제국에 대하여 원자 발전을 원조해주겠다고 제안한 즉시로부터 양 세계는 '비난전'으로 전개되어, 객년 11월 29일 영국 외무성 대변인은 '불가닌'에 대하여, 독일 통일 문제에 관한 위선적인 견해를 표명하였다고 지적하고, 동시에 '떨레스' 미 국무장관은 객년 12월 2일 아세아를 역방歷訪하고 있는 소련 수뇌부 일행이 행한 연설에 대하여 논평을 가하되, '동아東亞 간의 증오를 조성하려는 기도'라고 비난한 것으로써 냉전은 바야흐로 새로운 단계에 돌입하였다고 볼 수 있다. 이러한 신단계에 돌입한 냉전의 현재의 전선은, 서방측을 기점으로 하면, 독일로부터 지중해, 홍해, 인도양, 태평양을 거쳐 한국에 이르는 선이고, 이 선에 접근하는 모든 약소국 내지 후진국 등은 전부 이 냉전의 목표가 되고 대상이 되는 것이다. 이러한 국제적 환경 속에 놓여 있는 우리 대한민국은, 자유세계를 구성하는 일국가로써, 허다한 난관을 극복하고서라도 자유와 행복과 생활의 자주성을 전취戰取하는 것을 게을리하여서는 안 되는 것이다. 이것이 닥쳐올 대공전對共戰에 대비할 우리 자체의 자주적 확립책일 것이다. 환언하면 오늘날 우리가 우리의 자유와 행복과 생활의 자주성을 전취할 자신이 없다면, 우리는 대공전의 의의가 무엇인가를 의심하지 않을 수 없다. 또한 자유세계를 구성하는 일원으로서의 자격도 없다고 볼 수 있다. 즉 우리가 오늘날 격동하는 불안한 국제적 환경 속에서 모든 악조건을 극복하고 인내하면서, 우리의 자유를 박탈하려는 공산주의 국가군과 대결 태세에 있는 것도 그 실은 우리의 자유를 옹호하는 까닭이오, 생활의 행복과 안주安住를 염원하는 까닭이다. 이만치 인간의 자유와 행복과 생활의 안주는 인간에게 있어서 가장 존엄한 것이고, 불가침성한 것이며 신성한 것이다. 그런고로 인류 문화가 발달 향상되고 창조되는 데 있어서, 주의主義와 신사상이 제기되는 것도, 인간의 자유 보장과 행복의 불가침성과 생활의 안주를 기하는 데 있었다고 볼 수 있다. 또 과거의 미국의 독립전쟁이나 불란서의 혁명이나, 혹은 이태리의 문예부흥 같은 역사적인 혁신 운동도 사실은 인간의 자유와 개성의 존엄성을 보장하기 위하여 발발된 전쟁이오 혁명이었던 것이다. 즉 17세기 중엽의 '크롬엘'을 중심으로 하여 수행된 영국혁명, 18세기 말엽 '인간의 자유와 평등의 권리'를 선언한 불란서의 인권 혁명, 19세기 중엽의 독일 급及 이태리의 통일 혁명 등이 모다 그것이다. 물론 거기에는 산업혁명도 있을 것이며, 종교개혁도 있고, 그리고 인간을 봉건적 무지에서 구하려는 계몽운동도 있었을 것이다. 그러나 그것은 인간의 자유 보장과 인간성의 해방, 또는 인간성의 탐구 등을 억압하고, 왜곡한 사회제도 및 종교 혹은 봉건적 영주 문화 등 사회 발전과 역사적 조류에 역행하는 모든 기존의 전통, 형식, 문화의 질곡으로부터 인간의 자유와 새로운 인간형을 요구하는 데 그 의의가 있었다고 할 수 있는 것이다. 그러한 인간의 자유란 영원불변의 천부의 권리로서 인간이 최선된 자기로 될 기회를 가지게 하는 분위기를 열심히 유지하려는 것이라고 할 수 있다. 그러므로 자유는 누구나 침범할 수 없는 권리의 산물이다. 이 신성한 인간의 자유를 보장하기 위하여, 과거의 전쟁과 혁명도 있었지만, 제일 및 제이차의 세계대전도 그러한 인간의 자유 때문에 불가피하게 발발된 전쟁이었다고 할 수 있다. 그러나 전 인류는 이 양대 전쟁의 공포와 기아飢餓와 전율의 세례를 받았음에도 불구하고, 다시금 인간의 자유를 억압하는 획일주의적 적색 전체주의 위협에 직면하여 있는 것이다. 즉 계급의 폐절을 선언한, 공산주의 국가 소련은 역사 및 사회적으로 형성된 관료적인 신흥 특권계급의 '독재주의'적 지배가 강화되어, 필연적으로 소련 인민에 모든 인간적인 자유를 박탈하는 것은 물론이려니와, 인민을 기계화하는 동시에, 인민을 국가자본주의적인 경제계획에 강제 동원하여, 이로 하여금 적색 공산 세계의 통일을 의도하고 있는 것이다. 즉 오늘의 세계정세는 '자유세계' 대 '공산 세계'의 사활과 자웅을 결決하는 역사적 운명에 봉착하고 있는 것이다. 그러나 소련은 '공산 세계'를 통일하려는 남어지, 정책의 선택과 방법 혹은 수단을 가리지 않고, 공산주의적 국가주의에 기초가 되는, '맑스·엥겔스'의 공산주의 기본 원칙에 의한 사상적 무장을 빙자하고 가장하여 가지고, 세계 적색 통일의 목적을 향하여, 선전과 구호로는 만국의 노동자, 농민이여 단결하라! 하면서, 실은 범'스라부'적인 민족의식을 고취하여, 안으로는 폭력적 관료적인 전제정치를 자행하는 동시에 밖으로는 약소민족의 인접 국가를 정복 병합하는 침략적 국가자본주의 세력을 확장하고 있는 것이다. 즉 소련은 '노동귀족'에 의한 소수 특수 계급의 가장假裝한 '푸로레타리아' 독재정치를 감행하기 위하여, 간판으로는 '맑스·엥겔스'의 공산주의 기본 원칙을 내걸고 있지만 기실은 그들의 세력 팽창을 위하여서는 수단과 방법을 선택치 않고, 어제 반동이라고 하든 적대적 자본주의국가라고 하여도 이해타산으로 오늘의 현 실정에 자기네의 유리한 점이 있게 된다면 우호 국가로 변하게 하는 정책을 시행하는 것이다. 이것을 역사적으로 예를 들어본다면, '넷부' 정책(신경제정책) 및 제일차 오五개년계획을 완료한 소련은 1934년 9월에 세계 자본주의 열강의 '반反소련연맹기관'이라고 비난 공격하던 '국제연맹'에 가맹하였던 것이며, 제이차 오개년계획을 수행한 1939년 9월에는 '나치스' 독일의 파란波蘭■■ 침입에 대한 소련 권익의 옹호, 소련 국적인의 보호라는 이유로 독일과 더불어 동서 양면으로 진격하여 그 영토를 분할 점령하는 동시에, 1939년 11월에는 분란芬蘭■■■에 대한 소련의 해군기지 설치의 요구가 거부되자, 분란芬蘭에 대한 개전開戰으로서 '카리레아' 협지狹地 '과—리바치', '스레도니아' 양 반도의 일부를 점령하고 제삼차 오개년계획을 추진함으로써 1940년 6월에는 '루마니아'를 위협하여 '벳사라비아'와 북부 '부코부이나'를 점령하고, 독일과 영불 간의 전쟁을 틈타서 '발트' 삼국을 병탄하고, 또 '이란'에 진격하여, 그 요충을 점령하였으며 1944년 동기冬期 공세에 있어서 독일에게 점령을 당하였던 '우크라이나'를 만회 회복하는 동시에, 파란을 공격하여 미영美英의 제이전선을 결성한 후 그 주력부대로 '발칸'제국을 점령하고, 제2차 대전에 전승戰勝하자 미·영·불과 더불어, 독일을 분할 점령하고 또 '얄타'협정에 의하여 우리 한국을 '삼팔선적 비극'을 조성케 하였으며, 그리고 중·소 조약이라는 미명하에 중공의 이익을 도모하여, 만주 소련점령기지를 토대土台로 하여 중공의 전 중국을 점령케 하는 동시에 광대한 지역에서 산출되는 자원을 동서로부터 획득하였으며, '쯔아' 제정 이래의 전통적 남하 정책이었던 지중해의 제패를 꾀하여, 토이기土耳其■■■■에 대한 정치적 압박을 가하여, 토이기 민족의 항쟁을 야기케 하였으며, 1947년 3월에 '트루만' 정책의 보강으로서 '마샬푸랑'의 발표를 계기로, '파란', '항가리—', '루—마니아', '불가리아', '유—고스라비아', '첵코스로바키아', 분란, '알비니아' 등 동구 '뿔럭'의 팔八개국을 규합하여, 구九개국에 의한 '코민포름'을 조직함으로써, 각국에 대한 내정간섭을 적극적

으로 하였으나, '첵코스로바키아'와 '유—고스라비아'는 '마샬푸랑'을 수락
하자고 소련에게 강력히 요구한 바 있어 '푸라우다' 지급紙及 '모스코—' 방
송으로 하여금 맹렬한 공격과 비판을 받게 되었으나, 1948년 6월에는 '코
민포름'으로부터 '유—고스라비아'의 '티토의 파문破門'을 보게 되었던 것이
다. 그러한 정치, 경제, 군사의 소련적 일원화의 기도는 무력적 위협과 정치
적 압박에 의한 내정간섭으로서 자행되었으며, 이와 같은 '철의 장막'의 정
책은 대내적으로는 자파自派 세력의 안전을 기하기 위하여 '스타—린'의 '크
레무린' 독재정치는 폭력으로서 그 반대파였던 '트로쓰기'를 국외로 추방
하는 동시에, '부하링' '지노프', '루이코프', '카메레프', '도하네푸스키' 등
을 학살하고 그 후 '스타—린'은 확고한 지반 밑에 철저한 내정을 감시하였
던 것이다. 이러한 내정에 있어서 '헤게모니' 쟁탈전은 '스타—린'의 사후
에도 '마렌코푸'는 '베리아'을 숙청하였으며, 당내 파벌 투쟁에는 '불가닌'
과 '후로스쵸프' 정권하에서 계속되고 있는 것이다. 그러므로 현재도 현 정
권을 반대하고, '자유소련'을 희구하는 젊은 '제네레이슌'은 불행하게도 서
백리아西伯利亞■■■■■ 강제노동수용소에 일천사백만 명이나 노예가 되어 있
으며, 또한 일천오백만여 명의 정치 죄수들이 소련 감옥에서 신음하고 있
는 것이다. 이와 같은 20세기 암흑 정치를 자유세계 전 인민의 이름으로 말
살시키기 위하여, 민주주의냐 공산주의냐 하는 이자택일의 관념적 형식론
에 의한 사상적 신봉을 위주로 하는 것보다 우리는 인간의 자유 보장과 정
신과 인격의 불가침성을 엄숙히 선언하는 동시에, 이를 실천하기 위하여 공
산주의적 독소毒素를 박멸하지 않으면 안 된다. 실제에 있어서 소련이 정치
적 날조용 어법을 기만으로 사용하고 있는 한, 민주주의니 공산주의니 하
는 관념적 형식론을 가지고는 주의主義의 정당한 언어가 엄밀히 사용될 수
가 없을 것이다. 왜냐하면 오늘날 '컴미니즘'에 귀를 기우리고 있는 우매한
인민들은 언어의 '인푸레—'가 극도로 신장伸長되어 언어의 암시장을 이루
운 정치 지대에서 생계를 영위하고 있는 까닭이다. 즉 민주주의라는 언어

의 공적인 시가市價는 소련으로 하여금 민주주의의 본질적 가치와는 판이한 비합법적 시가로서 거래되고 있는 것이 현대의 정치적 생리인 것이다. 다시 말하면 소련은 상탈常奪적 용어로서 민주주의를 도용하여, '진보적 민주주의'니 '인민적 민주주의'니 '민주주의적 민족 전선'이니 하고 있으며 '평화'의 용어도 그 본질적 의의와는 판이한 전쟁과 위협 공갈을 느끼게 하는 '평화 공세'라는 사기적 언어를 사용하고 있는 것이다. 그러기 때문에 사회주의니 사회주의니 민주주의니 민족주의니 또는 국가주의니 공산주의니 하는—가치보다 형식을 치중하는—관념적인 주의니 표현은 오늘날과 같은 언어의 '인푸레—' 속에서 언어가 암暗가격으로 거래되는 이때 한 주의主義는 그 주의를 부르짖는 자에 따라 그 의의와 가치가 규정되리라고 생각한다. 가령 독일의 국민주의나 또는 '러시아'의 '쏘베—트' 사회주의나 '맑스·엥겔스'를 거부하는 영국 사회주의나 '맑스·엥겔스'를 안가安價하게 반할半割하여 용인하고 있는 불란서의 사회주의나 '파레스치나'의 노동조합자본주의나 '푸로—돈'의 암시를 받았다고 할 수 있는 '토·골'의 협동사회주의나 '코민포름'을 이탈한 '티토'의 파문으로 폭발된 '유—고스라비아'의 민족사회주의 등은 어떤 형식적 주의로서의 해석은 차이가 있을지는 몰라도 모든 인민은 얼마만큼 행복하게 생활의 안정을 기하였느냐가 문제 되는 것이다. 환언하면 모든 주의와 사상은 인간의 자유와 행복과 생활이 자주성이 얼마만큼 보장되었느냐 하는 데서 그 내용의 진위의 가치와 선악 가치가 규정되는 것이라고 생각한다. 즉 모든 것은 인간이 중심이고 인간을 제외하고서는 모든 것에 존재적 가치와 역사적 가치도 있을 수 없는 것이다. 물론 인간은 역사적 존재임에는 틀림이 없다. 동시에 인간은 자각적 존재이며 사색하는 존재이다. 이러한 다양의 정의를 가진 인간은 역사 및 사회적으로 생이 지속되는 한 자기완성을 향하여 노력하고 있으며, 생에 대한 진실을 욕구하고 있다. 생에 대한 진실을 욕구하는 과도기적 현실에서 우리는 현실의 모순을 발견하게 되며, 현실에 대한 모순을 발견하는 데서, 현실에 대한 비판이 없을 수 없으며, 현실에 대한 비판이 있는 곳에 비판의 자유가 허락되지 않으면 안 되며, 비판의 자유가 허용되는 곳에 다채로운 창조의 결실이 약속될 것은 물론, 진정한 민주주의 사회가 형성되고, 인간의 자유 보장이 정당하게 법적으로 규정되고 실천될 때 비로소 민주정치가 국민의 생활과 행복을 위하여 정치적 자유와 사회적 평등을 초래케 할 수 있을 것이라고 생각한다. 여기에 있어서 비판의 자유라고 해서 기준을 망각하고, 덮어놓고 비판의 자유만을 견지한다면 현실의 모순을 분석하고 시비곡직是非曲直을 판정하는 데 있어서 무엇으로 그 정正과 사邪를 또는 건설적인 것과 토회討壞적인 판단할 수 있을 것인가. 정과 사, 시是와 비非, 선과 악, 미와 추, 진과 위 등을 과학적으로 정확하게 판단하려면, 반드시 비판의 기준이 있어야 할 것이다. 만약 비판의 기준을 잃고, 비판의 비과학적 비판을 한다면, 그것은 비판의 타락밖에 안 될 것이며, 그 결실은 혼란과 파괴의 제악諸惡을 초래하는 수밖에 없을 것이다. 그러면 비판의 기준이란 무엇을 말하는 것인가. 그것은 객관적인 역사적 현실 속에서 과학적으로 진실을 파악하여야 되며, 또는 그것은 사회 발전의 역사적 현실에 의한 국민 전체적 보편성을 띤 요구가 아니면 안 되는 것이다. 즉 엄격한 의미에서 우리는 헌법에 규정된바, 민주주의적 사회 발전의 역사적 조류에 역행하는 모든 반민주적 독소毒素를 냉철한 이성으로 비판하지 않으면 안 되며, 또 시대의 조류를 이탈하여 인간을 목상木像과 기계화하려는 소련방주의蘇聯邦主義적 적색 전체주의를 말살하는 철저한 비판이 없어서는 안 될 것이다.

인류가 창조하려는 자유세계의 진실한 이념도, 일편一片의 사심도 개재介在치 않는 비판의 권위를 견지한 비판의 자유 가운데 과학적이고, 진정한 이념이 수립되리라고 믿는다. 이 진정한 이념이 수립됨으로써 우리는 참다운 자유세계의 인간의 자유를 획득할 수 있을 것이며, 아울러 자유세계의 방위의 의의도 한층 빛날 것이라고 믿는다.

우리 창평사 동인 일동은 이러한 자유세계의 새로운 세계 질서를 건설하기 위하여 사회 발전의 역사적 현실에 비쳐 비민주적 및 비국민적 제 독소와 또는 역사 조류에 역행하는 제 악점惡點을 냉철한 이성으로써 비판의 자유를 가지고 시와 비를 판정하지 않으면 안 되며 자유세계의 신질서 건설이라는 세계 사조에 순응하여 대한민국에 부과된 사명의 일익을 담당하는 의미에서 때로는 정부의 시책을 비판할 때도 있을 것이며, 때로는 사회 발전 과정에 있어서 현실적 제약을 가착假錯■■■■■ 없이 폭로할 때도 있을 것이다. 그러나 그것은 어디까지나 파괴나 혼란을 목적하는 것이 아니라, 건설과 진보를 목적하는 것이다. 그러므로써 자유세계의 일원인 우리나라가 신세계적 국가로서 자유로운 분위기 속에 정치적 민주주의와 경제적 민주주의가 건전하게 발전하여 상대적 평등 사회가 이루도록 하지 않으면 안 되리라고 생각한다.

이런 의미에서 끝으로 바라건대 만천하 독서자들이 끊임없는 격려와 편달을 바라면서, 이 〈신세계〉의 건전한 발전이 있기를 축복하며, 여기에 이것으로써 창간사를 대代하려고 하는 바이다.

**1956년 2월 6일**

---

■ 'Hot War'의 오식.
■■ '폴란드'의 음역.
■■■ '핀란드'의 음역.
■■■■ '터키'의 음역.
■■■■■ '시베리아'의 음역.
■■■■■■ '가차假借'의 오식으로 보인다.

# 야담野談과 실화実話

## 창간사

야담이 풍겨주는 그윽한 고전적인 향기와, 면면綿綿한 정서는, 능히 통속 소설 따위를 저만큼 물리칠 수 있을 것이요, 나날이 우리 생활 주변에서 벌어지고 있는, 희로애락 이모저모의 실화에서 느끼는 '스릴'은, 걸작 명작의 탐정소설보다도, 우리를 놀라게 하는 것이 그 얼마나 많다는 것은, 오늘의 이 세대를 살고 있는, 남녀노소, 모든 사람들이, 한가지로 체험하고 있는 것이 아니겠읍니까?

이런 의미에서 생각한 바 있어, 저이들은 이제 〈야담과 실화〉라는 국민 대중이, 다 같이 즐기어 읽고, 탐구하여, 얻는 바 있을, 월간 잡지를 내기로 하였읍니다. 여기에 자화자찬의 부질없는 선전적인 설명을 삼가오며, 오직, 성실과 겸어謙虚와 노력으로써, 독자 여러분의 기대에, 과히 어긋남이 없는, 〈야담과 실화〉를, 다달이 제때에 내어놓을 것을, 굳게 약속하므로써, 창간의 인사 말씀을 드리는 바입니다.

**사장 이종열**

| | |
|---|---|
| **발행일** | 단기 4290년(1957년) 2월 1일 |
| **발행 주기** | 월간 |
| **발행처** | 야담과실화사 |
| **발행인** | 이종열 |
| **편집인** | 홍록 |

# 기독교사상 基督敎思想

## 권두언

  오늘 우리의 현실을 한마디로 요약한다면 '혼돈'이라고 함이 가장 적당할 것이다. 눈을 돌려 어디를 보나 혼돈과 무질서가 우리의 눈살을 찌프리게 한다.

  물론 이런 혼란의 한 가지 원인은 우리가 지금 일종의 과도기에 산다는 것과 또한 새 시대를 산출하려는 해산의 진통의 징후라고도 볼 수 있을 것이다. 그러나 이런 사회 혼란과 무질서의 원인의 대부분은 우리의 사상의 불안정과 빈곤에서 온다고 하여도 잘못됨이 없을 것이다.

  우리 종교계도 그 예에 빠지지 아니하고 어면 때는 민심을 교란하고 사회의 윤리와 양풍을 문란케 하는 혼란의 양상을 띠우고 있다.

  위에서 말한 것처럼 사상의 불안정과 빈곤이 이런 혼란의 주요 원인이라면 모름지기 우리 종교계의 지도자들은 크게 반성해야 할 때가 왔다고 생각한다. 우리는 일반 신도들의 신앙적인 훈련과 지적인 교양에 있어서 명확한 지도 원리나 이념을 충분히 가지지 못했던 것을 정직히 시인해야 할 것

**발행일**    단기 4290년(1957년) 8월 1일
**발행 주기**  월간
**발행처**    대한기독교서회
**발행인**    김춘배
**편집인**    김춘배
**편집위원**  강신명, 김하태, 박창환, 전경연, 전영택

이다.

종교는 수나 양의 세계가 아닌 이상 수량적인 번영에서 종교의 진정한 발전을 기대할 수는 없다. 문제는 종교적인 진리가 바로 파악되어 그것이 인간의 생의 목적과 생활 이념을 지도하는 현실의 산 힘이 되어 있는가에 있다.

이런 상태를 우리의 실존으로 하는 오늘, 한국 기독교계에 있어서 본지의 출현은 이미 만시지탄이 있으나 우리의 성의를 다하여 과거에 이행치 못한 이 임무를 수행해보려는 데 우리의 근본 의도가 있다.

예수 그리스도의 영원한 복음 진리를 현대 생활에 해석하여 기독자로서의 실존적인 신앙의 과제를 밝히는 동시에 더 나아가서는 일반 불신 사회에 대해서도 예수 그리스도의 복음 진리를 천명하려는 데 본지의 사명이 있는 것이다.

진리에 대하여 편견이 없는 허심탄회한 태도로서 기독교에 관한 여러 가지 다른 입장을 공평하게 해석하는 동시에 널리 세계 교회와 보조를 같이하여 기독교의 세계 교화 운동에 공헌하는 바 있기를 스스로 염원하여 마지않는다.

홍현설

지성知性

창간사

정진숙

이 세상에서 가장 참담한 것은 민족의 민족에 의한 지배라고 한다. 온 겨레의 생명이 위축되고 문화가 말살되던 비운의 골짜기에서 해방되던 당초부터, 짓밟혔던 문화의 터전을 갈아 부조父祖의 업業을 계승하고 널리 우내宇內에 지식을 구하여 굳건한 기틀을 마련함으로써 자손만대에 생성生成 발전할 기반을 조성하는 데 작으나마 이바지하려는 것이 본사의 일관된 염원이었다.

불행히도 우리의 주체적 비판과 객관적 환경은 우리에게 순탄한 길을 열어주지 못했을 뿐 아니라 갈수록 형극荊棘은 더하여 때로는 대목을 겨누는 당랑蟷螂의 경애境涯를 자탄自嘆하는 일도 없지 않았다. 더구나 6 · 25 참변은 물질적인 모든 비판을 오유烏有로 돌렸을 뿐 아니라 마음속 깊이 간직하였던 회구希求 · 동경마저 짓부수는 결과를 초래하였다. 그러나 역사의 진운盡運과 민족의 유구한 생명은 누구를 막론하고 이를 가로막을 자는 없다. 흉적兇敵이 물러가고 잿더미 속에서 재생의 봉화가 힘차게 솟아오르자 우리는 다시 용기를 가다듬어 한층 굳은 결심으로 숙원의 달성에 매진하게 된 것이다.

| 발행일 | 단기 4291년(1958년) 6월 1일 |
| 발행 주기 | 계간 |
| 발행처 | 을유문화사 |
| 발행인 | 정진숙 |
| 편집인 | 정진숙 |

생각컨대 우리의 정치적·사회적 모든 혼란이 하루아침에 지양되지 않음과 마찬가지로 문화 면의 왜곡된 현실도 그 정돈에 이르기까지는 전도여원前途遙遠한 감이 있다. 특히 전란을 전후해서 우리 문화가 받은 상처는 무엇보다도 심각하였다. 많은 인재를 잃었고 많은 문화재를 잃었다. 실로 태풍 일과一過 후의 황야를 연상케 하는 현상이다. 이 간間에 있어서 사이비 문화인이 도타跳踉하고 사이비 문화가 발호跋扈함은 한편으로 생각하면 부득이한 추세라 할지라도 진정한 민족문화 건설을 위해서는 가탄可歎할 일이 아닐 수 없다. 혹은 이방異邦의 조박糟粕을 빌어다 자가自家의 연구로 가장하고 혹은 대중의 퇴폐적 경향에 영합하여 음담패설을 능사로 함으로써 자득自得하는 등사等事는 결코 이 나라의 문화를 위해서 경하慶賀할 일이 못 된다. 한 길음 나아가서는 날로 변전變轉하여 마지않는 해외 문화에 등을 돌리고 과대망상적인 전통론을 고집함으로써 자신의 무지를 엄폐하려 드는가 하면 제 나라 제 겨레 제 문화에 대해서는 무시로써 무지에 대체하려는 경향도 없지 않다.

한 민족의 문화가 그 민족의 생을 영세永世에 부지하는 소이所以요 번영의 동인動因일진대 이 민족 전반의 명일을 위해서도 이 같은 경향은 하루속히 시정되어야 할 것이다. 그러나 우리는 결코 이로써 작금의 문화계 전반을 규정하려는 자는 아니다. 고난에 찬 온갖 악惡비판을 무릅쓰고 묵묵히 사도斯道에 정진하는 기숙耆宿이 있고 재기 환발渙發하는 젊은 세대는 자라나고 있다. 이들이야말로 이 겨레의 희망이 아닐 수 없다.

이러한 현실에 감鑑하여 사계斯界의 기숙에 묻고 새 세대에 들어 내외의 올바른 지식을 전함으로써 우리 문화의 진전에 만분의 일이라도 이바지하려는 충정衷情에서 계간 〈지성〉을 발간하기로 하였다. 우선 문학을 중심으로 이에 관련된 사항으로 엮어 매기每期 일회씩 간행하기로 한 것이다. 동호同好 제현에게 비익裨益되는 바 있다면 망외望外의 행幸이 아닐 수 없다.

오직 성원을 바랄 뿐이다.

## 창간사

**손영수(본사 사장)**

과학기술의 진흥을 보다 더 강조하고 또 강조하려는 것은 그것이 우리 인류 문화를 이토록이나 향상 발전시켜온 근간이 되어 있기 때문입니다. 그러므로 선진 국가는 그들의 놀라울 만한 진전에도 불구하고 한층 더 향상된 생활을 이룩하려고 끊임없는 노력을 기울이고 있는 것이며, 후진 국가들은 또 그들의 후진성을 하루바삐 벗어나서 선진 국가와 어깨를 나란히 겨루려고 이 과학, 기술의 진흥에 치중하여 힘쓰고 있는 것입니다.

과학, 기술의 진흥이 정치가나 행정가들이 늘 부르짖는 구호로써만 그치거나 또는 일부 전문가들의 상아탑적인 존재로써만 그쳐서는 안 될 것입니다.

과학, 기술이 일반 대중의 일상생활 속에 스며들고 퍼져서 이러한 이론과 지식이 우리들에게 알기 쉽게 풀이되고, 기술과 공작이 즐거운 일상생활과 더불어 있게 되는 곳에 진실로 과학하며 기술하는 정신과 힘이 길러질 것입니다.

오늘날, 우리 한국이 문교부의 교육 방침으로 이것을 내세우고 또 식견 있는 분들이 기회 있을 때마다 과학, 기술의 계몽 보급과 진흥을 강조하는

| 발행일 | 1959년 4월 15일 |
|---|---|
| 발행 주기 | 월간 |
| 발행처 | 전파과학사 |
| 발행인 | 손영수 |
| 편집인 | 손영수 |

것도 이러한 길만이 우리나라의 부흥과 부강을 가져오게 하는 가장 미더운 길이라고 생각하는 데서 비롯한 것입니다.

그러므로 저는 과학, 기술의 평이不易 대중화는 우선 '우리들의 일상생활에서부터'라는 신념으로 이 〈전파과학〉을 여러분 앞에 내어놓습니다. 전파는 그 발명이 불과 반세기 전임에도 불구하고 오늘날 인류의 과학 문명에서 그 첨단을 걷고 있습니다. 이것은 확실히 현대 과학의 놀라운 존재입니다. 우리들의 일상생활에서 전파는 이미 우리들과 떠날 수 없는 자리를 단단히 차지하였습니다. 라디오, 텔레비죤, 하이·파이 등으로 무선전신, 무선전화로 이것이 우리들의 국방, 치안, 산업, 문화, 정치, 외교, 교통, 기상 등등의 그 어느 곳에서든 없으면 안 될 중요성을 띤 과학임은 이미 너무나 잘 알고 있읍니다.

요즘 세계의 모든 사람들이 놀라고 또 주의를 모으고 있는 저 인공위성이나 달세계로의 로케트 등이 모두 이 신비로운 전파를 매개로 해서 귀중한 연구 자료를 보내주고 있습니다. 우리들도 하루빨리 선진 국가의 그러한 수준을 따라가야 하겠습니다. 그러기 위해서는 우선 우리들의 몸 가까이에서부터 지금까지 '어렵다', '모르겠다'고만 넘겨보아온 과학, 기술의 신비로운 베일을 하나하나 벗겨가면서 지식을 쌓아 높이고 넓혀가야 하겠습니다. 〈전파과학〉을 세상에 내어놓는 듯이 여기에 있고, 또 여러분에게 간절히 바라는 마음입니다.

그리하여 〈전파과학〉이 여러분과 더불어 자라나고, 우리나라의 전파 과학계가 여러분과 더불어 자꾸 발전해가며 우리들의 문화생활이 더욱 향상되도록 바라 마지아니합니다.

# 지성과 대중문화의 새로운 공간

—1960년대

"새 세대의 역사적 사명과 자각"

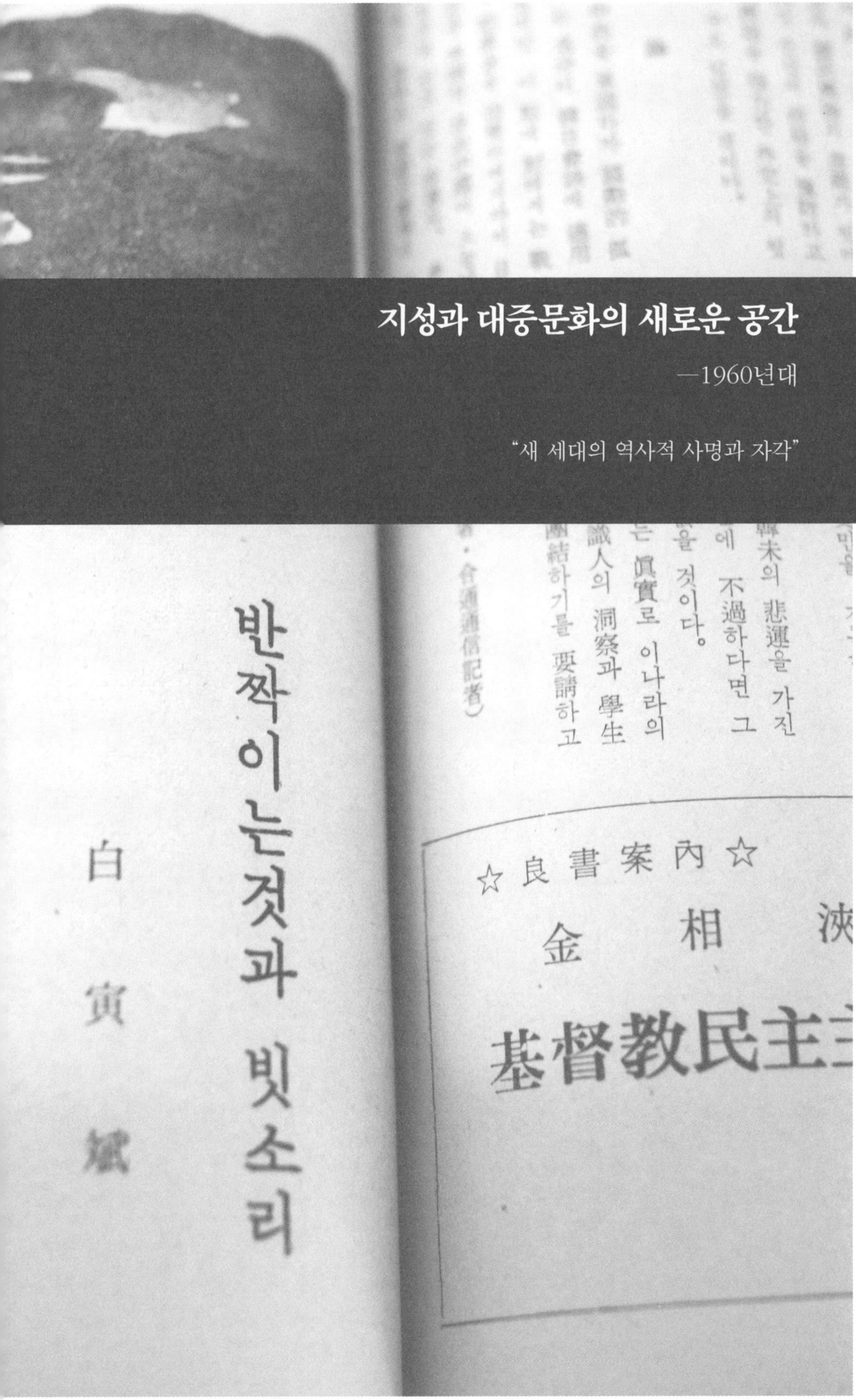

# 혁명과 지성의 새로운 공간

## 이행과 불안

'운동'은 미디어를 운동하게 하고, 혁명은 미디어를 '혁명'시킨다. 신문과 삐라가 거리를 내달리지 않는 혁명은 없다. 혁명은 미디어와 함께 온다. 4·19혁명에서도 라디오와 신문이 큰 역할을 했다.

미국 하와이에서 건너와 왕처럼 군림하던 '이 박사'의 독재는 의외로 쉽게(?) 끝장이 났고, 혁명은 1960년의 봄으로부터 겨울까지 계속되고 있었다. 새 공화국을 만들기 위한 선거가 다시 실시됐고 신헌법도 제정되었다. 과거 청산과 혁명 이행을 위한 특별법도 제정되었다. 그해 한국의 사회 체계와 민주주의 전체가 시험대에 올라 있었다. 여전히 전쟁의 상흔이 깊게 남아 있었고, 민중은 무척 가난했다. 경험으로 체득한 민주주의 문화와 사회적 근대화의 수준은 낮았다. 독재가 일거에 종식되며 열린 공간에서 분출한 열망과 수반된 혼란을 어떻게 조절하고 새로운 합리적인 질서로 만들어갈 것인가가 절체절명의 문제였다.[1]

언론·출판의 경우도 그 좋은 예가 될 듯하다. 〈경향신문〉은 이승만 정권 말기에 참담한 필화 사건을 겪었다. 정권의 부정선거를 규탄한 「여적」란이 마음에 들지 않았던 권력은 한창우 사장과 필자 주요한을 내란 선동 혐의로 기소하고(1959년 2월 27일), '미군정법령 제88호' 위반으로 신문을 폐간시키기까지 했다.[2] 그래서 '경향'은 어떤 다른 언론사보다 예민하게 4월혁명 전후의 언론 상황을 관찰했던 듯하다. "1년을 두고 끌어온 〈경향신문〉의 폐·정간 사건" 자체는 "4·26 제2해방의 북새통에"[3] 해결됐는데, 이를 "결국 민중이 언론 자유를 탈환한 것을 의미한다"라고 했다. 제2공화국의 헌법은 종래 헌법상 언론·출판의 자유 관련 항에 덧붙여져 있던 "법률에 의하지 아니하고는"이란 유보 규정을 없애버리고 그냥 "모든 국민은 언론·출판의 자유를 제한받지 아니한다"(제13조)라고만 했다. 그래서 이때 한국 언론은 제한할 수 없는 자유를 헌법적으로 처음 얻었던 것이다.

출판 '허가제'가 '등록제'로 바뀐 것도 실질적인 변화였다. 이런 효과 때문에 "혁명 전 손꼽을 수밖에 없었던 언론기관은 비온 뒤에 돋아나는 댓순처럼 생겨났다". 1960년 12월 현재 신문·잡지사는 "일간 343, 주간 420, 월간 428, 기타 171로 도합 1360종"이나 됐다. 이 숫자는 당대로선 큰 것이어서, "불란서 혁명 직후 파리에는 술집보다 신문사가 많았다는 얘기도 있지만 요즘 우리 형편도 결코 남의 얘기가 아닐 듯하다"는 형편이었다. 우후죽순 생겨난 언론사 중에는 "사이비 언론기관"도 있어, 돈을 뜯기 위해 기자 행세를 하는 "악덕 기자들"도 적지 않았다. 그래서 이제 "언론계의 정화"가 무엇보다도 시급한 과제로 되었다. "민중은 피를 흘려가면서 쟁취한 언론의 자유를 의심하게 될지도 모른다"는 불안과 "과도기적 현상"일 뿐이라는 "낙관"도 교차하고 있었다.[4]

요컨대 1960년 겨울은, 자유와 방종 사이의 이원적 대립, 밥(빈곤)과 장미(민주주의) 사이의 괴리에 따른 불안이 점점 혁명의 환희와 자신감을 대체하고 있던 위태롭고도 추운 계절이었다.

민중 혁명은 결국 1년 1개월 만에 유산됐다. 민족주의자로 분장한 일군의 정치군인들이 쿠데타를 일으켜, 약체였던 민주당 정부를 전복하고 헌정을 중단시켰다. 미디어의 중요성을 이해하고 있던 박정희는 라디오 방송국에서 쿠데타를 하고, 대신 종이 매체를 없 앴다. 4·19혁명 이후에 창간된 모든 정기간행물의 발행을 취소하여 834개의 언론사가 없어졌다. 그해 12월 21일에는 〈민족일보〉 발행인 조용수를 총련 자금을 받고 북한을 이롭게 하는 평화통일론을 주장 했다는 이유로 죽였다.[5]

그런데 이런 극악한 탄압 뒤에는 어떤 유화 조치가 따르는 법. 분출한 '자유'에의 지향을 계속 눌러두진 못해 오히려 붐이 조 성된다. 두 번의 정치군인에 의한 헌정 중단 뒤인 1961~64년에도 1980~84년에도 똑같은 정황이 벌어졌다. 제3공화국이 수립(1963년) 된 직후부터 1964년 말까지에는 다시 100여 종의 새 잡지가 창간되 었고, 60년대 후반에 한국 잡지 문화는 이전과는 사뭇 다른 것이 돼 버렸다. 즉, 잡지에 담긴 '지성' '오락' '대중'의 외연과 내포가 완전 히 갱신됐다. 또한 주간과 계간이 새로운 유력한 잡지 형식으로 나 타났다.

### 새 세대

〈한국일보〉 주필, 〈서울신문〉과 〈국제신보〉 사장 등을 역임한 언론인 오종식을 발행인으로 하여 1963년 6월에 창간된 〈세대〉는 '세대'라는 제호와 "새 세대의 역사적 사명과 자각"이라는 창간사 제 목으로 1963년 당시 한국 사회의 분위기를 압축 표현하고자 했다. 신세대와 세대교체의 시대였던 것이다. 60년대를 열어젖힌 두 역사 적 계기인 4·19와 5·16이 사회 전 영역에서 세대교체 바람을 몰고 왔다. 알다시피 4·19의 주역은 젊은 노동자와 대학생이었고, 5·16을 일으킨 자들은 30, 40대 군인이었다. 세대 투쟁의 주역이자 신세대 의 기수를 자처했던 것은 4·19세대와 5·16의 주체들이었다. 세대 투쟁이 흔히 그렇듯, 구세대는 기득권과 악惡의 화신으로, 신세대는 선과 의義의 주체인 것처럼 여기는 담론이 통용되기도 했다.[6]

이런 분위기에서 창간된 〈세대〉의 창간사가 구체적인 세대론을 전개하지는 않았다. 교체돼야 할 구세대는 누구이고 어떤 패덕을 지녔는지, 또 어떤 가치를 신세대가 추구하는지 말하지 않고, 추상적이고 (당시로선) 상식적인 역사관을 주로 이야기하고 있다. 대신 〈세대〉 창간호는 「불꽃은 있어도 廣場(광장)은 없다―世界(세계)의 젊은이들」이라든가 「革命(혁명) 流行語(유행어) 앙데빵당」 같은 기획 기사를 마련했다. '앙데빵당'은 '독립적·자주적'을 의미하는 불어 단어다. 뭔가 '혁명하는 젊은 분위기'가 계속 공기 속에 떠 있기는 했고 〈세대〉는 이를 기획으로 표현하고 싶었던 것이겠다. '앙데빵당'에 거론된 1963년의 '시사 키워드'들도 당시 사회 분위기를 보여준다. 다음과 같은 것들이었다. 世代交替(세대교체), 過剩忠誠(과잉충성), 體質改善(체질개선), 舊惡·新惡(구악·신악), 無事主義(무사주의), 再建(재건) 등등.

전체적으로 〈세대〉는 그 필진이 '중견'과 신진이 망라된 한때의 대표적인 종합지였으나 새 세대 언론인, 지식인, 문학가들에게 지면을 많이 할애했다고 볼 수 있다. 5·16쿠데타 주역 중 하나였던 황용주 같은 사람도 글을 썼고, 그중 「강력한 통일정부에의 의지―민족적 민주주의론」은 필화 사건을 일으키기도 했다. 황용주의 생각은 기실 박정희와 비슷한 것이었는데 집권 세력 내부의 권력 투쟁이 작용한 것이다. 문학 쪽에서는 최인훈, 강신재, 홍성원, 이병주, 박태순, 신상웅, 조선작 등이 이 잡지를 통해 등장했다. 또한 당시 시사지로선 흔치 않게 젊은 여성 지식인들에게 지면을 개방하기도 했다.

이처럼 한국 지성은 두 '혁명' 때문에 새로운 주역과 분위기를 맞고 있었고, 지식인 잡지도 '중심 이동'하고 있었다. 〈사상계〉에서 〈청맥〉으로 그리고 〈창비〉로.

그리고 이렇게 1964~66년에 잇달아 나온 잡지들과 그 창간사는 '지식인의 사회참여'에 대한 당대 지식인의 생각과 방법론이 무엇이었는지를 잘 보여준다. 〈인물계〉는 〈인물과 사상〉 〈뉴스메이커〉 같은, '인물'을 내세운 시사 잡지의 계보에 속한 잡지라 하겠는데, 창간사가 '60년대스러운' 민주주의 담론의 결정판을 보여주는 듯하다. 반공, 반독재, 반부정, 반부패의 과제가 "참신한 인물의 발굴"과 "건전한 세대교체"에 의해 가능하다 주장하고 이에 기여하기 위해 잡지를 창간한다 한다. 이 잡지는 같은 이름으로 여러 차례 창간과 정·폐간을 반복했는데, 여기 실린 글은 1964년 다시 창간한 잡지의 창간사다.

〈정경문화〉(훗날 〈정경연구〉, 〈월간경향〉)의 지식인 담론은 결이 다소 다르다. 이 잡지는 보다 전문적이고 실제적인 '정책 대안'을 제시하는 데 지식인의 진정한 '참여'의 방법이 있다고 믿었던 듯하다. 이는 중요한 하나의 실제 사실을 반영한다. 〈사상계〉 주변의 지식인을 위시하여 4·19와 5·16 이후 '현실'에 뛰어든 지식인들이 많았다. 보편적인 준론에 의한 '비판'만 아니라 정책 대안을 제시해야 한다는 생각은 그런 '참여'를 가능하게 한다. 창간사를 쓴 '치봉稚峰'은 서울대 교수와 5·16 이후 공화당 국회의원을 지닌 당시 한국정경연구소장 엄민영이다.


### 청맥의 비극

〈청맥〉(1964년 8월)의 창간 과정은 억울하게 죽은 통일혁명당 김질락의 수기 『어느 지식인의 죽음』에 자세히 나타나 있다. 〈청맥〉은 창간사에 나타난 것처럼 "모든 지성과 양심의 나침반"을 자처하고, 실제로 1960년대 남한 지식인의 '공동 광장'의 역할을 수행했다. 하지만 불행하게도 잡지의 자금 일부가 북으로부터 나왔고, 실질적인 발행인이었던 김종태는 북에 포섭된 사람이었다. 김질락이나 다른 통혁당 멤버나 〈청맥〉의 일반적인 필진과 달리 김종태는 '진짜 간첩'에 가까웠다는 뜻이다. 이 같은 사실 때문에 한때 〈청맥〉의 공功이나 존재 자체가 지워지고 잊혔다.

그러나 〈청맥〉에 실린 글들과 필자들의 지성의 '실재' 전체를 부정할 수 있는 것은 아니다. 〈청맥〉의 1차적 인적 기반은 4·19 이후의 서울대 문리대였다. 젊은 연구자나 비평가들뿐 아니라 〈조선일보〉〈동아일보〉〈한국일보〉〈경향신문〉 등 주요 일간지의 정치·경제·외신부장들도 〈청맥〉에 기고했다. 이후 1970~80년대 한국 인문·사회과학계에서 중요한 위치를 갖게 되는 많은 인물들이 이 잡지에 진지한 글들을 기고하며 실력을 닦았다.

김질락은 삼촌 김종태에 의해 북에 포섭되었다가 박정희 정권에 붙잡혀 이용당하고 결국 살해당한다. 그는 어떤 면에서는 전형적인 1960년대 한국 지식인인지도 모른다. 서울대 정치학과를 나온 그는 북한 체제에 대해 막연한 동경과 혐오감을 동시에 갖고 있었고, 진지한 사회과학도로서 남한 사회의 현실을 고민했다. 동시에 그는 불안정하고 마음 여린 청년이며, 남한 현실에 근거한 구체적인 사회변혁의 방법론을 알지는 못했던 듯하다.[7]

따라서 복합적인 의미에서 〈청맥〉은 '1960년대적'인 잡지였다. 학생운동이 중심이 된 한국 변혁 운동의 가치 지향성과 이념은 4·19에서 6·3까지의 시기에 다시 형성됐다고 할 수 있는데, 이 잡지는 그때의 과정이 배태한 학생운동과 청년층의 정치의식을 반영하고 있었다.

이는 "이 땅의 고질인 빈곤과 후진성을 축출하는 핵심적 요체를 모색하고 구래의 인습에 얽매인 낡은 역사의 첨단에서 새로운 역사 창조의 전위前衛적 기치를 꽂는 교차적 사명을 담당해보겠다"는 〈청맥〉 창간사에도 잘 나타나 있다. 새로운 청년·학생운동의 주체성이나 조직은 미정형이었으나, 그들은 전위적 사명감과 '지식인의 양심'을 공유하고 있었던 듯하다. 또한 창간사는 "한결같은 염원은 조국 통일과 빈곤에서의 탈피로 집약되었으나 완전 자주와 자립은 치자와 피치자 사이에선 그 어의語義와 가치판단에 현격한 차이가 있었"다고 했다. 이 대목은 흥미롭다. 한편으로 빈곤 탈출(개발)과 통일은, 좌우를 막론한 공통의 '민족적 염원'이었다. 하지만 한일 수교, 베트남 파병 그리고 일련의 남북 대결의 과정 등에서 민족의 길은 확갈라진다. 60년대 박정희 정권은 민족주의의 상식과는 화해할 수 없는 방법으로, 즉 미국의 동아시아 전략에 철저히 '하위 파트너'로서 복무하는 아이러니컬한 방법으로 '자주' '자립'을 추구했던 것이다.

〈사상계〉가 수명을 다하고 있던 시점에서 분명 〈청맥〉은 새로운 장이었다. 그러나 베트남전쟁은 '분단의 히스테리'[8]가 전 한반도를 감쌌던 상황이었다. 무력까지 동원된 남북 대결이 나날이 벌어지고 있었기에 북의 지원을 받았다는 것은 치명적인 한계이고 '죄'였다. 〈청맥〉의 종막은 비극이었다. 이는 4·19와 6·3 세대 중 급진적인 부류가 체제 속으로 인입될 수 없었다는 것을 의미한다.


## 두 개의 새로운 시간—주간지·계간지 시대의 개막

1960년대의 중후반, 잡지 (읽기) 문화에는 한국 잡지사나 문화사에서 결코 잊을 수 없는 두 갈래의 큰 변화가 일어났다. 첫째, 〈주간한국〉〈주간중앙〉〈주간조선〉〈선데이 서울〉 등의 주간지를 비롯한 수없이 많은 대중매체가 새로 창간되었던 것이다. 이는 점점 가속화하는 산업화와 대중의 다층적인 문화적 성장을 반영한 일이었다. 매체 붐은 1964년에 가시화되었고 우선 기존의 대형 신문사에 의해 주도됐다.

그리고 둘째, 〈청맥〉이나 〈사상계〉는 한계에 처했지만 여전히 역동성을 품고 있던 새로운 지식인-주체의, 또는 지식인들을 위한 교양과 담론 잡지가 필요한 상황이었다. 그것은 계간지라는 새로운 플랫폼 형식을 취했다. 계간지는 미국 등 서구 지성계에서는 주류적인 매체 형식이었다. 앞 장에서 언급한 문예 종합지 〈지성〉이 있었고, 〈육십년대사화집〉(1961) 같은 시 동인지도 계간이었다. 이들 잡지 자체는 오래가지 않았지만 잡지의 새로운 시대가 열리고 있음을 예고했다.

요컨대 60년대에 들며 '주간과 계간'이라는 두 개의 새로운 시간성이 주로 '일간-월간'으로만 짜여 있던 잡지 시장과 지성의 장을 새로 구획한 것이다.


## 창비 '편집인' 백낙청의 면모

1966년 신년 벽두에 작은 사건 하나가 일어났다. 계간지 〈창작과비평〉이 태어난 것이다. 불과 28세의 청년이었던 서울대 전임강사 백낙청(1938~)이 창간한 이 잡지는, 현대 한국 지성계와 문학계 전체를 흔들고 바꿀 폭탄을 여러 개 내장하고 있었다.

그 폭탄 중에서 우선 중요한 것은 〈창작과비평〉의 '편집인 백낙청' 자신이었다. 백낙청은 당시부터 지금까지 줄곧,[9] 50년 이상 〈창작과비평〉의 '편집인'으로서 정신적·지적 지주 역할을 했다. 이런 사례는 세계적으로도 드문 일인 듯하다. 그의 권위와 활동력은 〈창작과비평〉과 창비사의 성격을 규정짓게 하는 가장 결정적인 요인이었다.

〈창작과비평〉의 문학 정신과 사회의식은 곧 백낙청의 그것이라 해도 크게 틀린 것은 아니며, 창비의 인맥과 권위 또한 편집인의 풍모에 크게 의지해왔다고 할 수 있다.

백낙청은 소위 '명문가'의 자손이자 미국 '아이비리그'(브라운 대학교·하버드대학교 대학원) 학벌을 가진 인물이다. 이런 그의 "귀공자"스러운 면과 '우월한 스펙'은 1960년대 한국 사회에서는 매우 예외적인 것이어서 다른 당대 지식인에게도 주목받고 의식될 수밖에 없었던 것으로 보인다. 그는 처음부터 '노블리스 오블리주'를 실천한 인물이자 '정신 똑바로 박힌 사람'으로 인정받았다.[10] 군 경력과 미국 유학 문제 때문이다. 전쟁과 절대 빈곤으로 찌든 시대였지만 1950~60년대에도 미국 유학 경력을 가진 한국 지식인은 많았다.[11] 50년대 중반 이래 재미 한국인 유학생 수는 세계 3위 수준이었다. 당시 미국 유학의 대부분은 국무성 또는 국방성의 지원 프로그램에 의해 운영된 것이었으며, 유학은 중요한 합법적 군 기피 수단이기도 했다. 귀국하지 않고 유학길에 미국에 그대로 눌러앉는 경우도 많았다. 현재도 그렇지만 미국 유학생들 중 상당수는 계층적으로 (최)상층에 속한 집안의 자식들이다. 이들은 미국 유학을 통해 친미파 또는 '종미파'로 다시 태어나기도 한다. 그리고 이는 대한민국이라는 국가의 정신성 자체에 가장 중요한 문제점 하나가 된다.[12] 1960년에 백낙청은 군 입대를 위해 자진 귀국했다. 백낙청과 더불어 30년 친교했다는 리영희에 따르면 백낙청은 이 모든 문제와 연관된 '노블'인데도 불구하고 자진 입대했다는 점 때문에 대중적 "감동"을 불러일으켰다 한다. 1960년 11월 10일 자 〈동아일보〉 기사는 바로 그런 '감동'의 대중적 전파자였다.[13]

창비 편집인의 면모에 대해 좀 더 이야기해야 될 이유는 또 있다. 또 다른 대표적인 70, 80년대 지식인이었던 리영희의 말을 좀 더

들어보자.

> 나는 백낙청을 못 따라가. 나는 때로는 현실과 타협하고 타락도 좀
> 했고, 정도에서 이탈도 좀 했고…… 그러나 백낙청은 달라. 1980년
> 대에는 내 병을 고치는 데 굉장히 귀한 약을 백병원 약 창고에서
> 갖다 줘서 도움도 많이 받았습니다. (…) 학문하는 자세와 문화적
> 행위에서 본받을 분이지요. 그이야말로 술도 담배도 허튼소리도 안
> 하고, 고고한 선비답게 품위를 지키는데, 나는 술담배 하고 할 건
> 다 합니다. 품위가 좀 달라요.[14]

문학가나 지식인이란 대체로 소심하고 얌전한 부류의 남성들
이지만, 지난 시대에는 '광대' 혹은 '깡패'스러운 경우도 없지 않았다.
어쨌거나 정치권력과의 관계나 특유의 술자리 문화와 한국 남성 지
식인 사회를 떼놓고 생각하기 어렵다. 척박한 정치 현실과 분단 상황
은 언제나 한국 지식인을 과도한 사명감, 혹은 그 정반대에 있는 '타
락'과 곡학아세에 물들게 해왔다. 대체로 지식인은 한편 소심한 겁쟁
이이며, 인정 욕망과 명예욕에 환장한 소부르주아다. 그런데 유신 시
대 이래 백낙청은 직장에서 두 번 해직당했으며 중앙정보부 등 폭압
기구에 여러 번 연행됐다. 그 정도면 보통의 경우라면 알아서 기거
나 기가 꺾일 수밖에 없는데 그는 언제나 일관된 노선과 품위 있는
처신을 유지해왔다는 것이다. 더구나 드셌을 1960~80년대 지식인·
문필가 사회에서, '귀공자' 타입에 '술담배'도 안 하는 사람이 어떤 내
공으로 버티며 그들을 리드했을까? 요컨대 백낙청은 공부하고 글 쓰
며, 잡지 경영과 '운동'도 두루 다 하는 드문 한국 현대 지식인상의
하나를 보여준 셈이다.

## 술자리에서 벌어지는 일들

앞에서 지식인의 술자리 문제가 언급되었는데, 그냥 넘어갈 수 없는 문제다. 술자리란 거대한 '한국 문화'로서 한국의 지적 풍토나 잡지 문화와도 깊은 관련이 있기 때문이다. 다른 사회계층의 경우와 마찬가지로 남자 지식인들의 술자리에서도 결정적으로 친분·인맥이 생겨나며, 청탁과 거래가 오가기도 한다. 물론 '허튼소리'들과 함께 고담준론이나 학문적인 대화가 오가는 것도 맞다. 그것은 지식인 술자리의 '기본 안주' 같은 것이다.

따라서 술자리는 지식인 소사이어티 또는 커뮤니티가 보유·운용(해야)하는 '자율성'과 연동되어 있다. 즉, 그것은 일종의 한국적 '장의 규칙'이 만들어지고 실행되는 장이라고 볼 수도 있다.[15] 요즘은 원고 청탁이나 언론사와의 소통이 온라인(이메일)으로 주로 행해지고, 아예 '술자리'를 경멸·외면하는 문필가들도 적지 않다. 하지만 대표적인 문예지를 운영하는 대형 출판사들은 대개 여전하다 한다. 술자리를 어떻게 운영하는가는 지금도 문단과 출판계에서 핵심적인 과제인 것이다. 출판사나 '에콜'(?)들은 많은 돈을 쓰며 지식인과 '필자'들에게 공짜 술을 먹인다. 일부 지식인과 '필자'들은 이 공짜 아닌 공짜를 당연히 여기는 경향도 있다. 이런 자리에서 물론 '술 덕분에' 허튼소리는 물론 성희롱이나 폭력이 자행되기도 한다.

1960년대 창비도 열심히 술자리를 운영했던 모양이다. 다음은 염무웅의 증언이다.

어려운 시절 제일 위로가 된 건 아마 한남규 선생이었을 겁니다. 신경림, 조태일, 방영웅, 최민 등등 다들 꾀죄죄한 몰골로 앉아 있다가 한 선생이 나타나면 대뜸 활기에 넘쳤어요. 청진동 골목의 '돼지집'이란 데서 그가 산 소주와 빈대떡만도 아마 돈 백만 원어치는 넘을 겁니다. (…) 문인들이 대체로 술을 좋아하고 정에 약하지요. 사무실에 들렀다가 일만 끝내고 매정하게 싹 헤어지질 못해요. 그러니 자연 술이 곁들인 뒤풀이 자리가 마련되는데, '창비' 때문에 내가 술을 마신 건지 나 때문에 술자리가 잦아진 건지 분명치는 않습니다.[16]

지극히 한국적인 이 문화를 어떻게 해석해야 할까? 물론 서구에도 이런 살롱(문단) 문화와 문필가들의 길드 같은 조직이 있고, 온정주의적이며 동업자적인 문화는 근대 초기 문필가 사회에서부터 발견된다. 중요한 것은 이 문화가 이해관계를 초월한 무목적성을 띠기도 하며, 또 70, 80년대의 경우 정권에 대항하는 지식인 인맥을 이루고 나아가 '자유실천문인협회' 같은 조직적 실천의 바탕을 만들기도 했다는 사실이다.[17]

## 초기 창작과비평의 방향—지식인의 '모든 임무'

〈창작과비평〉은 최초의 계간지는 아니지만 계간지 문화를 정착시키는 데 큰 역할을 했다. 1960년대 이후에 계간지는 지배적인 지식인 잡지·문예지의 형식이 된다. 왜 계간지인가? 잡지 발행 주체에게 계간지는 다음과 같은 편의성과 장점이 있다.

백낙청 : (…) 그 이유는 대략 세 가지인데, 첫째 기존의 잡지들보다 수준을 높여야겠는데 월간지로서는 수준을 유지하기 힘들다는 생각이었죠. 또 내가 교직을 가진 처지라 학교 일을 하면서 잡지를 만들려면 계간지라야지 그 이상은 어려웠고요. 게다가 설혹 편집 일을 다른 사람이 덜어준다 해도 재정적인 사정을 고려할 때 월간지

는 생각할 수 없었습니다.[18]

지식인 잡지나 문예지가 계간지 형태를 취하는 중요한 '물질적인' 이유 두 가지가 들어 있다. '바빠서'와 '돈이 없어서'다. 월간지를 운영하려면 잡지 일에 전념하고 기사를 쓸 여러 명의 편집자와 기자가 반드시 필요하고, 그에게 줄 재원(월급)이 풍부해야 한다. 그런데 문학가나 지식인 동인들이 그런 돈을 가지기란 어렵다. 계간지는 기자 없이도 운영할 수 있다. 물론 출판사의 '스폰'과 편집자가 당연히 필요하지만 적은 돈으로 잡지를 운영하기 아주 좋은 방편인 것이다.

한편 '내재적'인 이유도 있다. 잡지는 읽고 '버리는' 물건이라는 점에서는 신문과 비슷하다. 철 지난 월간지나 주간지는 대개 짐이되고, 재활용 통으로 가는 경향이 단행본보다 훨씬 크다. 그러나 계간지는 그런 신세를 비교적 잘 면하는 편이다. 독자는 좀 더 계간지를 오래 보관할 것이다. 계간지에는 월간지보다는 훨씬 더 긴 호흡과 '논문'처럼 진지한 자세로 읽어야 할 긴 글이 다수이기 때문이다.

그러나 이런 이야기는 오늘날 모두 '과거지사'가 되는 경향이 있다. 인터넷 시대가 되면서 독자들이 긴 글을 읽는 힘이 떨어지고, 3개월마다 한 번씩 나오는 계간지가 기동성 있는 담론을 내오는 데에는 약점이 있다. 대다수의 사람 손에 계간지 한 권과는 비교할 수 없이 많고 상상할 수 없이 빠른 정보를 집적하고 처리할 수 있는 도구가 들려 있는 오늘날, '계간지'는 예전 형식의 매체의 대명사처럼 들리기도 한다.

〈창작과비평〉에는 창간사 대신 백낙청이 쓴 「새로운 창작과비평의 자세」라는 긴 논문이 있다. 이에 대해 백낙청은 "창간사라고 하기에는 글이 너무 길고 개인 논문의 성격이 강해서 권두 논문 형식으로 실었"[19]다고 했다. 동인이나 편집위원들의 집합적 지성으로 마련된 창간 선언은 아니었다는 뜻이다.

이 논문은 '순수-참여 논쟁' 등 당시 한국문학에 제기된 여러 문제를 그야말로 종합적으로 다루고 있다. 그러면서 총체적으로 새로운 문학적 규준이 필요하다는 당찬 주장을 했다. "재래식 장르 개념과 수법은 물론, 창작과비평 활동의 경계, 문학과 문학 아닌 것의 구분, 훌륭한 것과 훌륭하지 않은 것의 차이까지도 깡그리 새로 찾아내는 수밖에 없다"는 것이다. 그리고 "새로운 창작과비평을 위한 실험은 예술적 전위 정신과 더불어 역사적·사회적 소명의식, 그리고 너그러운 계몽적 정열을 갖추어야 하겠다"라 했다. 한국 문학인은 "질 높은 문학 자체를 위해서뿐 아니라 제대로 문학할 여건을 위해서 싸"워야 한다는 것이다. 창비의 진보성과 '사회성'이 이 문장들에 다 녹은 것처럼 보인다. 이는 문학가 자신의 자유뿐 아니라 삶에 쫓기는 독자의 자유를 위해 싸워야 한다는 주장으로 뒷받침되는데, 보기 드문 발언이다. 나아가 한국 문학가에게는 "통일을 위한 소임"도 있고 "세계문학과 한국문학 간의 통로를 이룩하고 동양 역사의 효과적 갱생을 준비하는 작업"도 필요하다 했다. 이상을 종합컨대 창비는 한국의 문학적-지식인에게 '모든 임무'를 부여하는 것이다. 물론 이는 '인텔렉추얼'로서의 자신의 '총체적' 소명 의식을 세상과 다른 지식분자들에게 투사하는 것이다.[20]

창비는 "창조나 저항의 자세를 새로이 할 수 있는 거점"[21]이 필요하다며 나왔지만 처음에는 일조각, 신구문화사 등에 신세를 질 수밖에 없었다. 그러다가 이 잡지(사)는, 1969년에 독립적인 잡지(사)가 되어 1980년대에는 가장 심한 탄압을 받았다. 아마 80, 90년대에 대학을 다닌 사람들 중에는 창비를 정기 구독하거나 영인본을 구입한 추억(?)을 가진 사람들이 적지 않을 것이다. 대학가에 상주하다시피 한 외판 사원의 '요새 창비가 어렵다, 대학생이라면 창비를 봐야 한

창비 홈페이지에 명시된 분야별 출간 종 수. 오늘날 창비의 규모를 알려준다.

다'는 권유 때문에 그랬을 가능성이 높다.

80년대의 시련을 이겨내고 90년대를 거치며 창비는 한국의 대표적인 출판 대기업이 되었다. 이 변화는 1960~90년대 한국 출판문화의 변화 그 자체와 궤를 같이하는 것이다. 90년대 부분에서 다시 언급한다.


### 새로운 여성상

1968년에 여성 지식인 동인에 의해 창간된 계간 〈신상〉은 잡지사에서 거의 거론되지 않았고 연구자들에게도 그리 많이 알려져 있지 않다. 그러나 20세기 '여성 지성'이나 여성주의의 형성·전개를 연구할 때 반드시 다뤄야 할 잡지라 생각된다. 창간 동인은 이남덕, 이효재, 강인숙, 박근자, 박현서, 서제숙, 안효식, 윤수연, 이숙훈, 정희경 등으로서, 주로 이화여대에서 가르치거나 연구하는 이들이었다.

창간사는 이남덕이 썼다. 경성제국대학 조선어문학과를 나와서 평생 이화여대 국문과 등에서 여성 교육에 종사한 국어학자다.『역사 앞에서』로 유명한 사학자 김성칠의 아내이며 김기협의 어머니다.

창간사는 왜 제호를 '신상'으로 정했는지를 길게 설명한다. '신상'은 새로운 근대적 여성상을 의미한다. 그런데 그 여성상은 "조국의 요청"인바 "유덕할 뿐만 아니라 유능한, 즉 긍정적이고 적극적인 생활관을 가진 생산적인 여성"이라 했다. 문면대로라면 여성을 '조국 근대화'에 적극적으로 주체화하자는 논리로 읽힐 수 있겠다. 그러나 〈신상〉의 전반적인 기사나 편집이 이 같은 방향이라 보이지는 않는다.

1970년대 이후 〈신상〉은 이효재를 '발행인'으로 표시해서 나왔다. 이효재는 이화여대 교수와 한국정신대문제대책협의회 공동 대표, 한국여성단체연합회 회장 등을 역임한 대표적인 여성주의 학자이며 사회운동가다. 잡지는 당시의 여성주의 이슈뿐 아니라 시, 소설, 평론, 수필, 번역 등도 실은 '종합지'였는데, 필자 중에 김현, 리영희, 천승세 등 유명한 남성 지식인들도 포함돼 있었지만 상당수는 잘 알려지지 않은 여성들이었다.

따라서 〈신상〉의 독자층은 〈여원〉이나 〈주부생활〉로 포괄될 수 없는 범위의 여성 교양 계층과 여성 지식인이었던 것으로 생각된다. 향후 논의가 필요한 잡지다. 17호까지 발간된 것으로 확인된다.

# 문학적 지성의 다른 경계들

〈월간문학〉은 창간 당시 김동리가 주재했던 한국문인협회 기관지다. 내 주변에서 이를 구독한다는 연구자나 문학가 지망생은 거의 없다. 그러나 며칠 전 갔던 우리 동네 병원 대기실에는 여성지들과 어깨를 나란히 하며 이 잡지가 꽂혀 있었다. 〈월간문학〉은 다른 방향에서 한국문학을 '대표'하는 잡지의 하나로서 계속 잘 발간되고 있다. 1961년 12월 31일에 창립된 한국문인협회가 힘 있는 조직이었고 지금도 그렇기 때문이다. 문인협회는 광역시 및 도 단위의 17개 지회에 시, 군, 구 단위의 168개 지부로 편성되어 전국적인 조직망을 갖추고 있으며 '시, 시조, 민요조시, 소설, 희곡, 평론, 수필, 청소년문학, 아동문학, 외국 문학 등 열 개 분과에 본부 회원만 1만 2000여 명'이다. 대한민국예술원 문학 분과 회원 25명 중 19명이 이 협회 회원이다.[22] 또 이 협회는 한국문학심포지엄, 마로니에전국청소년백일장, 해외 한국문학심포지엄, 서울문학축전 등 다섯 개 정례사업과 한국문학상, 조연현문학상, 윤동주문학상, 해외한국문학상, 서울시문학상 등 무려 열 개 문학상을 운영하고 있다 한다.[23]

그러니까 사단법인 한국문인협회는 전국적 기구이며 국가의 지원으로 운영하는 가장 중요한 문인 단체다. 한국문인협회의 역사는 이 나라 지식인과 문인의 역사나 지성사의 큰 부분일 것이다. 이름만 보면 전혀 대표적이고 중립적일 듯한 이 법인은 지난한 '흑역사'

도 갖고 있다. 흔히 저항의 관점에서 유신 시대 지식인과 문인의 상황을 조명한다. 물론 틀린 것은 아니다. 그 저항은 분명 오늘날까지 그 명맥이 이어지고 있는 문학과 지식인의 사회적 소명에 관한 한국적 전통을 형성한 것이 분명하다. 그런데 사실 '협력'과 곡학아세, 굴종도 허다했다. 세상의 이치가 그렇고 그런 거 아닌가? 한국문인협회는 '공식적'으로 박정희와 긴급조치를, 그리고 80년대에는 전두환과 4·13호헌조치를, 최근에는 이명박을 지지했다.

그래서일까? 〈월간문학〉 창간사의 다음 대목은 왠지 아이러니처럼 들린다. 키 작은 두 경상도 남자가 함께 보인다. 박정희와 김동리다. 아래 문장의 어휘와 담론소는, 1968년 이래의 국가주의 지배이데올로기, 즉 「국민교육헌장」의 키워드와 정서를 '기본'으로 깔고 그 위에 해방기 이래 김동리가 줄곧 되뇌어왔던 '구경의 민족문학'론을 결혼시켜놓은 모양이다.

> 민족중흥의 서기瑞氣를 띠고 울연히 일어난 수많은 작가, 시인 들로 하여금 각자의 재능과 정열을 마음껏 발휘할 수 있는 무대를 제공하자. 그리하여 우리의 장구한 역사를 통하여 이루지 못한, 우리 민족의 숙망이요 우리 문단의 비원悲願인 민족문학의 완성을 이룩하자. 이것이 본지의 구경究竟적인 목적이요 또한 사명인 것이다.

그러나 이미 4·19세대는 이런 식의 생각에 대해 반란을 시작했다. 적어도 더 젊고 지성적인 세대에게 김동리, 조연현, 서정주의 문화적·문학적 권위는 빨리 취약해졌다. 한국문인협회 이사장을 맡았던 이들은 길게 문단 권력을 누린 사람들이다. 김동리, 조연현, 서정주는 뚜렷한 문학적 성취를 가진 1급의 작가였는데도 불구하고, 문학 바깥의 나쁜 권력에 끝없이 아부하고 또 그것을 통해 골목대장

노릇을 계속하고자 했다. 정치적 삶이 문학에서 성취한 미와는 동떨어진 것이었기에, 그들은 한국에서의 문학과 정치라는 주제를 사유할 때 언제나 '안 좋은 예' 노릇을 하게 됐다.


## 시문학 잡지들의 명멸

한국 시문학 잡지의 역사도 상당히 복잡다단하다. 시는 다른 어떤 문화적 행위보다 많은 종이를 필요로 하는 듯, 무수한 시지詩誌가 명멸해왔다. 지금도 그렇다. 정확히 현황을 파악하기 어려울 정도다.

1969년에 창간된 〈현대시학〉은 지금까지 살아남은 한국 현대시사史의 '산 증인'인데, 그 창간사에 한국 시문학 문화가 일목요연하게 요약돼 있어 도움이 된다. 많은 지면의 필요와 그에 따른 즉자적인 창간이 시지의 단명短命과 수준 저락의 결과를 낳았을 것이다. 1965년과 1970년에 각각 '시문학'이라는 같은 이름을 단 시 잡지가 창간되었다. 1965년도 〈시문학〉은 "범시단 전문지 하나 없음"을 개탄하며 "한국 초유의 범시단지"를 자처했다. 창간사는 유독 '범시단'과 '시 전문'을 강조했고 이 말 외에 특별한 다른 내용이 없다. 왜 그럴까?

〈현대시학〉의 창간사에 이에 대한 약간의 답도 있다. 여기에 '시단 성원'들의 공통적인 바람이 기술돼 있다. "모든 시인들의 광장이 될 수 있는 시지"이며 "우리 시문학의 정리" 그리고 "종래의 각종 시인 등용 방법을 지양하고 그들이 충분히 뛰놀 수 있는 장소를 제공"하는 것이 〈현대시학〉의 창간 정신이라 한다. '범시단'이나 '모든 시인' 같은 말들을 통해 시단이 문단 정치 탓에 사분오열 갈라져 있음을 짐작할 수 있다. 그리고 위 문장의 마지막 바람도 오랜 역사를 가진 강렬한 것이다. 신인 등용문이 지나치게 좁고 불공정하거나, 또는 등단 이후에 '시인'으로서의 미래가 뵈지 않는 것이 모든 시인 지망생의 가장 큰 불안 혹은 불만이었던 것이다. 1955년도 〈현대문학〉 창간사와 달리 〈현대시학〉은 왜 제호에 '현대'를 사용했는지는 쓰지 않았다. 이때는 이미 '현대'가 자명한 것이었기 때문이었을 것이다.

1970년대 이후에는 민음사, 창비, 문지 등의 '종합' 문예지와 그 출판사들의 '시인선'이 주류적인 위치에서 시단詩壇과 시사를 이끌었다. 하지만 여전히 '갈증'은 다 채워지지 않아 주류 중앙 문단 바깥에는 많은 자생적인 시 동인지가 명멸했다.[24]


## 새 동인지 시대

젊은 문학청년들과 작가 지망생들에 의해 발간된 동인잡지는 〈현대문학〉이나 〈한국문학〉과 반대 방향에서 한국문학을 추동하고 있었다 할 수 있겠다. 1960년대 초, 4·19와 6·3 이후 등장한 자생적 문청의 층은 두터웠다. 기성세대의 이념과 문학에 대해 강력한 저항적 세대의식으로 무장한 그들은, 한편 신춘문예 당선과 신인문학상을 통해 제도 속으로 진입하려 하면서도 다른 한편 "자생적이고 독자적인 세력화"를 꿈꾸었다. 그리하여 아직 문단에서 뚜렷한 자리를 잡지 못한 전후 세대와 4·19세대들 덕분에 60년대는 "신문학사상 일찍이 볼 수 없던 동인지의 전성시대"[25]가 되었다. 60년대 초·중반에 간행된 동인지는 50여 종이 넘었고 계속 불어나 70년대 말이 되면 200여 종에 이른다.[26]

그중 〈산문시대〉는 '문지'의 모태가 된 동인지로 유명하다. 김현이 쓴 것으로 알려져 있는 창간사는 문학사 연구에서 많이 인용돼왔다. 한국 현대사상 가장 강렬한 문화적·정치적 세대의 하나인 4·19

세대가 어떻게 등장했는지를 보여주는 문장으로 손색없기 때문이다. "태초와 같은 어둠 속에 우리는 서 있다. (…) 얼어붙은 권위와 구역질 나는 모든 화법을 우리는 저주한다. 뼈를 가는 어두움이 없었던 모든 자들의 안이함에서 우리는 기꺼이 출발한다"라니, 분명 치기가 있다. 하지만 자신들을 신(의 아들)로까지 비유한 이런 패기만만한 선언은 흔하지 않다. 4·19세대는 기성세대와 그 문화에 대한 강렬한 투쟁 의지를 갖고 있었던 것이다. 그것이 어디서부터 비롯됐는지는 정확히 알 수 없다. 그러나 이 정도는 돼야 한 시대를 바꾸고 또 자기 걸로 삼을 수 있겠다.

〈산문시대〉 동인은 대체로 지방 출신의 외국 문학 전공자였으며, 서울대 문리대생이었다. 김승옥, 최하림, 김현, 김치수, 서정인, 김성일, 염무웅, 강호무, 곽광수 들은 모두 당시 스물두 살 또는 세살이었다. 대학생다운 좀 어설픈 창작과비평들 외에도 「환상수첩」「역사」 같은 초기 김승옥의 걸작 단편소설이 실려 있는 〈산문시대〉는 5호까지 나왔다. 대학도서관 귀중본 서고에 있는 원본을 보면, 책 말미에 '한정 200부에 몇 권 째' 같은 특별한 표시가 일일이 붙어 있다. 새파란 대학생들이 만들었지만 뭔가 '마케팅' 전략이 있었는지 '한정판' 개념을 알았던 것인가. 알다시피 〈산문시대〉 동인의 대부분은 또 다른 동인지 〈68문학〉을 거쳐 〈문학과지성〉으로 모이게 된다.

1970년대는 한국 문학사에서 '리얼리즘의 시대'로 기술돼 있다. 그런데 '리얼리즘 충동'은 단지 문단 내부의 것만이 아니었다는 점이 중요하다. 60년대 후반 이래 민중의 삶과 직접 부대끼며 문학하고자 하는 열정이 서서히 불타올랐고, 〈대화〉〈뿌리깊은 나무〉〈신동아〉 등의 잡지는 민중의 삶에 대한 현장 기록(르포 등)을 풍성하게 실었을 뿐 아니라, 민중이 스스로 자기 삶에 대해 말하고 기술하는 자서

전과 수기도 발굴하여 당대의 '문학' 옆에 병치했다. 김성환 등의 연구에서 밝혀져 있듯 조세희, 황석영, 윤흥길 등의 뛰어난 소설도 이에 지대한 영향을 받은 것이거나 그 같은 흐름에 대한 문학적 전유라 볼 수 있다.

비평계의 움직임은 이와 약간 '각도'의 차이가 있다. 평단은 60년대 이래의 참여문학론·민족문학론을 리얼리즘론과 새롭게 결합했다. 1969년 8월에 창간된 동인지 〈상황〉에 이에 관련된 정황이 잘 나타나 있다. 구중서, 백승철, 주성윤, 신상웅, 임헌영 등의 〈상황〉 동인은 당시로서는 〈문지〉와 반대의 노선 위에 있고, 〈창비〉와도 또 다른 각도에서 참여문학론, 민족문학론, 리얼리즘론을 결합하고 있었다. 그들이 더 왼쪽에 서 있었던 듯하다.

"세속적 이권과 타협을 위해 보호색을 띤 언어 테러리스트들의 난폭, 혹은 서툰 국제주의에 눈이 멀어 차관문화에 앞장서는 매판 작가들의 발호 따위는 바로 우리의 영혼을 좀먹는 이 땅의 문단 기생충임이 분명하다"고 한 창간사의 언어도 더 급진적이다. '차관' '매판'은 한국의 신식민지적 상황을 인식하고 비판할 때 자주 사용된 60~80년대 키워드다. '차관'이란 외국에서 빌린 빚을 가리키는 일반명사인데, 이 시대에는 특히 박정희식 개발의 주요 재원이 된 일본자본을 지시했다. '매판'은 국어사전에 '사리私利를 위하여 외국 자본과 결탁하여 제 나라의 이익을 해치는 일'이라 풀이된 말이다. 근대초 중국의 반식민지성을 비판하는 사회과학의 용어로 처음 등장하여, '매판자본' '매판자본가' 등을 주된 용례로 해서 한국에서도 널리쓰인 용어였다.

이런 말들을 '작가' '문화' 앞에 써서 문화와 문학의 식민지성을 비판하고자 했던 셈인데, 이 비판은 다소 환원적이다. 일제 치하에서와는 달리 직접 일제나 미제에 '부역'한 문화·문학인은 없었기 때문이다. 그럼에도 박정희 정권의 매판성·신식민지성에 대한 비판 의식과 일본(자본)의 재침략에 대한 공포는 당시 진보 지식인의 '공통감각'의 하나였다. 〈상황〉은 그 같은 맥락을 반영하여, 반제 반식민 주의 민족문학의 입장을 강하게 개진했던 것이다. 이를 상징하듯 창간호에는 신동엽과 이육사의 시와 화보가 실렸다. 1972년 봄 호부터 계간지가 되었는데 민족문학론과 리얼리즘론에 관한 풍부한 자료가 담겨 있다. '순수'문학과 '문학의 자율성'에 대해 강한 비판적 입장을 견지했기에 적이 많았고, 편집위원 중의 일부는 조작 '문인간첩단 사건'에 연루되어 고초를 겪기도 했다.

## 배태되는 저항

잡지 〈한양〉은 이 책에 실린 잡지 중 유일하게 해외에서 발행된 잡지다. 이 잡지는 1962년부터 '민단계' '재일 동포' 지식인들이 일본 도쿄에서 냈는데, 그 역사가 디아스포라diaspora사와 얽힌, 마음 아픈 한국 현대사의 일부분이다.

'분단의 히스테리'는 남북 사이의 낀 존재인 재일 조선인, 즉 '자이니치'들을 종종 희생양으로 삼게 했다. 특히 박정희의 중앙정보부와 전두환의 안전기획부는 정말 파렴치하고 악랄하게 여러 차례 간첩 사건을 재일 교포와 유학생들을 소재로 조작했으며, 필요하다 싶으면 그들과 접촉한 국내인들도 마구 엮었다. 1974년의 '문인간첩단 사건'도 그런 조작 사건의 대표적인 사례다.

〈한양〉은 남한의 많은 문인과 지식인 들이 기고하여 버젓이 수입·배포되었으며, 민단계의 여러 단체와 기업이 광고 협찬을 하고 재일본 한국공보관 전시대에도 그 잡지가 꽂혀 있을 정도였다. 그러나 검찰은 〈한양〉의 논조가 '반국가적'이라고 우기고 문인들이 받은 원고료와 접대에 대해 간첩죄를 적용했던 것이다. 여러 문인들이 그런 '돈'을 받았는데 유독 장백일, 이호철, 김우종, 정을병, 임헌영 등의 다섯 사람에게 국가보안법을 적용해 '간첩'으로 만들었다.[27] 그래서 한때 〈한양〉은 잊혔다가 2000년대 이후의 '디아스포라 문학' 등에 대한 관심 때문에 비로소 새롭게 읽히고 있다.

이런 운명을 예견한 것인지 〈한양〉의 창간사는 비통하다. 이 책에 실린 창간사 중에서 가장 많은 눈물이 배어 있는 글이 아닌가 싶다. "조국을 잃고 호구糊口의 길을 찾아 이국땅을 헤매는 사람들의 가슴에 서리는 한없는 심정"과 "암운이 뒤덮고 있던 기나긴 세월 우리 한민족이 겪은 고초"와 "그 쓰라린 고통의 연륜"을 전제로 했다. 그렇지만 "우리의 뼈를 어찌 이국의 한 줌 흙 속에 섞어버리랴. 그처럼 그리던 조국이 우리를 폭은이 안아줄 것"이라며 "조국의 운명에 우리의 운명을 더욱 굳게 더욱 깊이 연결시키자"고 했다. 얼마나 순진한 민족주의인가? 또한 한국 사람의 고유한 문화, 기질, 윤리에 "마르지 않는 샘물이 있고 깨끗한 심령의 세계가 있다"고까지 했으니, 과하다는 생각마저 들려 한다. 어쩔 수 없는 '피'의 부름 때문에 〈한양〉은 그처럼 "재일 교포들의 운명"을 구태여 대한민국과 연계시키고자 했던 것이다.

크리스챤아카데미는 주로 1970년대 민주화 운동을 거론할 때 등장하는 이름이다. 크리스챤아카데미는 70년대식 노동운동과 반유신·반독재 운동의 구심처럼 된 적이 있었고, 거기서 발행한 월간지 〈대화〉 또한 특히 70년대적인 기독교 민중주의를 실천하는 중요한 담론적 매개자가 되었기 때문이다.

70년대 문학사·노동사에서도 중요한 것은 유동우, 석정남 등의 '노동문학'이 이 잡지를 통해 세상에 본격적으로 나오기 시작했기 때문이다. 그러나 사실 〈대화〉는 60년대부터 노동문제를 위시한 사회문제 전반에 관련된 중요한 담론을 다뤘다. 이를테면 제8호(1968년 5월)는 '한국 노동운동의 현실과 장래' 같은 진지한 기획과 함께 「경제개발에 있어서의 노조의 역할」 「대중문화의 형성과 잡지의 역할」도 실었다. 제9호의 '대화 보고'는 영화 검열에 관한 기획 기사를 실었다. 거기에는 「검열을 받는 입장」을 쓴 유명 영화감독 김수용의 글뿐 아니라, 홍천이라는 이름의 관료가 쓴 「검열을 하는 입장」 같은 글도 있다. 귀한 자료가 아닌가 싶다. 시기나 정세에 따라 잡지 편집 방향에 차이가 나는데, 제79호(1977년 7월) 같은 경우는 노동운동과 노동자 수기의 비중이 상당히 크다.

창간사를 보니 '대화'란 공론을 뜻하고, 공론을 활성화시켜서 정신 구조를 개혁하자는 것이 크리스챤아카데미 사회운동의 기치이다. 발행인 강원룡 목사는 창간사에서, 독일에서 배태된 기독교 아카데미 운동과 그 프로그램을 어떻게 "한국의 실정에 맞는" 선교·운동 프로그램으로 변형했는가를 깊이 고민했음을 길게 쓰고 있다. 한국기독교사회문제연구소가 그 운동의 산파 역을 했다는 점도 밝혀져 있다. 크리스챤아카데미는 '자주적인 노동운동 활동가'를 양성하기 위한 교육기관의 의미를 갖기도 하여 1974년부터 '중간 집단 육성 프로그램'으로서 노동자, 농민, 청년, 여성들에 대한 교육을 시작하였다. 1979년에 유신 정권은 이 단체를 '좌경 용공'으로 몰아 공안 사건을 조작했다. 한명숙(전 국무총리), 이우재(전 국회의원), 장상환(경상대 교수), 김세균(전 서울대 교수) 등의 지식인과 70년대 노동사에서 가장 중요한 여성운동가들인 최순영(YH무역), 이총각(동일방직), 박순희(원풍모방) 등이 이 단체와 관계를 맺었다.

종교계와 해외 반박정희 단체는 폭압적인 유신의 상황에서 기댈 수 있는 언덕이었다.

# 대중의 형성과 욕망의 교육기관으로서의 잡지

## 주간지 시대

'대중의 형성'과 '도시화'라는 견지에서 1960~70년대의 문화사적 의미는 특기돼 왔다. 이때 TV, 라디오, 영화가 다 같이 급성장했지만, 종이 매체 중에서는 주간지가 '대중의 형성'과 '도시화'의 증거였다 생각된다. 〈아리랑〉이나 50년대 후반부터 통속 대중잡지 시장에서 우위를 차지하기 시작한 〈명랑〉(1956), 또한 성과 '사랑'에 집중(?)하며 대중지 시장의 일각을 담당한 〈사랑〉(1960) 등은 모두 월간지였다.²⁸ 주간지의 종류는 다양했으나, 〈주간한국〉이 주간지 시장을 개척하고 〈선데이 서울〉이나 〈주간경향〉 등이 주간지 시대를 안착시켰다고 할 수 있다. 이처럼 자본과 인력을 가진 일간 신문사들이 낸 잡지가 읽을거리 시장을 크게 바꿔놓았다.²⁹

선발주자였던 〈주간한국〉(1964)의 창간사와 그 면면이 이를 잘 드러낸다.³⁰ 〈주간한국〉은 지금은 사세가 '조중동'에 밀리지만 한때 대표적인 출판 자본이자 문화 기관이었던 한국일보사가 내놓아 성공한 잡지다. 〈주간한국〉은 창간 당시 5만 부를 찍고, 창간 1년 만인 1965년엔 10만 부, 1968년에는 무려 40만 부를 돌파했다 한다.³¹

시장의 패자覇者였던 이 주간지의 창간사는 '주간 저널리즘'의 존재 이유를 잘 말하고 있다. 그 창간 정신은 뉴스의 "홍수" 또는 뉴스의 "대하"가 밀어닥치는 새로운 '뉴스의 시대'에 큰 흐름'과 "문맥"

을 이해하고 "독자 대중에게 오늘의 세계상을 제시하려" 하기 위함이라 한다. 또한 언론으로서의 자기 사명이 '공평'이 아니라 "동태적이며 발전적인 사회과학적 진실"을, "진보와 휴머니즘"을 기조로 추구하는 것이라 했다. 오늘날에도 의미가 있는 말이다. 기계적·산술적 '중립'이 언론의 사명일 수 없다. 이런 '사명'과 함께 "재미와 품위, 공정과 오락을 균형 잡아가며 신문 '저널리즘'을 보강하고 잡지 '저널리즘'을 보족"하는 것이 더 구체적인 목표다. 즉, 일간신문과 잡지의 대명사이던 월간지 사이에서 '콘텐츠'를 끌어낼 여지를 적극적으로 찾아내려 했고 이에 성공한 것이다. 그 콘텐츠는 바로 '산업화 시대의 건전 오락'이다.


## 〈선데이 서울〉의 여러 얼굴

〈선데이 서울〉은 1968년에 창간됐지만 70년대 또는 '개발독재 시대의 잡지'라 해도 무방할 듯하다. 서울신문사가 발행한 이 잡지는 23년간 지속하며 대중 오락지의 대명사가 되었다. 〈선데이 서울〉은 "컬러텔레비전이 나오기 전 절정기에 이르러 1978년에는 발행 부수가 23만 부를 돌파했"으며 "전체 주간지 판매량의 30퍼센트를 넘어설 정도로 〈주간경향〉〈주간여성〉 등 경쟁지들 사이에서 독보적인 존재였다."[32]

따라서 화보를 잔뜩 실은 약 80쪽 분량에, 정가 단돈 20원(창간 당시)이었던 〈선데이 서울〉은 '잡지를 읽는다는 것은 무엇인가'에 대한 하나의 새로운 답을 보여준 그런 잡지다. 이 잡지를 낸 서울신문사는 〈선데이 서울〉이 "회사원이나 중견 직장인, 사회 지도층, 가정주부, 근로자 등 거의 전체 층을 망라한 '4000만의 교양지'"라고 했다 한다.[33] 재밌는 말이다. 교양의 개념이 바뀌면 이 말은 성립할지 모른다. 만약 여배우의 수영복 사진이나 여성의 성감대 위치, 국내외 유명 스타들의 이런저런 스캔들, 유흥업소 탐방기들도 '교양'의 범주에 속할 수 있다면 말이다.

상당히 많은 회사원이나 "근로자"가 이 잡지를 탐독했던 것은 확실하지만, "4000만"과 "사회 지도층, 가정주부"는 과장인 것 같다. 이 잡지는 완전한 '3류'는 아니었다. 급격히 근대화되는 도회 생활의 이모저모가 다양하게 담겨 있었다. 그러나 건전하거나 점잖다는 이미지와도 거리가 있었다. 그리고 이 잡지를 전국의 수많은 이발소, 미용실, 목욕탕 등에서 정기 구독했던 것도 확실하지만, 주부가 지키는 일반 가정에서 정기 구독하거나(서울신문사 사원 가족을 제외하고), '중견 직장인'이 가판대에서 이 잡지를 사서 아내와 아이가 있는 집으로 들고 들어가는 일은 쉽지 않았을 듯하다. 물론 상당수의 젊은이들은 이 잡지를 보는 일을 부끄럽게 생각하지 않았을 가능성이 크다.

〈선데이 서울〉 창간호는 '넘치는 멋, 풍부한 화제, 감미로운 내용'을 캐치프레이즈로 삼고 '천지현황'이라는 창간의 변을 실었다. 이 변의 앞부분은 일종의 너스레에 해당한다. "세계적으로 주간지 '붐'이 일게 된 것은 결코 우연한 일이 아니"며 "월간의 상보詳報·종합성과, 일간의 속보성을, 우리 생활 '리듬'—주간성에 맞게 살릴 수 있는 것이 주간지의 매력"이라고 한 후반부가 주간지 창간의 문화사적 맥락을 다시 보여준다.

또 강조되고 있는 것은 '멋'과 '일요일'이다. '멋'이 무엇인지는 구체적으로는 알 수 없다. "각박한 세정世情, 살벌한 정치 풍토"를 거론했으나 역시 막연하다. 아마도 가속도가 붙기 시작한 산업화에 희생되는 주관적인 미감이나 여유 정도를 뜻하는 것 같다. 이에 비해 '일요일', 즉 제호로 삼은 '선데이'를 강조하는 것은 의미가 크다. 농경

사회에서는 요일 개념이 없었다. 즉, '월화수목금'이나 주말 같은 시간 단위로 살지 않았다는 뜻이다. 자본주의 근대화는 인간의 삶 전체와 노동을 규율하는 시간 단위를 전면적으로 재편했다. 그 단위는 '24시간-1주일-1달'이다. 〈선데이 서울〉의 '창간의 변'이 잘 의식하고 있는 것처럼, 노동시간의 재편성에서 특히 '퇴근 후'와 '주말'은 노동력 재생산의 시간이다. 즉, 개별 노동자와 모든 경제활동자에게 주어지는 휴식과 오락의 시간이다. TV와 라디오 프로그램, 영화와 각종 공연의 관람, 스포츠 경기 관람 등등 자본주의 문화 산업은 바로 이 시간을 위해 존재한다. 주간지와 신문의 주말판도 이런 문화 상품의 일종이다.

그런데 과연 무엇으로, 역사상 처음 이 땅에 대규모로 등장한 산업화 시대의 노동계급 대중과 소시민들에게 휴식이나 오락을 제공할 것인가? 아주 다양한 가능성이 있겠다. 〈주간한국〉은 '건전 오락'이라 했다.

바로 이 지점에서 〈선데이 서울〉과 전 세계 대중지들이 공통적으로 선택한 하나의 콘텐츠가 있다. 바로 성性이다. 성은 다양한 내용으로 분기해서 표현되는데, 자본주의사회가 공유(?)하는 그것은 성 담론과 연예계의 가십 그리고 여성들의 육체다. 성 담론은 성 경험담과 성 테크닉, 피임법 등 성에 관한 그야말로 '교육적'(?)이고 '계몽적'인 콘텐츠들로 구성된다. 이런 잡지들에서 성을 다루는 방법과 시각은 물론 남성 중심적인 것이었다. 따라서 "〈선데이 서울〉 같은 주간지 구독은 저소득과 장시간의 노동 때문에 물리적으로 여가 시간을 낼 수 없었던 남성 노동자들에게 하나의 오락 문화였다"[34]라는 설명은 틀린 것이 아니지만, 그보다 더 복잡한 역할을 주간지들이 했다.

유신 시대에는 자주 '퇴폐 문화 단속'이 벌어졌는데, 모회사인 서울신문사가 당시에는 관변이었기 때문인지 〈선데이 서울〉이 대상이 된 적은 없다. 사실 그런 풍기 단속 자체가 권력의 외설이나 키치 같은 일이다. 여자 연예인이나 여대생의 육체에 엄청나게 관심이 많았던 박정희가 한 일을 보면 알 수 있다.

그런 한편 〈선데이 서울〉은 "4000만의 교양지"로서, 급격히 자라나던 남한 자본주의 체제를 옹호하고 '개발'에 국민을 간접 동원하는 일을 수행했다고 볼 수 있다. 〈선데이 서울〉다운 문체로 부와 성공을 중요한 콘텐츠로 만들었던 것이다. 「예비 재벌」 같은 연재물에는 수단 방법을 가리지 않고 성공한 상공인과 자영업자, 공무원이나 교직원, 종교인, 나아가 돈깨나 만진다는 '마담들'과 함께 자수성가를 이룬 이들의 개발 연대의 신화들이 포진됐다.[35]

그러나 매주 수십만 권씩 팔린 〈주간한국〉이나 〈선데이 서울〉 같은 메가미디어가 단지 남성의 관음증을 만족시키거나 독재정권의 나팔수 노릇만 했다고 단순화하기 어려운 측면이 분명 존재한다. 기본적으로 이런 미디어는 지배적이고 통념적인 젠더 관계와 계급 관계에 근거하면서도, 사회의 모순을 드러내고 대중의 욕망을 표현하며 동시에 대중에 대한 '욕망의 교육기관' 역할을 한다.


## 학생 잡지와 학원사·중앙일보사의 대중지

1965년에 창간된 〈진학〉지도 대중 형성의 두 측면을 보여준다. 한편으로는 대중지성이 성장하고 다른 한편으로는 대중사회의 욕망이 자라나는 광경이다. 앎과 욕망은 서로 엉켜 있어 욕망은 앎을 가리기도 하고 자라게도 한다.

잡지 미디어는 '욕망의 교육기관'의 하나였다. 1965년의 〈진학〉은 1946년의 〈진학〉과 달리, 말 그대로 '상급 학교 진학', 특히 '대학 진학'을 의미했다. 즉, 이 잡지는 치열한 대학 진학 경쟁에 뛰어든 수험생들을 위한 정보지였다. 물론 '교양'에 가까운 내용도 실렸으나, 그 또한 '수험'을 위해 봉사했다. 마치 오늘날에도 논술 고사를 대비한 잡지(읽기 자료)가 풍성한 교양을 매개하는 것과 같은 이치다. 이 잡지가 잡지사에 기술돼야 하는 이유는 간명하다. 대학 입시 정보야말로 한국 사회에서는 가장 중요한 '정보'이며 〈진학〉을 위시한 입시 정보 잡지가 면면한 전통을 이어왔기 때문이다.

한국 현대 교육사란 고등교육에 대한 수요와 공급량을 맞추기 위해 분투해온 역사라 해도 되지 않을까? 시대마다 좀 다른 이유로 고등교육은 늘 '공급 부족'이었다. 또는 좋은 고등교육을 위한 끝없는 초과수요가 존재했다. 그 때문에, 국가 차원의 수없이 많은 정책과 시행착오가 되풀이돼왔고, 개인과 가족들은 그 속에서 고뇌하고 분투해야 했다. 이것이 바로 한국의 지적 격차의 문화사[36]이자 문화적 계급투쟁의 역사 그 자체다. 이 처절하고도 우스꽝스러운 역사를 겪지 않은 한국인은 별로 없다. 수험의 경험은 이 땅에서 사는 사람들의 생애와 인생관 자체를 바꿔왔다.[37]

1965년에 김익달이 쓴 창간사에 지금까지도 변함없이 10대 청소년들의 머리 위로 퍼부어지는 어두운 언어가 노골적으로 쓰여 있다. 인생이란 경쟁과 승부의 연속이며, 대학 입시가 그 최고 고비다, 그것을 어떻게 뚫고 어떤 대학에 가느냐에 너의 일생이 달려 있다……

"38 대 1"이라니? 1965년 2월 4일에 치러진 전기 대학 입시에 응한 전국의 수험생은 8만여 명이었으며 평균 경쟁률은 5 대 1이었다. 중앙대는 1050명 모집에 평균 8.7 대 1, 약학과가 17.5 대 1로 최고를 기록했고, 연세대는 모집 정원 1350명에 9987명이 지원했는데, 평균 7.4 대 1, 최고 경쟁률은 기계공학과가 16.2 대 1을 기록했다 한다.[38] 고려대에선 신문방송학과가 가장 인기 있어 17.4 대 1의 경쟁률

학원사에서 나온 〈진학〉 창간호(1965년 3월) 목차.

을 기록했다.

1960년대에는 여전히 소수의 사람들만 대학에 갈 수 있는 경제력과 학력을 갖고 있었다. 사실 이 시절에는 아직 '비대중적'인 대학 입시보다는 중학 입시가 가장 첨예한 전 국민적 계급투쟁의 고지였다. 바로 그해 1965년도 서울 지역 중학 입시 때 문제의 '무즙 사건'이 있었다.

이 대입 수험생 8만 명이 거의 80만 명까지 늘어났던 것이 개발 연대의 역사이자 한국의 인구사다. 그리고 이 시기엔 재수생 문제가 심각했고 1970년대 후반에 폭발했다. 중학 입학 무시험 제도와 고교 평준화 및 학군제도가 도입되면서 70년대 중반에 중입·고입 재수생 문제는 차츰 해소돼갔으나, 1976학년도 대입에서 25만 3000여 명의 응시자 중에 무려 16만 명가량의 '불합격자'가 발생하자 다시 재수생 문제가 크게 사회문제화했다. 이 문제는 대학 정원을 갑자기 크게 늘려 대학 교육을 대중화하는 것으로 해소된다.


## '교양 있는' 여자

이 시대에 읽힌 또 다른 가장 '대중적'인 잡지는 여성지이기도 했다. 물론 그 식민지 시대부터 이미 여성들이 보는 잡지는 여러 종류였는데, 〈여학생〉(1965)과 〈주부생활〉(1965)은 똑같은 해에 창간되어 한동안 한국 여성 잡지 읽기 문화를 대표하게 된다.

〈여학생〉의 짧은 창간사는 〈진학〉과 다른 각도에서, 자라나는 앎에 대한 욕망과 그 대중적 확산을 보여준다. 이 창간사에서 빈번히 쓰인 단어는 '교양'이다. 이 단어는 확실히 1960년대의 키워드였다.[39] 그러면서 한편 '교양 있는 여성'과 같은 말이 한국에서 '교양'의 가장 널리 쓰이는 용어법이 될 만큼, 지배적인 '교양'은 강한 젠더의

함의를 가진 것이었다. '여성 교양'은 교양주의의 시대인 1950~60년 대 여성 문학 독자('문학소녀')와 여성 교육의 확대를 통해 확산되었다. 각종 학생 잡지나 여성지는 물론 이에 일조했다.

지금도 같은 제호로 발간되는 〈주부생활〉도 1965년 4월 김익달의 학원사에서 창간되었다.[40] 학원사의 시대였던 것이다. 이후 〈주부생활〉은 한국 여성지의 대명사가 되었다. 그러나 주 독자층인 20~40대 여성을 넘어 폭넓은 '대중'의 사랑을 받았다 할 수 있지 않을까. 나도 청소년기에 이·미용실에서 혹은 어머니, 누나가 보던 이 잡지를 때때로 훔쳐보며 성과 여성의 세계에 대한 이해의 폭을 넓혔었다. 물론 〈주부생활〉보다는 〈레이디경향〉이 더 심도(?)가 깊었던 듯하다. 〈주부생활〉은 '생활 기사'나 연예계 가십은 물론 사회·교육·여성 문제 등을 고루 다루었으며, 우리나라 잡지로는 최초로 원색 화보를 도입하기도 했다 한다. 아쉽게도, '항상 깨어 있는 여성, 그러나 영원한 모성을 간직한 어머니'라는 모토를 걸고 창간한 이 잡지엔 창간사가 없다. 〈주부생활〉은 한때 23만 부까지 발행된 적도 있다 하는데, 1970년에 창간된 〈여성중앙〉과 쌍벽을 이루었다.

〈여성중앙〉은 1960년대 후반부터 중앙일보사가 잡지 산업에 진출할 때 창간된 잡지의 하나였다. 즉, 〈주간중앙〉(1968년 8월), 〈월간중앙〉(1968년 4월), 〈소년중앙〉(1969년 1월), 〈여성중앙〉(1970년 1월), 〈학생중앙〉(1973년 4월), 〈계간미술〉(1976년 11월), 〈문예중앙〉(1978년 3월)이 그들이다. 삼성이 종이 잡지 사업에 뛰어들었다는 것은 잡지 독자층의 규모가 빠르게 성장하고 있었다는 뜻이겠다. 물론 삼성은 더 큰 자본과 인력을 들여 1964년부터 방송 사업에 뛰어들고 1966년부터 TV와 라디오를 합친 동양방송TBC을 경영하게 됐다.

## 새 소년과 어린이 잡지

어린이 잡지도 물론 잡지 문화의 중요한 구성 부분이다. 어린이 잡지를 통해 얻은 지식과 오락은 그 자체로 한 개인의 성장사에서 결정적인 경험이며 성인 독자로 성장하기 위한 기초이기도 하다. 어린이 읽을거리 시장 전체가 독서 '대중'과 '교양' 독자의 어떤 근본적 저변이라 할 수도 있다.

독자가 늘고 중산층이 독서 시장에 활발히 참여한 60년대는 어린이 잡지사에서도 새 전기가 마련되었다. 대형 신문사들도 이 시장에 뛰어들었다. 〈새소년〉(1964)과 〈어깨동무〉(1967)가 60, 70년대에 태어난 아이들에게 미친 영향력은 지대했다. 후발 주자라 할 수 있는 〈소년중앙〉이나 〈소년동아〉도 많은 독자를 거느렸다. 그 외 〈소년세계〉〈소년생활〉도 있어 경쟁이 치열했고, 그 효과로 이전 시대에 비교할 수 없이 비주얼이 좋아졌다.

그런데 오늘날에도 그렇지만 어린이 잡지에는 창간사가 없거나 아주 소박한 경우가 대부분이다. 발행인이 쓴 〈새소년〉의 창간사도 특별한 내용이 없는데, 대신 소설가 월탄 박종화와 당시 문교부 장관이 쓴 창간 축사가 흥미롭다. 한국 근대문학의 성립 시점부터 평생 계속 주류 문인이었던 박종화는 '산증인'으로서 어린이 잡지의 태동 과정에 대해 꽤 감동 있는 이야기를 쓰고 있다. 육당 최남선과 "방정환 형"에 의해 창간된 〈소년〉과 〈어린이〉가 한국 근대 문화사 성립에 어떤 역할을 했는가 하는 것인데, 자신을 포함해서 그런 어린이 잡지를 보고 자라지 않은 '명사'가 없다 한다. 그리고 박종화는 1910년대부터 그 뒤로도 한참 이어진 어린이 잡지의 이념이 무엇인가를 요약해준다. 그것은 '소년'이 "나라의 보배"이자 "민족의 근본"이라는 생각이다. 근대 초에 발견된 '어린이'는 곧 새로운 문화운동의 상징이자 조선 민족 그 자신이기도 했던 것이다. 〈새소년〉이 창간된 60년대에도 민족주의는 어린이-잡지를 그렇게 바라봤다. 그래서 또 다른 창간 축사도 문교부 장관 같은 고위 관료가 썼겠는데, 이 글에서 장관은 관료답게 당대의 키워드를 아무 데서나 들이댄다. '교양'이 그것이다.

# 예술·과학과 근대화

근대화·산업화는 GDP 규모가 증가하고 공장과 도로가 생겨나고, 도시 소시민과 노동자계급이 출현하는 변화만을 의미하는 것은 아니다. 그것은 삶의 양식과 미에 대한 인간의 감각을 바꾸어 예술과 디자인을 발전시킨다. 그것이 '모더니즘'의 한 본질을 구성한다. 근대화·산업화가 본격화된 때에 예술·디자인·건축·사진 분야의 잡지가 새로 나왔다는 것은 어쩌면 당연한 일이겠다. 박정희 체제는 문화와 예술도 민족주의적 근대화에 동원했다. 그러나 세계적인 조류를 따르는 체제 바깥의 예술운동도 생겨났다.[41]

건축·예술 잡지 〈공간〉만큼 공간사와 그 주인이었던 건축가 김수근도 유명한 거 같다. 김수근은 1960년 '김수근건축연구소'를 창립하고, 잡지 〈공간〉(1966)과 공간사를 만들었다. 1972년엔 그 유명한 건물 '공간 사옥'을 세웠다. 지금은 공간그룹이 된 공간사는 그간 국내외에서 1000건이 넘는 건축 프로젝트를 수행해왔고, 월간 〈공간〉은 2014년 7월 현재 통권 560호에 이르렀다. 물론 "최장수 예술 및 건축 종합 잡지"다.[42] 잡지 〈공간〉은 시대에 따라 건축과 미술 등 여타 예술에 할애하는 지면의 양과 역할이 달랐다 하는데,[43] 지금은 'SPACE'라는 영어 제목을 표지에 더 크게 쓴다.

## 사진 예술의 고민과 춤

19세기 혹은 20세기에 태어나고 자라난 예술이자 산업으로서 사진은 미술과 회화 사이에서, 또 전문가와 대중 사이에서 고유의 깊은 고민을 갖고 있다. 테크놀로지와 이미지의 문화정치 사이에서, 예술과 아카이브 혹은 산업 사이에서, 그리고 재현의 윤리와 조작의 위험 때문에 사진은 언제나 문제적인 장르가 된다. 그만큼 사진은 유용하고 강력하며, 직접적이고 (지젝이 말한 뜻에서) '외설적'인 수단이자 목적이기 때문이다. "사진은 과학의 소산이니 어데까지나 과학적 리론 없이는 소기의 목적을 달성하지 못하는 것"이라는 〈포토그라피〉(1966) 창간사에도 그런 점이 담겨 있다.[44]

사진의 복잡다단함 때문에 '사진계' 안에도 미술이나 문학만큼 서로 다른 유파와 노선이 존재할 수 있다. 이는 사진 잡지 또한 그만큼 다양할 수 있다는 뜻이다. 〈포토그라피〉는 1976년 5월 호부터 '월간사진'으로 제호를 변경하여 지금도 발행되고 있다. "순수 사진예술 전문지"를 표방하면서도 "예술사진의 담론에서 대중적인 사진 이슈까지 경계와 구분을 짓지 않고 사진의 모든 것을 다"[45]룬다는 이 잡지 자체가 시대에 따라 성격이 변해왔다.

월간 〈춤〉(1966/1976)은 지금껏 발간돼온 한국의 잡지 중에 가장 아름다운 것 중 하나다. 고급한 공연 사진과 무용수들의 아름다운 몸동작을 보여주는 이 잡지는, 무용계를 넘어 한국 공연 예술과 예술계 전반에 영향력을 갖고 있었다. 내용 자체도 '종합성'을 추구했었다.

이 월간지는 조동화라는 헌신적인 선구자 덕분에 지금까지 무려 464회(2014년 10월 현재)나 발간되었다. 한국 무용계의 대부로 간주되기도 하는 조동화는 제1세대 무용 비평가로서 많은 업적을 남겼다. 서울대 약대를 졸업한 후 동아방송 제작부장과 편성부장을 지냈으며, 사재를 털어 〈춤〉을 냈다. "누적된 적자로 발간이 어려워질 때마다 소장하고 있던 이중섭, 박수근의 그림을 하나씩 팔면서 잡지를 펴내셨"고, 평생 수집한 춤 자료 16만 점을 기증해 춤 자료관을 개관하기도 했다. 이런 공로를 인정받아 한국출판문화대상(1985), 중앙문화대상(1988), 옥화문화훈장(1990) 등을 수상했다.[46] 2014년 봄 조동화는 노환으로 별세했는데, 이어령 전 문화부 장관은 "춤에 대한 낮은 사회적 인식을 뛰어넘어 당당히 예술의 한 장르로 격상시키는 데 결정적으로 공헌했다"고 평가했다.[47]

대개 월간 〈춤〉은 1976년 3월에 창간된 것으로 알려져 있으나 사실은 10년 전인 1966년 7월에 이미 창간되었다. 이 잡지가 오래 유지되지 못하고 1976년에 다시 간행되기 시작하여, 이는 "속간續刊"의 의미를 띤 것이다. 이런 사정은 1976년 3월 호 편집후기에 뚜렷이 기록돼 있다.

조동화는 창간사에 해당하는 1966년본 〈춤〉의 '서序'와 1976년 3월 속간호의 '시론'을 통해 한국에서의 근대 신문화 성립에 대한 정말 흥미로운 이야기를 들려준다. 서구로부터 날아온 '신무용'이라는 새로운 춤과 "춤은 예술"이라는 새로운 명제 때문에, 별 특별한 노력 없이 한국인의 춤에 대한 인식은 전변되었다는 것이다. 조동화는 마치 임화처럼 서구(또는 일본)로부터의 문화 이식이 갖는 의미에 대한 강렬한 자기의식을 갖고 있었다는 것을 알 수 있는데, 이는 1976년 3월 속간호의 '시론'을 통해 더 구체적으로 예시되고 설명된다. 그것은 1966년이 신무용 성립 40주년, 1976년이 50주년이 될 수 있는 이유와 유관한 것이기도 하다. 조동화는 근대 한국 무용과 공연 예술 성립의 획기 시원이 되었던 세 개의 공연, 즉 1922년 조택원의 토월회 제3회 무대에서의 공연, 1925년 3월 일본인 무용가 이시이 바쿠石井漠의 경성 공연, 1927년 10월의 최승희 공연의 의미에 대해 말하고 있다.


## 취미의 재구조화

동아시아에서 바둑사는 유구하다. 그러나 바둑이 이 땅에서 계층을 초월한 (남성) 취미가 되고, 기보棋譜가 일간지에 실린 것은 해방 이후의 일이다. 해방 당시 바둑 인구는 3000여 명에 불과했다 하는데, 〈기계棋界〉가 창간된 1960년대 후반에 100만여 명, 다시 20년 뒤인 1989년에는 약 500만 명이 되었다 한다.**48** 이 과정에서 바둑대회 소식과 기보는 일간지, 월간지, TV에서 모두 중요한 콘텐츠가 되었다. 바둑 두는 사람들한테는 기보에 나온 수순대로 한 수 한 수 두어보는 일이 가장 중요한 공부이고, 명인들의 명승부 기보는 그 자체로 감상하거나 보존할 가치 있는 기록이기 때문이다.

'기계'는 바둑계를 뜻한다. 〈기계〉는 바둑계의 가장 중요한 잡지이자 한국기원의 기관지인 〈월간 바둑〉의 전신이다. 1969년 8월 호부터 제호를 바꿨다. 한국기원은 조남철이 해방 직후 설립한 한성기원을 계승하며 1954년 1월에 공식 출범했다. 조남철은 한국 현대 바둑의 아버지 같은 사람인데, 그의 청으로 60년대 말에 한국기원 이사장이 되고 〈기계〉 창간사도 쓴 이는 이후락이다. 박정희의 오른팔로서 60년대 말에서 70년대 초의 온갖 공작 정치를 기획하고 7·4남북공동성명도 가능하게 한 바로 그 중앙정보부장 말이다. "명랑한 사회 풍조" 같은 당대의 키워드가 창간사에 들어 있다.

등산, 낚시 등 가장 오래된 근대인의 취미들에 관한 잡지도 늘 읽혀오고 있다. 〈월간 등산〉(1969), 〈월간 산〉(1971), 〈낚시춘추〉(1971), 계간 〈감성돔낚시〉(2003) 등이 그들이다.

근대화와 함께 과학은 '취미'와 교양은 물론 모든 가치를 새로 재구조화하고 있었다. 미디어 연구자 임태훈에 따르면 1965년에 창간된 〈학생과학〉은 '대중(의) 과학사'에서 아주 중요한 잡지였다. 특히 60년대에는 청소년들에게 거의 독보적인 '종합 과학 교양' 잡지였다. 즉, 〈학생과학〉은 〈전파과학〉과 함께 1970년대까지 대중 과학지의 쌍벽이 됐다. 언제나 청소년들이 좋아라 하는 우주과학이나 전쟁 무기에 관한 화보나 과학 공작(라디오나 모형 비행기 조립 같은)에 관한 내용 배치는 〈전파과학〉과 비슷했다. 그런데 문화사적으로 〈학생과학〉의 위상에 좀 다른 의미가 있는 것은 '문학' 때문이다. 〈학생과학〉은 창간호부터 계속 '과학소설'란을 두고 H. G. 웰스, 시튼 등 외국 유명 작가의 '과학소설'과 함께 국내 작가의 창작 작품을 실었다. 창작란은 상당히 활발하여 소재나 유형에 따라 '우주 소설' '해양소설' 'SF'로 나누기도 했다. 양도 상당히 많다. 따라서 한국 대중 서사의 역사에 있어 〈학생과학〉은 '완소'한 것인데, 이에 관한 정리나 연구가 거의 없다.[49]

〈학생과학〉의 창간사는 친절하고 겸손한 어조로 잡지 발간의 경위와 이 시대의 '과학 인식'을 잘 보여준다. 그중 핵심은 박정희식 경제개발이 불타오르기 시작한 당시의 과학 이데올로기다. '과학기술의 진흥'이 기치였고, 한국에서는 거의 영원불변할 것만 같은 '과학 입국' 슬로건도 펄럭이고 있다. 그러나 실제 잡지의 매호 지면에는 편집자의 전두엽에 박혀 있는 뻔한 과학 입국 이데올로기보다는 훨씬 다채롭고 '과학적'인 상상력이 펼쳐져 있었다. 이는 물론 때로 한반도의 지정학을 뛰어넘는 '판타스틱'한 것이기도 했다.

# 青脈

## 創刊号

**特輯◆** 아아 이民族 이受難

韓日會談의 基本的問題點

아프리카의 指導者

8

〈청맥〉 창간호(1964년 8월) 표지.

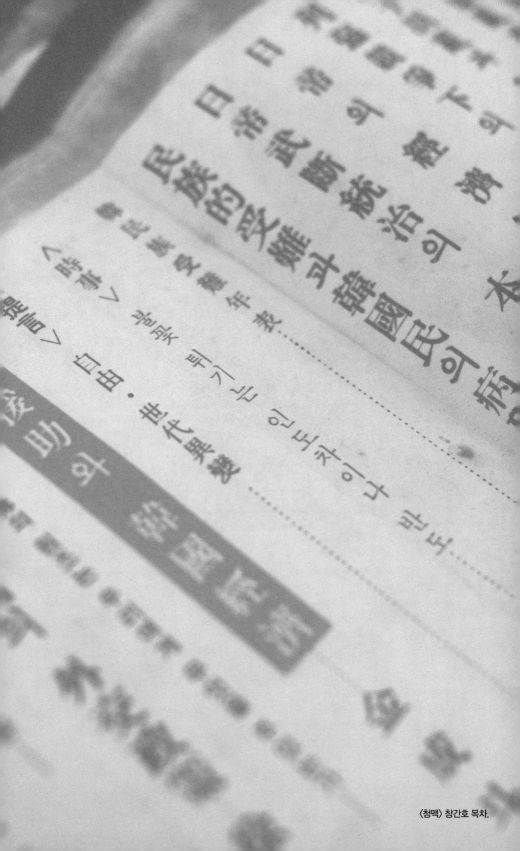

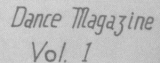

*Dance Magazine*
*Vol. 1*

創刊号

〈춤〉 창간호(1966년 7월) 속표지.

# 序

「新舞踊」이란 이름의 白鳥가 우리 湖水로 날라 온지도 벌써 四〇년.

그때 이 백조는 하나의 驚異였고 그 물결은 이땅 新文化의 무늬(紋)이기도 하였다. 그래서 이에 매혹된 鶴들은 백조를 따라 그 고장으로 갔었고 호수는 그것을 챙기기에 번거로워졌다. 그런데 다행한 것은 이때 부터 학들이 「自己」란 것에 대하여 생각을 갖기 시작한 일이다. 처음으로 「제춤」에 눈뜨게 된 것, 이때를 한국무용의 自覺期라 한다. 그러나 백조가 온것 보다 더 큰 意義는 「新舞踊」이란 名詞를 처음으로 우리에게 소개하고 認識시킨 사실이라고 할 수있다. 이 新式術語는 춤에 인색했던 당시 社會에 『춤은 곧 藝術』이라는 굉장한 宣言 같은 것이었고 모두에게 그렇게 받아들여지게 한 功을 말할수 있으니까 말이다.

말하자면 한국의 춤은 이렇게 노력없이 「놀이」의 위치에서, 그리고 천한 「춤군」에서 藝術의 놀이로, 新文化 尖兵의 영광스러운 자리를 얻게 되었다고 할수 있겠지. 만일 이런 名分있는 이름이 없었던들 당시의 젊은 학들은 當代의 제약을 벗어날 수도, 긍지를 가질 수도 없었음은 물론이다.

하여튼 豫期치 않게 날라온 이 춤의 名詞, 아무 抵抗도 받지않고 완전한 춤의 領土로 區劃한 사실은 기억할만한 일이다.

그러나 爭取가 아니고 쉽게 얻은 惠澤에서일까? 以後 이 영광된 호수에는 名聲은 있으되 苦憫이 없는, 흥분은 있으되 노력이 없는, 그리고 뛰어들기는 하나 다시 날으는 이가 없는 그저 조용하기만한 호수로 四〇년을 지내왔다. 구경군들의 박수도 점점 사라져 갔다.

舞踊誌 《춤》은 조용한 이 호수에 던져질 적은 돌맹이면 된다고 생각한다. 水深을 알리면 족하고 혹 波紋이 일어 학들을 깨워주면 그 더욱 좋고…… 앞으로 이 《춤》에 舞踊界 同志 諸位의 많은 협력 있기 바란다.

一九六六年 七月一日

趙東華

〈춤〉 창간사.

〈선데이 서울〉 창간호(1968년 9월 22일) 표지.

表紙의 얼굴… 궁금하시죠

● 멕시컨·모드가 어울리는 아가
● 「紳士가 뽑은 퀸」 추천 要領
● 表紙의 얼굴 「퀸·퀴즈」

〈자세한것 21페이지〉

◇本誌는 週刊新聞倫理實踐要綱을 遵守한다.
◇本誌 特約 通信＝AP·AFP·키스턴·WWP·KHS

선데이 서울 9月22日號
第1卷 第1號

넘치는 멋, 풍부한 화제, 감미로운 내용

가장 理想的인!
秋夕 膳物
미원 선물 셋트

味元販売株式會社
서울 味元販売株式會社

〈선데이 서울〉 창간호 목차와 광고면.

# 한양漢陽

## 창간사

사람들은 흔히 헤어져보아야 그리움의 참맛과 그 깊이를 안다고 말한다. 정이 깊은 사람들 사이에만 그런 것이 아니라 고향이며 조국에 대한 생각도 마찬가지다.

청석령青石嶺 지나거다 혁하구革河口 어데메뇨
호풍胡風은 참도 찰사 궂은비는 무삼일고
뉘라서 내 행색 그려다가 님 계신 데 드릴고

병자호란 당시 남한산성에서 성하지맹城下之盟을 맺은 후 인질로 끌려가던 풍림대군(효종)의 시조 한 수다. 가고 싶지 않은 길 기약 없는 길, 황막한 이국의 광야에서 조국을 그리는 절절한 회포가 역연하다.

이국만리 낯선 땅을 방황해본 사람이 아니면 조국을 연연한 정을 다는 알 수 없다.

하물며 조국을 잃고 호구糊口의 길을 찾아 이국땅을 헤매는 사람들의 가

| 발행일 | 1962년 3월 1일 |
| --- | --- |
| 발행 주기 | 월간 |
| 발행처 | 한양사 |
| 발행인 | 김인재 |
| 편집인 | 김인재 |

슴에 서리는 한없는 심정이랴! 하늘을 우러러 호소할 곳 없고 땅을 굽어보아 몸 둘 곳 없으니 도리켜 보면 우리나라에 암운이 뒤덮고 있던 기나긴 세월 우리 한민족이 겪은 고초는 실로 헤아릴 수 없다.

바로 그 쓰라린 고통의 연륜과 더불어 우리 재일교포들의 운명이 시작되었고 허다한 비분의 역사를 안은 채 오늘에 이르렀다. 조국 없는 설움보다 더 큰 설움을 알지 못하고 만 가지 불행의 근원이 이에 있음을 체험한 우리가 날이 가고 달이 바뀔수록 안타까이 조국을 불러 몸부림치는 그 뜨거운 일편단심을 무엇으로 다 표현할 것인가!

우리의 몸이 여기 이성異城에 있음으로 하여 우리의 마음은 더욱더 조국의 품으로 줄다름쳤고 항상 조국과 함께 숨 쉬기를 잊지 않았다. 그처럼 귀중한 조국이 이제 광복 후 십칠 년의 새봄을 맞았다. 삼가 옷깃을 여미고 머리 숙여 우리 민족의 앞길에 길이 영광이 있고 조국의 번영이 무궁하기를 소원하는 우리의 마음은 경건하다.

비록 조국에 내환외우가 계속되고 있으나 이것이 오래갈 수는 없을 것이고 삼천리금수강산이 복지의 낙토樂土로 변할 것을 믿어 의심하지 않는다. 이것이 곧 우리 민족의 염원일진데 누가 감히 그 길을 막으리오.

물론 우리 조국은 내환외우의 진통을 겪고 있다. 그러나 그것이 조만간 출산의 환희로 바뀔 것은 틀림없는 일이다. 사람들은 후진의 낡은 옷을 벗어버릴 것이며, 자유의 노래는 울릴 것이며, 우리 수많은 해외 교포들도 바로 그 조국의 품에 안주의 새 터를 찾을 것이다. 우리의 뼈를 어찌 이국의 한 줌 흙 속에 섞어버리랴. 그처럼 그리던 조국이 우리를 폭은이 안아줄 것이어늘……. 조국의 운명에 우리의 운명을 더욱 굳게 더욱 깊이 연결시키자.

바로 이러한 뜻에서 이제 우리는 여기 뜻 있는 교포 인사들과 힘을 모아 잡지 〈한양〉을 창간한다. 제題 하여 〈한양〉이라 함은 그 이름이 곧 조국을 상징하는 정다운 이름이기 때문이다. 거기에 한국의 오늘이 있고 거기에 한국의 내일이 있기 때문이며, 한국의 과거도 또한 거기에 있었기 때문이다.

우리는 과거를 잊을 수 없다. 우리의 과거는 물론 다난하였다. 그것은 반만년에 걸친 험로역정이었다. 이 다난한 노정 속에 우리 재일 교포들의 운명도 엮어졌다. 그렇기 때문에 우리는 과거를 잊을 수 없는 것이다. 과거는 곧 내일의 거울이다. 그러나 우리는 그런 것을 알고 지낼 겨를이 너무도 없었다. 일제는 우리에게 과거를 알지 못하게 하였었다. 과거를 알려고 하는 것은 곧 범죄로 인정되었었다. 이순신 장군의 이름이나 안중근 열사의 행적이 그들에게는 역병처럼 징그러웠는지 모른다. 우리는 그 모든 것을 몰라야 했었다.

그러나 그런 시절은 이미 지나갔으며 다시는 오지 않을 것이다. 우리는 바로 그 모든 것들을 알아야 한다.

우리의 과거를 알고 우리의 오늘을 알고 우리의 내일을 알아야 한다. 그것은 나 자신을 알기 위해서이다. 조국을 알기 위해서이다. 잡지 〈한양〉은 독자 제현과 더불어 이를 위한 노력을 아끼지 않을 것이다. 조국의 지난날을 도리켜 보아 그것으로 앞길을 밝히는 등대로 삼을 것이며, 조국의 강산을 돌아보아 우리의 생활을 설계할 것이며, 조국의 현실을 살펴 국가 백년대계를 이룰 힘찬 재건에 이바지할 것이다.

조국의 전도前途와 같이 우리의 전도에는 험산준령도 있을 것이고 설한풍 몰아치는 무인지경도 있을 것이다. 가시밭길이 앞을 막는다 해도 우리는 그 길을 뚫고 나가야 한다. 그 저편에 봄을 맞는 도원경이 기다릴지 모르는 일, 그러나 만일 없다면 우리 자신이 세워나가야 할 것이다.

푸른 동해가 언제까지나 우리의 슬픔만을 안고 출렁거릴 수는 없다. 격랑이 기슭을 치고 아아한 조국의 연봉連峰이 햇살을 받을 때, 환희로 들끓는 조국의 얼굴이 넓은 해면에 춤출 때가 있을 것이다.

미 군정과 이승만 정권, 장면 정권, 그리고 오늘의 혁명정부—이렇게 한국의 오늘은 다난하였다. 6·25동란의 참혹한 전화戰禍, 4·19의 절규, 5·16

의 무혈 군사혁명, 이렇게 한국은 아우성치며 달려가고 있다. 그 많은 역사의 장마다 갈피갈피 숨은 이야기는 끝이 없고 그 많은 이야기 속에 조국은 고동치고 있다.

잡지 〈한양〉은 이에 무심할 수 없는 우리 겨레의 양식이 될 것이며, 고동치는 조국의 넋을 담은 국민들의 공기公器로 될 것이다. 우리는 고담준론을 즐겨 하지 않으며 허장성세에 끌리지 않고 조국의 번영에 이바지하는 하나의 괴임돌로 자기의 사명을 다할 것이다. 우리는 한국의 정원에 한 그루 과실나무를 심는 말없는 원예사를 본받을 것이다. 한국 사람의 고유한 문화, 한국 사람의 고유한 기질, 한국 사람의 고유한 윤리, 여기에 마르지 않는 샘물이 있고 깨끗한 심령의 세계가 있다. 이것을 다듬고 가꾸어나가는 원예사의 심경을 우리는 지닐 것이다.

잡지 〈한양〉은 옆을 보지 않고 꾸준하게 자기의 길을 가려고 한다. 독자 제현은 잡지 〈한양〉을 아끼고 사랑하며 그가 지닌 사명을 다하게 하며, 아직은 갓 낳은 이 어린것을 가꾸고 다듬어 키워주시기를 진심으로 바라 마지않는다. 아울러 재일교포 형제들에게 임인년 새해의 축복을 드리면서, 특히 조국에 계신 동포 여러분에게 우리의 인사를 드리는 바이다.

# 산문시대散文時代

## 선언

태초와 같은 어둠 속에 우리는 서 있다. 그 숱한 언어의 난무亂舞 속에서 우리의 전신은 여기 이렇게 초라한 모습으로 서 있다.

이 천년을 갈 것 같은 어두움 그 속에서 우리는 신이 느낀 권태를 반추하며 여기 이렇게 서 있다. 참 오랜 세월을 끈덕진 인내로 이 어두움을 감내하여 우리 여기 서 있다.

그러나 이제 우리는 안다. 이 어두움이 신이 인간 창조와 동시에 제거된 것처럼 우리들 주변에서도 새르운 언어의 창조로 제거되어야 함을 이제 우리는 안다. 유리아의 얼굴을 발견한 싼타마리아의 일군이 우리는 기꺼히 된다. 얼어붙은 권위와 구역질 나는 모든 화법을 우리는 저주한다. 뼈를 가는 어두움이 없었던 모든 자들의 안이함에서 우리는 기꺼히 탈출한다. 썩은 유리아의 얼굴만을 애완물처럼 매만지고 있는, 이카루스의 어쩌면 절망적인 탈출이 없는 모든 자의 언어와 우리는 결별한다. 새르운 유리아의 얼굴을 발견함이 없는 모든 자와 우리는 결별한다. 내부에서 터져 나오는 욕망을 처리하기 위해 집을 나가는 탕자를 우리는 배운다. 모든 어두움 속에

**발행일**  1962년 6월 15일
**발행 주기**  부정기(동인지)
**발행처**  가림출판사
**동인**  김승옥, 김현, 최하림

파묻친 죽어버린 언어를 박차는 탕자의 의지를 우리는 배운다.

이제 우리는 청소부이다. 유리아의 얼굴을 닦아내는 싼타마리아의 대부들이다. 우리는 이 투박한 대지에 새르운 거름을 주는 농부이며 탕자이다. 비록 이 투박한 대지를 가는 일이 우리를 완전히 죽이는 절망적인 작업이라 할지라도 우리는 우리 손에 든 횃불을 던져버릴 수 없음을 안다. 우리 앞에 끝없이 펼쳐진 길을 우리는 이제 아무런 장비도 없이 출발한다. 우리는 그 길 위에서 죽음의 패말을 새기며 쉬임 없이 떠난다. 그 패말 위에 우리는 이렇게 다만 한마디를 기록할 것이다. "앞으로!"라고.

# 세대世代

## 새 세대의 역사적 사명과 자각
### —획기적인 시대정신으로 세계 사조의 광장에 나아가자

요즘 세대교체 하면 유행어처럼 되어 있다. 유행이란 것은 부평같이 뿌리를 박지 못하고 표류하다 사라지고 말기가 일수다. 세대교체란 명제가 그러한 유행 현상에 그치지 않고 우리 사회에 있어서 절실한 요청이라면 그것은 뿌리를 박아서 성장하고 결실하여야 할 것이다.

세대교체가 인위적으로 이루어질 수 없다는 견해는 자연 성장에 맡길 수밖에 없다는 뜻이겠는데 혈연적 가족적인 세대교체에 있어서는 자연 성장 밖에 도리가 없는 일이라고 할 수 있겠지만 사회적인 세대교체가 한 시대적 요청일 때에는 자연 성장에만 맡길 수 없는 것은 그것이 역사적 성격을 띠기 때문이다.

그렇다고 해서 학원의 신입생 모집이나 행정부의 인사 개편이나 군대의 신구병 교체와 같은 것이 아니고 보니 세대교체란 것은 획시기적 의의를 지녀야 한다. 획시기적 의의를 세대교체와의 관련에서 볼 때 물리적 힘으로 이루어지는 혁명 수단이나 명자名字만 바꾸는 결사만으로 세대의 교체란 것이 이루어지는 것이 아니고 오히려 그러한 획시기적 의의는 교체되는 새

발행일    1963년 6월 1일
발행 주기  월간
발행처    세대사
발행인    오종식
편집인    오종식

세대의 역사적 사명에 있다고 보아야 할 것이다.

이 역사적 사명을 바꾸어 말해서 역사적 책임이라고 해보자. 사회적 책임은 책임을 힐문하는 편이나 책임을 져야하는 편이 다 같이 병존하므로 법적으로 혹은 도의적으로 해결할 수도 있을 일이로되 역사적 책임이란 힐문하려 해도 이미 죽었거나 없어졌거나 하여 그 대상이 없는 데에서 힐문하는 자 자신이 오히려 전대前代가 저지른 사회적 책임을 역사적으로 스스로 부하負荷해야 하는 운명을 지닌 것이다.

한양조 오백 년간의 사화 당쟁의 고실故實과 여폐를 회고하고 반성해볼 때 해방 후 십유여 년으로 우리네의 역사적 부채가 쉬이 가실 리 없다고 생각한다. 이승만 정부의 부패무능을 탓하고 오늘날 혁명정부의 차질蹉跌을 따져본다고 해서 해결될 만큼 그렇게 얕은 것은 아닌 것 같다.

역사적 책임은 우리네 선인들이 저지른 여폐를, 또는 해방 후의 정치적 부패와 무능을, 현금의 차질을 구상변상求償辨償의 형식으로 따지는 것이 아니라 그 이상으로 새 시대를 이룩할 획기적인 시대정신을 창조하는 데 있는 것이요, 그것이 곧 우리가 지닌 역사적 부채를 갚는 책임이요 사명이다.

세대교체를 절실히 통감하면 할수록 그 개인이나 그 세대층은 역사적 책임감이 또한 통절하여야 할 것이요, 새 시대정신의 창조에 온갖 정성을 다 기우려야 할 일이다.

자유민주주의 완성의 길은 멀고 멀다. 선진국이라 한들, 그네들의 '아이데올로지'에는 허다한 모순이 있고 그러니만큼 위기도 있는 것이어늘 우리 형편에 있어선 무엇이 어떻다 하랴. 공산주의의 독재도 극복하여야 하고 민주주의의 후진적 과오도 되풀이하지 않아야 하고, 그러면서 한국적이고 새로운 민주주의를 세워나가야만 하는 이 시대적 요청을 하나둘의 결사나 과도적인 정치가 능히 감당해내리라 미룬다는 것은 너무나 감상적이요 근시안적이라 할 것이다.

미국의 독립, 불란서의 혁명이 있기 전에 백여 년 동안 계몽 시대의 정신

생활과 사회 개혁 운동이 있었던 것을 생각해보면 절로 짐작이 간다. 해방된 지 장근 이십 년이로되 정치나 교육이나 문화에 있어서 제대로 규모 있게 민주주의 사상과 그 생활양식에 대한 계몽이 있어보았던가. 부패 무능이라 하거니와 시대정신, 지도 원리, 계몽운동—이러한 관점으로 보면 우리는 이십 년 가까이 긴 악몽과 혼잡 속에서 헤매고 허덕이며 살아왔다고 해야 옳지 않을까.

세대의 교체는 염원만으로, 개인의 작위로만 이루어지는 것이 아니요, 그것은 오직 세계의 창을 통해서 신사조의 광장에 나아감으로써 각개의 양식, 전 민족의 긍지를 가다듬어 자세를 바로잡는 데서 빚어지는 역사적 창조로의 공통된 자각에서만 이루어질 수 있는 것이다.

# 새소년

## 창간 축사 / 새소년의 창간을 축하하면서

**월탄 박종화**

한국에 처음으로 소년을 위하여 잡지를 창간한 분은 육당 최남선 선생이다.

그분은 당시에, 자신이 소년이면서 〈소년〉이란 잡지를 발행해서 수많은 후배 소년들에게 애국 사상과 새로운 과학 지식이며, 문학, 철학 등 각 방면의 지식을 지도하고 고취시켜서 목마른 우리에게 감로수 같은 단물을 축여 주었던 것이다.

나도 그때 〈소년〉 잡지를 읽어서 좋은 지식과 훌륭한 사상을 가질 수 있는 토대를 쌓아 올릴 수 있게 되었지마는, 이 〈소년〉 잡지의 영향은 당시의 젊고 어린 소년들한테 크나큰 도움을 주어서 오늘날 나이 6, 70 된 명사를 쳐놓고 대개 이 〈소년〉 잡지의 지도를 받지 않은 사람이 없었던 것이다.

나중에 일제시대에 〈어린이〉란 잡지를 발간해서 우리 소년들의 등불이 되면서 어둔 밤에 길을 잃었던 우리 소년들에게 한 가닥 광명을 부어주게 했던 소파 방정환 형도 본시는 육당의 〈소년〉 잡지에 크나큰 감화를 받아서 당시의 소년 운동을 일으켰던 것이다.

**발행일**  1964년 5월 1일
**발행 주기**  월간
**발행처**  새소년사
**발행인**  김광수
**편집인**  김광수
**주간**  어효선

이만큼 잡지의 힘은 큰 것이다. 이번에 좋은 책과 좋은 문화 사업으로 우리 사회를 유익하게 하는 어문각 대표 김광수 씨는 생각한 바가 있어 〈새소년〉이란 소년 잡지를 간행할 계획을 세워서 창간호를 낸다 하니 얼마나 기쁜 일인지 측량할 길이 없도록 마음이 기쁘다.

소년은 나라의 보배요, 민족의 근본이다. 소년은 소년대로만 항상 있는 것이 아니라, 자라서 청년이 되고 장년이 되어서 이 나라 민주국가의 중심체가 되는 국민이 되는 것이다.

소년 시절에 지도를 잘못 받으면 청년 시절이나 장년 시절에도 잘못 지도 받은 영향을 그대로 지녀서 국세國勢와 국력에 영향되는 바가 크다. 이때 가서는 보내가 아니요, 도리어 열등의 세대를 이룩하는 경우도 있을 수 있는 것이다. 진실로 소년의 지도가 얼마나 중하고 큰 것을 새삼 절실하게 깨닫게 된다.

사장 김광수 씨와 주간 어효선 씨는 우리의 소년들이 다음 세대에 훌륭한 국민이 되기를 절실하게 기원하면서, 영리를 돌아보지 아니하고 소년 잡지를 경영하게 된 데 대하여, 나는 국민의 한 사람으로 두 분께 깊이깊이 감사를 드린다.

더구나 어효선 씨는 우리 문단에 있어서 아동문학가로 또는 교육자로 명성이 높은 분이다.

이번에 〈새소년〉의 창간이 유종의 아름다움을 거둘 수 있을 것을 든든하게 생각하면서 삼가 축하하는 글을 보낸다.

# 창간 축사 / 읽을거리 늘어 반가와

문교부 장관 고광만

우선 반갑습니다. 어린이들의 교양을 돕는 읽을거리가 더 좀 있었으면 했는데 이렇게 때맞춰 〈새소년〉이 창간되는군요.

사회 형편이 뜻대로 되지 않아 자칫하면, 어른은 어린이를 보살피는 일에 게을러지기 쉽습니다. 그러나, 우리 어린이들은 티 없이 씩씩하게 잘 자라주어서 그들을 대하기가 여간 믿업고 자랑스럽지 않습니다.

이런 어린이들의 뒤를 충분히 밀어주지 못하여, 간혹 그들이 지닌 싹이 이지러지거나 비뚤어지는 일을 보는 것처럼 가슴 아픈 일은 없읍니다.

어린이들은 학과 공부도 중요하지만 교양을 길러 인격을 다스리는 일 또한 소중한 것입니다.

이제 새로 탄생된 〈새소년〉은 필경 이렇게 소중하게 필요로 하는 어린이들의 교양을 기르는 데 크게 도움을 줄 것으로 여겨집니다.

녹음이 짙고 싱싱한 철, 5월은 어린이의 달입니다. 이달에 어린이 여러분을 위하여 첫걸음을 떼어놓는 〈새소년〉이 그 창간부터 착실하고 풍부한 내용을 갖추고 선을 뵈는 것을 참으로 다행하게 생각합니다.

부디 이 열의와 노력이 줄기차게 이어져서 호를 거듭할수록 훌륭하고 좋은 잡지가 되기를 믿고 바랍니다.

## 우리는 민족 정의에 순殉한다

**지명석**

기미년 3월 1일, 우리에게 이 피비린 역사의 하루가 없었던들 우린 영영 선열 앞에 고개 들 수 없는 부끄러운 후손이 되고, 자손만대에 용납될 수 없는 무능한 조상이 될 뻔했다.

일본 제국주의의 독재와 탄압에 저항하여 감연히 민족 독립을 외치며 총뿌리 앞에 가슴을 헐고 나섰던 백의민족의 아우성이 이 거리를 누비며 잠자던 민족의 양심에 불을 질렀다. "보라! 여기 동방의 빛은 살아 있노니……" 장한 외침이 물결같이 구비쳐 우리의 매마른 가슴을 축일 때 감격의 뜨거운 눈물이 쏟아졌음을 기억해야 할 것이다. 그러나 무능했다는 장張 정권을 거쳐 군사혁명 정부에 이르고 다시 민정으로 복구한 오늘에 이르기까지 결코 민족의 단합이 이루어지지 않았다는 슬픈 현실을 자인한다.

3월 1일 강산을 피로 적시며 민족 얼의 베꼬니아는 지고 말았다. 마구 짐승같이 짓밟히고 도살된 양심 있고 피 끓는 이 나라의 넋이 허공을 저회하는 한갓 고혼孤魂이 되고 말 것인가? 결코 우리는 3월의 그날을 헛되게 가매장해서는 안 될 것이다.

| | |
|---|---|
| **발행일** | 1964년 7월 20일 |
| **발행 주기** | 월간 |
| **발행처** | 인물계사 |
| **발행인** | 지명석 |
| **편집인** | 지명석 |

반공, 반독재, 반부정, 반부패……. 그것이 누구던 우린 민족에 역행하는 여하한 정치 집단도, 어느 절대 권력의 개인도 용납하지 않는다.

봉오리채 살아진 3월의 베꼬니아.

그 붉은 애국의 정열을 우리는 잊지 않는다. 불행히도 우리에겐 정당한 3월의 뜻을 계승한 참다운 민족정신이 없었다. 우린 굳이 어떤 정권의 의의를 부인하는 것도 아니며 어느 특정 정치 집단을 성원하는 것이 아니다. 오직 국민을 위한, 국민에 의한, 국민의 정부, 즉 한국적인 현실에선 국민을 아껴줄 줄 아는 정부의 출현을 바라고 싶다. 정치가 결과에 의해 그 타당성을 허가받아야 하는 것이라면 우린 서슴치 않고 어느 정부에라도 고언苦言할 것이다. 이렇게 하므로서 참다운 민주주의를 촉성하는 밑거름이 된다 처도 결코 우리는 후회하지 않겠다. 우리가 민주주의를 위해 현재까지에 치른 대가는 너무나 컸었다. 그리고도 국민은 내일을 잃은 암울한 현실에서 굶주린 배를 움켜쥐고 후한 집권자의 은혜를 구걸해야 하는 것인가? 아니다. 우리는 주권 국민의 자격으로 우리가 받친 혈세의 행방을 정확히 알아야 하고, 우리가 뽑은 통치자에게 생명과 재산의 안전을 요구할 권리가 있는 것이다. 피치자란 슬픈 낙인을 짐 지고 어느 선의의 독재에게 우리의 생활을 송두리째 백지위임해서는 안 될 것이다. 더러운 정상배政商輩들이 권력과 결탁해서 정국의 혼란을 조장하고 심지어는 정치적 이념마저 좀먹어 한국의 민주주의를 질식케 한 불명예스런 과거를 다시 되풀이해서는 안 될 것이다. 범죄의 온상에서 포식한 정치적 공범자를 지탄하고 이를 국민 앞에 고발하여 국민의 냉혹한 재판을 받게 할 의무가 우리에게 부여되어 있음을 자각하고, 이러한 부패 세력을 단두대에 처형할 의무 또한 있는 것이다. 국민은 역사의 창조자인 동시에 역사의 재판자인 것이다.

국민에게 국민으로서의 의무가 있듯이 정부는 정부로서의 의무를 갖는 것이다. 정부가 정부로서의 의무를 수행하지 못할 때 국민을 망각한 정부를 비판하고, 채찍질해서 정부의 각성을 촉구하는 것이 곧 언론 천부의 사명일 것이다. 우린 이 사명을 위해 투쟁할 각오가 있고 양심의 자부가 있는 것이다. 우리에게 건전한 양심이 눈떠 있는 한 우리는 어떤 부정과도 감히 타협하지 않을 것이며 부정을 묵과하지도 않을 것이다. 언론이 언론으로서의 기능을 다하는 한 피치자로서의 국민은 결코 고독하지 않다. 국민에게 뜻을 발표할 입이 있고 막힌 가슴을 대변할 양심의 소리가 있을 때 악의의 독재자도 결코 부패할 수 없을 것이다. 진실로 집권자가 부패할 수 없는 곳에서 참다운 민주주의가 발아하는 것이다. 무릇 역사가 참다운 인간의 양식에 의해 그 궤를 찾아왔다는 것을 작량하고 양심 있고 참신한 인물의 발굴에 기여함은 물론 이러한 새로운 인사들에 의해 건전한 세대교체가 이루어질 것을 믿어 의심 않는다. 새로운 세대는 썩지 않고, 속이지 않고, 도둑질 않는, 국민의 양심을 그대로 반영하는 기대의 세대가 되어줄 것을 바라며 여기 〈인물계〉는 그 산실을 나선다.

# 청맥 青脈

## 창간사

단순한 시간의 누적만으론 참역사일 순 없다. 일체 사상의 발전과 유동 변혁을 그 실재 내용으로 한 시간탑을 역사의 개념으로 규정하고 있는 한!

〈청맥〉은 이러한 뜻의 '역사의 내용'을 충실화하고 현실적 제 과제를 파헤쳐 민족사적 요청에 순응하는 한편 발전과 전환의 구심적 대역을 다해보려고 오랜 진통기를 거쳐 이제 겨우 고고지성을 울린다.

바꿔 말하면 이 땅의 고질인 빈곤과 후진성을 축출하는 핵심적 요체를 모색하고 구래의 인습에 얽매인 낡은 역사의 첨단에서 새로운 역사 창조의 전위前衛적 기치를 꽂는 교차적 사명을 담당해보겠다는 웅지를 품고 과감히 여명의 타종봉을 잡았다.

더우기 혼미와 착종을 극極한 국내외 정정政情은 평화나 안정을 구두선처럼 외치면서도 이붓자식처럼 천대 멸시하였고 위정자들이 항용 뇌이기를 즐기는 민리복지民利福祉나 발전이란 어휘는 이젠 한갖 사전의 지면을 메꾸는 장식적 낱말로 그 가치 기준이 전락되고 말았다.

해방 19년을 한결같이 줄곧 누벼온 정치 가두의 화려한 무대와는 대조

**발행일**  1964년 8월 1일
**발행 주기**  월간
**발행처**  청맥사
**발행인**  김진환
**편집인**  김진환

적으로 국민들은 가난과 허기에 시달려 완전히 지쳤고 19년 전 오늘 그 새파랗던 청년들의 혈기 찬 얼굴엔 체념의 역사만이 주름을 빌려 흉하게 새겨져 있다.

그날의 그 의욕적이던 푸른 꿈과 환희는 언제나 현실이란 무된 벽에 부디쳐 산산조각이 나기 마련이었고 상호 불용不容과 이율배반 속에서 타율적 작용마저 덧붙힌 민족사는 겹겹의 창이瘡痍로 오욕汚辱 점철되었다.

그러기에 4·19는 당연이라 했고 5·16을 부득이라 이름 지었다.

그러나 19년이란 오랜 세월 동안 겨레의 한결같은 염원은 조국 통일과 빈곤에서의 탈피로 집약되었으나 완전 자주와 자립은 치자와 피치자 사이에선 그 어의語義와 가치판단에 현격한 차이가 있었음은 숨길 수 없는 사실이다.

〈청맥〉은 이러한 민족사적 제 과제 해결에 긴끽緊喫한 인소因素며 과정일 수밖에 없는 창조, 투쟁, 발전을 절규하며 유린된 사회정의를 바로잡고 민족의 올바른 진로를 제고하며 불패의 정의 편에 서서 민족 대의를 고창하고 주권국민의 긍지를 유지하며 대중과 더불어 호흡할 수 있는 생명력을 평이하게 다루어 겨레의 욕구를 발표하고 지표를 제시하는 중임을 맡아보려 한다.

왜정 삼십육 년의 이민족 겸제의 세월은 길고 지루한 것이었다고들 말한다. 그러면서, 어찌 양단된 조국의 연륜이 십구 년이나 쌓였음을 뼈저리게 느끼지는 못하는가를 도시 알 길이 없다. 우리는 하루빨리 국민의 주권을 앞세워 조국을 통일해야 할 역사적 한 시점에 놓여져 있음을 잠시라도 잊어서는 안 된다.

우리들에겐 할 일이 너무나도 많다. 이민족의 침략으로 주권을 노략질당하고 자유를 박탈당했던 우리들만큼 자유의 귀중함을 절감한 민족도 그렇게 흔치 않으며 굶주림에 시달린 민족도 그렇게 흔치는 않았다. 그러나 굶으며 자유만을 구가할 수 없다는 건 인간의 생리며 신의 섭리가 아닐까.

이 〈청맥〉은 이러한 난제의 매듭을 풀기 위하여 민족적 지성의 순화와 자립 의식의 앙양이란 대명제를 내걸고 주객관적 여건의 합일을 능동적 작용에 의하여 달성코저 빈곤의 인소를 색출하기에 과감하고 민족적 반목과 분열의 인자를 지면을 통하여 공개 성토함에 인색치 않을 것을 다짐한다.

끝으로 겨레의 염원이 이 〈청맥〉의 지폭에서 집약 교차되고 모든 지성과 양심의 나침반이 되어 〈청맥〉의 이름처럼 언제나 새롭고 싱싱하며 비록 굴곡과 기복은 있을지라도 그 끊지지 않는 기상이 역사의 흐름을 타고 정기의 매듭을 이룩하면 상징적 영봉靈峰이 될 것을 자부하고 역사와 겨레와 〈청맥〉이 같은 운명체이기를 바라면서 이에 〈청맥〉 창간의 횃불을 높이 켜 든다.

# 주간한국 週刊韓國

## 진실을 대화하자

통신·교통수단의 비약적 발달로 오늘날 우리들은 '좁아진' 세계에서 살고 있다. 옛날 같으면 십 년 걸려 일어나던 일이 일 년이나 심지어는 하루에도 일어나게 되고, 며칠씩 걸려야 알게 되던 일이 단 한 시간 만에, 아니 거의 동시적으로 우리에게 알려지는 오늘의 세계는 또한 '뉴스' 범람의 시대라 해도 좋을 것이다.

날마다 시간마다 새로운 일들이 일어나고 발전해나가는 세계 환경 속에서 '뉴스'의 홍수에 마냥 휩쓸려 내려가지 않기 위해서는, 이 '뉴스'의 대하를 지켜 바라볼 수 있는 발판이 필요하다. 편편의 국내의 소식들을 큰 흐름 위에서 이해하고, 문맥 속에서 집어보는 시각이 아쉬워진다.

〈주간한국〉이 '뉴스'의 정리와 종합으로 독자 대중에게 오늘의 세계상을 제시하려는 것은 그 때문이다.

여러 갈래로 전문화되고 분주스런 직종 위주의 도시 생활은 자칫 시민의 취미·교양에 편향을 가져오기 쉽다. 또한 일주일 단위로 구분되는 시민 생활의 주기성은 여가, 특히 주말 여가의 수요를 높이고 있다.

**발행일**  1964년 9월 27일
**발행 주기**  주간
**발행처**  한국일보사
**발행인**  장기영
**편집인**  장기영

〈주간한국〉이 각 방면의 건전 오락, 교양의 재료를 독자 대중에게 제공함으로써 생활 필수 요건을 보완하려는 것은 그 때문이다. 재미와 화젯거리를 찾되 냉소나 악취미 아닌 기지와 '유머'로써 감싸 생활 감정의 훈훈한 순화를 꾀하려 한다. 여가와 휴식은 곧 재창조의 터전이 되어야 한다.

사건 위주의 일일 보도는 '뉴스'의 대략, 피상에 머무르기 쉽다. 한편 월간 잡지의 경우 생활 '템포'에서 뒤지기 쉽다. 한 사건의 발생을 물거품에 비긴다면, 그 거품이 일기까지는 얼핏 눈에 보이지 않는 원류와 배경이 있게 마련이다. 한낱 사건의 진상은 그것이 빚어진 산 환경과의 교호 작용까지를 곁들여 다음 파동과 연관시킬 때 비로소 포괄적으로 이해될 수 있다.

〈주간한국〉이 사상의 밑바닥에서 문제의식을 끌어내고, '뉴스'의 육화를 통해 사건의 입체상을 추구하려는 것은 그 때문이다.

우리는 시민 생활과 국민 생활과 국제 생활을 그려내는 데 있어서 생경한 사실의 복사자가 되기보다는 생동하는 진실의 대화자가 되기를 기약한다.

신문이나 잡지는 국민 각계각층에서 일어나는 사건과 여론을 어느 편에 치우치지 않도록 공평히 반영하는 것을 제일차적 기능으로 삼아야 하겠지만, 그것에 머무를 수는 없다. 온갖 사회적 사상은 자연계의 사상과는 달리 스스로 시와 비의 가치판단을 요구한다. 무색투명한 자연과학적 사실을 복사하는 것이 아니라 동태적이며 발전적인 사회과학적 진실을 추구하며, 자기 책임으로 최선의 의견과 주장을 제시하는 역능 또한 우리의 것이다.

세계 속의 한국, 한국 속의 세계를 독자 대중과 더불어 이야기하고 이해함에 있어서 우리는 항상, 진보와 '휴머니즘'을 기조로 삼고자 한다.

해방 이십 넌째 아직도 후진적 조건들을 탈피하지 못한 우리 사회가 당장 요구하는 것은 부질없는 수구나 안일한 현상유지가 아니라, 정력들인 현실 개혁이요 국민 대중의 창발적 '에네르기'가 결집될 수 있는 전진의 의욕이며 실험이다. 동시에 우리는 개혁과 전진의 작업에 있어 합리적 지성과 민주주의적 감각의 고양을 요구한다.

우리는 기사 한 건, 평론 한 편을 다룸에 있어서도 그와 같은 기본 태도를 바닥에 깔 것이다. 그리고 이러한 우리의 입장은 언제나 독자 대중과 발맞추어 나갈 뿐 아니라, 단 한 걸음이라도 앞서 가야겠다는 의욕으로 받쳐질 것이다.

재미와 품위, 공정과 오락을 균형 잡아가며 신문 '저널리즘'을 보강하고 잡지 '저널리즘'을 보족하는 우리나라 주간 '저널리즘'의 독자적 일꾼이 될 것을 다짐한다.

# 정경문화 政經文化 ▪

## 창간사

우리는 바야흐로 1965년의 새해를 맞는다.

한국을 에워싸고 있는 국제 정세 그리고 우리들 내부에 깔려 있는 허다한 문제들을 볼 때, 1965년은 중대한 전환의 기점이 되어야 할 해가 아닐 수 없다. 이른바 다원화 현상이란 말로 표현되고 있는 세계정세의 변화에 발맞추고 또 정치적 안정과 경제 건설을 통해 이십 년째로 접어든 국토 분단의 슬픈 역사를 종결지어야 한다는 당위의 과제들이 우리들을 채찍질하고 있기 때문이다.

1965년의 새해는 이와 같이 우리들에게 크나큰 전환의 기틀을 요구하는 해로 등장하고 있다.

그러나 우리 한국의 현실은 전환기의 시련을 극복하고 민족의 역사적 사명을 이룩할 기틀을 마련하기에는 아직도 후진성의 탈피를 위한 몸부림 속에서 얼마만의 혼돈과 시간의 흐름을 요구하고 있다.

1965년의 새해를 맞아 한국이 지향해야 할 전환점과 이 전환점에의 축대가 빈약한 오늘의 현실을 동일 평면에 놓고 볼 때 여기에는 절실히 아쉬

**발행일** 1965년 1월 1일
**발행 주기** 월간
**발행처** 한국정경연구소
**발행인** 엄민영
**편집인** 엄민영

운 몇 가지 문제가 제기되지 않을 수 없다. 이것은 곧 한국 사회의 절박한 문제점을 올바로 포착한다는 것, 포착한 문제점에 대해 과학적인 분석을 하고 꾸준한 연구를 거듭한다는 것, 그리고 이 '포착'과 '분석'과 '연구'를 근거로 하여 보다 합리적인 해결 방안을 모색한다는 것 등이다.

지금 우리의 주변을 둘러보면 모든 사람들이 딱한 현실에 대해 개탄하고 걱정하는 것은 얼마든지 볼 수 있으나 이 이그러진 현실의 본질적인 병인病因, 그리고 이 현실을 개혁해나가기 위해서는 어떤 것을 본원적인 문제점으로 보아야 하고 또 어떤 것을 부차적인 문제점으로 보아야 하느냐 하는 문제들에 대해서는 모두 너무나 진지성이 박약하다. 백만 번의 분개보다 한마디의 올바른 문제의 제기, 문제의 설정이 더 아쉬운 것이 바로 우리 한국의 오늘이 아닌가 한다. 문제의 소재를 모르고 문제를 논하는 것처럼 우스운 것은 없다. 그렇기에 다원적으로 변화해가는 국제 정세에 발맞출 수 있는 적응성과 또 우리 내부의 제 모순들을 적절하게 해결하기 위한 전기를 마련하려면 무엇보다도 과학적인 그리고 실천적인 지성의 동원을 통한 문제의 제기, 올바른 문제의 설정을 우선적으로 서둘러야 하는 것이다.

1965년의 새해를 맞이하여 〈정경연구〉를 창간하는 목적과 취지가 바로 여기에 있다. 이 조그마한 월간지는 제호가 말해주드시 우리를 에워싸고 있는 국제 문제와 우리 국내에 깔려 있는 정치·경제 문제들에 대한 진지한 연구자가 될 것을 목표로 하고 있으며, 또한 오늘의 절실한 문제점들을 제기시킴으로써 이 나라가 구각舊殼을 벗어나 새로운 전환점에 올라설 수 있도록 그 도약대의 구실을 해보려는 벅찬 희망을 가지고 있다. 이 두 가지 과업을 위해 〈정경연구〉는 냉정한 객관성과 보다 합리적인 과학성을 바탕으로 하는 논설과, 사실 파악의 기초가 될 풍부한 자료들을 중점적으로 국민 앞에 제시하려 한다.

정책 참여에의 길이 막혀 방황하는 아까운 지성들을 동원하여 오늘의 당면한 문제점을 과학적으로 분석하고 파헤침으로써 건전한 여론의 형성에 이바지해보려는 것이 또한 본지의 사명이기도 하다.

올바른 문제의 제기는 이미 올바른 해답의 절반을 성취시키고 있다는 것을 우리는 믿기 때문에 이 〈정경연구〉는 온갖 현실에 대해 분연히 도전하면서 절망을 희망으로 전환해보려는 이 나라 지성인의 공동의 광장이 되어보려는 것이다.

이 〈정경연구〉 발간의 모체가 되어 있는 '한국정경연구소'는 조국의 근대화와 현실 개혁 문제에 뜻을 같이하는 몇몇 학자·정치인·경제인 및 언론인들로 구성되어 있다. 〈정경연구〉지는 '한국정경연구소'가 해나갈 폭넓은 연구 활동의 소산이므로 권수卷數를 거듭함에 따라 내용의 충실을 기할 것을 감히 확신하며 온 국민의 깊은 사랑을 받을 수 있는 잡지로 발전될 것을 다짐한다.

국민 여러분의 뜨거운 사랑과 아낌없는 지도와 편달을 갈망하여 마지않는다.

**치봉**雉峰

■    창간 당시의 제호는 '정경연구政經硏究'로, 1979년 6월에 '정경문화'로 제목을 바꾸었다. 〈월간경향〉의 전신이다.

# 진학 進學

## 창간사

"우리의 목적이 무엇이냐고 묻는다면 나는 곧 승리라는 한 마디로 대답할 것입니다. 승리 없이는 생존을 누릴 수 없기 때문입니다."

이 말은 2차 대전 당신 고 처어칠 경이 정부의 조각을 끝마치고 베푼 연설의 한 귀절입니다.

그러나 이 말은 곧 우리 인생 모두에게 부합되는 철리요 금언이기도 합니다.

왜냐하면, 인생이란 모두가 다 승부의 연속이기 때문입니다.

학업에서의 경쟁, 사회생활에서의 승부.

여러분은 지금, 배움의 최종 관문인 대학 입시의 문턱에 다달아 있습니다.

이 최종 관문을 어떻게 택하고, 어떻게 뚫고 나가느냐에 달려서, 여러분이 일생을 두고 겪어야 할 사회생활에서의 승부도 좌우되는 것입니다.

해마다 대학으로의 경쟁은 심하여져서 금년에는 최고 38 대 1이라는 고율을 나타내고 있읍니다. 이러한 난관을 어떻게 극복하느냐 하는 문제는

**발행일** 1965년 3월 1일
**발행 주기** 월간
**발행처** 학원사
**발행인** 김익달
**편집인** 김익달

오직 요령 있는 학습과 계획성 있는 노력에 달려 있읍니다.

특히 요즈음의 출제 경향은, 공식적인 기억 편중의 출제에서 벗어나, 실제로 터득 활용할 수 있는 실력을 테스트하는 경향이 농후해졌습니다.

이러한 모든 경향과 실력 향상을 위한 지름길을 여러분에게 길러들이기 위하여 학원사는 여러분 앞에 〈진학〉을 내놓습니다.

여러분이 이 〈진학〉으로 말미암아 한 사람이라도 더 빛나는 앞날이 기약되기를 빌면서, 옛 성인이 남기신 한마디를 여러분 앞에 전합니다.

"두드리라, 그러면 열릴 것이요. 찾으라 그럼 얻을 것이다."

1965년 3월 1일

학원사 사장 김익달

# 학생과학

## 학생과 과학과 과학 진흥

오랜 진통 끝에 이제야 〈학생과학〉을 여러분 앞에 내놓게 되니 기쁜 마음과 두려움이 엇갈립니다. 그동안 이 책을 꾸미고 펴내는 데는 우리 사의 여러분 외에도 많은 분의 격려와 도움이 있었읍니다. 서울대 사대의 최 교수님 외 여러 편집위원님들, 문교부의 과학교육과의 여러분들, 그리고 우리 사의 사업 취지에 전폭적인 이해를 갖고 여러 면으로 도와주신 미 공보원 당국과 미 대사관의 출판과 여러분들, 그리고 공보부 당국에 깊은 감사의 뜻을 우선 표합니다.

모두들 일컬어 현대를 과학 시대라고 합니다. 깊은 바닷속부터 무한한 우주 공간에까지 과학자들은 인간의 활동을 확장시켜 자연의 신비를 하나하나 벗겨가고, 인류의 복지에 크게 기여하고 있읍니다.

그러나 유감히도 우리나라의 여러 형편을 살펴볼 때 아직도 전세기前世紀적인 사고와 생활이 가실 줄 모르고, 그 개선되는 정도가 소걸음을 면치 못한다는 느낌은 혼자만의 생각일까요?

이런 것을 해결하는 가깝고도 빠른 길은 과학기술밖에 없다는 것은 다

**발행일** 1965년 11월 1일
**발행 주기** 월간
**발행처** 과학세계사
**발행인** 남궁호
**편집위원** 박익수, 이우일, 전광일, 최기철, 최영복

아는 사실이겠지요. 우리가 남보다 잘살고, 보람되는 삶을 유지하려면 과학기술의 진흥 외에는 별다른 뾰족한 길이 없고, 과학에는 결코 비약이 없다는 것은 우리 모두가 다시금 음미해볼 필요가 있다고 봅니다.

우리도 실질적인 과학 시대를 누리려면 즉 과학 진흥의 달성은 뼈아프게 과학을 연구하고, 재빨리 실생활에 응용하는 데 있다고 봅니다. 여기에 반드시 따라야 할 문제는 훌륭한 과학기술자의 효과적인 양성과 나아가서 일반인도 과학에 몸이 배어야겠다는 것입니다.

어린 시절부터 사물을 관찰하고 생각하고, 실지로 실험·제작하는 것이 훌륭한 과학기술자가 되는 바른길이고, 꼭 따라야 할 방법입니다.

여러분이 학교에서 교과서와 선생님으로부터 배우는 과학적 원리와 과학 공부 방법도 중요하지만, 날로 눈부시게 발전하는 과학 지식은 어떻게 하여 알 수 있고, 생활에 응용할 수 있겠읍니까?

본인은 이미 일 년 전부터 〈과학세기科學世紀〉라는 과학 잡지를 내어 과학기술의 종합 해설지로 과학도와 과학자에게 새로운 과학 지식을 전달하고, 그분들의 연구를 세상에 알릴 수 있는 모든 과학자 공동의 광장을 마련하여 작은 힘이나마 우리나라 과학 진흥에 보탬이 되고자 애써보았읍니다.

이제 본인의 오래전부터의 소망이던 중·고교생의 과학의 벗 〈학생과학〉을 창간함에 즈음하여 여러분에게 특히 하고 싶은 말은 여러분이 장래 과학자가 되든 안 되든 과학적인 생활과 합리적인 사고를 하는 과학자나 문화인이 되는 준비의 밑거름이 되고, 과학과 생활을 연결시켜 생활을, 과학화시켜줄 수 있는 유익하고 새로운 과학 지식을 전달해주는 학생을 위한, 학생의 〈학생과학〉이 되도록 힘껏 노력하겠다는 것입니다.

과학세계사 사장 겸 〈학생과학〉〈과학세기〉 발행인

**남궁호**

# 대화

## 서문

아카데미 운동은 제2차 대전 후 서독에서 일어났다. 포로의 몸에서 석방되어 폐허가 된 조국에 돌아온 에바할트 뮬러(Ebarhard Muller) 박사는 그리운 가족을 만나는 기쁨보다 완전히 폐허가 된 조국과 그 사회의 절망적인 혼란 상태를 목도하는 슬픔이 더욱 컸다. 그는 몇날 밤을 잠을 못 이루고 고민했다.

사랑하는 조국인 독일은 모든 것을 다 갖추고 있는 나라이면서 유럽 전체를 폐허를 만들고 이제 자기 자신마저 망치고 말았는가! 그는 조국 독일이 정치적 실패 이전에 정신적 바탕에 병들었다는 사실을 깨달았다. 그것은 무엇보다도 대화를 통한 협조의 정신이 박약했다는 사실이었다. 그래서 그는 조국 독일의 재건은 정신적 토대의 재건부터 하지 않으면 안 된다고 생각했다. 그리고 모든 이해와 의견을 달리하는 사람들의, 잘못된 선입관념과 편견에 사로잡혀 분열을 격화해가는 정신 구조부터 개혁해야 한다. 그러기 위해서는 대화의 광장을 우선 마련하고 서로 대화를 하는 운동부터 일으켜야 한다는 결론에 도달했다. 그리고 이 운동의 이름을 옛날 희랍

**발행일** 1965년 11월 10일
**발행 주기** 월간
**발행처** 월간대화사
**발행인** 강원용

의 철학자들이 아카데모스의 숲 속에서 서로 대화를 해가며 진리를 탐구하던 그 정신을 현대의 정황 속에서 살려보려는 뜻에서 아카데미 운동이라고 불렀다. 이렇게 시작된 이 운동은 그 후 20년 되는 오늘날엔 독일의 중요 도시에 아카데미하우스를 세우고 매년 5만 명 이상의 독일 사회의 각 분야의 지도자들로 하여금 숙식을 함께하면서 2일 혹은 3일간씩 그들의 당면한 모든 문제들을 흉금을 터놓고 대화하도록 했다. 이것이 서독 부흥에 끼친 영향은 놀랄 만한 것이었다. 그리하여 지금은 유럽의 각국, 아프리카, 라틴아메리카, 아시아 특히 일본에서 이미 이 운동이 전개되고 있는 것이다.

내가 뮬러 박사를 처음 대한 것은 1962년 여름 스위스 츄리히의 호반, 어느 장소였다. 그때 나는 이미 한국기독교사회문제연구회라는 조직을 통해 비슷한 정신과 뜻으로 일해오던 때다. 그는 우리의 일을 적극적으로 후원해줄 것을 약속했다. 나는 우리나라의 모든 사회적인 정황이 서독이나 유럽, 일본 등과는 많이 다르다는 것을 솔직하게 이야기하고 다른 나라의 아카데미 운동을 그대로 우리나라에 이식해올 수도 없고 또 새로운 형의 선교 사업을 시작할 마음은 없다고 했다. 그는 자기들의 원조는 전혀 무조건이란 것과 어디까지든지 한국의 아카데미 운동은 한국의 실정에 맞는 한국의 푸로그램이어야 하며 한국인 지도자에 의해 전적으로 운영되어야 한다고 했다.

이래서 우리 기독교사회문제연구회가 산파 격이 되어 우리나라 실정에 맞는 대화 운동을 시작해온 것이다. 그동안 우리가 가졌던 대화의 모임 중에는 여기 몇 개를 골라 정리해서 이 작은 책을 내게 되었다.

우리는 대화의 내용보다도 어떤 사람들이 참가해서 이런 문제를 주로, 수일간씩 숙식을 함께하며 이야기했다는 사실을 중요시한다. 그래서 우리는 이 책 뒤에 참가자의 명단을 실었다. 이 모임들을 통하여 우리는 매우 큰 격려를 받았다. 그것은 우리 모임의 참가자들의 대부분이 그 맡은 일에 매우 바쁜 분들인데도 불구하고 우리의 초청에 매우 깊은 관심과 성의를 갖고 응해주셨다는 사실과 서로가 평소에 의견을 달리하던 분들이 부드러운 분위기 속에서 솔직한 의견 교환을 해주시고 언제든지 이 모임이 끝날 때면 훨씬 더 넓은 광장을 찾았다는 사실로써이다. 한 방면의 권위자들이 수일간 계속해서 한 이야기이므로 그 대화의 내용은 매우 방대한 것이기에 도저히 이 작은 책자에다 수록해낼 수 없었다. 그것을 간추려 이곳에 수록한 것이므로 극히 그 편모를 들어낸 데 불과하다. 그러나 그동안 여러 신문과 잡지에서 우리 모임의 모습을 많이 보도해주었으므로 그것의 보충으로서 이 책을 내기로 한다. 앞으로는 늦어도 3개월에 한 권씩 내놓을 계획이며 좀 더 풍부한 내용을 다음 호부터 내어놓을 수 있으리라 기대한다. 아직 출발 단계에 있는 우리 운동을 아껴주시고 편달해주시기를 바라면서 〈대화〉 제1호를 내어놓는다.

**한국 크리스챤아카데미 원장 강원용**

# 여학생 女學生

## 창간에 즈음하여

한 알의 씨앗이 뿌려지는 것은 그것이 장차 번성하여 내일의 만개滿開와 결실의 보람을 위함입니다. 종자種子 그 자체가 알찬 것이어야 함은 물론이지만 씨앗이 자라나는 바탕이 또한 종자의 성장에 알맞아야 하며 기름져야 합니다.

결코 학문만이 참된 인간을 만드는 전부는 아닙니다. 정신을 차릴 수 없게 혼탁하고 서로 펴볼 수 없도록 궁색한 생활 속에서도 교양과 인격과 학문을 겸비한 좋은 인간성을 배양하고 남을 존경할 줄 알고 남과 협력하여 항상 겸손하고 예의가 바르고 진실한 생활을 영위營爲할 수 있는 인격을 배양하는 것이 종자를 위한 기름진 땅에 비할 수 있는 우리들의 소망일진대, 이 중요한 시기에 기틀을 잘 잡아놓아야 할 것입니다. 월간지 〈여학생〉을 창간함에 있어 이 교양지가 회의에 빠진 우리 여학생들에게 꿈이 되고 청량제가 될 수 있기를 빌며 또한 여러분들이 여성으로서의 교양을 쌓고 실력을 길러 사회의 기초가 되고 훌륭한 한국의 여성들이 되어주시기 바라며 이것으로 창간사를 대신합니다. 끝으로 이 책을 내는 데 음으로 양으로 도와주

| | |
|---|---|
| **발행일** | 1965년 11월 10일 |
| **발행 주기** | 월간 |
| **발행처** | 여학생사 |
| **발행인** | 박기세 |
| **편집인** | 박기세 |

신 여러분들에게 충심으로 감사드리는 바입니다.

**박기세**

# 춤

## 서序 / 〈춤〉에 부쳐

**조동화**

'신무용新舞踊'이란 이름의 백조가 우리 호수로 날라온 지도 벌써 사십 년.
그때 이 백조는 하나의 경이였고 그 물결은 이 땅 신문화의 무늬(紋)이기
도 하였다. 그래서 이에 매혹된 학鶴들은 백조를 따라 그 고장으로 갔었고
호수는 그것을 챙기기에 번거로웠다. 그런데 다행한 것은 이때부터 학들이
'자기'란 것에 대하여 생각을 갖기 시작한 일이다. 처음으로 '제 춤'에 눈뜨
게 된 것, 이때를 한국 무용의 자각기期라 한다. 그러나 백조가 온 것보다
큰 의의는 '신무용'이란 명사名詞를 처음으로 우리에게 소개하고 인식시킨
사실이라고 할 수 있다. 이 신식 술어術語는 춤에 인색했던 당시 사회에 "춤
은 곧 예술"이라는 굉장한 선언 같은 것이었고 모두에게 그렇게 받아들여
지게 한 공功을 말할 수 있으니까 말이다.

말하자면 한국의 춤은 이렇게 노력 없이 '놀이'의 위치에서, 그리고 천한
'춤꾼'에서 예술의 높이로, 신문화 첨병의 영광스러운 자리를 얻게 되었다
고 할 수 있겠지. 만일 이런 명분 있는 이름이 없었던들 당시의 젊은 학들은

| | |
|---|---|
| 발행일 | 1966년 7월 15일 |
| 발행 주기 | 부정기 |
| 발행처 | 창조사 |
| 발행인 | 최덕교 |
| 편집인 | 김경옥 |
| 편집위원 | 김경옥, 박용구, 이두현, 조동화 |

당대의 제약을 벗어날 수도, 긍지를 가질 수도 없었음은 물론이다.

하여튼 예기치 않게 날라온 이 춤의 명사, 아무 저항도 받지 않고 완전한 춤의 영토로 구획한 사실은 기억할 만한 일이다.

그러나 쟁취가 아니고 쉽게 얻은 혜택에서일까? 이후 이 영광된 호수에는 명성은 있으되 고민이 없는, 흥분은 있으되 노력이 없는, 그리고 뛰어들기는 하나 다시 날으는 이가 없는 그저 조용하기만 한 호수로 사십 년을 지내왔다.

구경꾼들의 박수도 점점 사라져갔다.

무용지 〈춤〉은 조용한 이 호수에 던져질 적은 돌맹이면 된다고 생각한다. 수심을 알리면 족하고 혹 파문이 일어 학들을 깨워주면 그 더욱 좋고…….

앞으로 이 〈춤〉에 무용계 동지 제위의 많은 협력 있기 바란다.

**1966년 7월 1일**

포토그라피 | PHOTOGRAPHY

## 포토그라피 창간에 즈음하여

이제 창간호를 내여놓게 되었다. 기쁜 생각에 앞서 이 과중한 사명과 벅찬 계획은 결코 쉬운 일은 아님을 통감하는 것이다. 꼭 가져야만 되겠고 기여코 하여야만 되겠기에 온갖 힘을 다하고 있을 뿐이다.

우리는 세계에서도 가장 훌륭한 한글을 가졌고 유구한 예술과 문화를 과시하여왔으며 또한 훌륭한 겨레를 자랑할 것이다. 이십 년 전 우리들의 문화를 되찾던 날 사단寫壇은 재출발하게 되었고 아마추어 카메라맨들의 활동도 움트기 시작하여 드디어 매마른 이 땅에 그 사진예술의 개화를 보았고 급기야는 국제 진출에 있어서도 그 어느 예술 분야보다 한걸음 앞섰던 것이 사실이였다.

그러나 한 가지 잊지 못할 슬픈 현실은 우리들은 우리 손으로 만든 카메라를 갖지 못했고 우리말로 엮어진 좋은 책자가 없었든 것이다. 사진은 과학의 소산이니 어데까지나 과학적 리론 없이는 소기의 목적을 달성하지 못하는 것이다. 따라서 거의가 외국 서적만을 구독하고 있는 현시점에서는 외국어 지식이 애매한 어린 세대들의 고충은 말할 나위도 없거니와 드디어는

**발행일**　1966년 7월 26일
**발행 주기**　월간
**발행처**　포토그라피사
**발행인**　황성옥
**편집인**　이형록

사단에 신인 출현을 지연시키는 결과를 비저내게 되었든 것이다. 이것은 정영 선배 되는 사람들의 책임이요 결함이라고 하지 않을 수 없다.

그러나 오늘날 오래동안 정전停電된 사단의 서제書齊에 불을 켜주고져 온갖 힘을 다한 것이 이 계획이었고 꼭 하지 않고는 못 견덧던 것이 바로 본지의 간행이었던 것이다.

아마추어 카메라맨의 진출이나 활동 무대를 사진 전람회라고 한다면 그들의 교실은 바로 사진 전문지라고 말할 수 있겠다. 정확한 지식 습득과 올바른 지표 그리고 기술 연마의 도장道場으로서 많은 역할과 사명이 있기 때문이다. 사진 창작은 제작이 끝남으로서 완성되는 것이 아니라 관중에게 작가의 감정이 전달되어야만 비로소 완성되는 것이므로 원격遠隔한 작가와 관중 사이에 있어서는 오직 인쇄물만이 유일한 통로의 역활을 담당하게 되는 것이다.

예술 창작에 있어서 내용과 표현의 문제는 결코 분리 존재할 수 없다는 사실을 우리는 인식할 것이다. 따라서 내용과 형식이 같이 병행할 때에 예술 전성기를 이룰 수 있는 것이고 그렇지 못할 때를 예술의 하강기라고 말할 수 있는 것이다.

이제 우리는 사진 예술이 예술로서 한 분야를 담당하고 그의 절실한 발전과 성장을 위한 충실한 연구와 끊임없는 노력이 요구되는 것이다. 그러므로 본지는 시대적 요구에 호응하여 용의주도한 계획과 자각 아래 발간하게 되었으며 나아가서는 우리나라 사단 발전에 기여하는 중차대한 사명을 지니고 그의 목적 달성에 정진코자 하는 바이다.

본지를 육성하는 데 있어서는 무엇보다도 사단 제현의 끊임없는 지도와 독자 여러분의 아낌없는 애호로 적극 지원해주어야 될 것이며 왜곡적 의식이나 태도는 없을 줄 확신하며 끊임없는 협조를 간곡히 바라는 바이다.

**포토그라피 발행인으로부터**

# 기계棋界

## 창간사

이후락

점차 늘어가는 동호인들의 기대에 부응하기 위하여 한국기원은 바둑 월간지 〈기계〉를 창간하게 되었읍니다.

돌이켜보건데 8·15 해방 후 이십 여 성상星霜을 거치는 동안, 바둑 인구는 그때의 수십 배인 백여만을 헤아리게 되었고 바둑은 이제 한가한 사람들이 소일하는 유희라기보다는 생활인의 건전한 오락으로서 익혀지고 또 보급되어가고 있읍니다.

동양 고유의 바둑은 우리나라뿐만 아니라 세계적인 규모에서도 급속히 보급, 발전되어가고 있는 것입니다. 이와 같은 현실은 언어가 통하지 않아도 무언의 대화를 할 수 있다는 점도 있겠지만 바둑은 그 '수手'가 무궁무진한 두뇌의 경기인 동시에 대국자 상호간의 사고방식 내지는 심리 상태를 반면盤面에 그리는 경기인 까닭에 서로의 이해관계를 떠나서 단시일 내에 숙친熟親해질 수 있다는 특징과, 아울러 경기 자체가 상대방의 인격을 존중하는 것을 그 기본적인 출발점으로 삼고 있는 사교성이 있기 때문인 것입니다.

이와 같이 대중적이면서도 고도의 사교성을 지니고 있는 바둑이 건전한

| | |
|---|---|
| 발행일 | 1967년 8월 1일 |
| 발행 주기 | 월간 |
| 발행처 | 한국기원 |
| 발행인 | 이후락 |
| 편집인 | 배상연 |

오락으로서 더욱더 보급되어 근로인의 피로를 풀어주는 데 도움이 되고 나아가서는 명랑한 사회 풍조를 진작시키는 데 일익을 담당하게 되기를 바라는 마음 간절합니다.

외국에서는 바둑을 하나의 예술로 인정하고 이의 보급과 발전에 국가적인 후원을 아끼지 않는 나라도 있는 차제에 늦으나마 우리가 바둑의 보급과 발전에 도움이 되기 위하여 〈기계〉지를 창간하게 되었음은 우리나라 기단棋壇을 위해 다행한 일이라 아니할 수 없습니다. 이에 기계의 발전을 도와오신 애기가愛棋家 제현의 노고를 감사함과 아울러 여러분의 성원이 있으시기를 간곡히 바라는 바입니다.

**한국기원 이사장**

# 신상 新像

## 창간에 즈음하여

여기 우리들의 조그만 결실을 처음으로 세상에 내어보내면서, 그러나 이 것이 또 얼마나 오랜 우리들의 염원이었던가를 생각해본다.

사람은 자기가 지니고 있는 조그만 것이라도 남과 함께 나누어 갖지 않으면 견딜 수 없는 무엇이 있는 것이 아닐까. 우리는 만나고 그리고 서로 나눈다. 이 '나눔'의 기쁨은 하나의 '환희'라고밖에 표현할 길이 없다. 처음 이 책자의 이름을 '환희'라고 짓자고 한 까닭도 바로 여기에 있다.

우리의 이 조그만 결정結晶에 대해서 우리의 기대와 사랑이 얼마나 컸던지는 그 작명의 단계에서 겪은 진통이 이를 충분히 증명해준다. 환희, 보람, 길, 오늘, 여울, 소휘(Sophia에서), 비상飛翔, 여류평론, 신상……

결국 투표에 의해서 '신상'으로 결정되기까지 아직 태어나지 않은 우리들의 신생아에 대하여 그토록 많은 이름을 붙여보았다는 사실은 우리들의 기대와 염원이 얼마만큼 간절하였는지를 말하여주는 것이다.

신상!

새로운 상像! 무엇인가 우리들 여성의 상도 그전과는 달라져야 하겠고 한

**발행일**  1968년 9월 20일
**발행 주기**  계간(동인지)
**발행처**  대한공론사
**동인**  강인숙, 박근자, 박현서, 서제숙, 안호식, 윤수연(윤정옥), 이남덕, 이숙훈, 이호재, 정희경, 조성균

국 사람의 인간상도 새롭게 뚜렷이 부각되어야 하겠다고 절실히 느껴지는 전환기에 우리는 살고 있는 것이다. 우리를 둘러싸고 있는 모든 정세가 우리로 하여금 과거와 같은 안이한 인생관, 생활관을 가지고는 도저히 살아나갈 수 없게 하고 있는 것이 사실이다. 무엇인가 이대로는 안 되겠다는 안타까운 마음이 우리를 만나게 했고 그 안타까움의 기록이 바로 여기에 표현되었다. 우리의 '만남'과 '나눔'의 기쁨이란 곧 우리의 성장의 기쁨과 일치하는 것이요 나날이 새롭고자하는 열망이 그 뿌리를 이루고 있는 것이다.

도리켜 보면 우리나라에 개화 문명이 들어온 지도 백 년이 가깝고 여성사에 있어서도 이제 새로운 국면에 처하게 되었다는 느낌이 절실하다. 이제 새 시대가 요청하는 여성상이란 어떤 것일까. 한마디로 표현해서 성숙한 인간상이 바로 그것이다. 그것은 또 구체적으로 말하면 근대적 인간상을 의미한다. 소위 개발도상의 국가 중에서도 우리나라와 같이 오랜 문화적 전통을 갖고 있는 경우에 있어서는 우선 전통문화에 대한 문제가 첫째는 그것이 극복의 대상이며 둘째로는 오히려 그것이 밑거름이 되어 그 근대화 과정에서 눈부신 발전을 기약할 수 있다는 데 우리들의 고민과 또한 보람이 있는 것이다. 우리의 오늘의 문제는 즉 이러한 약점을 강점으로 극복 전환시키는 능력에 달려 있다 하겠다.

과거 동양의 숙녀는 오직 유한정정하기만 하면 족하였다. 그러나 이제 조국의 요청은 유덕할 뿐만 아니라 유능한, 즉 긍정적이고 적극적인 생활관을 가진 생산적인 여성의 출현이다.

오늘의 이 현실에 발을 붙이고 내일의 비상을 꿈꾸는 신상! 너의 앞날에 힘찬 성장이 있기를 기구한다.

이남덕

# 선데이 서울

## 천지현황天地玄黃 / 잠시 긴장을 풀어보자
### ─멋과 대화가 있는 고장을 위해

천안 삼거리 능수버들은 제멋에 겨워서 휘늘어졌어도 그 정취야말로 멋
지다. 하지만 개다리소반 같은 아랫도리야 내 알까 보냐, 제멋에 겨워서 '미
니'를 걸쳐봤댔자, 엉터리 추상파 화가 눈이 아니고서야 '멋'지게 보일 리 없
다. 유감스럽게도 우리 주변에는 사치와 허영과 모방은 무성해도 진짜 '멋'
은 시들고 있다. '멋'을 잃은 사회는 물기 없는 사막과 같아, 불모·황폐해질
수밖에 없다. 각박한 세정世情, 살벌한 정치 풍토도 '멋'을 잃었기 때문이다.
물질이 숭상되고 간편이라는 이름의 획일이 군림하는 곳에서 '멋'을 찾기
란 힘든 일이지만, 황량한 사회에 윤기를 돌리자면 잃었던 '멋'을 되찾고 새
로운 '멋'을 발굴하여야 한다.

기계문명은 사람들로부터 '말'도 앗아간다. 신호등 불빛 따라 길을 걷
고 노선번호 보고 '버스'를 타고 일터로 간다. 시무始務도 점심 휴식도 퇴근
도 모두 '벨' 소리가 지시한다. 한마디의 말도 필요치 않은 것이다. 사람들
은 실어증에 걸렸고 화제의 샘은 말라붙는다. 소외감·'스트레스'·'노이로
제'······. 휴식 때나 저녁 밥상머리에서의 아기자기한 이야깃거리가 얼마나

발행일    1968년 9월 22일
발행 주기  주간
발행처    서울신문사
발행인    장태화

아쉬운가. 기껏 한다는 이야기가 상급자나 이웃의 흠잡기가 아니면, 연속극 줄거리 따위라서야 그야말로 멋대가리 없는 일. 첫사랑의 맛을 되씹는 감미로운 화제, 된장찌개 냄새 풍기는 구수한 담론으로 메마른 삶을 기름지게 해야 하지 않겠는가.

각설하고, 신이 7일간에 이 세상을 창조했다고 믿는 '유태' 교인들이 아니더라도, 근대사회 생활은 '1주'로 한 매듭을 짓는다. 일요일 아침에 '예수'가 부활했다고 해서 이날을 안식일로 정하고 모든 업무와 노동을 피하고 휴식하는 '크리스천'들이 아니더라도, 우리 생활은 주간성週間性을 띠고 '위켄드'…… 주말이 큰 무게를 갖게 된 것이다. 세계적으로 주간지 '붐'이 일게 된 것은 결코 우연한 일이 아니다. 월간의 상보詳報 · 종합성과, 일간의 속보성을, 우리 생활 '리듬'—주간성에 맞게 살릴 수 있는 것이 주간지의 매력이요, 〈선데이 서울〉이 본격적 주간지로, 고고呱呱의 소리를 울리게 된 까닭이다.

독서의 계절을 맞아 첫선을 보인 〈선데이 서울〉은 멋과 감미로운 화제의 샘이요, 주말의 벗이 될 것을 믿어 의심치 않는다.

# 월간문학月刊文學

## 창간사

인류에게 언어가 있고 민족에게 문학이 있다. 인류의 가장 고귀한 긍지가 언어라면 문학은 민족의 제일 으뜸가는 재산이라 하겠다. 인류의 모든 문화와 번영이 이성의 표출인 언어의 산물인 것처럼 문학은 그 민족의 모든 학문과 예술의 모체가 되기 때문이다. 다시 한 번 생각해보라, 어느 시대 어느 민족의 어떠한 학문(과학)이 문학(장章)을 통하지 않고 표현된 일이 있었으며, 또한 문학을 기반으로 하지 않은 예술이 있었던가를. 그러므로 옛날의 동양 사람(조식曹植)은 문학을 가리켜, "영구적으로 빛나는 일이요, 나라를 경영하는 큰 사업(不朽之盛事 經國之大業)"이라 했고, 근자의 서양 사람(R. G. Moulton)은 "철학의 한 양식樣式인 동시에 예술의 한 양식"이라고, 그 기능의 넓고 크고 높음을 각각 말하지 않았던가.

우리 민족은 문학에 대한 뛰어난 소질을 그윽히 간직한 채, 옛날엔 외래 문자의 관습적인 답습 때문, 저간這間은 침략자의 언어 말살 정책 때문, 그리고 해방 후엔 사회적인 격동과 전란 때문, 그 천직의 역량을 제대로 발휘치 못하다가 60년대에 접어들면서 민족중흥의 서광과 함께 문단도 아연 활

**발행일** 1968년 11월 1일
**발행 주기** 월간
**발행** 한국문인협회
**발행인** 김동리
**편집인** 김동리

기를 띠기 시작하더니 시가, 소설, 희곡, 평론, 수필 등 문학의 각 분야에 걸쳐 주목할 만한 신인들이 울연蔚然히 배출하여, 50년대 말까지 백에서 이백 명 이내를 헤아리던 문인의 수효가 지금은 칠, 팔백에서 천에 육박하는 성세를 이루게 된 것이다.

그러나 이러한 인적인 풍성을 뒷받침하여 그들의 앞길을 열어줄 활동 무대는 너무나 빈약하다. 십 년 전까지만 해도 순문예지 이, 삼 종이 병진竝進하여 간행되어오던 것이, 문인은 오 배 이상으로 팽창된 오늘날 순문예지는 오직 하나뿐이라는 역현상에 놓여 있으니 재능과 정열의 젊은 작가, 시인, 평론가 들의 울분과 통탄은 짐작하고도 남음이 있으리라.

여기서 현역 문인의 대다수가 집결되어 있는 한국문인협회에서는 문단의 이 절박한 열망을 풀고자 수년 내 각방으로 노력해오던 결과, 신문학 육십 년을 기념하는 이해 11월을 기하여, 각계의 성원과 축복 속에서 드디어 본지 창간의 성업에 착수하게 되었다.

처음부터 문학상上의 어떤 조류나 경향을 주장하고 실천하기 위하여 출발하는 문예지가 아니요, 또 몇몇 사람의 우의나 동지적인 결합에 뜻을 찾고자 손을 대인 거사擧事도 아니다. 미증유의 팽창과 성세를 이루고도 활동 무대를 갖지 못한 오늘날 한국의 전체 문인들에게 단 한 편일지라도 작품 발표의 기회를 더 마련해주고자 하는 것이 본지 발행의 가장 직접적인 동기요 중요한 목적이라 하겠다.

우리는 물론 질이 반드시 양에 정비례한다고 보지는 않는다. 그러나 표현되지 않은 예술, 발현되지 못한 작품 속에 걸작을 찾을 수도 없는 일이다. 민족중흥의 서기瑞氣를 띠고 울연히 일어난 수많은 작가, 시인 들로 하여금 각자의 재능과 정열을 마음껏 발휘할 수 있는 무대를 제공하자. 그리하여 우리의 장구한 역사를 통하여 이루지 못한, 우리 민족의 숙망이요 우리 문단의 비원悲願인 민족문학의 완성을 이룩하자. 이것이 본지의 구경究竟적인 목적이요 또한 사명인 것이다.

본지 발행의 직접적인 동기, 중요한 목적, 구경적인 사명이 이미 이러하므로 본지는 완전히 한국의 전체 문인들을 향해 개방될 것이다. 본지는 이러한 목적과 사명에 충실하기 위하여 문학상의 유파와 문단상의 분포를 초월할 것이며, 주무자의 주견 내지 주관도 최대한으로 억제될 것이다.

끝으로 본지는 월간 순문예지임을 다시 한 번 다짐하는 바이다. 신문학 발족 육십 년을 기념하는 이날에 첫걸음을 떼어놓는 본지가 앞으로 제이의 육십 년을 기념하는 월간지가 되기까지 문단과 더불어 사회 각계의 성원과 편달이 계속되기를 바라 마지않는 바이다.

1968년 10월 1일

〈월간문학〉 편집위원회

# 현대시학現代詩學

## 창간사

신시 60년의 회갑 잔치를 치루고 난 지금 우리는 오히려 더 허전한 것을 느끼게 된다. 시인은 4, 5백 명을 헤아린다지만 시인의 광장은 예나 지금이나 없다. 물론 이제까지 시지가 없었던 것은 아니다. 얼핏 떠오르는 것만 기록해보아도 〈상아탑〉, 〈시문학〉(박용철 주재), 〈시원詩苑〉, 〈시문학〉(박목월 주재), 〈시작詩作〉, 〈신시학新詩學〉, 〈현대시〉(시협 기관지), 〈현대시학〉, 〈시문학〉(문덕수 주재) 등등 적지 않은 수자다. 그러나 이 중에는 2호, 3호의 단명 시지가 태반이고, 또 어느 하나도 기업적인 출판사가 간행해본 일이 없다.

이런 조그만 예외를 빼고는 종합 문학지나 혹은 여성지 등등의 더부살이로 시 작품을 발표해온 셈이다. 이런 여건 아래서 시인들은 무던히 참고 견디면서 무상無償의 작업을 지속해왔다 하겠다.

사실 신시 60년의 축제 무으드에 들떠 있던 작년 시단 한구석에서는 '시지詩誌' 하나 없는 회갑 잔치를 부끄럽게 여겼던 것이 사실이요, 서운히 여겼던 것이 솔직한 고백이다. 그러나 시인들은 힘껏 몸부림쳤고 이제 지쳐 비

발행일 1969년 3월 1일
발행 주기 월간
발행처 현대시학사
발행인 송준원
주간 전봉건
편집위원 구상, 김춘수, 박남수, 박두진, 박목월, 전봉건

틀거리고 있다. 지난 5, 6년간 시인들은 가난한 포켓 마니를 털어 동인지 붐을 이르켜보았으나 도매상들은 이 잡지들을 거들떠보지도 않았다.

이런 비협조적인 사회에서 〈60년대 사화집〉, 〈현대시〉, 〈신춘시〉, 〈돌과 사랑〉, 〈시단詩壇〉, 〈여류시〉, 〈현실〉, 〈사계〉, 〈시학〉 등 중견 시인들이 손수 만들은 동인지들은 거의 쓰러지고, 이제 겨우 〈현대시〉, 〈신춘시〉, 〈사계〉만이 남았는 듯하다. 그러나 계간이 제대로 지켜지는 것은 없고 어떤 것은 1년에 1집을 낼 만치 침체해 있는 형편이다.

시인이 제아무리 발버둥 쳐도 발표 지면이 없고는 뛸 수가 없는 일이다. 좀 진부한 속담을 끌어오면 "물 없는 고기" 격이라고나 할까. 시인들도 시기에 따라 상승하기도 하고 하강하기도 한다. 좋은 작품이 쓰여지는 시기에 마음껏 발표하고, 작품이 쓰여지지 않는 시기에는 푹 쉬는 일이 필요한 것이다. 그러나 이런 일은 마음대로 조절되지 못하고 있다. 져너리즘의 의사에 따라 시인은 꼭두각시처럼 움직여지고 있는 것이다.

그래서 우리는 항상 모든 시인들의 광장이 될 수 있는 시지의 출현을 대망해왔다. 그러나 우리의 소망은 늘 꺾이어왔고, 어제나 다름없이 져너리즘의 곁방을 서성일 수밖에 없었다. 그러던 중 이 시인들의 간절한 소망을 뒷받침하겠다고 나선 현대시학사의 호의로 이제 〈현대시학〉을 창간하게 된 것은 확실히 하나의 획기적인 일이 아닐 수 없다.

우리는 이 잡지를 몇몇 시인의 전유물로 만들어서는 안 된다. 범시단적으로 넓게 기회를 나누어 주어 명실상부한 범시단지를 만들 생각이다. 그러나 양으로 저울질하는 것은 물질에는 가능한 것이겠지만 예술에는 의미가 없는 노릇이다. 그러므로 질로 저울질하여 훌륭한 작품 본위로 할 것을 또한 다짐하지 않을 수 없다.

다음으로 '시사詩史' 한 권을 가지지 못한 우리는 앞으로 우리 시문학의 정리에도 부단히 관심을 가질 생각이다. 잘못된 편견을 고쳐나가고 매몰된 작품들도 발굴해갈 작정이다.

세 번째로 〈현대시학〉은 시를 사랑하는 독자들을 위하여 시문학 혹은 시단의 재미나는 읽을거리도 제공할 생각이다. 시지가 시단 안쪽에서만 맴돌 것이 아니라 시단 바깥쪽에도 관심을 가지는 일이 필요하다고 생각되기 때문이다.

끝으로 새 시인들을 발굴하고 키워가는 데 인색하지 않을 것이다. '낳기만 하고 키울 줄은 잊은' 종래의 각종 시인 등용 방법을 지양하고 그들이 충분히 뛰놀 수 있는 장소를 제공할 생각이다.

이제 약속은 더 하지 않겠다. 실천으로 모든 것을 해명하는 것이 더 좋지 않겠는가. 우리의 출범을 성원해주시고, 잘못을 바로잡아주시면 한층 더 빠른 속도로 목적지를 갈 수 있을 것이다.

**편집위원회 식**識

상황狀況

## 문학 조건

양심의 마지막 발판인 문학이 한갓 딜레탕티즘의 장식물로 되고 말 것이라는 두려움이 온다.

그리고 문학을 그렇게 몰고가는 '그들'과 그렇게 되도록 만드는 '그것'의 움직임은 부끄럼을 모르고 활발하기조차 하다.

시대에 뒤떨어진 낡은 세계관의 옹고집, 수사修辭와 미사려구로써 양식과 지성을 마비시키려는 정체불명의 카리스마, 그리고 세속적 이권과 타협을 위해 보호색을 띤 언어 테러리스트들의 난폭, 혹은 서툰 국제주의에 눈이 멀어 차관문화에 앞장서는 매판 작가들의 발호 따위는 바로 우리의 영혼을 좀먹는 이 땅의 문단 기생충임이 분명하다.

그리고 인간의 삶을 보다 살찌게 하기 위해 수립된 사회체제는 과잉 비대로 폭력화하여 고통스런 불화와 무기력과 좌절을 낳아 문학 조건 전반에 걸쳐 아주 우울한 그림자를 던져주고 있다.

그러나 어떠한 상황악狀況惡도 문학의 존재 당위를 더욱 뚜렷이 한다는

| 발행일 | 1969년 8월 15일 |
| 발행 주기 | 부정기(동인지) |
| 발행처 | 범우사 |
| 발행인 | 윤형두 |
| 편집인 | 백승철 |
| 동인 | 구중서, 백승철, 신상웅, 임헌영, 주성윤 |

점에 우리는 전적으로 동의한다.

창조의 문학은 단순한 본능적 충동이나 말초적 감각에 의존되어 해결될 수도 없으며, 또 그렇게 해결되어서도 안 된다.

그러므로 한국문학을 빙자한 어떠한 범죄도 이를 끝맺기 위하여서 우리는 무엇보다도 현실 상황에 대한 이성적 파악과 창조성의 절대화, 그리고 합리적인 사고의 바탕 위에서 괄호 안에 감금당한 언어들을 직선적으로, 구체적으로, 사실적으로 해방시켜야 한다고 믿는다.

그것은 짓밟힌 토착 정신의 원형을 고분古墳 속에서 발굴하고, 도둑맞은 민족의 얼을 끈기 있게 되찾는 고된 작업으로 요약할 수 있다.

우리는 역사에 있어 숙명을 믿지 않는다.

충분히 긴장된 의지로 오직 사태―그것에 충실할 따름이다.

三省製藥
代表理事 金榮喆

讀書는

柳韓洋元
代表理事 社 長 趙權順

# 개발독재 시대의 잡지 문화
## —1970년대

"이 나라의 자연과 생태와 대중문화를 가까이 살피려"

生藥의名門

保寧製藥株會社
代表理事 金昇浩

창간
(無順)

고 投資다!

Guide to Health

천도제약
社 長 趙元準

東亞製藥株式會社
社 長 姜重熙

大韓金融団

쌍Y표

유유산업
代表理事 柳特韓

해태제과
會 長 閔厚植
社 長 朴炳圭

태평양화학
代表理事 徐成煥

오리온
동양제과공업 (주)
代表理事 李洋球

# 유신과 잡지—〈샘터〉와 〈뿌리깊은 나무〉

'70년대적인 것'은 무엇일까? 무엇보다 우선 박정희라는 이름과 '유신'에 연관될 수 있다. 사학자 한홍구는 자신의 책 『유신』(한겨레출판, 2014)의 부제를 '오직 한 사람을 위한 시대'라 이름 했다. 그러면 '유신'이나 '70년대'는 곧 박정희 개인의 인치人治와 독재를 의미한다.

이미지로는 유신 체제가 경제 발전을 위한 '일사불란'한 권위주의적 질서였던 것처럼 돼 있다. 하지만 유신 체제는 기실 반복된 계엄과 위수령 같은 비정상적 강압과 간첩단 조작 같은 짓을 계속해야 하는 불안한 체제였다. 그 안에서 사람들은 죽어나갔다. 그나마 유신 체제는 1978년 이후엔 통째로 흔들렸다. 그것은 당시 '혈맹' 미국의 동아시아 전략이나 심지어 일본식 자유민주주의와도 조화롭지 않았고, 국내 총자본의 이해와도 맞지 않는 것이었는지 모른다. 그래서 종신 통치할 듯했던 절대 권력자는 허탈하게 살해당했다.

그런데 이 체제는 불행히도 민중 스스로의 힘에 의해 청산된 것이 아니라, 박정희의 동향 후배인 중앙정보부장에 의해 어설프게 종결되었다. 이 종결이 최악의 결과를 낳았는지 모른다. 유신 체제는 박정희 자신이 육성한 정치군인들에 의해 연장되었고 박정희는 신화로 남았다. 그래서 지금도 우리는, 병적인 카리스마와 뭔가 찌꺼기 같은 관료와 낡은 이념에 의해 이뤄지는 통치 때문에 고통받고 있다.

그러나 나는 1970년대가 '오직 한 사람을 위한 시대'가 아니라 레드제플린, 아바, (여전히) 비틀스 또는 김민기, 송창식, 하길종 그리고 천경자와 박경리의 시대였다고 믿고 싶다. 게다가 결정적으로 70년대에는 노동계급과 대중이 급격히 성장했다. 정치적으로뿐 아니라 문화적으로. 그 시절은 '전태일의 시대'였기도 했던 것이다.

이 책에 창간사를 수록한 잡지 가운데에서는 〈샘터〉(1970)가 가장 '유신스럽다'. 〈샘터〉는 김재순의 창간사와 함께 박정희의 붓글씨를 실었다. 김재순의 글은 사실 특별한 내용이 없는데, 창간사의 바람대로 된 것을 생각하면 그냥 단순하지만은 않다. 박정희가 하사한 휘호도 나름 강렬하고 잡지를 위해 적절하기도 한 듯하다. "근대화의 샘"이란다.

김재순은 무려 7선에 걸쳐 국회의원을 했고 제13대 국회의장도 지냈다. 〈샘터〉 창간 당시에도 여당 국회의원이었다. 〈샘터〉의 특

〈샘터〉 창간호(1970년 4월)에 실린 박정희의 붓글씨.

징은 "긍정적인 눈으로 현실을 보고, 우리 민족이 가지고 있는 숨은 장점을 캐내어 민족애를 깨달으며, 감명 깊게 읽을 수 있는 내용을 골라 실어" "감동된 상태에서 앞날에 대한 희망과 나아갈 길을 터득하도록 이끌어준다는 것"이었다 한다.[1] 그러니까 일종의 마취제 역할을 하겠다는 거 아닌가. 그 같은 '긍정 읽을거리'는 거리 곳곳의 서점과 특히 가판대 위에서, 주로 보수적인 이데올로기를 전파해왔다.

이 100원짜리[2] 잡지는 특히 1970년대적인 '대중의 국민화'에 잘 어울리는 물건이었다. B6판의 크기에 약 100쪽이 조금 넘는 크기라 간편하게 들거나 호주머니에 넣어 다니며 아무 데서나 쉽게 읽을 수 있도록 만들었으며, 서점뿐만 아니라 거리의 좌판에서도 쉽게 살 수 있도록 판매망을 조직했다. 이 같은 점들이 한국 잡지사에서는 획기적인 면들이었다. 또한 매우 활발하게 독자들과 상호 소통했다. 독자 투고란은 늘 붐볐고, 자주 일반 독자들과 함께 만드는 코너를 내보냈다.

새마을운동의 기관지로 창간된 〈새마을〉(1972)도 〈샘터〉와 비슷한 점이 있었다. 관변의 사람들이 '동원된 근대화'인 새마을운동을 선전하기 위해 잡지를 냈는데, 처음에는 온통 '박정희'였다. 박정희 사진, 어록, 붓글씨로 잡지를 꾸몄던 것이다. 그러다 보니 오히려 비판을 받거나 '비대중적'이게 됐는지, 1974년부터 "종합 교양지"로 바꿨다. 이 책에 실린 글은 화보 중심의 잡지이던 1972년본 창간사다.

## 전설의 한창기

그러나 돈과 권력만 〈샘터〉 같은 '획시기'한 미디어를 내놓았던 것은 아니었다. 1970년대 잡지사뿐 아니라 출판사나 지성사 자체에서 잡지 〈뿌리깊은 나무〉에 몇 페이지를 따로 할애해야 한다. 이 잡지는 한국브리태니커사의 한창기에 의해서 1976년 3월에 창간됐다. 언론학자 강준만은 "한국 잡지사는 〈뿌리깊은 나무〉 이전과 〈뿌리깊은 나무〉 이후로 구분된다"고 단언했다. "〈뿌리깊은 나무〉는 모든 금기를 깨기로 작정한 잡지"였으며 당시 한국 잡지계가 지켜오고 이어오던 모든 것들을 "과감히 깨뜨리고도 대성공을 거두"었기 때문이라는 것이다.[3] 그것은 잘 알려진 대로 가로쓰기의 전면 도입, 순 한글 문장과 어휘의 사용, 전에 없던 '에디터십'(편집자가 '편집 방침'에 맞지 않는 필자들의 글을 고친 것) 등이다. 〈뿌리깊은 나무〉는 한국 디자인사에서도 중요한 한 대목을 만들었다 한다.

따라서 〈뿌리깊은 나무〉의 대성공은 한때 7~8만 부에 이르렀다는 판매 부수뿐 아니라 이 잡지가 전범이 되어 잡지 문화를 바꾼 데 있다. 1980년대에 나온 〈마당〉 같은 잡지는 명백히 〈뿌리깊은 나무〉를 모방한 것이다. 또 이 잡지의 한글 중심주의, 민중주의, 생태주의와 편집 정신은 이오덕·권정생의 글쓰기, 한겨레나 보리 같은 문화적 기관과 관계 맺고 영향 미쳐 80년대 이후의 우리 문화 전반에 스몄다고 생각한다. 〈뿌리깊은 나무〉는 1980년에 없어졌지만 〈샘이 깊은물〉(1984)이 그 자리를 계승했다. 두 잡지의 관계는 〈샘이깊은물〉의 창간사에 잘 나와 있다.

이처럼 전설적인 잡지를 만든 한창기라는 사람 자체가 하나의 '레전드'다. 그는 서울대 법대를 졸업하고 미국의 다국적 문화 기업(한국브리태니커)에 근무한 소위 '초엘리트'였다. "장안의 유명한 댄디보이, 문화계의 희한한 인물"[4]이자 남다른 심미안과 지식을 가진 부유한 인물이었다. 그러나 그는 잡지를 통해 문화적 민중주의 혹은 민중적 민족주의를 구현하고자 했다. 이 주의가 순 한글 사용과 '민중적' 현실과 "토박이 문화"에 대한 천착으로 현상했던 것이다. 잡지 편집인이자 문화인으로서, 또 전통문화 연구자나 수집가로서 한창기

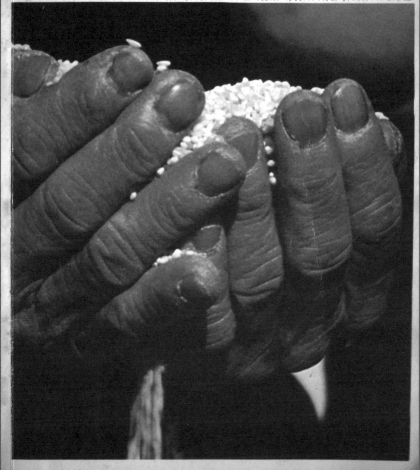

**뿌리깊은 나무**

일천구백칠십륙년 삼월

뿌리깊은 나무 · 1972년 7월 21일에 제3종 우편물로 인가됨 · 1976년 3월 15일에 발행됨 (다달이 15일에 발행됨) · 제7권 제2호 · 우편번호 100 · 서울 중앙우체국 사서함 690 · 한국 브리태니커 회사 · 전화 44-9621

〈뿌리깊은 나무〉 창간호(1976년 3월) 표지. 〈뿌리깊은 나무〉는
편집과 디자인 면에서 잡지계의 새로운 전범을 세웠다.

가 남긴 업적이 하도 많아 골라 쓰기가 어렵다.

　1970년대를 기억하거나 연구하는 사람들은 한창기가 쓴 창간사를 곰곰이 읽어볼 필요가 있다. 〈뿌리깊은 나무〉의 창간사는 70년대 후반에 바라본 한국문화의 '현재'에 대한 총론이라 할 만하다. "우리의 살갗에 맞닿지 않은 고급문화의 그늘에서 시들지도 않고 이시대를 휩쓰는 대중문화에 치이지도 않으면서, 변화가 주는 진보와 조화롭게 만나야만 우리 문화가 더 싱싱하게 뻗는다고 생각합니다." 좋은 원론인데, 그렇게 "이 나라의 자연과 생태와 대중문화를 살피"겠다 한 이 창간사는 근대화와 서구화, 전통과 민중 문화의 관계에 대한 나름의 입장을 갖고 '(무조건) 잘 살아보자'는 박정희식 개발주의를 반대하는 것으로도 보인다. 〈뿌리깊은 나무〉의 사상은 대한민국 역사상 첫 번째 생태주의의 흐름과 유관한 것인 듯하다. 그래서 〈뿌리깊은 나무〉는 근대화가 "자연의 균형을 잘 지키면서 이루어져야 한다고" 믿고 "이 나라의 자연과 생태와 대중문화를 가까이 살피려고" 한다 했다. '자연보호'의 기치가 속전속결식 중화학공업화와 함께 70년대 후반에 등장하고 있었다.

　70년대는 그런 시대였다. 한편에서는 박정희 국가가 사람들을 동원하고 억압하며 '고도성장'의 길로 내달리는 시대였지만, 다른 한편 전태일들과 한창기들의 시대였다. 박정희 국가가 채찍질해서 달리는 그만큼, 민중의 저항과 대중지성도 성장했다. 그런 시대정신에 부합했기 때문에 〈뿌리깊은 나무〉는 크게 공감을 얻고 잡지 문화를 바꿔놓을 수 있었던 것이다.

　〈뿌리깊은 나무〉는 〈샘터〉와 여러 가지 면에서 반대였다. 〈샘터〉가 150원에 팔릴 때 〈뿌리깊은 나무〉는 550원이었고 판형도 4×6배판으로 훨씬 컸다. 디자인도 고급스러웠다. 잡지 끝에는 영어로 된 목차도 실었다. 그러니 '잡지와 70년대'를 생각하기 위해서는 〈샘터〉와 〈뿌리깊은 나무)를 동시에 생각하면 되겠다. 양자는 다 '민족'에 뭔가 근거를 대고 또 미래를 모색할 매개를 찾고 있다. 그러나 결정적으로 누가 '민족'인지와 '민중'을 생각하는 입장이 달랐다. 박정희나 〈샘터〉에는 이를 정밀하게 생각할 힘이 없었다. 그냥 그것을 대략 '국민'이라 칭했다. 그러나 박정희 시대의 다른 사람들이 '민중'을 발견한 것이야말로 사상 최대의 발견이고, 민중의 성장이야말로 돌이킬 수 없는 '근대화'의 효과였다. 다시 말해 교양과 교육의 확장을 통해 광범위한 교육받은 민중이 등장하고, 민중주의의 윤리적·이념적·실천적 토대가 만들어졌다. 폭압과 개발주의와 민중주의 사이의 불균등하고 (비)대칭적인 변증법이 전개된 것이다.

## 씨올의 시대

〈사상계〉가 없어지고 난 뒤 함석헌은 〈씨올의 소리〉라는 잡지를 거점으로 활동했다. '씨올'이란 '민중'을 의미함이니, 곧 '민중의 소리'가 잡지의 제호다. 역시 '민중의 시대'의 잡지였던 것이다.

1970년 4월에 창간하여 5월 호까지 두 호를 내곤 바로 정부에 의해 등록취소 처분을 받았다. '등록취소'란 행정 권력이 업체나 법인격, 민간 기업, 언론사 등에 대해 취할 수 있는 최고의 검열이자 억압이다. 존재 자체를 인정하지 않고 법 바깥으로 내몰아버리는 것이다. 이승만·박정희·전두환 정권이 모두 이 제도를 사용했다.

1970년 4월 19일 자로 창간호를 낸 후, 웬일인지 인쇄소가 더 이상 인쇄를 계속할 수 없다 했다. 그래서 할 수 없이 다른 인쇄소에서 2호를 발간했는데 그러자마자 문공부는 "인쇄인 변경 등록을 필하지 않고 타 인쇄소에서" 인쇄했다는 이유로 잡지를 폐간시켰다. '규제'를 이용해서 공무원이 장난을 쳐 언론을 탄압한 일인데, 〈씨올의 소리〉측은 전혀 굴하지 않고 '폐간 중에 드리는 편지'를 네 번이나 유인물로 발행하여 독자에게 보내고, 문공부를 상대로 행정처분취소청구소송을 제기하여 대법원에서 승소 판결을 받아냈다. 처음 이 잡지는 발행 부수 3000부, 값 100원의 얇은 잡지로 출발했으나, 박정희 정권이 모든 언론을 틀어막은 유신 말기에 1만 부 이상의 판매고를 올렸다 한다.[5] 장준하, 안병무, 계훈제 같은 기독교계의 지식인뿐 아니라 천관우나 젊은 날의 백기완도 이 잡지에서 활약했다.

함석헌은 1970~80년대에 가장 인기 있고 위험(?)하며 영향력이 큰 지식인이자 사상가였다. 그는 무교회주의 기독교 실천가이자 민중주의적 민족주의자로서 60, 70년대에 걸쳐 가장 먼저, 또 명확하게 박정희의 쿠데타와 독재를 단죄하고 비판했다. 함석헌의 독특한 역사책『뜻으로 본 한국역사』는 1960년대 이후 셀 수없이 많이 '필독서'로 선정됐다. 이 책을 읽고 '비로소 자신이 한국인임을 새롭고 뜨겁게 깨우쳤다'는 식의 고백도 많다.[6] 그만큼 민족주의적이면서, 강렬한 문장 위에 별난 메시지를 담고 있었기 때문이겠다. 1970~80년대에 등장한 역사유물론자나 마르크시스트들이 함석헌 역사관의 관념론과 반공적 태도를 비판하기도 했다. 민족주의나 기독교에 거리를 둔 머리로 읽으면 그 자체로 당혹스러운 내용도 있지만, 최근에도 한국을 '대표하는' 출판인들이 이 책을 한국을 '대표하는' 26권의 책 중 하나로 선정했다.[7] 그런데 나는 다른 점보다 이 책의 문학적 가치가 높다고 생각한다. 함석헌의 문체는 한국의 여느 지식인 문필가의 것과도 다른 독특함과 힘을 갖고 있다. 지식인의 글에 흔한 가식과 현학이 없고, 순우리말에 근거한 직정적인 산문이다.

〈씨올의 소리〉창간호는 4·19혁명 열 돌인 1970년 4월에 나왔는데 실린 여섯 편의 글 모두를 함석헌이 썼다. 목차 면에 크게 "70년대는 씨알의 시대 / 4월은 씨알이 / 아구 트는 달"이라는 강렬하고도 적실한 예언 또는 구호를 적어놓았다. 무슨 뜻인지 풀어 말할 필요는 없다고 생각된다. 그다음에 나오는 「나는 왜 이 잡지를 내나?」가 창간사에 해당한다고 할 수 있다. 200자 원고지 73매에 이르는 긴 글인데 함석헌의 생각과 문장 그리고 70년대 민중주의의 한 정수를 맛보자는 의미에서 수록했다. 글의 모두에는 잡지를 창간하게 된 경위부터 쓰여 있는데 장준하, 김준엽 등의 이름이 등장하고 당시의 문자 미디어의 전반적 상황에 대한 생각이 들어 있어 흥미롭다.

그러고는 숨 가쁜 말들이 쏟아진다. 신문이 민을 속여먹고 있다는 것, "정치 강도에 대해 데모를 할 것이 아니라 이젠 신문을 향해 데모를 해야 한다고" 생각해서 잡지를 만들게 됐다는 것. 자신의 태생이 농부의 아들 곧 씨알이며, 씨알에 미쳐 있기에 "죽어도 씨알은 못 놓겠"다는 것. 나는 씨알을 끝까지 믿는다는 것. 왜냐? "믿어주지 않아 그렇지 믿어만 주면 틀림없이 제 할 것을 하는 것이 씨알"이라는 것. 그러나 씨알을 믿는다는 말은 그대로 내버려두란 말이 아니며 "믿기 때문에 가르쳐야" 한다. "민중이 스스로 제 속에 가지고 있으면서도 자각 못한 것을 깨닫도록 하"기 위해 이 잡지를 한다는 것. "씨알은 착하지만 착하기 때문에 잘 속습니다." 민중의 모순과 가능성을 다 말한, 더 보태고 뺄 게 없는 민중론이다.

그리고 운동론과 미디어론이다. "사상의 게릴라전"으로, 그러나 "미움이 아니라 사랑으로 하는 싸움"의 도구로 잡지를 만들겠다는 것이다. 대단한 문장이다.

# 잡지 읽기와 대중문화의 확장 —TV, POP, SPORTS

민중은 대중이기도 했다. 그리고 민중≒대중은 독자였다. 텔레비전과 라디오가 강력한 힘을 발휘하기 시작했지만 여전히 '읽기'와 '종이'의 매체적 위력은 성장 일로에 있었던 것이다.

윤금선은 1970년대의 독서 경향을 논하면서 당시 독서 인구 가운데 잡지 구독 인구가 차지하는 비율이 가장 높았다는 사실을 특징으로 꼽았다. 1970년 현재 발행되던 잡지는 주간 16종, 월간 450종, 계간 77종 등이었으며 그중 시판되는 잡지는 265종, 나머지는 학교, 단체, 회사의 무가 기관지들이었다. 삼성에 의해 1969년과 1970년에 창간된 〈소년중앙〉〈여성중앙〉은 발행 부수가 10만을 넘었고 웬만한 종합지는 3만 정도의 발행 부수를 갖고 있었다 한다.[8]

## 외국 잡지 읽기

또 하나 주목할 것은 1970년대에 외국 잡지 구독 인구가 이전에 비하여 크게 증가하였다는 점이다. 1958년에 해방 후 최초로 외국 잡지를 수입·배포하는 회사가 세워지고 이후 본격적으로 외국 매체들이 수입되어 한국에 보급되기 시작했다. 70년대에는 학생들이 바지 뒷주머니에 〈타임〉〈뉴스위크〉를 꽂고 다니거나 외국 잡지 취급 서점을 드나드는 일이 빈번해졌다. 두 개의 라이선스 잡지도 생겼다. 라이선스 잡지란 세계적으로 유명하고 자금력이 풍부한 외국 잡지(사)가, 저작권료를 받고 한국에서 자기 제호를 사용하며 원래 판에서 게재된 기사를 한글로 번역하거나 일부 기사를 한국 지사에서 직접 작성하여 내는 잡지를 말한다. 예컨대 요즘 젊은 남녀에게 인기 있는 〈보그〉〈마리끌레르〉〈GQ〉〈맥심〉 등이 그렇다.

박정희 정권으로부터 최초로 영업허가를 얻은 외국 잡지는 1974년 3월에 등록된 미국산 〈가이드 포스트〉였다. 그러나 1977년 11월에 등록된 역시 미국산 〈리더스 다이제스트〉를 최초로 간주하는 경우도 많다. 〈가이드 포스트〉가 일반인들에게 잘 알려져 있지 않거니와 기독교 선교 목적의 잡지라서 보통의 상업적인 라이선스 잡지와 성격이 다르다고 보기 때문이다.[9]

성인들 중에서 미용실, 군대 내무반, 병원 대기실 등에서 〈리더스 다이제스트〉를 한두 번 보지 않은 사람은 거의 없을 것이다. 이 가볍고 미국적인 포켓판 월간지는 제호처럼 이미 발간된 간행물 중에서 좋은 글을 고르고 요약해서 싣는 잡지였다. 미국에서는 1922년에 창간되었고, 2000년대 초 당시 48개국 19개의 언어로 번역되어 매월 2500만 부 이상 판매됐다. 한국에서도 꽤 인기를 끌어 라이선스 창간호는 5만 7000부를 발행했고 매달 15퍼센트의 신장세를 보이면서 1년 만에 15만 부를 판매하기도 했다 한다.[10] 미국식 영어와 유머 그리고 냉전 문화를 실어 나르던 이 잡지는 그러나 2009년에 한국 발행이 중단됐다.[11]

'근대화'가 시작된 이래 유럽이나 미국 혹은 일본이나 중국 대륙에서 건너온 신문·잡지들은 언제나 세계와 '현대'로 열린 동시성의 창이자, 선진적 이념과 문화를 수용하기 위한 최전선의 광장이었다. 그래서 신문·잡지의 이입·수입은 권력과 '지식' 사이의 중요한 이슈일 수밖에 없었다.

박정희 정권 때도 물론 그랬다. 앎에 대한 수요는 다양해지고
점점 '세계화'하고 있었으나 박정희의 남한은 국제적 문화 흐름의 '중
단점'이나 '섬'이고자 했다. 외국 잡지가 수입되는 경로는 제한되어 있
었고, 정식으로 수입되는 신문·잡지들은 검열을 거쳐 한국 구독자
의 손에 들어갔다. 검열관의 난도질 때문에 외국 신문이나 잡지 중
에 "헌 걸레 조각처럼"[12] 되어 배달되는 경우가 빈번했다. 허나 이 외
국 잡지 수용의 문제를 제대로 다루려면 따로 책 한 권이 필요해질
것이므로 여기서 멈추련다.


### POP and SPORT

인터넷도 위성방송도 없던 때, 해외여행이나 유학도 무척 부자
유스럽던 때, 그렇게 박정희의 검열 체제가 남한 전 국민을 섬사람이
나 국제적인 촌놈으로 만들어놓았을 때, AFKN(주한미군방송)과 할리
우드 영화 그리고 '팝송'이라 통칭되는 영미의 대중음악은 세계로 열
린 창과 같은 것이었다. 물론 이들에 검열관의 손길이 안 미친 건 아
니었다.

어린 나도 초등학교 때 형이 듣던 '팝송' 음반을 통해 비틀스와
아바를 처음 알게 됐다. 중학생 때는 AFKN에서 하던 〈Soul Train〉
이나 〈America Top 40〉도 좀 보고 듣게 됐다. 차차 머리가 굵어지며
레드제플린이나 밥 딜런 같은 뭔가 삐딱하고 강렬한 메시지를 담은
음악도 좋아하게 됐다. 이 음악들은 왠지 한눈에 그 전모가 들어올
것 같은 국내 가요(시장)와 달리, 도무지 깊이와 넓이를 짐작할 수 없
는 바다나 고원과 같은 것이었다. 모든 청소년과 청년층이 가요보다
는 '팝송'을 더 열심히 들을 때다. 그리고 우드스톡woodstock이 상징
하듯, 한국에서는 단순히 '팝송'이라 요약되는 이 영국·미국발 대중음

악은 1960년대 이래 전 세계적인 저항과 청년 문화의 문화적 상징이자 전위부대 같은 거였다. 남한 같은 섬도 그 물결 앞에서 완전히 자유로울 수는 없었다.

국내 최초의 팝 음악 잡지는 '국내 1호' 팝 칼럼니스트이자 〈빌보드〉의 한국 특파원으로 활동한 서병후가 1967년 창간한 〈팝스 코리아〉로 알려져 있다.[13] 1970~80년대를 풍미한 대표적인 음악 잡지는 〈월간팝송〉이었다.[14] 이 책에 실린 여러 가지 '팝'에 관한 정보와 화보는 문화적 글로벌리즘의 상상력을 심고 또 거기에 구체적인 형상을 부여했다.

월간팝송사는 1971년부터 '팝스그랑프리'상을 제정해서 '포크 콘테스트'를 열고 그 시대의 오디션 프로그램을 만들었다. 초기에는 팝송 용어 해설, 팝송 영어 같은 기사를 주로 실었지만 가요와 대중 음악 문화 전반에 영향을 끼쳤다. 1980년대 초에는 독자적인 사옥을 지어 올릴 정도로 잘나갔다고 한다.[15] 이외에도 70년대 중반에는 "팝 뮤직 전문지" 월간 〈스테레오〉가, 후반에는 인기 방송 DJ인 김기덕의 〈2시의 데이트〉에서 〈pop pm 2:00〉, 김광한의 〈팝스 다이얼〉에서 〈Pops Korea〉 같은 기관지를 내기도 했다.[16]

대중문화로서 스포츠는 세 가지 필수적인 마성의 힘에 의지해야 한다. 바로 국민국가, 자본주의, 미디어다. 스포츠는 엔터테인먼트로서의 성격을 내재하고 있어 근대 미디어 콘텐츠의 핵심이 되었다. 상업적 미디어에 의해 스포츠가 존재하고 '발전'하며, 이데올로기와 젠더 관계를 운반하는 도구가 된다는 의미에서 아예 '미디어 스포츠'[17] 같은 개념도 있다. 식민지 시대 이래로 존재해온 이 같은 현상이 근대화·산업화의 진전과 함께 70년대에 재구조화된다. 그 뚜렷한 상징 중 하나는 〈일간스포츠〉다. 스포츠 뉴스와 연예계 가십 그

타와 신인 그리고 화제 !
PS가 지켜본 팝계 15년
플러 뮤직의 이면사
로그레시브 록 대특집

70, 80년대를 풍미한 〈월간팝송〉 종간호
(1987년 2월)의 표지와 종간의 말.

# 애독자 여러분께 사죄드립니다 !
## ―월간팝송 종간호의 이 아픈 마음을….

**지**난 15년간 「월간팝송」이 있기까지 성원과
채찍을 아끼지 않았던 독자 여러분께
머리숙여 사죄드립니다. 팝이 없던 불모의 이
땅에서 형설의 정열을 쏟아 오직 팝 팬들에게
올바른 지식과 건전한 팝 문화의 보급을 위하여
고군분투하였던 것이 사실이지만 오래전부터
가중되기 시작한 경영면의 애로점을 타개할 방편을
강구할 수 없기에 만부득 금번 2월호를 마지막으로
지난 15년간 나의 분신처럼 아껴오던 월간팝송을
만부득 종간하게 되었읍니다.

성년이 된 초기의 독자는 물론 한창 꿈의 나래를
펴는 최근의 독자들은 금지와 기개를 펴
「월간팝송」을 보다 참신한 내용으로 엮어서 계속
발간해 나아가야만 된다는 격려의 편지를 많이
보내오고 있지만 자선사업의 한계도 재정이
뒤따라야만 가능한 것인데 이것이 여의치 못하기
때문에 유일성을 지켜온 「월간팝송」의 발간을 더

이상 지속하기가 어렵다는 말씀입니다.

지금까지 본인이 길닦아 놓은 순수 팝 문화
보급의 길은 이제 그 누가 맡아 하더라도 과거와
같은 어려움은 없으리라 생각됩니다.

다음 3월호부터 월간팝송은 그 이름을
「**월간가요**」로 바뀌어 새로운 모습(4×6판; 샘터
잡지 크기)으로 여러분 주위에 나서게될 것입니다.

본인은 15년전 월간팝송을 창간할 당시처럼
또다시 이 분야의 전문성을 살리고 국내 가요외
중흥을 위하여 혼신의 힘을 쏟을 각오로
새출발하려 합니다. 오뚜기처럼 다시 딛고 일어설
수 있도록 살펴보아 주시기를 당부드립니다.

종간호에 가름하는 이 아픈 마음을 헤아려
주소서. 독자 여러분의 가정에 평안과 행운을
빕니다.

1987년 2월 1일 월간팝송 발행인 이문세 드림.

리고 여자 연예인의 사진 같은 도시 남성 문화의 잡다한 매개물을 매일매일 가득 실어 나르는 이 스포츠 신문은, 70년대가 개막되기 석 달 전인 1969년 9월 26일 〈한국일보〉의 자매지로 창간됐다. 물론 일간지의 스포츠 면이 점차 확대되다가 독립적인 일간지가 가능할 만큼의 독자가 있다고 판단됐을 때 〈일간스포츠〉가 나타난 것이다.

스포츠 전문 잡지도 이미 60년대 초에 창간이 시도됐던 것으로 보이나[18] 유의미하게 기록할 잡지는 〈스포츠한국〉이 아닌가 싶다. '스포츠+한국'은 현대 스포츠의 본성이나 한국적 특수성에도 부합하는 제호다.

한국이 후진국이며 지정학상의 약소국이라는 점은, 모든 가치를 국가와 민족이 빨아들인 데 그 증거가 있다. 물론 스포츠도 그랬다. 스포츠는 경쟁과 우열, 강약 같은 가치를 내포하기에 처음부터 국가주의와 민족주의의 도구가 되었다. 문약文弱이 국망의 원인으로 지목된 구한말로부터 손기정이 베를린올림픽 마라톤에서 우승하던 시절을 거쳐, '체력은 국력'이 국가의 공식 슬로건으로 채택된 박정희 시절이나 월드컵 4강과 국력 4강이 동일시되던 2000년대까지, 안 그랬던 적이 없다.[19]

1971년 9월 1일에 창간된 월간 체육 전문 잡지 〈스포츠한국〉에서도 이런 점이 두드러진다. 스포츠한국사는 아예 관변에서 만들어진 것이다. 발행인 정인위는 일제시대 때 활약한 '기계체조' 선수 출신으로 대한체조협회, 대한역도연맹, 대한보디빌딩연맹, 대한생활체조(에어로빅)연맹 등을 창설한 이다.[20] 앞서 말한 마성의 세 항은 "세계 수준으로 이끌어 올리기 위한 희망의 디딤돌을 구축하고 스포츠의 과학화와 정화를 위하고 스포츠 붐을 조성, 국민 체력 향상을 도모코저"라는 말 안에 녹아 있다. 이 잡지사는 체육 유망주와 신인 발굴 사업을 벌이고 보디빌딩 대회 등 각종 스포츠 대회를 주최하고 후원하였다.

한국의 미디어스포츠가 다시 한 번 융성하게 되는 때는, 전두환 집권 이후다. 프로스포츠가 출범하고 〈스포츠서울〉 등의 일간지와 함께 TV와 라디오가 스포츠 '발전'을 위해 대거 동원됐다. 스포츠 잡지도 속속 창간되어 서울올림픽이 열린 1988년에는 〈테니스뉴스〉〈골프뉴스〉〈톱골프〉〈월간 한국태권도〉〈월간 야구〉〈주간 경마〉 같은 잡지가 있었다.[21]

# 문학의 시대

1970년대에 창간된 잡지 중에 지금까지 계속 발간되는 중요한 문학지들이 있다. 〈문학과지성〉(1970), 〈문학사상〉(1972), 〈세계의 문학〉(1976), 〈문예중앙〉(1978)이 그들이다.

이 잡지들은 '문학'이 전체 한국 문화사에서 어떤 지위를 갖고 있었는지를 잘 보여준다. 이때의 '문학'은 분명 (전근대적인) '문文' 일반이나 '에크리튀르'는 아니고, 시, 소설, 수필 그리고 문학비평 등으로 엮인 제도적인 근대문학이었다. 그럼에도 한국의 문예지와 문학비평가들은 분명 공론, 즉 사회 비평과 '학술 논문'들을 묶고 싣는 매개자들이었다. 문학 전공자나 애호가뿐 아니라 사회과학 전공자와 일반 교양인과 대학생 들도 문예지를 구독하고 문학비평을 읽었다. 문학은 공통의 교양이자 독서 문화의 어떤 귀결점이었던 것이다. 이 같은 문학의 높은 위치가 1980년대까지 지속됐다.

## 문지와 김현

〈문학과지성〉은 전두환 정권에 의해 폐간된 후 1988년에 복간되면서 제호를 '문학과사회'로 고쳤다. '사회'라는 말을 썼으나 '문지' 문학과지성사는 그대로 유지되고 있고, 그 특유의 문학주의도 큰 틀에서 유지되고 있다고 할 수 있다. '문지' 동인은 그들이 대학생으로서 동인지 〈산문시대〉(1962)를 내던 시절부터 강렬한 동인 의식과 일사불란한(?) 대오를 형성했던 것으로 보이나, 독자적인 문화적 기관을 거느리는 것은 늦었다. 1960년대 중후반 문지 동인들은 민음사와 창비 주변에서 어슬렁거리고 있었던 것이다.[22]

"시대의 병폐"를 거론하는 것으로 시작하는 〈문학과지성〉의 창간사는 지식인 잡지 창간사의 전형이라 할 만하다. '3K'라 불린 김병익·김치수·김현 등이 같이 작성한 것으로 돼 있으나, 아무래도 김현이 주된 필자가 아니었던가 싶다. 60년대 후반 이래의 김현의 지적 관심과 사고 구조가 반영돼 있는 글이기 때문이다. '한국 문화'의 병폐와 '한국적인 것'에 대한 진술이 그러하다.

창간사는 "이 시대의 병폐는 무엇"이며 "무엇이 이 시대를 사는 한국인의 의식을 참담하게 만들고 있는가?"라 묻고 "패배주의와 샤머니즘에서 연유하는 정신적 복합체"라 답하였다. 시대의 병폐가 곧 '정신적 복합체'라니 관념적인 답변을 한 셈이다. 구체적으로 "패배주의는 한국 현실의 후진성과 분단된 한국 현실의 기이성 때문에 얻어진 허무주의"이며 "문화, 사회, 정치 전반에 걸쳐서 한국인을 억누르고 있는 억압체"라 한다. 과연 1970년 한국 지식인의 지배적인 정동이 패배주의였을까? "샤머니즘"은 더 파악하기 어려운 개념이다. "그것은 현실을 객관적으로 정확히 파악하여 그것의 분석을 토대로 어떠한 결론을 도출해내는 것을 방해하는 모든 것"이라 한다. 비합리성이나 식민지인 근성(?) 따위를 말하는 듯한데, 글의 작성자가 유물론자가 아님은 분명하다.

〈문학과지성〉 창간호의 편집에서 특히 눈에 띄는 점은 다른 잡지에 실렸던 작품들을 "재수록"한 일이다. 재수록의 목적은 다양한 작품들을 통해 "한국문학의 고질적인 병폐가 되어온 참여문학과 순수문학의 대립의 지양이라는 과제"를 증명하기 위해서라 했다. 창간사는 해당 잡지에 실리지 않은 작품들의 제목도 거명하고, 최인호의 소설과 "이성부, 정현종, 김준태, 윤상규, 조태일 씨의 여러 시편"들도 재수록한 것임을 밝히고 있다. 이렇게 재수록해서 잡지 창간호를 만드는 일은 드문 경우다. 오로지 이는, '참여 대 순수'라는 "극단적인 두 파의 대립을 극복하기 위한 것이며, 동시에 그 시인들의 탐구의 대상이 참여와 순수라는 극히 한정된 세계에서 벗어나 있다는 것을 밝히기 위한 것"이었다. 대단한 의욕이다. 물론 이 작품들은 '참여 대 순수'의 60년대적인 대립이 허구라는 점을 말하는 데 소용되기엔 적당했는지 몰라도, 이런 '작품에 의한 대립의 지양'은 역시 '문학주의적'이라 하겠다.

사실 이 시기에 '순수 대 참여'의 구도는 유신 정권의 탄압이라는 '현실' 때문에 다른 방식으로 재구성된다. 그 정점은 1974년 자유실천문인협회의 결성이라 볼 수 있고, 문지 또한 극단적이고 한국적인 '문학과 정치' 문제의 구도에서 자유롭지 못하게 된다. 예컨대 전에 '참여'와 거리가 멀었던 고은은 이 시기에 '순수'를 버리고 70년대식 새로운 '참여'에 앞장서서 자유실천문인협회를 만들어 맹활약한다. 그리고 고은은 한때 '절친'이었던 문지 쪽 사람들이나 그들의 글에 대해 자주 분노나 섭섭함을 표한다. 1975년 5월 31일 자 일기의 한 대목이다.

> 김병익이 〈문지〉 여름 호를 주었다. 병익이 밥을 사주었다. 권근술, 이기웅, 오생근 등이 함께 먹었다. 소주는 거의 내가 다 마셨다. (…) 〈문학과지성〉 권두언을 읽고 분노가 치밀었다. 우리를 정치의 반영론자로 밀어붙이고 이를 단선적이라고 씹어댔다. 우리가 아무 말도 못하고 있을 때 이 책상물림의 위인들은 제법 행복한 독설을 퍼붓고 있다.[23]

때는 언론·문화에 대한 박정희 정권의 탄압이 절정에 달했을 때다. 그럼에도 문지는 한국적 '자유주의 문학'의 큰 보루이자 진영으로서『난장이가 쏘아올린 작은 공』이나 최인훈 전집 같은, 결코 한국 문화사에서 없으면 안 될 진보적인 소설·시 등을 간행했다.

또한 '문지'는 창간호에 "한국 문화 전반에 대한 비평"을 하겠다 선언하고 김철준, 노재봉 같은 학자들의 글도 실었다. 이후에도 시, 소설과 문학비평 외에 인문학이나 사회과학 논문을 실어, 문학 계간지가 학제적이고 종합적인 공론장을 맡는 일을 더 확장했다. 근래 계간지에서 자주 보는 특집이나 기획은 없었는데, 창비에 비하면 분명 더 '인문(학)주의'에 가까운 편집이었다.

'문지'는 4년간 일지사의 힘을 빌려 나오다가 1975년에 '도서출판 문학과지성사'로 독립·창사했으며, 이듬해부터 단행본을 내기 시작해서 가장 먼저 조해일의 장편소설『겨울여자』와 최인훈 전집의 제1권『광장/구운몽』을 간행했다. 1977년부터는 '젊은 시인선'과 '작가론 총서'를, 1978년에는 '문지 시인선'을 기획하여 황동규의『나는 바퀴를 보면 굴리고 싶어진다』를 제1권으로 간행한다. 1976~79년 4년 사이에는 무려 60종 이상의 단행본을 간행하는데, 김현『한국 문학의 위상』, 토도로프『구조시학』, 정문길『소외론 연구』, 차인석『현대사상을 찾아서』, 김춘수『의미와 무의미』, 김열규 등의『고전문학을 찾아서』외에『보들레에르』『엘리어트』『카프카』『이상』등의 '작가론 총서'가 끼어 있었다. 이 신생 출판사의 '압축성장'의 기록은, '문학'으로 할 수 있는 '모든 것'이 뭔지를 다 보여준 것이겠다. 계간지를 사령탑이나 진지로 삼으며, 동시에 소설과 시집을 엮어 작가들을 '필자'로 배치한다. 이런 식으로 이른바 '에콜'을 이루고 또 한편으론 작가론과 문학 이론 및 인문·사회과학 책을 묶는다. 여기에 인문학 서적과 어린이·청소년 책들을 붙이면 오늘날 창비, 문학동네 등 한국의 대형 출판사가 만드는 출판문화의 구조를 거의 이해하게 된다. 그 모델이 70년대에 출발한 것이다. 저 같은 '성장'은 물론 누적되어 온 한국문학과 인문학의 역량의 소산이라 해도 될 것이다.

김현은 지금도 '문청'들에게 가장 사랑받는 비평가이지만, 너무 일찍 마흔아홉을 일기로 타계했다. 문학과지성(사)은 44년 세월 동안 2000여 종 이상의 단행본을 내왔는데, 근래 그 '세'는 경쟁 회사들에 비해서는 약하다.[24]


## 문학사상, 세계의 문학

1972년 창간된 〈문학사상〉의 창간사에 무려 열일곱 번이나 쓰인 단어가 있다. "위하여"다. "역사의 새로운 언어와 문법을 만들어가는 이 작은 잡지"는 헐벗은 사람들, "권태자", 소시민, 예언자 들뿐 아니라 "심야에서도 눈을 뜬 불침번, 도굴자를 막는 묘지의 파수꾼, 소돔 성의 롯과, 칠백의총에 묻힌 의병" 들을 위하여 창간됐다 한다. "초원의 바람 같은 언어" "불의 언어" "종의 언어"가 되어 "새벽이 어떻게 오는가"를 알리는 예언자가 되겠다고도 했다. 곧잘 지식인 잡지들이 거창하고 추상적인 사명 의식을 드러내긴 하지만 이 창간사는 거의 최상급이다. 글의 문체가 꽤 독특하다. "분노" "어두움" 등의 부정적인 어사가 먼저 놓이고, 밤(어둠)에 새벽(빛)을 대비시키는 이미지를 전개했다. 그런데 제호를 '문학사상'이라 정했지만 정작 어떤 문학사상을 지향하겠다는 것인지에 대한 설명은 없다.

초대 발행인 겸 편집인 김봉규가 이 글을 쓴 것으로 돼 있는데 그는 처음에 〈문학사상〉을 내준 삼성출판사三省出版社의 오너였다. 창간 당시의 주간은 이어령이었는데 1973년부터는 문학사상사가 독자적으로 출범하고 이서령, 이휘령이 이어 발행인 겸 편집인이 되었다.

주간은 계속 이어령이었다. 14년간 주간 자리를 맡은 그의 힘과 아이디어로 운영된 잡지였던 것이다.

유화로 된 문인 초상화로 만든 독특한 표지와 함께, 〈문학사상〉이 특히 대중들과 친하게 된 것은 1977년부터 나온 『이상문학상 작품집』 덕분이다. 이 작품집은 90년대까지는 거의 매년 베스트셀러가 되었는데, '순문학' 작품집이 그 같은 셀러가 된 것은 "세계적으로도 찾아보기 어려운 매우 희귀한 현상"[25]이라 한다. 그 시절에는 많은 독자들이 '이상문학상'의 권위가 높다고 진정 생각했다.

〈문학사상〉의 또 다른 공로는 국문학 아카데미즘과 비평의 연결 고리를 만들었던 데 있다. 현대문학, 고전문학, 어학 등 미발표·미정리된 작품과 자료들 수백 편을 발굴하여 소개했고, 외국 문학 전공자가 주축이 된 문예지에서 하기 힘든 문학사 연구 기획을 했다. 정현기, 권영민, 오세영, 조남현 등의 국문학자가 계속 주간을 맡은 덕분이다.

〈세계의 문학〉에는 창간호(1976년 9월)부터 "책임 편집 유종호·김우창"이라고 명기돼 있는데, 또 두 영문학자가 오랜 기간 편집위원을 맡았다. 창간사는 민음사의 사장인 박맹호가 쓴 것으로 돼 있으나 얼마 전에 낸 자서전에서 이 창간사를 쓴 것은 사실 김우창이었고 김우창의 권고로 자기 이름으로 냈다는 점을 밝히고 있다.[26]

창간사를 읽다 보면 김우창(1937년생)의 생각이나 문체가 큰 변화가 없다는 것을 느낄 수 있다. 그는 신중하고 중도적인 민주주의자이며, '심미적 이성'과 합리적 계몽주의자로서의 위치와 역할을 거의 한 번도 바꾼 적 없다. 아마도 개인적인 성품과 겸허한 자세에 의해 얻어졌겠다. 나는 방위병 생활을 하던 1990년대 초에 김우창, 백낙청, 김윤식, 김현 등의 글을 좀 읽은 후과로 결국 국문과 대학원에 가게 됐는데, 그중 김우창의 책만 펴면 곧 숙면을 취하곤 했다. 그의 문장에는 과장이나 불필요한 수사가 별로 없고, 사유는 대개 느리고 침착하게 전개된다.

이 글에서도 주체적 성찰이 중요하다 했지만, 특히 강조돼 있는 것은 '공동 의식의 광장'이다. 즉, 공론장과 거기서의 간주체성이다. 그래서 "세계의 모든 것"을 "공동 토의의 대상이 되게 하고자 한다"고 했다. 하버마스의 영향을 받은 것인지는 잘 모르겠으되, 잡지 제2호에 이규호의 「정당성의 위기와 극복 : 하버마스 「후기 자본주의에 있어서의 정당성의 문제」」 같은 글이 실리기도 했다. 그러면 '세계의 모든 것=세계의 문학'이었던 것일까? 이 대목은 확실하지 않다. 시, 소설 외에 인문·사회과학 논문이 실린 것은 다른 문학 계간지와 같았으나, '오늘의 세계문학' 같은 코너를 통해 지속적으로 영미, 불, 독 등의 해외 문학 동향과 비평, 작품을 소개한 것이 남달랐다. 이런 바탕 위에 이 출판사의 대표 상품 '세계문학전집'이 가능했으리라.

지금도 발행되고 있는 중요한 문예지의 하나인 〈문예중앙〉(1978)은 화려한 필진과 연재물을 들고 1978년에 나타났다. 그런데 창간사에는 "중앙일보·동양방송이 국내 최고 수준의 원고료"로 잡지를 만든다는 언명 외에는 특별한 내용이 없다. 그 외에도 70년대에 전낙원·전숙희 남매가 만든 〈동서문학〉(1970), 소설 작품을 주로 싣는 〈소설문예〉(1975)[27], 시인 박목월이 만든 〈심상〉 같은 시문학 전문 잡지가 생겨났다.


## 70년대 시 잡지

박목월의 주도로 창간된 〈심상〉(1973)은 한국 현대 시사詩史에서 시 전문지라는 위치를 갖고 있다. 창간에 참여한 "편집기획 스텝" 박남수, 김종길, 이형기, 김광림, 그리고 "실무 스텝"[28] 이건청, 김종해 등이 모두 좋은 시인들이었다. 창간사가 없어 이 책에는 창간호 편집후기를 싣는데, 김광림, 이건청, 김종해가 쓴 걸로 돼 있는 짤막한 글들이 창간사에 못지않게 흥미롭고 내용이 있다. 한국 시 잡지와 시단의 상황을 짐작할 수 있다. 창간호에는 의미 있는 좌담과 비평도 실렸다. 초기 〈심상〉은 독자들에게도 큰 호응을 얻은 듯하다. 1974년 5월 호 편집후기를 보니 4월 호가 너무 잘 팔려서, 시지가 안 읽힌다는 세간의 고정관념을 깼고, 재판을 찍고도 물량이 부족하다 이야기가 쓰여 있다.

김창완, 김명인, 이동순, 정호승, 이종욱, 하종오 등 역량 있는 20, 30대 시인들이 주도한 시 동인지 〈반시〉(1976)의 위상은 다른 방향에서 중요하다. 젊은 신예 시인들이 주체가 되어 기성의 '문학 질서'에 공개적으로 도전하며 시에서의 민중주의와 '저항'을 선언하고, 80년대적인 무크 시 운동의 정신과 형식을 선취했다.

〈반시〉 창간사는 야심 있는 모든 문학 동인이 그러하듯, 과연 문학의 본질적 기능이란 무엇인가를 묻는 것으로 시작한다. 그러고는 "시야말로 우리네 삶의 유일한 표현 수단임을, 시야말로 시대의 구원을 위한 마지막 기도임을" 확신한다고 한다. '본질'에 대한 물음과 강렬한 긍정은, 기성의 문학 질서를 전면 부정하는 안티테제를 제출하기 위한 인식론의 절차다.

그래서 창간사는 "시의 본질"이 '언어 세공'이 아닌 정신에 있으며, "민중의 차원 속에 동화하지 못한 오만한 언어"와 "역사의 맥락으로부터 이탈해버린 관념적인 세계성에 대하여 부정의 입장에 서고자" 한다는 것을 분명히 했다. 그러고는 외형적 형식미보다는 "차라리 숨겨진 진실을 찾아내어 부활시키고, 붕괴된 꿈을 재구성"하고 "개성과 자유의 참모습을 되찾아내어 그것을 사랑의 위치로 환원시키"고 "민중의 애환을 함께하며 역사의 소용돌이 속에서 찢겨버린 조국의 아픈 상처와 비장감을 어루만지"는 문학을 하겠다 했다.

어쩌면 단순 질박한 시 운동에의 천명이라 하겠으나, 유신의 질곡이 깊어간 당시로서는 절박한 것이었고 반향도 적지 않았다. 시 동인지는 시초부터 줄곧 한국 근대문학사 자체의 중요한 영역을 담당해왔다. 1979년에는 한국문인협회가 파악한 시 동인지만 20여 개가 존재했다 한다.[29] 하지만 〈반시〉처럼 선명한 기치를 걸고 활발하게 활동한 경우는 흔하지 않았다. 〈반시〉는 80년대가 오기 전에 여섯 권의 동인지를 냈고 〈오월시〉나 다른 80년대 시 동인들에게 큰 영향을 끼쳤다. 이로써 한국 문단 전체는 민중문학 시대를 향한 준비 태세를 마치는 셈이다.

# 고도성장과 잡지 문화

### '교양'의 대중화와 독서 잡지

1970년대에 초중고를 다닌 세대 중에서는 아직도 자유교양대회와 자유교양문고를 기억하는 이가 많다. 이 '자유교양'은 군사독재시대 학교 풍경을 이룬 하나의 키워드였다. 자유교양운동은 당시에 존재했던 여러 갈래의 독서 국민운동 중 하나였다. 윤금선이나 천정환의 연구로 부각된 것처럼, 1960~70년대에는 문교부나 공공 도서관이 벌인 독서 운동 외에도 국민독서연맹, 한국독서인구개발공사, 독서장려협회, 자유교양협회 등이 관변 또는 민간에 조직되어 마을문고·직장문고 운동, 국민독서경진대회 등을 활발하게 벌였다. 이들운동의 내용은 유사한 면이 많았다. 우선 '의식' 면에서 '(근대)독서국민–만들기'[30] 내지는 '민족중흥'이라는 박정희식 동원과 국민주의가 그 독서 운동에 작용한 공통된 의식이자 기반이었다. 민족주의적근대화 동원에 독서의 중요성을 연관시킨 것은 시대의 독특하고도지배적인 생각이었다.

독서 운동 단체의 활동 내용은 공통적으로 도서관과 문고의설치, 독서 경시대회, 독후감·서평 대회, 우량도서의 선정과 독서 클럽의 조직 등이었다.[31] 물론 이 운동들의 '책'이란 대부분 박정희식반공주의나 개발독재와는 잘 어울리지 않는 인문학과 문학 서적들이었다.

〈자유교양〉(1969)이나 〈독서신문〉(1970) 같은 잡지의 창간도 이런 현실을 반영한다. 육영수와 문교부가 자유교양운동을 지원·고무했고, 박정희는 〈독서신문〉 창간호에 "독서하는 국민 / 독서신문 창간에 즈음하여"라는 휘호를 하사했다. 〈독서신문〉은 회장을 을유문화사의 정진숙, 사장을 학원사의 김익달로 하고 출판계 공동의 기획과 투자로 발행된 주간지였다. 지금의 〈기획회의〉나 〈출판저널〉(1987)과 유사한 성격을 가진 잡지라 할 수 있는데, 독자의 폭도 넓고 영향력도 더 컸던 듯하다. 서평과 출판계 정보뿐 아니라 일반 수필이나 학술적인 글도 싣고 있었다.

이 같은 서평 및 출판계 소식지가 처음은 아니었다. 해방기에도 〈조선출판신문〉과 〈독서신문〉이 있었다.³² 그런데 1970년 〈독서신문〉 발간은 출판계 공통의 위기의식의 소산이었다. 독자층의 확대는 한계가 있었고, 낡은 유통 구조는 한계에 처하고, 산업화의 진전으로 세태는 점점 부박해지고 있었다. 그러나 사실 독자층이나 세태 문제는 엄살에 가까운 것이었고, 유통 구조가 출판계 스스로의 문제였다.

1950년대 말 이래 전집·사전을 위시한 대형 기획 출판이 성행해왔는데, 이는 "정가의 반 이상이 드는 외판 비용과 때로 선전비가 수백만 원대에 이르는 출판사 간의 과당경쟁"을 초래했고 "외판 조직과 덤핑으로 교란되는 유통 과정 때문에 점두 판매의 쇠퇴화가 일고 있"었던 것이다. 1969년 봄에 특히 서점 도산 사태가 심각해서, 전국의 전통 깊은 서점 대여섯 개가 문을 닫았다 한다.³³

그리고 창간사에 쓰인 것처럼 "일제 때부터 30여 년간 이어온 군산의 일류 서점 경영자가 경영 부진으로 자살의 길을 택한 비극이 벌어졌는데" 그런 일은 "해방 뒤 처음"이라 큰 충격을 주었다. 문제의 경영자는 "전북 일원의 서적 도매업을 장악하던" 군산의 문학서점 사장 정 모 씨였는데, "서적상 25년에 남은 것은 채무 2000만 원이란 비장한 유서를 남기고 자살"[34]했던 것이다.

출판계는 새로운 유통기구 '한국도서공급공사'의 설치와 독서 정보지의 발간을 주요한 타개책으로 간주했다. 즉, 도서 정보를 더 많이 제공하고 독자와의 접촉부면을 넓히면 출판계의 문제가 타개될 수 있다고 믿었거나 아니면 이런 공동 대응을 통해 유통 구조를 바꿀 방법을 마련할 수 있다고 기대했던 것이다. "소비성향적 매스컴에 저항"하고 "에로, 그로 등 저속하고 퇴폐적인 출판물의 홍수"에 대처하고자 출판 잡지를 구상한 것이다. 출판계 주류가 이 잡지의 주체라는 점은 "문화공보부의 깊은 이해와 아낌없는 행정적 지원"이라든가 "스스로 신문윤리강령에 충실하도록 노력할 것" 같은 구절에도 나타나 있었다. 그런데 왜 책 관련 TV 프로그램 같은 걸 만들 생각을 하지 못했을까?

급격한 경제성장은 마르크스가 말한 것처럼 존재하는 모든 것을 부동浮動하게 만들었다.("견고한 모든 것은 공기 속으로 사라진다.") 모든 발전은 불균등 발전이기에, 성장의 대가가 균분되지도 않았다. 독서 시장과 출판문화의 재편도 마찬가지였다. 많은 돈이 투자된 〈독서신문〉은 오래가지 못했다. 사실 애초에 '교양'에는 '개발'과 '성장'의 함의가 들어 있다. 그리하여 이 시기의 경제 '개발'과 '성장'은 모든 가치를 지배했고, 호모 이코노미쿠스를 태어나게 했다.


## '매일매일' 경제

〈주간매경〉은 지금도 발간되고 있는 〈매경이코노미〉의 전신이다. 일간지 〈매일경제〉, MBN, 주간지 〈매경이코노미〉는 모두 한 회사의 제품이다. 오늘날 〈매일경제〉와 〈매경이코노미〉는 일간지와 주간지 시장에서 확고한 위상을 갖고 있다.[35] 이들 '경제지'의 성장 과정은 그 자체로 한국 자본주의 발달사와 조응하는 것 같다.

〈매일경제〉는 1966년 3월 24일 창간되었다. 미국의 개발 경제학자이자 백악관 대외정책 자문 역인 로스토우가 방한하여 한국이 '성장'을 향해 이미 'take-off'(출발)하고 있다고 크게 칭찬해주어 박정희 정부의 관료와 자본가들이 자신감을 갖던 그런 때다. 〈매일경제〉 창간호도 해 뜨는 아침에 터널을 빠져나와 달리는 열차 사진을 싣고 "앞길은 밝다"라는 표제를 뽑았다.

〈주간매경〉 창간사는 그로부터 13년 후, 초고도성장의 시기를 지나온 1979년의 소회를 적고 있다. "1인당 국민소득 100달러 되지 못했던 13년 전에 비하면 엄청난 발전을 거듭"했다고 우선 자찬하고, 하지만 아직도 석유가 폭등 같은 외적인 도전 이외에도 "산업 간의

1970년대에 '경제'는 최상위 가치가 되어갔고 출판계에도 그 위력이 미쳤다. 〈매일경제〉 창간호(1966년 3월 24일) 1면.

불균형"이나 "계층 간의 소득 격차"가 사회적인 문제로 제기되고 있다 했다. 누구나 아는 '성장의 그늘'이다.

경제지를 본다는 것, 즉 '매일매일' 복잡하고 다양한 경제 정보를 필요로 하고 소화한다는 것! 자본주의사회의 '주체'이며 주역이다. 농노나 임금노예(프롤레타리아)에겐 그런 정보가 '매일매일' 필요 없었다. 기업가, 전주錢主, 주식 투자자, 외환 거래자, 부동산 투자자가 그들이다. 그 같은 '경제 주체'가 확장해오면서 신자유주의 시대 이후에도 '매일 경제'는 성장할 수 있었던 것이다. 예컨대 오늘날 '개미'(개인 주식투자자)의 평균적 상은 '수도권에 거주하는 40대 남성'인데, 지난 10년간 약 290만 명에서 475만여 명으로 늘어났다 한다.[36]


## 미술 잡지의 계보와 70년대

원래 예술과 미학은 철학과 인문학의 주요 영역이다. 예술과 미학은 시대의 문화적 조류나 인문학 담론과 함께 호흡하며 때로 그것을 이끌기도 한다. 물론 실용적인 디자인·공예나 상품 미학에도 인문학적 사유와 시대정신이 첨예하기 반영되기도 한다. 또한 앞에서 말한 대로 미술, 디자인, 건축, 사진 등은 그 자체로 현대성과 시각 체제의 주요 항이다. 도시 공간과 건축, 시각 및 인쇄 매체가 그런 일을 분담해왔고 미술 잡지도 그 한 축이다. 미술 잡지는 다른 종류의 잡지가 흉내 낼 수 없는 호화롭고 수준 높은 장정·레이아웃과 사진 그리고 인쇄·지질을 갖고 있다. 따라서 미술 잡지는 한 사회의 시각문화·출판문화의 어떤 상한선을 보여준다. 1960~80년대 한국에서는 〈공간〉〈미술〉〈디자인〉 등이 그런 역할을 해왔다.

그런데 〈공간〉〈디자인〉은 '범'미술 잡지에 속하지만 정작 '미술 전문' 잡지는 뿌리를 잘 내리지 못했다 한다. 미술사가 안인기의 정리에 따르면, 해방 이후 최초의 미술 잡지인 〈조형예술〉은 1946년 창간되었으나 '창간이 곧 폐간'이라는 미술 잡지 '징크스'의 기원이 되고 말았다. 그래서 최초의 본격적인 미술 잡지는 "아무래도" 〈신미술〉(1956년 9월 창간, 발행인 이규성)로 간주된다 한다.[37] 이 잡지는 중단과 복간을 반복했는데, 창간호에는 서양화가 도상봉(1902~1977)이 쓴 권두언이 창간사 격으로 실려 있다. "6·25동란과 더불어 인쇄 사정의 부진과 자재난으로 미술 문화 발전상 막대한 지장이 있어 사계의 지도자로 하여금 개탄을 금할 수 없는 이때에 '미술교육연구회'에서 미술계 및 일반인을 위하여 〈신미술〉지를 창간하게 된"다는 아주 짤막한 내용이다.

1960년대에도 〈미술〉〈사진문화〉〈공예〉 같은 잡지가 있었으나 오래가지 못했고, 70년대에는 화랑 중심의 미술 잡지가 발간되기 시작했는데 무려 열세 개 잡지가 명멸했다. 그래서 〈계간 미술〉의 의의는 작지 않았다. 중앙일보와 동양방송TBC을 소유한 최대의 언론 재벌이 만들어 "폐간의 위험으로부터 상대적으로 자유로웠던 유일한 미술지"였던 것이다.[38]

〈계간 미술〉은 국내외 현대미술, 고미술을 함께 다루는 종합 미술 교양지를 표방했는데 창간사에서는 '미'와 생활의 연결을 강조했다. 표기된 대로 중앙일보 사장 홍진기가 직접 창간사를 썼다. 홍진기는 삼성 이병철 회장의 친구이자 이건희 회장의 장인이다. "생활 속에 미를 심고 미를 생활화하는 소중한 작업에 앞장서려는 취지"라든가, "미는 결코 소수 미술 전문가들의 전유물"이 아니라면서도 "그렇다고 단순히 미의 대중화를 꾀하자는 것은 아"니라는 말들은 묘하고 상호 모순적이다. 미술fine art은 늘 예술적 전위와 저항자로서의 자리와 '고급 예술'의 대표로서의 이중적 위상을 누려왔다. 미술은 대ㅊ부르주아들의 놀이터이기도 했다. 이는 현대미술이라는 예술의 고유한 모순처럼 보인다. 이 모순이 남한 사회에서도 전개될 듯한 예감이 벌써 창간사에서 느껴진다. 이 잡지는 계간지로 12년간 유지되다가 1988년 〈월간미술〉로 개편해서 지금껏 이어지고 있다. 이 월간지의 새 창간호도 의미가 있는데 편집후기만 있다.

　월간 〈디자인〉도 '범미술계'를 대표하는 잡지의 하나다. 그런데 세상에 '디자인'되지 않은 게 있는가? 사람의 손으로 만들어진 모든 물질성을 가진 사물은 디자인된 것이다. 이는 거의 『도이치 이데올로기』에서 마르크스가, 『인간의 조건』에서 한나 아렌트가 말한 인간 본연의 능력과 유관한 그런 문제다. 요즘은 인생 디자인, 사회 디자인 같은 말도 있다. 따라서 '디자인design'을 '공예'라는 한자어로 옮긴다든가, 디자인의 영역을 책 표지나 옷가지 정도에 한정한다면 잘못 생각하는 것이 된다. 사정이 이러하기에 한국의 대표적인 잡지의 하나인 월간 〈디자인〉이 어떤 범위의 사물과 산업, 구상과 표현을 다루는지 궁금해진다.

　월간 〈디자인〉의 창간사는 "실내디자인 전문 잡지"를 표방하고 근대화에 따른 '감각'의 변화를 잡지 존재의 필요성으로 꼽았다. "급진적인 경제성장으로 시대감각에 부응하며 품위 있고 개성 있는 실내디자인과 장식의 필요성이 절실히 요구되고 있"다는 것이다. 그러나 〈디자인〉 최근 호(2014년 7월 호)를 보니 '실내디자인과 장식'에 머무르지 않는다. 가구, 컴퓨터, 자동차, 책, 서체, 유모차, 백화점, CI, BI의 디자인은 물론 맥주가 특집으로 다뤄졌다. "누구 디자인이 더 맛있나, 맥주 브랜드 열전"이란 제목 아래 국내 주류 회사 맥주와 독일, 미국, 일본 맥주의 디자인 그리고 소규모 맥주 브랜드의 맥주 디자인과 맥주병 정보도 다루고 있다.

# 飮料의 소비패턴이 바뀌고있다

今週의 하이라이트

◇음료의 소비패턴이 사이다→콜라→천연과즙으로 바뀌고있다. 이같은 양상은 美·日 등 선진외국의 청량음료패턴변화와 그軌를 같이하고있다.

80電

---

7월 5일 (木曜日) 1979年

# 週刊每經
## The MaeKyung Weekly.

第 1 號

創刊·保存·

# 韓國經濟의 點檢과 診斷

◇碩學의 產室…韓國經濟學界의 원로인 崔虎鎭博士는 오늘도 그의 서재에서 새로운 經濟理論定立에 님妙를 기울이고 있다.

崔虎鎭박사
延世大學校大學院長

「朝令暮改」政策운용
成長위한 再調整

〈주간매경〉 창간호(1979년 7월 5일).

4

〈씨올의 소리〉 창간호(1970년 4월) 표지.

a house of the people

서울시립

〈독서신문〉 창간호(1970년 11월 8일)에 실린 박정희의 붓글씨.

# 讀書新聞

發行編輯 兼印刷人　金宗道
編輯顧問　吳在白

發行所
(1970年10月30日 登錄番號 바-209호)
株式會社 讀書新聞社
서울特別市鍾路區貫鐵洞200 ＜우편번호110＞
電話 編輯部 ⑫7727 總務部 ⑪1832 普及部 ⑫2

11월 8일
〈每週日曜日發行〉
제 1호
＜一部 20원＞

本紙는 新聞倫理綱領및 그倫理要領을 遵守한다.

그림・金基昶

金巢雲

「보람」이란報酬

「보람」이란 報酬

살아가는 보람을 어디다 두어야할까

自家辯

복합作用

複合作用

〈독서신문〉 창간호 1면.

特輯 젊음을아끼자　　創　刊
特輯 女性의季節　　4月号

〈샘터〉창간호(1970년 4월) 표지.

# 샘터

## 여기 여러분의 샘터가
### ―창간에 즈음하여

소박하게 우리의 생각을 정리해봅시다.

사람은 누구나 저마다 행복하기를 바라고, 자기가 속한 사회의 번영과 발전을 바랍니다. 우리가 국토의 통일을 그렇게 절실히 염원하는 것도 궁극적으로는 우리 개인이 보다 행복되고 나라가 더욱 번영하기를 바라는 마음에서일 것입니다.

어떻게 하면 행복과 번영과 통일을 이룩할 수 있을 것인가. 이에 대해서 굳이 어렵게 생각할 필요는 없을 것입니다. 평범한 사람들끼리 모여서 가벼운 마음으로 의견을 나누면서 행복에의 길을 찾아보자는 것이 〈샘터〉를 내는 뜻입니다.

이제 여기 맑고 깨끗한 〈샘터〉가 마련되었습니다. 샘터는 차내에서도 사무실에서도, 농촌에서도 공장에서도, 그리고 일선의 참호 속에서도 읽혀질 것입니다.

〈샘터〉는 거짓 없이 인생을 걸어가려는 모든 사람에게 정다운 마음의 벗이 될 것을 다짐합니다.

김재순

| | |
|---|---|
| 발행일 | 1970년 4월 1일 |
| 발행 주기 | 월간 |
| 발행처 | 샘터사 |
| 발행인 | 김재순 |
| 편집인 | 김재순 |

# 나는 왜 이 잡지를 내나?

먼저 어떻게 잡지를 내게 된 경로부터 이야기합시다. 내가 자진했다기보다는 친구들의 몰아침에 못 견디어 내게 된 것입니다. 속담에 권에 못 이겨 상립 쓴다는 말이 있지만 나야말로 그렇습니다. 상립은 상주가 되기 전엔 도저히 쓸 수 없는 것인데 하두 권하기 때문에 쓸 수 없는 그 상립을 쓴단 말입니다. 친구의 정의는 그렇게 강한 것이란 말입니다.

물론 잡지는 내게 상주 안 된 사람의 상립은 아닙니다. 나도 생각이 있었지 없지 않습니다. 그러나 여러 가지 조건이 도저히 가망이 없기 때문에 감히 엄두를 내지 못하고 있었습니다. 또 나는 일을, 비록 좋은 일이라도, 억지로 하고 싶지는 않습니다. 억지로 하면 좋은 일이 될 수 없습니다. 신이 나야 춤을 추지, 억지로 추는 것은 춤이 아닙니다. 물론 춤을 추노라면 신이 오기도 합니다. 그러나 그런 구실하에 사람 잡는 선무당이 얼마나 많습니까?

잡지를 했으면 하는 생각은 오래전부터 있었습니다. 해방 후 줄곧 해오는 생각입니다. 아시는 분은 알지만 〈말씀〉도 그래서 냈었습니다. 6호까지 냈다가 5·16파동으로 중단됐습니다. 그담은 월간보다도 주간을 했으면 하

| | |
|---|---|
| 발행일 | 1970년 4월 19일 |
| 발행 주기 | 월간 |
| 발행처 | 씨알의소리사 |
| 발행인 | 함석헌 |
| 주간 | 함석헌 |

는 생각을 했습니다. 꿈을 꾸는 데는 나는 반드시 남에게 떨어지지 않는 듯합니다. 남들이 주간지 생각 하기도 전에 나는 그것을 해야 한다고 했습니다. 1963년경입니다. 미국 여행을 마치고 돌아오자마자 당시 사상계 사장 장준하 님을 보고 그 의견을 말했습니다. 그 이유는 앞으로 점점 바쁘고 복잡해가는 마스콤 시대에 사람들은 긴 논문을 읽으려 하지도 않을 것이요, 또 그럴 겨를도 없고, 한 달에 한 번 가지고는 시대의 요구에 응할 수가 없으리라는 생각에서였습니다. 그랬더니 그의 대답이 그러지 않아도 그런 생각이 있어서 벌써 김준엽 님을 전혀 거기 관한 것을 조사 연구하기 위해 영국에 보냈다고 했습니다. 그래서 계획대로 나오는 줄만 알았는데 그렇게 되지 않았습니다. 자금이 없어서 그랬다는 것입니다.

그 후 알아보니 주간은 도저히 할 수가 없었습니다. 민중의 입을 열기보다는 틀어막기만 밤낮 연구하는 집권자들은 이상야릇한 법을 만들어 굉장한 시설과 자금이 없이는 할 수 없게 만들어놓았기 때문입니다. 돈이 많을수록 정의감과 기백은 줄어드는 것이므로 그 법령의 그물을 통과하고 나오는 놈이면 묻지 않고 자기네의 심부름꾼으로 생각해도 좋다 하는 심산에서 나온 법입니다. 하여간 그래서 다시 월간지 생각을 했습니다. 그래서 몇몇 분 뜻이 통할 만한 이들을 모아 그전의 〈말씀〉보다는 좀 더 넓고 교양적이요, 사상계보다는 좀 더 민중 계몽적인 것을 내보려고 대체로 의론이 돼서 구체적인 토론에 들어가려는 때에 시국의 회리바람이 일어났습니다.

한일회담, 월남 파병 문제였습니다. 그리고 보니 민주주의의 밑뿌리가 흔들리는 때에 잡지 이야기 할 형편이 아니었습니다. 우선 들어온 강도부터 막고 보아야 한다 해서 잡지 이야기는 쑥 들어가고 너도나도 시국의 일선에 나서 싸웠습니다. 싸움엔 무참히도 패했고 세상 형편은 달라졌습니다. 그러나 낙심을 해서는 아니 되고 물이 깊어지면 작대기도 길어져야 한다고 새 전법을 연구하기로 했습니다.

그런데 군사정권에서 제일차 공화당 집권으로, 거기서 제이차 집권으로, 또 거기서 삼선 개헌 파동으로 나감에 따라 민주주의는 전락의 길로만 줄다름쳤습니다. 국민의 정신은 점점 더 멀어졌습니다. 전에는 겁쟁이라고 나 했겠지만 이제는 겁쟁이 정도가 아니라 얼빠진 놈입니다. 그럴수록 기대되는 것은 지식인인데 그 지식인들이 왼통 뼈가 빠졌습니다. 이상합니다. 학문이란 다 서양서 배운 것이라는데 무엇을 어떻게 배웠는지 모르겠읍니다. 서양 역사라면 민권투쟁의 역사요 서양의 정치라면 권위주의에서 자유주의로 달리는 정치인데 어째서 배운 것을 하나도 실천하려 하지 않을까? 씨-저 죽는 것을 배웠으면 오늘의 씨-저도 죽여야 할 것이 아닙니까? 프랑스 혁명사를 읽었으면 민중의 앞장을 서야 할 것이 아닙니까? 소크라테스, 예수의 수난을 보았으면 그와 같이 죽어도 옳은 건 옳다 그른 건 긇다 말을 했어야 할 것 아닙니까? 그런데 저들은 하려 하지 않았읍니다. 학원에 기관총 최루탄이 들어와도 모른 체하고 친구가 바른말 하다가 정치교수로 몰려 쫓겨나가도 못 본 척하고 있었읍니다. 귤이 제주도에서 바다를 건너오면 기실이 돼버리고 만다고, 서양 자유의 학문도 종교도 이 나라엘 들어오면 변질하는 것입니까? 그 풍토가 나쁩니까? 그렇습니다. 그 풍토를 고치지 않으면 않 되겠읍니다.

풍토를 어떻게 고칩니까? 뒤집어엎어야 해! 누가 뒤집어엎읍니까? 씨알 이외에 다른 것이 없읍니다. 그렇게 생각할 때 미운 것은 신문입니다. 신문이 무엇입니까? 씨알의 눈이요 입입니다. 그런데 이 사람들이 씨알이 마땅히 알아야 할 것을 가리고 보여주지 않고, 씨알이 하고 싶어 못 견디는 말을 입을 막고 못하게 합니다. 정부가 강도의 소굴이 되고, 학교, 교회, 극장, 방송국이 다 강도의 앞잡이가 되더라도 신문만 살아 있으면 걱정이 없읍니다. 사실 옛날 예수, 석가, 공자의 섰던 자리에 오늘날은 신문이 서 있읍니다. 오늘의 종교는 신문입니다. 신문이 민중을 깨우고 일으키려면 얼마던지 할 수 있읍니다. 민중이 정말 깨면 정치 강도 무리 집어치우려면 얼마던지 할 수 있읍니다. 그런데 그들이 민중의 눈을 쥐고 입을 쥐고 손발을 쥐고 있으면서 그것을 아니합니다. 그리고 그것을 책망하면 변명하기를 자금의 길을 정부가 꼭 쥐고 있기 때문에 할 수가 없다는 것입니다. 그것은 얄미운 수작입니다. 돈이 뉘 돈인데? 그들은 정부가 허가증 내주는 것만 알지, 민중이 사보기 때문에 신문사가 돼가는 줄은 모릅니다. 신문을 해서 외국 사람이나 개 돼지게 팔렵니까? 그들이 그것을 모를 것 아닌데 집권자에 아첨하노라고 하는 말입니다. 그것은 배은망덕입니다. 정말 주인 무시하고 딴 놈을 주인으로 섬기니 말입니다. 주인은 주인이니만큼 참을 것이요 도둑은 도둑이니만큼 사정없을 것입니다. 그러나 그렇다고 참아주는 주인을 무시해서야 됩니까? 집권자는 아무리 강해도 망하는 날이 올 겁니다. 나라의 주인 씨알은 영원합니다. 그런데 그 짓을 하니 어찌 밉지 않겠습니까? 말은 죽을 수 없어 복종한다 하지만 그 소리 더 밉습니다. 죽기까지는 그만두고 배에 그림질 생각만 아니 해도 충분히 버티어나갈 수 있습니다. 집권자에 꼬리 치지 않는 나도 살아갑니다.

그래서 나는 정치 강도에 대해 데모를 할 것이 아니라 이젠 신문을 향해 데모를 해야 한다고 했읍니다. 사실 국민이 생각이 있는 국민이면 누가 시키는 것 없이 불매 동맹을 해서 신문이 몇 개 벌써 망했어야 할 것입니다. 그까진 시시한 소설이나, 음악회 운동회 쑈 따위를 가지고 민중을 속이려는 신문들!

그러기 때문에 이제는 우리끼리 서로 씨알 속에 깊이 파고들어야만 합니다. 내가 몇 해 전에 사상의 게릴라전을 해야 된다 한 것은 이 때문입니다. 정규군이 아무리 크고 강해도 유격대는 못 당합니다. 정규군은 큰 기계와 조직에 의존하기 때문에 한번 깨지면 혼란에 빠지지만 유격대는 기계보다 하나하나가 정신에 사는 사람이기 때문에 하나를 가지고 백도 천도 당할 수 있습니다. 기술이 발달하면 할수록 사상의 유격전은 더욱 필요합니다. 이제 우리 싸움터는 국회의사당도, 법정도, 학교도, 교회도, 신문사조차도 아닙니다. 직장, 다방, 선술집 소풍 놀이터에 있습니다. 이것은 누구의 일만이 아니요. 누가 해줄 수 있는 일도 아니요, 생활의 한 부분이 아니라 모두의 일, 내가 해야 하는 일, 생활의 전부이기 때문입니다. 그러므로 이것은 비밀 결사 운동일 수 없읍니다. 과학이 발달한 이때에 비밀은 이미 있을 수 없읍니다. 뿐만 아니라 그것은 유치하던 시대의 일입니다. 도덕적이 못 되는 일입니다. 비밀은 결국 남을 해치잔 뜻이 숨어 있읍니다. 남의 속에 양심을 인정 아니하는 일입니다. 남의 속에 양심을 인정하지 않고 내가 양심적일 수는 없읍니다. 이제 우리는 대적은 다 악한 자로 규정하고 죽여 마땅하다 생각함으로 이기려던 옛날 생각을 가질 수 없읍니다. 그러므로 우리 싸움은 드러내놓고 하는 싸움이어야 합니다. 폭력으로 하는 싸움이 아닙니다. 우리의 무기는 저쪽의 속에 있읍니다. 그의 도덕적 양심이 그것입니다. 우리는 대적일수록 그를 도덕적 가능성이 있는 인간으로 보고 그의 속에 있는 양심을 불러일으키도록 하자는 것입니다. 그러므로 우리는 밤에 나타나는 게릴라가 아닙니다. 청천백일하에 버젓이 어엿이 내놓고, 미움이 아니라 사랑으로 하는 싸움입니다. 이제 인간은 높은 정도에 올라가서 나와 대적이라는 사람이 서로 딴 몸이 아니요 하나라는 자각에 들어가는 때입니다. 나 자신을 죽이지 않으면서 저쪽을 죽일 수 없고 저를 인간으로 살려줌 없이 내가 살 수 없이 됐읍니다. 민중 속에 파고든단 말은 인간 사회 지층이 밑바닥을 흐르는 생명의 지하수를 찾아내자는 말입니다. 그래서 씨알을 하나로 불러일으키는 일이 아주 시급한 줄을 알면서도 나는 글을 쓸 수가 없었읍니다. 소위 국민투표란 것 이후 더욱 그렇읍니다. 세상이 아주 급작히 달라졌읍니다. 나와 세상과의 사이에 너무 거리가 있는 것을 느끼기 때문에 아주 말을 아니하는 것 것까지는 몰라도 적어도 전과 같은 식으로는 할 수 없다는 생각입니다. 국민투표란 것을 지내더니 신문이란 신문 잡지란 잡지가 언제 그렇게 역사 내다보는 눈을 배웠던지 제각기 60년대, 70년대하면서 떠들기 시작했읍니다. 그러나 사실 무엇을 깊이 보는 것이 있는가하면 그런 것은 아무것도 없고, 그저 달라졌다고만 떠듭니다. 달라지긴 무엇이 달라집니까? 못사는 씨알의 못사는 정도가 더 심해짐 졌지 씨알 짜 먹는 사람들의 심술머리 달라진 것은 없습니다. 어째 기술이 달라진단 말만 하고 이때까지의 일의 잘못된 것은 반성을 아니합니까? 세상이 아무리 달라져도 민심이 아무리 썩어져도 인간의 가슴 밑바닥에서 도덕의식을 깎아내 버리지는 못합니다. 겨울에 죽었던 풀이 봄이면 또 돋아나듯 씨알은 살아납니다. 그러기 때문에 이 역사가 있습니다.

그런데 요새 글 쓰는 사람들은 돋아나려는 씨앗에 봄바람을 불러주는 것이 자기 일인 줄은 모르고 스키에 미치는 뿌르죠아지의 자식들 모양으로 겨울바람만 점점 더 부르고 있습니다. 그 결과 돋아나던 싹조차 얼어버리고 맙니다. 국민투표 이후 국민이 아주 멍청이가 돼버렸습니다. 그것은 다른 것 아니고 스스로 양심을 짓밟은 데서 오는 현상입니다. 마취약을 먹이고 강도짓을 하듯이 지배자는 그렇게 만듭니다. 언론인의 책임은 그때에 있습니다. 마비된 양심에 위로와 희망을 주어 불러일으켜야 합니다. 그런데 이들이 반대로 놀았기 때문에 민중은 점점 더 멍청이가 돼갑니다. 이 속에서 어떻게 무슨 말을 합니까? 얼마나 답답하면 예수가 탄식을 했겠습니까, 슬픈 노래 불러도 가슴을 치지도 않고 기쁜 노래를 불러도 춤을 추지 않는다고, 그래 그는 너희게 보여줄 건 요나의 기적밖에 없다 하고 스스로 십자가를 졌습니다. 아마 이 민중에게도 십자가 이외에 길이 없을 것입니다. 정말 이 사람들이 법 만든 것을 보면 십자가밖에 길이 없습니다. 그들은 우리 살길 바라는 것이 아니라 죽길 바래나 봅니다. 말하고 글 쓰는 데 무슨 그런 어려운 조건이 있지요? 잡지 하나 하려면 참 어렵습니다. 등록이 무슨 필요 있습니까? 그것 하는 데 몇 달이 걸립니다. 또 세호를 연거푸 못 내면 자동적으로 폐간이 됩니다. 지금 이 글을 쓰는 내 마음도 급합니다. 2월부터 내기로 돼 있는데 2월에 못 냈지, 이달까지 못 내면 아니 되는데 이달이 닷새밖에 아니 남았습니다. 왜 사람을 이렇게 구속합니까? 다른 것 아니고 "내 말 듣는 놈은 살아라, 듣지 않으려거든 죽어라" 하는 것입니다. 무슨 권세입니까? 5·16 음모할 때 등록하고 했으며, 정치 사무 이달에 할 것 못하면

면직시킵니까? 이런 데는, 이런 이성 없고 도리 모르는 사람들에게는 보여 줄 것이 십자가밖에 없습니다. 사람 마음을 가졌어야 말이 통하지 말이 통치 않는 사람에게 잡지 소용없습니다.

그래서 나는 잡지 할 용기가 나지 않았습니다. 글이란 정성에서 나와야 하는 것인데 잡지 등록 규정에 맞추어 억지로 기일 내에 써야겠으니 나는 그런 구속은 받고 싶지 않습니다. 멍청한 민중이 사 보지도 않을 테니 수지가 맞을 생각은 할 수 없고, 죽을 사람에 약 주는 심정으로 값은 받거나 못 받거나 내야 하겠는데 그러려면 계속해서 상당한 자금을 써야 할 것인데 어디서 그런 돈이 납니까?

도둑놈들은 도둑질한 돈이니 물 쓰듯 하며 생색내겠지만 내게는 그런 돈 없습니다. 등록이 된 후에도 잡지 내기가 늦은 것은 이런 생각 때문이었습니다. 그래서 "신이 오지 않는 춤을 어찌 추느냐?" 했는데, 그래도 기어히 졸라서 정말 상주 아닌 상립을 쓰게 됐습니다.

그러나 내 마음 편안합니다. 하게 되면 하고 못하면 말지오. 돈이 없어 못 했다 해도, 글을 미처 못 써 못하게 됐다 해도 터럭만큼 부끄러운 것 없습니다. 나로 하여금 말을 못하게 해놓고 뒤에서 악마 같은 웃음으로 입이 떡 벌어지고 손벽을 치며 시원해하는 양반님들이 있다 해도 조금도 미워도 아니 합니다. 내가 할 말 못하면 저히 부끄럼이지 내 부끄럼 아닙니다. 국민이 누구나, 죄인조차도, 자유로 말할 수 있는 나라가 자랑할 나라지, 누구는 말을 하고 누구는 할 수 없는 나라는 참 인간의 나라가 아닙니다.

이렇게 말하면 굉장히 정치적인 듯이 보일는지 모르나 사실을 말하면 나는 정치하자는 마음 아닙니다. 묶어놓고 "정치는 강도질이다" 하는 내가 정치하겠습니까? 공자도 정치해보려다가 틀렸으니깐 그만두었고, 석가는 왕가에 났어도 아예 내던졌고, 예수도 아니했고, 소크라테스도 아니했습니다. 사람 중에 가장 잘났던 분들, 그들이 아니었다면 인간이 인간 노릇을 했을 수 없다 하는 분들이 정치 아니했는데 내가 왜 그 욕심을 냅니까? 나는 타고나기도 크게 타고난 것 아니고 힘쓰는 정성도 부족하지만 그래도 배우기는 가장 어진 그이들을 배우고 싶지 정치 같은 것 하고 싶지 않습니다.

그런데 왜 정치에 관계된 말을 하나? 강도가 들어왔는데, 그럼 "도둑놈이야" 하고 내쫓을 생각도 아니해야겠습니까? 이런 때, 정치가 온갖 사회 발전을 방해하고 있는 때에 입을 닫고 중립을 한다는 것은 결국 정치 한패입니다. 도둑이 왔어도 도둑이야 소리 아니하는 놈은 도둑의 한패 아닙니까? 나의 바라는 것은, 정치가 아주 없어지는 것은 감히 못 바라도, 적어도 손에 무기 쥔 정치 무리가 판을 치는 날이 어서 지나가는 것입니다. 친구들조차도 왜 가만있지 않느냐 하지만 답답합니다. 글쎄 도둑이 분명한데 도둑이야 소리를 하지 말란 말입니까? 또 내가 하는 것이 무슨 다른 욕심이 있어서 합니까? 도둑 보고 도둑이야 했다가 얻을 것이 칼밖에 없는 것을 모르리만큼 내가 바보입니까? 그러면 네가 정말 바보라고 할는지 모르나 바보거든 바보대로 두십시오.

내가 바보의 생각을 좀 말하리다. 나는 씨알에 미쳤습니다. 죽어도 씨알은 못 놓겠습니다. 나 자신이 씨알인데, 나는 농사꾼의 집에 났습니다. 참 농사꾼은 굶어 죽어도 "종지갓은 베고 죽는다"고 우리 마을에선 표본적인 농부였던 우리 할아버지한데 들었습니다. 농사는 나만이 하는 농사입니까? 밥은 나만이 먹는 밥입니까? 천하 사람이 영원히 먹을 밥입니다. 그러므로 아무리 흉년이 들어도 종자는 내놔야 합니다. 그것이 정말 농사입니다. 민중은 씨알입니다. 나라가 망해도 씨알은 남겨놔야 합니다. 나라가 씨알 속에 있는 것이 한국 민족이 한 사내의 생식세포의 유전인자 속에 있는 것과 마찬가지입니다. 제국이니 공화국이니 문제 안 됩니다. 공산주의도 민주주의도 다 없어질 것입니다. 그러나 사회, 역사 생활을 하는 이 인간성은 아니 없어집니다. 그것을 지키고 가꾸잔 말입니다. 내가 가꿔놓면 엉뚱한 놈이 먹을 것입니다. 그래도 좋단 말입니다. 나는 가꾸는 것이 맛이지 먹는 것이 맛이 아닙니다. 또 내 입이야만 일입니까 남이 먹은 것이 곧 내가 먹은 것입니다. 나는 이 개체에 있지 않기 때문입니다.

　나는 이 씨알을 믿습니다. 끝까지 믿으렵니다. 믿어주지 않아 그렇지 믿어 만 주면 틀림없이 제 할 것을 하는 것이 씨알입니다. 그렇기 때문에 잘못하는 것이 있어도 낙심하지 않습니다. 그것은 미처 모르고 꾀임에 들어서 그랬지 본바탕은 착하다 믿습니다. 까닭은 간단합니다. 씨알이라니 다른 것 아니고 필요 이상의 소유도 권력도 지위도 없는 맨사람입니다. 나라의 대다 수의 사람은 이런 사람입니다. 그런데 소수의 사람이 남을 간섭하고 지배하기를 좋아하는 사람이 있습니다. 경로도 여러 가지고 형식도 여러 가지지 만 그런 사람이 결국 정치계 사업계로 나갑니다. 그런데 사람은 다 같은 사람이어서 양심도 다 있고 이성도 다 있지만, 가진 것이 있는 사람은 아무래 도 도덕적으로 약해집니다. 대다수의 민중은 특별히 잘나서가 아니라, 그러한 기회에 놓여 있지 않기 때문에 난 대로의 인간성이 살아 있습니다. 그 점이 내가 민중을 믿는 점입니다. 그러기에 어떤 정책의 시비가 문제 됐을 때 판단하는 표준을 어디 둘 거냐, 민중에 두어야 합니다. 민중은 어리석은 것이니깐 강력한 지도자가 있어야 한다는 소리는 제법 그럴듯하지만 사실 은 틀림없이 압박 착취하는 독재자가 하는 소리입니다. 어진 정말 지도자 는 그런 소리 절대 아니합니다. 민중에게 들으려 합니다. 지혜는 결코 천재 에서 나오지 않습니다. 전체 씨알에서 나옵니다. 특별한 발명에 달려 있는 과학조차도 그렇습니다. 오늘날 미국이 과학에 앞장을 서게 된 것은 천재나 돈이 많아서만 아닙니다. 그들의 협조 잘하는 특징 때문입니다. 대체로 보 아서 미국의 교육 주지는 천재 교육이 아닙니다. 세상은 잘못 생각해서 천 재 교육을 하는 데 발달이 있을 것 같이 알지만 그릇된 생각입니다. 일반 교 육이 앞서야 천재가 나옵니다. 숲이 커야 큰 재목이 있습니다. 언제든지 모 든 특성은 전체의 것입니다.

　씨알을 믿는다는 말은 그대로 내버려두란 말이 아닙니다. 믿기 때문에 가르쳐야 합니다. 없던 것을 새로 주는 것 아닙니다. 민중이 스스로 제 속에 가지고 있으면서도 자각 못한 것을 깨닫도록 하는 것입니다. 신문 잡지는 그래 필요합니다. 사상의 게릴라전을 하자는 것도 이 때문입니다. 씨알은 착하지만 착하기 때문에 잘 속습니다. 그러기 때문에 속지 않도록 해야 합니다. 거기 절대 필요한 것이 언론 집회의 자유입니다. 어느 정부나 정치가가 정말 민중을 가르치려는 거냐 아니냐는 그 언론 정책을 보면 압니다. 언론의 질을 통제하는 것은 이유를 무엇에 부치거나 민중 속이고 억누르자는 뱃속입니다. 그렇게 볼 때 5·16 이후의 정치는 완전히 반민주주의적입니다.

그럼 언론 집회의 자유가 없는 경우에 어떻게 하느냐, 우리 문제 있는 데가 여기입니다. 어떻게 해서 언론 자유를 얻을 것인가 대답은 간단합니다. 자유는 자유에 의해서만 얻어집니다. 언론 자유 있어야 된다는 소리 해가지고는 소용이 없습니다. 그 소리는 공화당 정권의 종노릇하는 오늘의 신문 잡지도 다 합니다. 자유라는 이름을 불러서 자유는 오는 것 아니라 실지로 죄악적인 법을 무시하고 할 말을 함으로만 됩니다. 그러면 감옥도 가고 징역도 할는지 모릅니다. 모릅니다가 아니라 틀림없이 그리될 것입니다. 그러더라도 할 말은 하란 말입니다. 그밖에 길이 없습니다. 악도 선도 결코 개인적인 것이 아닙니다. 악한 놈이 하나 있을 때 그놈이 악한 놈이라 생각하면 잘못입니다. 전체에 있는 악이 그 사람으로 나타났습니다. 그러므로 악을 이기려면 전체가 동원되지 않으면 아니 됩니다. 민중 교육의 목표는 봉기蜂起, 벌 떼처럼 일어나는 데 있습니다. 전체 씨알이 일어만 나면 어떤 강력하고 치밀하고 교묘한 권력 구조를 가지고도 막아내지 못합니다.

아무리 악독한 놈이라도 사람을 다 죽이고는 지도 못 살 줄을 알기 때문입니다. 악한 놈도 제가 살기 위해서라도 정의는 이긴다는 법칙만은 살리려 합니다. 그것이 무엇보다 무서운 인간 본바탕의 명령입니다. 그러기에 대량 학살을 하는 놈도 아니하는 척 숨겨가며 하려 합니다. 죄악이 패하고야 마는 원인이 여기 있습니다. 그러기에 전체가 일어만 서면 틀림없습니다.

이제 내가 이 잡지를 내는 목적을 말합니다. 두 가지가 있습니다. 하나는 한 사람이 죽는 일입니다. 씨알의 속에는 일어만 나면 못 이길 것이 없는 정신의 힘이 있읍니다. 그러나 그것은 그저는 일어나지 않읍니다. 일어나라는 명령을 받아야지, 누가 명령하나? 하나님 혹은 하늘이 하지. 옳습니다. 그러나 하나님의 입이 어디 있느냐가 문제입니다. 사람이 밥으로만 사는 것 아니라 하나님의 입으로 나오는 모든 말씀으로 산다, 고 했읍니다마는 그 입이 문제입니다. 하나님의 입이 어디 있읍니까? 없읍니다. 하나님은 말씀 하시지만 말 아닌 말씀을 입 아닌 입으로 하십니다. 그러기 때문에 하나님 이지, 우리처럼 이따위 입 가지고 지꺼리는 이라면 하나님일 리 없읍니다. 하여간 하나님은 입이 없읍니다. 그럼 어떻게 말씀을 하시나 사람의 입을 빌어서 하십니다. 모순이에게도 하나님의 입은 사람의 입에 있읍니다. 예수 때에는 예수가 했지만 예수 돌아간 후는 누구나 대신 또 해야 합니다. 예수 가 죽은 것은 바로 그 때문입니다. 즉 모든 사람이 다 하나님의 입 노릇을 하라고, 약한 인간들이 자기가 늘 있으면 자기게만 맡기고 스스로는 하려 하지 않을 줄 알기 때문에, 그래서는 자유는 얻어지지 않을 것이기 때문에, 자기가 죽으면서 내가 가는 것이 좋다, 했읍니다. 하여간 모든 사람이 다 하 나님의 입 노릇할 자격이 있고 또 의무도 있읍니다. 그런데 이 악한 세상에 서는 하나님의 말을 하려면 죽을 각오는 해야 합니다. 또 그것을 좋게 여겨 야만 할 수가 있읍니다. 예수와 마찬가지로 하나님 말씀을 나 혼자 독차지 하지 말아야 하며, 또 내가 죽으면 다른 사람이 틀림없이 할 거다 하는 것을 믿어야 합니다. 그러므로 하나님의 말씀 한다는 것은 곧 죽음입니다. 말 중 에 가장 강한 말은 피로 하는 말입니다. 악하던 사람도 바른말 하다가 죽는 것을 보면 맘이 달라집니다. 전체 씨알을 동원시켜 봉기하게 하는 데는 피 로써 말하는 수밖에 없읍니다. 물론 사실로는 피까지 흐르겠는지 아니 흐 르겠는지 모르나 적어도 각오는 그렇게 해야 합니다. 그 뜻은 무엇이냐 하 면 바른말을 주고받겠거든 하는 사람이나 듣는 사람이나 하나이어야 한다 는 말입니다. 듣고 바른말이다 생각될 때 죽으면서라도 나도 그 말을 지지

할 의무가 지여집니다. 내가 한 사람이 죽는 것이 목적이란 것은 이것입니다. 둘째는 거기 따라오는 것인데 더 중요한 것입니다. 유기적인 하나의 생활 공동체가 생겨야 한다는 것입니다. 사람은 혼자는 못 삽니다. 독신 생활을 하는 사람조차도 혼자가 아닙니다. 가족이거나 교회거나 무슨 클럽이거나 간에 하여간 하나의 무슨 세계를 가지고 있습니다. 사람이 강해지는 것도 이 때문이요 약해지는 것도 이 때문입니다. 평소에 약하던 사람도 여럿이 뒷받침을 해주면 놀라운 용기를 얻어 도저히 보통으로는 할 수 없는 일을 하게 되고, 반대로 아주 용감하던 사람도 자기가 감옥에 간 후 제 어린것들이 길가 헤맬 생각을 할 때에 그만 간장이 녹아버립니다. 그런 실례를 우리는 많이 압니다. 그러므로 악과 싸우려면 개인플레이를 해서는 아니 됩니다. 나서는 사람 편에서 영웅심을 청산해야 하는 것은 물론, 주위에서도 만일의 경우 그의 가족 혹은 그의 평생의 관심거리에 대해 계속 공동 책임을 질 준비를 해야 합니다.

4·19도 6·3도 나는 학생의 동기를 집권자들 모양 불순한 것으로는 결코 보지 않고 전적으로 학생들 옳았다 하지만, 그 운동이 왜 힘차게 자라지 못하나 하면 위에서 말한 그 관계가 있습니다. 그러므로 정부의 앞잡이들이 학생진을 분열시키려 할 때 그 부모를 통해 "너 생각해봐, 4·19라야 남은 것이 뭐냐? 너 하나 곯을 뿐이다" 하고 꼬이는 것은 사실 그릴 만한 일입니다. 퀘이커들이 수는 적으면서도 큰소리를 치게 되는 원인은 이 점에 있습니다. 그들이 타락한 국교에 공공연히 반대하고 나섰을 때 정부와 교회는 합세하여 잔인한 핍박을 했습니다. 그러나 이들은 굴하지 않았습니다. 자유로 예배하는 것을 금하는 데 대해 비밀로 모이는 것이 아니라 일부러 알아보기 쉬운 장소에 내놓고 모였습니다. 흩으면 또 모이고, 어른들을 잡아가면 아이들끼리 모이고, 잡혀간 사람의 가족은 모임에서 맡아 책임을 지고 돌봤습니다. 그러므로 약해지지 않고 끈질게 싸워 나중에 그 정부로 하여금 공공연히 모이는 것을 승인하고야 말게 했습니다. 그들이 개인적으로

아무리 굳센 믿음을 가졌더라도 이러한 공동체를 조직해서 발의 상처를 손이 만져주고 위의 아픈 것을 온몸이 느껴주듯 유기적인 활동을 하지 않았다면 빛나는 승리를 얻지 못했을 것입니다. 병역 거부를 해서 이긴 것도 마찬가지입니다. 개인의 일로 알지 않고 전체가 책임을 지고 돌봐주었기 때문입니다. 순교자는 처음부터 강하지만 한번 순교하고 난 다음 돌아보지 않으면 순교자의 씨는 끊어지고 말 것입니다. 순교자 자신은 물론 그것을 생각하지 않지만 교회는 그것을 전체의 일로 알아야 할 것입니다. 희생자의 뒤를 봐주는 조직적인 활동은 설교보다도 중요합니다. 우리 사회의 가장 큰 약점은 바로 여기에 있습니다. 그러기 때문에 나는 무슨 운동 무슨 운동이 일어나는 것을 그리 신용하지 않습니다. 몇 날 못 견딜 것이 빤하기 때문입니다. 하나님이 갚아준다지만 위에서 말한 대로 사람 없이는 하나님이 일하지 못합니다. 왜 다른 나라에서는 잘되는 선악의 보응이 우리나라에서만 아니 됩니까? 우리 사람이 서로 책임지지 않으려 하기 때문입니다. 그래서 이런 유기적인 공동체를 길러가기 전은 아무 운동도 될 가망이 없기 때문에 그것을 기르도록 하자는 것입니다. 그것은 눈에 뵈는 조직체를 만들어도 소용없습니다. 각자가 양심에 나타나는 명령에 따라 자진해서만 될 수 있는 일입니다. 잡지 보는 것이 목적 아니라 서로 통해서 하나라는 느낌에 이르도록 운동을 시작하잔 말입니다. 눈에 뵈는 조직체 만들면 빨리 되는 점도 있을 것입니다. 그 대신 위험도 있습니다. 야심가의 이용이 돼버립니다. 농업협동조합 같은 것은 그 좋은 실례입니다. 그런 것 만들지 않았던들 농민을 그렇게 해치지는 못했을 것입니다. 조직체가 있는 고로 야심가에게 이용돼버립니다. 본래부터 그런 목적을 가지고 만들었을 것입니다. 그런 운동은 성질상 민간에서 자발적으로 되어 올라와야 한다는 말들을 그렇게 많이 했는데도 기어이 관에서 만들어 내리 씌웠다는 사실이 그것을 의심케 합니다. 조직은 그것을 바로 쓸 성의와 역량을 가지는 인격이 없으면 곧 타락해버립니다. 그러므로 운동은 서둘러서 안 된다는 것입니다. 조직체 소용없단 말 아닙니다. 생각이 아무리 있어도 실력이 차기 전에 만들어서는 아니 된다는 말입니다. 알이 다 익으면 밤송이는 벌리라 하지 않아도 저절로 벌립니다. 그리고 익어서 스스로 벌리는 밤송이는 다물게 할 놈이 세상에 없습니다. 첨부터 조직체를 만들지 않으면 일이 규모 있게 빨리 되지 못하는 듯하나 그것은 한때뿐입니다. 자발적인 양심의 명령에 의해 성립되는 공동체는 되기만 하면 놀랍게 활동합니다. 기독교의 초대교회가 그것을 보여줍니다. 예수는 자기 살아 있는 동안 교회를 조직하지 않았습니다. 그것은 그들이 믿음은 있지만 환난이 닥쳐오면 자기를 혼자 버리고 제각기 자기 곳으로 흩어져 갈 것을 잘 알고 있었고, 때가 오면 자기가 없어도 틀림없이 할 것을 알았기 때문이었습니다. 그것이 길러서는 잡아먹자는 것이 아니라 목숨을 버리면서까지 양을 위해주자는 참목자의 하는 일입니다.

나는 우리 민족을 등뼈가 없는 민족이라고 합니다. 아주 없지는 않은지 몰라도 부러지거나 꾸부러지거나 한 사람들입니다. 개인도 나라도 서야 사람입니다. 세포에는 핵이란 것이 있습니다. 그것이 죽으면 다른 부분이 다 있어도 소용이 없습니다. 국민정신의 구조도 그렇습니다. 사회의 양심을 대표하는 어떤 중심이 있어야 합니다. 그것은 어떤 때는 어느 종교 단체에 있을 수도 있고, 어떤 때는 어느 지식인의 모임에 있을 수도 있고, 심한 경우는 어떤 개인에 있을 수도 있습니다. 영 제국과 싸우던 때의 인도에 있어서 깐디의 경우 같은 것은 그것입니다. 중국 춘추시대에 천하가 어지러웠는데 공자가 춘추라는 역사를 쓰자 당시의 난신적자亂臣賊子가 부르르 떨었다고 했습니다. 그런 시대는 아무리 어지러워도 그래도 희망이 있습니다. 아주 걱정인 것은 그런 국민적 양심의 자리가 아주 없어지는 일입니다. 인간의 세상은 아무래도 질서가 있어야 합니다. 사람이 다 양심적이기를 바랄 수는 없지만 그래도 천하 사람이 저이들 혹 저 사람의 의견은 언제나 옳다 하고 인정하는 권위를 가진 핵심이 있어야 질서가 유지됩니다. 그것이 아주 없어지면, 아무래도 사회생활은 해야 하는 것이기 때문에, 자연 폭력으로라도 그것을 유지하게 됩니다. 5·16은 그렇게 해서 나온 것입니다. 그러나 그것은 부득이해서 일시로 묵인된 것이고, 늘 그럴 수는 없습니다. 그것이 오래면 국민의 양심이 아주 마비되어버립니다. 로마가 망한 것은 이것입니다. 내가 5·16 이후의 정권을 극력 반대하는 것은 그 때문입니다. 그러므로 압박을 면하고 싶으면 싶을수록 어서 빨리 국민적 양심의 자리를 세워야 합니다. 정신적 등뼈를 일으켜 세워야 합니다. 집에는 늙은이가 있어야 합니다. 늙은이는 그 집 양심의 상징입니다. 나라에도 늙은이가 있어야는데 우리나라에는 없습니다. 그것은 우리 지나온 역사로 보아 부득이한 일입니다. 그러나 그러면 그럴수록 부족한 우리끼리라도 중심을 세우도록 힘을 써야 할 것입니다. 그러기 때문에 나는 정치는 모르지만 벌써 오래전부터 새 중심 세력을 기르지 않는 한 우리 정치 풍토를 고칠 수는 없다고 주장해옵니다. 정치적인 운동으로 결코 해결 아니 될 것입니다. 우리가 겨누는 것은 그러한 운동에 있습니다. 집을 지을 재목은 이 숲에서 나가겠지만, 우선은 집 지을 생각을 하지 말고 순전히 기르는 것을 목적으로 삼아야 이다음 사람이 와서 재목을 구할 때에 서슴치 않고 내줄 수 있을 것입니다. 나라를 참 건지자는 생각 있거든 우선 정치적인 생각을 깨끗이 청산하고 나서야 한다는 말입니다.

정치에는 아무래도 길르기보다는 어서 찍어 쓰자는 조급한 생각이 들어 있습니다. 옛날 중국 역사 첨에 천황씨天皇氏는 목덕木德으로 왕王 했단 말이 있습니다. 찍기보다는 길르자는 마음이 목덕일 것입니다. 우리나라는 형편상 그럴 만도 하지만 너무 찍어 쓰기에만 바쁘고 길르려는 생각 하는 사람이 없습니다. 그것이 걱정입니다. 씨알이 소리를 해보자는 것은 길르기 위해서입니다. 나라에 늙은이 없으면 못생긴 우리끼리라도 서로 마음을 열고 의론을 해야 할 것입니다. 그러노라면 우리 다음 세대는 늙은이를 가질 것입니다. 그 밖에 어느 성인이 오신대도 다른 길을 제시하지 않을 것입니다.

# 문학文學과 지성知性

## 창간호를 내면서

이 시대의 병폐는 무엇인가? 무엇이 이 시대를 사는 한국인의 의식을 참담하게 만들고 있는가? 우리는 그것이 패배주의와 샤마니즘에서 연유하는 정신적 복합체라고 생각한다. 심리적 패배주의는 한국 현실의 후진성과 분단된 한국 현실의 기이성 때문에 얻어진 허무주의의 한 측면이다. 그것은 문화·사회·정치 전반에 걸쳐서 한국인을 억누르고 있는 억압체이다. 정신의 샤마니즘은 심리적 패배주의와 밀접한 관련을 맺고 있다. 그것은 현실을 객관적으로 정확히 파악하여 그것의 분석을 토대로 어떠한 결론을 도출해내는 것을 방해하는 모든 것을 말한다. 식민지 인텔리에게서 그 굴욕적인 면모를 노출한 이 정신의 샤마니즘은 그것이 객관적 분석을 거부한다는 점에서 정신의 파시즘화에 짧은 지름길을 제공한다. 현재를 살고 있는 한국인으로서 우리는 이러한 병폐를 제거하여 객관적으로 세계 속의 한국을 바라볼 수 있는 여건이 형성되기를 희망한다. 그러기 위해서 우리는 한국 현실의 투철한 인식이 없는 공허한 논리로 점철된 어떠한 움직임에도 동요하지 않을 것이며, 한국 현실의 모순을 은폐하기 위한 어떠한 노력에도 휩

**발행일**  1970년 8월 30일
**발행 주기**  계간
**발행처**  일조각
**발행인**  한만년
**편집인**  황인철

쓸려 들어가지 아니할 것이다. 진정한 문화란 이러한 정직한 태도의 소산이라고 우리는 확신하고 있으며, 그런 의미에서 우리는 정신을 안일하게 하는 모든 힘에 대하여 성실하게 저항해나갈 것을 밝힌다.

그러기 위하여 우리는 다음과 같은 두 가지의 태도를 취한다. 하나는 폐쇄된 국수주의를 지양하기 위하여, 한국 외의 여러 나라에서 성실하게 탐구되고 있는 인간 정신의 확대의 여러 징후들을 정확하게 소개·제시하고, 그것이 한국의 문화 풍토에 어떠한 자극을 줄 것인가를 탐구하겠다는 것이다. 이것은, 폐쇄된 상황에서 문학 외적인 압력만을 받았을 때 문학을 지키려고 애를 쓴 노력이 순수문학이라는 토속적인 문학을 산출한 것을 아는 이상, 한국문학을 '한국적인 것'이라고 알려져온 것에만 한정시킬 수 없다는 것, 다시 말하자면 한국문학은, 한국적이라고 알려져온 것에서 벗어나려는 노력, 보편적 인식의 가능성을 추구하는 노력마저도 포함해야 한다는 것을 확신하고 있기 때문에 그런 것이다. 이와 같은 우리의 태도는 한국의 문화 풍토, 혹은 사회·정치 풍토를 정확한 사관의 도움을 받아 이해하려는 노력을 전제로 한다. 그래서 우리가 취할 또 하나의 태도는 한국을 정확히 이해하기 위해서 한국의 제반 분야에 관한 탐구의 결과를 조심스럽게 주시하겠다는 것이다. "조심스럽게"라고 우리는 썼는데, 그것은 우리가 지나치게 그것에 쉽게 빨려 들어가 한국 우위주의란 패배주의의 가면을 쓰지 않기 위해서이다.

우리가 전적으로 책임지고 있는 이 잡지는 한국 문화 전반에 대한 비평을 주 대상으로 한다. 비평의 대상이 될 만한 모든 글을 자세히 객관적으로 조사·분석하기 위하여, 우리는 문제가 될 만한 글을 전문 재수록한다. 그것은 그 글이 주는 문제점을 독자 여러분과 '함께' 다시 생각해보기 위한 것이며, 거기에서 추출된 문제가 과연 타당성 있는 문제인가를 필자 여러분과 '함께' 다시 반성해보기 위한 것이다. 그 수록 대상은 시, 소설에만 한정되어 있는 것이 아니라, 평론 전 분야와 한국 문화를 이해하는 데 큰 도움이 되는 여러 인문·사회과학 부분의 논문까지를 포함한다.

이번 호에서 우리가 다루려 한 것은 한국문학의 고질적인 병폐가 되어 온 참여문학과 순수문학의 대립의 지양이라는 과제이다. 이 과제는 다음의 여러 작품들(70.1~70.6)에 대한 충분한 토의 밑에서 선택된 것이다. ―최인훈 씨의 『소설가 구보씨의 일일 1, 2』, 박태순 씨의 「물 흐르는 소리」, 이문구 씨의 「덤으로 주고받기」, 이호철 씨의 「토요일」 「울안과 울밖」, 이청준 씨의 「전쟁과 악기」, 강준식 씨의 「병정놀이」, 윤흥길 씨의 「황혼의 집」, 박순녀 씨의 「어떤 파리」, 김문수 씨의 「미로학습」, 최인호 씨의 「술꾼」, 홍성원 씨의 「즐거운 지옥」, 최정희 씨의 「바다」, 박상륭 씨의 「늙은 것은 죽었네라우」, 김중희 씨의 「파투」, 그리고 이성부 씨의 「철거민의 꿈」, 정현종 씨의 「소리의 심연」, 김지하 씨의 「피리」, 김준태 씨의 「참깨를 털면서」, 윤상규 씨의 「근작시편」, 박시천 씨의 「십이동판법」, 조태일 씨의 「털」. 이러한 숱한 작품들을 통해서 우리가 확인할 수 있었던 것은 참여문학과 순수문학의 대립이 얼마나 관념적이고 추상적인 것인가 하는 것이었다. 그것을 그대로 계속시킨다는 것은 60여 년의 한국문학을 계속 공허한 논리의 세계로 이끈다는 것을 뜻한다고 우리는 판단하고, 그것에 관해 여러 가지의 면모를 내보여주고 있는 다음의 작품들을 재수록하기로 합의를 보았다. 최인훈 씨의 『소설가 구보씨의 일일 2』, 박순녀 씨의 「어떤 파리」, 홍성원 씨의 「즐거운 지옥」, 최인호 씨의 「술꾼」, 그리고 이성부 씨의 「철거민의 꿈」, 정현종 씨의 「소리의 심연」, 김준태 씨의 「참깨를 털면서」, 윤상규 씨의 「근작시편」, 조태일 씨의 「털」이 그 작품들이다. 최인훈 씨의 『소설가 구보씨의 일일 2』가 다루고 있는 주제는 실존의 전체성이다. 씨는 실존을 표현하는 태도의 이분법을 비웃고 있으며, 삶은 행동과 표현이라는 이분법의 그 어느 것으로도 파악될 수 없다는 짐멜적인 사고를 내보여준다. 씨는 삶의 전체성을 불가능하게 하는 한국 문화의 특성으로 외래 사조의 범람과 한국 문화 전통의 단절을 들고 있는데, 그것은 곧 박태순 씨의 「물 흐르는 소리」의 주제를 이룬다. 최 씨의 그 소설이 우리에게 제기하는 문제는 삶의 전체성을 그 자체로서 파악하기 위해서는 어떠한 기술 방법이 필요한가 하는 것이다. 그 문제는 리얼리즘을 유일한 기술 방법이라고 주장하는 도식주의자들의 주장까지 검토하지 않을 수 없게 만든다. 박순녀 씨의 「어떤 파리」는 한국에서 글을 쓴다는 행위의 위선에 대해서 통렬한 비판을 던진다. 그것은 한국 정치 현실의 압력 때문에 얻어지는 것이기도 하며, 동시에 한국 작가 내부에 보편성, 혹은 인간에 대한 따뜻한 애정이 없기 때문에 얻어지기도 한다. 그녀는 이 소설을 통해 개인과 정치라는 날카로운 대립을 주제로 삼고 있는데, 그것은 참여라는 이름 밑에 행해지는 문학 행위의 비열함을 통렬히 풍자하고 있다. 개인과 정치는 이호철 씨의 「울안과 울밖」, 이청준 씨의 「전쟁과 악기」에서도 발견할 수 있는 주제인데, 그녀의 소설을 통해서 우리는 정치와 문학이라는 근본적인 문제를 찾아낸다. 그 문제의 해결을 통해 우리는 참여와 순수라는 이 공허한 문학적 대립이 정당한 지양의 계기를 발견하게 될 것을 기대한다. 홍성원 씨의 「즐거운 지옥」은 김문수 씨의 「미로학습」과 이문구 씨의 「덤으로 주고받기」와 마찬가지로 한국 문화계와 밀접한 관련을 맺고 있는 직종에 종사하는 화이트칼라를 주인공으로 삼고 있다. 그 소설에서 씨는 한국 문화인들이 암종처럼 내부에 담고 다니는 허무주의의 냄새를 투철하게 분석한다. 그 분석의 결과, 한국 문화계의 패배주의와 정신의 샤머니즘이 적나라하게 노출된다. 그것의 극복은 과연 어떻게 가능한가? 이러한 의문에 해답을 주기 위해서 우리는 다음과 같은 질문을 다시 던진다. 50년대의 직업 없는 주인공들의 절망과 체념이 60년대의 직업 있는 주인공들의 그것과 어떻게 다르며, 왜 그러한 차이가 생겨난 것일까 하는 의문이 곧 그것이다. 최인호 씨의 「술꾼」을 재수록하는 것은 우리로서는 용기에 속한다. 그 소설은 흔히 평론계에서 운위되는 문제작은 아니지만 환상과 현실이라는 인간의 기본적인 선율에 대해 집요한 눈초리를 보내는 '완벽한' 작품이라는 뜻에서, 최정희 씨의 「바다」와 윤흥길 씨의 「황혼의 집」을 대표하여 재수록한다. 이성부, 정현종, 김준태, 윤상규, 조태일 씨의 여러 시편을 재수록하는 것 역시 극단적인 두 파의 대립을 극복하기 위한 것이며, 동시에 그 시인들의 탐구의 대상이 참여와 순수라는 극히 한정된 세계에서 벗어나 있다는 것을 밝히기 위한 것이다. 그러한 노력을 김현승 씨는 '시인의 생명력'이라는 명제로서 표현하고 있다. 김현승 씨의 글에서 만일 참여시와 순수시의 대립에 대한 씨 나름의 태도만을 읽기를 고집한다면, 그것은 우리들이 의도하고자 한 것이 아니라는 것을 우리는 확실하게 밝히고자 한다. 우리로서 안타까운 것은 박상륭 씨의 「늙은 것은 죽었네라우」를 재수록하지 못하는 것이다. 그의 소설은 한국적 허무주의의 섬세한 표현인데, 우리는 허무주의의 극복이라는 명제를 위해서 이 작품의 재수록을 다음 기회로 미루지 않을 수 없었다.

김철준 씨의 「한국 사학의 제 문제」가 문제로 삼고 있는 것은 사학의 발전이 한국 문화와 동떨어진 자리에서 홀로 행해질 수 없다는 것이다. 그래서 씨는 한국 문화의 가장 큰 암종으로서의 비판력 마지에 독자의 주의를 환기시켜주고 있다. 노재봉 씨의 「한국의 지성 풍토」 역시 한국 문화를 이끌고 나갈 지성인들이 어떻게 경화되어 지식의 행상인으로 전락하였는가 하는 것을 밝히고 있다. 우리로서는 이 두 글을 통해 독자 여러분들이 한국에서 정신적인 노역에 종사한다는 것이 얼마나 어려운가 하는 것을 이해해주기를 바란다.

재수록을 허락해준 필자 여러분과 더운 중에도 창작을 보내주신 송욱, 강준식 씨에게 감사드린다.

**김병익, 김치수, 김현**

# 독서신문 讀書新聞

## 창간사

### 지식의 대중화

많은 분들의 숙원이었던 〈독서신문〉은 예정대로 오늘(11월 3일) 창간의 메아리를 잔잔히 전해드립니다.

전국 출판인들의 힘과 정성을 모은 데 더해서 문화공보부의 깊은 이해와 아낌없는 행정적 지원으로 창간을 보게 된 것이 〈독서신문〉입니다.

〈독서신문〉은 앞으로 독자 여러분의 참다운 여론을 바탕해가면서 문화 풍토의 개선, 독서의 생활화, 지식의 대중화, 저작 활동의 고무鼓舞 등을 꾀하려고 합니다. 이런 일을 해내기 위해서는 출판 정보와 양서의 상담 구실을 맡을 매스미디어가 절실히 요청되는 것입니다.

현대를 전파 미디어 시대라고 말하고 있습니다. 이 전파의 소용돌이 속에서 활자를 어떻게 지키며 활력 있게 번져나갈 수 있게 하느냐는 것은 잠시도 지체할 수 없는 당면 문제인 것입니다. 활자와 책은 늘 밀착 관계에 있습니다. 독서는 모든 개발의 원동력이며 저축이라고까지 말하고 있습니다. 독서는 소비가 아니고 투자며 생산과 직결되는 것입니다. 차분히 생각해보

**발행일** 1970년 11월 8일
**발행 주기** 주간
**발행처** 독서신문사
**발행인** 김익달
**편집인** 김익달

면 생산은 공장 굴뚝에서만 되는 게 결코 아닙니다. 실은 공장에 앞서 '책'에서 나오는 것이 아닐까요? 간추려 연구 투자에 거침없이 머리를 돌리고 있는 것이 세계의 흐름입니다.

오늘날 우리나라의 출판계 실정은 한 말로 침체 상태에 있읍니다. 많은 신문에 책 광고가 차지하는 영토를 보면 쉽게 짐작이 갈 것입니다. 이웃 나라 일본의 경우는 책 광고가 단연 으뜸을 달리고 있읍니다. 외국의 경우 금싸라기 땅에 수백, 아니 천에 가까운 서점가가 밤낮 손님으로 들끓고 있으며, 지하철이나 전차를 타도 의례 책을 펴드는 활기찬 독서 미풍을 쉽게 볼 수 있읍니다. 이런 사정은 어제오늘의 일이 아니고 몇십 년 전부터 이어져오는 모습입니다.

## 소비성향적 매스컴에 저항

집세 때문에 전통 있는 출판사가 뒷거리로 옮겨지는 일이 있는가 하면 아예 문을 닫는 일까지 벌어지고 있는 게 출판계의 한 단면이기도 합니다. 그뿐이 아닙니다. 일제 때부터 30여 년간 이어온 군산의 일류 서점 경영자가 경영 부진으로 자살의 길을 택한 비극이 벌어졌는데 이런 일은 해방 뒤 처음 있는 서글픈 이야기입니다.

독서 인구만 해도 딴 나라에 비하면 밑바닥에서 맴돌고 있는 안타까운 실정입니다. 독서 인구는 실상 없는 것이 아니고, 없게끔 되어 있는 것은 아닐까요? "책은 많은데 읽을 책은 드물다"는 게 많은 독자들의 소리 없는 소리입니다. 서점이나 거리에 나가면 전집물과 주간물 등이 엄청나게 쏟아져 나오고 있는 것도 사실입니다. 그러나 생각하는 독자들이 바라는 피가 되고 살이 되는 순수한 단행본은 깡그리 외면당하고 있읍니다.

에로, 그로 등 저속하고 퇴폐적인 출판물의 홍수를 어떻게 보아야 할까요? 아무 알맹이도 없는 흥미를 위한 흥미 위주의 소비성향적 출판물이 판치고 있는 것을 어떻게 생각해야 할까요? 어떤 분은 말할 것입니다. "독자가 그런 것을 원하니까 만들었다"고—그러나 그런 궤변은 시한 문제일 뿐 언젠가는 광대가 벗겨질 것입니다. 아니 이미 독자들은 가식을 너무도 잘 알고 있습니다. 독자 대중은 '만들어진 출판물'을 일방적으로 사들일 길밖에는 없게 되어 있습니다. 소비자인 독자들은 선택의 권리를 빼앗기고 있는 셈입니다. 이는 읽는 권리를 박탈당했다는 뜻이기도 합니다.

여기서 군말은 피하고 IPA▪도서헌장의 한 부분을 옮겨 상기시켜 보렵니다.

"도서는 단순히 종이와 잉크로 만들어진 상품은 아니다. 도서는 인간 정신의 표현이며 진보와 문화 발전의 바탕이다."

사회도 독자도 출판계도 같이 반성해야 할 시점에 있지만 특히 일부 넓은 의미의 언론출판계가 먼저 반성해야 할 마당에 서 있는 것은 아닐까요?

### 제2경제는 책에서

우리나라는 근대화를 내세우고 있으며 근대화 작업을 상당히 열매 맺게 한 것도 사실입니다. 그러나 이 근대화 작업은 물량적인 외곬으로만 달리고 있는 단각單脚 현상을 보이고 있습니다. 이른바 '제2경제', 압축해 말하면 정신적인 근대화는 종잡을 수 없이 뒤져 있다는 말로 이해됩니다. 화려한 방에 책이 없는 건 건강한 육체에 정신이 없는 것이나 비슷하다는 키케로의 말이 연상되기도 합니다. 끝맺어 '제2경제'의 참다운 실현은 책에서부터 불이 번져져야 한다고 거듭 외치고 싶습니다.

덴막▪▪ 부흥사復興史에서 가장 배워야 할 점은 정신적 작업이었던 것입니다. 덴막엔 대학은 적으나 많은 도서관이 국민의 '이동 대학' 구실을 하고 있는 형편입니다. 이처럼 덴막의 재건보再建譜엔 늘 책이 병행하고 있었다는 것을 우리들은 여러모로 점검하고 전환점을 찾아야 할 것 같습니다. 우리는 무엇이 '제2경제'인지 그 과녁을 꿰뚫어 보아야 할 것입니다.

남들이 손대기 싫어하거나 꺼려하는 일을—누구인가가 하지 않으면 안

될 일을 해내야 하는 게 〈독서신문〉임을 거듭 머리에 두면서 조용히 출범합니다.

우리들은 인기주의나 잔재주를 애당초부터 멀리합니다. 잠깐 보고 버리는 싸구려 신문이 아니고, 두고두고 독자의 가슴속에 머무는 신문을 만들렵니다. 가까운 나이테에서 먼 후일에 이르도록 자료가 되고 참고가 될 신문을 제작하렵니다. 신문의 많은 임무 중 공익에 정비례하는 풍부한 판단자료의 제공을 우리는 무게 있게 평가하렵니다.

가정에서도 사회에서도 학교에서도 직장에서도 함께 안심하고 볼 수 있는 신문을 만들도록 초점을 잡았읍니다.

우리는 알고 있읍니다. 하는 수 없이 사는 독자와 덩달아 사는 독자가 수많다는 것을—그러나 사고 싶어 사는 독자는 정녕 얼마나 되겠읍니까?

저속함이 없이 생활적이고, 쉽게 재미있게 만들되 내용을 잃지 않는 것을 우리는 격조 높은 걸로 풀이하고 있읍니다. 흥미 본위의 것을 일체 배격한다는 뜻이기도 합니다.

더 집약해서 말한다면, 어제와 오늘과 내일을 잇는—뭣인가 끊임없이 생각하는 그런 신문을 만들렵니다.


## 인간 정신의 회복을

창간에 이르기까지 〈독서신문〉을 아껴주신 분들로부터 "〈독서신문〉이 과연 될까?" "〈독서신문〉이 팔릴까" 하는 말을 수없이 들어왔고 그것은 또 뼈있는 말로 되씹고 있다는 것을 거짓 없이 고백해둡니다.

기계의 톱니바퀴나 나사못으로 변해가는 게 오늘을 사는 세계의 인간들입니다. 인간은 기계의 한 부분품화하고 있읍니다. 인간소외에서 인간 회복을, 기계 중심에서 인간 중심을 부르짖게 된 것 같습니다. 공해 문제는 인간의 생활을 멍들게 하고 있읍니다. 일부 넓은 의미의 매스컴 공해도 예외일수는 없을 것입니다. 현대를 인간 사막이라고 부르는 사람도 있읍니다. 이런 비인간화를 인간답게 되돌이키자는 외침에도 우리 〈독서신문〉은 에누리 없이 공감하고 있습니다. 곧 인간 정신의 회복을 뜻하는 것입니다.

거창한 말은 그만두렵니다. 다만 〈독서신문〉은 스스로 신문윤리강령(한국)에 충실하도록 노력할 것을 늘 다짐해두겠습니다.

〈독서신문〉의 앞날은 가깝고도 멀고, 절실하면서도 많은 어려움이 있을 것을 예상합니다만, 오늘에 처해진 사명감을 굽힘 없이 간직하면서 앞만 보고 나갈 것을 공약해둡니다. 많은 독자 여러분의 거침없는 채찍질과 지도를 바랍니다.

■　국제출판협회(International Publishers Association)의 약자.
■■　덴마크.

# 스포츠한국

## 창간사

**발행인 정인위**

여러분들께서 항시 지도편달해 주신 덕택으로 오늘날까지 대과 없이 사회 활동을 영위해왔음을 회고할 때 뜨거운 감사의 념을 금할 길 없습니다.

오늘날 스포츠의 과학화, 스포츠의 생활화 및 대중화는 우리 전 스포츠인에게 주어진 지상 명제인 것 같읍니다.

물론, 이와 같은 문제를 해결하기 위해서는 여러 가지 제 여건의 조성과 정부 당국의 더욱 힘찬 지원과 국민 각자의 스포츠에 대한 재인식의 필요성이 요청되는 것이지만 현대사회 '메카니즘'의 특질상 특별히 '매스메디아'의 매개체적 소임이 더욱 가중되고 있다고 생각합니다.

이에 본인은 한국의 스포츠를 아시아라는 제한성으로부터 탈피케 하여 세계 수준으로 이끌어 올리기 위한 희망의 디딤돌을 구축하고 스포츠의 과학화와 정화를 위하고 스포츠 붐을 조성, 국민 체력 향상을 도모코저 '스포츠' 종합지인 월간 〈스포츠한국〉을 창간하기에 이르렀읍니다.

창간에 즈음하여 본인이 소망하는 바로는 〈스포츠한국〉이 안으로는 전 스포츠인의 대화의 가교가 되고 밖으로는 스포츠계 상호의 생산적 매개체

발행일　1971년 9월 1일
발행 주기　월간
발행처　　스포츠한국사
발행인　　정인위
편집인　　정인위

가 되며 한국 스포츠의 도약에 커다란 보탬이 되어주었으면 하는 것입니다.

끝으로 독자 여러분의 능동적인 지도와 편달, 그리고 지원을 기대하면서 본 책자가 빛을 보게 되기까지 관계 당국의 협조 및 체육회장님을 비롯한 산하 각 회장단 여러분들에게 감사의 뜻을 표합니다.

# 새마을

## 새마을 정신의 작은 등불이 되고자

'새 마을' 운동. 그것은 곧 '새 마음' 운동이다. 오늘의 가난을 팔자소관이나 운명으로 돌리지 않고, 스스로의 힘으로 가난을 몰아내고, 잘사는 고장, 행복한 마을을 가꾸고 세우기 위해 부지런히 일하며 스스로 도와 제 발로 딛고 서기 위해 마음과 힘을 합하는 협동의 새 물결, 새바람을 일으키자는 것이 곧 '새 마을' 운동이다.

그것은 5천 년 묵은 기나긴 잠을 깨고 밝은 내일을 향해 발 벗고 나서는 역사의 탈바꿈이다. 남에게 기대고 미루던 지난날의 게으르고 약하던 때를 씻고 자신과 용기를 가지고 번영을 키우는 마을의 개척이요, 조국의 건설이다.

지금 3천리 방방곡곡에는 이 새로운 의욕과 신념 그리고 굽히지 않는 의지와 정열이 요원의 불길처럼 타오르고 있다. 농로를 내기 위해 굴려내는 육중한 바위의 무거운 소리가 우지끈 할 때 자연에만 묻혀 있던 마을이 오랜 침묵을 깨고 '잘 살아 보세'의 구호를 메아리져 부르짖는 것을 듣는다. 마을 안길을 넓히고 석축을 쌓을 때 뿔뿔이 헤어졌던 마을 사람들의 정성

| 발행일 | 1972년 6월 25일 |
| --- | --- |
| 발행 주기 | 월간 |
| 발행처 | 대한공론사 |
| 발행인 | 서인석 |
| 편집인 | 계광길 |

이 한곳에 다소곳이 모이는 기쁨을 보고 웃음을 듣는다.

보다 많은 소출을 내기 위해 새로운 기술 새로운 지식을 익혀가는 믿음직한 모습에서 우리는 영광스러운 내일을 약속받는다.

이 엄숙하고 자랑스러운 모습들을 여기에 담아 길이 후손에게 오늘의 우리가 땀 흘린 모습을 남겨주고자 한다. 남이 보지 않는 깊은 산골, 황량한 갯벌, 그리고 외로운 낙도에서 새 역사를 창조하는 민족의 역군들을 전 국민에게 알리고자 한다.

그것이 잘 사는 길이요 통일의 길이기 때문이다.

# 문학사상文學思想

## 이들을 위하여

분노의 주먹을 쥐다가도 결국은 자기 가슴이나 치며 애통해하는 무력자들을 위하여, 지하실처럼 어두운 병실에서 오월의 푸른 잎을 기다리는 환자들을 위하여, 눈물 없이는 한술의 밥숟가락을 뜨지 못하는 헐벗은 사람들을 위하여, 위선에 지치고 허위의 지식에 하품을 하고 사는 권태자를 위하여, 돈이나 권력보다 더 소중한 사랑이 있다는 것을 알면서도 하는 수 없이 사람들의 뒷전을 쫓아가는 소시민들을 위하여, 폭력을 거부하며 불의를 향해서 "아니"라고 고개를 흔드는 사람들을 위하여, 요한처럼 광야에서 홀로 외치는 예언자들을 위하여, 쓰레기터에 살면서도 아름다운 것을 참으로 아름다운 것을 목마르게 갈구하는 미의 순교자들을 위하여, 무기고나 식량 창고보다는 영혼의 언어가 담긴 한 줄의 시를 더 두렵게 생각하는 사람들을 위하여, 개를 개라 부르고 구름을 구름이라고 명백하게 부를 줄 아는 대중들을 위하여, 텅 빈 공허가 깔려 있는 월급봉투와 아내의 시장바구니 속에서도 내일의 꿈을 찾는 사람들을 위하여, 민들레와 진달래와 도라지, 박꽃, 냉이꽃 들이 매연 속에서 시들어가는 것을 고향처럼 지켜보고 있는

발행일    1972년 10월 1일
발행 주기  월간
발행처    삼성출판사
발행인    김봉규
주간     이어령

이들을 위하여, 오늘보다는 내일을 위해 허리띠를 조르는 사람들을 위하여, 나날이 무거워지는 저금통처럼 자기 머리속에 지식을 축적해가려는 사람들을 위하여, 사람들이 다 기진맥진하여 절망의 흙구덩 속에 무릎을 꿇을 때 뜻밖에 나타난 기병대의 그 나팔수 같은 사람들을 위하여,

그리고 또한 미래의 입법자, 심야에서도 눈을 뜬 불침번, 도굴자를 막는 묘지의 파수꾼, 소돔 성의 롯과, 칠백의총에 묻힌 의병—이렇게 남과 다른 생을 살고자 하는 이웃들을 위하여—

우리는 역사의 새로운 언어와 문법을 만들어가는 이 작은 잡지를 펴낸다.

그리하여 상처진 자에게는 붕대와 같은 언어가 될 것이며, 폐를 앓고 있는 자에게는 신선한 초원의 바람 같은 언어가 될 것이며, 역사와 생을 배반하는 자들에겐 창끝 같은 도전의 언어, 불의 언어가 될 것이다. 종鐘의 언어가 될 것이다. 지루한 밤이 가고 새벽이 어떻게 오는가를 알려주는 종의 언어가 될 것이다.

**발행인 김봉규, 주간 이어령**

심상心象

## 편집후기 / 색연필

오랜만에 시지詩誌를 꾸미는 일에 참여해본다. 〈현대시〉, 〈모음母音〉, 〈현대시학〉(전기前期) 등은 모두 삼십 대에 동인 성격을 띄고 해본 시지들이지만 폭넓은 교양 시지에 손을 대보기는 이번이 처음이다. 실로 신시新詩 육십오 년 만의 쾌거가 아닐 수 없다. 이런 시지의 필요성을 절감하기는 오래전부터의 일이지만 막상 단斷이 내려지기까지는 이 년쯤의 시간이 걸려야만 했던 것 같다.

시인이면 누구나 시지를 갖고 싶어 한다. 하지만 정작 시지를 내려는 사람은 없어 보인다. 그것은 물질적인 부담과 정신적인 고통이 뒤따르기 때문이다. 이런 것을 감수하면서 오직 우리 시의 발전만을 염원하여 〈심상〉 발간을 도맡고 나선 우리들의 희생적인 사업은 비장한 것일 수도 있다.

이 시면詩面은 결코 몇몇 특정인들만의 전유물일 수 없을뿐더러 시인들만의 것도 아니라는 것을 아울러 밝혀둔다. 시작詩作에 종사하는 유능한 사람은 물론, 시의 문제를 집요하게 생각하는 사람들 모두의 것이다. 따라서 시

발행일    1973년 9월 10일
발행 주기  월간
발행처    심상사
발행인    박목월
편집인    박목월
편집위원   김광림, 김종길, 박남수, 박목월, 이형기

작보다 시 이론에 치중하여 시와 관련이 있는 문화적 과제도 다뤄나갈 생각이다. 전통의 현대적 수용과 해외 시단詩壇과의 적극적인 교접을 통해 우리나라 현대시 발전에 기여하려는 것이 본지의 사명이기도 하다.(光光)

본지의 편집과 간행 과정은 거의 '밤'과 '휴일'에 엮어졌다. 창간호의 마지막 손질을 끝내고 편집후기를 쓰고 있는 이 시각도 자정을 훨씬 넘긴 〈심상〉지의 편집실 안에서이다. 한국 시사詩史의 자각 위에서 전진적 부흥을 약속한 이 새 시지의 탄생은 영리적 계산과 시단적인 야심을 전혀 배제한 글자 그대로의 '헌신'과 '봉사'에서 출발하였다.

본지 창간호의 특집으로 '쓴다는 것'에 대한 시인으로서의 가장 근원적인 검토를 해보았다. 시인에게 있어 쓴다는 행위는 무엇인가. 이것은 우리 시인의 본질적 명제를 독자들에게 적나라하게 드러내는 것은 물론이며, 나아가 시인의 존재와 의의, 그 사명을 재검토해보는 데에도 큰 뜻이 있을 것이다.(종鍾)

〈심상〉은 이제까지의 나열식이 아닌 기획 있는 편집으로 작품을 수록해 가려 한다. 이런 의미에서 「정예오인집精銳五人集」은 의의가 있겠다. 한국 현대시사現代詩史에 가장 난맥을 보인 60년대에 데뷔하여 그들 나름의 특성을 지녔다고 생각되는 다섯 분의 작품을 수록하고 이들의 좌담을 곁들여보았다. 이것은 이들이 당면한 딜레마와 경향을 살펴봄으로써 '한국 현대시의 오늘'을 바로 볼 수 있겠기 때문이다. 앞으로도 매호 이렇게 조명을 비춰갈 것이다.

이중李中 씨의 장시 「빗속의 어머니」는 씨의 오랜 침묵만의 작품이란 의의 말고도 동란을 겪으면서 성장한 세대가 잃어버린 모성에의 천착이라는 점에 큰 의의가 있다. 〈심상〉은 역량 있는 시인을 위해서는 결코 인색하지 않을 것이다.(청淸)

# 춤

## 시론時論 / 근대 무용 쉰 돌

1927년 10월 최승희 춤이다. 그때 최는 '세레나데'라는 이름의 독무를 비롯하여 일본서 1년 동안 배운 신무용新舞踊 여럿을 춤췄다. 이것이 우리 사람에 의한 신무용의 기원이다. 불쾌한 최의 사상 문제 때문이 아니라 이런 무의미한 외형적 사실만으로 우리 근대적 무용의 기원을 잡을 수는 없지 않은가? 정작 중요한 신무용 개안開眼의 정신적 배경은 완전히 날라가 버리기 때문이다. 말하자면 이시이 바쿠石井漠의 신무용 이전에도 우리에게는 근대적 무용 형태가 유사한 방법으로 소개되어져 있었고 슬라브계의 호빠끄 춤도 익숙하여져 있어 어떠한 새로운 춤도 알아볼 만한 바탕이 이미 마련되어 있었다. 따라서 단순한 관객이 아닌 무자舞者였던 당대의 춤 주역인 조택원 등이 신무용 공연 날인 3월 21일 밤 신무용 세례를 받고 그 춤으로 전신轉身하게 된다는 이런 새로운 춤 정착의 근간 되는 대목이 빠져버리게 되는 것이다.

예술의 역사는 때로는 한 작가나 예술가의 사상 전환 기록이기도 하다. 피카소의 청색시대靑色時代니 쉔베르그의 무조시대無調時代니 하는 것도 모

| | |
|---|---|
| 발행일 | 1976년 3월 1일 |
| 발행 주기 | 월간 |
| 발행처 | 금언재 |
| 발행인 | 조동화 |
| 편집인 | 조동화 |

두 이런 전신의 마디며, 그 마디에 붙인 호칭이다. 그렇다면 조택원에게 있어서 그날 밤은 무자로서의 한 매디며 전신의 날이었다고 할 수 있을 것이다. 이렇게 말하여도 이시이 바쿠의 그 공연 날 의미는 커진다. 이번 조택원 옹은 본지와의 녹음 대담에서 올해를 자신의 신무용 50주년임을 말한 사실도 여기 밝혀둔다. 그러나 앞에서 말했듯 그의 공식적인 조 옹의 춤 기록은 이것보다 3년은 더 거슬러 올라 1922년 토월회土月會 제3회 공연의 극 중 춤 장면에서 출연한 것부터 칠 수 있다. 여명기의 무자로서의 위치는 이것으로 충분했다.

　어떻든 우리가 신무용 50년을 기억하는 것은 근대 무용 정신의 의미를 되돌아보자는 것이지 이시이 바쿠에 집착하는 것은 아니다.

조동화

# 뿌리깊은 나무

## 도랑을 파기도 하고 보를 막기도 하고

좀 엉뚱해 보이는 이름을 지었습니다. 뜻이 넓을수록 훌륭한 이름으로들 치는 터에, 굳이 대수롭잖은 '나무'를, 더구나 뜻을 더 좁힌 '뿌리깊은 나무'를 이 잡지의 이름으로 삼았습니다. 우선 이름부터 작게 내세우려는 뜻에서 그랬습니다. 이 이름은 우리 겨레가 우리말과 우리글로 맨 처음 적은 문학작품인 「용비어천가」의 "불휘기픈남ᄀᆞᆫ…"에서 따왔습니다.

이 땅에서는 '어제'까지도 가을걷이와 보릿고개가 해마다 되풀이되었습니다. 열두 달 다음은 '오늘'과 그다지 다르지 않았고 아들의 팔자는 아비의 팔자를 닮았었습니다. 아마도 쳇바퀴를 도는 다람쥐의 걸음이 이 땅 사람들이 '어제'까지 일하던 모습일지도 모릅니다. 또 그들은 대체로 '숙명'을 받아들였습니다. '숙명'끼리 서로 아우름이 그들이 생각하던 삶의 슬기였습니다. 따라서 그들은 큰 변화를 바라지 않았습니다.

그러나 역사는 끝까지 그런 쳇바퀴는 아닌 듯합니다. 이제는 "잘 살아보자"고들 해서 사람들이 변화를 많이 받아들입니다. 이른바 개발과 현대화

**발행일**　1976년 3월 15일
**발행 주기**　월간
**발행처**　한국브리태니커사
**발행인**　한창기
**편집인**　한창기

가 온 나라에 번져, 새것이 옛것을 몰아내는 북새통에서 삶의 속도가 빨라지고 있습니다. 마침내 "잘 살아보려고" 받아들인 변화가 적응을 앞지르기도 해서 사람이 남이나 환경과 사귀던 관계가 뒤흔들리기도 합니다. 이 변화 속에서 엇갈리는 가치관들이 한꺼번에 사람들의 마음을 다스립니다. 그러나 개발과 현대화는 우리가 겪어야 할 역사의 요청이라고 하겠습니다. 곧, 이것들은 우리에게 모자라던 합리주의의 터득 과정이겠습니다. 그런데, 합리주의는 개인주의나 물질주의의 밑거름이어서 그것이 그릇되게 퍼진 나라들에서는 인간성의 회복이 외쳐지기도 합니다.

'잘 사는' 것은 넉넉한 살림뿐만이 아니라 마음의 안정도 누리고 사는 것이겠습니다. '어제'까지의 우리가 안정은 있었으되 가난했다면, 오늘의 우리는 물질 가치로는 더 가멸되 안정이 모자랍니다. 곧, 우리가 누리거나 겪어온 변화는 우리에게 없던 것을 가져다주고 우리에게 있던 것을 빼앗아 가는지도 모릅니다. 그러나 우리가 '잘 사는' 일은 헐벗음과 굶주림에서뿐만이 아니라 억울함과 무서움에서도 벗어나는 일입니다.

안정을 지키면서 변화를 맞을 슬기를 주는 저력—그것은 곧 문화입니다. 문화는 한 사회의 사람들이 역사에서 물려받아 함께 누리는 생활 방식의 체계이겠습니다. 그런데 흔히들 문화를 가리켜 "찬란한 역사의 꽃"이라느니 합니다. 또 문화는 태평세월에나 누리는 호강으로 자주 오해되는 것 같습니다. 이것은 문화의 한 속성으로써 본질을 설명하는 잘못이라고 생각됩니다. 또 이것은 예로부터 토박이 민중이 지닌 마음의 밑바닥에서 깔려 내려와서 '어제'의 우리와 오늘의 우리를 이어온 토박이 문화가 외면되고 남한테서 얻어 와서 실제로 윗사람들이 독차지했던 조선 시대의 고급 문화와 같은 것만이 문화로 받들렸기 때문일지도 모르겠습니다. 그러나, 문화는 역사의 꽃이 아니라 그 뿌리입니다. 그리고 정치나 경제는 그 열매이겠습니다. 정치나 경제의 조건이 문화를 살찌우는 일이 있기는 하되, 이는 마치 큰 연장으로 만든 작은 연장이 큰 연장을 고치는 데에 곧잘 쓰임과 비슷할 따름입니다.

〈뿌리깊은 나무〉는 우리 문화의 바탕이 토박이 문화이라고 믿습니다. 이 토박이 문화가 역사에서 얕잡힌 숨은 가치를 펼치어, 우리의 살갗에 맞닿지 않은 고급 문화의 그늘에서 시들지도 않고 이 시대를 휩쓰는 대중문화에 치이지도 않으면서, 변화가 주는 진보와 조화롭게 만나야만 우리 문화가 더 싱싱하게 뻗는다고 생각합니다. 또 우리 문화가 그렇게 뻗어야만 우리가 변화 속에서도 안정된 마음과 넉넉한 살림을 함께 누리면서 '잘 살게' 된다고 믿습니다. 그리고, 무엇보다도 우리 문화가 세계 문화의 한 갈래로서 씩씩하게 자라야 세계 문화가 더욱 발전한다고 생각합니다.

우리 문화는 이 땅에 정착한 토박이 민중이 알타이말의 한 갈래인 우리말로 이 땅의 환경에 걸맞게 빚어왔습니다. 따라서 우리말과 이 땅의 환경은 문화 발전의 수레인 교육과, 문화의 살결인 예술과 함께 〈뿌리깊은 나무〉가 톺아보려는 관심거리입니다.

조상의 핏줄이 우리 몸을 빚는다면, 그 몸을 다스리는 우리 얼은 우리말이 엮습니다. 그런데도, 여러 왕조 시대에 걸쳐서 받들리던 중국말과 일제 시대에 우격다짐으로 주어진 일본말의 영향은, 멀리는 세종 임금이 한글의 창제로 또 가까이는 개화기의 선구자들이 〈독립신문〉의 발행과 같은 운동으로 그토록 가꾸려고 힘썼던 토박이말과 그 짜임새를 얼마쯤은 짓누르거나 갉아먹었습니다. 요즈음 사람들이 흔히 심각한 글이라면 무턱대고 읽기를 꺼리는 탓이 거기에 있을지도 모릅니다. 따라서 〈뿌리깊은 나무〉는 그 안에 실리는 글들을 되도록 우리말과 그 짜임새에 맞추어서 지식 전달의 수단이 지식 전달 자체를 가로막는 일이 없도록 힘쓰려고 합니다. 또 우리말과 그 짜임새를 되살려 새로운 시대에 알맞는 말로 발전시키고자 하는 분들의 일에 보탬이 되려고 합니다.

환경은 문화의 집입니다. 사람과 환경은 긴 세월에 걸쳐서 서로 사귀고 겨루어서 균형을 이루어왔습니다. 그런데 개발과 현대화는 이 환경의 변화를 요구합니다. '더 잘 살려는' 사람에게서 변화를 겪은 환경은 공해와 같은 보복으로 사람을 '더 못살게' 하기도 합니다. 또 대중문화의 거센 물결이 이 땅을 휩쓸어 우리의 환경을 바꾸고 있습니다. 〈뿌리깊은 나무〉는 이러한 환경의 변화가 자연의 균형을 잘 지키면서 이루어져야 한다고 믿습니다. 그러므로 〈뿌리깊은 나무〉는 이 나라의 자연과 생태와 대중문화를 가까이 살피려고 합니다.

우리나라는 이웃나라의 멍에를 벗고 서른 해를 보내는 동안에, 남녘과 북녘의 분단 속에서나마 눈부신 학문의 발전을 이루었습니다. 그러나 이 학문의 업적이 잘 삭여져서 토박이 민중의 피와 살이 되지는 못했던 듯합니다. 이것은 교육이 질보다는 양에 기울어졌기 때문이며 '생각하는' 공부보다는 '외우는' 공부에 치우쳤기 때문이라고 합니다. 〈뿌리깊은 나무〉는 이 땅의 교육이 '생각하는' 공부를 시키는 일을 힘껏 거들고 학문과 토박이 민중과의 사이에 있는 틈을 좁히도록 힘쓰겠습니다.

중국의 고급 문화에 휩싸였던 조선 시대에도, 토박이 예술이 있었습니다. 나라를 남에게 빼앗긴 시절에도 이 땅의 흙 내음과 겨레의 얼을 잊지 않았던 예술이 있었습니다. 해방이 되고서 오늘에 이르는 사이에 속된 바깥바람이 일고 상업주의가 번졌을망정 이 땅과 이 시대의 아들과 딸임을 자랑스럽게 여기면서 어엿한 예술인이 된 사람들도 있습니다. 〈뿌리깊은 나무〉는 바로 이런 예술을 뭇사람에게 접붙이려고 합니다.

이러한 포부들이 한꺼번에 다 이루어질 수는 없는 줄로 압니다. 잡지의 편집은 아마도 영원한 시행착오일 수도 있음을 이 〈뿌리깊은 나무〉에 대를 물리고 떠나는 〈배움나무〉를 펴내면서 배웠습니다.

이러한 잡지의 구실은 작으나마 창조이겠습니다. 창조는 역사의 물줄기에 휘말려들지 않고 도랑을 파기도 하고 보를 막기도 해서 그 흐름에 조금이라도 새로움을 주는 일이겠습니다. 〈뿌리깊은 나무〉는 그 이름대로 오래디 오랜 전통에 깊이 뿌리를 내리면서도 바로 이런 새로움이 가지를 뻗는 잡지가 되고자 합니다.

**발행·편집인 한창기**

# 반시反詩

　우리는 흔히 겸양이라는 말로써 자신의 시에 관한 신념을 천명하기를 꺼려해왔다. 그것은 자신이 한 시인으로서의 책임감의 결여를, 삶과 세계를 보는 자신의 시점이 명확하게 자리 잡지 못했음을 반증해주는 태도이기도 하였다. 비록 시가 삶의 모든 것을 포용하고 있으며 정신세계의 가장 높은 곳에 위치해 있다 할지라도, 한 인간으로서의 자신에 대하여, 우리가 소속되어 있는 시간과 공간의 상황에 대하여, 그리고 자기 몫의 삶에 대하여 좀 더 준열하고 좀 더 당당할 수 있다면, 비로소 언어의 불편으로부터의 자유를 향유할 수 있으리라는 확신을 우리는 갖는 것이다. 그러한 확신이 있음으로 해서, 이 땅에서 살고 있는 우리들은 삶의 가장 중요한 양식으로서 시를 선택했고, 또 시를 통하여 삶의 그 극명한 자세를 구현하고자 괴로와했다. 그러나 우리의 시 속에 담겨져 있는 한 삶의 시종始終과 인식은 우리들이 끊임없이 베푼 진실된 사랑에도 불구하고 거부되어왔다.

　시의 언어가 이 시대를 살아가는 방법과 형식으로서는 전혀 온당하지 못

**발행일**　　1976년 6월 15일
**발행 주기**　부정기(동인지)
**발행처**　　동림출판사
**발행인**　　임동진
**편집인**　　김창완
**동인**　　　김명인, 김성영, 김창완, 이동순, 정호승

하다는 생각이 지배되고, 문학이 이 땅을 위하여 과연 무엇을 할 수 있으며, 시인이 현재의 구원과 미래에의 예언을 위하여 무엇을 할 수 있겠느냐는 회의가 미만彌滿되고 있는 오늘날, 시를 통하여 우리의 삶을 지켜내고 개척하기란 실로 벅찬 일이 아닐 수 없다. 그러나, 참으로 어쩔 수 없이, 우리들은 시 이외의 어떤 수화手話도 갖지 못하였을뿐더러, 시 이외의 다른 어떠한 적극적인 삶의 방법도 발견하지 못하였다. 시야말로 우리네 삶의 유일한 표현 수단임을, 시야말로 시대의 구원을 위한 마지막 기도임을 우리는 확신한다. 시 이외의 어떠한 몸부림도 우리들을 꿋꿋이 살아가게 하는 방법이 되지 못하였으므로, 우리가 조명하고 있는 감추어진 현장의 혼돈을 다시 그 본래적 질서에로 회복시키려는 끊임없는 노력조차 오로지 시에 의존할 수밖에 없는 것이다. 이것은 시에 대한 우리의 정열의 무게와 크기로 이해되어도 무방할 것이다. 왜냐하면, 궁극적인 삶의 인식이란 시대적 조응과는 무관하게 자아와 세계에 대한 대결로 압축되어왔다. 또한 그러한 자각을 표현시킬 수 있는 확실한 형식으로는 시보다 더 적합한 적이 없기 때문이다. 그렇다고 해서 이것이 기존의 시 형식에 대한 우리의 경사傾斜를 의미하는 것은 아니다.

이러한 우리들의 신념이 〈반시〉—결코 반소설이나 반연극 등에서 보이는 바의 상대적 개념으로서의 의미가 아닌—라는 이름으로, 민중의 차원 속에 동화하지 못한 오만한 언어에 대하여, 시의 본질인 정신보다는 수단일 뿐인 언어 세공에 대하여, 우리가 살아온 역사의 맥락으로부터 이탈해버린 관념적인 세계성에 대하여 부정의 입장에 서고자 하는 것이다.

시행詩行이나 단어의 배치, 구문 등의 성공이 갖는 외형적 형식미에의 관심보다는 차라리 숨겨진 진실을 찾아내어 부활시키고, 붕괴된 꿈을 재구성시키는 데에 우리들의 시혼詩魂은 더 몰두되고 있다. 설령 우리 시의 가치가 모든 모습들을 그 본래의 위치로 환원시키기엔 아직 부족하다 할지라도, 그것은 하나의 과정이 갖는 실패일 뿐이지, 우리 시가 갖고자 하는 본질적인 것에의 실패는 아닐 것이다. 시는 언제나 하나의 생명 그 자체로서 우리에게 포옹되고, 또 우리와 동행하는 것이기 때문에, 설혹 한 형식의 실패가 있다 하여도 그것이 우리의 작업에 영향을 주지는 못할 것이다.

우리가 옹호하는 시는 언제나 삶의 문제에 귀일하는 것이고, 시의 바탕은 삶과 동일성으로 이해될 수 있으므로, 우리의 시는 잊혀져가는 사람들이 살아가는 사회 속에서 개성과 자유의 참모습을 되찾아내어 그것을 사랑의 위치로 환원시키는 일이며, 다수의 삶이 누려야 할 당연성을 옹호하는 일이다. 아울러 우리의 시는 민중의 애환을 함께하며 역사의 소용돌이 속에서 찢겨버린 조국의 아픈 상처와 비장감을 어루만지는 데에 있다. 또한 우리의 시는 모든 관계의 이질감으로부터 동질감을 획득하는 데에 있고, 시인과 시인이 아닌 자의 구분을 지양하는 데에 있다.

우리의 시는, 우리가 가지고 있는 이 고유한 언어의 힘으로 환상적 세계를 부정하고 상상력을 통한 현실적 소망을 긍정하며, 구체적 체험의 고뇌와 환희 속으로 우리의 심장을 끌어내어 최후의 증언대 위에 세우고자 함에 있다.

우리의 이 가난한 심장은 여름날 내리쬐는 폭양과 겨울날 휘몰아치는 눈보라 속에서도 끊임없이 펄떡이며, 보다 더 철저히 시와 삶을 아파하기 위하여 스스로 고통의 언어를 끌어안을 것이다.

# 세계世界의 문학文學

## 창간사

  헤아릴 수 없이 많은 것들이 모여 사람이 어울려 사는 사회를 이룬다. 또 하나의 사회는 될 수 있는 대로 많은 것이 모이고, 많은 것의 모임을 허용할 때, 그 안에서 사람의 삶이 풍요한 것으로 살찌는 터전이 된다.

  그러나 이러한 다원성과 풍요가 반드시 혼란을 의미하는 것은 아니다. 또 그러한 특징을 가진 사회가 단순하고 선명한 이해와 행동의 대상이 될 수 없는 것도 아니다. 한 사회가 사람다운 삶의 터전이 되려면, 그것은 그 안에서 사는 모든 사람에게 사람으로서의 적어도 최소한도의 위엄을 지킬 수 있는 물질적 생활을 가능하게 하는 것이어야 한다. 이러한 보장은 한편으로는 자연을 개발하고 그것을 인간의 생활에 이용할 수 있게 하는 지혜의 발전에 달려 있고 다른 한편으로 이러한 발전을 모든 사람의 행복과 평화를 위한 것이 되게 계획하고 사용할 수 있게 하는 사회적 공존 질서의 수립에 달려 있다. 그러나 또 한 가지, 생존의 문제의 기술적, 사회적 해결만으로 참다운 인간적인 행복과 자기실현은 완성되지 아니한다. 사람은 그의 삶이 그때그때 그의 일생을 통하여 또 과거와 미래로 이어지는 종족적

**발행일**   1976년 9월 15일
**발행 주기**  계간
**발행처**   민음사
**발행인**   박맹호
**편집인**   박맹호

인 지속을 통하여 끊임없이 의미와 가치를 구현하는 것이기를 희망한다. 이 구현을 통해서 사람의 삶은 비로소 어느 정도의 완성을 이룬다.

그러나 이렇게 말하는 것은 인간의 가치에 대한 요구가 기술적, 사회적 발전의 끝에 가서야 온다는 뜻은 아니다. 사람이 추구하는 가치는 이런 것과 별개의 것으로 존재하지 아니한다. 그것은 바로 인간의 기술적이고 사회적인 경영도 포함하는 것이다. 다만 여기에서 이것은 단순히 삶의 보존을 위한 수단으로서가 아니라 삶의 향수의 한 가지로 이해된다. 또 사람이 기술적, 사회적 발전에 뒤쫓아가는 삶을 누리는 데 만족할 수 없으며, 이러한 발전의 근본 목적이 사람다운 삶의 확보에 있다고 할 때, 또 사람다운 삶의 의미는 그 스스로가 그의 삶에 부여하는 의미와 그 스스로가 창조하는 가치 이외의 아무것도 아니라고 할 때, 인간의 가치에 대한 요구는 최후의 요구일 수 없는 것이다. 현실에 있어서 사람이 스스로의 가치를 창조하고자 하는 노력이 다른 사정에 끌려가는 것일 수밖에 없었다고 하여도 사람이 스스로를 창조하겠다는 생각은 적어도 인간의 역사적 투쟁의 이념이었다.

다시 한 번, 조금 다른 의미에서 인간의 가치가 기술과 사회의 역사적 현실을 떠나서 따로 있는 것이 아니란 것을 이야기할 필요가 있다. 그것은 따로 있는 것도 아니고 넘어서서 있는 것도 아니며 기술과 사회적 경영을 포함하는 인간적 경영의 모든 것이다.

이 모든 것은 사람의 실천에서도 드러나지만 무엇보다도 의식 속에서 그러한 것으로 파악된다. 이 의식은 개인의 의식일 수도 있으나 무엇보다도 사회 공동체 의식 또는 공동체의 초개인적 주체성의 의식이다. 이렇게 말하는 것은 개인의 의식도 참으로 효과적인 인간 운명의 활력活力이 되려면 그것이 공동체의 의식 속에 지양되어야 하기 때문이다. 뿐만 아니라 사회에 존재하는 모든 것이 단지 오늘에만 있는 것이 아니라 과거에서 미래에로 연결되는 물질적, 사회적 도구의 체제로 존재하듯이 모든 의식도 역사 속에서의 의식으로 존재한다. 오늘날의 개인과 사회의 의식은 과거에서 나와 미래에로 들어간다. 그렇다고 해서 오늘날의 의식이 굳어 있는 틀 속에서 이미 결정되어 있는 것은 아니다. 오늘날의 의식의 특징은 그것이 늘 창조적 변용變容의 가능성 속에 있다는 데에 있다. 역사적 공동 의식과 개인의 의식은 현재 속에서 창조적 발전을 위한 힘이 된다. 여기에서 사람에게 주어진 모든 것은 단순히 주어진 것이 아니라 하나의 지향志向, 하나의 과제가 된다. 역사의 창조적 진화의 근원은 바로 인간의 물질적, 정신적 생활의 총체가 하나의 새로운 과제로 지양되는 공동 의식의 광장이다.

우리는 우리의 역사가 참으로 창조적인 것이 되기 위하여서는, 우리의 물질적, 정신적 생활의 모든 것이 교호하여 이루게 되는 공동 의식의 광장을 가장 넓고 가장 활발하게 유지하는 것이 절대 중요하다고 믿는다. 싫든 좋든 우리의 삶에 대한 제약은 여기에서 오며 우리의 가장 큰 보람도 여기에서 온다. 이 광장에서 우리는 우리의 삶이 우리 이웃의 이해와 관용, 또 우리 이웃과 우리의 공동 운명, 공동 목표와 확인에 전적으로 의지할 수밖에 없음을 배우고 이 의지를 높은 삶의 행복에 연결시켜야 할 것을 깨닫는다.

안정된 시기에 운명과 창조의 공유는 반드시 분명한 의식을 통하여 이루어지지 않아도 된다고 할런지 모른다. 또 그러한 상태가 가장 순수한 행복의 상태일 수도 있을 것이다. 그러나 격동의 시대에 있어서 운명에 대한 주체적인 통제와 그것을 개조할 수 있는 자유로운 창조의 힘은 자칫하면 상실되어버린다. 이런 때, 감추어져 있던 것은 밝은 의식으로 끌어들여져서 비로소 보존되고, 무비판적으로 받아들여졌던 것은 비판의 대상이 되어 비로소 새로운 힘의 근원이 된다. 그리하여 사람이 스스로의 운명을 이해하고 이것을 새로운 가치로서 창조하는 과정은 보다 쉬워질 수 있을 것이다.

우리는 〈세계의 문학〉이 비판적 검토와 의식적 수용을 통해서, 우리 사회의 창조적 주체성을 회복하고 그것을 풍부하게 하는 데 기여할 수 있기를 희망한다. 우리의 역사와 사회를 보다 깊고 날카롭게 이해하고 이것이 창조의 원동력이 될 수 있게 하기 위하여, 우리 역사와 사회의 모든 것, 또 우리 사회가 좋든 싫든 이미 세계를 향하여 열려 있는 만큼, 세계의 모든 것을 우리 역량이 미치는 한, 또 우리의 사정이 허락하는 한, 공동 토의의 대상이 되게 하고자 한다. 많은 성원을 바란다.

**박맹호**

# 디자인 DESIGN

## 창간사

댁내의 만복과 행운이 깃들기를 기원합니다.

급진적인 경제성장으로 시대감각에 부응하며 품위 있고 개성 있는 실내 디자인과 장식의 필요성이 절실히 요구되고 있음에도 불구하고 이에 대한 참고 서적, 자료 및 작품 등의 빈곤으로 보다 새롭고, 보다 안락하며 보다 경제적인 아이디어의 이용, 연구개발에 제약을 받고 있었음은 매우 안타까운 일이었읍니다.

이에 비록 늦은 감이 없지는 않지만 많은 사람들에게 디자인의 필요성을 인식시키고 국내의 각 디자인계를 발전시키며 외국의 디자인에 대한 정보를 올바르게 소개하겠다는 취지에서 실내디자인 전문 잡지 월간 〈디자인 Interior Design & Decoration〉을 발간하여 독자와 함께 연구하고 노력하여 보다 쾌적하고 안락한 환경을 창조하는 데 이바지하고자 합니다.

그러므로 품위와 개성, 창의력이 있는 월간지 '디자인을 위한 디자인'지를 만들기 위한 초석으로서 여러분들의 솔직한 비판과 증언, 지도 편달이 있으시기를 바랍니다.

**발행인 이영재**

| | |
|---|---|
| **발행일** | 1976년 10월 1일 |
| **발행 주기** | 월간 |
| **발행처** | 오미출판사 |
| **발행인** | 이영재 |
| **편집인** | 이종호 |
| **편집위원** | 박재휘, 윤명용, 이구, 이종호, 전종대 |

# 디자인지 발간에 즈음하여

민족문화의 계발에 대한 새로운 요구가 70년대에 접어들면서 본격적으로 대두되고 있다. 경제개발 계획의 성공적인 결과로서 80년대는 경제적인 도약의 시대라고 전망하고 있으며 이러한 물질적 번영과 함께 정신문화의 창달이 수반되어야 한다는 대전제 아래 문예 중흥 계획이 추진되고 있다.

이러한 일련의 계획들은 서구 문물에 가리워진 우리의 것을 다시 계승하고 전수하고자 하는 것이며 우리의 풍토에 근원을 둔 우리의 문예를 태동시키고자 하는 의욕의 발로인 것이다.

그러나 우리는 과거의 바탕 위에서 현대적인 문제를 성장시키지 못하였으며 여러 가지 외곡된 문화 이식이 현재까지도 우리다운 것에 대한 참다운 정의를 내리지 못하고 있으며 근대화는 곧 서구화라는 그릇된 판단으로 뿌리 없는 서구 사조를 무도건 도입 사용한 여파로 우리 것이 무엇인가를 분별해 내기조차 힘이 든다.

그러므로 문예 중흥의 근본 목적은 전통문화의 올바른 계승과 위대한 우리의 유산을 후세에 남겨주기 위하여 민족문화의 창조를 지향하며 현재 혼돈과 방향감각을 상실한 상태에서 새로운 길을 밝히고자 하는 데 있는 것이다.

이러한 것들은 예술의 각 분야에서 이루어져야 될 것으로 앞으로 첨단을 걷는 국내 디자인계를 위한 '디자인(실내디자인 및 실내장식)'지로서도 그것을 지표로 삼아 참다운 방향 제시에 힘을 경주하여야 할 것이다.

**건축가 김희춘**

# 계간 미술季刊美術

## 창간사

우리는 미美를 사랑하는 민족입니다. 반만년에 이르는 우리 역사는 바로 미를 사랑하고 나날의 생활 속에서 미를 찾아낸 조상들의 슬기와 미에의 희구의 결정이기도 합니다.

미를 희구하는 인간의 가장 고귀한 행위 속에서 우리는 다시없이 즐거운 생명의 약동을 느낍니다. 정녕 아름다움을 추구하는 행위처럼 우리의 생활을 풍요하게 만들어주고 아울러 삶의 보람과 희열을 느끼게 만들어주는 것도 없을 것입니다.

미는 또한 우리를 과거와 현재와 미래에 다리를 놓아주기도 합니다. 미륵보살반가상 속에 '영겁의 시공'을 담은 신라인이나 백자 항아리와 함께 생활의 애환을 다져나갔던 이조李朝의 조상, 그리고 이것들 속에서 미의 영원한 모습을 찾아내고 있는 우리는 똑같은 미적 유대를 통해 하나로 묶여 있는 것입니다.

그러나 오늘날 우리는 물질의 범람 속에서 자칫하면 미를 잃어가며 있읍니다. 아울러 생활의 윤기를 잃어가며 있읍니다. 그리하여 삶의 확인이 미

**발행일**　1976년 11월 1일
**발행 주기**　계간
**발행처**　중앙일보·동양방송
**발행인**　홍진기
**편집인**　홍사중

가 있는 생활 속에서만 가능하다는 사실을 저버리고 있는 것입니다.

항상 문화 보국報國의 전위前衛가 되는 데 가장 큰 기쁨과 보람을 느끼고 있는 중앙매스콤이 새로 미술 종합 잡지를 창간하는 것은 생활 속에 미를 심고 미를 생활화하는 소중한 작업에 앞장서려는 취지에서입니다.

미는 결코 소수 미술 전문가들의 전유물은 아닙니다. 일부 호사가들의 비좁은 취지의 세계 속에서만 갇혀 있을 수도 없습니다. 그렇다고 단순히 미의 대중화를 꾀하자는 것은 아닙니다. 새로운 미의 창조를 위한 자극을 끊임없이 제공하고, 미를 향수享受하는 즐거움을 보다 광범위하게 나눌 수 있도록 하려는 것입니다.

이와 같이 미와 생활과를 직결시키고 미술을 생활하는 현대인의 잡지로 만들겠다는 저희의 소망은 여러분의 많은 참여와 적극적인 뒷받침이 없이는 결실을 보기가 어려울 것입니다. 창간의 기쁨을 되도록 많은 독자 여러분과 함께 나눠 갖고저 하는 까닭도 여기 있습니다.

중앙일보·동양방송 사장
홍진기

# 주간매경週刊每經

## 〈주간매경〉을 창간하면서

1966년 3월 24일 매일경제신문이 우렁찬 희망과 창조의 횃불을 들고 조국 근대화의 기치를 외치면서 탄생한 지 어언 13년 3개월—짧다면 짧고 길다면 긴 13개 성상星霜—. 동지애로 결합된 매일경제신문 사원 일동은 어떠한 난관도 극복하지 않으면 자멸할 수밖에 없는 실정이었기에 때로는 괴로움에 지쳐 실망해야 했고 때로는 승리의 환희에 자부하기도 했던 그 순간 순간마다 만천하의 애독자와 광고주 여러분들의 아낌없는 성원과 격려에 힘입어 매일경제신문은 어떠한 역경과 난관도 극복할 수 있게 되었을 뿐만 아니라 존재의 당위성이 부인될 수 없는 거목으로 발전했읍니다. 이제 자력갱생의 도를 넘어 사회의 공기公器로서 최대의 노력을 다할 수 있도록 성장한 매일경제신문이 또 하나의 꽃이 피고 열매를 맺기 위해서 자매지〈주간매경〉을 창간케 되었읍니다.

1인당 국민소득 1백 달러 되지 못했던 13년 전에 비하면 엄청난 발전을 거듭한 것이 오늘날의 우리 경제인 것이 분명합니다만 아직도 우리 앞에 닥칠 숱한 도전과 응전에 대한 전략적이고 전술적인 과제들이 산적해 있기에

발행일    1979년 7월 5일
발행 주기  주간
발행처    매일경제신문사
발행인    정진기
편집인    정진기

감히 매일경제신문은 이에 적응할 수 있는 정보와 지식을 전달해주기 위해 〈주간매경〉을 창간하게 되었습니다.

우리는 지금 세계경제가 겪고 있는 불황을 가속화시킬지도 모르는 석유전쟁 속에서 살고 있습니다. 10년 전만 해도 중동의 석유 가격 인상이 우리 경제에 큰 영향을 미치지 못했습니다만 이제 우리 경제가 성장하다 보니 석유 가격 문제가 공장에서뿐만 아니라 가정경제까지 크게 영향을 미치게 되어 한 등의 전등불에도 신경을 쓰게 되었습니다.

이것이 곧 우리도 이젠 경제를 떠나서 살 수 없게 되었다는 사실을 증명해주고 있는 것입니다. 그러나 아직도 우리 주변에는 경제를 올바르게 이해하지 못하는 경우가 허다합니다.

일반적으로 경제를 "사람이나 단체가 돈을 매개로 하는 경우이든 그렇지 않는 경우이든 간에 생산 자원을 이용하여 상품을 생산해서 소비를 위해 분배하는 선택적 행동"이라고 정의한다면 그 이론적인 면에서 누구에게나 동일하게 이해되어야 하고 또 해석되어져야만 할 것입니다. 그러나 우리의 경우는 정치인이 해석하는 경제 이론이 따로 있고 정부가 해석하는 경제가 따로 있으며 기업인이나 근로자, 소비자들이 이해하고 해석되는 경제가 각각 다르게 통용되는 경우가 허다합니다.

다시 말하면 3×3은 9라는 구구법의 원론이 일반적으로 통용되지 못하고 사람에 따라서 또는 경우에 따라서 3×3은 10이라 해도 아무 탈 없이 통용되는 경우가 허다하다는 것입니다. 국방이 경제와 관련 없이 해석되는 경우가 있고 정치가 경제를 떠나서 해석되는 때가 허다하다는 것입니다. 교육 또한 그렇습니다. 뿐만 아니라 내무행정이, 문화 정책이 그렇습니다. 심지어는 새마을소득증대사업까지도 경제하고 동떨어진 것으로 착각되는 경우까지 있습니다. 경제가 국가의 종합적 발전의 원동력임을 이해하지 못하고 있다는 증거입니다.

이러한 경우가 시정되지 못하면 경제는 일관성을 상실하고 시행착오라는 오류를 범하게 될 것이 분명합니다. 자원이 부족할 뿐만 아니라 잠에서 뒤늦게 깬 우리의 경우 다른 나라가 2백 년이나 3백 년에 달성한 선진 경제를 우리는 20년이나 30년의 짧은 시일 내에 달성할 수 있도록 하는 단 하나의 지름길은 모든 분야에 있어서 시행착오 없는 지속적 발전뿐입니다.

다시 말하면 정치인이나 공무원이나 기업인이나 근로자나 소비자 들을 막론하고 모든 국민은 경제의 원리를 정확히 터득한 연후에 정책이 수립되어야 하고 비판되어져야 하며 기업도 아집보다는 순리에 따라 경영되어야 할 뿐 아니라 국민 생활 역시 경제의 원칙을 바탕으로 영위될 때 그 나라의 국가 경제는 풍요한 사회를 이끌어갈 수 있을 것입니다.

오늘 창간되는 〈주간매경〉은 본지인 매일경제신문과 함께 전 국민의 경제 지식을 올바르게 인식토록 하여 국가 경제와 국민경제가 보다 윤택하게 발전할 수 있는 폭넓은 자료를 제공하는 데 더욱 노력할 것입니다.

우리 주변에는 풍요 소의 빈곤 즉 멸업성장滅業成長이라는 말이 있습니다. GNP가 연평균 10퍼센트 이상의 경제성장을 지속했음에도 산업 간의 불균형은 우리 경제가 해결해야 할 새로운 과제로 대두되었으며 계층 간의 소득 격차는 사회적 윤리 문제로 제기되고 있습니다.

그것은 단적으로 우리 경제가 발전해오는 과정에서 불가피하게 파생되었던 당위적인 산물이 아니라 정책 수립이나 집행 과정에서 생겼던 불성실과 기업인 스스로의 무지에서 비롯된 작위의 병폐였다는 것을 재인식해야만 하겠습니다.

매일경제신문은 그동안 이와 같은 현실을 직시하고 보다 많은 경제 지식을 전달하기 위해 지면의 증가를 희망해왔습니다만 여건이 허락되지 못했읍니다.

한정된 지면 때문에 폭넓게 제공되어야 할 각종 업계의 실정을 보도하는 데 그 책임을 다하지 못했다는 사실입니다.

이러한 점을 감안하여 〈주간매경〉은 각 면마다 특징을 살려 각종 업계가 필요로 하는 정보와 지식을 전달하도록 배려했습니다.

매일경제신문은 〈주간매경〉 창간을 계기로 우리 경제가 불균형적인 이상異常 발전의 과오를 더 이상 범하지 않도록 업종 하나하나의 애로는 물론 각 기업체의 어려운 실정까지 보도하여 당국의 정책 자료로 이용되도록 힘쓸 것입니다.

뿐만 아니라 정부의 정책 방향을 소상히 보도하여 기업과 국민이 해야 할 일이 무엇인가를 친절하게 전해드릴 것입니다.

매일경제신문이 오늘 자매지 〈주간매경〉의 창간에 즈음하여 신의성실信義誠實한 보도, 부의 균등화 실현, 기술 개발의 선봉, 기업 육성 지침의 영원불멸할 사시社是를 바탕으로 국가 경제 발전과 국민 복지 향상에 더욱 힘쓸 것을 다짐하면서 그동안 애독자와 광고주 여러분이 보내주신 성원에 다시 한 번 경의를 표하고 〈주간매경〉이 창간되도록 도와주신 여러분에게도 감사드립니다.

매일경제신문사

사장 정진기

# 운동으로서의 잡지, 저항으로서의 독서

## —1980년대

### "사상의 대중화를 위하여"

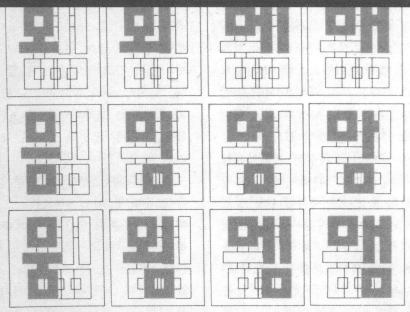

"샘이깊은물 글씨체"의 근본틀. 글자 사이에 유기성과 조직성이 이루어지도록 고안되었다.

글자로 쓰려고 발버둥치는 모습을 █ 요새 자주 봅니다. 그 네모틀에서 █ 해방시키려고 다들 안간힘을 쓰고 █다. 저희들도 여러 해 동안에 걸쳐 █런 노력을 하였읍니다. 그리하여 마 █ 샘이깊은물의 미술 편집 위원인 이 █씨의 손으로 위에 있는 모양대로 샘

자에 나타나는 같은 성격의 "씨줄" 또는 점은 서로 높이가 같습니다. 글자의 "두께"는 세 가지가 있으니, 세로 긋는 작대기가 없는 글자가 가장 좁고, 그 작대기가 하나 있는 글자가 중간치이고, 그 작대기가 둘 있는 글자가 가장 두껍습니다. 그리고 글자와 글자와의 사이는 초성 글자와

# '흑역사'와 반전

1980년대에 광주민중항쟁과 박종철 고문치사 사건 같은 일만 있었던 것은 아니다. 80년대는 88 서울올림픽과 '3저 호황', 조용필과 〈애마부인〉의 시대였으며, 또한 PC와 CD 같은 완전히 새로운 미디어 테크놀로지가 보급되기 시작한 시대이기도 했다. 그럼에도 80년대에 대해 이야기하면서 정치를 앞장세우지 않는다는 건 도대체 불가능한 것 같다.

한국사에서 권력이 언론사와 미디어를 학살한 일은 몇 번 있었다. 최초의 근대 권력이자 이민족의 파시즘―식민국가였던 조선총독부나, 점령군 권력이었던 미군정이 한국인들이 만든 언론사와 미디어를 제 마음대로 없애거나 공격했다. 그리고 1961년과 1980년에 각각 군사 반란을 일으킨 박정희와 전두환도 비슷한 짓을 했다. 언론사와 미디어를 강제로 없애거나 병합하고, 잡지 발행인이나 언론인을 옥에 가두거나 죽였다.

1980년 여름에서 가을 사이 전두환의 국보위가 한 일은 선배들의 전통을 따른 것이긴 하지만 그 규모가 놀랍다. 하긴 광주의 수백 민중을 살해했으며 수백만 명이 보던 텔레비전 방송국 TBC도 없앴으니 〈창작과비평〉이나 〈뿌리깊은 나무〉 같은 '조그만' 잡지쯤이야. 여름의 '언론 개혁'을 기획·실행한 전두환의 영관급 장교들과 허문도의 '철학'이 새삼 궁금해진다. 도대체 그들은 누구였을까? 무슨 이념이나 언론관을 갖고 있었던 것일까? 그래도 박정희 쿠데타 세력은 이념 비슷한 게 있었다. 김종필이나 황용주는 지성인이었다. 그런데 1980년의 정치군인들은 왜 언론과 방송을 학살했나?

신군부가 없앤 것은, 1988년에 부활하여 학살을 증언하게 되는 〈창작과비평〉 등만이 아니었다. 15개의 주간지와 104개의 월간지, 16개 계간지 등 총 172종의 잡지가 '발행 취소'를 당했다. 이때 〈명랑〉 〈아리랑〉 〈월간중앙〉 〈월간독서〉 같은 중요한 잡지도 함께 없어졌다. 그중에 많은 잡지가 부활을 시도했지만 되살아나지 못한 경우도 많았다. 〈뿌리깊은 나무〉는 1984년에 〈샘이깊은물〉이라는 여성지로 부활하여 한창기의 손길과 문체를 또 느낄 수 있게 됐으나, 이전과 같은 위상으로서는 아니었다.

전두환 신군부에 의한 투옥과 죽임은 1980년 12월에 국회에서 통과된 '언론기본법'으로 법제화된다. 제5공화국 언론 정책의 근간을 이룬 언론기본법은 정기간행물의 등록의무제(사실상의 허가제)와 문화공보부 장관의 발행정지 명령권 및 등록 취소 권한 등의 독소 조항을 골자로 하는 '악법'이었다.[1]

이처럼 1980년대의 한국 지성사와 잡지사는 암울한 '흑역사'로부터 시작했다. 그러나 억압이 극심해질수록, 세계사에서도 흔치 않을 역동적이고 치열한 저항 문화의 역사도 동시에 진행된다. 두 가지를 합치면 거대한 희비극 또는 블랙코미디 한편이 완성된다. 때리면 때리는 대로 맞고 숨죽이며 속으로 끓으며 소규모로 뭔가를 도모하던 유신 시대와 달리, 80년대에 억압과 저항은 정비례 관계에 있었다. 때릴수록 민중은 깊은 복수심에 불타며 더 강해졌다. 대규모로.

물론 와중에 피눈물 어린 희생이 따랐지만, 결국 '운동으로서의 출판' '저항으로서의 독서'가 가능했던, 이제는 다시 오기 힘든, 문자문화의 한 시절이 10년 남짓 펼쳐진 것이다.

## 1980 그리고 1987

1980년대의 잡지 문화는 정치적으로도 산업적으로도 '붐'으로 이어졌다. 1980년의 피눈물과 1987년의 부분적 승리가 가져다 준 결과다. 6월항쟁 직후에 언론기본법이 폐지되어 잡지사뿐 아니라 근대 언론사 전체에서 다시없는 '자유'가 찾아왔다. 이 자유는 해방 직후나 4·19혁명 직후와 유사한 것이면서도, 오래 지속되어, 돌이킬 수 없는 것이 되었다. 1987년 10월 제137회 정기국회 본회의는 언론기본법 폐지에 따라 새 '정기간행물 등록에 관한 법률안'을 통과시켰다.

엄살이 심한 업계는 1987년 가을부터는 오히려 잡지의 홍수를 걱정하게 됐다.[2] 『한국출판연감』은 아예 이 시기의 통계를 다르게 계산하고 있다.(350쪽 〈표 1〉 〈표 2〉 참조.)

오늘날에는 극우 남성 노인들만 볼 듯한 이미지를 가진 〈월간조선〉의 편집후기를 읽어보는 것으로 80년대 이야기를 시작하는 것도 아이러니일까?

일제시대의 월간지 〈조광〉(1935~1944)을 계승한 조선일보사의 〈월간조선〉은 1980년 3월, '서울의 봄'에 태어났다. 그래서인지 편집후기가 따뜻하다. "새봄과 함께" 각계에 이는 "민주화 바람"과 함께하겠다고 하고, 마침 20주년이 된 4·19를 기린다 했다. "민주"의 "역사를 되돌아보며, 앞으로 나아갈 길을 제시해보자는 뜻에서" '민주의 길'을 창간 특집으로 마련하기도 했다. "'민주의 길'이 어디 먼 곳이 있는 것이 아님을 믿"는단다. 박정희에 의해 해직됐던 교수들의 글도 실었다. 조금 놀랍다. 〈월간조선〉도 80년 '서울의 봄'에는 민주주의자였던 것이다. 그러나 그로부터 불과 2개월 뒤, 〈조선일보〉와 그 기자들의 일부는 참혹한 배신을 한다. 광주항쟁 때 앞장서서 사실을 왜곡·호도하고 전두환의 입이 됐다.

그렇게 80년대가 암흑과 끔찍한 폭력으로 시작해서 광명과 '붐'

|  | 일간 | 통신 | 주간 | 월간 | 기타간 | 계 |
|---|---|---|---|---|---|---|
| 1960. 12.13 | 112 | 237 | 429 | 433 | 167 | 1,376 |
| 1961. 5. 1(5·16혁명 직전) | 115 | 308 | 487 | 464 | 193 | 1,567 |
| 1961. 12. 31 | 38 | 12 | 33 | 178 | 83 | 344 |
| 1962. 7. 1 | 33 | 12 | 34 | 175 | 81 | 335 |
| 1963. 12. 31 | 34 | 8 | 38 | 156 | 82 | 318 |
| 1964. 8. 25 | 35 | 9 | 55 | 270 | 106 | 475 |
| 1965. 12. 31 | 39 | 10 | 104 | 352 | 164 | 669 |
| 1966. 12. 31 | 42 | 10 | 76 | 334 | 142 | 604 |
| 1967. 12. 31 | 43 | 10 | 81 | 340 | 145 | 619 |
| 1968. 12. 31 | 43 | 10 | 93 | 367 | 150 | 663 |
| 1969. 12. 31 | 43 | 10 | 94 | 388 | 168 | 703 |
| 1970. 12. 31 | 44 | 11 | 101 | 405 | 179 | 740 |
| 1971. 12. 31 | 44 | 7 | 100 | 469 | 232 | 852 |
| 1972. 12. 31 | 42 | 6 | 100 | 440 | 238 | 827 |
| 1973. 10. 31 | 37 | 6 | 112 | 485 | 275 | 915 |
| 1974. 10. 31 | 37 | 6 | 115 | 527 | 294 | 979 |
| 1975. 10. 31 | 37 | 7 | 114 | 637 | 406 | 1,201 |
| 1976. 12. 31 | 37 | 7 | 114 | 705 | 427 | 1,290 |
| 1978. 1. 1 | 37 | 7 | 117 | 695 | 581 | 1,337 |
| 1979. 1. 1 | 36 | 7 | 119 | 745 | 521 | 1,428 |
| 1980. 1. 1 | 36 | 7 | 121 | 768 | 544 | 1,476 |
| 1981. 1. 1 | 29 | 2 | 97 | 659 | 428 | 1,215 |
| 1982. 9. 1 | 29 | 2 | 136 | 780 | 576 | 1,523 |
| 1983. 9. 30 | 29 | 2 | 142 | 837 | 610 | 1,620 |
| 1984. 10. 31 | 29 | 2 | 142 | 946 | 646 | 1,765 |
| 1984. 12. 31 | 29 | 2 | 142 | 967 | 659 | 1,799 |
| 1985. 12. 31 | 30 | 2 | 158 | 1,027 | 694 | 1,911 |
| 1986. 12. 31 | 30 | 2 | 185 | 1,130 | 767 | 2,114 |

〈표 1〉 연도별 국내 정기간행물 등록 현황(1960~1986년) [3]

| 구 분 | 계 |
|---|---|
| 1987. 6. 29 이전 현황 | 2,241 |
| 1987. 6. 29~1988. 12. 31 등록 현황 | 1,200 |
| 1988. 1~12(1년간) 등록 현황 | 1,023 |
| 1988. 12. 31 현재 등록 현황 | 3,441 |

〈표 2〉 1987년 6월항쟁 이후 각종 정기간행물 등록 현황 [4]

으로 나아갈 수 있었던 것은, 한편으로는 대한민국이라는 나라가 계속 성장하며 경제 규모가 급격히 커지고, 다른 한편으로는 폭압과 통제에도 불구하고 문화가 다양해지고 있었기 때문이다. 전두환 장군은 정권의 정통성 부재를 '땜방'하고 민심을 무마하기 위해 86년 아시안게임과 88년 올림픽을 유치했다. 이런 세계적 메가 이벤트는 '국제화'와 경제성장을 가속화했다. 흥미로운 점은 이것이 폭압의 제한 요소이기도 했다는 사실이다. 즉, 군사독재의 정권의 발목을 잡는 굴레였으며, '민주화'를 위한 외적 조건이 되기도 했다. 6월항쟁 때 전두환은 '88올림픽 성공을 위하여'라는 명분 때문에 1980년과 같은 짓을 할 수 없었다.[5]

# 땅속의 말

한국 잡지 문화도 1980년대 중반에 이미 '붐'이 선언될 정도로 다시 '성장'하고 있었다. 그 시대의 중요한 소설가이자 언론인이었던 최일남은 "잡지 시대"가 열렸다고 진단했다. 이 "잡지 문화 전성시대"는 1984년 한 달에 발행되는 잡지 수가 총 2000여만 부, 즉 국민 두 사람에 한 권꼴이었고, 등록된 '합법' 정기간행물 수가 1704종이나 되었다.[6] 전두환의 부하들이 1980년에 172종의 잡지를 없앴지만, 그의 또 다른 부하들은 더 많은 잡지에 '登錄許可(등록허가)' 도장을 땅땅 찍어주어야 했던 것이다.

표면적으로 "80년대 들어 크게 늘어난 잡지 분야는 경제지와 취미오락지, 음악지, 컴퓨터산업지 등"이었다. "70년대에 2종밖에 없던 경제지가 7종으로 늘어났다든지 전무하던 컴퓨터 관계 과학지가 크게 늘어난" 것이다. 한국 자본주의가 고도화되고 있다는 증거일 것이다. 당연히 이는 "잡지의 전문화 시대를 시사하는 것"이라 해석할 수 있다.[7] 이는 물론 달라지는 문화적 정황을 포착한 것이기는 했지만, 어떤 면에서는 일면적인 해석이라 할 수도 있겠다.

왜냐하면 첫째, 언론인·출판인과 지식인·학자 등등 그리고 일반 시민도 1980년대 내내 정권의 탄압에 맞서 언론·출판의 자유를 위해 계속 투쟁해야 했기 때문이다. 예컨대 1985년의 정세는 복잡했다. 1984년에 폭압이 다소 완화되어 사회의 여러 면에서 '자유' '민주'를 향한 몸짓이 터져 나오고 잡지도 여럿 새로 창간되어 뭔가 희망적인 분위기였다. '학원 자유화' 조치도 시행되었다. 그러나 정반대 방향의 일도 함께 일어났다. 정권은 그해 5월 대학가의 서점을 일제히 압수 수색하여 책을 걷어 가고, 12월엔 말을 잘 안 듣는 출판쟁이들에게 본때를 보이기 위해 아예 창작과비평사를 등록 취소시켜버렸다. 80년대식 '분서갱유'는 계속되고 있었다.

1985년 6월에 창간된 〈말〉은 그 제목부터가 상징적이다. "거짓과 허위, 유언비어" 그리고 군사정권의 언론 통제가 진정한 '말'을 막고 있는 상황에서 "참된 언론이란 어떤 것이며 어떤 것이 되어야 하는가를 보여주"기 위해 '말'을 제호로 삼아 창간된 것이다. 이 창간사는 유신 때 〈동아일보〉 편집국장을 하다 후배 기자들이 무더기로 해직당하자 함께 사표를 던지고, 후일 〈한겨레〉의 사장이 된 송건호가 썼다. 〈말〉의 창간사에서 송건호는 당시 한국 언론의 과제 네 가지를 정리해두고 있다. 우선 신군부가 만든 언론기본법의 폐지, 기관원의 신문사 출입 중지 등 부당한 간섭의 중지다. 그리고 그와 함께, "언론 기업은 타 기업과의 경영적 유대를 끊고 기업 면에서 완전 독립적이어야" 함을 내세운 것이 인상적이다. 80년대에도 이미 언론의 재벌화 또는 재벌의 언론 장악으로 편집권의 침해가 있었던 것이다.

고등학생 시절 어쩌다 처음 〈말〉을 보고 가슴이 '쿵쾅쿵쾅'거릴 수밖에 없었다. 신문, 방송에는 전혀 나오지 않는 내용들이 보도돼 있을 뿐 아니라, 특히 전두환의 입들이 운영하던 소위 '보도지침'이 폭로되었기 때문이다. 1986년 9월의 일이었다. 이 폭로로 세 명의 언론인이 국가보안법 위반 및 국가모독죄(!)로 구속됐다.

지금 법조인이 된 대학 동기 하나는 1990년에 군에 갔는데 사병 신분으로 휴가 나왔다가 몰래 〈말〉을 병영에 들여와 읽고는, 다

읽은 페이지를 한 장씩 찢어 땅속에 묻었다 했다. 여전히 〈말〉이 불온 잡지처럼 여겨지고 있었기 때문이다. '말'이 묻힌 병영의 땅속, 군부독재 시대를 상징하기에 딱 좋다.


## 깊고도 넓은 언더그라운드와 새로운 실천

그래서 둘째, 『한국출판연감』이나 최일남이 언급한 잡지의 현황이 불충분한 것은 군사정권의 문화공보부에 등록되지 못한 또는 등록을 거부한, 문자문화의 거대한 다른 지층 때문이다. 1980년대의 이 거대한 '언더그라운드'를 보면 한국인들과 젊은이들은 엄청난 속도로, '전문화'가 아니라 '정치화·통합화'되고 있었다고 말해야 한다.

이 언더그라운드 때문에 80년대는 다시없을 잡지의 한 시대, 그리하여 지성사·문화사의 별난 한 세월이 되었다. 80년대는 비합법·반합법적인 인쇄 매체, 팸플릿과 무크 시대였던 것이다. 알다시피 무크mook는 잡지magazine와 단행본book의 중간 형태 혹은 합성물이다. 무크를 내는 사람은 등록 절차 때문에 언론기본법의 억압을 피하고, 문공부 말단 관료의 얼굴을 보는 귀찮은 일 없이 잡지를 낼 수 있었다.

최초의 무크지로 일컬어지기도 하는 〈실천문학〉도 1980년 3월에 박태순 등에 의해 창간된다. 〈실천문학〉은 고은, 박태순, 이문구, 송기원, 이시영 등 자유실천문인협회 소속 문학가들이 주도가 되어 만든 잡지였다. 1985년에 계간으로 바뀐다.

임헌영에 따르면 1980년의 〈실천문학〉 창간은 '참여 대 순수'의 구도하에서 해석될 수 있는 것이었다. 즉, 70년대 문학 운동에 대한 "자체 평가와 자기반성" 과정에 의해 촉발되고, 또 "비참여문인 내지 중도적인 문인들의 참여론으로의 유도"[8]가 무크지 창간의 목적이었다는 것이다. 그러나 박태순은 이를 넘는 생각을 갖고 있었다. 〈실천문학〉의 '실천'은 오래된 '순수 대 참여'의 구도가 더 이상 유효하지 않다는 인식에서 선택된 개념이었다. 즉 "'순수/참여'가 문학 자체를 고립된 어떤 것으로 사회와 분리시키고 도리어 삶과 분리를 시킨 점이 있었던 것을 이제 한계로 인식한 바탕에서 나온 개념"[9]이라는 것이다.

이처럼 60, 70년대 문학에서 '참여 대 순수'가 얼마나 큰 주박이자 주술이었는지, 그리고 그것을 극복·대체하는 일이 얼마나 중요했는지가 여러 창간사에서 드러나 있다. 1984년에 창간된 〈외국문학〉도 예외가 아니다. 〈외국문학〉의 태도는 '참여적 순수' '순수적 참여' 같은 말에 집약돼 있는데 사실 조금 뒤늦거나 안이한 것이다. 이미 〈실천문학〉이 예시하듯, 기성의 '참여 대 순수' 구도를 훨씬 뛰어넘는 새로운 문학판이 펼쳐지려 하고 있었다. 그러나 〈외국문학〉 창간사는 '문지/창비'가 없어지고 난 뒤의 지식인 문학판의 상황을 정리해주고 있어 참고가 된다.

무크 〈실천문학〉 창간사는 독특한 이야기체로, "우리 문학의 주제인 민중의 각성되어진 출현"을 내다보고 있다. 글에서 길게 읊은 "보천보 뗏목꾼들의 살림"이란 외세와 압제에 수탈·억압당하는 민중의 삶을 의미한다. 70년대적 민중주의와 새로 더 강렬한 내용으로 도래할 민중주의를 연결하는 지점에 이 무크가 서 있었던 것이다. 그러나 이 창간사에서 '민중'보다 좀 더 강한 키워드는 '민족'으로 보인다.

> 자유실천문인협의회는 이 같은 일제 잔재의 문학적 청산, 그것을 실천하기 위해서는 먼저 봉건 잔재 문화의 청산을 전제하며 문학의 자유 그것은 곧 인간의 자유 그것이어야 하는 모든 인간의 존엄성에 대한 연합적 창조 행위에 삶의 과제를 두고 있다. 바로 이 같은 보편적 기반 위에 민족문학의 새로운 전개를 실천하고 있는 것이다.

저 같은 민족주의적인 인식의 맥락은 무엇인가? 70년대 후반 혹은 80년대 초의 사람들은 민족문학·문화의 수립과 자유·통일을 민족국가의 완성에 등치시키고 이를 남한 사회운동의 총론적 과제로 생각했다. 어쩌면 주체사상 수용 이전의 민족해방론NL이라 할 수도 있겠는데, 여기에 별로 예외가 없었다. 이를테면 김남주, 홍세화 등이 참가한 남조선민족해방전선도 그랬다. 이 같은 생각은 사회구성체론과 변혁론이 깊어지고 운동 노선이 NL과 PD로 완전히 분화하기까지 꽤 오랫동안 광범위했다. 그 시대의 한국은 실제로 '식민지 반자본주의' 사회이자 제3세계 개발도상국이었거나, 대부분의 논리에서 그렇게 간주됐던 것이다.

한편 한국(인)의 집단―자아 이미지를 투사한 그 같은 (사회과학적) 용어가 시대에 따라 달라져왔다는 점을 지적하고 넘어가자. 60년대의 그것은 '후진국', 70년대는 '후진국' '제3세계 국가' 혹은 '개발도상국'이 병용됐으며, 80년대에도 주로 '개발도상국'이었다. 운동 사회에서는 '신식민지 국가독점자본주의' 같은 고도의 분석이 동반된 용어가 쓰였다. 그러다 누구인가 '중진국' 운운했을 때 비웃음을 당하기도 했다. 하지만 90년대를 경과하면서 언제부터인가 (미증유의 IMF 경제 위기를 겪고도) '후진국' '제3세계 국가' '개발도상국' 같은 말은 아무도 쓰지 않게 됐다. 2000년대 들어서는 그 이전에 쓰던 맥락과 다르게 '선진화' 따위의 말이 많이 쓰였다. 물론 이런 점이 잡지 창간사들에도 나타나 있다.


## 무크의 시대

사실 〈실천문학〉이 나온 시점은 아직 〈창비〉와 〈문지〉 등이 폐간되기 이전이었다. 따라서 단지 전두환 정권의 언론 정책만이 아니라 문학·문화운동의 논리가 먼저 무크를 배태한 것이라 볼 수 있다. 1982년부터 무크 발간이 활성화되기 시작하여 1983년이 되면 "'무크 운동'이라고 부를 만한 흐름"[10]이 뚜렷하게 자리 잡는다. '무크 운동' 은 언론기본법이 폐지되고 정기간행물의 등록이 자유로워지는 때까지 이어졌다. 확인할 수 있는 무크지들의 제호를 들면 다음과 같다.[11]

(1) 문학 일반
〈실천문학〉〈문학의 자유와 실천을 위하여〉〈우리 세대의 문학〉〈언어의 세계〉〈문학의 시대〉〈지평〉〈전망〉〈삶의 문학〉〈공동체 문화〉〈문학과 역사〉〈우리문학〉〈민중〉〈문학과 예술의 실천 논리〉〈한국문학의 현단계〉〈작가〉〈작단〉〈창비 1987〉

(2) 시 전문 무크와 시 앤솔로지 등
〈반시〉〈자유시〉〈목요시〉〈시운동〉〈오월시〉〈시와 경제〉〈열린 시〉〈시인〉〈민중시〉〈13인 신작시집—우리들의 그리움〉〈21인 신작시집〉〈진단시〉

(3) '현장 민중문학' 및 르포 문학 무크
〈르뽀시대〉〈땅의 사람들〉〈현장문학〉〈청춘〉(공동체, 1985)〈우리들〉(한울, 1984)〈전망〉(풀빛, 1984)〈현장〉(돌베개)

(4) 지역 문학 운동 무크
〈삶의 문학〉(대전)〈지평〉(부산)〈마산문화〉(마산)〈민족과 문학〉(광주)〈민족현실과 지역운동〉(광주)

(5) 역사학, 철학, 교육, 사회과학 등에 관련된 무크

〈녹두서평 1〉〈현단계 87〉〈역사비평〉〈한국사 시민강좌〉(이상 모두 1987년에 창간)[12] 〈한국사회연구〉〈제3세계 연구〉〈시대와 철학〉〈현실과 과학〉〈노래〉〈민중〉〈민중교육〉〈교육운동〉

이외에 김성종이 주재한 〈미스터리〉(1983) 같은 추리소설 무크도 있었다.[13] 위의 목록을 보면 무크지 운동은 성장한 민중의 문학적 표현 욕망이 중요한 동인이었다는 김문주의 논의가 맞다. 즉, 80년대 무크지는 단지 부정적 현실에 의해 추동된 기성 문학 주체들의 응전이나 70년대 문학 운동의 계승이 아니다.[14] 그것은 문학 제도 바깥의 '타자'들에 의해 주도된, 주류 문학에 대한 대안적 문화운동의 일환이기도 했다. 이 '타자'나 '비주류'에는 젊은 문학청년들과 지역의 문학가들도 포함돼 있었다. 이런 문학·문화운동은 무크를 중심으로 새 전기를 맞았다.[15] 그 몇 가지 사례를 살펴본다.

김도연, 홍일선, 박승옥, 김정환, 황지우, 나종영, 김사인 들의 〈시와 경제〉(1981)는 80년대 시 운동의 대표적 동인 무크지다. 면면에서 보듯 이 동인들은 각각 문학적으로 실험적이고 정치적으로 전위적인 활동을 해서 성과를 남겼다. 1982년엔 박노해를 이 동인지에 등장시켰다.

〈시와 경제〉의 창간사는 '짧고 굵게' 살다 간 김도연(1952~1993)에 의해 쓰였다. 그는 1980년대 민족·민중문학 운동의 가장 중요한 평론의 하나인 「장르 확산을 위하여」(1984)의 필자였고 뒷날 월간 〈말〉의 초대 편집국장을 지냈다. 「장르 확산을 위하여」는 급진적이고도 흥미로운 문학·문화 의식을 담아 많은 영향을 끼쳤는데, 김도연은 민중 자신이 생산의 주체인 '생활 문학'을 제창하여 (프티)부르주아 지식인에 의해 생산되는 지배적인 문학과 제도화된 문학 장르 개념을 탈피할 것을 주장했다.

'언어 질서의 변혁을 바라며'라는 강한 제목을 단 〈시와 경제〉

의 창간사는 '시와 경제'라는 신선한 제호가 어디에서 왔는지를 설명하는 것으로 시작한다. 이 글은 「장르 확산을 위하여」와 대구를 이루고 있다. "여러 갈래 예술 작업과의 유기적 협력"과 "시의 개념과 영역이 대폭 확장되어야 할 필요성"이라든가 "기존 언어의 모든 개념은 다시 검토되어야" 한다는 주장을 통해 전위적인 문학관을 드러내주는 것이다. 김도연의 문학관과 언어관은 이 글에 표명된 다소 '70년대스러운' 사회관·분단관보다 조금 더 나가 있었던 것으로 보인다. 이는 민중·민족문학 운동이 공식주의적인 사회주의리얼리즘론에 완전히 접합되기 이전의 건강한 가능성을 내포한 것이기도 했다.

80년대의 문화운동은 전방위적인 것이었다. 노래, 공연 예술, 영화 등의 분야에서도 70년대 이래 축적된 민중문화운동의 역량은 총체적인 힘을 발휘했다. 대학가 노래패들에서 '노래를 찾는 사람들'로 이어진 80년대 노래 운동은 대학가와 노동 현장의 정서와 소리 풍경(사운드스케이프)을 극적으로 바꾼 가장 큰 힘이었다. 그 앞에서는 조용필이나 주현미는 물론, 팝과 록의 힘도 상대화되었다고 감히 말할 수 있다. 수많은 민중가요·운동가요가 자생적으로 만들어지고 또 의식적으로 창작되어 80년대 대항문화의 근저를 이뤘다.

무크지 〈노래〉(1984)는 그 증거의 하나다. 이 잡지는 "80년대 노래 운동의 이론적 구심"이었으며 그 자체로 생동하던 노래 운동의 상징이었다.[16] 창간호에서 〈노래〉는 "노래 매체"라는 신선한 개념을 내세우며 강하게 대중음악과의 대항 전선부터 설치한다. "기존의 노래 문화가 민중들의 진실된 삶의 과정으로부터 완전히 유리된 채 몽환적이고 허구적인 현실의 껍데기만 폭력적으로 제시함으로 하여 현실을 철저히 왜곡하고 있"고 "대중가요의 엄청난 파급효과를 극복하지 않고서는 어떠한 실천적 문화운동도 지극히 제한적인 성과밖에 거둘 수 없겠"다는 인식 때문이다. '대중(성)'과 '민중(성)'을 이분법적으로 대립시키고 있는 이런 인식은 80년대에는 흔한 것이었는데, 창간사에 이름이 명시된 편집 동인들이 계속 이런 관점을 유지한 것은 아니라 보인다.

특별한 점은, 이 무크지가 단지 노래 운동의 이론과 이념의 정립에 바쳐진 것만이 아니라는 사실이다. 창간사에 명기된 것처럼 "〈노래〉지의 가장 중요한 사명은 노래 운동의 실천 과정에서 새롭게 만들어지고 수집되어진 노래를 악보화하여 널리 알리는 일"이었던 것이다. 즉, 〈노래〉는 민중가요 신곡 악보집이기도 했다. 그리하여 〈노래〉는 대학생과 노동자 들에게 사랑받아 전국의 노동조합 사무실이나 대학 동아리방에서 굴러다니고 또 복제됐다. 이영미의 증언에 따르면 〈노래〉 1집은 공식적으로도 7쇄 이상 인쇄했고 〈노래〉 1, 2집은 둘 다 10년 세월을 넘어 90년대 중반까지 계속 팔렸다 한다.

## 복사의 네트워크와 전국적 정치신문

무크와 함께 여러 조직과 단체들이 만든 비합법적인 기관지와 잡지들이 있었다. 이들 역시 '법'을 피하여 나온, 잡지는 잡지로되 '부정기 간행물'이었다. '연속간행물'로서는 뭔가 자격이 부족했고 단행본으로 볼 수도 없는 이들이 복사기와 마스터 인쇄로 쏟아져 나온 팸플릿과 함께 불법·비합법 구텐베르크 은하계를 이뤘다.

1980년대란, '어른'들이 보기에는 '싸가지' 없기로 세계에서 둘째가라면 서러웠을 지상 및 지하의 운동권 학생 녀석들은 물론, 국졸·중졸밖에 안 돼 '못 배워 처먹은' 온갖 노동자 '무지렁이'들이 잡지니 소식지니 노보 따위를 만든다고 나섰던, 위대한 시절이다. 물론 이들 중에는 꽤 모양과 내용을 제대로 갖춘 것들도 있었다. 그리하여 점잖은 남자—어른—엘리트들의 지성과 철옹성 같은 글쓰기의 권위도 심절하게 위협을 받았다.

80년대가 복사複寫의 시대이기도 했다는 사실이 강조돼도 좋을 것이다. 70년대 중반 이후에 건식 복사기가 관공서와 기업에 보급되기 시작했고[17] 70년대 말부터는 '대중화'되었다. 복사기의 다량 보급이 만들어낸 문화적 효과는 대단한 것이었다. 일일이 손으로 '필사'하거나 '가리방'으로 만들어 뿌리던 정보에 대한 접근성이 달라졌다. 즉, 정보 보관 방법, 정보 재생산 및 유통 방법이 바뀌어버린 것이다. 인쇄 매체의 대중적 대량 복제가 가능해져서 합법과 비합법의 경계가 흐려지고 언더그라운드의 넓이는 무한대로 확장되었다.[18]

내가 대학가 주변의 '인문사회과학 서점' 주변을 어슬렁거린 것은 1987년부터였는데, 그 한켠에는 무슨무슨 단체의 '소식지' 따위들과 함께 '전국적 정치신문NPN'이 손님들의 눈에 들기 좋은 자리에 진열돼 있었다.(물론 탄압 때문에 이 코너는 어느 날 갑자기 통째로 사라지기도 했다.) '정치신문'으로 노동자계급의 전위 조직을 만들고 선전해야 한다는 레닌주의 정치조직 노선을 따라 만들어졌을 그 '신문'들은 '노동자의 길' '노동계급' '선봉' '여명', 심지어 '이스크라'[19] 같은 이름을 달고, 지금은 다 없어져버린 그 시대의 플랫폼 제작 도구인 타이프라이터와 '가리방'으로 만들어지다가, 조금 뒤에는 워드프로세서나 286 컴퓨터로 제작되어 300~1000원 정도 하는 가격에 팔리고 있었다. 그 극성기는 1988~1992년으로 생각된다.

이 책에 실린 〈노동자의 길〉은 그 '신문'의 하나다. 인천지역민주노동자연맹, 즉 인민노련으로 약칭된 이 조직은 PD 계열의 대표적인 '전위 조직' 중 하나였다. 그러나 창간사는 '노동 형제'에게 보내는 비교적 소박한 글이다. 이 글에 나타난 언어는 NL 계통의 말들이지만, 인민노련은 가장 먼저 합법화와 민중 정당 건설 노선을 채택했고 민주노동당의 창당에도 결정적인 기여를 했던 조직의 하나다. 창간호에서도 따로 '논설'을 마련하여 '정세 분석'과 '투쟁 방향'을 내놓고 전국적 노동자 정치조직의 건설을 주장하고 있었다. 노회찬, 조승수 같은 정치인이 이 조직 출신이다.

물론 그런 '신문들'의 가격이나 발행 주기 같은 것은, 당시의 구로구나 관악구 또는 인천이나 신촌 어딘가의 어느 골방 또는 사무실에서 몇몇 깡마른 장발 청년들이 정세와 형편에 따라 정한 것이다. 그리고 그들의 노동자나 학생 '동지'들이 몰래 학생회나 노조 그리고 인문사회과학 서점을 통해 배포한 것이다.

이런 '신문·잡지'들은 문공부에 등록과 납본 절차가 있다는 것을 모르거나, 알면서도 전혀 무시한 것들이며, 그들의 독자가 혹 재수 없게 경찰이나 안기부원의 손에 포획될 위험에 처하면 가장 먼저 치워지고 불태워지던 위험한 것들이다. 그런 것을 읽거나 배포한다는 것은 당장 국가보안법상의 '이적표현물 제작과 소지', 그리고 더 재수 없으면 '이적단체 가입과 구성에 관한 법'을 위반하는 것이었다. 더 불운하다면, 영화 〈남영동 1985〉에 묘사된 것과 같은 무자비한 고문과 불법감금 그리고 징역살이의 대상이 될 수도 있었다.

1980년대의 거대한 언더그라운드 문자문화는 민주화운동기념사업회나 성공회대의 아카이브로 일부 복원이 돼 그 모습을 짐작할 수는 있다. 그러나 이 '비등록' 간행물들의 종류나 종 수에 대한 본격적인 연구는 거의 없다. 그들의 기본적인 역사와 의미에 대한 논의만으로도 적어도 박사 학위논문이 두어 편은 나와야 될 듯하다.

흥미롭게도 〈녹두서평〉의 창간사는 이 문제와 결부된 당시 사회과학 독서 시장의 전반적 현황과 함께 비합법 출판물 수용 풍토에 대해 말하고 있다. "최근 들어 독자 대중의 상당수가 복사물의 형태로 대량 유포되는 '팜플렛' 등과 같은 비합법 출판물을 통해 우리의 정치 현실에 대한 그들의 학문적·사상적 지향을 충족시킴으로써 사회과학 출판물의 상당수가 독자 대중으로부터 외면당하게 되는 결과를 낳았다"는 것이다.

창간사의 필자는 이러한 현상의 원인이 "외부적 억압" 탓에 "기존의 사회과학 출판계가 독자 대중의 요구"를 충족시키지 못하는 데 있다고 진단한 후, 약간 과장된 어조로 이런 상황이 "사회과학 출판계의 위기"이며 "사회과학 출판계의 존재 그 자체가 위협받을 상황"이라 한다. 한마디로 "사회 현실에 따라 민감하게 변화하는 독자대중의 학문적·사상적 지향"이 팸플릿 등 비합법 출판물의 존재와 사회과학 출판의 풍토를 좌우하고 있다고 이해하면 되겠다.

〈녹두서평〉지의 성격은 미묘하다. '서평'을 제호에 내세웠지만, 서평 전문지가 아니다. 장편 연작시를 권두에 내세우고, 특집으로 '민주주의혁명과 제국주의'를 배치하여 사회과학 논문들을 실었다. 설명에서 보듯 이 특집은 현실의 논쟁에 개입하기 위한 배치다. 그리고 '서평'란이 넓긴 한데 책뿐 아니라 "독자 대중에게 권할 만하다고 판단되는 국내외의" 논문에 대한 비평도 실었다. 시와 사회과학, 그리고 '정세'에 대해 즉각 대응하는 담론, 이 복잡미묘함이 '80년대적' 종합성이 구현된 하나의 형태가 아닌가 싶다.

비정상(?)적인 사회과학 출판계의 현실을 지양하고 "사회 현실과의 치열한 대결 과정을 통해 구체화된" 체계적인 논의를 담고자 한 이 잡지 자신은 '무크' 같은 비정규적 양식에 따라 출간되었다. 그리고 독자 대중의 요구에 맞추려다 보니, 출판사는 1980년대 대표적인 필화 사건을 겪게 됐던 것이다. 뒤에서 다시 살핀다.

이 같은 비합법·반합법 문자문화의 시대는 1987년에 언론기본법이 폐지되어 언론 자유가 법으로 보장되고 1991년 5월투쟁에서 진보 진영이 패배하면서 서서히 종국을 맞는다.

## 필화와 압수·금지 목록들

사례를 통해 결코 평탄하지 못했던 이 비합법·반합법 잡지들의 운명을 보고 넘어가자. 1987년 10월 19일 서울형사지법 박병휴 판사는 각각 28세였던 녹두출판사 대표 김영호와 전무 신형식에게 국가보안법 위반 혐의로 징역 3년에 자격정지 3년, 징역 2년에 자격정지 2년 그리고 집행유예 3년씩을 선고했다. 『세계철학사』〈녹두서평〉 등의 '이적표현물'을 출판한 죄다.

'녹두'가 고난을 당한 직접적인 계기는 1987년 3월 창간호에 실린 이산하의 장편 연작시 「한라산」 때문이었다. 창간사는 흥미롭게도 "부천의 이산하 님"이 "훌륭한 작품을 우송해주신" 것을 원래 "단행본으로 발간할 예정이었으나 사정에 의해 〈녹두서평1〉에 게재"했다고 경위를 설명하고 있다.

> 지금으로부터 어언 120여 년 전 / 동아시아의 해군기지로서 조선이 결정된 지 / 80년의 모진 세월이 흐른 1945년 불볕 여름, / 한 손엔 '빵'과 또 다른 한 손엔 '해방군'의 탈을 쓰고 / 발톱까지 무장한 채 당당하게 상륙한 그들은 / 마침내 / 순결한 조선의 하늘과 푸른 산하를 두 토막으로 분질러 놓았다.[20]

이렇게 시작하는 이 유명한 시는 제주4·3사건과 한국 현대사 자체를 '미제'의 침략과 그에 대한 항쟁사로 규정했다. 물론 이런 식의 역사관은 당시 유행하던 민족해방파의 역사 인식과 궤를 같이한 것이었다. 시를 쓴 이산하도 출판사 대표들과 함께 국가보안법 위반 혐의로 구속돼 4년형을 선고받고,[21] 이듬해 노태우 정권 출범 특사로 풀려났다. 이산하가 재판받을 때 국내외의 문인·지식인들이 '표현의 자유'를 주장하며 함께 싸웠다. 하필 1988년에 서울에서 국제펜클럽대회가 열렸는데, 미국의 대표적인 여성 비평가 수전 손택 Susan Sontag이 미국 펜클럽 회장의 자격으로 이 척박한 검열 공화국의 시인 투옥에 강력히 항의하기도 했다.[22]

6월항쟁 직후 전두환 정권은 유신 말기인 1977년부터 10년간 금서로 묶어놨던 도서 650종 중 431종을 '출판 활성화 조치'에 따라 '판매 금지 종용 대상'에서 해제했다. 이는 '문화 예술 자율화 대책'에 따라 70년대 이래의 금지 가요 해제에 이어진 조치였다. 이때 암암리에 돌던 금서 목록이 처음 세상에 공개됐다.

이에 따라 해제된 판금 도서는 "문학·예술 분야에서 김지하의 『오적』, 님 웨일즈의 『아리랑』, 김학동의 『정지용연구』 등 118종, 정치 분야에서 이경재의 『유신쿠데타』, 마이니치신문사 편 『김대중 납치사건의 전모』 등 102종, 사회 분야에서 황석영의 『죽음을 넘어 시대의 어둠을 넘어』 등 103종, 경제 분야에서 김대중의 『대중경제론』 등 59종, 종교·철학 분야에서 노바크의 『실존과 혁명』 등 32종, 역사·교육 분야에서 조엘 스프링의 『교육과 인간해방』 등 17종" 등이었다.

그러나 181종의 책에 대해서는 사법 심사를 의뢰함으로써 계속 금서로 묶었으며 월북 및 공산권 작가의 문학작품 38종은 해금을 유보했다. 즉, 219종의 도서는 계속 '금서' 상태에 남게 된 것이다. 구체적으로 "사법적 심사에 의뢰함으로써 계속 금서로 묶이게 된 도서는 정치 분야에서 님 웨일즈의 『아리랑 2』, 브루스 커밍스의 『한국전쟁의 기원』, 박사월의 『김형욱 회고록』 등 78종, 경제 분야에서 카를 마르크스의 『자본Ⅰ—1, 2, 3』 등 31종, 사회 분야에서 『전공투—일본학생운동사』(다카지와 고오지), 마르쿠제의 『해방론』 등 20종, 종교·철학 분야에서 『루카치』(F. J. 라디츠 저) 등 27종, 역사·교육 분야에서 『한국민중사Ⅰ, Ⅱ』(한국민중사연구회 저) 등 16종"이었다.

그러나 〈녹두서평〉은 재판에 계류 중이라는 이유로 계속 금서로 묶여 있었다.[23] 그리고 녹두출판사 대표 김영호와 전무 신형식이 서울형사지법 박병휴 판사로부터 국가보안법 위반죄로 각각 징역 3년에 자격정지 3년, 징역 2년에 자격정지 2년 그리고 집행유예 3년씩을 선고받은 날은, 이 금서 해제 조치가 시행된 바로 이틀 뒤였다.[24]

6월항쟁 이후에도 필화나 탄압이 다 사라진 것은 아니었다. 창비는 가장 혹독한 80년대를 겪은 출판사라 하지 않을 수 없다. 1980년에 〈창비〉가 폐간당했고 1985년에는 아예 출판사가 등록 취소를 당했다. 1989년 11월에도 소설가 황석영의 북한 기행문 「사람이 살고 있었네」를 〈창비〉에 실었다는 이유로 주간 이시영이 구속되었다. '이적표현물 제작·반포·통신·연락·편의제공'이라는 국가보안법 위반 혐의였다. 1988~89년에 불붙은 통일 운동과 문익환 목사, 임수경 씨, 문규현 신부 등의 잇따른 방북에 당혹한 당국이 '공안정국'을 조성하려는 의도에서 벌인 일이었다 한다. 6월항쟁으로 얻은 자유는 제한적인 것이었고, 특히 국가보안법이 획기적으로 개정되거나 없어지지 않고 그대로였기 때문에 언제든 '법'은 출판사와 잡지를 없애거나 '잡지쟁이'들을 감옥에 집어넣을 수 있었던 것이다. 1989년의 탄압에 즈음하여 〈한겨레〉가 정리한 80년대 문학 필화 사건의 일지는 다음과 같다.[25]

△ 80년 6월 ＝ 광주항쟁을 다룬 시 「아 광주여 우리나라의 십자가여」(《전남매일신문》)의 시인 김준태 씨, 연행과 함께 전남고 교사직 파면.
△ 80년 8월 ＝ 시 「일어서라 꽃들아」를 쓴 조진태 씨, 계엄 포고령 위반으로 구속.

△ 81년 5월 = 일간지 연재소설 「욕망의 거리」로 작가 한수산·씨와 정규 씨 등 신문사 관계자 5명이 관계 기관에 연행·감금.

△ 87년 5월 = 재미 교포 북한 기행문 「분단을 뛰어넘어」와 관련, 예림기획 대표 정병국, 지평 대표 김영식 씨 구속.

△ 87년 11월 = 시인 이산하 씨, 장시 「한라산」으로 구속. 작품이 실린 〈녹두서평〉을 펴낸 녹두출판사 대표 김영호, 편집부장 신형식 씨도 구속.

△ 88년 8월 = 서울대 5월제에서 공연한 희곡 「통일밥」의 작가 주인석 씨 구속.

△ 88년 11월 = 재미 교포 북한 기행 「미완의 구향일기」 펴낸 도서출판 한울 대표 김종수 씨 구속.

△ 89년 5월 = 월간 〈노동해방문학〉 발행인 김사인, 편집국장 임규찬 씨 구속.

△ 89년 7월 = 이철규 사건을 작품화한 「나는 이렇게 죽었다」 집필에 참여한 백진기, 임형진, 안현숙, 유명희, 고영숙, 오승준 씨 등 6명 구속.

△ 89년 7월 = 시인 이기형 씨, 장시 「지리산」으로 불구속 입건.

△ 89년 11월 = 황석영 북한 기행문을 게재한 〈창작과비평〉 주간 이시영 씨 구속.

# 80년대적인 것과 문학

"잡지의 시대"라 했던 앞의 〈동아일보〉에 따르면 "대조적으로 문예지는 매우 저조한 기록을 보이고 있"으며 "문학 독자들의 외면으로 경영난에 빠진 경우도 많다"는 것이다. 80년대 하면 '문학의 시대' 아닌가? 어떤 이는 "멜로디(노래)의 시대"라고도 했다. 따라서 80년대는 '문학의 시대'이자 '사회과학의 시대' 그리고 '시의 시대' '멜로디(노래)의 시대', 그 모든 것을 합친 시대였던 것이다.

그런데 왜 문예지가 안 읽혔을까? 〈동아일보〉의 분석 기사는 헛다리를 짚고 있었다. "독자들이 삶의 절실한 현장이나 체험을 양식으로 삼기보다는 가벼운 읽을거리나 단세포적인 것을 찾는 경향에서 연유되고 있다"[26]는 것이다. 이 또한 오버그라운드만의 상황이거나 기성세대의 시각일 뿐이다. '합법' 정기간행 문예지들이 놓친 독자의 관심은, 다종다기多種多岐한 언더그라운드와 '비합법' '문학'이 누리고 있었다. 당시의 젊은 독자들은 〈문학사상〉〈현대문학〉〈한국문학〉 등만으로는 전혀 만족하지 못하고 있었던 것이다. 살핀 대로 이미 당시 젊은이들은 급진적이고 탈냉전적인 사상과 학문 그리고 리얼리즘 '문예'에 기울어 있었다.

그리고 한 가지 더. 80년대 문학은 노동자들의 글쓰기와 참여로 특징 지워진다. "대학생 친구 하나만 있었으면"이라는 말을 남기고 1970년에 분신한 노동자 전태일이나, 1980년 광주에서 죽은 젊은 기층 민중—대학생의 연대체가 연대에 관한 윤리적 요청을 당시의 대학에 발신했다. 또한 '계급 철폐'의 논리인 마르크스·레닌주의가 대규모 '존재 전이'를 남한 대학생 사회에 요구했고, 또 그것을 가능하게 하는 듯했다. 그 바탕에는 정신·육체노동의 구별 및 노동 분업의 폐절이라는 유토피아적 상상이 있다. 그래서 이에 입각한 하방·상방의 상호 연쇄 운동이 일어났고, '읽고 쓰는 능력'의 분배와, 프롤레타리아와 프티부르주아 계급 사이의 지적·문화적 위계 구조 사이에는 미증유의 교란攪亂과 혼융이 발생했다. 이 윤리적·이념적·지성사적 동학은 70, 80년대 정신사 전체와 같은 무게를 갖고 있다고 생각된다. 다양한(?) 이념적·윤리적 동기를 갖고 80년대 대학생들은 조직적·개별적으로 '현장'에 투신했다. 그 규모가 절정에 달한 것은 80년대 중후반이었다. 도무지 정확한 수를 알 수 없지만, 가장 많았을 때 1만여 명의 '학출'이 '현장'에 있었다고 추정된다.[27]


## 노동의 '새벽'

대학생들의 야학과 노동조합 활동, 지역 노동자문학회 등의 활동들을 통해 '아래로부터' 꿈틀거리고 있던 '노동자계급의 문화적 진출'의 촉매가 되었다. 노동자계급은 스스로 노조와 정치 파업을 벌였을 뿐 아니라 '문학'에 진출했던 것이다.

특히 1984년 연말에 출간된 박노해의 『노동의 새벽』은 당시의 '문학' 및 지적 풍토 전반을 충격하고 바꿨다. 운전기사이자 노동자였던 박노해는 등장하자마자 평론가들이 뽑은 '올해의 시인' 중 한 사람이 되었고, 수없이 많은 아류를 만들어내기 시작했다. 『노동의 새벽』은 "엘리트 문학인에게 충격과 콤플렉스를 주기에 충분했"을 뿐 아니라, 꽤 대중적으로 읽혔다. 1985년에 『노동의 새벽』은 시 부문 베스트셀러 10에 올랐으며, "단위 사업장의 노보나 노조 신문"에 "유독 박노해의 시가 많이 실리"기 시작했다.[28]

시집 『노동의 새벽』의 출간 과정에는 채광석이라는 지식인의 역할이 컸던 것으로 전해지지만, 『노동의 새벽』의 수용과 전파는 그 정반대의 벡터를 보여준다. 즉, 이 '문학'은 지식인의 영향을 완전히 벗어나는 노동계급의 '성장'을 상징하는 것일 뿐 아니라 지식인 문학가들에게 새로운 문학관과 자기의식을 갖게끔 만들었다. 채광석은 박노해 문학이 "즉자적 민중에서 대자적 민중으로 전화하는 그 과정의 한복판을 정통으로 꿰뚫고 흐름으로써 개별적 경험은 구조적 전체성과 역사적 진보성을 포괄하면서 참다운 문학적 상상력, 문학적 감수성의 원천이 되고 있다"[29]고 했고 80년대의 대표적인 시인이며 문예운동가이기도 했던 김정환은, 박노해 같은 문학 때문에 이제 "우리가 식민지 지식인으로서 해야 할 일은 무엇인가? 하고 되묻"게 된다고 썼다.[30]

그러나 노동자 글쓰기나 노동문학의 본질은, 박노해나 백무산과 같은 몇몇 뛰어난 자질을 가진 개인과 문학작품이 '노동문학'이라는 새 영역을 개척했다는 데 있지 않다. '노동자 글쓰기'의 본질은 무명인 개개인들의 집합적 실천이며, 그 효과로 생성된 문학의 전면 재배치이며 앎-혁명의 잠재성이다. 또한 노동문학과 노동자문학회가 표상했던 또 다른 문학·문화의 가능성은 광범위한 노동자—문학 독자군의 존재였다. 노동자문학회의 역사를 살피다 보면 노동자—독자의 존재를 어렵지 않게 만나게 된다. 이들은 노동자문학회나 '문학학교'를 다니면서 다양한 시와 소설을 읽고 '쓰기'를 꿈꾸는, 일하는 존재였다. 즉, 그 많던 '외치는 돌멩이'들은 80, 90년대에 문학 독자가 되었던 것인데, 이런 독자층을 버리고 잃게 된 것이 90년대였다.[31]

## '노동계급 중심' 혹은 자주성?

1980년대 후반이란 특별한 시기에 '노동(자)'를 제호로 단 주간지와 월간지가 여럿 나왔다.[32] 물론 이들은 단지 노동자들을 위한 '잡지'가 아니라 '노동계급 중심성'에 입각한 문화적·정치적 실천의 매체였다. 각각 1989년에 창간된 〈노동자신문〉과 월간 〈노동자〉는 "해방 직후 전평에서"[33] 낸 잡지를 계승했다고 한다. 이들의 창간사와 축시도 각각 87년 7·8·9월 노동자대투쟁 이래의 '노동자계급의 진출'과 그것을 바라보고 전유하는 언어의 결들을 보여준다. 그것은 하나는 아니었다.

"노동자의 입장을 철저히 옹호하여 노동자의 눈으로 보고 노동자의 귀로 듣고 노동자의 입으로 말하는 신문이 될 것"라 한 〈노동자신문〉은 노동자계급뿐 아니라 전체 민중을 이익을 위해 존재하는 "노동자 언론"을 자처했다. '전국적 정치신문' 노선을 따른 것은 아니었지만, '민중의 독자적 정치 세력화'라는 대의에 복무하려는 신문이었다.

반면 당시 노동자문화예술운동연합 의장 직함을 갖고 있던 김정환 시인의 창간 축시 「기차에 대하여」가 좀 더 '정치신문'의 아이디어에 입각해 있는 듯하다. 신문이 인간이고 조직이며 "더 나은 인간"이라 했다. 신문의 힘을 믿었던 것이다. 그리고 당시에 이 시는 신식민지 국가독점자본주의/반제·반독점 민중민주주의 혁명론AIAMC PDR의 "과학적" "전망"이라는 PD 쪽의 이념에도 근거해 있는 것으로 회자되었다.

월간 〈노동자〉의 창간사는 이 잡지가 "특정 단체나 정파의 입장만을 대변하지 않"고 "먼저 노동계급 내부의 대동단결, 이를 토대로 한 전 민중의 대동단결"을 위해 나왔다 했다. 그러나 이런 말 자체가 심각해지고 있던 NL 대 PD의 대립 구도를 반영한 것이며, 창간사의 어휘 자체가 이미 정파적인 것이다. 특히 "자주·민주·통일의 사상을 뼈대로 노동자들의 과학적 사상을 수립하는 데 헌신코자" 한다든지 "노동자는 그 누구보다도 이 나라를 풍요롭게 발전시키는 '참된 애국자'"라든지가 그것이다. 이는 민족주의(또는 주체사상)적으로 채색된 노동자주의이며, 그 자체로 마르크스의 '프롤레타리아에게는 조국이 없다'는 명제와 배치된다. 이는 〈새벽〉의 창간사도 비슷하다. 한편 민족해방론과 주체사상의 감염력이 높았던 시대였기 때문이다.

이때 남민전 사건으로 옥고를 치른 후 출소한 지 얼마 안 됐던 시인 김남주의 축시도 사실 '민족 해방'적 노동자계급 중심주의 자장 안에 있다. 이 시에 의하면 노동자는 "세계와 자기 운명의 주인"이며 "참된 애국자"이며 "모든 투쟁"의 전위다. 시 속에는 "반제민족해방 투쟁"부터 "반파쇼민주주의 투쟁" "반전반핵 투쟁" 등등 중요성·근본성의 순으로 투쟁이 죽 나열되어 있다. 1989년에 사고된 이 투쟁들의 명목을 음미해볼 필요가 있다.


### 문학과 노동 해방

"노동 해방 사상의 가치를 드높이 들고 해방을 향한 가장 올곧고 탄탄한 길을 밝히는 그믐밤의 새벽별이 되고자" 창간된 〈노동해방문학〉의 운명을 예로 들어도 되겠다. 〈노동해방문학〉은 남한사회주의노동자동맹, 즉 사노맹의 기관지였다. '노동 해방'은 '사회주의'의 다른 이름이었다. 1989년에 창간된 이 잡지는 합법적으로 발간되어 1991년 1월까지 이어졌으나 안기부와 사노맹의 싸움에서 결국 사노맹이 패배하자 종간되었다. 사노맹은 1990년 10월 22일 안기부 본부를 화염병으로 공격하는 유례없는 저항 투쟁을 벌이기도 했다.[34]

그러나 안기부는 10월 30일 '사노맹 사건'을 만들어 40여 명을 한거번에 구속하고, 사노맹 중앙상임위원장 이정로(백태웅), 중앙상임위원 박기평(박노해) 등 150여 명에 대한 공개 수배를 발표했다. 그리고 1992년 4월 3일에 박노해 등 11명이, 1992년 4월 29일에는 백태웅 등 39명이 구속됐다. 이후 재건 조직 사건 등까지 사노맹 관련 피기소자는 총 300여명이었다. 통혁당이나 남민전과 비교도 안 되는 규모의, 한국전쟁 이후 최대의 조직 사건이었다.

박노해나 백태웅이 검거되던 날의 TV 뉴스를 보며 전율했던 기억이 난다. 사노맹과는 인연이 없었지만, 주변에서 그 '끈'과 흔적을 찾기란 어렵지 않았다. 1992년의 시점에서 본 그 뉴스는 한 시대가 끝나고 있다는 것을 절감하게 했다.

그런데 사노맹은 왜 기관지를 문학잡지로 만들었을까? 창간사의 마지막 부분을 보자. 잡지는 "노동자계급 대중투쟁의 핵심적 쟁점을 과학적 사상으로 해명하고, 중요한 투쟁 사례를 신속히 공유시킴으로써 우리 노동운동의 의식의 성장 수준을 보여주는 척도가 될 것"을 다짐하며 다음과 같이 말한다. 창간사 전체에서 '문학'에 대한 언급이 딱 한 번 나오는 부분이다.

마지막으로 〈노동해방문학〉은 이 땅의 문예 속에 만연해 있는 소시민적 편향들을 말끔히 씻어내고, 전진하는 노동자계급이 고대하는 문학, 민중문학 전선을 실질적으로 강화시킬 문학을 '노동해방문학'의 이름으로 창출해갈 것입니다.

문학이 '혁명' 아래에 복속되어 있었던, 또는 혁명과 문학이 서로 다르지 않은 것으로 '병치'될 수 있었던 시대의 '배치'였던 것이다. 〈노동해방문학〉의 발행인이나 편집위원들은 모두 시인이거나 문학을 전공한 지식인들이었다. 이들도 모두 '빵살이'를 했다.

1988년 8월에 창간된 〈녹두꽃〉의 창간사는 〈노동해방문학〉과는 다른 각도에서 80년대 민중·민족문학 운동이 도달한 지점을 보여준다. 창간사는 "사회주의리얼리즘의 '뼈'(민중적 내용)와 '살'(민족적 형식)" "애국자다운 예술 실천" 운운하는 데서 민족해방NL 진영의 문학론을 피력하고 있다. 그러나 이는 북한제 주체문예 이론과는 거리가 있는 순진한 것이었다. 또한 창간사는 당시 제기되었던 '문예 통일전선'의 문제의식을 보여주고 있는데, 진보적 프티부르주아 예술과 노동계급 문예가 후자의 지도(또는 주도)하에 '문예 통일전선'을 이뤄야 한다는 문제의식은 비단 NL만의 것은 아니었다.[35]


### 지식인 문학의 향배

지식인 문학판 내부에서의 역관계도 더 기울어 80년대 말에는 사회주의리얼리즘론 내지는 민중적 민족문학론이 모든 다른 '문예'에 대해 압도적 위세를 갖는 듯했다. 그러나 '프티부르주아 문학'은 곧 전면 복귀하여 상황을 역전시키고, 무너지고 깨졌던 '문단 질서'를 회복할 것이었다.

6월항쟁과 함께, 또 〈창작과비평〉과 함께 〈문학과지성〉도 되돌아왔다. 아니, 〈문학과사회〉로 돌아왔다. 이때 김현은 병석에 있었다. 왜 '문학과지성'이 아니라 '문학과사회'인지에 대해 김병익은 길게 설명해주고 있다. '문학과지성'도 복간 잡지의 제호로 물론 "제시되었지만" "새 잡지의 창간을 분명히 표시하기 위해" "긴 상의 끝에, 젊은 편집 동인의 결정으로 '문학과사회'로 선택되었다"는 것이다. 즉, '문지'를 주장한 사람들(아마도 문지 1세대라 불리는 선배들)이 새로운 "젊은 편집 동인"들에게 양보한 것이겠다.

이에 대해 김병익은 새로운 "젊은 편집 동인"들은, "문학을 문학만으로 보던 관점은 적어도 우리의 80년대에는 사라져야 하고, 문학의 자율성을 유지하면서도 우리 생활 세계와의 조망을 통해 접근되어야 한다는 데 두고 있는 듯하며" 편집 방향도 "현실과의 유기적 연관성을 중시하겠다는 태도를 그 제호에서 보여준 듯하다"라고 썼다. "듯하며" "듯하다"는 한발 물러서서 말하는 것이다. 뭔가 마뜩지 않은 기분을 표시하는 것 같기도 하다. 창간사는 이런 양보나 '한발 물러서기'에 대해서도 "잡지의 모든 편집권에 대해서는 새 동인들의 완전한 독자성을 지켜줄 것"이라 설명하고 있다.

이런 태도는, 창간 때의 편집인이나 편집위원이 그대로 자리를 지키며 권위를 누리는 것과는 완전히 다른, 차세대에게 편집권을 계속 물려줘온 '문지'의 문화 자체이기도 하다. 그런데 지금에 와서 생각하면, '문학과사회'라는 뭔가 절충적인 제호를 단 것은 아쉬운 일이다. "문학의 자율성"이나 "현실과의 유기적 연관성"은 이제 문지의 것도 창비의 것도 아닌 것이 돼버렸다. 즉, 그 말 자체로는 아무것도 지시하지 못하는 '빈 기표'가 됐다. 소수파가 돼버린 〈실천문학〉 등을 제외하면 문학지들은 색깔이 서로들 비슷해졌다.

가장 엘리트주의적인 문학관을 갖고 있으면서 그래서 "참담하고 무람없는 시대"라 생각했으면서도 '문학과사회'라는 제호를 달았던 그 사정 자체가 바로 '80년대적인 것'이다. 문학판의 80년대는 1991년 이후에 급격하게 청산된다.

80년대에서 90년대로 넘어가는 이 과도기에 창간된 문예 잡지 중에 〈작가세계〉(1989)와 〈노동문학〉(1988), 〈시와 시학〉(1991) 등도 기억할 만하고 〈한길문학〉(1990), 〈현대소설〉(1989), 〈문학예술〉(1990), 〈희곡문학〉(1990), 〈현대시〉(1990), 〈노둣돌〉(1992), 〈소설과 사상〉(1992)도 있었다. 그러나 대부분 일찍 구텐베르크 은하의 왜성으로 스러져 없어졌다. 비평가와 출판사의 '창간 의욕'은 불탔지만 늘 그렇듯 독자층은 제한돼 있었고 경쟁은 치열했기 때문이다. 독자들의 취향도 달라지고 있었다. 예컨대 '무라카미 하루키 열풍'이 곧 상륙하고, 하루키를 흉내 내는 젊은 한국 작가들도 속속 등장할 예정이었다.

# 학술 운동과 사회과학 잡지의 시대

〈현실과 과학〉(1988)이 처음 나온 그 가을이 기억난다. '부정기 간행물과 무크의 한계'를 지양하여, "하나의 본격적인 이론지"를 표방하고 나선 〈현실과 과학〉의 초반 몇 호는, 그 시대 대학생들에게 가장 영향을 많이 준 매체의 하나가 아니었을까? 이 잡지는 한동안 '신식국독자론'과 반제·반독점 민중민주주의혁명론의 '기관지' 같은 역할을 했다. 당시의 대학생들은 전공을 불문하고 이런 논의에 관심을 갖고 있었다.

〈현실과 과학〉을 창간한 사람들은 한편 연구하는 소장 사회과학자들이었고 다른 한편 지하운동 조직과 관계있는 실천가들이었다. 1980년대 후반에 잡지를 낸 사람들 가운데 이 같은 운동가─연구자들이 많았고, 이들은 '학술 운동'이라는 '부문 운동'을 매개로 새로운 학문 영역과 '학계'를 구축했다. 이때 구축된 학문 장은 지금도 영향을 미치고 있다.

## 학단협과 잡지들

다른 학술 운동 잡지보다 조금 먼저 나온 〈동향과 전망〉(1988) 창간사에는 87년 대선 이후의 지적·정신적 풍경과 학술 운동의 총론에 해당하는 문제의식이 쓰여 있다. 한국산업사회연구회가 낸 〈경제와 사회〉(1988)의 창간사도 기념비적이라 할 수 있다. 이 글은 그 자체로 한국 지성사·학문사의 한 대목을 이해하기 위해 필요한 내용을 가득 담고 있다. 우선 '학술단체협의회'(학단협)의 발족 과정과 그 의미를 정리하고 있다. 1988년 11월에 "민족적·민중적 학문의 건설을 함께 제창"한 "인문·사회과학의 주요 영역들과 문학·예술 분야, 그리고 자연과학의 일부에 이르기까지 줄잡아 수백 명에 달하는 연구자들이 조직적 연구 활동과 연대 틀"로서 학단협을 만들었다. 실로 이는 "우리의 지성사에서 볼 때, 획기적인 일이 아닐 수 없"었던 것이다.

이어진 2절과 3절에서는 사회과학계 내부의 학술 담론과 운동 이론에서의 중핵이 무엇이었는지에 대해 말하고 있는데, 그것은 창간호 특집으로도 표현된바 "한국 사회 성격과 사회운동" 또는 '사회구성체론'(사구체론)과 변혁운동론이다. 그것은 당대 사회과학만이 아니라 지성 전체의 핵심 담론이었다. 이를테면 이진경의 『사회구성체론과 사회과학방법론』(일명 '사사방')은 운동권 내부의 논쟁과 학계의 성과가 어우러진 필독서이기도 했다.

〈경제와 사회〉도 창간 편집진 이름이 휘황하다. 최장집, 김진균, 김수행, 김대환, 박호성, 이종오, 서관모, 임영일, 조희연, 정해구 등은 경제학, 사회학, 정치학 등에서 활약하던 중진과 신진 학자들을 고루 망라한 것이다. 이들 중 상당수는 지금도 활발하게 학계와 담론장을 이끌어나가는 원로나 중진이 되었다.

경제학자에 의해 창간된 〈동향과 전망〉이나 역사학자들의 〈역사비평〉 또한 비슷한 시기에 같은 문제의식을 갖고 출간된, '학계' 기반의 잡지들이다. 그러나 그 잡지들의 독자가 해당 분야의 연구자만이 결코 아니었다는 것이 그 시대 문화의 가장 중요한 특징의 하나다. 예컨대 〈역사비평〉의 창간사에 바로 그런 점이 명시돼 있다. 이는 "민족사의 전환기에서 지금까지 묻혀왔고 왜곡돼왔던 우리의 역사와 문화를 대중적인 수준에서 폭넓게 탐구하고" "잘못된 것을 바로잡고, 허심탄회한 논쟁을 통해 진실에 접근케 하며, 역사와 문화에 대한 일반인의 이해를 돕고자 한다"고 "대중"을 강조했다.

지금도 일제시대와 현대사를 둘러싼 싸움이 뜨겁지만, 이 싸움이 본격화한 것이 바로 80년대라 할 수 있다. 분단의 과정과 한국전쟁의 기원 등에 대한 전도된 인식, 냉전주의에 찌든 역사 왜곡 전체를 바로 잡는 일과 '민주화'의 과제가 긴히 연관되어 있었다. 〈역사비평〉 창간호의 '미군정의 성격과 민족문제'라는 특집과 권두 논문 「역사현실과 현실인식」은 이런 점을 의식한 기획일 것이다.

역사학자들이 감당해야 했던 이념 전선의 열도에 비하면 창간사의 어조는 담백한 편이다. '역비'라는 애칭으로 불리는 이 잡지는 이렇게 1987년 9월 무크로 출발하고 이듬해에 계간으로 바뀌어, 한국의 역사학자들이 '현실'의 대중과 대면하는 유력한 장으로서 아직도 유지되고 있다.

이에 비해 "사상의 대중화를 위하여"를 내건 〈사회와 사상〉이나 "주체적 변혁 사상의 형성을 위하여"를 겨냥한 〈사상문예운동〉은 다소 결이 다르다. 이들은 더 운동적이고 '대중적'인 "사상"을 겨냥했다. 1980년대에 가장 중요한 출판사의 하나가 된 한길사의 〈사회와 사상〉은 리영희, 강만길, 박현채, 김진균, 임헌영 등의 명망가들을 편집위원으로, 또 실천적 소장 학자들을 기획위원으로 삼아 출발했으나 길게 가지는 못했다.

20대 후반, 30대 초의 젊은 편집위원들이 낸 〈사상문예운동〉의 창간사는 유달리 "주체적 변혁 사상"을 강조하고 있는데, 특정 정파의 주의에 근거한 것은 아니었다. 이 시대의 '자주'나 '주체성'에 대한 상상과 지향에는 지금과는 분명 다른 함축과 맥락이 있다.

『한국전쟁의 기원』이나 『해방전후사의 인식』 같은 책의 영향력이 보여주듯, 80년대 청년 학생들은 근현대사의 재발견을 통해 '의식화'되었다. 즉, 식민지 시대사와 분단의 기원의 참담한 진실을 새삼 알고, 충격을 받으며 반공주의를 넘고 통일에 대한 지향을 갖게 된 것이다. 자주파들의 경우에서처럼 그것은 때로 북조선의 '정통성'과 역사 인식에 대한 과도한 추수로 흘러버리고, 또 자주파가 학생운동권의 다수파가 된 이후 언제나 NL 대 PD 사이의 '투방' 갈등을 겪어야 했다. 그럼에도 남한의 식민지성에 대한 인식과 주체성에 대한 지향이 공통분모가 아닌 것은 아니었다. 제2세계, 제3세계가 실재하고 '자주적'인 '또 하나의 조국'이 있다는 생각이 가능한 시대의, 즉 신자유주의와 월드와이드웹이 전 세계를 평평(?)하게 만들기 전의 세계상이었던 것이다.

### 현실과 철학

'학단협' 시대 철학계의 잡지가 〈철학과 현실〉(1988)과 〈시대와 철학〉(1987/1990)이다. 두 잡지는 각각 지령 100호를 돌파하며 지금도 활발히 발간되고 있다. 처음엔 〈역사비평〉처럼 무크였고, 철학계의 대표적인 잡지로서 역시 철학자들만의 잡지는 아니었으나 이제 한국연구재단 '학회지'가 됐다.[36]

"참사상, 참철학은 사람을 살리는 밥"이라며 "역사적 요청에 응답하고저 생각하는 사람들 모두에게 새 밥 짓기 연습의 마당을 마련하고"자 선언한 〈철학과 현실〉의 창간호에는 그 시대에 종종 그랬던 것처럼 창간 축시를 실었다. 〈철학과 현실〉은 황지우의 대표작 중 하나인 시 「게 눈 속의 연꽃」을 실었다. 황지우는 모더니스트이면서 동시에 저항적인 시를 주로 써 1980년대의 대표 시인이 되었다. 초기에 그는 "언어를 시적으로 조합하는 관습적 코드를 과감하게 벗어버리고 날것의 현실, 그 일차적인 현실의 언어들을 과감하게 시 속으로 끌어들"였다. 이는 '리얼리즘'과는 거리가 있었지만 분명 '80년대의 언어'의 한 종이었다. 그런데 80년대 후반부터 그의 시적 경향은 "내면 속으로의 망명을 선택한 자의 우울한 자기 성찰의 언어들로 채워지기 시작"하고 "온갖 대립과 갈등을 끌어안는 화엄의 세계 쪽으로 이동"하며 "풍자 대신에 선禪적인 것"[37]을 보여준다 한다. 즉, 불교적인 관념과 세계를 보여주기 시작하는데, 그런 작품 중 하나가 「게 눈 속의 연꽃」이다. 이 시는 꽤 난해하다. 세 연은 각각 다른 국면의 아我와 타他, 그리고 우주 사이의 관계를 노래한 것이라 생각된다. 게는 아, 연꽃은 진리, 그리고 바다와 별은 영겁의 시간과 우주를 말하는 것 같다. 어떤 연유에서 이 초월적인 철학을 담은 시가 '권두시'로 선택됐는지는 확실히 알 수는 없다. 〈철학과 현실〉은 제호 그대로 현실에 복무할 철학을 요청하기 위해 창간됐다고 창간사와 특집이 소리쳐 말하고 있기 때문이다.

〈시대와 철학〉은 1987년에 동명의 무크지로 나왔다가, 1989년 3월 25일에 설립된 한국철학사상연구회의 기관지로 1990년부터 재출발했다. 이 책에는 1990년 창간호의 창간사를 실었다. 역사의 흐름과 '사유'에 대한 총론적인 입장을 담은 창간사의 일독을 권한다. "철학은 시대의 혼이자 시대의 모순에 대한 반역"이라는 강렬한 선언을 내건 창간사는 "과학과 인생으로부터 초월한 선천적인 한계 속에서 이루어지는 자기 독백이나 철학자들끼리의 속삭임이 되어버리고" 말거나 '지금-여기'의 "문제와 그것을 다루는 방법까지도 과거나 외국에서 차용해" 오는 한국 철학계의 현실을 비판하고, '한국 현실과 철학 운동의 과제'를 특집으로 기획했다. 페레스트로이카와 주체사상에 대한 논의도 창간호 기사로 실었다.

# 경제성장의 과실과 중산층의 새로운 삶

이 부의 제일 첫 머리에 이야기한 것처럼, 80년대가 오로지 정치와 민주화 투쟁의 시절만은 아니었다. 유례없는 경제성장과 '세계화'의 시대가 80년대였다. 이 시대에는 정말로 노동자의 실질소득이 증가하고, 70년대와 달리 물가도 비교적 안정돼 있었다. 많은 사람들의 삶의 질이 실제로 개선됐다. '경제'만으로 말하면 전두환이 박정희보다는 훨씬 위대한(?) 대통령 아닌가?

"새로운 여성 생활 문화지"와 "생활의 질을 소중하게 여기는 모든 사람들의 정다운 벗이 될 것을" 표방한 〈행복이 가득한 집〉 같은 잡지가 바로 이 같은 80년대의 또 다른 모습을 상징하는 듯하다. 이 잡지의 창간호를 읽기 전에는, 막연히 〈행복이 가득한 집〉이 90년대에 창간된 잡지거니 지레 짐작했었다. 잡지의 세련된 분위기나 표방하는 바가 그렇게 느껴졌기 때문이다. 그러나 웬걸, 이 잡지는 1987년 가을, 제6공화국의 신헌법이 치열하게 논의되고 3김과 군부 그리고 민중 세력이 대통령 선거라는 건곤일척을 눈앞에 둔, 가장 뜨겁고 혼란스러운 정치의 계절에 등장했다. 전혀 그런 일들과는 무관한 듯이.

벌써 '삶(생활)의 질'(로서의 '행복')을 추구하고, "지구촌 시대에 부응하"는 삶을 추구하는 중산층이 꽤 도탑게 형성된 것이 80년대였기 때문에 가능했으리라. 이 잡지의 창간사를 꽤 길게 인용할 수밖에 없다. "미국에서 최대의 발행 부수를 자랑하는 가정 생활지 〈베터 홈즈 앤드 가든즈)와 계약을 맺고 미국의 건전한 중산층 생활의 모습을 한 치의 변질도 왜곡도 없이 생생하게 보여줌으로써 우리 것과 제대로 비교하여 상대적으로 우리의 생활문화 의식을 높이고 나아가 우리 산업계에도 긍정적인 자극을 주고자" 한다고 했기 때문이다. 이런 서구 추종 의식이나 미국의 모든 것이 곧 진리라 믿는 아메리카니즘은 결코 새로운 것이 아니다. 하지만 중산층 가정에서 '인테리어'와 '집'의 생활양식으로 그것을 구현한다는 것은 또 다른 차원에서 깊어진 '종미從美'를 보여준다. 그리고 이런 언어들은 80년대를 휩쓴 대학생과 젊은 층의 반미 의식이 '국민 전체'의 것은 아니라는 엄연한 사실도 드러내준다.

"국내 최초로 연예인 정치인 스캔들 이야기가 없는, 식탁에 놓고 온 가족이 볼 수 있는 라이프스타일 매거진"[38]이라는 이 잡지는 지금도 디자인하우스에서 발행되고 있다. 디자인하우스는 생활 정보와 여성지계에서 가장 중요한 미디어 그룹의 역할을 담당해왔다.


## 과학, 음악

미국 중산층의 '삶의 질'을 한 치의 어긋남 없이 따르겠다던 〈행복이 가득한 집〉에 비하면 〈과학동아〉의 창간사와 편집후기에 표현된 의식은 촌스럽다 할 수 있는 것이었다.

이 중요한 '과학 대중지'의 창간사는, 식민지 시대 이래 동아일보사가 과학 발전과 '과학 담론'의 구축에 있어 어떤 역할을 해왔는지를 잘 정리하고 있어 의미 있다. 그 핵심적 아이디어 자체는 단순하고 촌스럽다. "과학 한국" "공업 입국"의 건설이다. 이광수로부터 박정희를 거쳐 그리고 저 황우석에 이르는, 과학과 과학자를 민족과 국가의 도구로만 생각하는 태도는 일관되게 주변부 의식, 후진국 콤플렉스로부터의 산물이다. 〈과학동아〉는 내용에도 이를 반영했다. 창간호부터 "한국인과 한반도의 실체를 소상히 밝히는 기획 시리즈"를 준비했으며 그 "다음 호에는 한반도의 지형 지질을 소개할 예정"이었다 한다. 이는 민족의 '자기 지식'에 대한 추구라 보면 되겠는데, 그것이 과학적 영역에서 발현된 셈이다. 〈과학동아〉는 동아일보사에 의해 〈음악동아〉에 이어 창간됐다. 이로써 동아일보사는 '문화 취미 잡지'의 대중화와 고급화(?)에 기여한 바가 크다. 80년대는 동아일보사가 '야성'과 함께 민주주의에 대한 지향을 가진 선도적 문화 기관으로서 의미 있던 시절이다.

"음악 정보 종합지" 〈음악동아〉는 〈과학동아〉보다 2년 먼저 1984년에 창간됐는데, 〈과학동아〉 창간사를 쓴 사람이 〈음악동아〉 창간사를 흉내 낸 듯 필법이 거의 같다. 음악을 역시 민족과 결부시켜, "음악적인 재능을 충분히 발휘하고 이를 마음껏 향유하는 민족은 번영을 누리고 반대로 음악에 무지하여 이를 외면하는 민족은 원시와 미개의 상태에서 헤어나지 못"한다 했다. 그러고는 사시社是를 언급하며 음악 발전을 위해 동아일보사가 어떤 역할을 해왔는지를 정리했다. 클래식 음악은 물론 "전통음악과 건전한 대중음악" 정보도 싣겠다 한 이 잡지의 창간호 표지는 그 시절에 가장 유명했던 마에스트로, 헤르베르트 폰 카라얀의 사진으로 장식되었다. 그해, 가장 대표적인 음악 잡지 〈객석〉도 태어났다.

확실히 음악 청취의 새로운 문화사적 장이 열렸음을 〈월간 오디오〉(1988)가 재차 증명하는 듯하다. 〈월간 오디오〉 창간사는 〈음악동아〉처럼 민족주의 강박 같은 것 없이 1980년대식 중산층 취미의 형성과 잡지가 어떤 관련을 맺는지를 투명하게 보여주고 있다. "국민 1인당 GNP가 2000달러를 넘게 되면" "정신적으로 풍요로운 삶을 희구하게" 되고, 88 서울올림픽을 앞두고 "선진 한국의 긍지가 그 어느 때보다도 드높은 요즈음, 어려서부터 음악과 가까이하며 자라는 이른바 음악 세대들도 점차 증가되는 추세"라는 것이다. 1988년 한국의 1인당 GNP가 3728달러였다 한다.

"오디오 기기를 우리들의 생활 곳곳에" 끌어들이고 "단순한 기계로서가 아닌 윤택하고 심도 있는 자기만의 생활을 창조"하자고 했는데, 오디오 애호나 소유는 취향의 계급사회에서 언제나 중산층(이상)의 것이다. 지금도 이 잡지는 엄청나게 다양한 오디오 기기와 그 부품을 소개하고 음악 칼럼들을 싣고 있다.


## 보물섬

그리고 마지막으로 그 시절에 자라난 어린이와 청소년 들이 깊이 사랑했던 한 80년대 잡지에 대한 이야기를 덧붙이지 않을 수 없다. 수집가들도 이 잡지를 정말 좋아하는 듯하다. 바로 어린이 만화 월간지 〈보물섬〉이다. 1982년 10월에 창간된 〈보물섬〉이 미친 영향을 몇 문장으로 말하기 어렵다. 「아기공룡 둘리」(김수정), 「달려라 하니」(이진주), 「요정 핑크」(김동화), 「악동이」(이희재) 같은 아름다운 만화들이 연재되었고, 길창덕, 이상무, 허영만, 김철호 같은 작가들도 창간호부터 작품을 냈다. 그리하여 이 잡지는 한국 만화사에 영구히 남을 족적을 남겼다.

그런데 〈보물섬〉은 마치 이 책을 위한 것처럼 어린이 잡지답지 않게, (빠뜨린다면 혹 '모독'이 될지도 모르는) 진지한 창간사를 세 편이나 싣고 있다. 세 창간사의 배열도 흥미롭다. 박근혜, 최세경, 김성배의 순서다. 뒤의 두 사람은 각각 육영재단 이사장과 어린이회관 관장의 자격으로 글을 썼다. 그러나 진분홍색 한복 입은 당시 30세의 박근혜는 직함이 없다. 그때도 그녀는 그녀로서 그녀 자신이었던

**편집을 마치고**

● 휴가는 물론 주말도 잃어버린 지난 90일!
그러나 잃은 것 보다는 얻은 것이 많다. 창간호를 만든다는 기쁨, 독자들을 기다리고 있는 잡지를 만들고 있다는 긍지. 그러나 무엇보다 뿌듯한 것은, 정성을 다한 필자들의 원고와 편집원들이 이어지는 독자들의 격려전화였다. ⋯⋯(신)

◆ 입사한 지 1주 일만에 창간 팀원이 되어 합류한 나는, 하루 하루가 꾸중 겹겹이었다. 속 모르는 친구들은 '재미있는 만화를 매일 실는 거' 냐고 놀려대고⋯ 그림을 받으러 갔을 때, 만화 가게에서 늦게까지 친구들과 놀고 있는 아이들을 볼 때마다 야릇한 느낌이 새롭다. ⋯⋯(전)

**보물섬**
**'82 10월호 (창간호)**

1982년 9월 30일 인쇄
1982년 10월 1일 발행

발행인·최 세경
발행처·백상넌 육영재단
1982 ㈜ 동아인쇄공업

우편번호 133
서울특별시 성동구 금호동 3가 3번지
(전화) 444-6652 (편집부)
        446-0108 (업무부) 광고부
광고 446-6061

정가 1,500원

〈보물섬〉 창간호(1982년 10월) 표지(위)와
목차(아래).

것인가. 판권지나 편집후기를 살펴보아도, 편집 일을 했거나 투고자인 증거는 없다. 그녀는 어떻게 〈보물섬〉에 기여했는가.

이 시절에 박근혜는 거의 사회 활동을 하지 않고 있었고, 심지어 이사장으로 있던 새마음종합병원이 경영난으로 문을 닫을 지경이었다. 간혹 신문에 이름이 나기도 했지만 10·26 이후 성북동에서 같이 살던 동생 박근영의 결혼이나, 박정희 기일 때 외에는 없었다.[39] 그 가족은 빠르게 잊히고 있었고 돈과 권력을 별로 사용하지 못하고 있었던 것이다. 육영재단이 오랫동안 운영하던 또 다른 어린이 잡지 〈어깨동무〉와 〈꿈나라〉도 재정난 때문에 1987년에 폐간했다.[40] 1988~90년에는 자신을 반대하는 육영재단과 영남대의 구성원들 때문에 골치를 앓았고, 경영권 문제 때문에 법정 싸움을 벌이기도 했다.[41]

하지만 이런 어색한 창간사를 실은 일은 전혀 어색한 일만은 아니었다. 어린이 잡지 운영은 가족사事의 하나였기 때문이다. 1967년 3월에 창간된 〈어깨동무〉는 육영수가 창간했고, 이 잡지의 제자는 박정희의 글씨였다.

나는 다른 어린이 잡지와 사뭇 다른 외양을 가진 〈보물섬〉을 처음 만나던 때부터, 어떻게 만화로만 잡지 전체를 구성하는 당차고도 새로운 기획을 할 수 있었는지가 궁금했다. 육영재단 이사장 최세경의 창간사가 이에 대한 힌트를 주고 있다. 그것은 국가주의와 만화를 결합시킨 독특한(?) 인식에 근거를 둔 것이다. 만화가 나쁜 것이라는 선입견은 잘못된 것이다, 만화는 어린이들에게는 꼭 필요한 것이다, 그래서 어린이들에게 "민족의식과 국가관을 올바로 갖게 하기" 위해 만화 잡지를 만들었다는 것이다.

〈실천문학〉 창간호(1980년 3월) 표지.

1988 봄 창간호

문학과 사회

〈문학과사회〉 창간호(1988년 2월) 속표지.

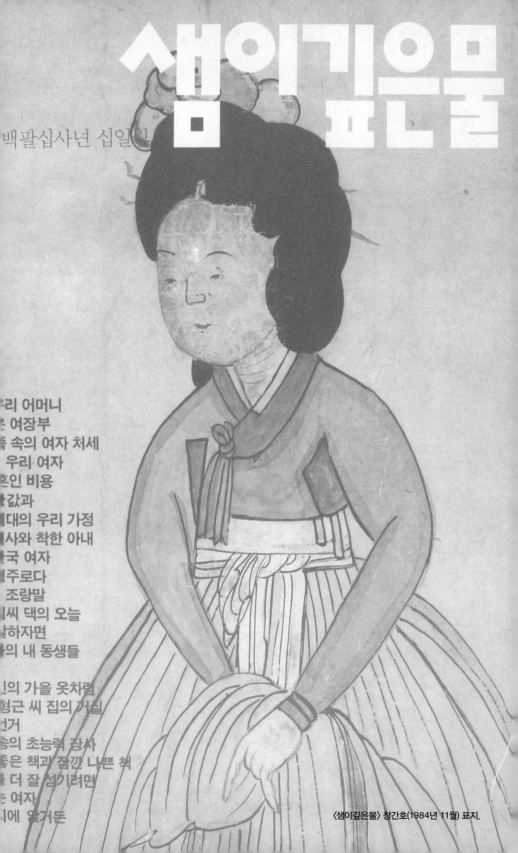

# 샘이깊은물

표는물

백팔십사년 십일월

우리 어머니
여장부
속의 여자 처세
우리 여자
혼인 비용
값과
대의 우리 가정
사와 착한 아내
국 여자
주로다
조랑말
씨 댁의 오늘
하자면
의 내 동생들

의 가을 옷차림
형근 씨 집의 거실
선거
의 초능력 장사
은 책과 잠깐 나쁜 책
더 잘 섬기려면
여자
에 앉거든

〈샘이깊은물〉 창간호(1984년 11월) 표지.

# 사람의 잡지

**샘**이깊은물을 냅니다.

일천구백칠십륙년 삼월에 이제는 폐간된 월간 문화 잡지 뿌리깊은 나무를 선보이며 그 창간사에서 "좀 엉뚱해 보이는 이름"을 지었다는 말씀을 사뢰었습니다. 그러나 오늘에야 비로소 나오는 새 문화 잡지 샘이깊은물은 이름이 엉뚱하지는 않습니다. 두 이름이 다 한반도 사람이 이녁 말을 적는 글자를 만들어 맨 처음으로 낸 책「용비어천가」의 들머리에 나란히 버티고 서 있는 귀절에서 따온 것임을 지금쯤은 다들 얼른 알아보시기 때문입니다. 그리고 뿌리깊은 나무 사람들이 만일에 새 잡지를 낸다면 그 이름은 기필코 샘이깊은물이 될 것이라고 내다보신 이들이 이미 많았기 때문이기도 합니다.

이 새 잡지가 "오늘에야 비로소" 나옵니다만 사실은 저희들은 샘이깊은물을 뿌리깊은 나무가 나오던 시절에도 내고 싶어 했으나 그럴 사정이 있어서 못 냈던 것입니다. 그러다가 일천구백팔십년 팔월부터 뿌리깊은 나무 자체가 폐간되었습니다. 그러나 저희의 편집진은 헤어지지 않고 똘똘 뭉쳐 남아 그동안에 종합 인문 지리지「한국의 발견」의 편찬과 발간을 어렵게나마 끝냈습니다. 그리고 새로 가다듬은 마음으로 붓을 들어 이 오래 묵은 꿈을 드디어 실현하게 된 것입니다.

저희가 샘이깊은물로 하고자 하는 일은 뿌리깊은 나무를 내고 있었던 여러 해 전과 크게 다를 바가 없습니다. 다만 그 일을 하고자 하는 까닭만은 저희들이 시련이라면 시련을 겪고 성숙이라면 성숙을 누린 지난 여러 해를 보낸 오늘날에 저희의 눈에 오히려 좀더 뚜렷이 보인다고 사뢸 수 있

을 듯합니다.

잡지 하나가 세상의 모든 일을 □□□다. 또, 다 하려다가는 본디 □□□□체를 흐려지게 하기 심상입니다□ □□ 뿌리깊은 나무를 엮어 내면서, □□□□ 가려내는 일을 다룰 것을 결정하□ □□게 중요히 여겼읍니다. 잡지의 □□□□ 키는 일이 독자를 가장 잘 섬기□ □□□ 때문입니다. 그러나 비록 저희가 □□□□ 은 아니지만 저희의 눈에 저희가 □□□□ 만큼 중요한 잡지의 과제로 비치 □□□□ 있었읍니다.

그 과제는 이러한 것입니다. □□□□ 과 내일의 가정과 사회 그리고 □□□□ 을 깊이 파고들어 탐색하고 관찰 □□□□ 이 일을 마침내 샘이깊은물이 하 □□□□ 니다.

가정은 사회의 근본 단위입니다□ □□ 당성 위에 어머니와 아버지, 지어□ □□ 과 아들, 아우와 언니가 있으며, □□□□ 모이거나 서로 부딪쳐 더 좋은 사 □□□□ 은 사회도 됩니다. 그러나 다들 □□□□ 팔십년대에 들어 그런 가정의 뜻□ □□ 급속히 달라져 왔읍니다. 학자들 □□□□ 사회와 달─산업 사회가 어차피 몰 □□□□ 는 변화 때문이라고 합니다.

무릇 변화는 그 자체의 흔들림을 □□□□ 미암아 흔히 이미 있는 전통과 기 □□□□ 몰고 옵니다. 그리고 그런 와해의 □□□□ 사회에 이르러 예리한 심리의 갈등

〈샘이깊은물〉 창간사.

샘이깊은물이 가정과 사회를 살피면서 특히 변화와 전통을 눈여겨볼 터임도 바로 그 때문입니다.

지난 역사와 다가오는 역사를 서로 만나게 하는 것이 전통이라면, 변화는 그 둘을 서로 갈라서게 하는 것이라고 할 수 있을지도 모르겠읍니다. 그 만남도 갈라섬도 사람이 사람답게 사는 일에 이로와야만 우리에게 중요한 줄로 압니다. 그리하여 저희는 전통을 내세울 때에도 변화를 촉구할 때에도 늘 사람의 사람다운 세상살이를 염두에 두겠읍니다.

가정과 사회의 문제는 마침내는 사람의 문제로 귀결됩니다. 따라서 가정과 사회의 전통과 변화는 사람의 전통과 변화를 뜻합니다. 저희들이 여자와 남자의 문제, 학생과 사회인의 문제, 아이와 어른의 문제를 자주 다룰 터임도 그 때문입니다.

샘이깊은물이 다룰 화제들은 작아 보이나마 깊이가 있는 화제들입니다. 뿌리깊은 나무가 하던 일이 "넓은 세상"을 바라보는 일이라면, 샘이깊은물이 하는 일은 "등잔 밑"을 살펴보는 일이라고도 할 수 있겠읍니다. 가정도 사회도, 또 그것들의 어우름도 가까운 데서 출발하기 때문입니다. 그러니 이 "등잔 밑"은 넓은 세상에 못지 않게 흥미로운 관찰의 과녁이 될 줄로 믿습니다.

가정이 샘이깊은물이 탐색하는 주요 대상에 들고, 실제로 여자들이 많은 가정의 핵심이 되므로, 자연히 이 문화 잡지는, 남자들이 더 많이 읽던 뿌리깊은 나무와는 달리 여자들이 더 많이 읽게 될 터입니다. 현대 사회의 가정이 반드시 부모와 부부와 자식으로 이루어진 전통 가정인 것은 아

닐 바에야 많은 여자들이, 함께 살거나 얹혀 살거나 혼자 살거나, 현대 가정의 핵심으로서 또는 그런 핵심이 언젠가는 될 사람으로서 이 잡지의 내용에 유별난 관심을 보이는 것은 당연합니다. 그러나 뿌리깊은 나무가 "사람"의 잡지였지 "남성"의 잡지가 아니었듯이 이 문화 잡지도 이른바 "여성지"가 아니라 "사람의 잡지"입니다. 따라서 "사람이 사람답게 사는 일"에 관심이 있는 남자들도 탐독할 잡지입니다.

끝으로, 사뢸 말씀이 한마디 더 있읍니다. 이 문화 잡지는 뿌리깊은 나무 대신에 나온 잡지가 결코 아닙니다. 되풀이하거니와, 오히려 샘이깊은물은 뿌리깊은 나무가 하지 않았던 새 일을 하러 나온 잡지입니다. 그러나 뿌리깊은 나무가 사라지면서 남긴 텅 빈 마음을 아직도 채우지 못하셨다면, 그 마음이 풍요로운 보람으로 채워질 때까지 우선 샘이깊은물을 받아 주시기를 간절히 바랍니다. 🌿

발행-편집인
한 창기

# 바로 지금, 이곳에서

### 「말」창간에 부쳐

김 정 환

창간호

## 말

미문화원 농성이 의미하는 것

남북문제, 중대한 국면으로

남미 민주화의 현단계

경제성장이

〈말〉 창간호(1985년 6월) 창간 축시(위)와 표지(아래).

# 언어 질서의 변혁을 바라며

## 김 도 연

『시와 경제』. 이 몰상식한 표제는 『시와 경제』 동인들이 지닌 의식의 지층이 어디에 있는가를 암시한다. 시는 한 시대의 문화를 요약하고 수렴한다. 시 작업의 궁극적 목표라면 사람들에게 구원의 언어를 제시하는 일일 것이다. 經世濟民 이라는 경제 최초의 뜻에 동의한 『시와 경제』 동인들은 그러 므로 그들의 말과 몸이 시대에 대한 증언으로서 영원히 현장 에 있기를 바라고 있다.

『시와 경제』 동인들은 한국어에 대한 심각한 위기감 속에 서 동인 활동의 출범을 선언한다. 오늘의 한국어는 도저히 화 해할 수 없는 계층간의 언어 단절로 겹겹이 찢기어져 있다. 또한 오늘의 한국어는 그 혼란을 조장하는 부류들에 의하여 마구 난도질을 당한 채 본래의 싱싱한 탄력성마저 시들어져 있다. 한국어의 혼란을 조장하는 부류들이 정보 전달 수단의 상당 부분을 독차지하고 있다는 데서 문제의 심각성은 더욱 크다. 『시와 경제』 동인들은 만신창이의 한국어가 다시 건강 성을 되찾도록 한국어를 피곤하게 만든 부류들과의 일대 언 어 전쟁을 마다하지 않는다. 언어를 통하여 모든 계층의 화

*1*

# 실천문학

## 보천보 뗏목꾼들의 살림

돌아다보건대 우리는 어떤 시러베아들 놈의 북풍한설이 몰아쳐도 험한
밤길이어도 늘 기뻤다. 오늘도 기쁜 오늘이다. 이 쓰라리기조차 한 기쁨은
우리들의 문학적 염원이 실천되는 언제까지라도 순결하고 통렬하게 그칠
새 없으리라. 80년대는 우리에게 우리 문학의 주제인 민중의 각성되어진 출
현을 이 같은 기쁨으로 환영한다.

이렇게나마 한 변죽으로 얘기를 꺼내어보자……

그런 곳에서는 으레 사람의 마음 쓰임새가 허약하기 마련이어서 이를테
면 어젯밤에는 무슨 꿈, 또 어젯밤에는 무슨 꿈…… 하는 식으로 그 꿈의
풀이에 하루의 징역살이를 들어 맞추는 짓을 하게 된다. 이런 꿈에 대한 집
착은 첫째 그 꿈이란 게 어느 정도 실지를 예시하는 바가 있는 성부르기도
하고 또 쇠창살에 갇힌 수인으로서는 심심풀이로도 적지 않은 값어치가 되
기 때문에 무조건 마다할 것은 아니리라. 그러나 바로 이런 자위의 값어치

**발행일** 1980년 3월 25일
**발행 주기** 부정기(무크지)
**발행처** 전예원
**발행인** 김진홍
**저자** 고은 외

따위야말로 타파해야 할 전투적 의지의 중요함도 드러내야 할 일이다. 그래서 그는 가능한 한 꿈을 안 꾸기로 작정하고 꿈을 증오했다. 그랬더니 꿈속에서도 그 자신이 꿈과 싸우는 꿈을 꾼 일이 있었다.

그는 이런 일을 집념으로 삼아 애를 썼더니 이윽고 한 달 내내 꿈을 안 꾸고 지낼 수 있게 되었다. 예로부터 지극한 곳에 이른 사람은 꿈이 없다는 말이 있기는 있다.

그런데 두어 달 뒤에는 슬슬 다시 꿈을 꾸게 되었다. 그것은 재수 꿈도 아니고 내일의 특별 면회나 반가운 소식이나 재판에 이로운 무슨 기해 따위를 위한 그런 이해 예시의 꿈도 아니었다. 대개가 그가 간 곳이나 가보지 못한 곳의 풍경 꿈이었다. 그것은 그가 매일매일 우리 고려 땅 한 고장 한 고장을 마음에 새겨 마음 깊이 정들이는 일을 하기 시작하면서였으므로 이번에는 꿈꾸는 것을 꿈꾸어지는 대로 내버려두었다. 그렇다고 해서 회령, 아오지, 초산, 만포 그리고 부전호, 대동강, 구월산 장산곶 같은 데야 그가 가본 곳은 아니지만 그런 고장을 상상하는 것만으로도 민족 통일의 과제로서의 한 지학 공부가 되는 셈이었다.

그러나 꿈이라고 해서 아침마다 마음속에 새겨두는 이 고장 저 고장을 그대로 꿈꾸는 것은 아니었다. 그의 반평생을 헤맨 휴전선 이남의 여러 고장도 퍽이나 진지하게 추억했는데 이 정작 그의 발이 디디어졌던 그런 고장은 꿈꾸지 않았다. 그렇다면 한낱 꿈이건만 그 꿈에는 욕망과 염원이 들어차는 것인 모양이다. 아 압록강 뗏목 일행이 백두산 밑에서부터 멀고 먼 여정인 만포, 초산, 벽동까지 흐르는 물에 맡겨 떠나려가는 꿈은 그 꿈이 설쳐대는 감옥의 기상나팔에 깨어버린 것에 화가 날 정도로 안타까웠다.


백두산 천지로부터 흐르기 시작하는 압록강은 보천보 혜산진의 상류에 이르러서야 뗏목을 띄울 수 있는 강의 모양 다리가 된다. 보천보라면 청산리 전투의 명예로 마감된 항일 유격전이 일제에 대한 패배를 거듭하며 침체된 상태였다가 보천보 전투에서 다시 조선 독립군의 면모를 되살려낸 그런 고장이다.

보천보 지류의 한 가닥에서 장백산 지역의 엄청난 원시림의 나무 몇 그루를 쓰러뜨려서 그것들을 가까스로 물에 띄워 혜산진에 이르러 제법 뗏목살림을 차릴 만큼 뗏목 일행이 이루어진다.

혜산진에서 후창까지는 압록강 상류의 굽이굽이 급류와 완만한 수세가 다채롭게 뒤바뀌는 재미가 있다. 아니 뗏목 살림이 자칫 잘못하면 풀어져 버릴 위험도 많다. 작은 뗏목 일행은 사람 하나둘일 적도 있으나 큰 뗏목 일행은 뗏목의 본채, 작은채, 끝채로 이어져서 스무 명 설흔 명짜리도 있다. 그런 뗏목 살림은 벌써 작은 단위의 한 사회이며 공동체인 것이다.

뗏목 앞머리는 방향을 흐름에 맞추기 위해서 몽둥이 노로 조금씩 저어 주어야 할 때도 있다. 본채 뒷전에는 지붕까지 한 살림채가 지어져서 잠자리 가재도구들을 챙겨두는 부엌까지도 갖추어졌다. 작은채, 끝채 그리고 멀리까지 이어진 별채 뗏목에도 뗏목 식구가 혹은 서 있고 혹은 앉은 채 삼수갑산과 남만주 참바이 산천의 험준한 풍광 속을 유구하게 떠나려가는 것이다. 벽동까지 가려면 몇 날 며칠이다! 벽동 가서 나무값 받아내면 만포진의 달밤에 임 만나볼 수 있다! 아니 이번 뗏목이 잘 흥정되면 바로 그 돈이 참바이로 건너가서 신흥군관학교 무기 구입에 쓰이는 것이다.

그러나 뗏목 일행은 모두 다 뗏목 식구일 뿐 다른 얼굴은 내색도 하지 않는다. 왜놈의 국경수비대, 왜놈에게 둘린 만주 마적단, 되놈, 오랑캐 놈들이 여기저기서 문득 나타나도 그들은 압록강 기슭의 어디서 태어나서 압록강 기슭의 어딘가에서 자라나 압록강 뗏목 위에서 인생을 다하는 그런 얼굴일 뿐이다.

겨울의 긴 한 철은 압록강이 얼어붙는다. 그때에야 썰매 타기로 살아가지만 나무 장사는 얼음 풀릴 때까지 기다려야 한다. 그러기까지는 낭림산맥의 시발 언저리에서 멧돼지 사냥이나 해서 생피나 한 항아리 마셔댈 일이다. 봄이 오면 황막한 천지에 휘몰아치는 만주 땅의 황진 속에서 입 다물고 파묻혀 있다가 늦은 봄에는 어느덧 울창한 보천보 밀림 속에서 나무를 컹! 컹! 찍어내야 하는 것이다.

그래서 그들은 다시 뗏목 식구의 공동체를 이루어 혜산진부터 수풍 이전의 압록강 하류 유역까지의 길고 긴 뗏목 여행이 시작되는 것이다. 이 같은 기나긴 여행을 1년에 스무 번쯤 하고 나면, 두고 온 처자식의 집이 제집인지 압록강 흐르는 물 위의 뗏목 살림이 제집인지 아리송하게 되고 만다.

밤의 뗏목에서 조선 토종의 호랑이 울부짖는 소리도 듣는다. 아니 어느 굽이 지나갈 때는 조선 독립군과 왜놈들의 콩 볶아대는 총소리가 요란하기도 하다. 그런 때는 뗏목을 기슭에 대고 죽은 듯이 숨겨져야 한다. 늦은 봄의 뗏목은 풀린 얼음덩어리에 밀수꾼, 독립군의 시체 또는 백두산 구렁이 시체, 살가지 시체 따위도 걸쳐져 있다.

뗏목 살림의 식구 스물이나 설흔의 기나긴 여행은 이렇듯이 갖은 현실과 부닥뜨려지며 역사의 흐름에라도 비유될 흐름 위에 떠나려가는 삶의 운행을 그치지 않는 것이다. 그는 보천보 뗏목 살림의 풍경을 감방 3사상 9방에서 꿈꾸고 난 다음 날 어쩌면 그 풍경이 마치 자유실천문인협의회의 풍경과도 같지 않을 바 없다고 생각하여 한동안 더욱 뭉클했다 한다.

이런 풍경은 일제시대의 것, 정작 그 일제시대의 식민지 작가들은 압록강 뗏목 살림이나 두만강의 황갈색 물의 역사적인 풍물에는 얼굴 한 번 돌린 적 없이 살았다. 최남선의 백두산 등반이 조선 독립군의 출몰에 대비한 왜경의 경호로 실현된 것이나, 경성 거리에서 백단화를 신고 멋깨나 부리던 해외 문학파 일군들, 그리고 식민지 예술의 기형아들이야말로 보천보 뗏목의 머나먼 반대편에 있는 일제 부스럭지들이다. 백두산이나 압록·두만강 기슭에서는 낫 놓고 기역 자 모르는 어린이 바우란 놈조차도 일찌감치 민족의 역사적 현실을 깊이 인식하는 힘을 낳아서 드디어 열여섯 살의 소년병으로 독립군이 되는 것이다. 그런 소년병이 압록강 두만강 상류의 물에 총맞은 몸으로 던져져버릴 때 경성의 술집에서는 "두만강 푸른 물에 노 젖는 뱃사공……"의 노래가 기생들의 교성과 젓가락 장단에 멋들어지게 넘어가고 있었다. 이 같은 행태 속에서 나오는 가장 고급스러운 문학은 그것이 바로 일제 지배 문화의 한 식민지적 견본 모서리였던 것이다. 자유실천문인협의회는 이 같은 일제 잔재의 문학적 청산, 그것을 실천하기 위해서는 먼저 봉건 잔재 문화의 청산을 전제하며 문학의 자유 그것은 곧 인간의 자유 그것이어야 하는 모든 인간의 존엄성에 대한 연합적 창조 행위에 삶의 과제를 두고 있다. 바로 이 같은 보편적 기반 위에 민족문학의 새로운 전개를 실천하고 있는 것이다. 그 어떤 모순과 역행에도 불구하고 오늘의 세계사는 민족들의 자주·자립이라는 대세를 드러내고 있다. 우리는 여기에서 민족문학의 실천적 운동과 함께 제3세계의 비동맹 문화의 의지에서 전 세계 민족 생활의 진실과 형제적으로 연대되면서 우리 자신의 문학에 예술적 충동을 도모하는 것이다.

새 역사는 오고야 만 것이다. 우리 민족의 실체인 대다수 민중의 존엄성이 바야흐로 착실하게 떠오르고 있다. 이 같은 역사의 대세는 그러나 민중의 승리로서가 아니라 또 하나의 정치적·경제적 질곡이 되어지고 있는 실정을 외면해서는 안 될 의무를 전제한다.

여기에서 우리는 역사에 던지는 진정한 언어가 무엇인가를 다시 한 번 뜨겁게 인식하지 않으면 안 된다. 이 땅의 정의와 자유, 평등의 민주화와 민족 통일의 문화적 구현을 우리들의 언어 하나하나는 달성하는 결의로 차 있다. 그리하여 우리들의 목소리는 마침내 민족의 진리인 것이다.

압록강 강물 위의 뗏목 일행의 풍경 그것은 어쩌면 우리 민족의 한 원형을 밝히는 평범하면서도 섬광적인 정서의 절경일지 모른다.

우리는 하나로 뭉친다는 중요성 이상으로 그 하나 속의 세계가 얼마나 전위적인 다양성의 하나하나로 충만한가라는 중요성에 대하여 풍부하다고 자부한다. 우리 자유실천문인협의회는 누구에게는 자유로운 하나이며 하나로 결합되는 증언 공동체이다. 이제 우리들의 고난과 의지의 경험은 그러한 인식에 바탕을 둔 오늘과 내일에 아낌없이 투자되고 있다. 이 책 역시 한 조촐한 우리들의 힘의 운동인 것이다. 스스로 축하한다.

# 월간조선 月刊朝鮮

## 편집후기 / 창간호를 만들고…

민족지의 정상으로 필봉 60년의 오랜 연륜을 쌓은 조선일보가 이제 새로이 맞게 된 시대의 요구에 따라 새로운 종합지 〈월간조선〉을 창간, 그 첫 호를 선보인다. 〈월간조선〉은 일제 치하 '조선의 광명'으로서 겨레의 어둠을 밝혔던 〈조광〉을 근원으로 하여 10여 년 전 본사가 인수, 속간 작업까지 벌이다 좌절되었던 〈사상계〉의 맥을 이어 등장한다. 이에 광범위한 독자층의 의견을 종합하며, 여론을 분석하여 제작하고, 독자들이 직접 논설까지 쓸 수 있는 '오피니언 매거진'인 동시에 한국 지성의 최고 전위지前衛誌를 지향할 것임을 다짐한다.

새봄과 함께 각계에 민주화 바람이 일고 있다. '민주'란 무엇인가. 모든 사람들이 다 알고 있는 것 같으면서도 실은 다 안다고 할 수 없는 것이 또한 '민주'다. 이를 다시 한 번 살피고 역사를 되돌아보며, 앞으로 나아갈 길을 제시해보자는 뜻에서 '민주의 길' 특집을 마련했다. '민주의 길'이 어디 먼 곳이 있는 것이 아님을 믿으면서…….

4·19, 그로부터 20년이 흘렀다. 강산이 변해도 여러 번 변한, 격변과 소

| | |
|---|---|
| 발행일 | 1980년 4월 1일 |
| 발행 주기 | 월간 |
| 발행처 | 조선일보사 |
| 발행인 | 방우영 |
| 편집인 | 유건호 |

용돌이 속을 헤쳐온 20년이었다. 오늘 다시 새겨보는 4·19의 의미—새삼 숙연해지는 마음 금할 길이 없다.

대자연의 해빙과 함께 캠퍼스에도 봄이 왔다. 학원을 떠나야 했던 학생들도 돌아오고 교수들도 인종忍從의 세월 끝에 다시 강단에 서게 되었다. 김동길·김찬국·안병무·이문영·한완상 교수들의 글은 물론 정계의 원로 우양友羊 허정 씨가 오랫만에 쓴 글을 얻게 된 것은 〈월간조선〉 창간호의 큰 수확이었다.

첫 호를 내면서 독자 여러분들의 성원과 함께 채찍을 받고 싶다.

# 시와 경제

## 언어 질서의 변혁을 바라며

### 김도연

〈시와 경제〉. 이 몰상식한 표제는 〈시와 경제〉 동인들이 지닌 의식의 지층이 어디에 있는가를 암시한다. 시는 한 시대의 문화를 요약하고 수렴한다. 시 작업의 궁극적 목표하면 사람들에게 구원의 언어를 제시하는 일일 것이다. 경세제민經世濟民이라는 경제 최초의 뜻에 동의한 〈시와 경제〉 동인들은 그러므로 그들의 말과 몸이 시대에 대한 증언으로서 영원히 현장에 있기를 바라고 있다.

〈시와 경제〉 동인들은 한국어에 대한 심각한 위기감 속에서 동인 활동의 출범을 선언한다. 오늘의 한국어는 도저히 화해할 수 없는 계층 간의 언어 단절로 겹겹이 찢기어져 있다. 또한 오늘의 한국어는 그 혼란을 조장하는 부류들에 의하여 마구 난도질을 당한 채 본래의 싱싱한 탄력성마저 시들어져 있다. 한국어의 혼란을 조장하는 부류들이 정보 전달 수단의 상당 부분을 독차지하고 있다는 데서 문제의 심각성은 더욱 크다. 〈시와 경제〉 동인들은 만신창이의 한국어가 다시 건강성을 되찾도록 한국어를 피곤하게 만든 부류들과의 일대 언어 전쟁을 마다하지 않는다. 언어를 통하여 모든 계

**발행일** 1981년 12월 25일
**발행 주기** 부정기(무크지)
**발행처** 육문사
**발행인** 박병진
**동인** 김사인, 김정환, 나종영, 박승옥, 정규화, 홍일선, 황지우

층의 화해를 시도하는 작업을 진지하게 펴나갈 것이다.

〈시와 경제〉동인들은 시가 궁극적으로는 그 사회 모든 구성원의 공통 자산으로 환원되어야 한다는 명제를 믿는다. 시인은 도처에 널려 있는데 왜 시는 여전히 읽히지 않는가. 그것은 일상의 삶에서 멀어진 시인들이 고답적인 태도로 객기와 호사 취미에서 언어 놀이를 일삼고 있음에서 비롯된다. 자기부정의 정신이 결핍된 시인의 허위의식은 시를 대중으로부터 외면당하게 하는 데 크나큰 몫을 해오고 있다. 정신은 뿌리 뽑힌 채 기교만 답습하는 이 부류들은 예술가, 문학자 행세를 대단한 훈장으로 달고 다니며 서툰 지적 오만에 사로잡혀 있다. 이러한 풍토가 배양되었던 역사적 맥락을 짚어보건대 오늘의 시점에서 식민지 잔재의 의미를 되새기게 한다. 이들이 한국 문화계의 무시할 수 없는 세력으로 존재하는 한 우리에게 식민지 문화의 청산은 아직도 엄연한 강요 사항임을 실감한다.

〈시와 경제〉동인들은 무엇보다 시의 귀족화를 단호히 반대한다. 대중의 시대에 시가 선민의식에 젖은 일부 호사가들의 독점물일 수는 없다. 시는 삶의 모든 문제와 만나는 현장이며 그렇게 해서 생겨난 자연스러운 피와 땀의 결정임에 다름 아니다. 따라서 〈시와 경제〉동인들은 정직성, 치열성, 성실성을 그의 뼈대로 한 삶의 시에 주력할 것이다. 시와 일상 삶과의 거리를 없애자는 것은 〈시와 경제〉동인들이 당면한 제일의 과제이다. 그러기 위해서는 현실과 밀착된 언어가 무엇인지 거듭 되묻는 자세를 멈추지 않을 것이다.

〈시와 경제〉동인들은 시의 대중화 작업을 펴나가려 한다. 일상인이 곧 예술가요, 시인으로 통하는 사회를 이상적인 상태로 가정한다. 이런 생각은 현대적인 시의 기능에서 공허하고 허황된 발상으로 비난받을 소지도 있다. 하지만 시가 일부 시인들 사이의 암호 상태에서 벗어나 대중 속에 뿌리를 내리며 삭막하고 살벌하기조차 한 현대사회에 생기를 불어넣기 위해서는 다소 위험하고 어쩌면 불가능할지도 모르는 이 작업의 의미는 아무리 강조해도 지나침이 없다. 시는 그것을 낳은 사회의 것으로 귀속되어야 하기 때문이다.

〈시와 경제〉 동인들은 시의 개념과 영역이 대폭 확장되어야 할 필요성에 동감한다. 시의 귀족화를 초래한 본질적 요인의 하나도 시를 서정성 가락으로 국한하는 사전적 개념에서 한 치도 벗어나지 못했던 과거 시인들의 고지식한 자세에서 비롯되었다 해도 그릇된 판단은 아니다. 문학의 한 갈래로 전통적 기능을 많이 양보한 시의 영역을 다시 넓혀보자는 것이 〈시와 경제〉 동인들의 욕심이다. 놀라운 속도로 변모하는 현대사회의 성격을 제대로 구명하기 위해서는 고도의 복합적 인식이 요구되며 그 올바른 분석은 여러 분야의 축적된 성과를 통해서만 가능할 것이다. 시가 어느 때보다 사회과학의 도움을 필요로 함도 이와 같은 배경에서이다.

〈시와 경제〉 동인들은 오늘의 현실을 닫힌 세계로 규정한다. 닫힌 세계는 이단자를 요구한다. 수많은 이단자들이 토해내는 부정의 언어, 그들의 외로운 싸움이야말로 닫힌 시대를 증언하는 데 더없이 적극적 평가를 받을 것임을 믿는다. 부정의 언어는 자칫 다듬지 못하면 구호와 감상적인 푸념에 빠지기 쉽다. 기득권을 보호하려는 세력들로부터, 두터운 보수의 벽에 안주해 있는 세력들로부터 경직성을 지적받기도 한다. 지난 시대의 시들은 한국 시의 세계 인식을 높이는 데 부분적인 성과는 있었으나 이와 같은 함정에 빠졌음도 사실이었다. 〈시와 경제〉 동인들은 이러한 위험성을 깊이 인식, 현실의 아픔에 동참하는 동시에 그것을 극복해 보이는 미래를 향한 구원의 언어를 전달할 수 있도록 노력할 것이다.

〈시와 경제〉 동인들은 이 땅에 대한 책임, 오늘의 80년대 현실에 대한 역사적 책임을 느낀다. 이 시대의 가난은 이 땅에 발을 딛고 사는 누구나가 벗어나야 할 공통의 질곡이다. 〈시와 경제〉 동인들은 우리의 가난이 민족사의 전개 과정에서 빚어낸 분단 시대라는 특수성에서 비롯됨에 합의한다. 지난 시대의 경험에서 얻은 소득이라면 이 분단의 현실을 뛰어넘어야만이 우리는 보편적인 세계사의 진보에 기여할 수 있다는 사실에의 확인이었다. 분단의 언어에 근본적 회의를 제기하는 일은 때로는 분단 시대에서 너무도 당연히 받아들여져 왔던 세계관, 가치관에 대한 정면 도전의 개연성까지 있기 때문에 적지 않은 장애가 예상된다. 민족의 화해를, 계층의 화해를 바라지 않는 세력으로부터는 물론 이제까지의 상식에 깊숙히 물들어 있던 사람들에게서마저 경계의 눈초리가 번득일 것이다. 허나 민족사의 정통성을 찾는 작업은 눈앞의 현실적 고통이나 두려움 때문에 포기할 수는 없는 것이다. 분단 시대가 만들어낸 기존 언어의 모든 개념은 다시 검토되어야 한다. 이제부터의 모든 언어는 새로운 개념으로 출발하여야 한다.

〈시와 경제〉 동인들은 여러 갈래 예술 작업과의 유기적 협력을 제의한다. 지난 시대, 특히 70년대 들어 분단의 언어를 다시 검토하는 노력들이 여러 갈래로 시도되었다. 이제 그 물결은 역사의 진보를 추진하는 모든 사람들에게 신념과 용기를 던져주었으며 이 시간에도 어려운 여건을 무릅쓰고 의로운 작업을 게을리하지 않는 많은 동료들이 있다. 분단의 언어는 아직도 엄청난 괴물로서 우리 사회의 도처에 퍼져 있다. 그 허위성을 효과적으로 반격하기 위해서는 한국 문화의 현주소에 대한 보다 과학적인 인식이 심화되어야 할 것이다. 자생적으로 이루어져오던 작업들이 하나의 통일된 체계화로서 예지를 모을 필요성이 생겼다. 인간해방의 대장정은 모든 문화 부문에서 동시적으로 진행될 때 더욱 단단한 뿌리를 내릴 수 있을 것이다. 보다 깊은 혜안을 가지고 민족사의 정통성을 찾는 작업에 뜻있는 동료들의 적극적인 참여를 기대한다.

〈시와 경제〉 동인들은 이제까지의 동인지 활동에서 보였던 제한된 공간 개념은 집착하지 않는다. 문화운동에 기본적인 관심을 갖고 시대의 아픔에 동참하려는 의욕 있는 동료들에게라면 〈시와 경제〉 지면은 아낌없이 할애될 것이다. 〈시와 경제〉 동인지는 앞으로 시 창작뿐 아니라 소설, 희곡, 평론, 수기, 르뽀, 논문에 이르기까지 각 분야로 필진을 넓혀가면서 종합 동인지로 확산할 준비를 하고 있다.

〈시와 경제〉는 80년대의 보다 심화된 문화 혁명을 예감하며 조심스런 발걸음을 내딛었다. 이 땅은 아직도 식민지 문화 속에서 잠자고 있다. 〈시와 경제〉 동인들은 거듭 선언한다. 이제부터의 모든 언어는 새로운 개념으로 출발하여야 한다.

# 보물섬

## '보물섬'은 또 하나의 '알찬 봉사'

### 박근혜

매달매달 한 아름의 이야기보따리를 만들어 우리 어린이들에게 즐거움과 기쁨을 선사할 만화 월간지 〈보물섬〉의 창간을 진심으로 축하합니다.

재미있고도 건전하며, 웃으면서도 무엇인가 소중한 배움이 있는 책은 학부모, 선생님 그리고 모든 어린이들에게 사랑받을 수 있고 기대를 모으는 보물과 같은 존재입니다.

어린 시절이면 거의 누구나 앞다투어 읽어보게 되는 만화가 알차고도 다양한 내용으로 다달이 어린이를 찾게 됨은 한층 더 축하하고 환영할 일이라 하겠읍니다.

눈 내리는 겨울밤, 따뜻한 방에 모여 앉아 흥미진진하게 눈동자를 빛내며 할아버지, 할머니로부터 들을 수 있는 전설과 옛날이야기에서 현대판 상상 모험을 그린 우주 전쟁에 이르기까지, 국내외 역사 속의 인물의 일생에서 동물, 과학, 스포오츠의 세계에 이르기까지 아기자기한 내용들을 어린이들이 읽으면서 즐거워하고, 그 가운데서 상식과 배움을 키워나간다면, 이는 우리 사회가 사랑하는 어린이들에게 정성을 다하는 또 하나의 알찬

**발행일**　1982년 10월 1일
**발행 주기**　월간
**발행처**　재단법인 육영재단
**발행인**　최세경
**편집인**　최세경

봉사가 될 것입니다.

돌아가신 어머니께서 〈어깨동무〉를 창간할 때 어린이들을 위해 뜻하셨던 그 정성대로 〈어깨동무〉의 자매지 〈보물섬〉도 다달이 그 내용이 밝고 충실하여 어린이를 아끼고 사랑하는 데 으뜸가는 잡지, 그 권위를 자랑하는 잡지로서 무궁한 발전이 있기를 충심으로 축원하는 바입니다.

## 청소년들의 가장 친한 벗

**최세경(육영재단 이사장)**

혹 어떤 사람에게 취미가 뭐냐고 물을라치면 서슴없이 독서라고 대답을 해주는 때가 있습니다. 그러나 곰곰히 생각하면 독서란 취미가 될 수 없읍니다. 누구나 꼭 치러야 할 필수의 '정신 작업'이기 때문입니다. 독서를 취미쯤으로 생각하는 사람들이 우리 주변에 있기 때문에 "독서 주간"이니 "독서의 계절"이니 하는 슬로건이 생겨난 것입니다. 책을 읽는 데에 있어서 특별한 주간이 따로 있을 수 없으며, 특별한 계절이 따로 있을 수 없습니다. 책을 읽는다는 것은 마치 우리가 숨을 쉬는 것과 같아서 잠시도 게을리해서는 안 되는 것입니다.

최근 신문 지상을 통해 보도된 한 통계에 의하면, 우리나라의 독서 인구가 점차 줄어들고 있다는 것입니다. 더욱 놀란 것은 이른바 "독서의 계절"인 가을철에 들어서서 더욱 줄어들고 있다는 것인데, 이것이 사실이라면 여간 큰 문제가 아닙니다. 왜냐하면 "독서 인구"는 바로 한 나라의 국력이기 때문입니다.

훌륭한 사람들이 남겨준 말을 빌지 않더라도 책 속에는 우리들 삶의 길이 있읍니다. 책이야말로 우리 삶의 양식이며, 이상을 세우게 하는 만인의 스승입니다. 그러므로 책을 읽는다는 것은 바라는바 이상을 향해 한 걸음 씩 다가가는 것과 같습니다.

'책 읽기 습관'을 길러주는 제일 빠른 지름길은 아마도 '만화책 읽기'일 것입니다. 재미있고 부담 없는 만화를 통해 어린이들은 책을 읽는 습관을 스스로 기르고, 꿈과 용기를 그 속에서 발견합니다.

흔히 만화라면 나쁘다고 생각하는 사람이 있지만 그것은 만화를 잘 모르고서 하는 말입니다. 만화란 고전을, 사건의 진실을, 또는 과학 이야기를 재미있고 쉽게 극화시킨 것으로서 어린이들에게는 꼭 필요한 책이라는 것이 나의 믿음입니다.

이번 저희 육영재단에서 창간한 만화 잡지 〈보물섬〉은 어린이들에게 책 읽기 습관을 길러주고, 민족의식과 국가관을 올바로 갖게 하기 위한 목적에서 만들어졌습니다. 〈보물섬〉이 자라나는 어린이들의 마음의 양식이 되길 희망합니다.

끝으로 이번 창간에 도움을 주신 각계 선생님들의 따뜻한 성원과 격려에 심심한 감사의 말씀을 드립니다.


## 창의력 키우는 더할 나위 없이 좋은 친구

**김성배(육영재단 상임이사, 어린이회관장)**


이 나라 어린이들에게 꿈과 슬기를 심어주기 위하여 설립된 육영재단이 벌써 열두 돌을 맞이하였습니다.

엄마 손에 이끌려 남산의 어린이회관 개관식에 참석했던 어린이가 이제는 의젓한 대학생으로 성장하여 인생과 국가를 논하고 우주를 논하게 된 것입니다.

그러나 우리 육영재단의 임직원들은 설립자의 높은 정신을 받들어, 어떻게 하면 어린이회관을 더 아름답게 가꾸고 어깨동무와 꿈나라를 더욱 다정한 여러분들의 친구로 키워나갈까 밤낮으로 근심하며 노력해왔읍니다.

여기 또 하나의 재미있고 사랑스러운 여러분의 벗 〈보물섬〉을 보내드립니다.

어린이들이 만화에 대한 호기심을 단순히 부정하며 금하는 것으로 족한 일은 아닐 것입니다.

범람하는 각종 오락물의 홍수에서 오히려 그들을 보호하고 그 호기심을 선도하여 유익하고 올바른 방향으로 어린이들의 꿈과 창의력을 개발해나갈 수만 있다면 만화야말로 더할 나위 없이 좋은 친구가 될 수 있을 것입니다.

뽀빠이 아저씨, 애니, E·T(이이·티이, 외계인) 등과 같이 정의롭고 슬기로운 아름다운 친구들이 달마다 여러분들과 함께 울고 웃고 이야기하며 즐겁게 공부할 수 있게 될 것입니다. 이제 우리나라도 당당히 선진국의 대열에서 올림픽의 개최국이 되고, 우리의 어린이들도 온 세계를 이끌어갈 지도층의 대열에 참여하게 될 날이 눈앞에 다가오고 있음을 실감하며, 우리 육영재단은 우리의 그날을 위하여 더욱 열심히 공부하며 봉사할 것입니다.

새로 태어난 〈보물섬〉에 더 눈부시고 멋진 보물을 담을 수 있도록 여러분들의 아낌없는 성원과 올바른 꾸중을 바랍니다.

# 외국문학

## 〈외국문학〉을 내면서

　우리는 잡지의 시대에 살고 있다. 허구적인 소비 욕망을 자극하는 많은 여성 잡지로부터 이웃과 사회에 대하여 무관심한 개인의 세계관을 더욱 편협하게 만드는 각종의 취미 잡지에 이르기까지 다양한 잡지들이 날마다 달마다 쏟아져 나온다. 이처럼 종류의 다양함과 양적인 풍부함이 그 어느 때보다도 화려하게 우리의 시야를 어지럽히고 있지만, 그 공허하고 비非유기적인 내용에서 빚어지는 착잡한 생각과 천박스럽다는 느낌이 이처럼 절망적으로 다가오는 때도 일찍이 없었다. 모든 것이 충분한 성찰과 토의를 거치지 않은 채 급격히 변화하고 모든 중요한 것들이 교묘히 은폐되는 이 시대에 우리의 상실된 방향감각은 제멋대로 떠돌고 정신은 난파된 선박의 뱃조각처럼 분열되어 있는데, 이처럼 산만한 지식과 이질적인 감각을 그야말로 종합하고 통일시켜줄 수 있는 공기公器는 어느 곳에도 보이지 않는다. 우리가 처해 있는 현실에서 우리의 정신적 좌표를 분명히 일깨워주어야 할 잡지들은 물질적으로 안락하기만을 바라고 정신적으로 태만한 시민들의 취

| | |
|---|---|
| **발행일** | 1984년 6월 1일 |
| **발행 주기** | 계간 |
| **발행처** | 외국문학 |
| **발행인** | 양계봉 |
| **편집인** | 김진홍 |
| **주간** | 황지우 |
| **편집위원** | 김영무, 김치수, 민용태, 안삼환, 오생근, 이성원, 이종진, 한형곤 |

향에 맞게끔 안이하고 화사하게 꾸며졌을 뿐이다. 70년대의 〈창작과비평〉과 〈문학과지성〉 등의 의미 있는 역할을 수행했던 계간지들이 80년대의 벽두에 폐간됨으로써 현격히 심화된 문화적 공백은 단순히 비어 있는 자리로 남아 있기는커녕, 이 혼탁한 시대의 탁류에 휩쓸려 그 자리의 순수성을 되찾고 회복시키기가 어려울 정도로 변질되어버렸다. 당연히 제기되어야 할 중요한 문제들은 외면되거나 스캔들처럼 취급되어버리고, 그러한 문제들을 진지하게 이해하고 탐구하려는 모든 성실한 시도는 무익한 정열로 끝나버리기도 했다. 70년대를 풍미했던 어떤 지적·문학적 대립은 80년대로 이월되면서 의미 있는 대립을 통한 발전적 심화를 이룩하지 못하고, 변증법적 발전을 모색하려는 어떤 새로운 물결은 뜻있는 사람들의 기대와는 달리 아직 솟아오르지 않았다. 구심점을 잃은 창조적 지성과 문학은 때때로 부정기 간행물이라는 형식을 빌어 그 나름대로의 개성적인 열정을 발휘하면서 진실을 표현하고 순수한 외침을 들려주기는 하였지만, 우리 사회에서 그러한 형식이 갖는 한계 때문에 독자의 관심을 집중시키고 지속적인 힘을 축적시켜줄 수 있는 단계에 도달하지는 못하였다. 이 시대의 아픔을 절감하는 많은 사람들에게 힘과 꿈이 되며, 혼란을 극복할 수 있는 지혜와 용기를 심어주고 또한 문제의식을 일깨워줄 수 있는 정신적 공간의 창조는 그런 점에서 참으로 소망스러운 것이었다.

우리는 오늘의 이러한 정신적 상황을 날카롭게 의식하면서, 우리가 감당해야 할 몫이 무엇인가를 질문하고 그 질문에 응답하려는 작업을 충실히 수행할 것을 다짐한다. 우리의 작업은 '외국문학'이라는 제호가 갖는 한계의 테두리 속에 갇혀서 우리의 문학과 우리의 현실을 외면한 어떤 해외 문학의 새로운 흐름을 소개하는 데에만 급급하지는 않을 것이며, 성숙한 주체적 입장에서 외국 문학과 한국문학의, 혹은 서양 문화와 동양 문화의 탄력 있는 만남을 충전시키고 자극할 것이다. 우리는 어떤 특정한 이념을 제시하면서 우리의 방향을 미리부터 확정 짓지는 않을 것이다. 우리가 믿는 것은 다만 정직하고 진지한 태도로써 눈을 바로 뜨고 현실의 모순을 파악하고, 머리를 높이 쳐들면서 열린 정신을 유지하는 일이다. 우리는 모든 편협한 대립적 사고를 지양하고 보다 높고 보다 깊은 차원에서 양분법적 대립을 종합할 수 있는 정신을 옹호할 것이다. 우리는 순수와 참여를 대립된 개념으로 파악하지 않고 '순수의 참여성'이거나 '참여적인 순수성'으로 이해하고 또한 그러한 입장을 강조할 것이다. 왜냐하면 음험한 이데올로기의 압력과 비천한 상업주의의 유혹을 극복할 수 있는 길은 '순수'의 정신을 지키는 일이지만, 그러한 정신은 현실의 모든 문제를 꿰뚫어 볼 수 있는 '참여'적 시각으로 더욱 강화될 수 있기 때문이다.

계간 〈외국문학〉은 그러므로 어떤 편집 방침이 굳어진 문예지가 아니라 독자의 열망과 시대와 역사의 요청에 따라서 끊임없이 변형되어가며 살아 있을 것이다.

우리는 안일한 타협을 거부하면서 우리의 길이 멀고 험하다는 것을, 그리고 우리의 시도가 어쩌면 출발부터 모순이라는 것을 충분히 인식하면서 우리의 각오를 끊임없이 새롭게 다짐할 것이다. 그것은 공허한 말의 잔치로 되풀이 강조되어야 할 성질의 것이 아니라 지속적인 노력의 결과로서 입증되어야 할 것이다.

# 노래

## 광범한 민중운동의 흐름 속에 자리하는 노래 운동

'노래' 혹은 '노래 운동'이 우리 문화 속에서 구체적인 주목과 인식의 대상으로 자리 잡기 시작한 것은 비교적 최근의 일이다. 노래가 오랫동안 문화적 변방에 위치하여 별다른 관심의 대상이 되지 못하였던 것은 여러 가지 이유가 있겠지만 무엇보다도 노래 매체가 가지는 삶으로서의 보편성에 기인하는 것이 아닐까 생각된다. 다시 말해 노래하는 문화 양식이 우리의 일상 속에 너무도 밀착해 있는 탓으로 그것을 하나의 인식 대상으로 객관화시키기가 쉽지 않았다는 것이다. 그러나 노래가 가지는 삶으로서의 보편성은 오히려 노래 매체의 문화적 의의가 그만큼 크다는 것을 의미하고 있다 하겠다. 그러니까 누구도 쉽게 느끼지 못하는 사이에 우리의 삶과 의식에 적지 않은 영향력을 행사하게 되는 노래의 매체적 특성을 확인하는 것이 노래 운동의 현실적 논리의 출발점이 되는 것이다. 그것은 우선 기존의 노래 문화에 대한 문제 제기로부터 구체화된다. 가장 중심적인 것은 대중가요를 비롯한 기존의 노래 문화가 민중들의 진실된 삶의 과정으로부터 완전히 유리된 채 몽환적이고 허구적인 현실의 껍데기만 폭력적으로 제시함으

발행일　1984년 7월 15일
발행 주기　부정기(무크지)
발행처　실천문학사
발행인　박병서
편집동인　김창남, 김해식, 박윤우, 이영미

로 하여 현실을 철저히 왜곡하고 있다는 사실에 있다. 이 문제는 기존의 노래 문화가 위치한 역사적인 상황과 구조적인 관계에 대한 확고한 인식에 의해서만이 그 해결의 방법이 모색되어질 수 있다. 그러한 노래 문화의 모순을 해결하고자 하는 노력은 모든 사회구조적 부정성을 척결하고자 하는 보다 광범한 민중운동의 흐름 속에 위치함으로써만 그 의미를 확보할 수 있게 된다. 결국, 노래 운동은 노래의 매체적 보편성이 지배 이데올로기에 의해 악용되고 있는 현실에 대한 철저한 부정으로부터 이 땅의 민중들이 자신의 상황을 주체적으로 해결하고, 그와 함께 그들의 건강한 삶의 일부로서의 노래를 소유하게 하고자 하는 보다 실천적인 노력으로 방향 지워지게 되는 것이다.

이 부정기 간행물 〈노래〉의 의미는 일차적으로 그러한 노래 운동의 실천적 성과를 정리하여 논리적 축적을 이루고, 이를 공식화하는 데에서 찾아질 수 있을 것이다. 그러나, 그러한 작업은 이론과 실천의 양분론적 사고에 의해서보다는 인쇄 매체 자체의 실천성이라는 측면을 보다 강조하는 방향으로 이루어져야 할 줄 안다. 이론과 실천의 양분적 논리에 의해 이론적 작업이 자칫 실천적 역량의 소모로 기능하는 모습을 가끔 보게 되기 때문이다. 다시 말하면 '책' 속에서 실천 부문의 미묘한 논점을 가지고 논쟁하기보다는 '책'이라는 매체가 지닐 수 있는 운동적 가능성을 최대한 활용하는 데에 중점이 두어져야 할 것이라는 의미이다.

이번의 첫 작업에서는 무엇보다도 대중가요의 폐해를 지적하는 데에 가장 큰 비중이 두어졌다. 한국의 대중가요사를 정리하고 그 문화적 성격을 규명하는 일은 앞으로도 부단히 계속되어야 할 것이다. 방송 매체의 위력에 힘입은 저 대중가요의 엄청난 파급효과를 극복하지 않고서는 어떠한 실천적 문화운동도 지극히 제한적인 성과밖에 거둘 수 없겠기 때문이다.

무엇보다도 이 〈노래〉지의 가장 중요한 사명은 노래 운동의 실천 과정에서 새롭게 만들어지고 수집되어진 노래를 악보화하여 널리 알리는 일이 될 것이다. 일차로 이번에는 시인들의 시 작업을 노래화한 몇 노래를 실었다. 이 노래들이 보다 많은 사람들에게 알려지고 불리워질 수 있었으면 한다. 물론 비판받아야 할 점이 있다면 당연히 이를 겸허하게 받아들여야 할 것이다.

이번 작업은 첫 시도하는 이름에 걸맞을 만큼이나 적지 않은 부족한 점을 가지고 있다. 그에 대한 모든 비판을 수렴하여 더 의미 있는 작업을 위한 노력으로 환원시킬 생각이다. 물론 그러한 작업은 노래 운동 전체의 발전적인 전개 속에서만 가능할 것이다.

**1984년 4월 편집 동인**

**김창남, 이영미, 박윤우, 김해식**

# 음악동아

## 창간사

　동아일보사는 그동안 음악인, 음악학도 그리고 음악 애호가 여러분이 한결같이 열망해오신 음악 종합 정보지 월간 〈음악동아〉를 드디어 창간하게 되었읍니다. 위대한 예술인 음악은 사람의 마음을 맑게 하고, 품위 있고 깨끗한 인격을 갖추게 합니다. 음악적인 재능을 충분히 발휘하고 이를 마음껏 향유하는 민족은 번영을 누리고 반대로 음악에 무지하여 이를 외면하는 민족은 원시와 미개의 상태에서 헤어나지 못하는 이유가 여기에 있읍니다.

　우리 민족은 예부터 유달리 음악을 사랑하여 항시 새로운 음악을 창출하며 살아왔읍니다. 찬란한 우리의 민족문화도 실은 음악이 그 줄기가 되고 주류를 이루어왔음을 우리는 역사에서 잘 보아왔읍니다.

　민족주의, 민주주의, 문화주의를 3대 사시社是로 삼고 있는 동아일보사는 1920년 창간 이래 이 민족의 음악 발전을 위해서도 갖가지 사업을 벌여왔읍니다. 각 분야 음악인들의 작품 발표 및 연주회와 세계 저명 음악인이나 음악 단체의 초청 공연을 주관하기도 하고 1931년에는 신춘문예에 〈조

**발행일**　1984년 4월 1일
**발행 주기**　월간
**발행처**　동아일보사
**발행인**　오재경
**편집인**　권오기

선의 노래)를 공모하여 이를 국내외에 널리 보급함으로써 나라 사랑의 노래로 불려지기도 했습니다.

1961년부터 시작한 동아 음악 콩쿠르와 그 이듬해에 탄생한 명인 명창 대회 역시, 하나는 국내 최고의 신인 음악인의 등용문이란 점에서, 다른 하나는 우리나라 전통음악 전승의 보루가 되고 있다는 점에서 우리 음악사의 양대 산맥을 이루고 있습니다. 〈음악동아〉가 동아일보 창간 64주년을 맞이하여 세상에 나오게 된 것은 이런 점에서도 뜻있는 일이라고 자부합니다.

앞으로 〈음악동아〉는 국내외의 음악 현장과 세계적인 지휘자, 연주가들의 활동 상황을 중심한 음악 정보는 물론, 전통음악과 건전한 대중음악의 동향도 아울러 신속하고 재미있게 알리고자 합니다. 그리고 가장 힘들여 펼쳐 보일 사업은 이 땅에 예술비평의 정착을 기필코 이룩하는 일입니다. 이렇게 하는 것이 바야흐로 세계 무대를 향하여 웅비하고 있는 한국 음악계의 발전을 위한 이바지도 될 것으로 생각합니다.

**동아일보사 사장 오재경**

# 미술세계 美術世界

## 발간사

한국 미술 5000년전이 세계 여러 나라에서 열려, 우리의 전통문화와 예술이 훌륭한 것을 알리는 데에 크게 기여했읍니다.

그러나 경제 우선 정책으로 물질적인 풍요로움은 이루었으나, 정신적인 면에서는 아직도 침체에서 벗어나지 못하고 있는 실정입니다.

이 침체된 상태에서 벗어나고, 미술계에 활기를 불어넣는 데 일조가 되기 위해, 저희들은 경인미술관을 설립하고, 월간 〈미술세계〉를 펴내게 되었읍니다.

〈미술세계〉는 미술 창작 활동의 활성화, 수준 향상의 촉진, 그리고 그것을 뒷받침하는 미술 애호 인구의 저변 확대를 목표로 해서 만들어집니다.

나날이 변천·발전해가는 세계 미술의 활동 상황, 흐름에 대한 정보와 자료들을 신속·정확하게 전달하고 전 세계의 미술 서적과 문헌을 모두 모아 미술가, 미술학도들이 언제든 이용할 수 있도록 〈미술세계〉 자료실을 개방합니다.

| | |
|---|---|
| 발행일 | 1984년 10월 1일 |
| 발행 주기 | 월간 |
| 발행처 | (주)경인미술관 월간 〈미술세계〉 |
| 발행인 | 이금홍 |
| 편집인 | 이금홍 |
| 주간 | 장상섭 |

미술의 국제 교류가 활발히 전개될 수 있는 교류망을 구축해, 세계로 진출하는 작가가 늘어가도록 하고, 세계 거장들 작품을 국내에 전시하도록 노력하겠읍니다.

이런 뜻에 호응해주시는 분이 늘어나면, 역량 있는 젊은 작가들을 발굴하는 전시회 개최 목표가 앞당겨질 것입니다.

또한 미술 애호가들을 위해, 전국 각지에서 미술을 이해할 수 있게 강연회를 가질 계획입니다. 손수 그림을 그리거나 판화를 찍거나, 도자기를 만들어보고 싶은 분들을 위해, 본사나 지사에 미술 강좌를 열어, 애호가와 작가가 만나서 같이 제작에 참여하도록 하겠읍니다.

가정에 미술 작품을 소장하시려는 독자를 위해 할부로 작품을 구입하는 제도를 만들도록 추진 중입니다.

많은 사람들이 미술을 사랑하고, 생활에 미술적 감각을 도입해, 아름답게 사는 모습을, 심어주는 것이 저희들의 꿈입니다.

이런 꿈을 가진 사람들이 모여, 이 책을 꾸미는 데 심혈을 기울이고 있읍니다.

감사합니다.

〈미술세계〉 발행인 이금홍

# 샘이깊은물

## 사람의 잡지

〈샘이깊은물〉을 냅니다.

일천구백칠십륙 년 삼월에 이제는 폐간된 월간 문화 잡지 〈뿌리깊은 나무〉를 선보이며 그 창간사에서 "좀 엉뚱해 보이는 이름"을 지었다는 말씀을 사뢰었읍니다. 그러나 오늘에야 비로소 나오는 새 문화 잡지 〈샘이깊은물〉은 이름이 엉뚱하지는 않습니다. 두 이름이 다 한반도 사람이 이녁 말을 적는 글자를 만들어 맨 처음으로 낸 책 『용비어천가』의 들머리에 나란히 버티고 서 있는 귀절에서 따온 것이기 때문입니다. 그리고 〈뿌리깊은 나무〉 사람들이 만일에 새 잡지를 낸다면 그 이름은 기필코 〈샘이깊은물〉이 될 것이라고 내다보신 이들이 이미 많았기 때문이기도 합니다.

이 새 잡지가 "오늘에야 비로소" 나옵니다만 사실은 저희들은 〈샘이깊은물〉을 〈뿌리깊은 나무〉가 나오던 시절에도 내고 싶어 했으나 그럴 사정이 있어서 못 냈던 것입니다. 그러다가 일천구백팔십 년 팔월부터 〈뿌리깊은 나무〉 자체가 폐간되었읍니다. 그러나 저희의 편집진은 헤어지지 않고 똘똘 뭉쳐 남아 그동안에 종합 인문 지리지 〈한국의 발견〉의 편찬과 발간을

발행일　1984년 11월 1일
발행 주기　월간
발행처　뿌리깊은 나무
발행인　한창기
편집인　한창기

어렵게나마 끝냈습니다. 그리고 새로 가다듬은 마음으로 붓을 들어 이 오래 묵은 꿈을 드디어 실현하게 된 것입니다.

저희가 〈샘이깊은물〉로 하고자 하는 일은 〈뿌리깊은 나무〉를 내고 있었던 여러 해 전과 크게 다를 바가 없습니다. 다만 그 일을 하고자 하는 까닭만은 저희들이 시련이라면 시련을 겪고 성숙이라면 성숙을 누린 지난 여러 해를 보낸 오늘날에 저희의 눈에 오히려 좀 더 뚜렷이 보인다고 사뢸 수 있을 듯합니다.

잡지 하나가 세상의 모든 일을 다 할 수는 없습니다. 또, 다 하려다가는 본디 하기로 나선 일 자체를 흐려지게 하기 십상입니다. 저희는 다달이 〈뿌리깊은 나무〉를 엮어 내면서, 다루지 않을 것을 가려내는 일을 다룰 것을 결정하는 일에 못지않게 중요히 여겼습니다. 잡지의 성격을 단단히 지키는 일이 독자를 가장 잘 섬기는 일이라고 쳤기 때문입니다. 그러나 비록 저희가 다루고 있는 일은 아니지만 저희의 눈에 저희가 다루고 있는 일만큼 중요한 잡지의 과제로 비치는 것이 늘 하나 있었습니다.

그 과제는 이러한 것입니다. 곧, 어제와 오늘과 내일의 가정과 사회 그리고 그것들의 어우름을 깊이 파고들어 탐색하고 관찰하는 일입니다. 이 일을 마침내 〈샘이깊은물〉이 하기로 나선 것입니다.

가정은 사회의 근본 단위입니다. 그 단위의 타당성 위에 어머니와 아버지, 지어미와 지아비, 딸과 아들, 아우와 언니가 있으며, 그런 단위들이 모이거나 서로 부딪쳐 더 좋은 사회도 되고 덜 좋은 사회도 됩니다. 그러나 다들 잘 아시듯이 칠팔십 년대에 들어 그런 가정의 뜻도 사회의 뜻도 급속히 달라져왔습니다. 학자들은 그것이 산업사회와 탈산업사회가 어차피 몰고 오게 되어 있는 변화 때문이라고 합니다.

무릇 변화는 그 자체의 흔들림 없는 속성으로 말미암아 흔히 이미 있는 전통과 가치관의 와해를 몰고 옵니다. 그리고 그런 와해의 물결은 가정과 사회에 이르러 예리한 심리의 갈등을 일으킵니다. 〈샘이깊은물〉이 가정과 사회를 살피면서 특히 변화와 전통을 눈여겨볼 터임도 바로 그 때문입니다.

지난 역사와 다가오는 역사를 서로 만나게 하는 것이 전통이라면, 변화는 그 둘을 서로 갈라서게 하는 것이라고 할 수 있을지도 모르겠습니다. 그 만남도 갈라섬도 사람이 사람답게 사는 일에 이로와야만 우리에게 중요한 줄로 압니다. 그리하여 저희는 전통을 내세울 때에도 변화를 촉구할 때에도 늘 사람의 사람다운 세상살이를 염두에 두겠습니다.

가정과 사회의 문제는 마침내는 사람의 문제로 귀결됩니다. 따라서 가정과 사회의 전통과 변화는 사람의 전통과 변화를 뜻합니다. 저희들이 여자와 남자의 문제, 학생과 사회인의 문제, 아이와 어른의 문제를 자주 다룰 터임도 그 때문입니다.

〈샘이깊은물〉이 다룰 화제들은 작아 보이나마 깊이가 있는 화제들입니다. 〈뿌리깊은 나무〉가 하던 일이 "넓은 세상"을 바라보는 일이라면, 〈샘이깊은물〉이 하는 일은 "등잔 밑"을 살펴보는 일이라고도 할 수 있겠습니다. 가정도 사회도, 또 그것들의 어우름도 가까운 데서 출발하기 때문입니다. 그러니 이 "등잔 밑"은 넓은 세상에 못지않게 흥미로운 관찰의 과녁이 될 줄로 믿습니다.

가정이 〈샘이깊은물〉이 탐색하는 주요 대상에 들고, 실제로 여자들이 많은 가정의 핵심이 되므로, 자연히 이 문화 잡지는, 남자들이 더 많이 읽던 〈뿌리깊은 나무〉와는 달리 여자들이 더 많이 읽게 될 터입니다. 현대사회의 가정이 반드시 부모와 부부와 자식으로 이루어진 전통 가정인 것은 아닐 바에야 많은 여자들이, 함께 살거나 얹혀살거나 혼자 살거나, 현대 가정의 핵심으로서 또는 그런 핵심이 언젠가는 될 사람으로서 이 잡지의 내용에 유별난 관심을 보이는 것은 당연합니다. 그러나 〈뿌리깊은 나무〉가 "사람"의 잡지였지 "남성"의 잡지가 아니었듯이 이 문화 잡지도 이른바 "여성지"가 아니라 "사람의 잡지"입니다. 따라서 "사람이 사람답게 사는 일"에 관심이 있는 남자들도 탐독할 잡지입니다.

끝으로, 사뢸 말씀이 한마디 더 있습니다. 이 문화 잡지는 〈뿌리깊은 나무〉 대신에 나온 잡지가 결코 아닙니다. 되풀이하거니와, 오히려 〈샘이깊은 물〉은 〈뿌리깊은 나무〉가 하지 않았던 새 일을 하러 나온 잡지입니다. 그러나 〈뿌리깊은 나무〉가 사라지면서 남긴 텅 빈 마음을 아직도 채우지 못하셨다면, 그 마음이 풍요로운 보람으로 채워질 때까지 우선 〈샘이깊은물〉을 받아주시기를 간절히 바랍니다.

**발행·편집인 한창기**

## 진정한 말의 회복을 위하여

**민주언론운동협의회 의장 송건호**

오늘 우리는 이 시대 참다운 언론 운동을 향한 디딤돌로서 〈말〉을 내놓는다.

'말다운 말의 회복'. 진실을 알고자 하는 다수의 민중들에게 이 명제는 절실한 염원이다. 오늘의 우리말은 우리말 본래의 건강성을 오염시키는 무리들에 의하여 있어야 할 자리를 올바로 찾지 못한 채 심각히 표류하고 있다. 거짓과 허위, 유언비어가 마치 이 시대를 대변하는 언어인 양 또 하나의 폭력으로 군림하고 있음은 우리가 처해 있는 숨길 수 없는 현실이다.

이런 맥락에서 갖가지 제약 속에서 어렵게 출범한 〈말〉은 우리 시대 말다운 말의 회복을 위한 싸움이 결코 단순치 않음을 예감한다. 하지만 그것이 언론다운 언론을 모색하기 위한 우리 '민주언론운동협의회'에게 부여된 절대적 과제라면 〈말〉은 우리 앞에 놓여 있는 거대한 암초와의 싸움을 마다하지 않을 것이다.

〈말〉은 그 자체 자유롭고 독립적이기를 바란다. 〈말〉은 어느 누구의 사사로운 소유물이 아니며 오직 민족과 국가의, 역사적 발전적 시각을 대변하

**발행일**　1985년 6월 15일
**발행 주기**　월간
**발행처**　도서출판 공동체
**발행인**　송건호
**편집인**　성유보

는 문자 그대로의 공공 기관이 될 것이다.

어떤 사람들은 오늘의 언론이 어려운 여건 속에서도 상당히 제구실을 한다고 평가한다. 이런 평가는 언론계의 내막을 모르는 순진한, 그리고 크게 잘못된 언론관이다. 오늘의 언론기관은 이미 지난날과는 달리 권력과 이권을 주고받는 깊은 유착 관계에 있다. 따라서 기업주들은 과거처럼 좋은 신문을 만들어 국민으로부터 신뢰도 받고 기업적으로도 발전하겠다는 생각보다는 신문을 방패로 이것저것 특혜를 얻고자 신문을 권력 안보의 봉사수단으로 바치는 철저한 반언론적 반사회적 기관으로 타락되어 있다.

오늘의 언론이 다소 제구실을 하는 듯이 보이는 까닭은 지난 2·12선거 결과에 당황한 권력 당국이 여론을 일시적으로 호도하고자 언론통제의 폭을 약간 누그러뜨린 지극히 전술적인 후퇴의 소산이며 사태가 바뀌어지면 하룻밤 사이에 선거 전前 상태로 언제든지 바뀌어질 수 있는 일시적 현상이다. 언론 자유란 언론인의 저항과 투쟁으로 쟁취하는 것이며 권력 당국의 배려에서 해결될 수는 없다. 제도의 틀 속에서 유유낙락하는 현역 언론인의 일시적이고 형식적인 노력의 결과가 아님을 깨달아야 한다.

언론 기업은 독립되어 있어야 한다. 오늘 한국에서와 같이 언론 기업이 타 기업과 그리고 권력과 구조적으로 유착·종속되어 있다면 언론은 공정성을 잃고 권력에 아부를 일삼게 되며 정치적 상황이 바뀔 때마다 언론은 이제까지 봉사한 권력에 매질을 가하지만 새 권력에 굴종 아부한다. 일정한 원칙이 없이 그때그때 권력의 대세에 영합하는 데 급급하다면 이러한 언론은 혼란을 조장하는 지극히 위험한 반사회적 악영향을 미친다는 것을 깨달아야 한다.

우리는 참된 민주 언론을 구조적으로 지향하는 시점에서 제도 언론은 적어도 다음과 같은 몇 가지 점을 시정하여야 할 것이라고 생각한다.

첫째, 언론 기업은 타 기업과의 경영적 유대를 끊고 기업 면에서 완전 독립적이어야 한다.

둘째, 권력 당국은 언론 활동을 억압·규제하기 위해 지난날 '국보위'에서 일방적으로 제정한 '언론기본법'을 전면 폐기하여야 한다.

셋째, 신문 제작은 신문인에게 일임하며 당국은 법질서 안에서 제작되는 신문에 대해 일절 관여하지 말고, 기관원의 신문사 출입도 중지되어야 한다.

넷째, 권력 당국은 언론을 천직으로 섬기는 신문인들을 존중해야 하며 무절제하게 기자들을 권력 진영에 기용, 언론계 질서를 어지럽히는 일을 삼가야 한다.

새로운 언론의 진정한 모습을 창출하기 위한 모임인 '민주언론운동협의회'는 여러 가지 어려움을 무릅쓰고 오늘 보는 바와 같은 소책자 〈말〉을 내놓았다. 안팎의 제약으로 소책자 〈말〉의 보급은 크게 제한될 수밖에 없을 것이다.

그러나 우리는 언론이 제구실을 못하고 있는 오늘의 상황 속에서 참된 언론이란 어떤 것이며 어떤 것이 되어야 하는가를 보여주겠다는 의욕을 갖고 이 책자를 제작하였다.

한국 언론도 어언 90년의 기나긴 역사를 갖고 있으며 이 90년 역사 속에서 한국 언론은 민족과 민주를 위해 고난의 전통을 계승하고 있다. 우리 언협이 발간하는 〈말〉은 바로 90년 전통을 이어받은 주역임을 자부한다.

우리는 앞으로 사회 각 분야에 진실 보도를 위해 발전하는 역사의 시각에서 현지를 답사, 구체적이며 생생한 보도에 힘쓸 것이다.

국민 대중을 위한 참된 진실 보도란 구체적으로 어떤 것인가를 독자 여러분은 제도 언론의 보도와 비교하면서 읽을 수 있을 것이다. 민중을 위한 진실 보도, 사회정의를 위한 진실 보도를 위해 우리는 줄기찬 노력을 계속할 것이다. 전 세계의 독자 여러분의 전폭적인 성원을 기대하면서 우선 창간의 인사를 드리고자 한다.

# 과학동아

## 창간사

동아일보사는 과학기술 관계자들은 물론, 뜻있는 인사들의 오랜 여망이던 월간 종합 과학지 〈과학동아〉를 창간하게 되었습니다.

과학기술의 발달은 사회 발전의 원동력입니다. 더우기 천연자원이 부족한 우리로서는 과학 두뇌와 기술에 국가의 명운命運을 걸지 않을 수 없는 시점에 이르렀습니다. 국제 경쟁에서 살아남고 이기는 가장 효과적인 수단 역시 과학기술이기도 합니다.

민족주의 민주주의 문화주의를 사시社是로 하는 동아일보는 1920년 창간 이래 신문과 자매지의 지면을 통해 일관하여 과학기술의 진흥을 부르짖어왔습니다.

창간 당시부터 '과학 한국'의 건설을 주창한 본지는 수많은 사설을 통해 '공업 입국'을 제창했고 1926년에는 과학자, 발명가 14명에게 공로 메달과 기념품을 증정해 사기를 고취시키는 행사를 갖기도 했습니다. 뿐만 아니라 본지의 자매지인 월간 〈신동아〉에도 과학란을 고정으로 두어 과학기술의 보급과 조선의 장래에 끼칠 영향에 대해 역설했으며 역시 자매 여성지인 〈신가

발행일　1986년 1월 1일
발행 주기　월간
발행처　동아일보사
발행인　김성열
편집인　권오기

정)을 통해서도 보건 위생과 가사에서의 과학적, 합리적 생활 태도를 계몽했습니다.

광복 후에는 '동아자연과학장려금' 제도를 실시, 학자들에게 연구비를 지급했고 원로 학자들에게 과학상을 증정하기도 했습니다. '과학 한국'의 미래를 빛낼 새싹들을 위해서도 지난 1979년부터 해마다 '전국 학생 과학 발명품 경진대회'를 열어 입상자들에게 장학금을 주고 그들의 작품을 전시하고 있습니다.

동아일보는 이제 1986년 새해를 맞아 월간 〈과학동아〉를 발간함으로써 21세기를 앞두고 과학기술의 진흥을 위한 또 하나의 거보를 딛게 되었다고 자부합니다.

〈과학동아〉는 날로 새로워지는 최신의 국내외 과학 소식을 신속히 전달함과 아울러 유익한 해설 기사를 실어 전문가 아닌 일반인들도 과학에 대한 관심과 이해를 드높이도록 할 것입니다. 이렇게 함으로써 〈과학동아〉는 '과학 한국'을 향한 사회적 분위기를 진작하고 과학기술 발달에 기여하게 될 것으로 확신하는 바입니다.

독자 제현의 사랑 어린 지도와 편달을 바랍니다.

**동아일보사 사장 김성열**

# 녹두서평

## 책머리에

### 1

우리의 사회 현실을 이해하고자 하는 독자 대중의 학문적·사상적 지향은 최근 들어 비약적으로 발전하였다. 이것은 분명히 우리 사회의 정치 현실과 무관하지 않을 것이다.

지금까지 사회과학 출판계는 외국의 선진적 이론서들을 번역 소개하고, 출판물의 형태를 다양하게 개발함으로써 이러한 독자 대중의 지향을 어느 정도 충족시켜왔던 것이 사실이다.

그러나 최근 들어 독자 대중의 상당수가 복사물의 형태로 대량 유포되는 '팜플렛' 등과 같은 비합법 출판물을 통해 우리의 정치 현실에 대한 그들의 학문적·사상적 지향을 충족시킴으로써 사회과학 출판물의 상당수가 독자 대중으로부터 외면당하게 되는 결과를 낳았다.

'사회과학 출판계의 위기'로 표현되는 이러한 현상은 사회과학 출판계에 대해 '이데올로기 전쟁'을 선언하고 나온 외부적 억압에도 그 원인이 있겠지만, 내부적으로는 기존의 사회과학 출판계가 독자 대중의 요구와는 달리

발행일    1986년 3월 25일
발행 주기  부정기(무크지)
발행처    도서출판 녹두
발행인    김영호
저자     김남 외

여전히 번역서에 지나치게 의존하고 있고, 그나마 동일한 주제의 유사한 서적을 과당경쟁 출판함으로써 발생한 상대적인 시장 축소에서도 그 원인을 찾을 수 있을 것이다.

그러나 외부적 억압과 내부의 이러저러한 이유를 핑계 삼아 근본적 문제 해결을 방기할 경우, 우리는 그야말로 사회과학 출판계의 존재 그 자체가 위협받을 상황에 직면하게 될 것이다. 지금까지 사회과학 출판계가 재생산 구조를 지닌 채 어느 정도 사회적으로 긍정적인 역할을 수행해올 수 있었던 이유가 바로 '책을 사 읽는 독자'가 있었기 때문이었다고 한다면, 그러한 행위는 곧 독자에 대한 배신행위가 될 것이다. 따라서 우리는 우리의 사회 현실에 따라 민감하게 변화하는 독자 대중의 학문적·사상적 지향이 무엇인지를 항상 긴장된 마음으로 예의 주시하고 그들의 지향을 충족시킬 수 있도록 배전의 노력을 경주해야 될 것이다.

그러한 노력들이 결실을 맺을 때 '사회과학 출판계의 위기'는 말 그대로 위기로 끝나고, 우리는 책을 매개로 독자 대중과 떳떳하게 다시 만날 수 있게 될 것이다.

독자 대중은 우리의 사회 현실과의 치열한 대결 과정을 통해 구체화된 '논의'를 담은 출판물을 원하고 있다. 독자 대중의 그러한 요구는 우리의 사회 현실을 추상적이거나 반反역사적으로 바로 보는 태도에 대한 명백한 거부이고, 자족적이고 현실에 대해 무기력한 아카데미즘에 대한 엄중한 경고이며, 나아가 타국의 이론에 대한 일방적인 '승인'의 강요가 아니라 그것의 우리 사회 현실에의 올바른 '적용'에 대한 요구이다.

〈녹두서평〉은 독자 대중의 이러한 요구에 따라 이러한 '논의'를 체계적으로 정립해나가는 데 일조를 기할 목적으로 기획될 것이다.


## 2

현재 우리 사회는 민주화에 대한 열기가 해방 이후 그 어느 때보다도 높다고 할 수 있다. 표면상으로 그 열기는 개헌으로 집약되어 있는 듯하다. 우리는 여기서 개헌에 대해 구체적으로 언급할 의도는 없다. 다만 이러한 민주화의 요구가 왜 생겨나게 되며, 민주화의 실현 과정에서 그것의 어떤 측면에 주목해야 하는가를 〈녹두서평 1〉의 특집 '민주주의혁명과 제국주의'에서 다룸으로써 우리의 민주화 문제를 이해하는 데 도움이 되고자 할 따름이다.

본 특집에서 우리의 기본적인 관심사는 다음과 같다.

첫째, 변혁의 과제로서 설정된 민주주의란 어떤 내용을 지니는 것인가를 해명하는 것이다.

둘째, 민주화의 과제가 민족 해방 내지는 자주화의 과제와는 어떠한 관계에 있는가를 해명하는 것이다.

세째, 이를 위해 러시아, 중국, 베트남의 민주주의혁명 과정을 구체적으로 분석하는 것이다.

김영민의 「민주주의를 다시 생각한다」에서는 민주화 문제와 자주화 문제의 상호 연관이 문제로 등장하면서 새로운 조명을 받게 된 민주화, 민주주의 운동, 민주주의에 대한 기존의 인식을 재검토하고 있다. 조동희의 「러시아의 민주주의혁명과 노농동맹」에서는 러시아혁명에 있어서의 민주주의혁명이란 어떤 내용을 가지는 것이었는가를 민주주의의 개념을 중심으로 살펴보고, 민주주의혁명 수행을 위한 전략으로서 노농동맹론이 구체적인 상황 속에서 어떤 발전 과정을 겪었는가를 고찰하고 있다. 윤신명의 「중국의 신민주주의혁명」에서는 식민지·반식민지 반봉건사회인 중국의 혁명 과정에서 신민주주의혁명은 어떠한 의의를 지니는가를 중점 분석하고 있다. 정기영의 「신식민지에서의 민족 해방과 민주주의의 실현」에서는 베트남의 민족 해방 민주주의혁명의 과정을 집중 검토하고 있다. 특집의 마지막 논문인 민정우의 「식민지 사회의 성격 구명을 위한 일시론 (1)」에서는 식민지 사회의 분석에서부터 제국주의란 무엇이고 반제 운동, 즉 민족운동은 어떻게 이해해야 하는가를 고찰하기 위해, 사적 유물론의 기본 개념, 즉 생산양식, 생산관계, 소유 등의 개념이 맑스에 있어서 어떻게 정립되어 있는가를 분석하고 맑스의 '교통 양식'이라는 개념에 대해 설명한 후, 맑스가 한 사회의 재생산과 이행을 어떻게 설명하고 있는가를 보이며, 구식민지에 적용한 모택동의 명제를 정식화하여 제시하고, 식민지 조선을 대상으로 하여 맑스의 방법에 따라 식민지 사회에 대한 성격 규정을 재구성하고 있다.

본 특집을 통해 우리는 다음의 사실을 입증하고자 노력하였다.

첫째, 제국주의 시대의 식민지는 일반적으로 민족 해방과 민주주의라는 양대 과제를 안고 있는데, 민주화의 과제는 민족 해방 내지는 자주화의 과제와 유기적으로 통일되어 있다는 것이다. 따라서 제국주의와 식민지 민족 간의 모순은 외적 모순이므로 기본적 모순이 될 수 없다는 주장은 받아들일 수 없다는 것이다.

둘째, (신)식민지에서의 간단없는 혁명의 발전 과정에서 민족 해방 투쟁과 민주주의혁명은 두 개의 고립된 별개의 과정이 아니라 단일한 혁명 과정이라는 것이다.

세째, 결국 민주화의 과제는 단순히 대외 종속적인 독재 정권의 폐기라는 차원에서가 아니라 (신)식민지 사회에서의 민족해방-민주주의혁명의 일환으로 제기되어야 하며, 모든 민주화 노력은 민족 해방 진영과 제국주의 간의 결전에서 전자가 승리하기 전에는 실패로 끝날 수밖에 없다는 것이다.

**3**

장편 연작시 제1부 「한라산」은 우리에게는 거의 알려져 있지 않은 현대사의 주요한 사건인 제주도 4·3인민항쟁을 다룬 서사시이다. 원래 단행본으로 발간할 예정이었으나 사정에 의해 〈녹두서평 1〉에 게재하였다. 그리고 훌륭한 작품을 우송해주신 부천의 이산하 님에게 본 지면을 통해 심심한 사의를 표한다.

**4**

집중 기획으로 한국 현대사 연구를 싣고 있는데 이는 앞으로 연속 기획물로서 계속 게재할 예정이다. 첫 논문인 김승철의 「미군정의 구조와 성격 (1945-1948년)」에서는 한국 현대사 연구에 있어 가장 기본적인 주제의 하나인 8·15 직후 한국 사회의 성격을 결정적으로 각인 지웠다고 할 수 있는 미군정이 어떻게 성립되었고, 무엇을 했으며, 그리고 그 귀결은 무엇인가 하는 점을 개관하고 있다.

**5**

'수입개방 저지투쟁의 대중적 실천을 위하여'라는 제목의 이현섭의 보고서에서는 '개방농정'의 구조와 배경 및 농축산물 수입 실태를 살펴보고, 미국의 제국주의적 요구와 현 정권의 개방농정에 맞서 전개되었던 천만 농민의 농축산물 수입개방 저지투쟁의 전개 과정과 전망 및 과제를 총괄적으로 검토하고 있다.

**6**

서평란에서는 독자 대중에게 권할 만하다고 판단되는 국내외의 서적이나 논문에 대한 비평을 실을 것이다. 본 서평들은 책에 대해 단순히 소개하거나 우리가 흔히 볼 수 있는 것처럼 책의 저자와 평자가 서로 찬사를 주고받는 식이 아니라, 평자 나름대로의 분명한 입장에 입각하여 책에 대한 비평을 행하고 있다. 따라서 이것은 어떤 측면에서는 논쟁적이 될 수밖에 없을 것이다. 그럼에도 불구하고 우리는 평자들에게 '분명하게' 자기 논지를 전개할 것을 요구하였다. 〈녹두서평 1〉에서는 김승철의 「8·15 직후사를 바라보는 두 가지 관점」, 김남의 「80년대 노동운동론의 평가」, 이민철의 「국가독점자본주의론과 민족경제론」, 김진경의 「전후 세계 체제의 재편성과 그에 대한 저항의 한 형태로서의 교육운동」, 조금안의 「맑스주의적 여성문제 인식」을 실었다.

**7**

1년여 간의 산고 끝에 드디어 〈녹두서평 1〉이 세상에 모습을 드러내게 되었음을 무척 기쁘게 생각한다. 첫 시도이니만큼 부족한 점이 많을 것이다. 독자 제현의 질정을 부탁드리는 바이다.

**편집부 식**識

# 출판저널

## 도서 문화의 확장과 충실화를 위한 공론

우리의 출판문화는 정치·경제·사회 등 다른 분야와 마찬가지로 80년대 후반에 들어서면서 중요한 고비에 이르러 있습니다. 폭증하는 대중 전자 매체와 생활 유형의 소비화라는 부정적 힘에 대항해서 고급한 문자 매체의 기여 기능을 어떻게 유지·확산시키느냐의 문제와, 다른 한편으로는 고등교육 인구의 증가와 소득 향상을 기반으로 지적 욕구가 팽창하는 가운데 이루어지는, 예컨대 지난해 3만 7000종, 1억 4000만 부의 도서 발행과 같은 활기찬 출판계의 양적 팽창을 어떻게 질적 발전으로 전환시키느냐의 문제로 중요한 국면을 맞이하고 있습니다.

뿐만 아니라, 올 7월의 개정 저작권법 발효와 10월의 국제저작권조약 가입으로 우리의 출판 체계는 근본적인 체질 변화를 수행해야 할 단계에 올라 있습니다. 그러는 가운데 새로운 기술 혁신을 수용하면서 그것의 도전에 대응해야 하고, 문화 공간의 확대부터 유통 구조의 합리화, 독서 풍토의 개선이라는 전부터의 숙제도 함께 해결해야 할 처지이기도 합니다.

**발행일**　1987년 7월 20일
**발행 주기**　격주간
**발행처**　(재)한국출판금고
**발행인**　정진숙
**편집인**　이기웅
**주간**　차미례

이럴 즈음에 출판계와 도서 문화의 각계가 힘과 지혜를 모아 창간하는 〈출판저널〉의 의미와 역할, 기대와 효과는 큰 것이 아닐 수 없습니다. 출판 전문지에 대해서는 오래전부터 우리가 한결같이 원해온 것으로서, 그것은 도서 생산자와 독자 그리고 공급자 사이의 신속하고 유기적이며 성실한 소통의 회로로서 기능하면서, 책의 문화를, 그 취약한 틀에서 경쟁력이 강한 틀로, 불균형한 양의 팽창에서 체계 있는 질의 강화로 이끌어, 전반적인 구조의 개선에 기여할 것이기 때문입니다.

이 벅차고도 숱한, 그러나 마땅히 감당해야 할 일들을 적절히 수행하기 위해 우리는 다음 몇 가지 편집 방침을 세우고, 창간호부터 그 일을 시작했습니다.

첫째로, 〈출판저널〉은 소개할 가치가 있는 책들은 어떤 형태로든 빠짐없이 소개하여, 하루에도 백 종 이상 쏟아져 나오는 새 책의 가장 철저하고 신속한 정보지로서의 기능을 다할 것입니다.

둘째로, 〈출판저널〉은 중요한 책과 더 중요한 책들을 책임질 수 있는 눈으로 잘 가려, 짧고 길게 또는 이야기거리나 전문적인 비평 등으로 다양하게 평가하고 의미를 부여함으로써 권위 있고 본격적인 서평지의 역할을 다할 것입니다.

세째로, 글을 쓰는 이, 책을 펴내는 이, 특히 읽는 이들 간의 연결 회로를 최대한으로 활력화함으로써 학계 동정動靜으로부터 독서 교육에 이르기까지 폭넓은 도서 문화의 확장과 충실화에 기여하는 교양지로서의 몫을 다할 것입니다.

네째로, 책을 만들고 유통시키고 이용토록 하기까지의 합리적 경영 방법이나 새 기술의 활용 방법을 소개하고 권장하는 안내서로서의 작업에도 노력할 것입니다.

이러한 일들을 다하기 위해 우리는 몇 가지 제도적 장치를 마련했습니다. 한국출판금고로부터 발간비를 전적으로 지원받음으로써 시장성에 매인 얄팍한 편집 태도와 기사 작성을 원천적으로 피하면서 의연하면서도 독자적인 공론성을 유지토록 한 것입니다. 또한 각계의 신뢰할 수 있는 분들을 편집 서평 위원으로 위촉하여 편집서평위원회를 구성함으로써, 새로 출간되는 책들을 그때그때 자리매김하고 그에 대한 해석을 엄정하고 객관적으로 처리하도록 하였읍니다.

우리가 의도하는 만큼의 성과를 얻을 것인지는 이 매체 종사자들의 능력과 책임에 달린 것이지만, 책을 즐기고 책의 가치를 존중하는 이들 모두의 어울림과 도움, 야단침과 부추김 없이는 기대하기 어렵다는 사실은 자명한 일입니다. 그러므로 우리 모두의 따뜻한 뒷받침과 진지한 사랑 속에서 〈출판저널〉이 맡은 바 소임을 다하도록 해야겠읍니다.

우리의 전환기적 과정에서 도서-독서 문화의 체질 개선과 구조강화·가치창조·의미부여의 역할에 〈출판저널〉이 기여할 수 있도록 최선을 다할 것을 다시금 엄숙히 약속드리는 바입니다.

1987년 7월

발행인 정진숙

# 노동자의 길

## 노동자의 길을 펴내면서

인천·부천 지역의 노동 형제 여러분!

우리는 그동안 무척 답답했습니다.

이 사회의 가장 커다란 세력이라는 우리 일천만 노동자는 왜 허구헌 날 이 모양으로 후련한 소리 한 번 못하고 눌려 살아야 할까? 공장에서는 노사협조니 뭐니 하는 어지러운 말에 눌리고, 관리자의 눈치에 눌리고, 험하고 힘든 일에 짓눌리고, 집이라고 돌아오면 피곤에 눌리고 라디오 텔레비의 헛소리에 눌리고…… 왜 우리는 이렇게 기를 못 펴고 살아야 할까?

더구나 지난 5, 6월 세상이 들썩들썩할 때만 해도, 뭔가 되나 싶기만 했지 사실은 우리가 바라는 것, 하고 싶은 것들을 확실하게 하지 못했습니다. 고작해야 잔업을 마치고 퇴근하는 길에 대로에 열리는 대중 집회에 참석하여 구호를 따라 외치고 돌맹이를 던지며 싸웠던 정도입니다.

우리 노동자들은 그런 자리에서 정말 할 말이 많지 않았읍니까? 우리 모두가 턱까지 치밀어 오르는 말들이 너무 많았는데……

이러한 답답한 마음은 노태우가 소위 '민주화 8개 항'을 발표하여 온 세

**발행일** 1987년 7월 25일

**발행 주기** 부정기(1~2주간)

**발행처** 인천지역민주노동자연맹

상이 정말 민주주의가 된 것처럼 떠드는데, 사실 우리 노동자에게 변화된 것은 하나도 없음을 보았을 때 더욱 심해졌습니다. 왜 그럴까? 왜 민주화가 되었다는데 우리 노동자의 마음은 더욱 답답한가?

우리 노동자들은 지난 6월 투쟁에서 "군부독재 타도하고 자주적 민주정부 수립하자!"고 외치며 싸워왔습니다. 이러한 투쟁의 위세에 밀린 독재 정권이 직선제다 민주화다 하면서 한발 물러선 이 마당에 우리에게 가장 중요한 것은 '자주적 민주정부'를 이룰 주체적인 방안들을 우리 노동자가 당당하게 내놓고, 이것을 관철시키기 위해 더욱 세차게 투쟁하는 것이 아니겠습니까? 개헌 문제만 하더라도 우리 노동자가 '군부독재는 개헌 협상의 대상이 되지 못한다'고 분명히 밝히고, 군부독재를 제외한 제반 민족·민주 세력들이 모여 개헌안을 완성시켜야 한다는 것과 그럴 경우 우리 노동자의 개헌안의 내용은 이러저러하다고 똑똑히 제시할 수 있어야 하지 않겠습니까? 그런데 이러한 핵심적인 문제들에 대해서는 노동자가 끼어들 한 치의 틈도 주어져 있지 않습니다. 노동자뿐만 아니라 군부독재를 밀어붙인 실질적인 장본인인 민중 전체가 이러한 정치적 결정 문제에서 완전히 제외되어 있습니다. 오히려 물러가라는 군부독재는 멀쩡하고, 민주당만이 반독재 투쟁의 주인인 양 나서고 있는 형편입니다.

노동자는 눈이 있으나 하루 내 현장에 매어 있기 때문에 세상일을 볼 수가 없습니다. 귀가 있어도 지금의 텔레비다 라디오다 하는 것들이 죄다 독재 정권의 편에 서 있기 때문에 참된 노동자의 소리를 들을 수 없습니다. 가슴 깊이 맺힌 것이 많아 외치고 싶어도 노동자의 연단은 없습니다.

〈노동자의 길〉은 저 압제자들의 음모·비리·술책들을 샅샅이 파헤치는 노동자의 눈이 될 것이고, 고통의 현장에서 터져 나오는 피맺힌 항거의 소리를 대변하는 노동자의 입이 될 것입니다. 동시에 변화하는 정세 속에서 노동자가 취해야 할 정치적 입장이 무엇인가를 밝히는 투쟁의 지침이 되도록 노력할 것입니다.

〈노동자의 길〉이 우리 모두의 신문, 사랑을 받는 신문이 되기 위해서는 무엇보다도 바로 독자 여러분의 정력적인 활동이 요구됩니다.

〈노동자의 길〉을 대중 속에 갖고 들어가 전파하고 대중의 응어리진 가슴을 그대로 전달해주는 여러분의 헌신적인 노력을 절실히 요청합니다.

# 행복이 가득한 집

월간 〈행복이 가득한 집〉에서 드리는 창간 메시지
―새로운 여성 생활 문화지를 창간하면서

오늘의 우리 현실을 돌아볼 때 급격한 경제성장과 핵가족화의 현상으로 말미암아 전통적인 가치관이 붕괴 위기에 놓여 있음을 목도하게 됩니다. 특히 가족제도의 변화가 그 큰 요인이라 할 수 있습니다.

옛말에 '수신제가치국평천하'라 했듯, 사회 구성의 최소 단위인 가족의 성격은 그 사회, 그 국가, 그 세계의 성격에 원천적인 영향을 미치는 것입니다. 새로운 가족제도의 가치관은 곧 새로운 사회관, 국가관, 세계관을 낳게 합니다. 그렇다면, 그 새로운 가치관을 위해 절실히 필요한 것은 무엇이며, 무엇이 유익한가 하는 다각적인 물음이 있어야 합니다. 바로 그 물음의 현장이 되고 그 물음에 대한 해답의 열쇠가 되는 매개체가 있어야 하는 것입니다. 이러한 시대적 요청에 부응하여 월간 〈행복이 가득한 집〉을 창간합니다.

〈행복이 가득한 집〉은 행복을 꿈꾸고 가꾸는 사람들의 정다운 벗이 될 것입니다.

〈행복이 가득한 집〉은 땀 흘려 행복이라는 밭을 일구려는 사람들의 드라

| | |
|---|---|
| 발행일 | 1987년 9월 1일 |
| 발행 주기 | 월간 |
| 발행처 | 주식회사 디자인하우스 |
| 발행인 | 이영혜 |
| 편집인 | 이영혜 |

마를 진솔하게, 그리고 생생하게 전하려 합니다.

〈행복이 가득한 집〉은 가족이 사는 공간인 집에서 일어날 수 있는 모든 것을 다루어, 가정을 지키고 가꾸려는 모든 사람들에게 올바른 잣대를 제시하고 바람직한 시각을 유도해나갈 것입니다.

〈행복이 가득한 집〉은 기존의 형식과 내용을 탈피하여, 건전하고 밝은 삶을 영위하려는 우리 이웃의 모습과 이야기를 전하려고 합니다.

〈행복이 가득한 집〉은 품위 있는 문화 생활지로서, 산업의 발달로 다양해진 우리의 생활의 질을 드높일 것이며, 모든 문화, 모든 생활의 현상을 집이라는 공간의 눈으로 보되, 따스한 인간적 눈길로 접근하려 합니다.

〈행복이 가득한 집〉은 지구촌 시대에 부응하기 위해, 우리나라 최초로 외국 잡지사와 판권 계약을 정식으로 맺었습니다. 따라서 지금껏 우리나라 잡지계의 낙후성의 한 요인이 되었던 무단 복제에 의한 외국 것의 겉핥기식의 모방을 지양하고, 그 참모습을 생생한 화보에 담아 소개할 것입니다. 그 하나로 미국에서 최대의 발행 부수를 자랑하는 가정 생활지 〈베터 홈즈 앤드 가든즈〉와 계약을 맺고 미국의 건전한 중산층 생활의 모습을 한 치의 변질도 왜곡도 없이 생생하게 보여줌으로써 우리 것과 제대로 비교하여 상대적으로 우리의 생활문화 의식을 높이고 나아가 우리 산업계에도 긍정적인 자극을 주고자 합니다.

〈행복이 가득한 집〉은 현재를 읽고 미래를 예시하되, 또한 우리의 전통 문화를 소중하게 다루려고 합니다.

〈행복이 가득한 집〉은 행복을 생산하고 가꾸는 꿈과 희망, 그리고 아이디어를 끊임없이 개발, 가정과 사회에 공헌할 것을 약속합니다.

〈행복이 가득한 집〉은 생활의 질을 소중하게 여기는 모든 사람들의 정다운 벗이 될 것을 확신합니다.

〈행복이 가득한 집〉 발행인 겸 편집인

이영혜

# 역사비평

## 책머리에

1980년대 들어 한국 사회는 민주화와 자주화를 향한 대격변을 맞이하고 있다. 특히 지난 6월 민주혁명과 7·8월의 민주노동운동을 그 규모 면에서나 성격 면에서 한국사의 시대적 구분을 가능케 하는 민주·민중 세력의 역동적 진출이었다. 그러나 이러한 민중 에너지의 혁명적 분출은 19세기 후반기 세계 자본주의에의 편입 속에 제국주의 열강의 침략을 받으면서 굴절된 민족사를 바로잡으려는 투쟁이 새로운 단계에 도달했음을 말해주는 것이다. 외세에 예속된 강권 통치에 대한 투쟁은 민주·민족운동이 되지 않을 수 없다.

〈역사비평〉은 민족사의 전환기에서 지금까지 묻혀왔고 왜곡돼왔던 우리의 역사와 문화를 대중적인 수준에서 폭넓게 탐구하고자 한다. 〈역사비평〉은 잘못된 것을 바로잡고, 허심탄회한 논쟁을 통해 진실에 접근케 하며, 역사와 문화에 대한 일반인의 이해를 돕고자 한다.

여기서 이번 〈역사비평〉의 내용을 간략히 소개해보면, 〈역사비평〉은 우선 무엇보다도 먼저 한국 사회의 자기 역사 인식에 있어, 강요된 왜곡 현상을 먼저 지적해야만 했다. 도처에 널려 있는 낡고 오도된 역사 인식의 폭로

**발행일**　1987년 9월 30일
**발행 주기**　부정기(무크지)
**발행처**　형성사
**편집인**　역사문제연구소
**편집위원**　강만길, 김광식, 김진균, 서중석, 이균영, 이이화, 조동걸

없이는 새로운 민중의 역사 인식은 올바로 수립될 수 없을 것이기 때문이다. 권두 논문인 「역사현실과 현실인식」은 한국 근현대사에서의 역사 인식의 형성 과정을 추적하면서 그 속에서의 문제점들을 전면적으로 지적하고 있다. 그리고 시론으로서 수록한 「실천적 지식인상 정립을 위한 제언」은 우리 사회의 시대적 과제를 수행하는 데 있어 지식인 특히 연구자들이 어떠한 반성을 하고 있고, 그 바탕 위에 보다 조직적이고 집단적인 대응과 실천을 어떻게 해나가려고 하는가를 스스로의 비판을 통해 밝히고 있다. 이는 현재 기층 민중운동의 발전을 목도하면서 내면적 자기 점검을 행하고 있는 지식인들에게 있어 많은 시사를 주리라고 생각된다.

'미군정의 성격과 민족문제'라는 제하의 특집은 한국의 현 상태를 규정적으로 자리매김했던 해방 직후의 시대, 그 시대의 남한 사회에 대한 해명의 작업이다. 소장 연구자들의 새로운 연구 작업인 대구, 광주 지방 정치사에 관한 정해구·김창진 씨 논문, 미군정의 성격을 밝힌 김광식 씨 논문, 그리고 당시 지식인 중 가장 대중 일선에 나섰던 문학가들의 당시대 인식을 보여주는 임헌영 씨의 「8·15 직후의 민족문학관」을 통해 우리는 해방 직후의 격변의 시대를 총괄적이면서도 동시에 극히 구체적으로 살펴볼 수 있을 것이다.

논단을 구성한 4편의 논문은 각이한 주제를 다룬 것이지만 전체적으로 일제시대와 19세기에 대해 다양한 접근을 시도한 것이다. 특히 이이화 씨의 논문은 현재 풍미하고 있는 역사소설을 우리가 얼마나 무비판적으로 보아왔는가를 날카롭게 지적하고 있다.

그리고 현재 새로운 문제 제기로서 일어나고 있는 민족주의 문제에 대한 보다 학문적인 근거를 확보하기 위해 「마르크스주의와 민족주의」 「중국혁명에 대한 스탈린·트로츠키 논쟁」을 기획 논문으로서 준비하였다. 민족주의에 대한 해명은 앞으로 계속적으로 다루어 발전시켜나가고자 한다.

한국 공산주의 운동사와 한국 노동운동사를 다룬 김남식·전현수 씨의 논문식 서평은 현 학계의 각 운동사 연구가 결락하고 있는 새로운 시각과 접근법을 전진적인 방향으로 제시한 귀중한 작업이라 생각한다.

〈역사비평〉이 계속적으로 발굴·수록할 자료란은 이번엔 '『한국민중사』 사건 증언 기록'을 수록했다. 학문의 자유와 그 수호, 그리고 이것과 따로 뗄 수 없는 사회의 민주화에 대한 학계와 사회의 준엄한 목소리를 들을 수 있을 것이다.

이러한 〈역사비평〉의 구성은 앞으로 그 내용과 체제에 있어 부단히 발전시킬 것을 약속하며 진실로 민중적인 학문·지식의 수립과 확산을 위해 많은 질정과 도움을 바라는 바이다.

# 월간 오디오

## 음악 산업 발전을 위한 밀알이 되고자

무진년 새해를 맞이하며 날로 늘어가는 오디오 애호가 및 음악 동호인을 위한 전문지 〈월간 오디오〉가 여러분들의 기대와 격려 속에서 창간되었읍니다.

동서양을 막론하고 국민 1인당 GNP가 2000달러를 넘게 되면 그때부터는 정신적으로 풍요로운 삶을 희구하게 된다고 합니다.

온 인류의 대잔치인 88 서울올림픽을 앞둔 우리나라 또한 예외가 아니어서, 선진 한국의 긍지가 그 어느 때보다도 드높은 요즈음, 어려서부터 음악과 가까이하며 자라는 이른바 음악 세대들도 점차 증가되는 추세입니다.

따라서, 오디오 문화에 대한 관심 역시 매우 고조되고 있음은 지극히 당연한 현상이라 하겠읍니다. 하지만, 그동안 이와 같은 관심을 충족시켜주는 동시에, 오디오 문화를 취미이자 일상생활로서 접목시켜줄 만한 적절한 매체가 없었던 것도 사실입니다.

그러나 이제는 〈월간 오디오〉의 창간과 함께 거실의 책꽂이와 안방에서,

| | |
|---|---|
| 발행일 | 1988년 1월 1일 |
| 발행 주기 | 월간 |
| 발행처 | 월간팝송사 |
| 발행인 | 이문세 |
| 편집인 | 이문세 |
| 편집위원 | 윤태찬, 이영동, 전봉훈, 탁계석 |

뽀얗게 먼지를 뒤집어쓴 채 장식과 과시의 기능에 불과했던 오디오 기기를 우리들의 생활 곳곳에 끌어들여야 할 때입니다. 〈월간 오디오〉가 국내외 음악과 오디오를 실생활로 이끄는 견인차가 되기로 한 까닭도 바로 여기에 있읍니다.

뿐만 아니라, 〈월간 오디오〉는 음악 속에서 삶의 충족감을 얻고자 하는 모든 이들에게, 오디오 기기가 단순한 기계로서가 아닌 윤택하고 심도 있는 자기만의 생활을 창조해주는 또 다른 역할도 한다는 것을 새삼 인식시켜주는 사명자使命者적 구실도 다할 것입니다.

이에 〈월간 오디오〉는 참신한 각종 지면을 빌어 독자를 위한 음악과 오디오에 관한 올바른 이해를 돕고, 오디오를 통한 건전한 취미 생활의 정립을 계도하고저 합니다.

아울러, 궁극적으로는 이상적인 오디오 문화 창달과 격조 높은 오디오 인구의 저변 확대에도 그 일익을 담당하고자 하는 것이 본지의 창간 취지이며 사명이기도 합니다.

이렇듯 시대적 요구에 부응하여 막중한 사명을 부여안고 출발하는 〈월간 오디오〉에, 음악·오디오 애호가는 물론, 해당 분야의 각 업체에서도 적극적이며 지속적인 성원과 격려가 있으시길 바라 마지않습니다.

새해 새 아침의 찬연한 햇살 속에서 탄생되는 〈월간 오디오〉를 만나면서, 선택의 기쁨과 만족을 함께 누리는 여러분이 되리라 믿어 의심치 않습니다.

감사합니다.

임정수(지구레코드사 사장 겸 본지 회장)

# 노동문학

## 책머리에

지난 7, 8월 전국적으로 분출된 민중적 열기는 우리 역사의 새로운 한 고비가 이미 시작되었음을 분명하게 보여주었다. 그러한 역사의 대세는 이제 각종의 국제정치적·국제경제적 지표들을 통해서도 충분히 예고되고 있다. 그리고 그 새로운 양상의 힘은, 예상 가능한 다소의 혼란에도 불구하고, 참다운 민주주의와 민족의 평화적 통일을 주요 내용으로 하는 명실상부한 '민중 시대'를 보다 구체화된 형태로 이루어낼 것이다. 이 거대하고 도도한 역사의 흐름 앞에서, 민중운동의 대의를 왜곡한 현실 인식들을 비롯하여 일체의 반역사적 가치, 민족 분단과 제반 사회적 불평등에 기생하는 일체의 사이비 가치들은 조만간 그 본디 모습을 백일하에 드러내게 될 터이다.

우리는 그러한 점들을 깊이 두려워하면서 '노동문학'이란 제호 아래 그 첫 책을 내보낸다. 여건이 허락된다면 정기적으로 간행하게 될 이 〈노동문학〉을 통하여, 우리는 무엇보다도 민족문학 운동의 지난 성과를 역사의 빛나는 새 흐름과 바르게 잇는 일에 주력할 것이다. 다음으로 우리는 '노동'이란 말의 본래적 의미에 충실하려 한다. 따라서 공장노동자를 위시하여, 자

**발행일** 1988년 1월 5일
**발행 주기** 부정기(무크지)
**발행처** 실천문학사
**발행인** 이문구
**지은이** 박노해 외

신과 가족의 생계를 위해 '일하는', 그리고 그러한 '일함'을 통하여 세상을 지탱하며 묵묵히 역사를 일궈가는 다수 이웃들의 삶에 두루 관심을 갖고자 하며, 그 관심을 통해 그러한 삶에 깃든 새로운 문화적 가치들을 바르게 읽어내고자 한다. 나아가 그 가치의 구현 과정에까지 우리들 자신을 겸허하게 연대시키려 한다.

일 년여의 준비 기간에도 불구하고 첫 호의 내용이 충분히 만족스럽지 못함을 송구하게 생각한다. 몇몇 논문은 필자 쪽의 사정으로, 또 어떤 기획은 편집진의 무능으로 인해 결국 수록할 수 없게 되었다. 그러나 시절의 분주함에도 불구하고 시간을 내어 귀한 원고를 만들어주신 여러분들의 노고와 그 글들에 깊이 담긴 뜻들을 독자들이 애정을 가지고 대해주신다면, 아쉬움은 있겠으나 이 책을 뜻 없는 것으로 여기지만은 않으실 줄로 믿는다.

이 첫 책의 경험, 그리고 독자들의 질책과 도움을 토대로 보다 충실한 다음 호를 만들 것을 분명히 약속드린다.

**1988년을 바라보며**

# 문학과사회

## 〈문학과사회〉를 창간하면서

1980년 여름, 〈문학과지성〉 창간 10주년 기념호로 한참 바쁘던 즈음에 우리는 느닷없는 폐간 통고를 받았다. 어리둥절하다 못해 참담하기까지 했던 몇 달을 보내고 난 연말에, 이 계간지 편집동인들은 앞으로의 우리 작업을 위해 진지한 논의를 가졌다. 그때 우리의 화제의 초점은 이처럼 참담하고 무람없는 시대에, 언어-출판 행위의 의미는 무엇인가, 의미가 있다면 그것은 어떤 방향에서 획득될 것인가였다. 길고 진지했던 그 토의의 결론은, 상황에 대한 진단이 절망적일수록, 오히려 그렇기 때문에, 희망을 가지고 우리의 작업에 더욱 의미 있는 지향을 찾아야 한다는 쪽이었다. 이때 우리가 동의한 모색의 실제적 방향은, 더욱 심해지는 정치적·정신적 폐쇄성을 타개하기 위하여, 그리고 현실적·지적 억압에 맞서기 위하여 우리의 출판 행위는 보다 개방적이며 체계적인 성격을 가져야 하며 새로운 문화 세대들을 키워내야 한다는 것이었다. 우리는 이러한 생각에 따라, 이후 '현대의 지성' '현대의 문학 이론' '문제와 시각' 등의 총서 작업을 시작했고 번역의

**발행일**　1988년 2월 25일
**발행 주기**　계간
**발행처**　문학과지성사
**발행인**　김병익
**편집인**　김병익
**편집동인**　권오룡, 성민엽, 임우기, 정과리, 진형준, 홍정선

비중을 높여 우리의 현실에 대한 인식과 비판의 힘을 키우고 의식의 지평을 넓히도록 노력했다. 그리고 젊은 세대의 끌어들임은, 앞으로 계간지 발간이 가능하게 될 때, 복간이 아니라 창간을 하고, 그들이 편집 주체가 되도록 함으로써 문학적 신진대사로 나타나도록 했다. 1982년 첫 호가 나온 이후 매년 한 권씩 간행된 무크지 〈우리 세대(시대)의 문학〉이 그를 위한 중간 단계였다.

1988년 봄 호로 창간되는 계간 〈문학과사회〉는 이렇게 해서 이루어지는 것이다. 제호에 대해서는, '문학과지성' '우리 시대의 문학' 등이 우선 제시되었지만, 앞의 것은 새 잡지의 창간을 분명히 표시하기 위해, 뒤의 것은 80년대 중반기까지는 그 시대적 역할이 중요했던 무크지의 성격이 이제는 지양되어야 한다는 이유 때문에, 신·구의 편집동인들 합의로 밀려났고, 긴 상의 끝에, 젊은 편집동인의 결정으로 '문학과사회'로 선택되었다. 그들의 의도는, 문학을 문학만으로 보던 관점은 적어도 우리의 80년대에는 사라져야 하고, 문학의 자율성을 유지하면서도 우리 생활 세계와의 조망을 통해 접근되어야 한다는 데 두고 있는 듯하며, 그래서 앞으로의 편집 방향도 인식과 상상력의 한 뿌리로서 현실과의 유기적 연관성을 중시하겠다는 태도를 그 제호에서 보여준 듯하다.

새 편집동인들은 〈우리 시대의 문학〉을 주도했던, 현재 30대 전반의 젊은 비평가들로 구성되고 있다. 이들은 전공에서도 다를 뿐 아니라 문학적 인식의 지향도 상상력 문제로부터 사회학적 혹은 과학적 논리에 깊이 경도된 시각을 보이기까지 다양하다. 그럼에도 이들이 '동인'으로 묶일 수 있었던 것은 유신 시절에 지적 성장을 얻었으며 산업 사회와 더불어 문학과사회를 익힌 80년대적 분위기를 공유하면서 서로가 서로에게 보완 받는 열린 심정을 갖고 있고, 거기에 적합한, 공동 작업에 반드시 전제가 될 깊은 우정들을 지니고 있다. 물론 이 젊은 편집동인들은 선배 편집동인들과 다른 시대적 위상에 서서 보다 넓고 깊고 힘 있는 작업들을 펼쳐나갈 것으로 기대된다. 그

동인들은 권오룡, 성민엽, 임우기, 정과리, 홍정선 등이다.

〈문학과지성〉 편집동인들은 아마도 새로이 창간되는 이 잡지에 필자로서 혹은 후원자로서 참여하기는 하겠지만, 기획·원고 검토를 포함한 잡지의 모든 편집권에 대해서는 새 동인들의 완전한 독자성을 지켜줄 것이다. 우리는 이럼으로써 새 시대의 새로운 잡지의 의미가 살아날 수 있다고 믿는다. 민주화와 지적 개방성이 실천되려는 이 봄에, 〈문학과사회〉의 창간을 기다리는 많은 분들에게 꾸준한 격려와 사랑을 보내주기를 바란다.

**1988년 2월**

**발행인 김병익**

# 철학과 현실

## 창간에 즈음하여

사상이란 무엇인가? 알맹이가 들어 있는 소리와 말이다. 철학이란 사상의 한 가닥이다. 그러기에 철학도 알맹이가 든 참소리요 참말이다. 이 땅 위에는 지금 '사상의 빈곤' '철학의 빈곤'을 고발하는 목소리가 이 구석 저 구석에서 들려온다.

지금 이 땅 위에는 온갖 소리와 말들의 홍수가 범람하고 있다. 그럼에도 불구하고 사상이 빈곤하며, 철학이 빈곤하다고 한다. 소리와 말은 많으나, 소리 같은 소리, 말 같은 말이 매우 적다는 이야기가 아닌가! 알맹이 없는 말은 빈말이며, 말다운 말이 아니다. 그런 빈말은 귓전을 때리는 허튼소리일 뿐, 정녕 사상이나 철학일 수가 없다.

한편 생각하면, 사상의 빈곤이나 철학의 빈곤을 말하는 것, 이것이 또한 허튼소리가 아닌가고 되물어볼 수도 있다. 옛부터 내려오는 동서양의 선철先哲들의 고전들이 우리 앞에 즐비하게 쌓여 있으며, 서양의 최근 사상과 철학 이론들이 우리의 귓전에 물밀듯 밀려오는데도, 사상과 철학의 풍요함 대신에 빈곤을 말하다니, 어디 말이나 되는 소리인가고.

**발행일** 1988년 3월 2일
**발행 주기** 부정기(무크지)
**발행처** 철학과현실사
**발행인** 전춘호
**편집위원** 김태길, 소흥열, 심재룡, 이명현, 이삼열, 이태수, 이한구, 황경식 그렇다. 우리에게 책이 부족한 게 아니다. 책 안에 나열된 기호 속에 파묻힌 관념의 다발은 우리에게 너무나 풍성하다. 그것들은 기념비처럼 우리 앞에 우뚝 서 있거나, 박물관에 모셔놓은 골동품같이 관상의 대상으로 우리 앞에 놓여 있다. 한마디로 그러한 관상의 대상으로서의 관념은 우리에게 하나의 '물건'일 뿐이다. 그런 물건은 우리에게 풍성하다.

그러면 우리에게 결핍된 사상과 철학은 어떤 것인가? 우리는 밥을 먹는다. 그래야 우리는 산다. 밥은 결코 관상의 대상이거나 장식품이 아니다. 그것 없이는 우리가 존재할 수 없다. 우리의 삶을 지탱시켜주는 힘, 그것은 밥으로부터 나온다. 우리에게 결핍된 사상과 철학은 저 밥과 같은 사상과 철학이다.

인간의 삶은 문제들에 대한 응답의 몸짓으로 엮어진다. 사상과 철학은 그러한 문제들에 대한 대답의 대화록이다. 문제의 과녁을 맞춘 생각들, 그것이 바로 알맹이가 든 말이요 소리이며, 그것이 바로 사상과 철학이다. 우리에게 철학이 필요한 것은, 우리의 삶이 바로 문제에 대한 응답으로 꾸며지기 때문이다. 죽음이란 이런 의미에서 문제에 대한 무응답이다; 죽음은 영원한 침묵을 남겨놓을 뿐이다. 그러기에 살아 있는 자, 살고저 하는 자는 대답해야 한다. 그 숱한 고뇌에 찬 난문들에 대답해야 한다. 그러기에 참사상, 참철학은 사람을 살리는 밥이다. 그것은 살과 피를 우리에게 만들어줄 원자재이다.

이제 때는 다가오고 있다. 가로대꾼이나 마구잡이꾼들이 세상을 판치는 시대는 지나가고, 새 시대가 우리 앞에 천천히 다가오고 있다. 제 목소리로 제 곡조의 노래를 불러야 살 수 있는 때가 다가오고 있다. 남의 사상의 단순한 숭배자나 소비자가 아니라, 자기의 언어로 자기의 생각을 만들어내는 사상의 생산자가 되어야 할 때가 다가오고 있다. 이것이 오늘의 역사의 요청이다. 이 역사의 부름에 응답하는 것, 그것이 바로 오늘을 사는 이 땅 위에 생각하는 사람들이 해야 할 일이다.

우리의 삶은 그동안 '가로대'와 '마구잡이' 사이에서 넘나들어왔다. 앵무새처럼 "아무개 가로대"를 주문처럼 읊어왔다. 아니면, "시끄럽다, 집어치워라"를 연발하며, 오직 하면 된다는 뚝심 하나만 믿고 밀어붙이는 마구잡이들에게 떠밀려 살아왔다.

　우리가 〈철학과 현실〉을 창간하는 까닭은, 바로 그러한 역사적 요청에 응답하고저 생각하는 사람들 모두에게 새 밥 짓기 연습의 마당을 마련하고저 함이다. 우리는 이 마당에서, 삶의 현장에서 울고 웃는 이 땅의 알맹이들과, 학문의 여러 칸막이 안에서 머리를 쥐어짜고 있는 여러 색깔의 전문가들과, 가슴을 탁 터놓고 말을 주고받게 되길 소망한다. 그렇게 함으로써 이 마당이 진리에 이르는 다리의 직분을 하게 되길 희망한다.

1988년 3월 1일
편집위원 일동

# 권두시 / 게 눈 속의 연꽃

황지우

**1**

처음 본 모르는 풀꽃이여, 이름을 받고 싶겠구나
내 마음 어디에 자리하고 싶은가
이름 부르며 마음과 교미하는 기간,
나는 또 하품을 한다

모르는 풀꽃이여, 내 마음은 너무 빨리
식은 돌이 된다, 그대 이름에 내가 걸려 자빠지고
흔들리는 풀꽃은 냉동된 돌 속에서도 흔들린다
나는 정신병에 걸릴 수도 있는 짐승이다

흔들리는 풀꽃이여, 유명해졌구나
그대가 사람을 만났구나
돌 속에 추억에 의해 부는 바람,
흔들리는 풀꽃이 마음을 흔든다

내가 그대를 불렀기 때문에 그대가 있다
불을 기억하고 있는 까마득한 석기 시대,
돌을 깨뜨려 불을 꺼내듯
내 마음 깨뜨려 이름을 꺼내가라

**2**

게 눈 속에 연꽃은 없었다

보광普光의 거품인 양

눈곱 낀 눈으로

게가 뻐끔뻐끔 담배 연기를 피워올렸다

눈 속에 들어갈 수 없는 연꽃을

게는, 그러나, 볼 수 있었다


**3**

투구를 쓴 게가

바다로 가네

포크레인 같은 발로

걸어온 뻘밭


들고 나고 들고 나고

죽고 낳고 죽고 낳고


바다 한가운데에는

바다가 없네


사다리를 타는 게,

게좌座에 앉네

# 새벽

## 노동자의 자주성이 실현되는 새날을 향하여

**석탑노동연구원 원장 장명국**

"나 태어난 이 강산에 노동자 되어…… 어언 30년 무엇을 하였느냐 ……
나 죽어 이 강산에 묻히면 그만이지"라는 노래가 전국을 메아리친 지 1년
이 되어가고 있습니다. 이제까지 꽃다운 청춘을 다 바쳤건만 항상 눌리고
뺏겨야만 했던 노동자들이 분연히 일어섰습니다. 그리고 외쳤습니다.

"뭉치자! 싸우자! 이기자!"

생산을 담당하면서 이 사회의 주역의 역할을 하는 노동자이면서도 제대
로 대접받지 못하고 귀 막히고 입 막혀왔던 억압의 현실을 한꺼번에 박차고
나왔습니다. 그것은 이제 더 이상 과거의 종과 같은 예속적인 삶이 아니라
떳떳한 인간으로서 새날을 개척해야 한다는 인간의 자주성 회복 선언이었
습니다.

이제 우리들은 칠흑같이 어두웠던 지난 몇 년간 아니 해방 이후 40년간
의 기나긴 어둠을 뚫고 찬란한 새벽을 맞이하면서 어찌하여 우리가 그 지
긋지긋한 억압의 사슬을 벗어날 수 없었는가를 정확하게 알아야 하며 잘못
이 있었다면 냉철히 반성해야 하는 단계에 와 있습니다.

| | |
|---|---|
| 발행일 | 1988년 5월 15일 |
| 발행 주기 | 연 3회간 |
| 발행처 | 도서출판 석탑 |
| 발행인 | 최영희 |
| 편집인 | 석탑노동연구원 |

회고해보면 우리는 이제까지 좌절과 패배 속에서 '계란으로 바위 치기'라는 자포자기에 빠지기도 하였고 자신을 학대하거나 부모와 조상을 경멸하기도 했읍니다. 그리고 우리 자신 스스로 일하는 사람으로서의 긍지를 잃고 오히려 기업주의 이념인 이기주의와 소시민적 속성인 개인주의에 물들어왔었읍니다. 그리하여 노동자의 자주적 입장에 서기보다는 우리의 문제를 다른 사람에게 맡기는 의존적인 입장에 빠져 있던 것이며 이 속에서 우리 노동자의 진정한 권익과 경제적·사회적 권리는 이루어질 수 없었던 것입니다.

역사 이래로 인간은 노동을 통해서 자연을 개조하여 인간을 위한 새로운 것을 생산해냈을 뿐만 아니라 인간의 자주성을 억압하는 예속-의존적인 인간관계를 해결하여 진실로 인간의 따스한 정이 흐르는 사회, 진리가 통하는 사회를 이룩하고자 노력해왔고 앞으로도 그러할 것입니다.

여기서 노동자는 예속-의존관계의 첨예하고 직접적인 당사자로서 인간의 자주성을 실현하기 위한 투쟁의 선봉에 서서 싸워나갈 것입니다. 우리 일은 우리 힘으로 즉 우리 스스로 우리의 운명을 개척해나갈 것이며 우리의 삶의 안정된 터전으로서 직장과 나라를 만들 것입니다.

또한 생산직 취업 노동자뿐만 아니라 실업·빈민 대중을 포함, 사무·판매·전문직과 함께 그리고 우리의 가족과 함께 대오를 새롭게 지어나갈 것입니다.

생각할수록 부족함이 많은 가운데서도 외람되게 이러한 글 모음을 마련코자 하는 것은 노동자들이 끌려다니는 인생이 아니라 자신이 주체로서 적극적으로 참여하여 새 세상을 창조하는 기쁨에 동참하는 일에 작은 도움이 되고자 하는 바램에서입니다.

여기에 실리는 글은 이 땅의 전 사업장에서 묵묵히 내일을 기약하고 있는 모든 노동자들의 대화의 광장, 주체로서의 선언 그리고 일하는 사람을 억누르는 굴레에 대한 분노의 표현입니다. 또한 이 글 모음은 전체 일하는 사람들의 의사를 집약·집중하여 바람직한 대중 실천의 전형을 창출해내고 올바른 방향을 모색해나갈 것입니다.

여기에 앞으로 수록될 수많은 노동 현장에서의 인간 회복을 위한 투쟁과 그 승리의 체험은 우리에게 벅찬 감격과 무한한 자신감을 갖게 해줄 것입니다.

우리는 이 글 모음이 현장에서 땀 흘리는 노동자를 비롯한 근로 민중의 것이며 또한 근로 민중의 손으로 만들어져야 한다고 믿고 있습니다.

노동이 제 가치를 받는 사회, 근로 민중이 주인답게 사는 새 세상을 열어나가고자 하는 동지들과 함께 〈새벽〉은 존재하고 발전해나갈 것입니다.

자 우리 모두 함께 손에 손을 잡고 오늘의 이 고통을 헤치고 가슴 벅찬 새날을 향해 힘차게 나아갑시다.

노동운동 만세!

노동자 자주성 만세!

# 동향과 전망

## 학문은 현실의 요구에 부응해야

우리 한국사회연구소는 지난 4월 16일 처음 문을 열었습니다. 당시 우리 민중운동 세력은 대통령 선거에서의 패배로 깊은 좌절감에 빠져 있었으며 눈앞에 닥친 총선거에서도 더욱 참담한 패배를 면치 못할 것이라는 예상이 널리 퍼져 있었습니다. 연구소의 문을 열면서 우리 역시 국민 사이에 팽배한 좌절감에 대해 우려를 표명한 바 있습니다. 그렇지만 그것은 그 극복의 당위성을 강조한 것이었지 거기에 어떤 확신이 있어서 그랬던 것은 물론 아니었습니다.

그러나 총선 결과는 예상과는 달리 민정당의 과반수 의석을 저지함으로써 어떻든 외형적으로는 야당의 견제에 기대하는 민주 세력의 승리인 것처럼 보였습니다. 예상을 크게 벗어난 이러한 총선 결과를 두고 많은 사람들이 환영은 하면서도 당황했던 것도 사실입니다. 그중에는 그 결과를 보고 민중에의 신뢰를 재확인했다고 하는 사람들도 없지는 않을 것입니다. 그러나 그 어느 경우이든 그들의 현실 인식에 중대한 착오가 있었다는 사실을 자신 있게 부정할 사람은 적을 것입니다. 현실 인식의 착오에 대한 철저한

**발행일** 1988년 6월 20일
**발행 주기** 계간
**발행처** 도서출판 태암
**발행인** 김태석
**편집인** 정윤형

반성 없이 총선 결과만을 놓고 낙관론으로 급선회하는 여론의 흐름을 보면서 우리는 대통령 선거 결과를 놓고 구제할 수 없는 좌절감에 빠졌던 것과 마찬가지로 어떤 함정에 빠지고 있지 않나 하는 경계심을 늦출 수 없읍니다.

지금 우리가 해야 할 일은 총선 결과가 대통령 선거 결과와는 달리 진정코 승리인가, 그리고 승리라면 어떤 의미에서 승리인가 다시 한 번 따져보는 일입니다.

연구소가 문을 연 지 한 달 반이 지나는 짧은 기간 동안에 총선 이외에도 많은 변화가 일어났읍니다. 그동안 연구소 밖에서는 4·19혁명과 5·18광주 민주항쟁의 의미를 되살리는 각종 행사들이 열렸으며 가는 곳마다 많은 사람들이 모였읍니다. 대통령 선거 국면에서 처참하게 가라앉았던 민주화 및 사회 개혁 운동이 새로운 활기를 되찾은 것입니다. 특히 명동성당에서 5월 15일 민주화와 민족 자주, 양심수 석방 등을 외치며 투신자살한 조성만 씨의 죽음은 우리로 하여금 이제까지의 민주화 과정에서 이룩한 것이 무엇인가 하는 원천적인 물음을 제기하지 않을 수 없게 만들었읍니다.

본인은 연구소의 문을 열면서 '학문은 현실의 요구에 부응해야 하고 한 사회를 분석하는 사회과학은 총체적이어야 한다는 믿음'을 표명한 바 있읍니다. 이러한 믿음은 우리 연구소 구성원들이 공유하고 있는 것이기도 합니다. 이러한 믿음을 실현시키기 위하여 우리 연구원들은 그동안 민중의 삶과 운동의 현장을 뛰어다니면서 민중의 현실과 당면 문제를 정확히 파악·분석하려고 노력하였으며 민중의 소망을 연구 성과에 담기 위해 진지하게 토론하고 탐구하는 작업을 진행시켜왔읍니다. 그 결과를 한데 묶어 1988년 상반기 '동향과 전망'이라는 제목으로 보고서를 출판하게 되었읍니다.

급변하는 현실에 대한 관심과 조급한 마음 때문에 연구 성과를 서둘러 내게 되었읍니다만, 막상 완성 단계에 이르고 보니 우리 연구소의 출발을 지켜보고 계시는 여러분들의 기대에 어긋나지 않을까, 그리고 일반 독자들에게 내놓았을 때에 어떤 평가를 받을까 하는 두려움이 앞서는 것은 어쩔 수 없었읍니다. 그래서 한때 이 보고서를 회원 내부용으로 인쇄하자는 논의도 있었으나 토론 끝에 일단 불완전한 대로 발표해서 공개적인 평가를 받기로 결정하였읍니다. 이러한 결정은 궁극적으로 우리 사회 현실에 대한 분석의 절박성과 그것에 부응해야 한다는 우리 연구소 구성원들의 공통된 사회적 책임감에 따른 것임을 밝혀두고자 합니다.

우리 사회의 민주화와 조국의 통일을 내다보며 한국사회연구소의 앞으로의 발전에 관심 있는 여러분들의 기탄없는 비판을 바랍니다.

1988년 5월 24일
정윤형

# 현실과 과학

## 창간에 즈음하여

### 1

그동안 출판계 내외적으로 번역서를 통해 외국의 이론을 소개하는 차원을 뛰어넘어 우리 사회 내부의 독자적인 탐구와 논의를 본격적으로 수렴·정리·확산시킬 수 있는 출판물의 형식으로서 '부정기 간행물'(무크)에 대한 요구가 강하게 제기되어왔다. 이러한 요구가 제기된 것은 무엇보다도 80년대 중반 이후 급속히 이루어진 사회운동의 변화·발전을 반영한 것이었다. 80년대 한국 사회운동은 80년 광주항쟁이라는 커다란 역사적 경험을 정리·극복하는 과정에서 그 이전의 자생적인 민주화 운동의 차원을 넘어 목적의식적인 변혁 운동으로 전화되어갔다. 이러한 전화 과정은 필연적으로 우리 사회의 성격 규정과 변혁의 전망 제시를 둘러싼 첨예한 이론적 논쟁을 수반했다. 그러나 이러한 논쟁은, 개개의 부분적인 문제들에서의 일정한 인식의 진보에도 불구하고 전체적으로는 우리의 이론사에서 "교조적인 이론이 부재한 가운데 '교조' 없는 '비판'이 먼저 수입되어 횡행한" 결과 방법론이나 개념상의 혼란이 야기되었고, 소모적인 분파 투쟁 혹은 그 직접

**발행일**  1988년 8월 15일
**발행 주기**  부정기(무크지)
**발행처**  도서출판 새길
**발행인**  고훈석
**편집위원**  김창호, 박형준, 장상환, 정철영, 한홍구

적 반대물로서 이론에 대한 회의나 소박한 경험주의, 실용주의로 귀결되는 듯이 보이기도 했다. 그러나 그 전개 양상이야 어쨌든 그러한 논쟁은 본질적으로는 우리의 미분화된 인식에 내재한 '차이'를 분명히 하는 과정이었으며, 이 과정에서 그러한 차이는 단순히 방법론이나 개념 사용의 차이일 뿐만 아니라 근본적인 세계관이나 사상의 차이까지 내포한 것임이 분명하게 드러나기 시작했다. 그리하여 이제 이러한 상황은 이론에 대하여 하나의 명백한 당파적인 과학으로서의 자기 정립을 요구하고 있으며, 그것에 입각한 구체적인 과학적 방법론의 수립과 구체적 실증으로의 전개·발전을 요구하고 있다.

이러한 현실의 요구에 부응하여 그동안 몇 차례 제한적이나마 '부정기 간행물'의 출판이 시도되어 세간의 커다란 관심을 불러일으켰다. 그러나 아직 우리의 방법적 토대가 견고하게 구축되지 못하였고, 필진들이 충분하게 형성되지 못한 상황에서 그 부정기 간행물들이 담아낼 수 있었던 이론적 내용이나 올바른 방향성하에서의 논의의 심화·확산은 지극히 불충분할 수밖에 없었다. 물론 이제 창간호를 내게 된 〈현실과 과학〉 역시 이러한 한계에서 멀리 벗어나 있지 않은 것이 사실이다. 그러나 이러한 한계가 엄연히 극복되어야 하는 것이 현실의 요구이고, 우리의 논의를 올바로 정리·확산시킬 수 있는 이론지에 대한 요구가 현실의 변화에 의해서 사라지지 않는 이상 〈현실과 과학〉은 이제 하나의 본격적인 이론지로서 출발한다.

물론 현재 우리의 당파적 입장은 명백한 한계를 가질 수밖에 없다. 즉 현실의 변혁 운동이 올바른 입장하에서 정치·사상적으로 통일되어 있지 않고, 또 이러한 현실의 반영으로서 우리 편집진의 입장 자체도 통일되어 있지 않기 때문이다. 그렇기 때문에 우리의 편집 방침에서 일차적으로 제기되는 과제는 특정한 한 입장의 일관된 개진이라기보다는 여러 입장을 포괄적으로 수용·검토하는 가운데 논의의 쟁점을 분명하게 부각시켜 정리해내는 것이며, 논의의 일보 전진을 위하여 과학적 방법론과 구체적 실증의 통일의 담보 위에서 논의의 축적·심화·확산을 도모하는 것이고, 그 과정에서 낡은 이론의 극복 및 그 합리적 핵심의 상호 침투를 통한 현실 속에서의 입장의 통일을 모색해나가는 것이다. 〈현실과 과학〉의 존립 근거는 바로 여기에 있다.

**2**

본래 〈현실과 과학〉 창간호는 87년 6월에 기획되었던 것이다. 그러나 독자들의 커다란 기대에도 불구하고 지난 87년 6월 이래 지금까지 본 창간호는 몇 차례의 유산(?)의 위기를 겪어야 했다. 이것은 무엇보다도 그간의 현실이 우리의 이론적 능력으로는 미처 따라잡기 힘들 정도로 매우 급속히 변화했기 때문이었다. 즉 이러한 현실의 거대한 변화는 그간의 우리의 이론이 얼마나 허약한 토대에 기초해 있었던가를 드러내주기에, 그리고 우리의 세계관과 방법론적 기초에 대한 근본적인 재검토를 요구하기에 충분한 것이었다. 따라서 87년 전반기까지의 변혁 운동과 사회과학의 쟁점들을 포괄적으로 검토하려고 했던 우리의 계획은 근본적으로 재고되지 않을 수 없었다.

먼저 '좌담'은 '80년대 인문·사회과학 연구 현황 및 당면 과제'라는 주제로 그간의 연구 성과를 전반적으로 검토·정리하고 사회과학 이론의 새로운 전망을 모색하기 위해 준비되었었다. 그러나 한 시기를 획하는 커다란 변화가 일어났고, 따라서 그러한 변화의 성격을 해명하는 문제와 그동안 전개되어온 정치·사회적 현실 및 변혁 운동 전반의 문제를 포괄적으로 검토하는 것이 급박한 과제로 제기되었다. 좌담의 주제는 바뀌어야 했고, 그리하여 '한국 사회 민주 변혁의 성격—반제·반봉건인가 반제·반독점인가'라는 주제로 새로운 '좌담'이 조직되었다. 이 '좌담'에서는 80년대 중반 이후 본격화된 사회 성격 논쟁 및 변혁론 논쟁을 식반사회론 및 반제·반봉건론 대 신식국독자론 및 반제·반독점론 사이의 대립의 전개·발전 과정으로 총괄·정리하는 한편, 양자 사이의 쟁점을 현실의 변화 속에서 검토하였다. 특허 토론의 과정에서는 한국 사회에서의 국가권력 및 민족 부르조아지의 성격과 그것의 변혁 운동과의 연관의 문제가 집중적으로 논의되었다. 또한 현 단계 민족민주운동의 과제가 토론되었으나 토론자들이 그 문제에 관하여 충분히 구체적으로 입론을 전개할 수 있는 입장이 아니었기 때문에 연구자 입장에서의 현실의 실천적 변혁 운동에 대한 문제 제기에 머물 수밖에 없었다.

그리고 애초에 현 단계 사회운동을 조직 문제 및 정치 노선이라는 측면에서 논의하려고 했던 '특집'은 부분적으로 폐기되거나 다른 것으로 대체되어야 했다. 조직관의 문제에서 김창호의 논문 「과학적 조직관의 정립을 위한 철학적 검토」는 조직관과 조직 이론의 문제가 그동안 충분히 논의되지 않았었고, 변혁 운동 내에서 논의의 쟁점이 조직론 문제로 옮아가고 있다는 점을 고려할 때 그 논쟁에 새로운 관심을 불러일으키리라고 판단된다. 노동조합론에 관해서는 애초에 노동조합 일반론 및 그것이 우리 변혁 운동에서 차지하는 지위와 역할, 전망 등을 포괄적으로 정리하려고 했으나 87년 7-8월 노동자 대중 투쟁을 중심으로 한 현실의 엄청난(?) 변화로 인하여 시각의 근본적인 전환이 요구되었고 그 전체적 내용이 미처 정리되지 못한 결과 다음 기회로 미루어져야 했으며, 그리하여 그것은 87년 노동자 대중투쟁의 주요 투쟁 사례를 개괄적으로 분석·정리한 조효래의 「중공업 부문 독점 대기업에서의 노동쟁의에 관한 연구」로 대체되었다. 정치 노선의 문제에서는 '민족문제와 계급 문제'를 통일적으로 파악·정리하는 것이 과제로 제기되었으나 아직까지 우리의 이론에서 본격적인 과학적 민족 이론이 정립되지 못한 관계로 하나의 독자적인 논문으로 다루어지기에는 한계가 있다. 따라서 그 문제는 '좌담'의 부분 주제로 포괄되어 반제·반봉건론과 반제·반독점론 사이의 쟁점이 비교되는 가운데 부분적으로 정리될 수밖에 없었다. 특히 이 문제에 관해서는 앞으로 과학적인 민족 이론이 활발하게 논의되는 것이 시급한 이론상의 과제라고 생각된다. 그리고 '특집'의 세 번째 주제로 '중간 제 계층과 민족민주 변혁' 문제는 본질적으로 변혁 운동상에서는 계급 동맹의 문제로 구체화되는 것이라는 판단하에서, 주제 범위가 다르긴 하지만 '통일전선론'에 관한 논문으로 대체되었다. 박재민의 논문 「한국 사회 통일전선론에 대한 재검토」는 그간의 통일전선론을 이론적으로 재검토하면서 항간에 문제가 되고 있는 통일전선체의 건설 방침을 둘러싼 제 논의를 정리하고 있다.

'연구 논문'에서 장상환의 「현행 소작제의 재검토」는 그간 많은 논쟁의 대상이 되었던 현행 지주-소작제의 성격을 이론적으로 재정리하면서 논의의 생산성을 위하여 실증적 자료를 체계적으로 분석한 것이다. 그다음 이진경의 「사회과학에 있어서 당파성의 문제」는 그간 화제가 되었던 『사회구성체론과 사회과학방법론』의 출간 이후 이 책에 대한 다양한 서평에 대하여 필자가 답론 형식으로 쓴 글이다. 이 논문은 우리 사회과학 이론의 방법론적 기초가 문제시되고 있는 지금 사상과 이론 사이의 연관의 문제를 본격적으로 논의하고 있다는 점에서 의의가 있다고 판단된다.

'서평'에서 먼저 이재화의 「식민지 시대 한국 공산주의 운동사상(像)에 관한 비판적 재검토」는 우리에게 은폐되었던 1930년대 공산주의 운동사를 역사적 사실로서 제시하고 있으며, 이에 입각하여 운동사 연구 방법론의 새로운 시각을 제공하고 있다. 그리고 이청산의 「도대체 사적 유물론은 무엇을 할 수 있는가」는 최근에 〈창작과비평〉에서 전개된 유재건과 김광현 사이의 논쟁을 비판적으로 검토하는 가운데 사적 유물론의 과학적 이해라는 문제를 제기하고 있다.

'기획 번역' 논문인 안드레스바렐라의 「자본주의의 전반적 위기론」은 1970년대 중반 이후 멕시코를 중심으로 본격화된 종속적 국가독점자본주의 논쟁 중의 한 쟁점인 전반적 위기론에 대한 비판적 문제 제기로서 라틴아메리카에서의 논의 수준과 쟁점을 일정 정도 보여준다는 점에서 시사적이다.

**3**

그동안의 산고나 우여곡절이야 어떠하였든 이제 〈현실과 과학〉은 창간됨으로써 하나의 사회적 사실이 되었다. 그렇기 때문에 〈현실과 과학〉이 우리 사회의 복잡한 현실을 얼마나 올바로 반영할 것인가, 그리고 현실의 변화를 위한 실천 운동에 얼마나 올바로 복무할 것인가는 전적으로 독자들의 손에 달려 있다. 독자들의 끊임없는 관심과 질정을 바라면서, 동시에 신식민지국가독점자본주의론의 관점에서 한국 사회를 시론적으로 분석하고자 한 〈현실과 과학〉 제2집을 빠른 시일 내에 출판할 것을 약속드리면서 창간의 변을 대신하고자 한다.

**새길 편집부**

# 사회와 사상

## 사상의 대중화를 위하여

'사상의 대중화'를 내걸고 월간 〈사회와 사상〉을 창간한다. 우리가 생각하는 '사회'란 정치, 경제, 사회, 문화를 포함한 모든 차원에서 우리의 민족적 삶이 이루어지는 공간이자 우리의 삶을 규정하는 구조적 틀이고, '사상'이란 이러한 사회적 삶의 현상과 원리에 대한 객관적 이해와 사회변혁을 위한 주체적 실천 논리를 포괄하는 운동성이다.

1988년 9월 호로 창간되는 이 잡지가 표방하는 '사상의 대중화'는, 우리 사회의 정치·경제적 조건과 민중·민족 해방을 위해 지금까지 가열하게 전개되어온 이론적 전략적 탐색과 실천의 결과에 대한 우리 나름의 판단을 반영한다. 우리의 민주화 운동 및 민중·민족해방운동은 80년대의 벽두에 거대한 힘으로 폭발하였고, 이것을 계기로 한 민족사적 현실에 대한 인식을 바탕으로 민주·민중·민족운동의 새로운 진보적 이론들이 마련되었다. 현실 분석과 운동 이론의 창출에 몸 바쳐온 수많은 진보적 지식인들의 작업은, 그러나 격동하는 사회변혁의 격류 속에서 그 실증적 타당성을 채 검

**발행일** 1988년 9월 1일
**발행 주기** 월간
**발행처** 한길사
**발행인** 김언호
**편집인** 김언호
**편집위원** 강만길, 김진균, 리영희, 박현채, 임헌영
**기획위원** 김세균, 김형기, 임영태, 이종석

증할 여유를 갖지 못함으로써, 경우에 따라서는 그 참신성에도 불구하고 현실과 괴리되는 모습을 드러내고 있는 것도 또한 사실이다. 우리는 진보적 이론의 관념적 과격성 또는 비현실성을 우려하지만 이러한 현상은 민중·민족 해방에 대한 요구가 우리 사회에서 팽배해짐으로써 이루어진 과도기적인 현상으로 보는 것이다. 이제 우리는 민족사회에 타당한 이론과 실천 방안을 이 땅에 정착시키는 단계로 나아가야 한다. 보편적인 의미에서 정당성을 획득하는 이론과 민족적 당위성이 인정되는 이념과 이론들을 주체적으로 정립하는 작업이란 대중 속으로 보다 광범하게 침투되어 실천적 힘으로 응축되어갈 때 비로소 가능할 것이고 이를 매개하는 열려 있는 공동의 장으로서 우리는 월간 〈사회와 사상〉을 떠올리게 된 것이다.

월간 〈사회와 사상〉은 우리 시대 우리 사회가 당면하고 있는 모순 구조의 극복에 대한 요구에서 창출된 '사상'이 민족사의 흐름에 몸담고 살아가고 있는 동시대인들에게 공유되고 공감되어야 한다는 사실에서부터 비롯되었다. '사상'이 민족사회의 개혁과 통일을 위한 실천적 힘으로 구체화되기 위해서는, 그것의 창출과 논의가 이루어지고 있는 지식인 세계의 폐쇄적인 울타리가 허물어지고 대중사회에 흘러들어간 '사상'이 사회변혁과 역사 발전의 동력으로 육화되어야 한다. 오늘의 사회운동·민족운동의 활기찬 모습들만 하더라도 소수의 개인과 집단만의 힘에 의한 것이 아니라 민족사회의 주체적인 성원인 민중의 변혁에 대한 요구가 확대 심화되는 데에서 힘을 얻고 있는 것이다. 그러나 '대중화'가 곧 '전위성'의 포기를 뜻하는 것은 아니다. 이념과 운동 논리의 대중적 확산을 전제로 한 전위성·선진성만이 우리의 역사적 삶에서 진정한 의미를 확보할 수 있는 것이다.

월간 〈사회와 사상〉은 역사적 변혁의 한가운데에 서려고 한다. 민족 구성원 개개인의 해방된 삶을 보장하고 민족 공동체의 평화적이고 주체적인 삶을 담보하는 통일을 이루기 위한 개인적·집단적·조직적 운동의 사상과 이론, 실천적 전략과 합리적 방안을 모색 매개하는 열린 마당으로 월간 〈사회와 사상〉은 존재할 것이다. 현 단계에서 우리의 민족문제는 이 잡지의 가장 중요한 주제가 될 것이다.

월간 〈사회와 사상〉은 사상과 이론 작업에서 빚어지기 쉬운 권위주의와 독단적 사고방식을 항상 열려 있는 기획·편집의 원칙과 자세로 극복해갈 것이다. 이념적 지향성을 견지하되 편향성을 띠지 않을 것이고, 역사 발전의 편에 서는 진보적 민족주의를 고수하되 인류 사회의 발전에 요구되는 보편성을 잃지 않도록 노력할 것이다. 우리가 추구하는 민족 공동체는 한반도를 둘러싸고 있는 범세계적 정치 현실과 사상적 조류를 외면하고서는 이룩될 수 없는 것이기 때문이다.

월간 〈사회와 사상〉은 민족문화와 민족 자주 사상의 새로운 발견과 창출에 힘을 기울일 것이다. 이는 민족과 국토의 통일을 이룩하고 제국주의적·식민지적 문화와 사상을 극복하기 위한 자기 정립의 첫 단계이기도 하다. 이 같은 작업은 과거의 역사적 상황과 현재의 시대적·사회적 요청, 민족문제와 그것을 외적으로 제약하는 세계 문제와의 관련 속에서 총체적으로 추구할 때라야 역동적 생명력을 얻게 될 것이다. 이러한 문제들과 함께 월간 〈사회와 사상〉은 우리 사회의 기본 모순을 구성하고 있는 계급적 불평등과 갈등의 현실에서 눈을 떼지 않으려 한다. 민족문제의 해결이 우리 사회의 계급적 불평등을 극복하는 사회 발전을 보장하지 못할 때 그것은 무의미한 것일 수밖에 없다.

월간 〈사회와 사상〉을 창간하는 데에는 우리 사회의 잡지 문화에 대한 우리 나름의 비판 의식이 깔려 있다. 흥미 위주와 호기심을 자극하는 폭로적인 기획을 일삼고 있는 이른바 '종합 월간지'들에 대한 불만은 이제 상당히 보편화되어 있는 것으로 생각된다. 우리 사회는 사상적 지향성을 뚜렷이 지닌 월간지, 격동하는 국내외 현실에 대해 정확한 분석과 뚜렷한 주장을 펼칠 수 있는 월간지를 요구하고 있고, 또 그런 잡지가 존재할 수 있게 되었다.

70년대의 몇몇 계간지들, 그리고 80년대에 쏟아져 나온 수많은 잡지형

부정기 간행물들이 전개한 놀랄 만한 문화운동적 업적은 참으로 소중한 것이고, 달라진 오늘의 상황에서 새롭게 전개되고 있는 계간지 문화는 여전히 큰 의미를 지니고 있다. 이 땅의 지식인들이 선호하는 계간지는 그러나 그 발간 형식으로 인해 자기 한계를 갖지 않을 수 없다. 오늘의 상황에서 요구되는 사회운동·민족운동의 확산과 기동성의 확보라는 차원에서 우리는 계간지들보다 대중적으로 확산될 수 있고 한층 쉬운 언어로 말하며, 빠른 주기로 발행되는 월간지가 나와야 한다고 믿는다. 수준 높은 사상이나 진지한 실천성을 담은 내용은 대중화되기 어렵다는 생각을 이제는 버려야 할 때가 되었다.

월간 〈사회와 사상〉이 과연 이 같은 시대적 요구와 당위성을 제대로 실현해낼 수 있을 것인가를 스스로 물어보는 우리는 크나큰 책임감과 두려움을 느낀다. 이 잡지가 창간된다는 사실이 알려지면서 우리는 많은 사람들의 격려와 걱정의 말을 동시에 듣고 있다. 그러나 창간을 결정하면서 갖게 된 구상을 놓고 여러 분야의 사람들과 토론을 거듭하면서 우리는 당초의 구상에 확신을 갖게 되었고, 또 그 내용이 보다 대중적이고 활성적인 것이어야 한다는 필요성도 느끼게 되었다.

월간 〈사회와 사상〉은 한 출판사가 만드는 것도 아니고 몇몇 편집·기획위원들과 필자들이 만드는 것도 아닐 것이다. 한 시대 한 사회의 사상적 정신적 생명력을 가지고 그 시대 그 사회를 새롭게 만들어가야 하는 잡지 문화는 동시대인들의 광범한 참여를 통해서만 이루어질 수 있다는 사실을 우리는 환기해두고 싶다.

민중이 민족과 사회의 주체적 동력으로 힘차게 일어서고 있는 1980년대의 후반에 창간되는 월간 〈사회와 사상〉을 통해, 우리는 분명 민족 통일 운동의 시대가 될 1990년대를 바라보면서 민족 통일을 앞당기고 선도하기 위한 사상과 주체적인 민족 정서를 창출하는 작업에 우리의 정성을 다할 것을 스스로 다짐해본다.

**1988년 8월**

# 녹두꽃

## 편집자의 포부

### 1

그동안 소시민적인 독자 대중을 상대로 한 문예지는 많았으나 문예가 사회 발전에 이바지할 길을 모색하는 문예운동가나 창작을 통해 진보의 내용을 살찌워가는 작가·시인에게 창조적 자유의 폭을 넓혀주려는 매체는 없었다. 이것은 한반도의 진보 문예가 여지껏 상업 질서에 따라 전개되어왔음에 대한 단적인 예증이기도 하다. 그래서 창작물의 내용은 진보적이나 문예 실천에 관련된 제반 경험의 축적은 낡은 형태로 진행되는 모순을 극복한 형태의 매체가 필요하다는 말을 자주 하곤 했었다. 그리고 만일, 창작 주체의 입장에 선 매체가 있다면 그것의 성격은 건강한 문예 사업과 효율적인 문예 투쟁을 위한 안내지여야 한다는 생각도 더불어 이야기되곤 했었다.

다행히 이런 생각이 생각으로 끝나지 않고 실천의 기회를 얻게 되었으니 그것의 이름을 우리는 〈녹두꽃〉이라 하기로 했다. 우리 민족의 영웅으로 살아 척양척왜를 외치다 쓰러져 가신 위대한 장군에게 민중들이 붙여준 이름 '녹두'와 한 시대의 문화·예술을 상징하는 '꽃'이라는 말을 빌어와 결합한

**발행일** 1988년 9월 20일
**발행 주기** 부정기(무크지)
**발행처** 도서출판 녹두
**발행인** 이무명
**편집위원** 김형수, 백진기, 정도상

것이다. 또한 세계 문예사가 도달해온 마지막 정거장의 역명驛名이라고도
할 수 있는, 사회주의리얼리즘의 '뼈'(민중적 내용)와 '살'(민족적 형식)을 아
우르는 의미가 깔려 있기도 하다. 모두 '녹두출판사'라는 당당한 자리에서
일을 시작하기에 가능해진 거였다. 이제 남는 것은 우리가 모범적으로, 애
국자다운 예술 실천을 해내느냐 하는 문제뿐이다.

## 2

처음 모인 날이 6월 15일이었다. 마지막 원고를 넘기고 이런 글을 쓰게 되
는 오늘이 8월 23일, 출간 예정일은 9월 15일이다. 예정대로라면 만난 지 3
개월 만에 결실을 내놓는 셈이 된다. 극심한 원고 독촉과 함께 20일가량의
철야 강행이 없었을 리 없다. 책을 빨리 내기 위해서였다기보다는 사명감과
열정을 드높여 '사업'을 신속하게 해내는 작풍을 세워보고자 함에서였다.
대부분의 필자들이 1개월 만에 원고를 넘겨주었다. 눈물이 나올 만큼 고마
울 지경이다. 그럼에도 불구하고 애당초 설정한, '원고 수준이 최대한 보장
되는 집필 단축 시간'은 못 지켰으니 반성의 여지는 많다.

우리가 필자들에게 밝힌 취지를 '원고 청탁서'에서 그대로 인용해보면 이
렇다. "① 진정한 창작의 자유는 정치조직과 창작 역량의 결합을 통해 얻
어진다고 봅니다. 한 시대의 삶을 내용 짓는 문화와 경제는 정치를 통해 집
약됩니다. 정치의 힘은 현실이 요구하는 문예, 그런 문예가 이루어질 수 있
는 조직적 구조, 그리고 그것이 담보해야 할 세계관과 방법의 문제들과 깊
이 연결되어 있습니다. 예술과 정치의 통일을 구체화시켜보고자 합니다. ②
창작 과정에서 생겨난 여러 경험(성공담·실패담)과 문예 조직 활동에서 생
겨난 여러 경험들을 체계화시켜보고자 합니다. ③ 창작자들을 위해서 문학
동향란을 두어 최근의 수준 높은 작품들을 소개·도모하고, 서평 대신 문
예 학습 프로그램란을 만들어 그것을 안내·개발해갈 것입니다."

애초의 기획에서 '문예 조직의 학습 프로그램에 관한 토의'가 생략되었

다. ① 사회·정치 학습, ② 문예이론 학습 ③ 창작 실천을 위한 학습에 해당될 내용을 각각 발제하여 대담 형식으로 기존의 문헌들을 재평가하고자 했던 이 난을 포기하는 마음이 무척 쓰렸다. 나머지는 보강되거나 실효성 여부를 들어 수정되었을 뿐 본래의 기획 그대로다. 성실한 작업이 되었는지 그저 시간과 분량과 상업적인 기호만을 맞추려는 졸속물이 되었는지는 전적으로 읽는 분들이 평가해줄 문제이다.

### 3

현재 다양하게 모색되고 있는 '민족문학 논쟁'에서 보자면, 이 책의 필자들은 대부분 민중적 민족문학론자들로 구성되어 있다. 문예운동에서의 사상적 지도 중심을 세우기 위한 노력이 간단없이 진행되고 있는 이 마당에 굳이 한 축을 강조한 것은 '문예 통일전선'의 형성을 목표로 여러 역량이 한곳으로 모일 필요를 감안함과 아울러 이 방면의 필자들이 비교적 현실적인 실천 경험을 가지고 있다는 점을 높이 산 결과였다. 그러나 민주주의 민족문학, (소)시민적 민족문학을 적대시한다거나 하는 점은 전혀 없다. 오히려 반대로 다양한 논지들이 통일전선을 구축하는 쪽으로 나왔으면 좋겠다는 생각이고 더 나아가서는 그분들이 민족해방운동의 입장을 가지면서 본 지면의 한복판에 나서준다면 더욱 좋겠다는 바람을 편집자 모두는 가지고 있다.

### 4

이번 창간 특집호에서는 무엇보다도 창작물의 성과가 두드러진다. 혁명적 대작의 문을 열어가는 장편서사시 「지리산」과 연작시 「물결 저 너머 내 조국」의 서막 부분을 게재한다. 특히 「물결 저 너머 내 조국」은 투박한 뱃사람이 항해에서 느끼는 통일과 반미를 경험 속에서 노래한 절창이다. 그 외에도 새로운 신인들의 시를 선보인다. 명망가가 아닌 까닭에 더욱 치열하게 시작을 했었던 정열이 돋보인다. 임형진, 김호균, 이봉환 이들 모두가 문학

청년이라기보다는 주어진 삶의 현장에서 민족해방운동을 위해 고민하는 젊은 청년 활동가들이다. 부르주아적 문학의 폐해를 답습하지 아니한 건강한 세계관이 그들의 시를 떠받쳐주는 넉넉한 힘이다.

신선하기는 소설에서도 마찬가지이다. 구로·독산 지역에서 노동자로 살아가는 박해운의 「우리 억센 주먹」은 매우 감동적이다. 310매가 되는 이 소설이 그간 단편밖에 없었던 노동문학을 양과 질 양면에서 한 단계 끌어올렸다는 생각이 든다. 노동자 특유의 건강한 필치가 답답한 가슴을 시원하게 해줄 것이다. 주눅 들고 억눌린 노동자가 아니라 자기 삶의 변혁을 위해 한 발 한 발 전진하는 노동자의 역동성이 잘 표현되어 있으면서도 정치성마저도 획득한 좋은 소설이다. 앞으로도 박해운의 작업이 문학으로나 운동으로서나 힘차고 당당하길 기원한다.

이번 〈녹두꽃〉에 실리는 창작물들은 남북 분단 후 우리 역사를 관통하는 제국주의의 침략에 맞싸워오는 민중들의 삶의 여러 측면들을 표현하고 있는 점에서 다른 계간지의 창작물과는 그 수준을 달리하고 있다. 무엇보다도 〈녹두꽃〉은 '작품'으로 그 첫 울음의 웅장한 포효를 온 세상에 알린다. 민족해방운동에 복무하는 문예운동의 이정표다우려면 당연히 그래야 하지 않을까?

더욱 힘차게 정진하겠다.

편집위원 : 시인 김형수<br>
소설가 정도상<br>
평론가 백진기

# 경제와 사회

## 책을 내면서

### 1

1984년 7월 '한국산업사회연구회'를 창립하면서 우리는 이 모임이 우리 학계의 진보적 학술 연구자들의 유일한 대중 조직체임을 자부하면서도 한편 그것을 아쉬워하기도 하였다. 기성의 한국 학계의 전반적인 보수적 풍토를 생각할 때 이 연구회의 창립은 지적 헤게모니의 대안적 틀을 만들어가고자 하는 모험에 가까운 과감한 시도가 아닐 수 없었다. 그러나 이제 창립 5년째를 보내면서 우리는 그간의 우리의 노력에 대해 조심스럽게나마 긍지를 느끼게 된다. 80년대 초반의 암울한 상황 속에서 오히려 한층 질 높은 발전을 이룰 수 있었던 이 시대 민족민주 운동에 학술 연구자의 위치에서 보다 밀착된 관련을 확보하고자 했던 우리의 노력은, 그것이 단순히 연구자들의 주관적 의지에만 기초한 것이 아니라 현실적이고 구체적인 물질적 기초위에 선 것이기도 하였다는 점을 우리는 여러 방면에서 확인할 수 있기 때

**발행일** 1988년 12월 2일
**발행 주기** 계간
**발행처** 도서출판 까치
**발행인** 박종만
**편집인** 최장집
**편집위원** 최장집(위원장), 김진균, 김수행, 김대환, 박호성, 이종오, 서관모, 임영일, 조희연, 정해구
**기획위원** 공제욱, 김준, 신상숙, 이경숙, 조형제, 허석렬

문이다.

'한국산업사회연구회'가 발족한 이래 다양한 학문 영역의 진보적 학술 연구자들이 조직적인 집단적 학술 활동을 모색해왔다. 1988년 6월에 있었던 학술 단체 연합 심포지움은 지난 수년간에 걸쳐 진행된 그러한 노력들이 처음으로 대규모 학술 행사의 형태로 외화된 것으로 학계는 물론 사회 일반의 비상한 관심과 주목의 대상이 되었었다. 이 심포지움의 준비와 사후 평가의 과정에서 진보적 학술 단체들의 대중적 연합 조직체 건설의 필요성이 확인되고, 일련의 준비 과정을 거쳐 지난 11월 5일에는 정식으로 '학술단체협의회'가 발족하기에 이르렀다. 인문·사회과학의 주요 영역들과 문학, 예술 분야, 그리고 자연과학의 일부에 이르기까지 줄잡아 수백 명에 달하는 연구자들이 조직적 연구 활동과 연대 틀 속에 포괄될 수 있다는 사실은 우리의 지성사에서 볼 때, 획기적인 일이 아닐 수 없다. 우리는 해방 정국의 짧은 기간 동안 있었던 '과학 운동'의 경우를 제외하고는 이와 유사한 경험을 확인할 수 없다. 그러나 그 경험과 비교해서도 민족적·민중적 학문의 건설을 함께 제창하는 현재의 우리 학술 운동의 토대는 더욱 튼튼하고 그 대중적 기반도 더욱 넓다고 볼 수 있지 않을까 한다. 물론 우리 민족민주운동의 궁극의 목표와 그것을 향한 과정을 생각할 때, 현재의 도달점은 출발점을 크게 벗어난 것이 아니며 학계 전체에서의 우리의 입지도 아직은 좁다. 그럼에도 불구하고 고난에 찬 80년대의 시련을 통해 성장해온 이 땅의 민족민주운동과 더불어 함께 고뇌하고 연대하려고 애쓰며 자기 모색을 계속해온 그간의 우리의 노력은, 출발점에 서서 멀리 보이는 귀착점을 향해 긴 장정을 떠나고자 다짐하는 우리들의 힘의 원천이 되고 있다.

2

그동안 진보적 학술 연구자들의 구체적인 연구 활동의 내용은 무엇보다도 기성의 보수적 학계가 거의 전적으로 그 연구 관심의 영역 밖에 방치하고 있었던 연구 주제들에 대한 과감한 접근으로 나타났었다. 그러나 그러한 연구 주제들을 어떠한 '관점'에서 다루어야 할 것인가의 문제가 보다 본질적인 것이라는 깨달음이 곧바로 있었고 이 점에서 그동안 우리는 한국 사회의 근현대사에 대한 총체적인 '상像'의 정립을 위한 거시 이론적 틀의 확립에 비상한 관심을 기울여왔던 것이 사실이다. 이 점에서 소위 '사회구성체 논쟁', 혹은 '한국 사회 성격 논쟁'은 연구자들의 관점의 전환과 정립 노력을 이끈 견인차적 구실을 한 중요한 논쟁이었음이 분명하다. 이 과정에서 다양한 영역의 진보적 학술 연구자들은 각자의 분과 학문의 경역을 뛰어넘어 실질적으로 긴밀한 학제적(inter-disciplinary) 연계를 맺고 나아가 자신의 연구 주제들도 그 맥락에 위치 지으려는 노력을 기울일 수 있었다. 80년대 말에 이르고 있는 현재의 시점에서 우리는 이제 이 논쟁의 과정에서 확인된 쟁점들과 구체적인 연구 과제들을 '실증적'으로 검증해내고, 나아가 이를 보다 실천적인 문맥으로까지 연계 지어낼 수 있어야 한다는 강력한 요구에 직면해 있다. 그리고 어느 면에서는 이러한 요구에 대해 구체적인 연구 성과 위에서 과연 얼마나 성실히 부응해갈 수 있을 것인가가 우리들이 주창하는 '민족적·민중적 학문의 건설'의 성패를 가늠하게 할 것임이 분명하다.

### 3

반드시 올바르기만 한 지적은 아니지만, 그동안의 논쟁의 진행 과정에서 그것이 지나치게 관념적이고 혹은 현학적으로 보일 정도로 높은 추상 수준에 국한되어 있었다는 비판이 제기되었다는 점은 우리의 겸허한 자기반성을 요구하는 일이 아닐 수 없다. '한국산업사회연구회'는 그동안 51회에 이르는 월례 발표회를 위시하여 다양한 내부 토론의 기회들을 마련해왔고 진보적 학술 연구자의 조직적 재생산을 위한 노력도 심도 있게 기울여왔다. 다른 한편으로 다양한 발표 매체들을 통하여 연구회 소속의 활동적인 연구자들의 연구 성과들이 발표되어왔고 자체의 매체인 〈산업사회연구〉 제1집과 제2집을 발간하기도 하였다. 이제 우리가 학술 계간지의 형태로 〈경제와 사회〉를 발간하는 것은 그동안의 연구 활동에 대한 장기간에 걸친 내부의 자기반성을 기초로 우리 활동의 성과들을 보다 구체적이고 보다 실천적인 문맥 위에 올바로 진입시키고자 하는 적극적인 노력의 표현이다. 이 노력의 성패 여부에 대해 우리는 지금 장담할 수 없지만, 적어도 우리가 기울이는 노력에 비례한 성과가 있을 수 있음을 확신할 정도의 논의 수준은 이루어왔다는 것이 우리의 생각이다. 첫 호의 준비 과정에서부터 우리가 겪어야 했던 어려움은 그 자체가 우리의 현재 연구 역량의 반영이기도 하며, 다른 한편으로는 아직도 우리가 고립 분산적인 개인적 연구 활동에 훨씬 더 익숙해 있음에 비롯하는 소시민적 연구주의의 반영이기도 하다. 시간적인 지체와 부분적인 계획 수정은 우리가 이 점을 보다 긴박하게 느끼고 한층 긴장된 자세를 갖출 수 있기 위한 비용이었는지도 모른다. 편집위원회는 연구회의 회원들의 조직적인 연구 활동의 성과들이 〈경제와 사회〉로 수렴될 수 있는 체계적 구도를 만들어나가는 데 진력하고자 한다. 모두의 적극적인 관심과 참여를 촉구하는 바이다.

4

특집을 구성하고 있는 세 편의 글은 '한국산업사회연구회'의 80년 초 동계 워크숍에서의 발제 내용을 논문으로 정리한 것이다. 여기에서는 그동안 진행된 사회 성격 논의의 내용을 각각의 측면에서 재검토한다. 조형제의 글은 그중에서도 그러한 논의를 국가론과 통일론의 맥락에서 검토해보려는 시도이다. 일반 논문 중 김동춘의 학술운동론은 현재 활발히 진행 중에 있는 진보적 학술 연구자들의 활동을 우리 사회 사회운동의 일반적 맥락 속에 적절히 위치 짓고 의미 부여하려는 노력이다. 김재훈의 글은 1950년대 한국 자본주의의 종속적 재편성 과정을 원고와 대충자금의 분석을 통해 실증적으로 검토하고 있다. 기존의 다소 추상적인 논의에 구체적 내용을 더해주는 소중한 시도라 믿는다. 이기홍의 글은 사회 성격 논쟁의 진행 과정을 방법론적인 측면에서 비판적으로 검토한다. 입장의 차이를 떠나 유물변증법의 과학관에 대한 본격적인 방법론적 문제 제기라는 의미에 값하는 글로서 지금까지와는 또 다른 각도에서 쟁점이 될 만하다. 주변의 인접 분야에서 진행되고 있는 논의들에 대한 사회과학도들의 관심을 촉구하고 나아가 실천적 관심의 올바른 공유의 필요성을 제기한다는 의도에서 민족문학론 논쟁에 대한 검토의 글을 한 편 싣는다. '연구 노트'와 '서평'은 연구회 농촌 분과와 산업 분과를 대표하여 김홍상과 김준이 작성하였다. 여기 수록된 글들이 현재 우리 학계의 진보적 연구자들의 연구 성과들을 두루 수렴하는 것도 아직은 아니며 각각의 글들의 논의 수준이 현재의 연구 수준을 대변할 정도에 충분히 도달해 있는 것도 아니다. 그러나 각각의 주제 내에서 기왕의 논의를 한 걸음 더 진전시켜보려는 문제의식을 담아내고 있다는 평가는 가능하리라 본다.

1988년 11월 25일

〈경제와 사회〉 편집위원회

# 노동자

## 다시 태어나며

이범(본지 주간)

　노동자는 오로지 자신의 솔직한 노동으로 이 사회에서 필요로 하는 모든 물품을 생산해내는 '신성한 생산자'입니다. 때문에 노동자는 그 누구보다도 이 나라를 풍요롭게 발전시키는 '참된 애국자'입니다.

　노동자는 남을 억압하거나 착취할 줄 모릅니다. 오히려 자신들의 명예와 부를 지키기 위해 우리 노동자들을 마구 부려먹고 나라와 민족까지도 팔아먹으려는 자들에 대해 단호히 반대합니다. 아니, 단순히 반대하는 것에 머무르지 않고 모든 사람이 곳곳에서 소중한 자기 역할을 충실히 수행하며, 또 사회는 평등하게 각 개인에게 그 대가를 지불해주는, 그래서 진정으로 사람이 사람을 믿고 존중하는 통일조국을 이루려 합니다. 때문에 노동자의 그 마지막 이름은 '새 사회 건설자'입니다.

　참된 애국자, 신성한 생산자, 새 사회 건설자, 이것이 우리 노동자들의 지위와 역할을 가장 잘 표현해주는 말이며, 그래서 월간 〈노동자〉는 이것을 자신의 표어로 사용키로 했습니다.

| | |
|---|---|
| 발행일 | 1989년 3월 1일 |
| 발행 주기 | 월간 |
| 발행처 | 백산서당 |
| 발행인 | 김철미 |
| 주간 | 이범 |
| 기획위원 | 민종덕, 박정수, 엄주웅, 연성만, 오길성, 유창복, 윤성만, 이경재, 이성필, 이철민, 이태복, 천창기, 최규엽, 최형기, 허명구 |

새 사회 건설은 우리 노동자들이 여러 계급·계층과 함께 동지적 신뢰로써 강고한 연대 조직을 꾸리고, 우리 앞에 놓인 민족적·계급적 과제에 대해 깊이 각성할 때에만 가능합니다. 노동자가 선두에 서서 이 사회의 피억압자인 농민·도시빈민과 함께 가장 힘 있는 집단을 형성해가며, 또한 민족의 이익과 민주를 갈망하는 모든 계급·계층, 단체와 함께 싸워나간다면 동트는 새벽은 멀지않아 오고야 말 것입니다.

노동문제나 노동운동만이 우리들의 관심사가 되던 시대는 이미 지나갔습니다. 이제 우리 노동자들은 자신의 협애한 경제적 이익의 테두리를 벗어나 정치적으로 각성하고 있으며, 다른 피억압 계급과 계층의 정치·경제적 이익에도 관심을 갖고 적극 옹호할 만반의 태세를 갖추어가기 시작했습니다.

그래서 월간 〈노동자〉는 바로 이러한 우리 노동자들의 정치적 각성과 진출을 돕고자 하며, 따라서 노동자의 세계관으로 본 정치·경제·사회·문화·민족 문제 전반을 다루어나갈 것입니다. 자주·민주·통일의 사상을 뼈대로 노동자들의 과학적 사상을 수립하는 데 헌신코자 하는 것입니다.

또한 월간 〈노동자〉는 우리 사회에서 일고 있는 대동단결의 기운에 힘입어 다시 태어났습니다. 월간 〈노동자〉는 특정 단체나 정파의 입장만을 대변하지 않습니다. 먼저 노동계급 내부의 대동단결, 이를 토대로 한 전 민중의 대동단결, 이것이 바로 월간 〈노동자〉가 바라는 대동단결의 관점입니다. 결국 월간 〈노동자〉는 노동자만의 것이 아니라, 전 민중의 잡지로 성장해갈 것입니다.

월간 〈노동자〉가 창간될 수 있었던 것은 여러 악조건 속에서도 그 명맥을 유지해온 〈노동자의 벗〉이라는 잡지가 있었기 때문입니다. 87년 대투쟁 이후 〈노동자의 벗〉은 노동운동의 지평을 넓히는 데 일조하고자 했으나 많은 어려움이 뒤따랐습니다. 재정적 어려움과 함께 기획위원의 체포·투옥이라는 어려움을 이기지 못하여 〈노동자의 벗〉은 애초에 견지했던 역할과 임무를 다하지 못했던 것이 사실입니다. 〈노동자의 벗〉을 만들었던 주체들과 이 점을 깊이 반성하면서 우리는 모을 수 있는 모든 힘을 모아 〈노동자의 벗〉이 다하지 못한 책임을 새롭게 다하려 다짐했습니다.

마지막으로 월간 〈노동자〉는 바로 우리 노동자가 관심을 갖고 채찍질할 때만이 그 본연의 임무를 다할 수 있을 것입니다.

'노동자' 그 자랑스러운 이름을 굵직이 새겨나갑시다. 그리하여 참된 애국자, 신성한 생산자, 새 사회 건설자, 바로 이것이 우리의 진정한 이름임을 선언합시다.

# 노동해방문학

## 새날의 진정한 주인인 노동 형제들에게

⟨노동해방문학⟩의 역사적 창간이 임박해 있는 지금도 전국 각처에서 들불처럼 타오르는 노동 해방 투쟁의 소식들이 간단없이 들려오고 있습니다. 그런가 하면, 우리의 싸움을 짓밟는 저들의 구둣발 소리와 악선전들이 또한 요란하게 들려옵니다. 새날의 진정한 주인인 노동 형제 여러분, 솟구쳐 오르는 우리 노동자계급의 투쟁이 겁에 질린 저들의 단말마적 몸부림과 역사의 한 고비를 향해 치열하게 맞부딪쳐가고 있는 와중에서 우리는 노동문학사와 ⟨노동해방문학⟩이 마침내 출범하였음을 뜨거운 가슴으로 보고드립니다.

우리 노동자계급을 고통케 하는 원인은 결코 표면적인 데에 있지 않습니다. 올바른 과학의 빛으로 조명함으로써만 그 고통과 모순의 본질을 뿌리로부터 파악될 것이며, 또한 타파될 것입니다. 몸뚱이밖에 가진 것이 없는 우리 노동자들은, 스스로의 노동력을 상품으로 내다 팔지 않으면 단 하루도 생존할 수가 없습니다. 우리들의 나날에 운명처럼 덮어씌워져 있는 가난과 질병, 장시간 노동과 무권리, 온갖 소외와 고통이 바로 여기에서 연유

**발행일** 1989년 3월 31일
**발행 주기** 월간
**발행처** 노동문학사
**발행인** 김사인
**편집위원** 김사인, 백무산, 임규찬, 임홍배, 정남영, 정인화, 조정환

운동으로서의 잡지, 저항으로서의 독서 487

한다는 것을 우리는 잘 알고 있습니다. 그러므로 아무리 임금이 많이 오르고 노동시간이 단축된다 해도, 근로조건이 개선되고 복지가 보장된다 해도 노동자계급의 고통이 근원적으로 종식될 수는 없음을 또한 잘 알고 있습니다. 노동력을 상품으로 내다 팔아야 하는 '임금 노예'의 처지에서 해방되지 않는 한, 고통은 대를 물려가며 또 다른 모습으로 계속될 것이기 때문입니다.

바로 이것, 노동 해방의 원대한 목표와 전망 속에서 자각하고 단결하고 싸워나가는 것! '노동자가 주인이 되는 새 사회'의 건설을 위하여 먼저 노동자가 권력의 주체가 되도록 비타협적으로 싸워나가는 것! 그리하여 모든 인간이 해방된 인류 공동체의 건설을 위하여 노동자계급의 깃발을 확고히 치켜세우고 전 민중의 선봉에서 민주주의의 실현과 민족 통일을 위한 투쟁을 주도해가는 것, 이것이야말로 진정한 해방을 향한 거대한 발걸음을 내딛고 있는 이 땅의 노동운동, 민중운동이 절박하게 요구하는 것입니다. 이것이 또한 '노동 해방'의 참뜻이기도 합니다.

〈노동해방문학〉은 노동 해방 사상의 기치를 드높이 들고 해방을 향한 가장 올곧고 탄탄한 길을 밝히는 그믐밤의 새벽별이 되고자 합니다. 우리는 지난 40여 년 동안 선배 문예 일꾼들이 피와 땀으로 일구어온 투쟁의 성과와 시행착오를 바르게 계승·극복함으로써, 민족 자주와 민주주의 실현의 과제에 가장 철저하고 적극적으로 복무하는 한편, 인류 공동사회의 건설이라는 장구한 전망을 현실 속에서 이루어가는 노동자계급 국제주의의 문학을 도모해갈 것입니다. 그리고 그것은 어느 경우에도 올바른 노동자계급의 입장과 과학적 사상을 투철하게 지켜감으로써만 가능할 것입니다.

이 나라 역사상 최초로 노동자계급의 과학적 사상 위에 굳건히 선 노동자 월간 매체를 간행하면서, 천만 노동 형제들께 우리는 다음을 분명하게 약속합니다.

〈노동해방문학〉은 사상과 조직, 재정에 있어서 그 누구에게도 종속되지 않고 순수한 노동 해방 일꾼들이 주도하는 노동자계급의 매체가 될 것입니다. 또 〈노동해방문학〉은 매 시기 노동자계급 대중투쟁의 핵심적 쟁점을 과학적 사상으로 해명하고, 중요한 투쟁 사례를 신속히 공유시킴으로써 우리 노동운동의 의식의 성장 수준을 보여주는 척도가 될 것입니다. 마지막으로 〈노동해방문학〉은 이 땅의 문예 속에 만연해 있는 소시민적 편향들을 말끔히 씻어내고, 전진하는 노동자계급이 고대하는 문학, 민중문학 전선을 실질적으로 강화시킬 문학을 '노동해방문학'의 이름으로 창출해갈 것입니다.

단결합시다! 힘차게 전진합시다!

# 사상문예운동

## 주체적 변혁 사상의 형성을 위하여

### 〈사상문예운동〉 편집위원 일동

**1**

 희망과 고난이 교차하는 시대입니다. 지난 1987년의 6월 시민항쟁과 7, 8, 9월 노동자대투쟁은 희망이었습니다. 분단 이래 40여 년 동안 완전한 민족 해방과 민중 해방을 열망하는 수많은 선열들의 피와 땀으로 어렵게 밀고 왔던 민족민주변혁운동의 거대한 수레바퀴가 마침내 살아 생동하고 스스로를 조직해나가는 현실의 대중이라는 강력한 견인차를 만난 사건이 바로 6월 시민항쟁과 7, 8, 9월 노동자대투쟁이었기 때문입니다. 그리고 지난해를 휩쓸고 올해까지도 우리 모두를 뒤흔들고 있는 통일 운동의 충격적 전개 양상은 어찌되었든 통일 조국을 향한 우리의 희망과 기대가 엄청난 것임을 입증해주고 있습니다.

 그러나 희망이 크면 클수록 고난의 그림자도 갈수록 길게 드리워지고 있습니다. 우리의 희망을 절망으로 받아들이는 반민족적·반민중적 지배 세력의 일치된 위기의식은 광란에 가까운 무분별한 탄압으로 표현되고 있습

| 발행일 | 1989년 8월 20일 |
| 발행 주기 | 계간 |
| 발행처 | 도서출판 풀빛 |
| 발행인 | 홍석 |
| 편집인 | 박인배 |
| 편집위원 | 김명인, 도진순, 문용식, 박인배, 오의택 |

니다. 그리하여 그동안 애써서 이룩하였던 민족민주운동의 전선적 대오는 현저하게 흐트러지고 노동자, 농민, 도시 빈민 대중의 그칠 수 없는 생존권 투쟁은 각기 고립 분산된 채 투쟁의 본격적인 정치적 차원을 확보하지 못하고 있습니다.

이렇듯 희망과 고난이 막 내두른 실 꾸러미처럼 엉켜 있는 상황은 우리에게 여러 가지를 생각하게 합니다. 도대체 우리 민족민주변혁운동의 진정 올바른 침로는 무엇인가? 적대 세력의 힘은 어느 정도이며, 그 힘의 역사적 성격과 물질적 토대는 무엇인가? 급변하는 세계사의 흐름은 우리의 희망과 고난에 도대체 어떤 영향을 끼칠 것인가 등등 의문은 끝없고 흡족한 대답은 언제나 아쉽고 성에 차지 않습니다.

## 2

이러한 아쉬움과 미흡함이 하루아침에 가뭄에 단비 만나듯 해갈되리라곤 누구도 생각지 않을 것입니다. 그러나 우리는 감히 말할 수 있습니다. 그러한 아쉬움은 올바른 사상이 정립되고 모두의 성실한 실천이 그 사상의 지도를 받으며 축적된다면 자연스럽게 해소될 수 있는 것이라고. 돌이켜보면 우리 민족민주변혁운동의 역사는 곧 주체적 변혁 사상 모색의 역사였다고 할 수 있습니다. 그러나 역사는 아직도 낮은 차원의 시행착오의 역사였고 위대한 선진적 변혁 사상의 기계적 적용의 역사였습니다. 1980년대의 민족민주운동이 그 이전의 운동과 다른 점이 있다면 그것은 분명 과학적 변혁 사상의 대중적 확산과 그 일반적 수용일 것입니다. 그러나 그 과학적 변혁 사상의 내용은 교조적으로 수용되었으며 그 현실 적용은 다분히 기계적이었습니다.

진정한 주체적 변혁 사상은 이 땅의 살아 있는 역사이자 현실인 민중의 삶과 투쟁이 과학으로 포착될 때 비로소 태동할 수 있는 것이라면, 이제야 변혁 운동의 대중적 전개가 본격화되고 있는 우리의 현실은 주체적 변혁 사상 형성의 기초 조건을 마련해주고 있을 따름입니다. 그러나 우리는 바로 여기에 주목하고자 합니다. 그렇습니다. 우리의 주체적 변혁 사상은 이제 그 모습을 드러낼 준비를 하고 있습니다. 우리는 그것을 포착하고자 합니다. 그렇게 포착된 주체적 변혁 사상의 빛으로 우리의 희망과 고난을 올바로 조명하고 그 모두를 자양으로 흡수하여 변혁 운동의 힘찬 전진을 추동하고자 합니다. 그것은 곧 1990년대의 우리 변혁 운동이 당면한 최대의 과제이기도 합니다.

그리고 우리는 특히 그러한 변혁 사상의 현실적 외화 형태인 제반 정치·사회운동의 이론과 문학, 예술, 학술 등 이데올로기·문화전선의 형성 과정 및 그 동향에 주목하고자 합니다. 또한 변혁 운동 전선상에서 이루어지는 여러 위상의 대중적 실천 활동의 성과들을 수렴, 정리, 검토하고 이러한 실천 활동에 대하여 철학적·정치적 기초, 즉 사상적 기초를 제공하는 것을 우리 작업의 주요한 임무로 삼고자 하는 것입니다.


### 3

이 주체적 변혁 사상의 포착·형성과 이의 이데올로기·문화전선 및 대중적 실천 활동 현장으로의 집중·수렴이라는 목표가 바로 새로운 계간지 〈사상문예운동〉이 추구하는 목표이며 기본 편집 방향입니다.

이러한 계간 〈사상문예운동〉의 편집 방향은 그 전신이라고 할 수 있는 부정기 간행물 〈문학예술운동〉 시리즈 (1집 『전환기의 민족문학』, 2집 『문예운동의 현단계』, 3집 『문학예술운동』)가 문화 전선 건설 문제와 관련하여 계기적으로 제기해왔던 기본적 요구들—민중 주체 입장의 확립, 생산적 실천에 의한 이론의 검증, 철학적·정치적 기초의 확립—을 수렴, 발전시킨 것입니다.

주체적 변혁 사상의 맹아를 포착하고 발전시켜 이를 우리 변혁 운동의 지도 사상으로 정립시키는 일은 우리 변혁 운동의 성패를 가름할 정도로 중요한 일입니다. 그러나 이 중요성이 잘못 이해되어 외래 사상의 기계적·

선험적 수용과 그로부터 비롯된 관념적인 사상 대립으로 치닫는 것이 작금의 현실이라고 할 수 있습니다. 그리고 이러한 경향은 각각의 사상적 경향성을 파당적으로 발전시켜나가고 있는 출판문화, 특히 잡지 문화의 흐름에 의해 더욱 조장되고 있다고 할 수 있습니다. 자기의 사상적 입장을 명확히 하고 이를 하나의 매체에 집중시키는 노력 그 자체는 하등 문제 될 것이 없습니다. 그러나 각이한 사상적 입장들을 비판적으로 종합하고 객관적 판단의 준거를 마련하는 작업이 병행되지 않으면 그러한 노력은 자칫 관념적 도그마의 재생산으로 귀착될 수 있습니다.

〈사상문예운동〉은 현재의 이러한 사상적 대립과 혼미를 지양하고 진정 주체적인 변혁 사상의 형성이라는 과제 아래 다양한 사상적 제 경향들을 변증법적으로 수렴하는 역할을 자임합니다. 따라서 하나의 입장을 전제하고 편집에 임하기보다는 각기 다른 쟁점과 문제 제기가 상호 교섭하고 때로는 충돌하는 장을 마련하여 결과적으로 주체적 사상 형성에 기여하는 편집 방침을 견지하도록 노력할 것입니다. 중요한 것은 공허한 대립의 확인이 아니라 전선의 올바른 건설이기 때문입니다.

이를 위해 우리 〈사상문예운동〉 편집진들은 항상 어떠한 입장과 논리에 대해서도 겸허하게 귀 기울일 것이며, 특히 그러한 입장과 논리의 객관적 준거가 될 변혁 운동의 대중적 실천 성과를 소중히 수렴하고 정리할 것을 다짐하면서 이 소략한 글을 창간사에 가름하고자 합니다.

**1989년 8월**
**〈사상문예운동〉 편집위원 일동**

# 노동자신문

## 창간사

이태복(창간위원장)

우리는 오늘 주간전국노동자신문(전노신)의 깃발을 움켜쥐고 노동 해방의 신새벽을 향하여 힘찬 진군을 시작하였다. 지난 1년 동안 창간 사업을 추진해오면서 부딪쳤던 어려움보다 훨씬 더 많이 있을 난관을 돌파하여 빛나는 민중 시대를 앞당기기 위하여 노동자신문은 어떠한 나침판을 가지고 나아가야 하는가.

첫째, 주간전국노동자신문은 노동자의 입장을 철저히 옹호하여 노동자의 눈으로 보고 노동자의 귀로 듣고 노동자의 입으로 말하는 신문이 될 것이다. 이제까지 한국의 노동자 대중은 이 나라와 세계의 곳곳에서 하루도 빠짐없이 벌어지는 투쟁의 소식을 듣기는커녕 지배 권력과 독점자본의 이익을 대변하는 관제 언론을 통하여 자신들의 정당한 권익 쟁취 투쟁을 불법적인 분규와 폭력 행위로 매도당하는 악의에 찬 비방과 왜곡 때문에 치미는 울분을 속으로 삭여야만 했다. 주간전국노동자신문은 관제 언론의 이런 반노동자적인 선전 공세에 맞서 노동자 대중의 이익을 올바로 대변하고 한 사업장 한 지역의 투쟁을 전국의 노동자 대중에게 신속히 전달하여, 한

발행일　1989년 10월 20일
발행 주기　주간
발행처　(주)주간노동자신문
발행인　황상근
편집인　황상근

국 노동자 대중의 전 국민적인 단결 더 나아가 농민과 도시 빈민을 비롯한 민중운동의 발전에 한몫을 다하지 않으면 안 된다.

둘째, 새롭게 창간되는 전노신은 노조나 노동운동 단체에서 발간되는 노보와 여러 기관지와는 전혀 다른 독자적인 노동자 언론으로써 자기 모양을 분명히 해나갈 것이다. 노보나 기관지가 조직 대중을 대상으로 하여 공식기구에서 결의된 투쟁의 방향을 제시하고 실천 지침을 내와서 조직의 통일과 단결에 이바지해야 한다면 전노신은 민주노조나 중간 노조, 노총 산하 노조는 물론이고 미조직된 노동자 대중을 포함하여 폐농의 위기에 처한 농민, 인간 이하의 삶을 강요당해온 도시 빈민과 영세 상인들의 움직임에도 관심을 가지고 독자적인 언론기관으로써 한국 사회에서 벌어지는 정치, 경제, 사회, 문화의 본질적인 흐름을 폭로하고 객관적인 사실에 근거하여 보도 해설함으로써 민중 역량의 강화를 촉진시켜나갈 수 있다.

셋째, 지난 80년 광주항쟁의 결연한 의지를 밑바탕으로 피 흘리며 전진해온 이 땅의 노동자 대중들은 87년 7·8·9월 대투쟁 이래 투쟁과 조직의 여러 부문에서 성장을 해왔다. 그러나 선전 영역의 조직화는 노동운동의 발전에 따라 저절로 이루어지는 것은 결코 아니다. 그것은 선전의 성격에 걸맞는 내용과 형식을 갖추려는 의식적인 노력에 힘입을 때만 성과 있게 추진될 수 있다. 전국적인 투쟁 상황을 신속히 수집·정리하고 정규적으로 배포하며 과학적인 이론에 입각하여 전문적인 선전을 해나가기 위해서는 선전 영역을 특화시키고 전문화시켜내야 할 뿐만 아니라 합법적인 시장 질서에 파고들어가서 노동자 대중을 비롯한 민중과 결합해야 한다.

넷째, 정치적 지도 중심이 없는 현 단계 노동운동의 조건에서 우리는 노동자를 축으로 하는 민중의 정치적 진출을 고무하고 정치의식을 강화시키기 위한 모든 노력을 다할 것이다.

끝으로 10월 20일 창간호를 내기까지 1년 동안 고군분투해온 창간 동지들과 제 살을 떼어내어 새로운 노동자 언론의 출발이 가능하도록 정성을 아끼지 않은 주주 여러분께 거듭 감사의 말씀을 드리며 솔직한 비판과 더불어 노동자 언론으로 튼튼히 뿌리박도록 계속적인 성원을 부탁드린다.

## 축시 / 기차에 대하여

**김정환**(시인, 노동자문화예술운동연합 의장)

무쇠와 근육을 부딪쳐
근육과 눈물을 부딪쳐
울컥이며 가자 만국의 노동자
덜크덩거리는 것은 시대일 뿐
우리들의 심장은 축축하고 강하다
음침한 것은 또한 화려하다
대낮 햇빛 밝은 시절의
영롱한 인간이여
미래여 우리가 걸어온
함성 위에 굵은 눈물로
더욱 강인한
철길 위에
드디어 우리는 자유라고 쓴다
갈길 위에 쓴다 오 진정한 자유

신음소리가 온천지를 뒤덮는
깃발로 화하고 있다

강철근육과 아름다운 동지애가
강고한 조직으로, 틀지워지고 있다
착취의 신식민지
국가독점자본주의의 거대한 기계소리가
으렁으렁 강철근육 속으로
빨려들고, 마침내 역사의 수레바퀴로
굴러가고 있다

죽은 넋들이 우리 가슴에
열화의 용기로 들끓고 있다
마침내 눈물을 씻으라 찬란한
우리들의 세상 앞에서
전망의 광채를 보아야 한다
너그럽고, 치열하게
더욱 과학적으로, 더욱 진보한
노동자의 젖은 눈망울로
마침내 인간이 만들어낸
피땀의 꽃을 보아야 한다
신문이여, 화사한 꽃보다 아름답고
영원한 자연보다 불멸인
우리들의 미래여
인간이여 조직이여 더나은 인간이여
신문, 피묻어 불멸인 기쁨의 꽃이여

# 시대와 철학

## 철학은 시대의 혼이다

거의 1세기 전 한국의 지성사와 사회사에서는 일대 사건이 있었다. 그것은 전통 형이상학의 몰락과, 갑오농민전쟁이 보여주는 바와 같은 역사 무대에서 서민 대중의 등장이었다. 열강의 침략과 이에 따른 사대부 계급의 쇠퇴는 기존의 거대한 세계관과 그 속의 세련된 이론적 범주들의 실추를 가져왔다. 그리고 대중의 자기주장은 스스로 역사의 무게를 지탱하면서 세계를 새로이 파악할 수 있는 서민적 지성을 요구하는 것이기도 하였다. 그러나 세계와 인생을 이끈다고 하는 저 절대적 도道에 연결된 탯줄의 절단은 삶의 방어 요새를 상실한 것이었고, 삶의 의미 연원의 상실을 의미하였다.

그리하여 지식인들은 어두움에서 어두움으로 나아가거나, 이미 낡은 서구의 형이상학에서 내면의 조화를 획득하여 자신의 존립 근거로 삼으려 했다. 그러나 역사 현실의 억압과 고난은 그들의 삶이 분열된 것, 그리고 한갓 구차한 연명에 지나지 않음을 확인해주었다. 한편 새로운 단계에 들어선 역사의 요구를 통찰한 지성은 역사와 자신을 동일시함으로써 자아와 피억압 민족 및 계급의 구원을 열망하고 실천했다. 이 과정은 고통과 희생의 행

발행일    1990년 6월 25일
발행 주기  반년간
발행처    도서출판 천지
발행인    이종국
엮은이    한국철학사상연구회

로였다. 산 자는 죽은 자를 땅에 묻고, 그 위에서 죽음의 의미를 삶 속에 구현하고자 했다.

그러나 오늘날 이 땅에서 우리가 보는 것은 무엇인가? 개인의 삶은 돈과 국가권력의 횡포에 의해 운명 지어지고 있다. 가진 자는 못 가진 자를 이들의 어린 자식과 함께 벼랑으로 끌고 가 밀어버리고 있다. 노동자의 감정과 의식은 짓밟히고, 교육과 생존경쟁은 서로 상승작용하며, 정치 영역은 대중에게는 불투명한 흑막 속에 있다.

그럼에도 불구하고 철학은 경제 발전을 낙관하면서 세계의 조화를 논하거나, 개인주의적 전제에서 연역적으로 인생을 논하고 있다. 전통 사상 연구는 성채가 이미 붕괴하여 흩어져 있는 퇴색한 돌조각을 다시 주워 재조립하거나 현재에 다시 그대로 사용하려 하고 있다.

그러나 현실은 사회를 여러 세력의 각축장으로 이해해야 함을 보여주며, 구체적 실재의 논리를 먼저 인식해야만 주관주의적 독단에서 깨어날 수 있음을 가르쳐주고 있다. 이는 실재에 대한 과학적 태도를 요구하는 것인 동시에 이 위에서 자유, 행복, 순수 등의 소중한 인간적 가치를 지켜나가야 함을 의미한다. 그런데 서구 부르주아지는 자연과학을 무기로 자신들의 혁명과 세력 확장을 도모할 수 있었기 때문에 자연과학에 대해서는 호의적이었으나, 사회과학에 대해서는 그것이 자신들의 만행을 들추어내기 때문에 경멸적이었다.

바로 이러한 행태가 현재의 한국 철학에도 격세 유전되고 있다. 그리고 실재의 문제는 순수 인식론적 문제로 치부되어버리고 만다. 현실로부터 출발하되 현실로 돌아오지 않는 이 어중간한 철학은 여전히 종래의 제일철학(prima philosophia)으로서의 형이상학의 지위를 답습하고 있다. 그리하여 철학은 과학과 인생으로부터 초월한 선천적인 한계 속에서 이루어지는 자기 독백이나 철학자들끼리의 속삭임이 되어버리고 만다. 또한 이러한 철학은 과거나 외국의 문제의식, 문제 제기를 다시 현재의 차원에서 묻는 것

이 아니라, 이 문제와 그것을 다루는 방법까지도 과거나 외국에서 차용해
온다.

그러나 실재의 파악과 적용에 실패하면 자아와 이와 연관된 모든 가치
도 잃어버린다는 철학사의 교훈은 초월적 철학과 저 부르주아 이데올로기
에 물든 인생관을 지양하게 한다. 전통적 개념으로 표현한다면, 이는 현재
에서의 새로운 이理를 모색하는 것이다. 이것은 과학과 인생에 어떤 제약을
가하자는 것이 아니라, 그 귀결을 더 높은 차원에서 다루자는 것이다. 철학
과 그 대상의 차이는 건널 수 없는 이원성을 지닌 차이가 아니라 정도에서
의 차이일 뿐이다. 그래서 철학은 과학적 귀결을 음미함으로써 진리를 찾으
며 거기에서 명백한 자기의식에 도달한다.

삶의 여러 가능성의 추구는 단순히 이상에 의해서가 아니라, 사회의 모
든 계급과 계층의 상호작용과 이들의 정부 권력과의 관계 및 외세와의 상
호 역학에 대한 개념적 이해에 의해 매개될 때 현실성을 얻는다. 또한 그러
한 삶의 객관적 조건에 대한 이해가 왜 사회 내 특권 집단 혹은 외세의 욕망
이 사회의 보편적 질서로서 그리고 이성적 원리로서 참칭되는지를 일깨워
준다. 그들의 언설은 자신들의 당위를 자연적 사실로 위장하는 이데올로기
적 설득이다. 따라서 그 언설은 모든 사람으로 하여금 그들의 선험적 원리
를 추종하게 하려는 것 즉 만인에게 그들의 형이상학을 하도록 하는 것이
다. 한편 이 설득은 단지 설득이기 때문에 설득당하지 않는 타인을 힘으로
제거하려는 의지와 결부된다. 그들의 사이비 일반의지의 배후에는 공포정
치와 선심 정치가 숨어 있는 것이다. 중세의 암흑과 화형은 아직 끝나지 않
았다. 철학사는 이성과 순수자아를 말하는 얌전한 철학의 이면에 식민정책
과 조직적 폭력이 도사리고 있었음을 증시해준다.

그러나 한국 사회의 모순에 대한 감정과 의식은 철학의 영역에서도 특권
세력의 의지를 의식적·무의식적으로 반영하는 저 비인간화하는 철학적 이
데올로기에 대한 저항을 불러일으켰다. 70년대는 개념적 수단을 가지지 못

하였기 때문에 그저 느낌으로만 현실에 대해 이해했으나, 80년대는 어느 정도 명백히 자신의 현실을 파악하게 되었으며, 이로 인해 이상과 현실을 결합시켜 생각할 수 있게 되었다.

여기 이 〈시대와 철학〉은 이러한 맥락의 산물이다. 이 잡지는 시대에 따라 변전하는 삶의 양식을 이해하고, 그것을 여러 차원에서 철학적으로 해명하면서, 현시대가 보여주는 미래의 가능성을 따라가는 데에 철학의 방향을 두고 있다. 철학은 시대의 혼이자 시대의 모순에 대한 반역이다.

이런 점에서 철학이 현시대의 주요 사건에 무관심할 수가 없으며, 그래서 이번 창간호에서는 페레스트로이카가 던져주는 철학적 문제가 무엇이며, 이것을 어떻게 이해해야 할 것인가를 좌담으로 다루었다. 그리고 이 문제에 대한 페레스트로이카 논객들의 입장도 소개하기 위해 페도시예프와 코즐로프스키의 논문도 우리말로 옮겨 실었다. 먼 지역의 일이라서 어떤 분명한 단안을 내리기는 어려울지라도 이 좌담이 적어도 문제 제기는 던져주고 있지 않나 생각한다. 특히 이 좌담에서는 대중의 부각과 함께 이제까지 도외시되어왔던 인간 문제가 매우 심각하게 다루어져야 한다는 점이 강조되고 있다. 왜냐하면 혁명기의 창조적·역동적 인간상이 생산력의 발달, 교환경제의 확대에 의해 도구적 이성으로 전락할 위험성도 있기 때문이다.

한편 특집으로서 80년대 이후 한국 사회에서의 변혁 운동의 고조와 더불어 제기되었던 문제들(인간의 사회성과 창조성, 이론과 당파성, 역사법칙의 문제 등)을 철학적으로 정리해보고자 하였다. 이러한 작업은 아마 일제기를 제외한다면 한국 사회에서는 철학상으로는 처음 시도되는 작업이 아닐까 생각한다. 그러나 이 문제들은 앞으로도 계속 제기되어 더욱 넓고 깊은 지평에서 논의되어야 할 것이다.

그리고 일반 논문들은 회원이나 시대의 문제로 고민하는 독자들의 투고를 게재하였으며, 특히 이 난은 세부적인 철학적 문제에 대한 학술적 성격의 논문을 위한 장이 되기를 희망한다.

앞으로 정기적으로 간행될 이 책자가 한국의 고민하는, 그래서 미래에 살고자 하는 모든 청년과 철학도들에게 하나의 조그만 등불이 되기를 희망하며, 더 나은 방향으로 나아갈 수 있기 위해 건설적 질책과 격려를 보내주기 바란다.

**1990년 6월**
**편집부 씀**

# Billboard

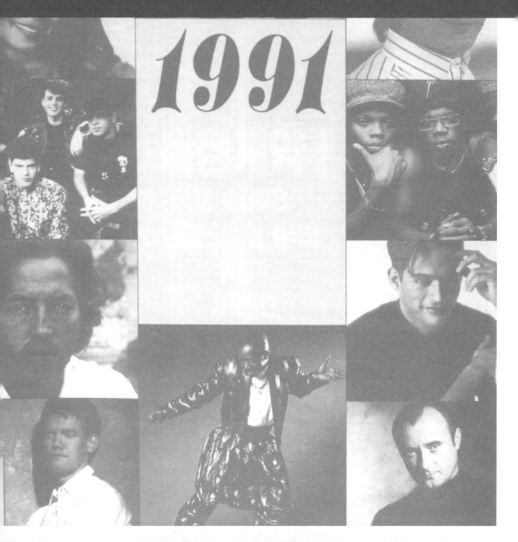

1991

# 응답하라… 응답하라… 1990's

우리가 사는 오늘의 이 세계는 1990년대 중·후반에 구축됐다. 이는 '97년체제'나 '근대문학의 종언' 같은 담론 외에도 〈응답하라 1994/1997〉 같은 드라마를 통해 확인할 수 있다. 드라마에서는 삐삐와 PC통신 같은 대상이 중요하고 재밌게 취급됐지만, 인터넷과 휴대폰 같은 치명적인 새로운 매체도 이때 사람들의 생활 속으로 왔다. 역사를 바꾼 모든 테크놀로지나 매체가 그랬지만, 인터넷이 처음 등장했을 때 그 위력이 얼마나 될지 아무도 짐작하지 못했다. 당시 정부가 "근대화는 늦었지만 정보화는 앞서가자"라는 구호를 내걸고 〈조선일보〉〈동아일보〉 등이 이를 강하게 복창했을 때에도 그 효과와 의미가 어디에 이를지 아무도 몰랐다. 이제 근 100년의 역사를 향해가는 조선과 동아 자신도 '정보화'의 파도 속에서 생존 그 자체를 위해 피나게 헤엄치고 있는 것처럼 보인다. 우리는 문명사의 어떤 하나의 '끝'을 보고 있는 것 같다.

이 같은 파국적 변화는 물론 드라마틱한 '클라이막스' 뒤에 이어진 것이다. 1987년 6월항쟁 이후 '문민정부'가 출범한 1993년까지 활자 매체의 증가폭은 말 그대로 '폭발적'이었다. 일간신문은 30종에서 112종으로 네 배, 주간지는 226종에서 2236종으로 딱 열 배, 월간지는 1298종에서 3146종으로 세 배가량 늘어났다.[1] 1990년대 중반까지 한국의 종이 매체 시장은 역사상 최대 수준까지 확장됐다.

'이념의 시대'는 순식간에 종결됐지만, 문자문화의 시대는 좀 더 부풀어 올라 지속됐던 것이다. 그리고 보다 본격적인 '자유+민주주의'의 시대가 한국 땅에 열렸다. 검열도 근대 이후, 아니 한반도 문자문화의 역사상 가장 완화됐다고 할 수 있겠다. 또 정부는 이전과 다른 방식으로 잡지 문화를 '진흥'했다. 이를테면 공보처는 1992년도부터 '우수 잡지 선정' 사업을 벌여 선정증과 100만 원의 시상금을 수여했다. 물론 '건전한' 잡지 풍토를 조성하고 잡지 언론이 발전하도록 하기 위함이었다.[2]

잡지 읽기 문화와 잡지 시장도 새로운 단계를 맞아 전에 없던 형태와 내용을 가진 온갖 잡지들이 등장했다. 이 책이 다루는 여러 시대들 가운데 가장 흥성하고 다양한 시기가 바로 이때가 아닌가 확언하고 싶어진다. 물론 90년대의 이 흥성은 단명한 수많은 잡지들의 창간과 폐간 속에서, 그리고 2000년대의 쇠퇴 앞에서 이뤄진 것이었다. 미디어 환경과 영상 산업이 이전 시대와 비교할 수 없이 달라졌고, 1997년 가을 '단군 이래 최대'의 위기도 한국을 찾아왔기 때문이다.


### 방황과 새로운 모색

어떤 논리적인 변호라 해도, 또 어떤 현실에서의 다른 근거가 있다 해도 1989~91년의 세계사적 변화는 1917년의 대변혁 이래, 그리고 1945년 제2차 세계대전 종전 이래 이어진 (흔히 '냉전'이라 지칭하는) 체제 경쟁에서 미국과 자본주의 세계 체제가 '현실사회주의'에 대해 '승리'를 거둔 사건이었음에 분명했다. 이 '승리'는 물론 '정치적'인 것이며 '국면적'인 것이었다. 세계 현실사회주의 블록이 몰락하고 마르크스·레닌주의가 '죽은 개'처럼 간주되기 시작했다.

한국에서는 물론 단지 그것만은 아니었다. 1991년 5월투쟁의

패배, 1992년 대선에서의 문민정부의 탄생 등 '자유민주화'와 경제성
장이 계속 진행되어 한국이 제3세계 국가가 아니라 제1세계 국가의
하나인 것이 점점 가시화되자 이데올로기와 담론 지형에 큰 변화가
일어났던 것이다. '80년대 사람'들은 얼이 빠진 채로 방황하며, 서태
지의 〈환상 속의 그대〉(1992)가 거리에 울려 퍼지는 것을 들었다.

환상 속에 그대가 있다 / 모든 것이 이제 다 무너지고 있어도
환상 속에 아직 그대가 있다 / 지금 자신의 모습은 진짜가 아니라
고 말한다

1991년 메이데이(5월 1일)에 창간된 〈사회평론〉의 창간사나 그
앞에 놓인 김남주(1946~1994)의 창간 축시 「사상의 거처」는 그런
정황에 대한 사람들의 '자세'에 대해 직접 말해주고 있다.[3] 이 시의
도입부는 〈환상 속의 그대〉와 마치 대구를 이루고 있는 듯하다.

천 갈래 만 갈래로 갈라져
난마처럼 어지러운 이 거리에서
나는 무엇이고
마침내 이르러야 할 길은 어디인가

남민전의 전사 김남주가 '나는 누구, 여기는 어디'라니? 깊은
혼돈과 혼란의 상황이 길을 잃게 했다는 것이다. 물론 김남주는 정
신을 차린다. 투박한 손을 가진 노동자를 만나고 또 노동자들의 집
회를 보고 거처와 좌표를 찾았다 한다.

사상의 거처는

한두 놈이 얼굴 빛내며 밝히는 상아탑의 서재가 아니라는 것을
한두 놈이 머리 자랑하며 먹물로 그리는 현학의 미로가 아니라는
것을
그곳은 노동의 대지이고 거리와 광장의 인파 속이고
지상의 별처럼 빛나는 반딧불의 풀밭이라는 것을

그러나 모두가 김남주 같지는 않았다. 안타깝게도 전사-시인이
었던 자신도 저 시를 쓴 지 2년여 만에, 48세의 나이에 췌장암으로
세상을 떠났다. 1994년 2월 14일, 그의 부음이 전해진 밸런타인 날
이 생생히 기억난다. 왜냐하면 그날은 바로 내가 제대하던 날이었기
때문이다. 한껏 들떠 신문을 폈다가 그 소식을 읽고, 눈앞이 아득하
고 다리 힘이 다 풀리는 느낌이었다. 여전히 뜨거웠지만 뭔가 엉망진
창이 된 듯한 90년대의 '현실'로 복귀한다는 것, 겁이 덜컥 났다. 그
때 내 20대는 딱 반으로 잘렸다.

방황은 대체로 깊었고 모색의 풍경은 다양했다. 자칭 사회주의
자들과 민중주의자들의 일부는 아예 전향을 선언하고 자기들이 적
으로 간주하던 자들에게 투항하거나 '현실'에 적응하기도 했다. 또
한편으로는 새로운 시민운동과 사상이 일견 사람들의 시선과 발걸
음을 '가비얍고' 넓게 했다.
그리하여 독자들은 이 장에서, '이데올로기와 역사의 종언' 같
은 말이 외쳐진 1990년대에 오히려 이전보다 더 다양한 정론지나 담
론 잡지 들이 나왔다는 것을 보게 될 것이다. 이제 '진보'는 정말 하
나나 삼위일체(민족·민주·민중 또는 자주·민주·통일)가 아니었다. 요
컨대 80년대의 문화운동과 지식인 잡지가 '선전·선동·조직'의 임무
를 의식한 데서 나왔다면, 90년대 이후의 '창간 정신'은 '길 찾기' '다

시 모색하기'를 주된 동력으로 했다. 앞에서 거론한 잡지 〈사회평론〉도, 인천지역민주노동자동맹 출신의 활동가들이 합법 공간에서 만든 월간지와 합쳐져 1993년부터 〈사회평론 길〉이 되었다.[4] 그 잡지는 이름도 상징적인 '길을 찾는 사람들'이었다.

### 새 이론 전선

'서구 마르크스주의'와 후기구조주의(및 '포스트주의')가 지식인과 운동권의 혼란한 머릿속을 파고들기 시작했다. 그 전까지 소련과 동독산 공식 이데올로기에 의해 '수정주의'니 '개량주의' 같은 욕을 먹던 사상·이론들이 새삼 발견된 것이다.

이제 멋진 자동차와 명품을 생산하는 서유럽 선진국의 사상이 유입되었다. 프랑크푸르트학파와 하버마스는 독일산, 푸코, 라캉, 알튀세르, 들뢰즈 들은 프랑스산, 그람시와 네그리 등은 이탈리아산이었으며 페리 앤더슨, 레이먼드 윌리엄스, 버밍엄학파는 영국산이었다. 대신 제3세계산, 즉 중국산 마오이즘, 남미를 기반으로 한 종속이론은 세가 급격히 약해졌다. 다만 북한산 김일성주의는 한반도의 특수성 때문에 좀 복잡했다. 공안 세력과 일부 민족주의자에게는 여전히 큰 인기가 있었는데, 다수의 지식인과 일부 운동권에게는 증오나 '처치 곤란'의 대상이 되었다.

그러한 빠른 변화들에는 두 가지 의미가 있다. 이는 서로 모순되기도 한다. 첫째, 서구 지향성으로 바뀐 또는 동구(소련) 지향성은 한국 지식인과 운동권의 허약함과 '몸 가벼움'을 증명하는 것에 다름 아니었다. 여전히 한국 사회의 모순은 강고했는데, 언제나 말과 사상의 준거를 '바깥'에서 찾고자 했기 때문이다. 둘째, 세계사적 조류에의 뒤늦은 동참의 의미를 갖는다. 이미 1980년대부터 소련은 망하기 시작했고 중국은 급격히 변해가고 있었으며 북한, 베트남도 약해지고 있었다. 한국 학생운동권과 지식인은 이런 엄연한 사실을 몰랐거나 무심했다. 심지어 소련이나 북한을 이상향으로 생각하는 이들도 없지 않았다. 냉전과 검열 체제는 한국 사람을 촌놈으로 만들었기 때문이다.

〈이론〉〈문화과학〉 같은 새 잡지의 이론적 기반은 서구 마르크스주의에 닿아 있었지만, 1990년대 초에는 혼란한 이념·담론 지형에 대한 '정통적' 대응물에 가까웠다. 마르크스·레닌을 지키면서 뭔가 다른 것을 첨가하거나 변용하며 모색하는 태도를 말한다.

마르크스에 단 한 번이라도 관심을 가져본 이는 다 들어본 수사, "도처에 유령이 출몰하고 있다"[5]로 시작한 〈이론〉의 창간사는 정운영이 쓴 것이다. 그는 마르크스 정치경제학자이자 칼럼니스트로서 인기가 아주 많은 지식인이었다. 1980년대에는 한신대·서울대 등에서 강의했다. 수업을 들은 적이 있는데, 비슷한 강좌를 하던 김수행 선생과 달리 좋은 목소리에 달변에 멋쟁이였다. '골덴 마이' 차림에 키가 커 좀 구부정했는데, 수업 시간에 가끔 긴 손가락을 이용해 멋있게 담배를 피웠다. 지금은 상상하기 어려운 일이지만 '수업 중 흡연'은 다른 교수들도 가끔 하는 일이었는데, 정운영 '강사'는 심지어 시험 시간에 학생들이 담배 피우는 걸 허락하기도 했다. 언론인 정운영은 〈한겨레〉 창간에 참여해 1999년까지 논설위원이었다. 『시지프의 언어』나 『저 낮은 경제학을 향하여』 같은 책을 통해서나 MBC 〈100분 토론〉 사회자로서도 이름을 날렸다. 1992년 「'이론 동인' 창립 선언문」은 "진보적 이론과 실천에서 부쩍 강화되고 있는 청산주의적 경향"을 경고했는데, 1999년 〈중앙일보〉 논설위원으로 '스카웃'돼 〈한겨레〉를 떠났다. 글에서나 외양에서나 타고난 자유인이었던 그를 많은 이들이 아쉬워했다.

〈이론〉 창간호는 '마르크스주의의 위기라는 유령'을 물리치기 위한 퇴마사를 자처하며, '무엇을 할 것인가'라는 특집하에 분야별로 (즉 철학, 문화론, 역사학, 정치경제학, 정치학, 사회학 등) 좌파의 과제가 무엇인지 정리하는 글들이 길게 길게 실려 있다. 모두 역사유물론과 마르크스주의 이론의 '재구성'을 모색한 글들이다.

〈이론〉 창간사의 또 한 핵심은 "이론은 결코 실천의 반대 개념이 아니고, 이론적 실천의 축어이다. (…) 무기의 비판을 통해 실천적 이론으로 만들어내고, 비판의 무기를 벼려 이론적 실천에 나서려는 것"이라는 언술이다. '이론이 곧 실천'이라는 "이론적 실천" 명제는 루이 알튀세르의 영향을 받은 말이다. 평생 프랑스공산당PCF의 충실한 당원이었으면서도 무척 현대적인 철학자였던 알튀세르는 '마르크스주의의 위기'가 도래하자 한국의 대학가와 PD 계열 운동권을 중심으로 수용되었다. 그의 주저『레닌과 철학』『맑스를 위하여』가 번역되어 세미나 교재로 채택되고, 제자 에티엔 발리바르의『민주주의와 독재』같은 책도 널리 읽혔다. 〈이론〉 사람들은 이론적·담론적 실천을 통해 위기에 대처할 수 있다 본 것이다. 100퍼센트 틀렸다 할 순 없지만 '지식인스러운' 생각임에 분명하다.

비록 학생운동과 지식인 사회의 분위기는 '몰락'과 '전향'의 느낌을 강하게 풍겼지만 사실 한국 노동운동은 일단 계속 성장하고 있었다. 전태일이 죽은 지 사반세기 만인 1995년 11월 11일에 민주노총이 창립되고, 1996년 겨울의 총파업에서 김영삼 정부와의 대결에서 시원한 승리를 거두기까지 그랬다고 볼 수 있다.


## 문화주의의 도래

"과학적 문화이론의 수립"을 기치로 발간되어 지금까지 나오고 있는 〈문화과학〉은 1992년에 창간되었다. 20년을 넘어 유지되는 잡지는 그리 많지 않은데 강내희, 손자희, 심광현 등의 헌신으로 세기를 건너 이어져온 것이다. 현재에는 문화이론, 문화사, 문학, 미디어론, 문화운동 등에 종사하고 연구하는 30, 40대 연구자·활동가들이 잡지를 운영하고 있다.

〈문화과학〉의 지향은 창간사에 표현돼 있는 것처럼 '문화를 통해 관철되는 지배와 저항'(이를 한 단어로는 '문화정치'라 한다)의 상황에 개입하고 실천하겠다는 것이다. 다시 말해 "문화가 전에 없이 중요한 계급투쟁의 장으로 전환하고 있다는 판단" 혹은 문화가 "재생산에 지대한 기능을 하는 이데올로기 작동의 중심 영역이면서 또한 변혁의 꿈이 마련되는 곳이기 때문"이다. 이때 문화는 삶과 (욕망의) 향유가 실행되는 물질적이면서 동시에 정신적인 장이다.

〈문화과학〉은 좀 어렵고 딱딱한 이론·비평지임에 분명하지만, 기실 이 세상에서 가장 대중적이고 가벼운 대상들과 가장 일상적인 상황들, 즉 대중문화의 온갖 현상을 다루는 잡지다. 우리가 먹고 마시고 자는 일상의 시간·공간과 SM이나 YG, 공중파 TV 또는 할리우드가 생산하는 음과 이미지, 또 삼성이나 애플이 만들어내는 미디어 테크놀로지를 통해 지배 또는 저항이 만들어진다는 사실을 천착하는 것이다. 그 전에는 이 너무 당연한 이치를 별로 돌보지 않았다는 뜻이다. 이에 대해 서동진은 〈문화과학〉의 이론적 자양을 제공하기도 한 영국의 문화이론가 스튜어트 홀과 1990년대를 회고하면서 "문화는 너무 흔한 것이었지만 또한 우리의 이론 속에서는 너무나 희귀한 것이었"고 "마침, 문화가 모든 것으로 난 창窓처럼 보이는 때였다"[6]라고 쓴 적이 있다.

이 같은 '문화주의culturism'는 1990년대 이후 학문과 담론 영역 전체에서도 중요해진 새로운 태도이자 '발견'에 해당하는 것이었고, 〈문화과학〉이 이를 선취했던 셈이다.

〈문화과학〉 창간사에서 주목되는 것은 80년대 문화운동에 대한 평가와 반성이기도 하다. 변화한 조건 속에서 80년대 문화운동을 어떻게 지양할 것인가가 주된 관심이었던 것이다. 창간사는 80년대 운동 세력이 "문화를 문예 중심으로 사고하는 경향"이 있던 것으로 파악하고, "문화운동이 문예운동에만 초점이 맞춰져 전체 문화 판도에 제대로 대응하지 못한 면"이 있다고 지적한다. 그래서 과학적 문화이론의 수립을 통해 이제까지의 "진보적 문예론이 지향하는 현실주의론"으로부터 "현실주의 문화론의 단계로" 나아가야 할 것을 주장했다. 일단 두 시대 사이의 큰 차이가 하나가 적시될 필요가 있겠다. '문학예술'의 준말인 '문예'가 80년대의 키워드라면, 90년대의 그것은 '문화'다. '현실주의'는 설명하기 어려운 단어다. 이는 기본적으로 '리얼리즘realism'을 번역한 것인데 '사실주의' 같은 (역사적) 문예사조의 이름 안에 '리얼리즘'을 가두지 않고, 유물론적이면서 동시에 변혁적인 문학·예술·문화의 방법과 세계관을 나타내기 위한 용어다. 실제로는 '현실주의'보다도 번역하지 않은 '리얼리즘'을 더 많이 사용한다.

　이런 평가는 의미가 있다. 민중적 민족문학론을 위시한 문예운동론과 리얼리즘론도 90년대가 오면서 바스라지다시피 되며, 80년대까지의 문화운동이나 대학 문화는 그런 게 있었는지도 알 수 없게 되었다. 그래서 뭔가 재구성될 필요가 있었다. 〈문화과학〉은 자신의 외곽에 '문화연대'라는 NGO를 창립하고 문화 정책과 대중문화 현실에 개입해왔다.

# 해방의 새로운 지평 — 적녹보

## 녹색

〈녹색평론〉(1991)의 창간사 「생명의 문화를 위하여」는 이 책에 실린 창간사 전체에서 손꼽을 만큼 긴 글의 하나다. 서두에서도 말했듯 지식인 잡지나 사회운동에 관련된 잡지의 창간사들은 '(절박한) 위기 그리고 그를 극복하기 위한 (대안의) 모색'이라는 구조로 되어 있다. 그렇다면 1990년 현재 〈녹색평론〉이 감지한 위기란 어떤 것인가?

그것은 "거의 파국을 향하여 질주하고 있는 산업 문명"과 "인간을 포함한 수많은 생명체들이 지구 상에서 지속적으로 생존할 수 있는 가능성이 대단히 불투명해지는 현실"에서 비롯한 위기다. 또한 "인류사에서 유례가 없는 전면적인 위기, 정치나 경제의 위기일 뿐만 아니라 무엇보다 문화적 위기, 즉 도덕적·철학적 위기"라 한다. 즉, 이 위기는 단지 사회경제적·제도적 위기가 아니라 "삶에 대한 우리 자신의 기본 가정 자체의 결함"이다. 다른 위기보다 더 근본적이며 묵시록적인 것이라 말해지는, 바로 이 위기 담론에 〈녹색평론〉 혹은 생태주의의 핵심이 들어 있다고 하겠다.

그 사상의 특징은 인간해방의 사상 중 가장 유력한 마르크스주의에 대한 비판에서 더 구체화된다. 〈녹색평론〉은, 마르크스주의가 "사람에 의한 사람의 지배, 착취를 반대해왔다는 점에서 존경받아 마땅한 사상이라 할 수 있지만, (…) 어디까지나 인간 중심의 관점에 머무르고 있는 한, 특히 자연 세계와의 조화가 중심 문제로 된" 오늘날 "크게 미흡한 사상"이라 주장한다. 이런 비판은 1990년 당시로서는 분명 흔치 않은 것이었는데, 〈녹색평론〉은 거기서 조금 더 나아갔다. "맑스주의는 일반적으로 인간의 삶을 생산과 소비의 측면에 제한하여 본다는 점에서는 부르주아 철학과 궤를 같이해왔다"는 것이다. 이에 대한 찬성과 반대가 생태주의에 대한 기본적 입장 차이를 만들어왔겠다.

〈녹색평론〉 발행인 김종철은 이 작고 소박하지만 강력한 잡지(사)를 통해 90년대 이후 한국 사회에 가장 큰 영향을 끼친 지식인이 되었다. 격월간으로 나오는 〈녹색평론〉은 다른 잡지들과 사뭇 다른 면모를 갖고 있다. 얇은 재생 용지로 최대한 자원을 '절약'하여 만든다는 점이 우선 그렇다. 그리고 〈녹색평론〉은 생태주의 운동의 기관지 격인 위치를 갖고, 일반적인 판매 방식 외에도 경향 각 지역에 조직돼 있는 '〈녹색평론〉 읽기 모임'을 통해 읽힌다. 이런 같이 읽기 모임 자체가 녹색당 등 생태주의 운동의 정치적 기반이기도 한 것이다.[7]

우리나라 생태주의 운동은 1984년 결성된 '반공해운동협의회'(반공협)에 의해 시발됐다 볼 수 있다. 이 모임은 1987년 '공해추방운동청년협의회'(공청협)로 발전하고 다시 1988년 공해추방운동연합(공추련)이 결성됨으로써 전국적인 운동망을 갖추게 된다. 공해추방연합이 오늘날의 환경운동연합의 전신이다.[8] 이 모임이 〈생존과 평화〉라는 잡지를 1988년 발간한 적도 있다. 생태 운동은 90년대 이후 가장 대표적인 '시민운동'으로서 성장했다. 이 운동은 '누구나 생활 속에서' 실천할 수 있는 것부터 반자본주의적인 것과 반문명적인 것, 그리고 특유의 성찰성과 작고 느리고 비폭력적인 것부터 반육식과 무정부주의적인 것에 대한 지향에 이르는 근본주의에까지 걸친다. 그러나 아직까지 한국에서 현재 생태주의는 '정치화'의 초입에 머물러 있다.

'현실'에서 자본주의와 물질문명은 쉴 없이 팽팽 돌아가고 있고, 그 동력을 제공하는 과학기술은 단 한 번도 자본·국가와 떨어진 적이 없다. 생태주의의 대두와 함께 과학기술은 그 자신에 대한 '성찰'을 깊이 하게 됐다. 여러 분야의 과학자가 함께 만든 〈과학사상〉(1992)은 그래서 한국에서는 보기 드문 시도였다. 그 창간사를 〈녹색평론〉 창간사와 함께 놓고 보면 많은 생각할 거리가 있다.

### 보라 또는 무지개

앞에서 말했듯 전시대의 '지성지'를 대표한다는 〈사상계〉〈창작과비평〉〈문학과지성〉 등에서도 소수의 시인·소설가를 제외하고 여성 필자는 거의 없었다. 그러나 1990년대가 되자 달라졌다. 여성 지식인과 비평가 들이 대거 등장해서 문학장과 담론장을 싹 바꿔놓았다. 그뿐 아니라 공지영, 신경숙, 은희경 같은 신예들이, 박완서, 양귀자 같은 기성 여성 작가들과 함께 문학 시장을 장악하고 문학사의 물줄기를 확 바꿨다. 그때 바뀐 상황은 지금도 이어진다.

그리고 페미니즘을 공공연히 표방한 〈페미니스트 저널 이프IF〉(이하 〈이프〉, 1997) 같은 잡지가 태어나 〈또 하나의 문화〉(1985) 이래의 페미니스트 문화와 매체를 계승했다. '또문'이라 약칭되는 '또 하나의 문화'는 "남녀가 진정한 벗으로 협력하고 아이들이 자유롭게 자랄 수 있는 사회를 꿈꾸며, 특히 하나의 대안 문화를 사회에 심음으로써 유연한 사회 체계를 향한 변화를 이루어 갈 것임"을 다짐하면서 1984년에 창립되었다.[9] 그리고 이듬해 "평등한 부모 자유로운 아이"라는 부제를 단 〈또 하나의 문화〉를 무크지로 발간했으며, 여성주의와 대안 교육을 중심으로 한 이슈를 다루는 단행본도 내왔다. 이로써 이 땅의 여성주의 문화운동이 새롭게 시작된 것이었다. 그 창간호는 「성별 분업은 자녀 양육에 순기능적인가?」(조은, 동국대 사회학), 「부모는 저절로 되는 것인가」(조옥라, 서강대 인류학), 「새로운 아버지상과 어버지 됨」(박성수, 서울대 교육학) 등의 논문과 「아동정신과 의사의 임상 일기」(박성숙, 서울대 의대), 「바쁜 부모를 위한 정책적 배려를」(김영자, 농촌여성운동가), 「우리들의 아기는 살아 있는 기도라네」(고정희, 시인) 등으로 이뤄졌고 여성 학자와 문인, 직장 여성, 대학생 등 100여 명의 동인이 참여했다.

이후 여성주의 담론을 주도한 〈이프〉의 창간사는 '전투적' 페미니즘을 선언하고 있다. 창간 당시 편집장 박미라가 쓴 '창간의 변' 제목은 아예 "출사표"라 돼 있다. 여성이 스스로 삶의 주인이 되겠다는 출사표의 내용 자체는 지금 보면 그리 급진적이거나 충격적이라 할 수 없다. 그러나 그때로서는 '선전포고'의 '깃발'이 들린 셈이다. 누구를 향해? 물론 남성, 가부장제에 찌든 "특히 지식인 남성들"에게.

〈이프〉의 기획과 기사들은 과감하게 가부장제 사회와 담론 및 그 의식에 도전하고 있었다. '성희롱'과 '성폭력' 같은 말의 외연과 내포가 사회 전 영역에서 새롭게 인식·정립되던 시절이기도 했다. 나는 '서울대 우 조교 사건'(1993~1994) 등 이전에는 '없던' 대학 내 성폭력·성희롱 사건들의 전개 추이를 지켜보았다. 말로 저질러지는 성희롱은 물론 교수, 직장 상사 같은 '권력'을 가진 '어른─남자'가 여학생이나 부하 직원 등에게 '부르스를 추자'거나 손목이나 다른 신체 부위을 주무르거나 술을 따르라거나 하는 성희롱은 90년대에도 전혀 희귀한 사건들이 아니었다. 불쾌해도 '그냥 넘어가는' 일상적인 일들이었다. 그리고 학교나 공장에서 성폭력이 수시로 자행되었다. 그

feminist journal **if**

페미니스트 저널 이프

지식인 남성의 성희롱
과 폭력 사이에서 꿈꾸는 남근의 명상

의 작가 이문열 서생에게 보내는 한 조선조 여인의 일갈

이영자 | "내 사전에 공주병은 없다"

**MALE GAZE**

: 내 몸안의 에로티시즘 - 자위에 대하여

만화: 색녀열전(色女列傳)

의 외도, "지금은 잃어버린 열정에 대하여"

의 에코페미니즘 테마소설 - 트러우마 X

97 여름 창간호
7,500원

〈이프〉는 이 표지를 다음과 같은 설명과 함께 냈다. "당분간 여성의 육체를 표지에 내보내기로 했다. 창간호는 여성 파워의 원천이면서 동시에 여성 종속의 근거로 악용당한 임산부의 나신으로 결정했다. 표지에 쓰여진 작품은 사진작가 박영숙 씨의 〈하늘 어머니〉."

러나 그런 일이 지탄받고 또 있어서는 안 될 일 또는 심각한 형사 범죄로 간주되는 인식의 변화가 그때 비로소 시작된 것이다.

〈버디〉(1998)는 "한국 최초의 동성애 전문 잡지"를 표방하며 1998년 2월 20일에 창간된다. 〈버디〉 이전에 이미 동성애자 커뮤니티 소식지 형태의 〈친구 사이〉와 〈또 하나의 사랑〉이 있었고, '끼리끼리'에서 만든 레즈비언 잡지 〈또 다른 세상〉 등도 있었다 한다. 그러나 〈버디〉는 레즈비언이나 게이 한쪽만이 아닌 동성애 문화 전반을 다루고 정식 출판 등록을 하며 전국 서점에 공식 유통된 첫 잡지였다.[10] 성性은 이렇게 1990년대 이후 인권과 진보의 새로운 고지高地가 되었다.

### 지역에서 세계를

〈오늘의 문예비평〉(1991)과 〈황해문화〉(1993)는 또 전혀 다른 각도에서 새롭고 다른 '모색'을 시도해온 잡지들이다. '서울 사람'들은 잘 모를 수도 있는 이 내공 깊은 잡지들은 1990년대 초에 나오기 시작하여 20년이 넘는 세월을 튼튼히 버텨내고 있다. 이들은 공히 '비판적 지역주의'에 근거한 잡지라 할 수 있다. 즉, 부산과 인천이라는 두 '지방'의 현실과 인문주의에 근거하며 전국과 세계를 사유하는 잡지들이다.

〈오늘의 문예비평〉은 1980년대 부산에서 〈지평〉〈전망〉 같은 무크지를 통해 '지역 무크' 운동을 주도했던 비평가들이 90년대 초의 상황에서 창간한 인문주의 매체다. 23년의 전통을 그대로 유지하면서 "전국 최장수 비평 전문지"[11]임을 자처한다. 남송우, 황국명, 구모룡, 박훈하, 김경복, 허정, 하상일, 김경연, 전성욱, 박형준, 손남훈, 윤인로 등 전국적인 문학판에서도 의미 있는 활동을 해온 노·소장

비평가들이 '지역'으로부터 세계를 고민하고 있다.

〈오늘의 문예비평〉의 창간사는 "중앙집권적 권력 구조의 폐해"를 고발하면서도 새로운 강한 기대를 말한다. 실제로는 물거품이 되고 만 그런 기대가 가능했던 것은, 군부독재 시대 30여 년간 마비됐던 지방자치제의 부활이다. 이는 "지역 문화의 활성화를 위해 노력해 온 지역 문화인들에게 있어" "기대감에 가슴 부풀게 하는 역사적 사건"이라 했다. 그러나 한국의 지방자치제는 이 창간사가 쓰인 4년 뒤에야 본격적으로 시작되었다. 그리고 그보다 더 나쁜 것은 지자제의 실시가 분명 중요한 변화 몇 가지를 야기하기는 했지만, 지방의 서울 종속이나 자본과 문화의 중앙 집중화를 바꾸지는 못했다는 것이다. 오히려 지방자치가 지방 토호와 중앙 기득권층의 도구나 먹잇감으로 된 면도 없지 않다.

〈오늘의 문예비평〉을 만든 부산의 문학평론가들은 창간사에서 "서울 중심의 문학 구조로부터 탈중심화를 지향"한다면서도 "지역 문화운동이 또 다른 차원에서 민족문학을 풍요롭게 하는 길이라" 생각하기에 "비평 전문지"를 만든 것이라 했다. 순수했다 해야 할까? 시대의 한계라 해야 할까? 아마 오늘날 누군가 지역 문화운동을 사고한다면 결코 저같이 '민족문학'을 위하여 출발하지는 않을 것이다. 지금 서울과 지역 사이의 경제적·문화적 격차는 90년대 초엔 상상할 수 없을 만큼 더 커졌다. 또한 '민족문학'뿐 아니라 문학(중심)주의도 낡은 것이 돼버렸다. 지역 문단은 여전히 존재하지만 '독자적인 지역 문화'는 점점 증발되고 있다. 부산처럼 지역 정체성이 강하고 독자적인 문화·자연 '콘텐츠'가 있는 데조차 그렇다. 극심한 서울 중심주의뿐 아니라 고도화한 글로벌 자본주의가 '불균등 발전'과 '평균화'라는 두 가지 힘으로 지역성 자체를 고갈시킨다.

〈황해문화〉창간사에는 인천 출신 지식인들이 자신의 고향과 지역 도시에 대한 자기의식을 표출하고 있어 흥미롭다. 창간사에 따르면 "황해는 일찍이 동아시아의 지중해"였으나 냉전 때문에 "문명의 바다 황해는 문득 죽음의 바다로 변모하였"다. 그러나 "탈냉전 시대를 맞이하여 죽었던 황해가 다시 살아나고" "그에 따라 황해의 거점 도시의 하나인 인천의 위상은 그 어느 때보다 높아졌으니, 인천은 제2의 개항기로 진입하고 있다"는 것이다. 타 지역의 사람들은 이런 발상 자체를 갖기 어렵다. 어쨌든 저 말은 '사실'을 반영한 것이기도 하다. 부산, 대구, 광주 등의 대표적인 대도시가 2000년대 이후 '발전'을 멈추거나 쇠퇴의 조짐마저 보이지만, 인천은 중국의 성장에 따른 '서해 시대'의 개막 덕분에 여전히 '발전'하고 있기 때문이다.

물론 〈황해문화〉가 보여주는 자기의식이 지역 토호나 지방 자본이 흔히 보여주는 것 같은 발전주의나 주변인 의식과 같은 것은 아니다. "사이비 보편주의"와 "소박한 향토주의를 함께 극복"하고자 한다 했으며, 이를 창간사 제목에 적확하게 표현하여 "전 지구적 시각, 지역적 실천"이라 요약했다. 〈황해문화〉가 또 다른 모토로 내세운 "해불양수海不讓水"란 '어떠한 물도 마다하지 않고 받아들여 거대한 대양을 이룬다'는 뜻으로, '모든 문화와 사람을 차별 않고 포용할 수 있다'는 포용성·개방성을 내세운 항구도시다운 멋진 표어다.


## '참교육'의 함성

사회를 바꾸기 위한 모색은 이처럼 단지 정치와 노동운동 영역에서만 가능한 것은 아니다. 교육이나 언론 또한 근본적인 사회 개혁의 결정적인 고지임에 분명하다.

2014년 6월 박근혜 정권으로부터 '법외노조'로 내몰림을 당한 전국교직원노동조합(전교조)의 25년의 역사는 전노협─민주노총만큼

이나 치열하고 눈물 어린 것이다. 1989년 5월 28일에 결성된 전교조
는 결성 과정에서부터 1527명에 이르는 교사가 해직당했다. 이후 전
교조는 '민주화 이후' 한국 사회의 이데올로기와 '노동'이 야기하는
복잡다기한 전선 한가운데에 서왔다.

1990년에 창간된 〈우리교육〉은 "참교육" 석 자로 요약되는 전교
조의 문화와 정신을 가깝게 담은 잡지다. "교육 전문지이자 종합지,
교육 정론지"를 표방하여, 한국 사회의 가장 대표적인 중간 지식 계
층 집단인 교사들의 관심과 이해에 맞는 다양한 문화와 정치 기사
를 싣고 있었다.

최소한의 양심과 성찰이 있다면 누구든 가르치는 사람으로서
의 위치에 설 때 고민하지 않을 수 없다. 한국 교육 현장의 모순과 척
박함은 양심이나 신념에 따라 가르칠 수 없게 하기 때문이다. 그래서
'고민하는 선생님'은 언제나 한국 교사의 상 그 자체다. 〈우리교육〉 창
간사도 일선 현장 교사의 고민스런 편지로부터 시작된다. 창간사에
묘사된 당시 한국사회의 교육 모순을 지금의 그것과 견주어보면 어
떤가? 입시 위주 교육과 학업 경쟁은 하나도 변하지 않았다. 하지만
좀 다른 점도 있다. 80년대까지의 대한민국 학교는 냉전 교육과 반
공 동원의 장이었고, 교사와 학부모조차 교육 현장의 주체가 아니었
다. 그 같은 상황이 달라지고 있음을 이 창간사가 보여준다. 2000년대
이후 〈우리교육〉은 계간지로 바뀌고 분화했다. 2011년에 창간된 〈오늘
의 교육〉에 그 정신의 일부가 계승되었다.

# 대중/문화의 새 시대

〈예감〉〈이매진〉〈리뷰REVIEW〉〈상상〉〈키노KINO〉〈씨네21〉〈오
늘예감〉 등은 모두 1990년대 중반에 창간된 잡지들이다. 이 '문화' 잡
지들이야말로 새 시대의 가장 확실한 증거였다고도 할 수 있다.[12]

'문화의 시대'였다. 물론 이 문화란 대중문화다. 70, 80년대의
대학·민중 문화가 급격히 붕괴·사멸해가며, 대중문화는 문화 자체
와 등가를 갖는 새로운 삶의 장이자 이데올로기 전선으로 부각되었
다. 더 정확히 말하면 80년대에도 대중문화는 발전하고 있었고, 노
동자와 대학생의 문화와 90년대의 대중문화는 새롭게 조우하다 결
국 대중문화로 수렴되었다고 말해야 한다.

아무튼 이 장을 내버려둔 채론 뭔가를 도모할 수 없었다. 〈응
답하라 1994/1997〉이 무수한 90년대산 문화 코드와 노래들과 '빠순
이'를 등장시켜 서사를 구성해낼 수 있었던 이유도 오로지 그 하나
일 것이다.

〈상상〉(1993) 창간사에 이런 시대 인식이 잘 나타나 있다. "문학
을 비롯하여 제반 대중문화를 담아내려 한" 이 잡지는 "대중사회 속
에서 대중문화의 세례를 받으며 성장해"온 "신세대"를 호명하고, 전
시대 "엘리트들의 계몽주의 문화"가 "1993년 가을의 서울에서"는 "노
인성 치매증"임을 꽤 거창하게 선언했다. 극작가이며 소설가였던 주
인석이 창간호 주간을 맡았다. 주인석은 진중권, 조국, 이진경, 김난

도 들처럼 서울대 82학번이고, 학내 연극 운동의 주도적인 인물이었다. 1988년 〈통일밥〉이라는 연극을 무대에 올려 국가보안법으로 처벌받기도 했는데 90년대가 되자 『희극적인, 너무나 희극적인』(열음사, 1992)이라든가 『검은 상처의 블루스』(문학과지성사, 1995) 같은 소설집을 잇달아 상재했다. 동시에 가장 '90년대스러운' 문화 잡지의 주간을 맡았다.

흥미로운 점은, 〈상상〉 창간사 스스로 말하듯 이 잡지가 분명 "신세대" 잡지를 표방했지만 "신세대"가 만든 잡지는 아니었다는 것이다. 그들은 80년대의 문학이나 마르크스주의를 공부·실천한 소위 '386'의 전형에 속하는 사람들이었다. 다시 말해 "신세대"는 새로운 소비의 주역이자 문화적 상상의 주어이기는 했으되, 386세대가 신세대 담론의 주역을 담당했다는 점이다. 그들이 이전 세대들에 비해 "문학과 영화, 그리고 대중음악, 만화, 광고, 연극, 미술, 그리고 컴퓨터와 AV 하드웨어와 첨단의 미디어"에 대해 태도가 달랐던 것은 확실했다. 물론 여전히 〈상상〉 창간호는 '문학 중심'이었지만 말이다.

나는 이때 스물다섯쯤 먹었었는데, 스스로를 '신세대' 또는 'X세대'라 생각해본 적은 단 한 번도 없다. 또한 대학에 다닐 때 81이나 82학번에도 전혀 스스로를 동일시하지도 못했다. 그들은 이미 나이 들어 보였거나 옛날식 낭만성을 갖고 있다 느꼈다. 나는 서태지 음악과 〈중경삼림〉 같은 새 시대의 산물이 뭔가 '내 것 같다'는 생각은 했다. 하지만 화려찬란한 90년대식 소란과 『신세대, 네 멋대로 해라』(현실문화연구, 1993)같은 책이 불러온 '신세대 담론'은 대개 얼떨떨하고 낯설었다. 본래 촌스런 인간이어서 그랬는지 모르겠다.

〈상상〉〈리뷰〉〈이매진〉은 서로 '밀접한' 관계에 있었고 편집 구성원도 겹친다. 그중 〈리뷰〉의 영향력이 가장 컸던 것처럼 보이는데,

그 창간사는 이 책에 싣지 않았다. 글의 말미에 "더 자세한 이야기는" "「상상, 넘나들며 감싸 안는 힘」이라는 글을 참고하시기를. 주의 깊은 독자라면 REVIEW 편집진이 〈상상〉을 창간했던 사람들이라는 사실을 알 것"이라 돼 있다. 즉, 〈상상〉 창간사와 내용이 겹치고 쓴 사람도 같기 때문이다.

그런데 이들 '문화' 잡지들은 내부 사정 등으로 모두 오래가지는 못했다. 〈창비〉 〈문지〉 등의 옛 잡지가 끈끈하고 강한 '동인성'을 기반으로 하고, 결국 스스로가 출판 자본이 되는 방식으로 버티고 '발전'해나갔던 데 비해 이들은 상대적으로 낮은 결속력과, 높은 비용을 '외부'에서 조달하는 구조를 갖고 있었던 것 때문인 듯하다.

〈이매진〉(1996)의 창간호를 보니 이 잡지는 꽤 시끌벅적하게 창간됐다. 신중현, 이어령, 최민 같은 사계의 '거물'들이 축사를 쓰고 당시 가장 인기 있었던 시사만화가 박재동도 그림을 보냈다.

축사 중에서는 "〈롤링스톤〉 같은 기사를 싣는" "종합 문화 월간지가 나온다니 우리 문화가 이만큼 자랐구나 하는 생각이 듭니다"라고 한 신중현의 글이 가장 인상적이다. 〈롤링스톤Rolling Stone〉은 지금도 나오고 있는 미국의 대표적인 대중문화 잡지로서 1967년 캘리포니아에서 창간됐다. '위키Wiki'에 따르면 이 주간지의 가장 큰 특징은 정치와 대중문화라는 '현대'의 가장 '대중적'인 두 문화를 동시에 다룬다는 것이라 한다. 즉, 정치의 대중문화로서의 위상 또는 대중문화의 정치성을 미디어에 새겨 넣었다는 것이니 적절하고도 문제적이지 않을 수 없다. 신중현이 이런 면모를 〈이매진〉에서 느꼈다는 것이다.

창간 편집진은 주인석, 김종엽, 강영희 등 30대 초중반의 청년들이었다. '이매진IMAZINE'은 'imagine(상상)'과 'magazine(잡지)'을 합친 말인데, "함께 꿈꾸세. 동상이몽이라도 좋으니. 그러면 세상은 달라질 거야"라는 말에 창간 정신과 세대 의식이 요약돼 있는 듯하다.

80년대적인 꿈처럼 '하나'가 아니라 비록 '동상이몽'이지만 '함께 꿈꾸기'와 '세상이 달라질 수 있다'는 낙관이라니! 90년대 중반은 아직 희망이 가능한 그런 시절이었던 것인가? 한국 사회란 너무 작고도 지나치게 역동적이어서, 낙관과 비관도 또 그 물질적 근거도 너무 쉽게 교차되어왔다. 이 잡지가 창간된 지 1년 만인 1997년 늦가을에 한국은 IMF 경제 위기 때문에 나락으로 곤두박질친다. 하지만 곧 그 위기는 극복(?)되고 2002년에 한국은 또 낙관과 '자신감'을 회복할 근거를 얻는다.

창간사는 한편 "문명사적 대전환"을 운위하며 지식인 잡지의 문법을 따랐지만, 다른 한편 지나치게 발랄하기도 하다. 창간호에 기고한 모든 필자를 "터미네이터"라 칭한 과도한 비유는, 아마도 이 잡지야말로 미래적이며 자신들이 '미래(에서 온 사람)'라는 자신감의 발로겠다. 알다시피 영화 〈터미네이터〉 시리즈는 1980년대와 90년대를 걸쳐 크게 히트 친 SF 영화다. 〈터미네이터〉는 1984년 연말에 개봉됐고 〈터미네이터 2〉는 1991년에 개봉되어 최고 흥행을 기록했다. 아널드 슈워제네거의 동작이나 "I'll be back" 같은 대사가 유행하기도 했다.

대중문화(비평)에 대한 새로운 지평을 열고자 한다는 취지 덕분에 잡지도 '90년대적인 것'을 나타내는 상징의 반열에 올랐고, 창간사에 거명된 듀나, 송경아 같은 정말 '신세대스러운' 작가들이 이 잡지를 통해 이름을 알리기 시작했다.


## 씨네필과 영상

한 시대를 대표할 영화 잡지 〈씨네21〉과 〈키노〉는 둘 다 1995년 5월에 창간됐다. 그러나 '씨네필(영화 애호 청년)'의 시대는 이미 와 있었다. 내 주변에서도 머리 좋고 세련된 문화적 감각을 가진 친구들이 '한국영화아카데미'에 들어갔다든가 영화를 공부하러 외국에 갔다는 소문이 들려왔다. 나 같은 둔재도 1992년쯤엔 피터 그리너웨이, 장 뤽 고다르 같은 감독들의 영화를 보러, 전국에서 처음 생겼다는 '씨네마테크'를 출입하고 있었으니. 이념의 이른 종말은 그동안 감춰놓았던 대중문화에 대한 소질과 욕망을 드러내게 했다. 그 가장 새롭고 첨예한 매개가 일단 영화였음이 분명했다. 예전 '학생운동'에 동참했던 그 세대의 일부는 영화판으로 가서 기린아가 되었다. 박찬욱, 봉준호, 김태용 감독과 심재명 등의 제작자 들이 그렇다.

1980년대 이래 〈스크린〉(1984)이나 〈로드쇼〉 같은 잡지도 있었으나 〈씨네21〉과 〈키노〉가 나오자 이들의 후광은 사라진 것 같았다. 영화평론가 김영진은 영화 잡지 창간의 의미와 90년대 초중반의 분위기를 다음과 같이 회고한 바 있다.

> 1995년 영화 주간지 〈씨네21〉이 창간됐다. 전 세계에서 영화를 중점으로 다루는 주간지가 있는 나라는 한국뿐이다. 전문적인 씨네 필들도 숙독하기 어려운 월간지 〈키노〉도 이때 함께 창간됐다. 잡지 창간이 무슨 뉴스가 되겠느냐고 하겠지만 이는 이전에 없던 새로운 관객층의 도래를 상징하는 사건이었다. 난해하기로 이름 높은 안드레이 타르콥스키의 유작 〈희생〉이 1994년 뒤늦게 한국에서 개봉해 서울에서 10만 가까운 관객을 동원했는데, 다음 해 베를린영화제 현지에서 발간되는 스크린 인터내셔널 잡지는 이 사례를 소개하면서 한국에는 영화에 열광하는 젊은 영화 관객들 숫자가 폭발적으로 증가하고 있으며 이 때문에 영화산업의 전망도 밝다고 썼다.[13]

영화의 생산(제작), 수용(젊은 관객) 모든 면에서 대단한 붐과

'희망'이 흘러넘치고 있었고, 이를 배경으로 전 세계에서 "영화를 중점으로 다루는 주간지가 있는 나라는 한국뿐"이라는 정도까지 나아간 것이다. 60년대의 황금기 이래 다시 영화가 "문화 소비의 중심"에 놓이기 시작했다. 부산국제영화제가 1997년에 시작됐고 한류 붐 등과 함께 곧 세계적인 영화제로 부상했다.

1995년 5월 〈씨네21〉의 창간사는 약간 각도가 다르다. 영상 문화 전체의 '현재'를 곱씹어보게 한다. 이 과거로부터 '현재'의 모든 것이 구성됐다고 해도 과언이 아닐 것이다. 창간사는 "유선방송국"(즉, YTN 같은 케이블 TV 회사)이 새로 문을 열고, "주문형 비디오VOD"라는 것이 새로운 '개념'으로 떠올랐다는 점을 적시했다. "움직이는 영상을 실어 나를 공공 데이터베이스도 추진되고 있"으며 "한 해에 줄잡아 400편의 영화가 개봉되고, 텔레비전 채널의 다양화로 프로그램이 홍수처럼 쏟아"진다. 게다가 이 변화는 완전히 글로벌한 것이어서, 강대국들은 "영상 문화의 주도권을 놓고 치열한 경쟁을 벌이고" "시장을 넓히기 위해 문호 개방 요구 또한 집요"하게 한다. 그것은 "곧 기술과 문화의 전쟁"이다.

미국발 '문화 기술' 혁명(또는 전쟁?)의 파도에 한국은 꽤 잘 올라탔다. 그리하여 지금껏 단 한 순간도 멈추지 않는 미디어 테크놀로지의 대혁명이 우리 눈앞에서 연속되고 있다. 기술 발달 그 자체가 모든 것을 결정한다는 매클루언Marshall McLuhan적인 '기술 결정'의 새로운 시대와, 완전히 다른 차원의 영상 문화와 통신 혁명의 시대가 90년대 후반에 도래했던 것이다. 이 변화에 어떻게 적응하거나 대처하느냐에 여러 사람들의 삶과 운명이 바뀌어버렸다 해도 과언이 아닐 것이다.

사실 아무도 오늘 같은 날이 오리라고는 예상하지 못했다. 설사 그가 스티브 잡스나 노스트라다무스라 할지라도 말이다. 왜냐하면 구글과 유튜브, 아이패드와 갤럭시, 네이버와 페이스북, 내비게이션 같은 것들을 낳은 이 급진적인 변화는 우발적이고 다발적인, 여러 방면의 변화가 겹치고 포개어진 결과이기 때문이다. 끝없는 기술 개발과 선택의 경쟁에서 어떤 것이 승자가 될지는 몰랐다. 그 우연으로 가득한 경쟁에서 패배하여 쓰지도 않은 채 그대로 고물이 된 것은 단지 시티폰, 386컴퓨터, LD, PMP, PDA만이 아니었다. 대중이 뭘 선택하고 어떤 것이 '기술 표준'이 될지 모르는 채로, 천문학적 자본이 '벤처venture'기업에 '모험'으로 투여되기도 했던 것이다.

이제 '레전드'가 되다시피 한 〈키노〉의 창간사를 누가 썼는지 명기되지 않았지만 짐작할 수는 있다. 창간사는 창간호 표지와는 좀 어울리지 않는다. 어깨를 드러내고 화장을 짙게 한 당시 29세의 강수연이 표지 모델이었다. 그러나 창간사는 역시 거창하고 비장하다. 안토니오 그람시의 말로 유명한, 혁명가들이나 쓰는, "의지의 낙관주의와 지성의 비관주의"가 영화 잡지의 모토라니. 뭐가 비관적인가?

영화 잡지 〈키노〉 창간호(1995년 5월) 표지
사진에는 영화배우 강수연이 모델로 나섰다.

영화의 시대라는데. 아니, 지금은 "영화의 죽음을 맞이하는 뉴미디어의 묵시록의 시간"이란다. "영화는 인공위성과, 디지틀과, 비디오와, 케이블과, 게임과, 인터액티브와, HDTV 앞에서 산산히 사지 절단당하고 찢겨나가고 있"으며 "이제 더 이상 그 경계를 알 수 없는 모호한 자기 해체의 과정" 속에 있는데 그것은 "전 지구적 규모의 자본과 정치의 이윤 추구라는 용서 없는 법칙"이라 한다.

그렇다면 과연 무엇이 '영화'인가? 이 글을 보면 예술과 인간 영혼의 '순수 결정체' 같은 '영화'가 있는 듯하다. 너무 비장해서 오히려 약간 유머러스하다. 지식인 특유의 예술지상주의·작가주의도 움직이고 있었기 때문이겠다. 김영진의 말대로 '전문적인 씨네필들도 숙독하기 어려웠던' 월간지 〈키노〉의 독자는 그러나, 영화 좀 본다는 대학생·고교생에까지 걸쳐 있었다.


## 핫, 뮤직과 포토

현대 대중음악의 역사는 영상 문화의 그것과 반드시 같은 길을 걷지는 않는다. 1990년에 창간된 〈핫 뮤직〉은 미국 중심 글로벌 대중문화의 문화 지정학 속에서 90년대 한국의 위치를 일러주는 듯하다. 홍현표라는 발행인은 창간사에서 "음악 주변의 아름다운 조화 / 음악 내면의 깊은 향기 / 장미의 모습, 그것 같은 열정으로 우리 젊은 문화에 어떤 의미를 더하고 싶"다고 좀 추상적이고도 달콤하게 썼다. 하지만 이 〈핫 뮤직〉은 그냥 '팝' 음악이 아니라 '핫'한 팝 음악, 즉 '록'을 다룬 잡지였다. 때는 바야흐로 너바나Nirvana와 라디오헤드Radiohead의 시대, 그리고 〈배철수의 음악캠프〉가 이들의 한국 팬과 함께 호흡하던 시대였다. '얼터너티브alternative'가 외쳐진 새로운 '록'의 시대였다.

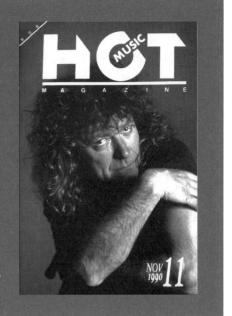

음악 잡지 〈핫 뮤직〉 창간호(1990년 11월) 표지.
사진은 레드제플린의 보컬리스트 로버트 플랜트.

　　이런 시대와 호흡하기 위해 〈핫 뮤직〉은 1996년께부터 '록 전
문 잡지'로 자리를 굳혔다 한다. 그 배경은 "1990년대부터 그런지·얼
터너티브 록이 폭발했"으나 "주류 매체는 이런 기류들을 잘 다루지
않았"던 사정에 있다. 그래서 이 잡지는 "해외 헤비메탈·인디록 등"
의 장르들을 다루고 같은 맥락에서 "한국 인디 밴드들을 적극적으
로 소개"하기도 했다. 많지는 않았지만 이 록 팬들의 열정은 뜨거웠
고 잡지 발간 주체들도 열정이 대단해서 편집장이 자비를 털어 미국
을 횡단하며 최초의 록 클럽 '위스키 어 고고' 등 클럽 200군데를 취
재해 싣고, 일본 음악 시장이 개방되기 전인 1997년에 '일본 록 대해
부' 특집을 마련하는가 하면 너바나의 커트 코베인의 생가, 단골 술
집 등을 일일이 찾아가 취재하기도 했다 한다.[14]

　　현대 예술은 끝없는 기술적 갱신에 의해 그 본질적 특징이 결

정된다. 시각예술의 전 분야가 그렇고 음악과 공연 예술도 대체로 그러하다. 특히 영화와 사진은 '디지털화' 탓에 1990년대에 이후에도 계속 그 기본적 존재 방식을 달리해왔다. 또한 한국에서는 민주화와 자유화의 바람을 타고, 언론·출판 전체의 융성과 경제성장에 힘입어 사진 예술의 존재 조건이 크게 바뀌었다. 사진기와 사진에 의한 자기표현은 만인의 것이 되기 시작했고, 사진 잡지의 존재 조건도 이에 의해 규정되었다. 이 책에는 잡지의 형태나 사진 철학이 사뭇 대조적으로 보이는 두 잡지의 창간사를 실어보았다.

〈사진예술〉(1989)은 지금도 발행되는 대표적인 잡지 중 하나로서, 이명동이라는 원로 보도 사진가가 만든 '대중적인' 잡지다.[15] 창간사는 일제시대부터 걸어온 자기의 사진 인생 50년과 함께, "사진 인구가 5백만을 넘"고 "자고 일어나면 새 장비가 나와 있는 정도로 발달의 속도가 빠"른 현실을 말하고, 소박한 어조로 "보기에 좋고 읽어서 유익한 잡지가 되"기를 다짐한다.

1998년은 문화체육부가 정한 '사진영상의 해'였다. 문체부는 1월 14일 사진영상의 해 선포식을 갖고 한국 사진 120년사를 기념하는 여러 행사를 시작했다. 사진박물관 건립, 사진영상축전(5월), 전국민사진축제(7월), 한국사진역사전(11월), 한국현대기록사진전·남북교류사진전 등이 그것이었다. 이는 물론 커진 '사진 인구'와 달라진 사진 문화를 바탕으로 했다. 1990년대 말 디지털카메라가 보급되면서 사진 문화는 또 한 번 바뀌고 있었는데, 이론이나 비평이 취약했던 당시 사진계에서 젊은 유학파 지식인인 진동선, 이영준, 최봉림, 이경민 등이 모여서 만든 계간지가 〈사진비평〉(1998)이었다. 〈사진비평〉 창간호에는 주간이 쓴 권두언뿐 아니라 박영택, 김승현, 정주하 등이 쓴 "창간에 즈음하여"와 창간 기획 좌담 등 전체에 사진 문화와 사진 비평에 대한 뜨거운 자의식이 나타나 있다. '척박한 환경'을 크게 뒤집어 "깃발을 들자!"라는 표현도 보인다. 젊은 지식인들이 만든 전형적인 창간호의 경우라 하겠다. 주간은 권두언 말미에 가장 두려운 것은 "〈사진비평〉이 한국의 사진에 아무런 역할도 하지 못한 것으로 뒷날 역사에 기록되는 일"이라 기염을 토했다.

# 90년대 후반의 고민

## 키 작은 자유인

80년대도 그렇지만, 같은 90년대라 해도 그 초와 말은 다른 시대다. 한국 사회는 1997~98년을 기점으로 크게 바뀌었다. '단군 이래 최대 위기'라고 불린, IMF 경제 위기는 1997년 가을부터 본격화했다.

세계 자본주의 체제는 '폭탄 돌리기'를 통해 자기를 유지할 동력을 새로 얻곤 한다. 특히 반#주변부 국가들은 쉽게 그 희생양이 된다. 이번엔 한국 차례였다. 주가 폭락과 금융 위기 때문에 대한민국 수없이 많은 직장인들이 하루아침에 직장에서 잘리고 젊은이들은 아예 취직을 하지 못했다. 40, 50대 남성의 자살률이 폭등했다. IMF는 빚을 갚아주면서 엄청난 대가를 치르게 했다. 국제 투기자본이 한국 금융시장에 깊숙이 들어왔고 정리 해고의 법제화는 일터와 가정은 물론 사회 전반을 바꿔놓았다. 한국 사회는 '각자도생'의 잔혹한 원리에 의해 재구성되기 시작했다.

〈당대비평〉 창간사에서 그 위기의 징후를 느껴보시기 바란다. 때는 1997년 9월, 남한에는 경제 위기가 도래하기 직전이며, 북한도 기아와 자연재해 때문에 엉망진창이 돼 있던 때다. 이 창간사는 조세희가 쓴 것이다. 알다시피 조세희는 20세기 한국인이 쓴 소설 가운데 가장 뛰어난 작품의 하나인 『난장이가 쏘아올린 작은 공』의 바로 그이다. 조세희는 과작으로 유명하다. 『난쏘공』 외에는 발표한 글이 적다. 문장도 흔하지 않지만 문체도 그렇다. 미니멀리즘의 냄새가 날만큼 절제되어 있고 간결하다.

그러나 적어도 〈당대비평〉에서는 달랐다. 비교적 활발하게 글을 썼다. 창간사의 문장도 대체로 호흡이 길고 비장하다. "아주 심각하고 또 더할 수 없이 비장한 마음"이라는 정동적 상황과, '당대 사회에 대한 총론'으로서의 지식인 잡지 창간사의 특징에 이 글은 잘 어울리는 것 같다. 아래 문장은 어떤 심경에서 얼마나 '급하게' 잡지가 준비됐는지를 보여준다.

> 우리 민족은 다른 민족들이 통상 겪는 것보다 몇 배나 더 큰 고통과 시련을 남북에서 겪고 있었다. 누구든 아주 조금만 생각해도 속으로 눈물 날 바로 이 1997년에 우리는 긴급한 마음으로 〈당대비평〉을 내놓는다. 시작은 셋이 했다. 우리는 이미 여름 기운이 느껴지는 어느 날 밤 아주 심각하고 또 더할 수 없이 비장한 마음으로 편집회의를 시작했는데, 그 자리에서 우리가 결정하고 다음 날부터 급히 청탁에 들어가 만들어낸 것이 물론 미흡한 점이 수없이 많을 창간호이다.

이 '우리' 세 사람은 조세희 외에 문부식과 소설가 윤정모인데, 잡지 창간 작업을 함께한 문부식은 그 여름 조세희의 예언자적 지성에 감탄했다 한다. 미증유의 위기를 감지한 사람들은 있었지만, 그 유래와 파급효과가 무엇인지 제대로 사유하거나, 그래서 무엇을 해야 할지 말하는 사람들은 없었던 것이다. 조세희는 90년대 이후 김영삼 정권 하의 남한과 아사자가 속출하며 붕괴하고 있던 북한의 상황을 객관적이고도 열정적인 어조로 그리고는, "백 년 동안 우리 민족은 너무 많이 헤어졌고, 너무 많이 울었고, 너무 많이 죽었다"다음 백 년의 시작, 21세기의 좋은 출발을 위해서라도 지난 긴 세월의 적들과 우리는 그만 헤어져야 한다"라고 썼다. 세기말과 새 밀레니엄의 도래는 모든 사람으로 하여금 공포와 희망을 동시에 품게 했다.

〈당대비평〉은 특집과 기획 외에도 좌담, 화보, 문학비평, 시, 소설, 에세이 등 '종합적' 구성을 지니고 있었다. 〈창작과비평〉이나 〈이론〉 등과는 다른 노선에 속하거나 '무소속'에 가까운 지식인들이 등장하여 새로운 담론을 이끌어냈다. 이제까지 별로 '가시화'되지 않았던 것을 주제로 삼기도 했고, 특히 진보 진영과 지식인 스스로를 윤리적·지적 성찰의 대상으로 삼아 큰 반향을 불러일으키기도 했다. 이를테면 '우리 안의 파시즘'(1999년 가을 호 및 겨울 호)이라든가 탈민족주의, 지식 권력 등의 기획 주제가 그랬다. 창간 편집위원이며 오래 〈당대비평〉의 주간 역할을 맡았던 문부식은 1982년 부산 미 문화원 방화 사건의 주역으로서, 많은 풍파를 겪은 지식인이자 출판인이다. 그는 2000년대 중반 한때 홍익대 근방에서 '키 작은 자유인'[16] 이라는 술집을 운영했는데, 〈당대비평〉의 지향과도 어울리는 상호였다고 생각한다.


### 21세기의 마르크스주의

지금도 꾸준히 발간되고 있는 〈진보평론〉(1999)의 창간사를 음미하면 현재 진보 좌파의 논리와 아이디어가 무엇인지 짐작할 수 있다. 이 창간사는 "21세기의 마르크스주의" 그리고 "해방의 새 지평"이라는 두 명제로 요약될 수 있겠다. 〈진보평론〉 발간 모임'의 결성 선언문에 따르면 '해방의 새 지평'은 다음과 같은 것이다.

계급 관계에서 지적·성별적·종족적 관계 등 다른 사회적 관계들로 확장되어야 하며, 사회적 관계들에 더하여 신체, 욕망, 성 등이 해방의 또 다른 지평으로서 사고되어야 한다. 계급적·지적·성별적·인종주의적 억압으로부터의 해방을 지향하는 사회운동들은 신체, 욕망, 성 등을 작용 지점으로 하는 억압으로부터의 해방들을 지향하는 운동들과 연대하고 교통해야 한다.

"신체, 욕망, 성"을 강조한 이런 대목은 여성주의, 환경 운동 등을 포함한 신사회운동의 주장을 수용한 '신좌파'의 이념에 가까운 것이다. 그런데 저 문장 몇 줄 아래에 내려가서는 "계급 해방의 기획에 힘을 모으고자 한다"고 했다. 고전적 마르크스주의의 중심인 노동계급 중심성도 버리지 않고 있는 것이다. 그러니까 신좌파와 구좌파의 아이디어가 함께 이 창간사에 들어 있다 해도 되겠다. 마르크스 이론과 사회과학 논문으로 짜인 저 잡지는 오늘날의 대학생이나 일반 시민이 이해하기에는 쉽지 않은 것이다. 1990년대 이래의 다각적인 노력에도 불구하고 좌파의 '이론'은 대중이 납득할 수 있는 언어로 '재구성'되지는 못하고 있다.

「'이론 동인' 창립 선언문」에 그 이름들이 좀 나와 있지만, 1988년의 〈현실과 과학〉, 1992년의 〈이론〉 〈문화과학〉, 그리고 1999년의 〈진보평론〉을 창간한 사람들은 서로 완전히 다른 이들이 아니다. 이들은 남한 사회 지식인의 한 블록으로서 지적 지형도의 중요한 한 부분을 계속 점하고 있다. 이들 잡지의 창간사들을 함께 놓고 읽어보면, 그 사상과 정서의 궤적이 어떻게 이어지거나 달라졌는지 보일 것이다.

〈진보평론〉 창간 당시 편집인은 서울대 정치학과 교수 김세균이다. 김세균은 1970년대 중반부터 지금껏 쉼 없이 활동해온 한국의 대표적인 진보 지식인으로서 〈이론〉 동인으로도 참여했고 〈진보평론〉 〈현장에서 미래를〉 같은 잡지의 발간에도 간여해왔다. '진보 지식인'의 활동 중에 가장 중요한 것 중 하나가 이런 잡지를 내는 일이었던 것이다.

## 언론 개혁 운동과 강준만의 기획

6월항쟁과 '87년체제'의 적자라 할 〈한겨레〉는 1988년 5월에 창간되었다. '한겨레'사는 1990년대 초에 오히려 지금보다 사세나 영향력도 컸던 느낌이다. 주간 〈한겨레21〉은 1994년 3월에 창간됐다. 당시 사장 김중배가 쓴 〈한겨레21〉의 창간사는 주간지의 창간사답지 않게 길고 내용이 강하다. 다른 지식인 잡지의 창간사와 비슷한 필법이다. "봄은 봄이로되 우리의 봄은 아직 먼발치에서 아른거릴 뿐이"며 "껍데기 민주주의가 샴페인을 터뜨리는 가운데 한쪽에선 가녀린 소외 그룹의 한숨이 터져 나"오고 "가치 체계는 곤두박질을 거듭"하고 "부조리의 악순환"이 계속된다는 도저한 저 위기의식. 그러나 "부푼 희망과 믿음을 안고 미래로 발걸음을 내딛는다"는 '의지의 낙관'!

그러나 정작 창간호의 목차 페이지로 들어가면 김대중·김영삼, 즉 '양 김'의 얼굴부터 딱 나온다. 희망은 희망이고, 양 김이 당대 정치의 '현실'이었던 것이다. 〈한겨레21〉은 〈시사IN〉과 함께 지금까지 주간지계의 패자가 돼 있다.[17]

월간 〈인물과 사상〉(1998) 창간호 목차 옆에도 한 사람의 사진이 나와 있다. 강준만이다. 강준만의 개인적 성가와 〈인물과 사상〉과의 관계를 상징하는 배치다. 이 잡지는 강준만 개인의 열정과 노력으로 만들어지고 운영됐으며 창간호의 기사 대부분도 그가 썼다. 강준만은 1990년대 후반 이후 가장 영향력을 크게 행사하고 있는 지식인이자 언론인이다. '형식'과 '내용' 양면에서, 오로지 '글'로써 지식인·문필가가 할 수 있는 최대치를 해왔다고 할 수 있다. 그는 대자본과 재벌에 의해 운영되는 기성·주류 '언론 체제' 밖에 존재하는 언론인이다. 또 그 같은 '독립적' 언론이 가능함을 실증해준 한 사람의 개인이라 해도 되겠다. 그가 택한 방법 하나는 "출판의 언론화"였다. 현장성·기동성이 부족할 수밖에 없는 책의 한계와 일간지 중심의 속보 저널리즘의 한계를 동시에 극복하는 대안으로 새로운 형식의 책 또는 잡지의 개념을 창안했다. 이를 '저널룩'이라 했다. 이 개념에 입각해서 그는 계간『인물과 사상』을 내는 한편, 수없이 많은 단행본을 써냈다.[18]

그는 이어령, 김윤식 등과 함께 현존하는 한국 '저자' 가운데 가장 많은 책을 쓴 사람의 하나다. 국립중앙도서관 데이터베이스를 기준으로 하면 160종이 넘는 '단행본'이 있다.(시리즈물과 공저자로 참가한 책 포함.) 주제와 분야도 정말 다양해서 일별해서 소개하는 것조차 쉽지 않다.『김대중 죽이기』『노무현 살리기』『안철수의 힘』따위의 현실정치 담론(?) 서적, 그리고『미국사 산책』『한국 근대사 산책』『한국 현대사 산책』같은 '통사'류,『고종 스타벅스에 가다』『입시전쟁 잔혹사』같은 사회 문화사, 심지어『교양 영어 사전』이나『선샤인 논술사전』같은 학습서(?)도 있다. 이 책들 중에는『김대중 죽이기』『노무현 죽이기』『전라도 죽이기』처럼 십수만 권씩 팔린 경우도 있고, 학계에서 학문적 의미를 갖고 읽히거나 대학 교재로 쓰이는 책도 있는가 하면, 전혀 인정받지 못하는 책도 있다. 아무튼 어떻게 그런 많은 작업이 가능한지 문제적인 것이라 하지 않을 수 없다.

그의 독자적이며 보기 드문 미디어 전략은 글쓰기의 형식과 내용 양면에서 구현되었다. 그는 1990년대 후반 '실명 비판'이라는 방법으로서 세간의 관심을 순식간에 끌어 모았으며, 수구 기득권 세력에 대해서는 물론, 한때 동지였던 진중권, 유시민 같은 시대의 '이빨'들과 현실정치의 쟁점을 두고 말의 이전투구를 마다하지 않았다. 또한 『김대중 죽이기』 『전라도 죽이기』 『서울대의 나라』 등은 한국 남성 지식인으로서 보기 드문 '정체성의 정치'를 수행한 것으로도 평가받는다. '호남 사람' 또는 '지방민'이나 '비주류'에 속한 사람으로서 한국 사회의 기득권 구조와 '주류'를 과감하게 비판하고 대안을 제시하고자 했던 것이다.

월간 〈인물과 사상〉은 계간 〈인물과 사상〉과 창간준비호를 거쳐 정식 창간됐는데, 이 책에는 월간 〈인물과 사상〉 창간준비호(1998년 4월)의 창간사와 창간호(1998년 5월)에 실린 '독자들께'를 실었다. 강준만이 직접 말한 대로 "잡지 창간의 경험(?)이 없어 이미 창간준비호에 창간사를 내보내는 실수를 저질렀"고 창간호 창간사는 "또한 번 쓰는 건 그 뒷이야기"에 해당하기 때문이다. 물론 앞이야기와 뒷이야기는 둘 다 재밌고, 강준만의 개성과 〈인물과 사상〉의 지향을 잘 보여준다.

경어체 문장의 창간사에서 강준만은 기성 "언론의 오만과 방종을 응징"하고, "모든 종류의 부당한 차별에 대해 투쟁"하며, "성역과 금기가 없는 실명 비판"을 한다는 목표를 제시한다. 이를 통해 월간 〈인물과 사상〉의 창간이 "새로운 종류의 언론 운동, 새로운 종류의 시민운동"임을 명시했다. 그런 "월간지를 하나 창간하는 데엔 최소 수억에서 수십억 원의 돈이" 든다면서 운동을 위한 재원과 '잡지 유지'에 대한 고충을 털어놓고, 이를 해결하기 위한 방법을 제시했다.

이는 한국 잡지의 조상 격인 〈창조〉(1919)나 〈조선문단〉(1924) 이래 이 땅에 있었던 거의 모든 잡지가 앓아온 문제다. 편집자의 봉급과 필자들의 원고료, 인쇄비와 종잇값, 디자인료를 마련하는 일,

세상에서 이보다 어려운 문제는 없다. 재벌이나 독지가가 돈을 대는 경우에도 언제나 '지속 가능성'은 위태롭다. 언제나 이 땅의 독서인구나 '문화 수준'도 문제가 돼 왔다. 하물며 자본이나 국가로부터의 '독립'을 지향하는 경우에랴. 〈한겨레〉도 그랬고 오늘날의 〈말과 활〉도 그렇지만, 시민들의 정기 구독이나 주주 또는 협동조합원으로서의 십시일반 참여가 문제 해결의 유력한 방법론이 되지 않을 수가 없다.

정식 창간호에서 강준만은 창간준비호를 2500부 발행하고 정기 독자 702명을 모았다는 '사실'을 밝혔다. 판매 부수나 독자 수 등은 '보통의' 잡지들에게는 '영업 비밀'에 속하는 것인데, 〈인물과 사상〉의 발행이 시민운동의 일종이었기에 이의 적시도 가능했겠다. 이런 남다른 헌신과 기획력 덕분에 〈인물과 사상〉은 90년대 말, 2000년대 초에 전투적인 공론장으로서 '조중동'식 프레임과 맞섰다. 창간사가 시민들을 향해 건넨 "여러분이 모두 지식인입니다"는 '대중지성의 시대'[19]가 개막되고 있음을 알린 걸맞은 명제이기도 했다.

## 여성 잡지의 신시대

1987년 출판 등록 자유화 이후 90년대 초까지 이어진 붐 덕분에 여성 잡지계도 "제2의 춘추전국시대"를 맞고 있었다. 1992년 당시 40여 종의 여성지가 발간되고 있었는데, 1991년에만 13종의 잡지가 창간되고 16종이 폐간됐다 한다.[20] 1994년 공보처가 발표한 '여성지 등록 현황 분석'이라는 자료에 의하면, 중앙 일간신문사가 여성지를 발행하여 잡지 시장을 주도하고 있고, 실제로 대부분의 여성지는 운영비를 현실적으로 광고비에 의존하고 있었다 한다.[21]

여성지의 새 시대는 기존 형식의 여성지의 개화에 의해서도 열렸다. 여성 생활 세계의 영역들이 이전보다 더 세밀하게, 그리고 더 상업적으로 잡지가 다룰 영역이 되었다. 즉, 패션과 미용, 결혼과 가사 등이 식민지 시기 이래 중요한 콘텐츠로서 잡지에서 다루어져오긴 했다. 그러나 이제 그 영역과 콘텐츠가 더 세분화·전문화되었으며, 여성의 생애 주기에 맞춰 세대별로 잘게 나눠진 여성 잡지가 따로 나오게 됐다. 예컨대 〈쎄씨〉 같은 잡지가 그렇다. "대한민국 최초의 20대를 위한 오감만족 패션 매거진"을 내세운 이 잡지는 1994년 창간, 발매 세 시간 만에 완전 매진이라는 경이적인 기록을 세우며 탄생됐다 한다.[22]

〈페이퍼PAPER〉는 '변종' 여성지라 할 만하다. 그 창간사도 변종이다. 90년대식 키치와 '귀여움'이 뭔지를 보여주는 글이다. 시도 아닌데 아무 데서나 행갈이를 했고(이것은 소설가 박민규의 문장체의 일부이며 인터넷 글쓰기의 주요한 방법이다) 별 내용 없는 이야기를 길게 썼다. 다만 '감각적'인 건 사실이다. 무라카미 하루키 소설 여기저기에 들어 있을 듯한 키워드들을 나열하기도 했다.

세련되고, 젊은, 도시 중산층 여성의 취향과 윤리적 감각을 지향하여 이 잡지는 성공을 거뒀다. 또는 이 잡지가 그런 여성들을 호명했다. 이 '여성'은 그 전까지의 여대생, 여학생도 물론 주부도 아니다. 시대는 같지만 이 90년대 잡지는 '웅-4'와의 정조와 좀 다르다. 파스텔 톤의 표지와 'PAPER'의 타이포그래피는 유명했고, 이 잡지의 편자와 몇몇 필자들도 유명해졌다.

처음에 이 잡지는 대학가 카페 등에 무료로 배포된 이른바 '스트리트 매거진'이었다. 창간 1년 시점에서 무려 5만 부나 배포되고 있었다 한다. 분명 신세대를 지향했지만 "오렌지족의 첨단 유행이 아니라" "평범한 신세대들의 아름다운 생각과 밝은 문화"를 지향했다 한다. "별 웃음 록 향기 라이브 등 매달 한 가지의 주제를 정해놓고 그에 대한 잡다한 얘깃거리를 친구에게 이야기하듯 쏟아놓는" 글쓰기도 뭔가 새로운 것이었고 김원, 황경신의 글이나 인터뷰, 여행기 등도 뭔가 새로우면서 피상적인 문체로 쓰여 있었다. '페이퍼 마니아'를 자처하는 독자들도 생겼고 자발적인 후원금을 낸 이들도 있었다 한다.[23] 물론 지금도 이 잡지를 모으거나 과월호를 찾는 독자들이 있다.

한편 대기업과 기성 언론사들이 패션 전문지인 〈엘르〉나 〈마리끌레르〉 같은 잡지를 외국에서 들여와 창간한 것은 1992년이었고, 또 다른 패션 잡지 〈보그〉나 〈바자〉의 한글판이 발간되기 시작한 것은 1996년이었다.[24] 바야흐로 패션과 외모가 자아 정체성의 가장 결정적인 표지가 된 시대가 되고, 한국의 여성들이 초국적인 몸—정치의 '세계 공화국'으로 새롭게 편입된 순간들이다.

# 1990년대 문학과 새로운 문학 공간

앞서 말했던 대로 '80년대적인 것'은 '민주화'의 부분적 달성과 함께 지식인 사회와 문학계에서 빠르게 청산됐다. 그 과정은 성급하고 집단적인 '전향'이기도 했다. 적어도 이 영역에서는 '억압된 것'이 돌아온 것이 아니라, 그 전에 '억압된 것'을 분출시키던 힘이 청산된 셈이기도 했다. '문학'은 다시 계간지 시스템과 강단 비평가들의 손으로 돌아갔다. 문학의 개념 자체를 재구하려 했던 민중적 흐름은 중단됐고, 민중운동은 여전히 불타오르는데 주류 문학판에서는 벌써 '후일담 문학'이 창궐했다. 그렇게 '시대정신'은 급격히 조로했다. 지나치게 몸 빠른 전신과 '반대로 막대 구부리기'가 지식인의 미덕이거나 비평의 임무인 양 여겨졌다.

〈문학동네〉(1994)의 창간사가 이런 현실을 반영하고 있는 듯하다. 이 창간사는 한편 '문학의 위기'를 부르짖으며 "시대의 모순을 증언하고 인간 정신의 고귀함과 보다 나은 세상에 대한 희망을 일깨우는 문학의 역할은 여전히 계속되어야 하며 계속될 수밖에 없다"고 했다. 그러면서도 "어떤 새로운 문학적 이념이나 논리를 표방하지는 않"고 "대신 현존하는 여러 갈래의 문학적 입장들 사이의 소통을 촉진하고, 특정한 이념에 구애됨이 없이 문학의 다양성이 충분히 존중되는 공간이 되고자 한다"고 했다. 이 같은 문학주의와 '비이념' 그리고 모호한 '다양성'이 90년대 이후 주류 문화의 주류적 정신이다. 또한 창간사에서 "천민자본주의"나 "무분별한 상업주의의 유혹"을 비판하였으나, 바로 문학동네가 뛰어난 기획력으로 승승장구하며 90년대 이후 한국 문학 산업의 거대화·과점화의 최대 수혜자 중 하나가 됐다.

1990년대 이후의 '창비'도 한편에서는 여전히 진보적 시민사회와 현실 비판적인 문학의 수호자이지만, 다른 한편으론 문화적 중간층의 기표이거나 대표적인 출판 자본의 이름이기도 하다. 비판하는 주체가 비판되는 대상과 결국 하나가 되어버리는 것, 비판하면서 비판되는 대상 속으로 빨려 들어가는 것. 90년대 이후 '주체'들이 겪은 모험의 본질이며 '주체화'의 과정 그 자체다. '외부 없는' 글로벌─독점─자본주의가 점점 심화하면서 '나'를 포함한 우리 모두가 겪는 아포리아다.


## 90년대 노동자문학

어떻게 들릴지 모르지만 1990년대 초반은 사실 노동문학의 시대였다. 그런 사실을 보여주는 잡지들이 있다. 〈삶이 보이는 창〉은 70년대 후반에 태어나고 90년대 초에 크게 개화한 문학문화의 한 줄기로부터 왔다. 그 문학을 우리는 '노동문학'이라 일컫는다. 80년대 잡지를 이야기하는 자리에서 이에 대해 좀 썼다.

그러나 1991년 '사회주의의 몰락' 이후, 70년대 이래의 민중과 지식인의 결합·연대가 점차 해체되고 '지식'과 '노동'의 관계가 달라졌다. '지식'과 '노동'의 관계란 '지식인'과 '노동자'의 관계뿐 아니라, 정신노동과 육체노동의 관계, 사회 구성원 사이의 문화자본·학력자본의 분배 문제 등을 포함한다. 문학과 '노동'의 관계는 '지식'과 '노동'의 관계의 부분일 터인데, 노동자들의 '아래로부터의 글쓰기'와 제도 문학 사이의 관계를 주된 구성 부분으로 한다.

'현실사회주의'의 몰락이라는 세계사적 전환과 91년 5월투쟁의 후과로 '현장'에 있던 학생운동 출신이 대거 이탈하자 '운동' 자체의 배치가 달라졌다. '전향'도 속출했다. '현장'이나 '언더'에 있던 학생운동권은 고시 학원, 대학원 또는 대기업이나 사교육 시장의 생계전선으로 갔다. '혁명가' 또는 '민중의 벗' 들이 소시민이나 프티부르주아의 자리로 되돌아갔던 것이다. 대학생이 노동운동에 '투신'하는 사례도 거의 없어지게 된다. 학생운동은 김영삼 정권 이래 그 자체로 급격히 쇠퇴하면서, '노동'과의 연대도 대부분 불가능한 일이 되어갔다. 그리하여 1970년대 이래의 노동(자)과 지식(인)의 결합·상호작용은 급격히 와해·무화돼갔다. 문화적으로도 마찬가지였다. 70년대이래의 지식인 '민중 문화'와 '대학 문예'는 급속한 속도로 대중문화에 흡수되거나 약화되기 시작했다.

그러나 90년대 초에도 노동운동은 80년대 중후반에 구축된전투적 조합주의 운동 문화를 계승하고 나름의 독자성을 유지했다. 그리하여 노동자 글쓰기 모임이 "현장 곳곳에서 들불처럼"[25] 생겨난정도는 아니라도, 곳곳의 지역 노동자문학회가 활약하며 노동자문학의 중핵적 장으로서 기능했다.[26] 구로노동자문학회나 인천노동자문학회 등은 '학출' 초기 주체들이 떠난 뒤에도 활발하게 활동했다. 오히려 그때 더 많은 노동자들이 새로 문학회를 찾았다. 그들 중에는 이미 노동자 계급의식을 갖고 있으면서도 '더 나은' 문학을 요구하는 이들이 많았다고 본다.

그즈음에 구로구 가리봉동에 있던 대표적 노동자문학회인 구로노동자문학회에 입회한 노동자들 중에 여러 명이 '등단'하고 시인으로서의 삶을 살기 시작했다. 오늘날 대표적인 노동자 시인 중 한사람으로 꼽히는 송경동도 목수, 배관공 등의 일을 하다가 구로노동자문학회에 왔다. 고졸이며 소년원 출신인 그는 반항적인 '문학 소년'으로 살다가, 스무 살 언저리에 김남주, 이시영, 정희성 등이 열었던 '한국문학학교'를 찾아갔고 그 인연으로 1992년 구로노동자문학회에 가입했다. 스물세 살 때라 한다.[27]

〈삶이 보이는 창〉 대표를 맡은 시인 황규관도 1992년 스물다섯 살 나이로 상경하여 구로노동자문학회에 가입했다. 고졸이었던 그는 포스데이타에 근무하는 노동자로서 이미 노동운동에 한 발을 들여놓고 있었던 동시에 시를 공부하며 시인이 되고 싶어 했다. 그는 당시 구로노동자문학회 회원들 사이에 도종환, 서정윤, 김남주, 박노해, 백무산 등이 인기 있었으며 "문학주의자"가 많았다고 했다. 즉, 글을 잘 쓰고 싶어 하는 이들이 많았고 자신도 더 좋은 시를 쓰고 싶은 욕구 때문에 문학회 활동을 시작했다 했다.[28] 이런 회고를 보면 이 시기의 노동자에게 '문학'이란 '이미' 박노해, 백무산 등을 주요 구성분으로 포함한 것이다. 그리고 그들이 '문학주의'에 경도됐거나 글을 (잘) 쓰고 싶다는 것은 이전까지의 지배 문학이나 '지식인 문학'의 자장 안에서, 또 그 헤게모니에 종속된 채로 그렇게 하겠다는 것을 의미하는 것은 아니었다. 황규관은 구로노동자문학회에 입회한 지 1년 만인 1993년에 전태일문학상을 수상했다.

80년대 말에서 90년대 초중반에 문예지, 문학 단체 등이 시민들을 상대로 한 문학학교(문학교실)를 여는 것이 붐이었고[29] 그 참여자들 중에 노동자들도 상당수 끼어 있었다고 보인다.


## 삶이 보이는 창

월간 〈작은책〉(1995)과 격월간 〈삶이 보이는 창〉(1998)은 이상에서 서술된 상황을 배경으로 하여 창간된 '노동자문학' 잡지다. 〈작은책〉은 처음부터 "지방에 있는 단위 노동조합과 지역 본부, 지역 노동단체 들을 찾아다니며" 독자를 모으고 "노동자들이 있는 곳이라면 어디든" "노동자 대회, 집회, 농성 현장, 노동조합, 수련 대회, 선전 학교들을 훑고 다니면서 노동자들을 만나고 글을 받고 정기 구독 신청을 받았"다 한다. 또한 노보를 만드는 일과 노동자들의 글쓰기를 돕는 일을 해왔다.[30]

창간사는 창간준비호를 내고 난 뒤의 반응에 대해 주로 쓰고 있는데, 노동자계급의 책 읽기와 글쓰기에 관해 제기되는, 언제나 가장 중요한 두어 가지 문제에 대해 말하고 있다. 하나는 잡지가 "너무 무겁다", 둘은 "노동자가 책을 안 본다"는 우려다. 이에 대해 "이제까지 그 누구도 노동자들의 이야기에 귀를 기울이지 않았고 노동자들한테 이야기할 기회를 주지 않았을 뿐"이라 적절히 답하고 있다. 이는 오늘날에도 책을 쓰거나 만드는 사람들이 새겨봐야 할 근본적인 물음이 아닐 수 없다.

〈삶이 보이는 창〉은 1998년 6월, 이인휘, 정종권, 송경동 같은 서울 구로 지역의 진보적 활동가·작가들이 "사회적 약자와 소수자들의 권익과 자긍을 지키고", "민주화를 위해 헌신한 노동 열사들의 마음을 이어받아 일하는 사람들이 만드는 일하는 사람들의 문화운동을 지향"하고, "이웃들의 생생하고 평범한 삶의 이야기를 담"고자 만든 단체이자 잡지다. 이는 "일하는 사람들의 글 읽기와 글쓰기를 조금이나마 활성화하"고 "진보적인 출판 사업과 문화 사업을 통해 우리 사회 민주화에 보탬이 되려" 한다.[31]

소개 글에서 강조된 '민주화'는 우리가 익히 아는 상투어이기도 하고, 노동자계급에 의한 '문화적 민주화'이기도 하다. 〈작은책〉과 〈삶이 보이는 창〉에는 지금도 노동자들의 시와 '생활 글'이 여럿 실리고, 노동자 글쓰기 모임이 소개된다. 민중 자서전이나 '열사 평전'도 발간되고 있다. 이는 매우 중요한 것이다.

　노동문학의 의의는 무엇인가?『무지한 스승』이라는 희대의 교육학 책을 낸 프랑스 철학자 랑시에르는 "유식한 정신과 무지한 정신, 유능한 자와 무능한 자, 똑똑한 자와 바보 같은 자"의 분할이나 사람들 사이의 '격차'를 실정화해서 그것을 수단으로 삼는 교육 방법은 배움과 가르침에 연루된 모두를 억압 속에 놓는다고 했다. 인간의 지능은 본질적으로 차이가 없고, 물론 정신노동과 육체노동 사이에도 우열이 없다.[32] 선뜻 이해하기 힘든 이 심오한 가르침의 의미는 지금의 노동과 지식이 맺는 관계와 비교해보면 좀 더 선명해진다. 오늘날 대학생(계층의 대부분)은 지식노동자화하고, 그 하부는 프롤레타리아화(또는 프레카리아트화)하고 있다. '노동'은 고립되고 노동의 앎과 문화는 신분제 사회의 그것처럼 천시되고 돌봐지지 않는다. 또한 노동 분업과 정신·육체노동의 위계는 더할 나위 없이 극대화되었다. 이주 노동이 표상하듯 육체노동의 문화적·정신적 지위도 그 어느 때보다도 낮다.

　오늘날 문화적 계급 관계는 악화일로에 있다. 신자유주의는 필연적으로 엘리트주의와 불평등 교육을 내포한다. 그것은 단지 금융과두제적인 경제정책이 아니라, 거대한 문화적 체계이며 인간 정신에 대한 총체적인 분리 통치의 형식이다. 대학 서열 따위의 학벌주의가 얼마나 강력하게 사회 성원들을 분할하고 있는지를 생각해보라. 제도교육은 계급 불평등과 사회적 분업을 고착·확대하는 본연(?)의 사회적 기능을 어떤 때보다 강력하게 수행한다. 그러하기에 여전히 노동자들의 독서나 노동자 글쓰기는 그 같은 불평등에 대한 저항일 수 있다. 70~90년대의 대학생들의 하방과 노동자계급 자신의 각성에 의해 수행된 그것처럼.

## 문학판의 균열과 '문학의 위기'

〈버전업〉(1996)은 과도기적 상태를 보여주기에 부족함이 없다. 이 잡지는 PC통신 시대에 창간됐던 최초의 "'사이버 문학'을 표방하는 통신 문학 전문 계간지"[33]였다. 이 잡지의 문학은 PC통신으로부터 왔으나 종이 위에서도 '문학'으로 구현되고자 했다. 새로운 미디어인 PC통신이 인쇄 매체 위의 문학을 재매개하고, 다시 종이 매체가 PC통신을 재재-매개화하고자 한 것이다. 재매개remediation란, 새로운 매체는 반드시 이전 매체의 형식과 내용을 차용해 재구성하여 발전하고, 각각의 매체의 매개 행위는 반드시 다른 매개 행위에 의존할 수밖에 없다는 등의 미디어 존재 원리다.[34]

90년대 중후반 PC통신은 급격하게 새로운 문화적 소통의 공간이 되었다. 물론 그 이용자는 대부분 10대부터 30대까지의 젊은 사람들이었다. 정치, 사회, 문화 등의 영역에 이르는 비평과 토론은 물론, 창작열에 불타는 새로운 젊은이들도 1초당 겨우 24.4킬로바이트의 정보를 전송할 수 있었던 모뎀을 켜고 '가상공간'에 모여들었다.1996년 가을에야 미국에서 56킬로바이트짜리 모뎀이 출시되었다. 그래서 하이텔, 데이콤, 유니텔, 나우누리 등에는 이제껏 볼 수 없었던 문화가 생겨나 취향과 동호회 문화, 비평과 글쓰기의 양식 그리고 언어 자체를 바꾸기 시작했다. 예컨대 '방가방가' '하이룽' '감솨' '안냐세요' 같은 새로운 어휘들은 모두 PC통신의 채팅방이나 동호회에서 생겨난 것들이다.[35]

새로운 '문학 공간'도 열렸다. 그 안에서 특히 SF, 추리소설 그리고 '판타지'가 번성하기 시작했다. 한국 환상문학사의 최고작으로 평가되는 이영도의 『드래곤 라자』도 1997년 10월부터 하이텔 게시판에 연재되었던 작품이다. 이우혁의 『퇴마록』은 온라인에서 태어나 오프라인 책 시장을 휩쓴 경우다. 대중 서사 생산과 수용의 새로운 시대가 개막됐던 것이다.

〈버전업〉의 창간사에는 이 같은 상황에 대한 가장 적극적인 해석과 전유가 담겨 있다. 즉, '문화 생산자와 수용자의 통합, 창작과비평의 분리 해체, 문학과 비문학의 장르 통합', "상상력과 정서의 '해방', 소통 구조의 '다성성'을 통한 새로운 문학 패러다임의 구축" 등이 '사이버 문학'을 통해 가능하리라 생각했다. 이 같은 야심찬 상상력과 '사이버 문학'이라는 새로운 자원을 갖고 있었지만 〈버전업〉은 그 자체로 '대자'는 아니었다. 대신 기성의 "폐쇄적인 문단 구조의 해체를 겨냥"하고 "'문학의 위기'에 대한 대안"이 되고자 했다. 그러니까 어쩌면 이들이야말로 기존의 제도 문학을 정말 '많이' 의식하고 있었던 것이다. 항상 창조자들이 완전히 새로운 지반에서 등장하는 것이 아니라 반은 구래의 태반에서부터 '반역자'로서의 즉자적 자기의식을 가진 채 등장한다는 것, 필연이며 한계이기도 하다. "통신 경력"이 4~7년의 20, 30대들이라는[36] 〈버전업〉의 창간 편집위원들도 모두 80년대 학번이었다. 어쨌든 이 창간사는 문학의 존재 방식과 그 전환에 대한 90년대적인 나름의 총론을 담고 있어 음미할 가치가 높아 보인다.

〈버전업〉은 기성의 문학잡지에 비해 구성도 새로운 편이었다. '사이버 유머'나 단편 만화를 실은 것은 지식인 잡지나 문예지에선 그 전까진 보기 어려운 시도였다. 다양한 글쓰기나 독자와의 상호 소통의 실험도 계획되었다.[37] 이러한 시도들은 문학의 변화를 예민하게 간취하고 '현실'의 판도 위에 올린 것이었다.

그러나 〈버전업〉의 실험은 '성공'한 것일까? 가상공간은 분명 인간 경험과 소통의 새로운 장이었으며 그랬기에 인간의 지각과 독서, 글쓰기의 방법을 다 바꾸기 시작했다. 그러나 새로운 문학과 그 옹호자들이 강고하고 폐쇄적인 한국 문단을 근본적으로 바꾸지 못했다. 그보다 더 근본적으로는 '사이버 문학'의 한계 때문인지도 모른다. 종이 위에 인쇄되어 유통되는 문학문화의 양식은 단지 '근대적'인 것만은 아니었던 것이다. 그것이 '문학'인 한에 있어서 '사이버문학'도 '문학'에 포함된 것이었다. 〈버전업〉은 점점 다른 문예지와 비슷해져갔다. 물론 '문학의 위기'나 수년 후 제출된 '근대문학의 종언' 같은 진단이 결코 엄살이거나 잘못된 예단인 것만도 아니었지만 말이다.

한편 1999년에 문학계는 일군의 젊은 비평가들에 의해 야기된 논쟁에 휩싸였다. 이명원, 권성우, 홍기돈 등이 제기하고 나중에 문학계 바깥의 강준만, 진중권 등까지 가세한 이른바 '문단권력─주례사 비평' 논쟁이었다. 논쟁의 주체들은 대표적인 문예지 〈문학과사회〉 〈창작과비평〉 〈문학동네〉와 그 편집위원들을 '문단 권력'이라 지목하고 그들의 활동 방식을 강하게 비판했다. 그 잡지 동인·편집위원들의 이너서클은 '에콜'이라 불렸고, 잡지의 편집 방식, 문학상과 문학비평의 양상 등 한국 문학문화의 민낯이 드러났다.

이 논쟁의 전후 사정과 정신이 〈비평과 전망〉이라는 비평 계간지로 표현되어 이명원, 홍기돈, 고명철 등 젊은 비평가들을 창간 편집위원으로 삼아 1999년 11월에 창간되었다. 권혁웅, 황호덕, 임영봉, 김수림 등의 글도 창간호에 실렸다.

창간사는 90년대 문학이 제기한 "부정적인 변화의 징후"들을 심각한 어조로 정리하고 있다. "지적 선정주의와 회의주의의 만연, 민주 공간에서의 시민적인 주체성 확립의 불철저, 문화 지형에서의 강화된 상업주의와 연고주의의 횡행과 같은 부정적 징후"가 그것이다.

'비주류'로서의 이들의 소외감과 비판 의식은 분명히 객관적인 실체를 가진 것으로 한국 문학문화의 중요한 '그늘'을 드러낸 것임에 분명했다. 이들은 큰 지지를 받았지만 그 자체로는 대안이 되지 못했다. "문학"의 구성적 외부가 되어 "내부에서 사유하지만, 문학의 외부에서 반성할 것"이며, "비판의 네트워크"인 동시에 "관용의 네트워크"로 기능하겠다던 희망도 달성되지 못했다. 물론 비판받는 주류들 측의 자원이 압도적으로 많았기 때문이기도 했다.


## 디지털 시대의 시작

1990년대 초와 말을 같은 시대라 말할 수 있을까? 컴퓨터와 디지털 문화만 생각하면 그렇다고 말하기 어렵다. 나는 1987년에 대학에 들어갔다. 1991년까지 내가 가진 '전자 기기'는 '카세트 라디오' 외에는 단 하나도 없었다. 한때 살던 원효로 자취집에는 전화기도 없어, 여자 친구한테 전화를 걸러 공중전화 통을 찾아다녔다. 리포트는 리포트 용지에 손 글씨로 써냈다. 1988~89년에도 '르모' 같은 워드프로세서를 가진 친구가 있었지만, 가운뎃손가락만 한 액정 화면이 달리고 뜨끈뜨끈한 감열지 출력물을 뽑아내는 그 기계는 당시 가격으로 150만 원이 넘었다. 한 학기 대학 등록금이 30~50만 원 하던 때다. 주변에 간혹 PC와 휴대전화를 가진 사람이 있었으나 대학생 중에는 아주 드물었다. 그러나 그로부터 2년 후부터 나는 삐삐, 시티폰, 휴대전화를 차례차례 사용하게 됐고, 286AT부터 486DX까지의 '개인용' 컴퓨터, 그리고 PC통신과 월드와이드웹을 숨 가쁘게 체험했다. '탄약계'(주특기 번호 440) 보직을 받은 방위병 시절에 내가 맡은 임무는 '사단 군수 전산화'였다. 대략 1993년부터 글을 컴퓨터로 쓰기 시작한 것 같고 1995년경부터는 리포트를 위시한 모든 글, 아무리 짧은 글일지라도 '흔글'로 작성했다. 그리고 1990년대 후반에 html과 포토샵을 독학으로 배워 웹진을 창간했다.

단 한 사람도 '열외'를 허용하지 않은 이 거대한 변화 속에서 한국에서의 종이 책과 종이 잡지의 문화는 최후의 전성시대를 경과

했다. 지나치게 앞서 나가는 사람도 있는 법이다. 90년대 중후반에 이미 종이 없는 '인터넷 잡지', 즉 CD롬 잡지가 시도되고, 전자책이 책의 미래로 선언되기도 했다. 잠시 관심을 끌었으나 이들은 '사업적으로'는 성공하지 못했다.[38] 종이는 생각보다 질겼다.

1995/ 5/ 2
창간호/ 값 2,000원

TV특집 · 페미니스트가 뽑은
좋은 캐릭터, 싫은 캐릭터
공지영이 만난 한국의 배우 · 김갑수
씨네시사실 · 〈허드서커 대리인〉
〈메이드 인 유에스에이〉〈낮은 목소리〉

창간특집 2

# 이들이 영상문화를 움직인다

영상문화 BEST 50인

창간특집 1

## 한국영화를 말한다

〈씨네21〉 창간호(1995년 5월 2일) 표지.

# 한국의 영상

전문가 100명이 선정한 영상인 베스트 50

〈씨네21〉 창간호 특집면.

# 가 의끄나

<씨네21>은 창간에 앞서 영상산업에 종사하는 100인을 상대로 '한국 영상문화를 움직이는 인물에 대한 의견조사'를 실시했습니다. 한국 영상문화계에는 어떤 인물들이 있으며, 이들에 대한 동료들의 평가는 어떠한지를 파악하자는데 목적을 두었습니다. 한겨레신문사의 여론조사팀 실시한 이 조사는 영상산업의 영역으로 영화, TV, 광고 , 뉴 미디어 및 기 영상매체 부문을 설정하고, 조사대상을 1.제작 및 기획 2.감독 및 연출 3. 4.배우 및 탤런트 5.작가 6. 매니지먼트 7.평론가와 기자 8.정책입안자 및 등 8개 분야로 나눠서 분야별로 5명씩 추천하도록 했습니다. 조사팀은 응답자료를 토대로, 우선 추천빈도가 높은 인물을 뽑고 부문간의 중요순위 가중치를 매겨 높은 수치를 나타낸 50명의 인물을 뽑았습니다. 대체로 매스컴에 많이 노출된 '얼굴'들이 손쉬운 추천대상이 되는 경향 탓에, 당초 조사팀이 의도한 바와 같은 '숨은 핵심인물'이 충분히 드러나지 않은 것을 조사의 한계로 인정합니다. 이번 설문조사의 응답자 100명의 명단은 아래와 같습니다. 응답자의 추천사유와 논평을 강점과 약점으로 나눠 싣습니다.

*편집자*

**영화 부문/**길종철 김경욱 김길원 김명곤 김일환 김무림 김석태 김정영 김종원 김지영 김형구 김호선 독립영화협의 변경주 변재란 송경호 신우식 심재명 안동규 안정숙 유자나 윤진선 이광모 이유리 이원기 이정호 이철승 이효인 장자 조희문 최용배 편장완
**방송 부문/**김관영 김도형 김병규 김승율 김문경 김종래 김창남 류수자 박신서 박성호 박영수 박정환 송창의 유길 이기진 이두엽 이윤선 이론검 이종수 이홍주 임동호 임지만 정길화 주철환 지석원 최안지 최영근 한문사 한주석 홍성필
**광고 부문/**강한영 김규태 김대환 김민호 김병완 김승태 김잔 김혜경 남창숙 박기연 박병준 박성호 박춘 우여령 유종 윤신영 윤화석 이기철 이정호 임동욱 최기모 최원영 최창훈 한미자
**기타/**채운경 오성윤 박재동 안철흥 박용철 박대성 여명구 김영대

격월간 〈녹색평론〉 창간호(1991년 11월) 표지.

〈사회평론〉 창간호(1991년 5월) 표지.

창간사

## 전 지구적 시각, 지역적 실천

우리는 일찍이 동아시아의 지중해였다. 한·중·일 세 나라는 이 바다를 중심으로 때로는 적대하고 때로는 연대하면서, 동남아시아, 더 나아가 인도 문명, 아랍 문명과의 교류 속에서 선진적이고 독자적인 세계를 구축하였던 것이다. 그러나 근대 이후 몰아친 서풍(西風)에 일본이 탈아론(脫亞論)으로 선회, 아시아 침략으로 나아가면서 우리 문명은 파경적 충격을 경험하게 된다. 특히 2차대전 이후 한반도를 조이며 세계적인 미·소 냉전체제가 작동하면서 한반도의 중국 혁명, 6·25, 일본의 부흥, 베트남 전쟁 등 일련의 격동 속에 문명의 바다 황해는 문득 죽음의 바다로 변모하였다.

그런데 최근 현존사회주의의 붕괴 이후 탈냉전시대를 맞이하여 죽었던 바다가 다시 살아나고 있다. 그에 따라 황해의 거점 도시의 하나인 인천의 위상은 그 어느 때보다도 높아졌으니, 인천은 제2의 개항기로 접어들고 있다고 해도 지나친 말은 아닐 것이다. 그럼에도 제2의 개항을 준비하는 인천 시민의 자주적 대응은 과연 충분한가? 불행하게도 그렇지 못하다. 바야흐로 돋트는 21세기를 향하여 낡은 질서가 급격히 해체되고 있는 20세기의 막바지에서 새로운 문명의 명예롭게 참여할 시민의 노력이 그 어느 때보다도 절실히 요구되는 것이다.

1883년 인천의 개항을 돌이켜 보라. 대일 굴욕 외교의 결과로 개항된 인천은 주체적 준비의 턱없는 부족으로 외세 진출의 교두보로 전락하는 불행한 경험을 가지고 있다. 우리는 물론 당시 나라 안팎의 정세에서 인천의 개항이 필연적이라는 점을 이해하지만 내적 성숙 없이 시장에 강제 편입되어 마침내 대한제국이 식민지로 전락하였던

사실을 엄정하게 인식하지 않으면 안된다.

인천은 냉전체제 최대의 피해 지역의 하나였다. 남북한을 잇는 허리요, 대중국 교역의 거점으로 성장했던 인천은 분단과 중국 혁명으로 황해가 단절되면서 거의 폐항의 위기에 내몰렸다. 뿐만 아니라 완강한 분단체제의 톱니바퀴 사이에서 이승엽(李承燁), 조봉암(曺奉岩), 장면(張勉) 등 인천이 배출한 정치가들은 남북한에서 잇달아 거세되었으니 이 과정에서 인천의 구심력은 와해되고 서울 종속은 심화일로를 걸어왔던 것이다.

이제, 좌익 독재이든 우익 독재이든 모든 독재의 시대는 지나갔다. 다양한 이해 관계가 복잡다기하게 상충하는 현대 사회의 갈등을 획일적인 중앙통제 방식으로는 슬기롭게 풀어나갈 수 없다는 것이 점점 명확해지는 현시점에서 자기 지역 문제를 그 지역 주민의 민주적인 의사결정에 따라 해결하는 지방자치, 더 나아가 주민자치의 문제는 새 시대의 핵심적 과제의 하나로 떠오르는 것이다.

이에 우리는 국내외적 환경 변화에 창조적으로 대처하기 위해 새얼문화재단을 중심으로 계간 『황해문화』를 창간하고자 한다.

『황해문화』는 우선, 냉전과 분단의 고착 속에서 분해된 인천 지역의 구심을 광범한 연합 속에서 재건하는 데 주력할 것이다. 인천을 '함께 자유로운 공동체'로 만드는 고귀한 사업에 참여하기를 결단한 분이라면 누구라도 노선의 작은 차이를 넘어서 연대할 수 있는 인천 지역의 협동적 중심을 재건하는 데 『황해문화』는 작은 디딤돌의 역할을 충실히 할 것을 약속한다. '유-턴(u-turn)인천' 또는 '인천의 인천화'는

『황해문화』 창간호(1993년 1월) 표지(위)와 창간사(아래).

〈키노〉 창간호(1995년 5월).

페미니스트 저널
# if

만든 사람들

**발행** 도서출판 이프

**발행인** 윤석남

**편집장** 박미라

**아트디렉터** 제미란

**포토디렉터** 조여권

**일러스트** 김경희

**편집위원** 김신명숙 김영선 김재희 김혜경 손자희 오숙희 유숙렬 유나나 이혜경

**광고기획편집위원** 김숙빈

**사진편집자문** 박녕숙

**디자인** 엔미문화사

**인쇄소** 고려서적

**배본처** 도서출판 푸른숲 02) 364-7871~4

주소 : 서울 성북구 성북1가 60번지 2층 도서출판 이프
전화 : 743-6716~6
팩스 : 765-9059
Hitel ID : parachut

출사표

# 왜 지금 페미니즘인가?

『페미니스트저널 IF』를 세상에 내놓으며

페미니즘에 대한 남성들의 공격과 비난이 시대현실적인 번지고 있다. 그리고 그 공격은 거의 예외없이 무지하고 악의적이다. 이 시대 페미니즘 또는 페미니스트라는 말은 '더러운 꼬리표'가 되고 말았다. 온 세상이 다 페미니즘의 사고체계와 주장대로 진행되고 있는데도 이 사회에서 페미니스트라는 이름표를 붙이는 것은 금기가 되고 말았다. 참으로 이상하지 않은가? 줄에게 불렸던 마녀 사냥의 광풍처럼 21세기의 미명을 코앞에 두고 있는 지금 한국에서 페미니스트 사냥이 시작되고 있는 것이다.

그들은 왜 페미니즘을 공격하는가. 페미니즘을 공격하는 사람들이 반드시 남성만은 아니다. 여성 여성성을 보증하는 방패로나 …

왜 페미니즘은 같은 여성에게부터도 공격을 받아야 하는가? 페미니즘이란 도대체 무엇인가? 페미니즘은 다른 아무 것도 아니다. 그것은 여성도 인간이라는 여성의 인간선언일 뿐이다. 여자의 주인은 남편도 아이도 아닌 바로 여자 자신이라는 그 단순한 진실을 말하는 것이 어째서 그토록 많은 파문을 일으켜야 하는가?

페미니즘은 여성의 삶에 대한 주도권을 여성에게 줌으로써 양성관계의 변혁을 목적으로 한다. 궁극적으로는 모든 사람이 인간의 잠재성을 실현할 기회를 더욱 많이 가질 수 있게 하려는 것이다. 페미니즘은 단순한 이념이나 사상을 넘어선다. 그것은 남녀관계의 변화를 통해 세계를 변혁하려는 사회이론이며 동시에 정치적 실천이다.

치고 있는 것이다.

'여성들이 진정으로 원하는 건 무엇인가?' 저널을 준비하며 우리가 줄곧 매달려 온 질문은 여성들의 삶은 무엇을 찾아, 위한 그동안의 토론과정을 …

…는 것은 하나의 절대진리로서 …더 또 많은 사람마다 다른 …으로 나타날 수도 있기 때문에 …그러나 우리는 중요한 발견을 …다. 그것은 여성들이 아직까지 …는 다르게 새롭게 살고 싶다는 …이다.

여성은 오랜 세월 동안 남성과 남성권력의 대상에 불과했다. 이제 여성은 스스로 주체가 되어 여성만이 무엇인가에 대해 물음을 새롭게 시작해야 한다는 자랑스럽게 선언한다.

IF는 페미니스트저널…

**박미라 편**

〈페미니스트 저널 이프〉 창간호(1997년 5월) 간기와 창간사.

# 사진예술

## 발간사에 대신하여 독자에게 드리는 글

겨우내 잠들었던 생명이 혹시 그대로 깨어나지 않는 게 아닌가 걱정했는
데 어느새 연두빛 새순을 내어 봄이 왔음을 알리고 있습니다. 만물이 새로
태어남을 기뻐하는 계절에 월간 사진 종합지 〈사진예술〉의 싹을 틔우며 기
쁨과 두려움을 동시에 느낍니다. 칠십 평생의 반 이상을 사진과 함께 살아
온 본 발행인으로서는 내 손으로 사진 잡지를 낸다는 게 당연히 큰 기쁨인
반면 독자에게 유용한 잡지, 독자의 기대에 부응하는 잡지를 만들지 못해
혹 독자들에게 실망을 안겨주면 어쩌나 하는 두려움 또한 크게 자리하고
있습니다.

사실 지난 1년여간 경직된 정치 분위기가 완화되면서 제한되었던 문화에
의 욕구가 폭발할 듯이 다양화되고 잡지의 발간 또한 우후죽순 격으로 증
가해왔습니다. 이런 숫적 증가에 단순히 하나를 더 보탠다는 정도의 잡지
여선 안 된다는 생각 때문에 사진지의 창간을 오래 심사숙고해야 했습니
다. 특히 기존의 몇몇 잡지가 있는 상태에서 행여 남이 애써 일궈놓은 토양

| | |
|---|---|
| 발행일 | 1989년 5월 25일 |
| 발행 주기 | 월간 |
| 발행처 | 월간 사진예술 |
| 발행인 | 이명동 |
| 편집인 | 이명동 |
| 주간 | 홍순태 |

에 씨를 뿌리는 양심 없는 결과가 되어선 안 된다는 생각도 염두에 두었습니다. 그러나 우리의 사진 인구가 5백만을 넘는 현실에서 〈사진예술〉이 뿌리내릴 토양은 충분하다는 결론과 함께 기존의 잡지와는 모양과 색깔이 다른 개성 있는 꽃을 피워보리라 결심하기에 이르렀습니다.

일제 치하에서 학교길을 오가며 일본인 상점 안에 진열되었던 카메라가 무척 갖고 싶었던 소년은 농사만이 삶의 전부였던 농군 아버지의 소를 판 돈을 훔쳐내 그 카메라를 사고 말았고 그때 이미 사진과의 운명적인 만남이 시작된 소년은 그 이후 칠십의 나이에 이르기까지 사진과 함께 살아왔습니다. 격동하는 현대사 속에서 사진기자로 30년을 지냈고 오랫동안 대학의 강단에 서서 후배들을 가르쳤고 수많은 사진 공모전에서 사진 심사와 평론을 써온 본인이 이제 일생을 정리해야 할 나이에 잡지 창간이라는 새로운 작업을 시도한다니 주위에서는 격려와 우려가 반반이었습니다. 그러나 사진 인생의 정리가 지난날을 조용히 회고하는 것만은 아니라고 생각합니다. 오히려 지난날의 경험을 바탕으로 내일을 준비하는 터전을 마련하는 것, 그것이 창조적인 사진 인생의 정리라고 생각합니다. 사진계에 수준 있는 잡지가 뿌리내리고 이 잡지를 통해 열심히 사진 하는 많은 분들에게 발표의 마당, 도움 되는 기사, 권위 있는 정보를 제공할 수 있다면 그것처럼 의미 있는 사진 인생의 정리가 어디 있겠습니까.

그러나 독자 여러분! 잡지 경험보다는 무조건 사진을 사랑하는 마음만 앞선 본인으로서는 여러분의 냉정한 비판과 애정 어린 도움이 절실히 요청됩니다. 잘못이 있을 때 외면하며 돌아서지 않고 올바른 지적을 해주는 적극적인 참여가 요망됩니다. 사진 잡지 문화의 꽃을 피우는 데에 독자 여러분의 태양처럼 뜨거운 사랑이 필요함을 거듭 말씀드리고 싶습니다.

올해는 사진술이 세계로 공표된 지 꼭 150주년이 되는 뜻깊은 해입니다. 그리고 정확한 연대가 규명되진 않았지만 우리나라에 사진이 들어온 지도 1백 년이 넘고 있습니다. 그간 사진 기계적인 측면의 발달은 실로 놀라울 정도이고 자고 일어나면 새 장비가 나와 있는 정도로 발달의 속도가 빠릅니다. 또한 세계 문화와의 빈번한 접촉과 다양한 문화 발달로 사진 표현의 영역과 수단 또한 넓어졌습니다. 하나를 고집하기에는 세상이 참으로 넓고 커졌다고 하겠습니다. 따라서 현명한 선택이 그만큼 어렵고 중요해졌습니다.

〈사진예술〉이 해야 될 일은 이런 폭넓은 선택의 시기에 뚜렷한 길을 제시해주는 것이라고 생각합니다. 불모지나 다름없었던 사진 잡지계를 일궈온 몇몇 선각자들의 지혜를 빌리면서 〈사진예술〉은 나름대로의 독특한 세계를 분명히 이룩하고자 합니다. 그리하여 앞으로 사진계를 기름지고 풍요로운 땅으로 가꾸는 밑거름이 되고 싶습니다.

어쨌든 사진을 아끼는 많은 분들의 도움을 받아 이렇게 〈사진예술〉의 창간호를 내게 되었습니다. 보기에 좋고 읽어서 유익한 잡지가 되었는지 독자 여러분에게 평가받고 싶습니다. 훌륭한 사진 원고와 좋은 말씀을 많이 보내주시길 부탁드리며 〈사진예술〉을 통해 많은 사진인들과 매달 만나게 되었음을 참으로 기쁘게 생각합니다. 감사합니다.

**발행인 이명동 드림**

# 우리교육

## 거스를 수 없는 역사의 큰 흐름에 함께하며

"⋯⋯발령을 받고 교단에 서면서부터 아이들에게 부끄러움이 없는 교사가 되고자 애를 썼습니다. 알찬 수업을 위해 나름대로 열심히 교재 연구를 했고 서로 돕는 즐거운 학급이 되게 하려고 노력하기도 했습니다. 처음에는 무언가 잘되어가는 듯했고 스스로 바른 교육을 하고 있다는 긍지 같은 것도 가지고 있었습니다. 그런데 시간이 지날수록, 아이들을 더 면밀히 관찰하고 그들과 진지하게 만나 이야기하면 할수록 그들에게 들쒸워져 있는 온갖 굴레들이 점점 또렷하게 보이기 시작했습니다. 그러면서 나 자신의 소박하고도 개인적인 노력만으로는 잘못된 교육제도와 교육의 틀이 우리 아이들에게 지워준 굴레를 벗겨줄 수 없다는 생각을 하게 되었습니다. 올바른 교육을 위해서는 교사 개개인의 헌신적인 노력도 필요할 것입니다. 그러나 따로따로 흩어져 있는 노력들이 작은 학교에서 전국에 이르기까지 하나로 뭉쳐질 수 있다면 아이들뿐만 아니라 교사들까지 얽어매고 있는 교육제도와 교육의 틀을 바람직하게 바꾸어갈 수 있지 않을까 하고 생각했습니

| | |
|---|---|
| 발행일 | 1990년 3월 1일 |
| 발행 주기 | 월간 |
| 발행처 | 도서출판 우리교육 |
| 발행인 | 김성권 |
| 편집인 | 안승문 |
| 주간 | 박성규 |
| 편집자문위원 | 김정환, 윤구병, 이규환, 이오덕, 임헌영 |

다……"

어느 젊은 교사의 자기 고백적인 교단 수기의 일부분이다.

이 땅에서 교육을 심각하게 고민하는 교사라면 누구나 이러한 어려움과 갈등을 경험하지 않을 수 없는 것이 우리의 현실이다. 그만큼 입시 위주의 교육, 치열한 점수 경쟁을 조장하는 제도, 자율과 창의를 존중하기보다 주어진 틀에 자신을 끼워 맞출 것을 강요하는 제도는 아이들과 교사들의 참된 배움과 가르침을 가로막는 장벽이 되고 있는 것이다. 공부 잘하는 몇몇 아이들의 총명함과 향상됨에 감동하면서 훨씬 더 많은 아이들의 패배 의식과 열등감을 외면할 수 없으며, 좋은 책을 읽고 친구를 사귀고 다양한 클럽 활동을 하는 것이 좋다는 교사의 권유와 가르침에도 아랑곳없이 오직 교과서와 참고서에 자신의 모든 것을 걸고 시험공부에 몰두하는 아이들을 탓하고만 있을 수는 없다. 교육 문제의 바른 해결을 위해서는 교육의 틀과 내용을 새롭게 바꾸어야 한다. 그리고 그것은 다른 누구보다도 먼저 교사들이 해야 할 일이다.

지난 80년대는 오랜 침묵을 깨고 우리 교육의 틀과 내용을 바로잡기 위한 교사들의 노력이 힘차게 일어났었다. 교육을 지배하고 통제하려는 정치의 탄압과 방해가 극심했음에도 불구하고 전국에서 수많은 교사들이 모여들었다. 이들은 서로의 고민의 유사함에 새삼 놀라면서 더 나은 교육을 위해 함께 연구하고 실천했고 이를 가로막는 법적 제도적 장애물들을 제거하기 위한 조직적인 노력을 기울여왔다. 그 결과, 90년대에 들어선 지금은 그동안 진행되어온 교사들의 공동 연구와 실천의 경험들이 이미 누구도 무시할 수 없을 만큼 축적되었고, 교사들의 뭉쳐진 힘은 교육계의 역학관계를 바꾸어놓을 만큼 성장하였다. 이와 함께 교육에 관한 한 채무자에 불과했던 학부모들이 바른 교육을 요구하며 일어서고 있고, 철저한 교육의 객체로서 자신들의 최소한의 인간적인 권리마저도 박탈당해야 했던 학생들도 일어서서 바른 교육을 요구하고 있다. 이제 교육계의 변화는 누구도 막을 수 없고 거스를 수 없는 역사적인 큰 흐름이 되고 있는 것이다.

이와 같은 교육계의 급격한 변화 속에서 〈우리교육〉은 이 땅의 교육을, 국민의 교육권을 몇몇 개인이나 일부 집단, 편협한 정치의 지배로부터 지켜내는 교육 전문지이자 종합지, 교육 정론지를 자임하며 그 창간호를 낸다.

〈우리교육〉은 우선 전국의 각지에서 바른 교육을 위해 노력하고 있는 30만 교사들의 생생한 주장과 진실된 목소리를 담아내 올바른 교육 여론을 형성함으로써 교육의 바람직한 방향을 모색해갈 것이다. 나아가 전국에 있는 교사들의 구체적인 교육 실천 결과물들을 담아냄으로써 교사들에게 직접 도움이 되게 하며 더 나은 교육 방법을 연구하고 실천하는 계기를 마련해갈 것이다. 또한 교육의 여러 분야에 대한 과학적인 이론 정립을 보조하고 실천에 연결시키는 일도 〈우리교육〉이 할 일이다.

이제 그러한 큰 꿈을 가지고 〈우리교육〉 창간호를 30만 교사들과 교육을 걱정하는 모든 분들께 드린다. 일천한 경험으로 인한 부족함이나 발견되는 여러 문제점에 대해서는 애정 어린 비판과 아낌없는 도움 말씀을 부탁드린다. 온갖 어려움에도 불구하고 미리 내주신 정기구독료를 기금으로 하여 창간되는 〈우리교육〉은 이제 전국 곳곳에서 더 나은 교육을 위해 노력하는 모든 교사들의 것이다.

# 핫 뮤직 HOT MUSIC

## 창간사

안녕하십니까?

음악을 사랑하시는 애호가 여러분!

Popular Music의 뜨거운 열정을 생각하며 Hot Music이라 하였습니다.

음반사를 경영해오면서 음반으로만은

해결되지 않는 음악의 느낌들을 좀 더 다양하게 전달하고 싶었습니다.

음악 주변의 아름다운 조화

음악 내면의 깊은 향기

장미의 모습, 그것 같은 열정으로 우리 젊은 문화에 어떤 의미를 더하고

싶었습니다.

Hot Music은 이러한 욕구를 실현하기 위한

작은 출발입니다.

음악을 사랑하는 마음들을 토양으로 하여

뿌리를 내리고, 가지를 뻗고,

싱그러운 열매를 많이 맺으리라고 확신합니다.

| | |
|---|---|
| 발행일 | 1990년 11월 1일 |
| 발행 주기 | 월간 |
| 발행처 | 핫 뮤직 |
| 발행인 | 홍현표 |
| 편집인 | 홍현표 |

우리가 혹은 정장을 하고
혹은 청바지에 자켓을 걸치듯이
음악을 사랑하는 마음이 뜨겁고 건강한 것이라면,
Hot Music은 우리들 생활 속에
친숙한 느낌으로 다양한 음악의
Fashion을 추구하렵니다.
아름다운 젊은 생활을 위하여.

**월간 〈HOT MUSIC〉 발행인 홍현표**

# 좋은생각

## 좋은 생각을 합시다

어려운 세상입니다. 어지러운 세상입니다. 슬픔과 아픔과 괴로움이 많은 세상입니다. 감동이 없고 정情이 없고 신信이 없는 세상입니다.

애태우는 사람들의 안타까운 시간이 힘없이 흘러가는 세상입니다. 불평과 불만과 교만과 위선이 앞서서 달리는 세상입니다.

우리는 서연이의 작은 가슴을 흙으로 덮었고 범죄 없는 세상을 만들어달라는 영철이의 유서도 받아 읽었습니다. 그리고 아홉 번째로 당한 미정이의 급우들이 그녀의 책상 위에 꽂아둔 꽃의 의미도 알고 있습니다.

우리는 '범죄와의 전쟁 시대'에 살고 있는 것입니다.

뿐만 아닙니다. 투기와 무질서와 과소비가 경제를 흔들고 있으며 이기심과 교만과 불신이 온 마음을 흔들고 있습니다.

이때! 우리는 작은 책 하나를 소용돌이치는 강물 위에 던집니다.

강물을 따라 흘러가라고 언젠가는 젖어서 찢어지라고 작은 책 하나를 살짝 던져봅니다. 혹시 압니까, 이 작은 책 하나가 강물에 젖어서 찢어지다 보면 소용돌이를 조금이라고 가라앉히게 될지?

사랑이 있는 세상, 믿음과 이해와 감동이 있는 세상, 기쁨과 감사가 있는

발행일   1990년 12월 25일
발행 주기  월간
발행처   도서출판 미르
발행인   박철성

세상, 보람의 일터에서 근로의 소중함을 알고 풍요로운 내일을 약속받는 세상, 도덕과 예절과 존경이 누구의 목전에서나 이루어지는 세상, 빛과 희망과 미래가 있는 밝은 세상, 어린아이의 웃음과 청년의 패기와 어른들의 포근한 품이 있는 아름다운 세상, 한 사람의 생명이 천하보다 소중하고 모든 이루어지는 것들이 사람의 가치에 따르는 세상—좋은 세상!

이 좋은 세상을 만들기 위하여 우리는 좋은 생각을 해야 합니다. 아침에 일어나 눈을 뜨면서부터 밤에 잘 때까지 나쁜 생각, 악한 생각을 하지 말고 좋은 생각만 해야 합니다. 좋은 생각을 통해 좋은 행동과 좋은 습관과 좋은 일생이 모든 이들에게 주어진 것이고 이로 말미암아 우리가 바라는 좋은 세상이 될 수 있기 때문입니다.

겸손한 마음으로, 작은 소리로, 가깝고 평범한 이야기로 〈좋은생각〉은 계속 발간될 것입니다. 이 책을 통해 단 한 명의 독자라도 진실로 좋은 생각을 하게 된다면 이 세상은 더욱 밝아질 것입니다. 좋은 생각은 전염성이 매우 강하기 때문입니다.

편집실

# 시와 시학

## 창간의 말씀

시를 쓰는 마음, 시를 즐겨 읽고 사랑하는 마음이란 과연 무엇이겠습니까? 그것은 바로 오늘의 삶을 맑은 정신으로 올곧게 살아가고자 하는 노력이며, 꿈을 갖고 온갖 생명 있는 것들을 사랑하며 아름답게 살아가고자 하는 착한 마음이 아닐런지요. 시를 사랑하는 마음은 고향으로 돌아가서 하늘과 바람과 별과 풀잎, 그리고 대지와 어머니를 사랑하는 생명 사랑, 인간 사랑, 자유 사랑의 마음이라는 뜻이지요. 오늘날과 같이 나날이 혼탁해가는 시대, 온갖 종류의 폭력이 횡행하는 시대에 시의 마음을 간직하는 일이야말로 이 시대에 있어서 진정한 인간해방운동이며, 인간성 회복 운동이라고 할 수 있을 것이 분명합니다.

저희 〈시와 시학〉이 오늘날 이 땅의 어려운 여건하에서 새롭게 출발해보고자 하는 것은 바로 이러한 시를 통한 생명 사랑, 인간 사랑의 정신을 작게나마 실천해보려는 의지 때문입니다.

**발행일**  1991년 3월 1일
**발행 주기**  계간
**발행처**  시와시학사
**발행인**  김재돈
**편집인**  김삼주
**주간**  김재홍
**편집위원**  권영민, 김용직, 오세영, 정현기, 조남현, 최동호, 한계전

이제 20세기가 저물어가고 21세기가 다가오면서

1. 현대시 100년 시 창작과비평의 시사적 종합 평가 및 활성화 시도
2. 민족문학의 올바른 방향 점검과 세계문학과의 진정한 만남의 모색
3. 생활 속에 시의 마음을 불러일으켜 신휴머니즘 회복 운동을 전개함

등과 같은 취지로 새로운 연대와 세기에 알맞는 격조 높은 시 전문지를 만들어가고자 합니다. 한국 시단과 시학계를 대표할 수 있는 비평적 엄격성을 신조로 하여 이 땅에 시의 꽃나무를 가꿔 나아가고자 하는 것입니다.

이 시대 역사의 한가운데를 살아가면서, 겨레의 아름다운 예술혼의 꽃이며, 올곧은 민족정신사의 열매인 우리 시를 사랑하는 저희들의 정성과 노력에 지도 편달과 성원 있으시길 진심으로 기원하는 바입니다.

저희 〈시와 시학〉은 이 시대의 곧은 정신과 맑은 서정을 담는 아름답고 향기로운 시의 그릇이 되고자 합니다.

**시와 시학 올림**

# 오늘의 문예비평

## 비평 전문지를 창간하면서

〈오늘의 문예비평〉 창간을 준비하면서 우리는 한국 사회가 안고 있는 모순과 부조리를 확인하는 몇몇 현상들과 만났다. 그것은 수서 비리에 이은 페놀 방류로 인한 수질 오염 사건이다. 이 일련의 사건들을 바라보면서 우리는 그 저변에 정치권력의 중앙집권화와 재벌 중심 경제 구조의 모순이 놓여 있다는 사실을 재인식하게 되었다.

또한 중앙집권적 권력 구조의 폐해가 남긴 문화적 열악성을 피부로 느끼면서도 지역 문화의 활성화를 위해 노력해온 지역 문화인들에게 있어 지방 자치제의 실시는 기대감에 가슴 부풀게 하는 역사적 사건이었다. 지역 중심의 정치제도는 문화적 지역주의를 가능하게 할 뿐만 아니라 한국 사회가 보다 나은 바람직한 사회로 나아가기 위해서는 필연적으로 통과해야 할 과정이라 믿었기 때문이다. 그러나 이 시점에서 우리가 다시 생각하지 않을 수 없는 것은 기초 의회 구성원이 되고자 출마했던 자들의 이력 분석 결과와 무투표 당선 사례 그리고 기초 의회 선거에 대한 일반 국민들의 무관심이다.

**발행일** 1991년 4월 15일
**발행 주기** 계간
**발행처** 도서출판 지평
**발행인** 황성일
**편집인** 남송우
**편집동인** 구모룡, 남송우, 박남훈, 이상금, 정해조, 정형철, 황국명

기초 의회 선거에 대한 국민들의 무관심은 우리 사회의 정치가 어떠한 악순환을 계속해왔으며 이를 통해 일반 국민들에게 심겨진 불신이 어느 정도인지를 가늠하게 해주었다. 이러한 정치적 불신감은 수서 비리나 페놀 방류로 인한 수질 오염과 결코 무관하지 않다는 점에서 우리 사회가 극복해야 할 난제임에 틀림없다.

특히 페놀 방류로 인한 수질 오염의 주체가 재벌 기업이란 점에서 우리 사회가 떠들썩하게 목청을 높였던 '범죄와의 전쟁'의 대상이 과연 누구인가를 다시금 되돌아보게 했다. 다시 말하면 수질 오염 자체의 문제보다 정치의 파행성이 이 시대의 삶의 모든 영역, 생활 세계와 정신문화의 황폐화와 파행성을 몰고 왔다는 것이다.

이처럼 한 자리 숫자로 떨어져 내린 우리 사회의 정신문화 지수는, 인간에 대한 믿음과 이 시대를 지탱할 바람직한 가치관을 상실하게 했다. 그래서 급기야는 이를 극복할 새로운 가치관을 형성해야 할 위기 국면에 접어들었다는 감을 떨칠 수 없다. 즉 위기 국면을 넘어설 가치관을 형성하지 않으면 안 될 시점에 이르렀다고 판단한다. 그래서 우리는, 옳고 그른 것을 제대로 분별하고 이를 토대로 올바른 사회적 가치관을 세워나가는 일이 참된 비평 정신 없이는 불가능하다는 점에 주목하게 되었다.

비평 정신이란 가치 지향 의식이기에 올곧은 비평 정신이 살아 있지 못할때 그 사회는 건전한 가치관 형성에 실패할 수밖에 없다. 우리 사회가 모든 영역에서 제 갈 길을 향해 진전하지 못하고 악순환이 계속되고 있는 것은 각 영역마다 살아 있는 비평 정신에 기초한 비평 풍토가 조성되어 있지 못하기 때문이다.

그래서 〈오늘의 비평〉 동인들은 문학 영역에서나마 비평의 본래 정신을 회복함으로써 한국문학이 지향해야 할 방향을 탐색해보기로 했다. 정치·사회 영역에 있어서의 불신과 생활 세계의 오염 이상으로 한국문학 현실에 대한 독자의 불신과 문학 현실의 파행성 역시 심각하다고 보기 때문이다.

80년대를 거쳐오면서 한국의 문학판도 정치판 이상으로 목청이 높았고, 그 목소리의 내용 또한 다양했다. 많은 소집단들이 속출했고, 그 집단들은 나름대로 기존의 문학판을 바꾸기 위한 노력들을 경주했다. 그러나, 이러한 과정에서 새로운 집단과 새 세대들이 진정한 의미의 민족문학을 열망하며 더 나은 자기 세대의 문학을 위해서 치루어야 할 엄격한 통과제의를 가시화하기보다 자기 자리 확보에 급급했다는 점을 놓칠 수 없을 것 같다.

　그것은 80년대의 전환기적 문학 상황 속에서 필연적으로 제기되어야 할 세대 논쟁의 미흡함이 이를 증명한다. 역사의 발전은 기존 세대가 안고 있는 문제를 극복하는 데부터 시작된다는 평범한 사실을 기억할 때, 지난 80년대의 문학 세대가 진정 전 세대가 남긴 문제를 제대로 극복했는지에는 의문의 여지가 많다. 즉 전 세대에 대한 비평적 작업이 정말 창조적이었나 하는 점에 의문을 제기할 수밖에 없다. 목소리는 높았지만 그 목소리의 의미 내용들이 엄격한 의미에서 집단 이익을 떠난, 순수한 문학적 열정과 거리가 멀었기 때문이라고 본다. 새로운 문학은 언제나 기존 문학의 질서와 체제가 지닌 한계를 넘어서는 작업에서 비롯된다는 점에서, 기존 문학에 대한 자기 검증이 이루어져야 했다. 다시 말하면 앞 세대의 문학에 대한 온당한 비평을 통한 가치 평가가 이루어져야 했다. 그러나 새로운 문학 세대는 이 작업을 적극적으로 실천하기 이전에 개인이나 집단의 욕망에서 자유롭지 못함으로써 올바른 비평 문화를 우리 문학에 심어오지 못했다.

　특히 산업사회의 메카니즘 속에서 문학 역시 하나의 문화 산업으로 자리하도록 강요당함으로써 문학비평에 있어서 객관성의 결여가 심화되어왔다. 문학비평의 객관성 상실이 바로 그 민족문학의 방향 상실과 맞닿아 있다는 점에서, 이러한 비평적 현실은 곧 문학적 위기가 아닐 수 없다.

　그렇다고 우리가 다양한 소집단의 문학적 지향에 근거한 문학의 당파성 자체를 문제시하고자 함은 아니다. 다양성은 우리 사회가 지향해야 할 삶의 한 방향이라 믿기 때문이다. 그러나 소위 당파성이 소집단의 이익과 이데올로기에 기초해서 상업성과 야합함으로써 비평의 객관성과 신뢰성을 상실하고 있다는 점은 쉽게 보아 넘길 수 없는 현상이다. 문학에 있어서 상업주의적 왜곡은 문학비평의 자기반성을 촉구하고 있는 것이다. 이러한 문학적 현실을 바라보면서 우리는 문학비평의 진정성 회복과 독자들에게 바른 작품읽기의 길잡이가 필요함을 절감하였다. 이런 시대적 요청을 문학적으로 실천하기 위한 장을 마련하고자 우리는, 문학비평 전문지를 창간하기에 이르렀다.

지방자치제의 시대가 열렸다고 하나 아직 갈 길이 먼 형편에, 지역에서 비평 전문지를 만든 일이 너무나 고달픈 것이기는 하나, 기존 서울 중심의 문학 구조로부터 탈중심화를 지향하는 지역 문화운동이 또 다른 차원에서 민족문학을 풍요롭게 하는 길이라 생각하며 이 일을 시작하였다.

그리고 이를 통해 부산 지역 문학의 활성화와 함께 지역 문화의 질적 제고를 기대함도 우리의 바람 중의 하나다. 이러한 미래적 전망을 토대로 〈오늘의 문예비평〉은 서평, 실제 비평, 이론 비평, 작가론, 작품론, 문학 논쟁, 문단 현안 문제, 외국 문학 이론 등 비평 전 영역에 걸친 새로운 문제 제기를 통해 한국문학이 안고 있는 난제들을 풀어가고자 한다.

이번 창간호에는 90년대 한국문학에 있어서 새로운 과제로 떠오르고 있는 포스트모더니즘 논의를 특집으로 꾸몄다. 포스트모더니즘의 전반적 개관을 소개한 정형철의 글은 포스트모더니즘의 비판적 수용이란 점에서 독자들에게 시사하는 바가 많으리라 보며, 민족문학의 입장에서 포스트모더니즘의 논의를 검토한 황국명의 시각 역시 동일 선상에서 새로운 문제 제기로 의미 매김되리라 본다. 그리고 포스트모더니즘의 현상이 구체적으로 한국문학에서 어떻게 자리하고 있는지를 시와 소설 작품을 통해 살펴본 이상금과 박남훈의 평문은 실제 비평이란 점에서 꼼꼼히 음미해볼 필요가 있으리라고 생각한다. 문단 현안으로 논란이 되었던 소위 '김영현 논쟁'을 가능

한 한 객관적으로 정리한 정해조의 진단은 일반 독자들에게 좋은 안내가
될 것이다.

그리고 90년도 하반기 작품집 중 시, 소설에서 문제작품집을 선별하여
서평 대상으로 삼았다. 앞으로 이 서평란을 좀 더 확대하고 비판적 서평이
되게 함으로써 서평 문화를 새롭게 열어보고자 한다. 서평 문화와 관련하
여 싣게 된 이천효의 「서평의 문화적 기능」은 이런 측면에서 서평 문화의 기
초 작업을 위한 토대가 되는 글이라 생각한다.

또한 신형기의 「해방직후 중간층 작가의 의식전이 양상」은 역사적 전환
기에 처한 작가의 현실 대응 방식이 어떠했는가 하는 역사적 거울로서 그
현재적 의의를 충분히 얻을 수 있는 논문으로 평가된다.

바쁜 가운데서 원고를 주신 모든 필자들에게 고마움을 표하며 이 비평
전문지가 앞으로 문학을 중심으로 모든 예술 영역으로 그 관심을 넓혀갈
것임이 밝혀둔다.

미미한 시작을 부끄러워하기보다는 창대할 미래를 전망하며 첫걸음을
내딛는다.


〈오늘의 비평〉 동인

# 사회평론

## '연대를 위한 전진'과 '전진을 위한 연대'를 향하여

오늘 우리는 매우 엄중한 시대적 도전에 직면해 있음을 자각한다.

현재 진행되고 있는 세계사적 대전환은 사회적 진보를 향한 인류의 원대한 염원을 담고 있다. 그러나 그 길목에는 새로운 유형의 억압과 불평등, 전쟁과 패권주의, 빈곤과 환경 테러 등에서 비롯하는 심각한 위협이 도사리고 있다. 소련 및 동유럽의 개혁은 엄청난 위기와 사회적 혼란을 동반하고 있고, 냉전 체제의 종식으로 기대되었던 평화적 세계 질서는 걸프 전쟁으로 무너지고 말았다. 뿐만 아니라 많은 나라들에서 처절한 민주화 투쟁을 통해 획득한 성과들이 신보수주의적 공세와 독재 세력들의 준동으로 시달림을 받고 있다.

우리나라의 현실도 낙관을 불허한다. 끈질긴 국민적 투쟁에 의해 열린 민주화의 길은 매우 더디고 오히려 역진의 기미마저 보이고 있다. 냉전 체제의 해체는 한반도에서 평화와 통일에의 기대를 부풀게 했으나, 결과적으로 새로운 형태의 체제 경쟁으로 귀결되어가고 있을 따름이다. 평화와 통일

발행일      1991년 5월 1일
발행 주기    월간
발행처      사회평론사
발행인      강만길
편집인      박호성
주간       조희연

을 위한 진지한 노력들은 여전히 봉쇄되고 있다. 더욱 심각한 문제는 이러한 상황을 주체적으로 타개해나가야 할 민족 민주 세력이 통일적인 결집체를 형성하고 있지 못하고 있다는 점이다. 87년 6월항쟁과 7-9월 노동자대투쟁 이후 민족 민주 세력은 계속되는 조직적 노력에도 불구하고 분산적 경향을 극복하지 못하고 있다. 비록 방법의 차이는 완전히 해소될 수 없다 하더라도 이제 누구에게나 분명한 것은 고아범한 민주 세력의 확고한 연대 없이는 이 난관을 극복하기 힘들다는 점이다.

또한 현재의 위기는 사상적 좌표의 동요에서 비롯하는 위기이기도 하다. 소련 및 동유럽의 변혁 운동은 전 세계 진보적 지식인들과 사회운동에 커다란 이념적 충격을 주었고, 이것은 우리나라도 예외일 수 없다. 더욱이 '현존 사회주의'의 붕괴는, 사상 및 학문마저도 냉전적 획일성의 제물로 전락할 수밖에 없었던 우리의 지적 상황이 돌파되기 시작하는 순간에 몰아닥쳤다. 따라서 우리의 사상적 혼란은 증폭될 수밖에 없었다. 그리하여 한편에서는 패배주의와 청산주의가 배태되었고 또 다른 한편에서는 관성적 옹호론이 대두하기도 하였다. 그러나 우리는 그러한 와중에서도 새로운 사상적 좌표를 재구축하고자 하는 전투적인 노력들이 진지하게 시도되고 있음을 확신한다.

이러한 노력들은 숱한 의견의 불일치와 불완전한 인식, 혼란스러운 논쟁들을 불러일으킬 수밖에 없다. 그러나 이러한 어려운 과정을 통해서만 현실을 선취할 수 있는 사상과 이론이 생산될 수 있음도 역시 진실이다.

월간 〈사회평론〉은 바로 이러한 역사적 상황의 산물이다. 우리는 세계사적 대전환기를 사회적 진보의 방향으로 이끌어 나가는 데 실천적으로 동참하고자 한다. 우리의 현실을 민주주의와 조국 통일, 민중적 사회의 대로로 들어서게 하는 데 일익을 담당하길 자원한다. 이러한 역할은 구체적인 현실 문제에 대한 민족 민주 세력의 심화된 인식과 정치적 연대를 확보하는 데 기여하게 될 것이다. 또한 올바른 사상 이론적 좌표를 구축할 수 있는 토론의 장을 제공하고 논쟁과 담화가 생산성과 현실 적합성을 가질 수 있도록 노력할 것이다. 그것만이 이론이 대중에게 가까이 가는 길임을 우리는 확신한다. 우리는 현실에 부합하는 이론화 작업에 매진할 것이고 동시에 부정적 현실의 단순한 폭로가 아니라 그 복잡한 모순 구조를 이론적으로 해명하는 데 진력할 것이다. 말하자면 우리는 현실적 이론과 이론적 현실의 통일을 추구하고자 한다. 지금까지의 월간 매체들은 바로 이러한 현실적 요청에 적절히 부응하지 못하였다고 판단한다. 우리가 군이 이러한 정론지를 광범위한 지식인들의 연대 사업으로 추진하고자 하는 이유도 여기에 있다. '전진을 위한 연대' 또는 '연대를 위한 전진'을 이루는 데 월간 〈사회평론〉이 하나의 디딤돌이 될 수 있다면 그것으로 〈사회평론〉은 자기의 소임을 다하는 셈이다.

그런 의미에서 월간 〈사회평론〉은 자유와 평화, 민주주의와 통일, 사회적 평등과 해방을 성실하게 추구하는 모든 이들에게 열려 있다. 우리는 어떤 진리의 독점권을 강변하거나 우리 사회의 현실과 미래에 대해 기계적인 해답을 제시하는 데 안주하지 않을 것이다. 현실을 과학적으로 분석하고 또 그를 통해 실천적 대안을 모색하고자 고뇌하는 모든 사람들의 적극적인 참여를 통해서만 월간 〈사회평론〉은 자신의 목표에 접근할 수 있다고 믿는다. 우리는 진보성을 폭넓은 비판성으로 이해하는 개방적·전진적 자세로 우리 사회의 민주적 변혁을 갈망하는 모든 이들과 손을 맞잡고자 한다. 월간 〈사회평론〉은 이러한 역사적 소명을 성실히 수행해나갈 것이다.

1991년 4월
창간위원 일동

# 창간 축시 / 사상의 거처

김남주

나는 지금 어디에 있는가
입만 살아서 중구난방인 참새떼에게 물어본다

나는 지금 어디로 가고 있는가
다리만 살아서 갈팡질팡인 책상다리에게 물어본다

천 갈래 만 갈래로 갈라져
난마처럼 어지러운 이 거리에서
나는 무엇이고
마침내 이르러야 할 길은 어디인가

갈 길 몰라 네거리에 서 있는 나를 보고
웬 사내가 인사를 한다
그의 옷차림과 말투와 손등에는 계급의 낙인이 찍혀 있었다
틀림없이 그는 노동자일 터이다

지금 어디로 가고 있어요 선생님은
그의 물음에 나는 건성으로 대답한다 마땅히 갈 곳이 없습니다
그러자 그는 집회에 가는 길이라며 함께 가자 한다
나는 그 집회가 어떤 집회냐고 묻지 않았다 그냥 따라갔다

집회장은 밤의 노천극장이었다

삼월의 끝인데도 눈보라가 쳤고
하얗게 야산을 뒤덮었다 그러나 그곳에는
추위를 이기는 뜨거운 가슴과 입김이 있었고
어둠을 밝히는 수만 개의 눈빛이 반짝이고 있었고
한 입으로 터지는 아우성과 함께
일제히 치켜든 수천 수만 개의 주먹이 있었다

나는 알았다 그날 밤 눈보라 속에서
수천 수만의 팔과 다리 입술과 눈동자가
살아 숨쉬고 살아 꿈틀거리며 빛나는
존재의 거대한 율동 속에서 나는 알았다
사상의 거처는
한두 놈이 얼굴 빛내며 밝히는 상아탑의 서재가 아니라는 것을
한두 놈이 머리 자랑하며 먹물로 그리는 현학의 미로가 아니라는 것을
그곳은 노동의 대지이고 거리와 광장의 인파 속이고
지상의 별처럼 빛나는 반딧불의 풀밭이라는 것을
사상의 닻은 그 뿌리를 민중의 바다에 내려야
파도에 아니 흔들리고 사상의 나무는 그 가지를
노동의 팔에 감아야 힘차게 뻗어나간다는 것을
그리고 잡화상들이 판을 치는 자본의 시장에서
사상은 그 저울이 계급의 눈금을 가져야 적과
동지를 속아넘어 가지 않고 식별한다는 것을.

# 녹색평론

## 생명의 문화를 위하여

우리에게 희망이 있는가?

지금부터 이십 년이나 삼십 년쯤 후에 이 세상에 살아남아 있기를 바라는 사람이 과연 몇이나 될 것인가?

범람하는 인쇄물 공해의 시대에 또 하나의 공해를 추가하는 것에 불과할지도 모를 이 조그마한 잡지를 시작하면서 우리의 마음은 참으로 무겁다. 거의 파국을 향하여 질주하고 있는 산업 문명의 이 압도적인 추세 속에서 우리의 보잘것없는 작업이 무슨 의미가 있을지, 게다가 이 작업이 불가피하게 삼림 파손에 이바지한다는 사실을 생각할 때 우리의 마음은 실로 착잡하다고 할 수밖에 없다. 우리가 시도하려는 작업이 어떤 의미가 있든지 간에 이것이 생태계의 훼손을 조금이라도 수반하는 것이라면, 이 작업이 정당화될 수는 없을 것이다.

그러나 많은 망설임 끝에 결국 이 잡지를 내기로 결정한 것은 그것이 크게 가치 있거나 많은 사람들의 필요에 부응할 수 있으리라는 자기도취적인 낙관이 있어서가 아니다. 점점 가속적으로 악화 일로를 걷고 있는 환경문제

발행일    1991년 11월 25일
발행 주기  격월간
발행처    녹색평론사
발행인    김종철
편집인    김종철

를 보면서, 그리고 그러면 그럴수록 인간을 포함한 수많은 생명체들이 지구상에서 지속적으로 생존할 수 있는 가능성이 대단히 불투명해지는 현실에 직면하여, 우리는 우리 자신은 그렇다 치고 우리의 아이들은 어떻게 될지, 그 아이들이 성장하여 사랑을 하고 이번에는 자기 아이들을 가질 차례가 되었을 때 그들의 심중에 망설임이 없을까, 하는 좀 더 절박한 심정에 시달리지 않을 수 없다. 이것은 아마 조금이라도 생각이 있고 책임감이 있는 사람이라면 회피하기 어려운 당면 현실일 것이다. 우리가 〈녹색평론〉을 구상한 것은 지극히 미약한 정도로나마 우리 자신의 책임감을 표현하고, 거의 비슷한 심정을 느끼고 있는 결코 적지 않을 동시대인들과의 정신적 교류를 희망하면서, 민감한 마음을 지닌 영혼들과 이 어려운 상황을 극복해나가기 위한 이야기를 나누어보고 싶은 욕망 때문이었다.

우리는 우리가 느끼는 절박한 심정이 지금 많은 사람들에 의해 공유되고 있다고는 생각하지 않는다. 그렇지만 그러한 심정이 단지 지나치게 예민한 사람의 예외적인 판단에 기인한다고도 생각하지 않는다. 그다지 상상력이 풍부하지 않은 마음으로도 지금 상황은 인류사에서 유례가 없는 전면적인 위기, 정치나 경제의 위기일 뿐만 아니라 무엇보다 문화적 위기, 즉 도덕적·철학적 위기라는 것을 막연하게나마 느끼지 않을 수 없을 것이다. 우리들의 대부분은 오늘날 우리의 삶이 일종의 묵시록적인 상황에 임박해 있다는 사실에 직면하는 것이 두렵기 때문에 애써 이것을 부인하거나 외면하면서 살아가고 있지만, 스스로 일상적으로 겪고 있는 안팎의 모든 체험에 비추어 다소간 정도의 차이는 있을지 몰라도 우리 각자는 저마다 내심 깊은 공포를 느끼고 있음이 분명하다. 그렇기 때문에, 지금 환경문제를 둘러싸고 벌어지고 있는 지배적인 논의 방식에서 보는 것처럼 이것을 단순한 외부적 재난이 아니라 삶에 대한 우리 자신의 기본 가정 자체의 결함으로 인식하는 데 무능력을 드러내는지도 모른다. 근원적인 공포가 사태의 정당한 인식을 가로막고 있는 것이다. 그래서 무엇인가 본질적인 결핍을 느끼면서도 환경 재난에 대한 기술주의적 접근 방법만이 활개를 치고, 또 그러한 현실에 대체로 묵종해버리는 것인지도 모른다.

하여튼 환경 재난이 제기하는 보다 근원적인 물음으로부터 자꾸만 도피한다면, 모처럼 이 위기가 인간의 자기 쇄신이나 성숙을 위하여 제공하는 진정한 도전에 성실하게 응답하지 못하는 결과가 될 것은 틀림없어 보인다. 오늘날 우리가 경험하고 있는 전대미문의 이 생태학적 재난은 결국 인간이 진보와 발전의 이름 밑에서 이룩해온 이른바 문명, 그중에서도 특히 서구적 산업 문명에 내재한 논리의 필연적인 결과로서의 사회적·인간적·자연적 위기라는 사실을 명확히 인식하는 것이 무엇보다 중요하다. 다시 말해서, 이것은 사람이 이 세상에 산다는 것은 무엇인가, 이 지구 상에서 사람이 삶을 영위하는 올바른 방식은 과연 무엇이어야 하는가를 근본적으로 성찰할 것을 요구하는 진실로 심오한 철학적·종교적 문제에 직결되어 있다고 할 수 있다.

지난 백여 년 간 서양 문화로부터의 충격 속에서 거의 제정신을 차리지 못하고 근대화 콤플렉스에 깊숙이 젖어온 민족의 입장에서, 하나의 인간 공동체로서 번영을 누릴 뿐만 아니라 단순히 살아남기 위해서도 모든 사람의 에너지를 경제 성장과 산업화에 쏟아부어야 하는 것이 당연하다고 생각했고, 그 결과 어느 정도는 물질적 성공과 서구적 생활 방식의 모방의 가능성이 주어지는 것으로 기대되는 바로 그 시점에서, 다름 아닌 그러한 성공의 대가로 인간 생존의 터전 자체의 붕괴를 경험해야 한다는 것은 한국 사람들로서는 참으로 받아들이기 어려운 고통일 것임이 분명하다. 이 시점에서 대다수가 문제의 본질을 제대로 못 보고, 적당히 짜깁기함으로써 위기를 벗어날 수 있으리라고 생각하는 것도 따지고 보면, 오랜 기간 의심할 나위 없이 믿어왔던 삶의 목표와 우선순위에 대한 관점을 근본적으로 변경할 만한 심리적 준비가 되어 있지 않기 때문일 것이다. 그러나 아무리 환상을 갖고 싶어도, 이대로 간다면 머지않아 생존의 자연적 토대가 완전히 허물어지고 만다는 냉정한 사실이 달라지는 것은 아니다. 지금 온갖 곳에서 매 순간 끊임없이 불거져 나오는 환경 재난과 생명 훼손의 사례들은 이 추세에 강력한 제동이 걸리지 않으면 우리 자신이나 다음 세대들의 이 지상에서의 생존이 사실상 불가능하게 될 것임을 예고하는 불길한 징후들이다. 물론 오랜 옛날부터 예언자들은 흔히 세상의 종말을 이야기해왔다. 그러나 그러한 예언은 무엇보다 종교적 열정에 근거를 둔 것임에 반해서 오늘의 묵시록적 전망은 다분히 과학적 증거에 의해 뒷받침되고 있는 것이다. 오늘날 과학자들 간에는 토양 오염이나 온실효과나 오존층 고갈이나 세계의 사막화에도 불구하고 인류가 살아남을 수 있는 가능한 방법에 대한 기술적 탐색에 골몰하고 있는 사람들도 적지 않지만, 인간 자신이 생물학적 존재 조건을 변경시킬 수 없는 한, 어떠한 기술적 재간으로도 생물체로서의 생존 조건을 파괴하면서 살아남는다는 것은 있을 수 없는 일이다. 그리고 그렇게 살아남는다 한들 그것이 무슨 의미가 있겠는가? 맑은 공기도, 푸른 하늘도, 숲도, 강물도 없는 세상에서 사람은 살고 싶은 욕망을 느낄 수 있는가?

과학기술이 모든 어려운 문제를 해결해주리라는 어리석은 믿음이 지배하고 있다는 점도 오늘이 크나큰 비극을 가중시키는 주요한 원인이라고 할 수 있다. 과학도 기술공학도 결코 만능이 아닐뿐더러 오히려 사태의 악화에 훨씬 더 많이 기여해왔다는 것을 알기 위하여 우리 각자가 전문적인 지식을 갖추어야 할 필요는 없을 것이다. 오늘날 많은 사람들이 과학에 대해 품고 있는 맹목적인 숭배나 신뢰는 과학은 거짓이 없고 실패가 없다는 전연 근거 없는 미신에 기초하고 있는데, 이런 터무니없는 미신이 널리 유포된 데에는 이 시대에 만연하고 있는 비역사적 사고가 크게 기여한 것으로 보인다. 과학사의 관점에서 볼 때, 과학의 진리에 대한 관계는 언제나 잠정적이고 모색적인 것이었지 결코 항구적인 절대성을 갖는 것은 아니었다. 진정하게 과학적인 태도는 그러니까 늘 열려 있는 겸손한 태도일 수밖에 없으며, 자신의 현재 능력이나 인식 방법으로써 포착할 수 없는 경험이라고 하여 그것을 무시하거나 비과학적이라고 매도하거나 적대적인 태도를 보인다는 것은 참다운 과학 정신과 인연이 먼 태도라 해야 옳다.

오늘날 과학기술의 힘이 막강하고, 부분적으로나마 과학기술 수준이 찬탄스러운 것이라 해도, 과학은 여전히 우리의 삶의 바탕과 이 세상과 우주의 근원적인 진리를 해명하는 데에는 너무나 미약하고 부적절한 수단밖에 가지고 있지 않다는 사실에 우리는 주목해야 한다. 하물며, 기계론적 우주관과 선형적 진보 사관에 의지하여 전개되어온 지난 수 세기의 근대 과학기술의 성과는 이제 인류의 파멸까지도 배제하지 않는 지구 생태계의 대재난을 초래하는 데 결정적인 기여를 해온 것이 아닌가? 삶의 태반을 망가뜨리면서 그것을 진보와 발전이라고 믿어온 것은 실로 우매의 극치라 할 만하고, 완전한 미치광이 짓이라고 할 수밖에 없다. 과학과 기술에 대한 인간의 본질적 관계, 그리고 근대과학의 근본 가정에 깔려 있는 폭력성에 대한 뿌리로부터의 철저한 반성 없이, 계속하여 더 많은 과학과 더 정교한 기술만을 구한다면 파멸은 불가피할 것이다.

그러면 어떻게 해야 하는가? 무엇보다 우리는 지금 닥친 위기가 민족 단위로서는 말할 것도 없고, 인류사 전체의 경험으로서도 미증유의 것이라는 것을 생각해야 하고, 그러니만큼 여기에 관한 한 어디에서 빌려올 수 있는 손쉬운 처방이 없다는 사실에 유의해야 한다.

그리고 무엇보다도 이런 유례없는 위기는 본질적으로 우리의 삶의 현상적 측면에 대한 이러저러한 부분적·임시적·외면적 수습책으로는 절대로 극복될 수 없다는 사실을 우리는 똑바로 보지 않으면 안 된다. 오늘날 우리의 생활공간에 빚어지고 있는 공해, 오염, 자연 파괴의 문제는 우리의 일반적인 사회관계가 견디기 어려울 만큼의 적의와 긴장에 차 있을뿐더러 우리의 사회 상황이 극심한 부패와 윤리적 타락으로 고통당하고 우리 각자의 내면이 날로 피폐해져가고 있는 현상에 정확히 대응한다고 할 수 있다. 자연과 인간 사이의 관계는 그러니까 결국 사람과 사람 사이, 그리고 개인의 자기 자신에 대한 관계의 문제와 근본적으로 일치하는 문제라 할 수 있고, 그렇기 때문에 이것을 정치 경제의 문제이자 동시에 철학과 도덕과 종교의 문제로 보아야 하는 것이다.

사람 사이의 불평등한 관계를 예의 주목하고 그것을 혁파하는 일에 주력해온 전통적으로 진보적인 사회사상은 그것이 사람에 의한 사람의 지배, 착취를 반대해왔다는 점에서 존경받아 마땅한 사상이라 할 수 있지만, 그러나 그것이 어디까지나 인간 중심의 관점에 머무르고 있는 한, 특히 자연 세계와의 조화가 중심 문제로 된 오늘날 그것은 크게 미흡한 사상이라고 하지 않을 수 없다. 이것은 무엇보다 역사가 증명하고 있다. 때때로 인간과 자연의 동시적인 해방에 관한 언급이 없었던 것은 아니지만, 맑스주의는 일반적으로 인간의 삶을 생산과 소비의 측면에 제한하여 본다는 점에서는 부르주아 철학과 궤를 같이해왔다고 할 수 있다. 인간의 역사를 수렵 채취의 생활양식으로부터 산업적 생활 방식에 이르는 직선적인 진화의 흐름으로 파악한다는 관점은 이 지구 상에서 오랜 세월에 걸쳐 이어져온 인류 생활의 최신의 전개가 반드시 바람직한 생활 형태를 기록하는 것은 아니라는 사실로 해서 받아들이기 어려운 관점이다. 생산과 소비의 양적 증가는 도리어 인간 생활을 비참하게 만들어버린다는 비극적인 경험을 겸허하게 받아들이지 않으면 안 되는 상황이 바로 오늘의 현실인 것이다.

전통적으로 산업화의 이데올로기로 봉사해왔다고 할 수 있는 맑스주의에서 인간 속에 뿌리 깊이 내재한 정신적·종교적 욕구가 흔히 등한시되어온 것은 당연한 일인지 모른다. 영국의 작가 로렌스는 볼셰비키 혁명 후 러시아의 민중이 빵을 고르게 먹는 것은 가능해졌으나 그 빵이 맛이 없어졌다고 말함으로써 인간 영혼의 근원적 요구를 외면하는 사상이나 사회운동에 대한 그 자신의 불신을 표명한 바 있지만, 사람이 이 세상에서 사람답게 살 수 있게 하는 불가결한 차원의 하나가 초월에 대한 욕구라는 것은 아무래도 부인하기 어려운 것으로 보인다.

사람의 초월에 대한 욕망은 인간성에 깊이 내재하고 있는 충동인지도 모른다. 이것은 자연이나 우주적 연관에서 자신의 삶을 돌이켜봄으로써 획득되는 정신적 체험을 통해 비로소 충족될 수 있는 것이다. 아리스토텔레스가 그의 윤리학에서 삶의 최고 형태를 명상하는 삶에서 찾았을 때, 이것은 일반적으로 고대인들이 품고 있었던 조화와 균형과 통일의 세계관을 요약하는 것이었다고 할 수 있다. 고대 문화에서 흔히 그러했듯이, 사람의 명상할 수 있는 능력은 개인이 자기보다 더 큰 전체, 공동체나 자연이나 우주적 전체 속의 작은 일부로서 스스로의 존재를 느끼고 사색할 줄 아는 습관 속에서 길러지는 것일 것이다. 인간은 좁고, 미약하고, 일시적인 자기의 개인적인 삶의 테두리를 늘 보다 큰 지평 속에 관계시킴으로써 영속적인 거대한 우주적 생명 활동에 스스로를 참여시킬 수 있었던 것이다. 이것이야말로 진정한 의미에서, 고대사회에서나 토착 전통 사회에서나 혹은 이른바 미개 사회에서 대부분의 사람들이 인생의 의미와 가치를 실현하는 방식이었다. 현대 산업사회의 핵심적인 비극은 이러한 의미에서의 인생의 의미를 완전히 몰각해왔다는 점에 있다. 따지고 보면, 인류의 오랜 역사에서 삶의 우주적 연관이나 자연적 근거를 완전히 망각한 문화라는 것은 거의 낯선 것이었다고 할 수 있고, 사람의 에너지를 온통 소득과 소비의 경쟁 속에 쏟아붓도록 강요하는 오늘의 지배적인 산업 문화는 인류사에서 극히 예외적인 생존 방식이라고 할 수 있다.

오늘날 생태학적 위기로 요약되는 이 어처구니없기도 하고 끔찍스럽기도 한 사태를 극복하기 위해서 무엇보다 필요한 것은 결국 우리들 각자가 자기 개인보다 더 큰 존재를 습관적으로 의식할 수 있게 하는 문화를 회복하는 일일 것이다. 우리가 생명의 문화라고 부를 수 있는 그러한 문화의 재건은 우리 각자의 인간적인 자기 쇄신 없이는 이루어질 수 없음이 분명하다.

따지고 보면, 현대 기술 문명의 기저에는 정복적 인간의 교만심이 완강하게 버티어 있다고 할 수 있다. 그렇기 때문에, 자연의 도를 따르는 순리의 생활을 우습게 여기면서, 모든 것을 자기 자신의 통제와 조종 속에 종속시키려고 하는 야만적인 폭력이 끝없이 창궐하고, 우리가 사는 세상이 자연적 환경이든 인문적 환경이든 나날이 지옥으로 변해가고 있는 것이 아닌가? 우리와 우리의 자식들이 살아남고, 살아남을 뿐 아니라 진실로 사람다운 삶을 누릴 수 있기 위해서 우리가 할 수 있는 것은 협동적인 공동체를 만들고, 상부상조의 사회관계를 회복하고, 하늘과 땅의 이치에 따르는 농업 중심의 경제생활을 창조적으로 복구하는 것과 같은 생태학적으로 건강한 생활을 조직하는 일밖에 다른 선택이 없다. 그러나 그러한 사회생활의 창조적 재조직이 가능하려면, 자기 자신을 내세우지 않는 겸손함을 실천할 수 있어야 하고, 그러한 겸손에서 기쁨을 느낄 수 있는 정신적 자질을 갖추지 않으면 안 될 것으로 보인다.

# 과학사상

## 정신과 물질 그리고 윤리

이성범(본지 발행인)

현대는 과학 문명의 시대임이 분명하건만 우리나라가 과학기술의 후진국을 면치 못하고 있는 형편인 것도 또한 분명하다. 과학기술의 역사적 전통이 짧고 빈약한 데다가 구미 제국이나 일본 등에 비하여 우리 과학교육의 양적 질적 수준이 낮고 연구 시설 및 이들에 대한 사회적 지원도 미미하다. 그러나 최근 과학기술에 대한 사회적 관심이 높아져가고 있고 앞으로도 더욱 높아질 것으로 기대된다. 따라서 우리의 과학기술 수준도 머지않아 획기적인 발전을 이룰 것으로 보인다.

그러나 모든 과학기술의 발전이 무차별하게 인간과 사회에 선(善)하고 유익한 것은 아니다. 근년에 과학기술을 비난하는 소리가 일부에서 들려오는 이유도 여기에 있다. 과학기술이 비난을 받는 주된 이유는 그것이 대량 살상 무기 생산의 주범 노릇을 해왔고 생태계 파괴 또는 환경오염과 연관되어 왔다는 데 있다. 일부에서는 과학기술 자체에는 도덕적 책임을 물을 수 없다고 변명하기도 한다. 즉 과학기술이 원자폭탄을 위시한 대량 살상의 무기

| | |
|---|---|
| 발행일 | 1992년 3월 25일 |
| 발행 주기 | 계간 |
| 발행처 | (주)범양사 |
| 발행인 | 이성범 |
| 편집인 | 김용준 |
| 편집위원 | 김용준, 소광섭, 신중섭, 이태수, 장회익 |

를 생산하는 데 이용되어온 것은 사실이지만 그것은 전쟁 당사국 또는 전쟁을 준비하는 국가의 주권자들의 의사에 따른 것이며, 생태계 파괴 또는 환경오염에도 과학기술이 개입되어 있는 것도 부인할 수 없는 사실이지만 그것은 각국의 산업 발달 과정에서 불가피하게 수반된 현상이라는 것이다.

근세 과학은 그 시발부터 과학적 진리의 객관성을 유지하기 위하여 가치 문제를 포함한 일체의 주관적인 요소는 진리 탐구의 과정에서 배제해왔다. 그 결과 과학은 가치중립이 되지 않을 수 없었으며 과학기술의 결과에 대하여 도덕적 책임을 과학자에게 물을 수 없다는 주장이 나오기도 했다. 즉 과학에 객관세계의 사실에 대해서는 물을 수 있어도 주관적인 판단인 당위의 문제에 대해서는 물을 수 없다는 주장이다. 그러나 과학기술의 힘이 막강해지고 그 문제점이 더욱 심각해짐에 따라 이러한 주장에 대한 반론도 많이 일어나고 있다.

갈릴레이와 뉴턴 이후 서구에서는 과학이 폭발적으로 발전하였고 이를 계기로 계몽주의 사상이 풍미하였다. 계몽주의 사상은 전 인류의 희망을 과학에 걸었다. 계몽주의 사상가들은, 과학기술은 인류에게 무한한 부를 가져다줄 것이며 과학의 합리적인 사고는 인류 사회를 이상적인 것으로 만들어 인류가 무한한 행복을 누릴 수 있을 것이라고 굳게 믿었다. 그러나 과학기술이 고도로 발달된 20세기에 들어와서 인류의 상황은 어떠했는가? 20세기 전반에는 두 차례의 세계대전으로 인하여 인류는 역사상 유례가 없는 참상을 맞았고, 20세기 후반에는 생태계 파괴에 의하여 무수한 생물의 종이 급속히 멸종되어가고 있으며, 이제는 지구촌의 위기와 인류의 생존을 우려하는 소리마저 들려오고 있다.

이러한 상황에서 이제 인간과 자연의 선善을 위한 과학기술의 역할을 깊이 성찰하고 과학기술을 선택적으로 발전시켜야 한다는 주장이 강하게 일어나고 있다.

근세 과학 발전의 견인차 역할을 해온 물리학은 20세기에 들어와서 상대성이론과 양자론의 대두로 그 세계관에 큰 변혁을 겪고 있다. 뉴턴 이래의 기계론적 세계관은 현대물리학에서는 유기체적 세계관으로 바뀌어가는 것처럼 보이고 있다. 뉴턴은 우주의 구조를 기계와 같은 것으로 보고 모든 구조를 최소 단위의 부분으로 분해하여 부분 간의 확실한 인과관계에서 구조의 작동 원리를 도출하는 방법을 취했다. 이것은 환원주의적 진리 탐구의 방법으로 정립되어 과학적 방법의 모델이 되었다. 그러나 새로운 유기체적 우주관에서는 진리 탐구의 방법으로서 환원주의적 방법 이외에 전일적 (holistic) 접근이 불가결하다고 본다.

유기체적 우주관이란 우주는 생명체와 같이 역동적인 것으로서 모든 부분과 전체가 부단히 정보를 교환하고 상호작용하면서 변해간다는 견해다. 이러한 견해는 전체 구조에는 부분으로 환원될 수 없는 특성이 있다고 본다. 다시 말하면 전체에는 부분의 총화 이상의 무엇이 있으므로 자연은 환원주의적 방법으로 충분히 설명될 수 없다는 것이다. 따라서 자연의 본질을 이해하기 위해서는 전일적 접근으로 종합적 지식을 탐구해야 한다는 것이다. 이러한 전일적 방법은 신경과학 분야에서 주목할 만한 성과를 거두고 있으며, 뇌와 정신의 관계에 대하여 통합적인 해석을 가능케 하고 있다. 정신과 물질의 본질에 대한 견해가 대립해온 역사는 길다. 유물론자들은 물질만이 우주 안의 객관적 실체이며 정신이란 실체가 없는 공허한 주관적 현상이라고 주장하고, 유심론자들은 객관적 실체를 인식하고 경험하는 것은 우리의 주관적 마음이며 마음을 떠나서 실체가 따로 존재하는 것이 아니므로 마음이 진정한 실체라고 주장한다.

20세기에 미국의 심리학계를 풍미했던 행동주의(behaviorism) 심리학은 유물론적이고 환원주의적인 견지에서 인간의 의식(정신)은 신경망의 활동에 부수해서 일어나는 환상으로 보았으며, 인간 행동은 인과율에 의하여 결정되는 것이므로 의지의 자유도 있을 수 없다고 보았다. 그러나 이 행동주의 심리학은 1960년대 중반에 이르러 로저 스페리(1981년 노벨의학상

수상)의 정신주의(mentalism)의 반격을 받게 되었으며, 그 후로도 존 에클스(1963년 노벨의학상 수상) 등 여러 신경 생물학자와 심리학자 및 철학자들이 동조하여 행동주의 심리학은 퇴조하게 되었다. 스페리의 정신주의는 인간의 의식을 뇌 활동의 부수 현상으로 보지 않고 오히려 의식이 뇌의 상위에 앉아서 신경망으로부터 입력되는 무수한 정보를 통합하여 가치판단을 내려서 행동 명령을 하위의 신경망에 내린다는 것이다. 의식(정신)은 신경망을 복잡한 컴퓨터의 하드웨어처럼 이용하지만 신경망의 사령탑인 뇌에서 행동 명령을 내리는 것은 의식이며 그리하여 정신은 물질계(신경망)에 인과적으로 작용하는 것이다. 그래서 "정신은 의식을 움직이지 못한다"라는 말은 옛말이 되었고 이제 정신은 물질계에 객관적으로 인과 작용하는 것으로서 과학계의 인정을 받게 되었다.

그러나 이것은 하위의 신경망이 상위의 의식에 인과 작용하는 것을 부인한다는 뜻은 아니다. 스페리는 의식(정신)이 물질에 작용하는 인과관계를 하향 작용(downward causation)이라 하고 물질이 정신에 작용하는 인과관계를 상향 작용(upward causation)이라고 불렀다. 이 양면성은 아서 케스틀러가 제안한 홀론(holon) 이론으로도 설명될 수 있을 것이다. 생물체는 여러 수준의 위계질서 구조로 되어 있으며, 각 수준에는 '야누스' 신처럼 두 얼굴을 가진 홀론이 있다. 각 홀론은 상위의 홀론에 대해서는 부분이고 하위의 홀론에 대해서는 전체이며 언제나 상하로 작용한다. 전체로서의 상위 홀론은 어느 정도의 자율권을 가지고 하위의 홀론을 통제하지만 그 자체는 그보다 더 상위의 홀론의 통제를 받는다. 이것은 유기체의 위계질서에 있어서의 부분과 전체의 관계 모델로서 케스틀러가 제시한 것이다. 이 새로운 모델은 물질적 법칙으로는 설명될 수 없는 것이지만 모든 유기체에 적용될 수 있는 일반 시스템 이론(general systems theory)의 응용이라고 케스틀러는 말한다.

스페리는 뇌과학에서 전일적 접근으로 정신과 물질의 상호 관계를 종합적으로 파악한 획기적인 이론을 수립한 것으로 보이며, 그는 이것을 의식의 혁명이라고 부른다. 그리하여 행동주의 심리학에서 거의 실종되었던 인간의 정신이 뇌과학의 도움으로 본연의 자리에 돌아온 것이다. 의식이 뇌의 사령탑에서 가치판단을 내릴 때는 여러 가지 가능성 중에서 선택해야 하며, 그 선택은 정신의 자유를 바탕으로 이루어질 것이다. 행동주의 심리학에서 인간은 목적도 의미도 없는 물질로 환원되어 자동 장치로 움직이는 로봇으로 보였던 것이 이제는 자유의지를 가진 정신의 소유자이며 스스로의 가치판단에 도덕적 책임을 질 수 있는 인격자로 등장하게 된 것이다. 이러한 인격인의 출현은 유구한 생물 진화의 결과라고 스페리는 말한다.(파충류 이하의 진화의 단계에서는 진정한 의식이 나타나지 않는다고 한다.)

과학은 이제 종래의 가치중립의 입장을 버리고 가치와 도덕의 우선순위 문제를 다룰 수 있게 되었다고 스페리는 주장한다. 이러한 주장은 가치의 혼란과 도덕의 쇠퇴로 위기를 맞이하고 있는 현대사회에 새로운 희망을 준다. 서구 문명은 동양 사상의 조심스러운 수혈을 받아야 할 것이라고 말한 사람은 파동역학의 창설자 에르빈 슈뢰딩거였다고 기억된다. 그 조심스런 수혈이란 서양의 합리성의 과학과 동양의 인간학을 지혜롭게 융합시키자는 것으로 해석하고 싶다.

인간학의 가치와 도덕은 윤리 체계에 의해서 결정될 것이며, 윤리 체계는 무엇을 최고선最高善으로 보는가에 근원을 둘 것이지만 그것은 문화권에 따라서 다를 수 있을 것이다. 동양의 고대 사상의 주류에서는 인간 내지 자연을 근본적으로 선한 것으로 보았다. 유교에서는 천지 사이에 생육生育의 신비로운 의지가 충만한 것으로 보았으며, 그것은 극히 선한 것이므로 인간은 천지와 더불어 만물의 화육에 동참하는 것을 지선至善으로 여겼다. 그 생육의 선한 의지를 '仁'이라는 문자로 표현하여 오륜의 기반으로 삼아서 광범위한 도덕 체계를 세울 수 있었다. 불교에서는 만물이 독립된 실체들이 아니라 상호 연관 속에서 유전하는 것이지만 그 모든 것들에는 불성佛性이 있으므로 이것을 깨달아서 자비가 초목에게까지 미치도록 실천하는 것이 보살의 길이라고 가르친다.

　무엇을 최고의 선으로 삼느냐는 일률적으로 말할 수 없으며 가치 체계의 문제는 복잡한 것으로 보이지만 어떠한 윤리 체계에서도 생명의 성장에 장애가 되거나 진화에 역행하는 행동은 반윤리적인 것이 될 것이다. 이러한 윤리관의 원칙이 확립된다면 현대사회를 혼란케 하는 복잡한 가치의 문제를 단순화시킬 것으로 보인다.

　이상을 요약하면, 우리는 과학기술을 꾸준히 발전시키는 데 전력을 다하되, 그것이 인간과 사회의 선을 위하여 사용될 수 있는 선택적인 것이어야 한다. 또한 물질과학이 오랫동안 유물주의 사상을 부추겨왔다면 이제 과학은 정신과 물질을 통합한 인간 윤리를 수립하는 데 적극 참여해서, 더 이상의 생태계 파괴를 막고 나아가 현대사회의 병리 현상인 정신의 가치와 물질 가치의 불균형을 바로잡아서 물심의 조화를 달성할 수 있는 건강한 사회를 이룩하는 데 기여해야 할 것이다. 현재와 같은 우리 사회의 변동기에 과학의 전진과 사회의 건전한 발전에 도움이 될 수 있는 슬기로운 생각들이 〈과학사상〉을 통하여 활기 있게 논의되기를 바라면서 사회 각계의 적극적인 참여와 지도를 기원한다.

# 문화과학

## 〈문화과학〉을 창간하며

역사의 한 순환이 끝나고 새로운 순환이 시작하고 있다. 인류 진보의 대안을 제시하던 현실사회주의가 몰락하고 세계는 자본주의 단일 체제로 전환하고 있다. 이제 지배 세력인 자본은 전 지구적으로 별 저항도 받지 않고 그 지배를 강화할 수 있게 되었다. 전 세계 진보 세력은 심대한 위기에 처해 있으며 우리라고 해서 예외가 아니다. 국내 진보 진영은 이론과 실천 양 측면에서 침체의 늪에 빠져 일부는 '청산'의 길을 가기도 한다. 그러나 역사는 끝나지 않았다. 위기 속에서도 새로운 모색과 창조를 위해 고통을 감내하는 민중이 있기 때문이다. 자본의 전 지구적 지배로 인류 운명이 더 큰 위기에 빠진 지금이야말로 역사의 또 다른 순환을 위한 새로운 기획을 세울 때다. 우리는 〈문화과학〉으로써 이 기획에 동참하고자 한다.

우리가 '문화과학'의 이름으로 진보의 기획에 동참하는 것은 문화가 전에 없이 중요한 계급투쟁의 장으로 전환하고 있다는 판단 때문이다. 현 단계 지배 세력은 독점자본주의 체제의 구축으로 사회의 전 영역을 장악하면서

| | |
|---|---|
| 발행일 | 1992년 6월 20일 |
| 발행 주기 | 계간 |
| 발행처 | 문화과학사 |
| 발행인 | 강내희 |
| 편집인 | 강내희 |
| 편집위원 | 박거용, 심광현, 이득재, 이성욱, 조만영 |
| 편집자문위원 | 김정환, 김진균, 도정일, 반성완, 최종욱 |

자신의 지배 구조를 재생산하고 있고 진보 진영은 그 지배 구조를 변혁하고 자 한다. 오늘날 문화가 이 재생산과 변혁에 대해 가지는 역할은 아주 크다. 문화는 재생산에 지대한 기능을 하는 이데올로기 작동의 중심 영역이면서 또한 변혁의 꿈이 마련되는 곳이기 때문이다. 따라서 문화에 대해 과학적 인 인식을 확보하는 것은 현 단계 지배에 대한 정확한 대응의 하나이며 지 배 구조의 변혁을 위한 한 단초를 여는 일이다. 우리 〈문화과학〉은 문화에 대한 과학적 인식 확보를 통해 변혁에 기여할 것을 창간 취지로 삼는다.

우리가 〈문화과학〉의 성격을 문화이론 전문지로 잡은 것도 이 때문이다. 문화를 과학적으로 인식하기 위해서는 과학적 문화이론의 수립은 필수다. 하지만 현재 과학적 문화이론은 그 정초조차 마련되어 있지 않다. 현 단계 문화이론은 관념론으로 크게 물들어 있고 과학적 문화이론 구성을 위해 필요한 기본 개념들조차 아직 확보하지 못한 상태다. 관념론으로 가동되는 부르주아 문화이론이 진보적 문화이론 진영 일부에 침투하는 일도 그래서 드문 일은 아니다. 과학적 문화이론을 수립하려면 문화이론에 침투한 관념 론을 극복하는 것이 꼭 필요하다. 우리는 이 극복이 결코 만만치 않은 작업 이라는 것을 잘 알고 있지만 절대 포기해서도 안 될 과제임을 명심하고 있 다. 이 과제를 수행하기 위해서는 유물론적 문화이론의 정초를 놓아야 한 다. 관념론적 문화이론을 극복하는 길은 오로지 유물론의 터전에서만 가 능하기 때문이다. 우리는 관념론적 부르주아 문화이론을 비판하기도 하겠 지만 그것의 극복을 위해 더 큰 노력을 기울이고자 하며 따라서 유물론에 바탕을 둔 과학적 문화이론을 구성하고자 한다.

우리는 과학적 문화이론의 구성으로 진보적 문화이론의 모색, 나아가 그 실천에 기여하고자 한다. 진보적 문화 세력은 관념론에서 완전히 벗어나 있 다고 할 만큼 과학적 문화이론을 탄탄히 세우고 있지 못하며 그 전략적 시 야도 아직은 충분히 넓다고 할 수 없다. 예컨대 문화운동권에서 문화를 문 예 중심으로 사고하는 경향이 있는 것도 이런 사정을 반영한다. 물론 문화

운동권은 '현실주의' 이름으로 부르주아 문화이론의 관념론적 경향을 극복하려는 노력을 끊임없이 해온 것이 사실이다. 그러나 이런 노력이 문예론에 국한되어 전개됨으로써 문화운동이 문예운동에만 초점이 맞춰져 전체 문화 판도에 제대로 대응하지 못한 면도 없지 않다. 우리는 과학적 문화이론의 수립을 통해 문예론의 한계를 극복하고 문화론의 총체적인 전망을 확보하여 문화운동 전략을 제대로 수립하는 데 보탬이 되고자 한다. 물론 이것은 현 단계 진보적 문예론이 지향하는 현실주의론이 오류 그 자체라는 말은 아니다. 그러나 우리는 현실주의적 시각은 우리에게 소중한 자산이되 이제 현실주의 문화론의 단계로 나아가야 한다고 믿는다.

우리는 우리의 작업이 기본적으로 이론적 실천에 속하므로 현실 세계에서 일어나는 다양한 문화적 실천의 단순한 일부일 수 없다고 믿는다. 따라서 이론적 실천으로서 〈문화과학〉의 작업은 문화적 실천으로 대체될 수는 없다. 하지만 이론적 실천이 전체 사회적 실천의 한 부분인 한 그것은 문화적 실천을 포함한 모든 사회적 실천과 융합하는 것을 목표로 삼는다. 그 점에서 〈문화과학〉은 변혁의 꿈을 품고 출발한다. 우리는 자본주의 체제가 만들어내는 억압적 문화현실을 더 나은, 살맛나는 것으로 바꾸기 위한 전략을 모색하고자 한다. 이를 위해서는 자본주의 문화현실에 대한 비판적 분석을 결코 소홀히 할 수 없다. 그러나 우리는 이 분석이 정태적인 비판으로 끝날 것이 아니라 변혁의 전망 속에 이루어져야 한다고 믿는다. 따라서 비판적 분석은 문화현실에 대한 개입을 목표로 하며 특히 지배 세력이 문화현실에서 제거하고자 하는 정치를 되살리려는 목적을 가진다. 동시에 〈문화과학〉은 이미 문화현실에서 정치를 실천하고 있는 쪽에 대해서도 '이론'의 이름으로 개입하고자 한다. 지배 세력은 자신의 문화적 실천에서 부르주아 정치를 실천하며 문화운동권은 또 그 나름대로 다양한 정치를 실천하고 있다. 〈문화과학〉은 문화현실에서 암시적으로나 명시적으로 드러나는 다양한 정치적 실천에서 현 단계 지배 체제의 억압적 성격에 근본적으로 맞서는 해방의 정치에 동참하고자 한다. 문화운동의 지평을 넓히고 그 내부에 스며든 관념론을 제거해야 할 필요가 있다는 지적은 이미 했지만 우리는 과학적 문화이론의 수립을 통해 문화운동권의 일부가 드러내고 있는 오류에 대해서도 개입하고자 한다. 우리는 이 개입이 정치에 대해 '과학'이 해야 할 몫이라고 본다. 그리고 이는 우리가 이론을 위한 이론에 집착하지 않고 이론과 실천의 올바른 결합을 지향하며 이론적 실천에 임하겠다는 말이기도 하다.

이와 같은 문제의식에서 출발하는 〈문화과학〉은 크게 보아 세 가지 작업을 해야 한다고 보며 우리의 지면 구성에 그것을 반영하고자 한다. 첫째, 이미 말한 대로 우리의 주요 과제는 과학적 문화이론을 구성하는 일이다. 우리는 현 단계 우리의 이론적 역량이 얼마나 미흡한지 잘 안다. 우리가 과학적 문화이론을 구성하는 과정에서 기존의 유물론적 문화이론에 많이 기대는 부분이 있다면 바로 이런 이유 때문이다. 그러나 우리가 언제까지고 '이론 선진국'의 이론들을 수입해서 쓸 수는 없다. 이제 우리도 이론 생산에서 자생력을 길러 세계적 수준의 이론, 문화이론을 수립할 수 있어야 한다. 따라서 〈문화과학〉이 과학적 문화이론의 구성을 위한 이론화 전략에 가능한 많은 지면을 할애하고자 하는 것은 자연스러운 일일 것이다.

둘째, 이 이론화 전략은 사회적 실천, 특히 문화적 실천과 관련된 것이므로 우리는 문화적 실천을 위한 전략 마련에 부심하지 않을 수 없다. 따라서 우리는 문화운동의 전략 구상을 중요한 과제로 삼는다. 우리는 이 전략 구상에 문화정세 분석이 핵심적 부분을 이룬다고 본다. 오늘날 문화가 지배구조의 재생산에 한몫을 단단히 하고 있는 것은 그것이 역사 과정의 한 부분으로서 물질적 생산과 재생산을 하고 있기 때문이다. 예컨대 문예 작품의 현실 개입은 올바른 반영을 통해서 이루어지기도 하지만 동시에 문예제도, 문화제도 안에서 그것이 처한 위상에 의해서도 이루어지고 있다. 따라서 문화운동은 이와 같은 문화정세에 능동적으로 대응하는 방식을 취해야 할 것이다. 〈문화과학〉은 문화정세를 과학적으로 파악하고자 하며 그것에 입각한 문화운동 전략을 구상하고자 한다.

셋째, 〈문화과학〉은 문화현실에 대해 깊은 관심을 기울이고자 한다. 오늘날 우리 문화현실은 자본의 지배 확장으로 전과는 다른 모습으로 나타나고 있다. 시각과 청각 등 감각들의 새로운 관계 설정이 일어나고 있으며 문화의 지형이 크게 바뀌고 있다. 이제는 '읽을거리'들이 반드시 문예 작품의 형태로만 나타나고 있지는 않으며 또 문예 작품은 그것대로 상품 광고에 차용되기도 하는 등 문화의 내부 역학 구조도 바뀌고 있다. 우리는 이처럼 변동하는 문화현실을 변혁적 시각에서 분석하는 것이 필요하다고 보며 이 분야에서 새로운 전범을 세울 것을 바란다. 다양한 문화현실을 풍부하게 분석하고 변혁의 전망을 읽어내는 새로운 글쓰기 방식을 도입하고자 〈문화과학〉은 '문화현실분석'란을 고정으로 배치한다. 물론 처음 시도하는 일이라 한술 밥에 배부르지 않을 것임을 모르는 바는 아니지만 이 난을 통해 문화를 물질운동으로 파악하면서 그 기능과 역동성을 보여주는 유물론적 글쓰기 관행이 확립되기를 기대한다.

우리는 이제 두려움과 희망이 교차되는 어려운 첫발을 내딛는다. 정세는 엄중하고 역량은 미약하다. 그러나 가야 할 길을 가는 것은 더 나은 미래를 믿는 사람들의 자세일 것이다. 우리는 과학을 지켜 더 나은 미래를 꿈꾸고자 한다.

**〈문화과학〉 편집위원**

# 이론

## '유령 사냥'에 나서며

도처에 유령이 출몰하고 있다. 위기라는 유령이. 그러나 크게 놀랄 일은 아니다. 모든 이론과 운동에 위기는 불현듯이 찾아드는 '옛 친구'(old acquaintance) 같은 것이기 때문이다. 마르크스주의를 비롯한 온갖 진보적 이론과 진보적 운동에도 이것은 예외가 아니다. 물론 우리는 그런 구실을 내세워 현재 우리가 당면한 '위기'의 의미를 축소하거나 도외시할 생각은 조금도 없다. '이론'이란 동인을 만들고, 〈이론〉이란 잡지를 내는 동기가 대체로 이런 문제의식과의 대면에서 출발한다. 승부의 결과는 역사에 맡기고, 그 유령과 대결하는 것이 우리의 과제이다. 역사란 바로 이런 노력과 투쟁의 접합에 불과한 것 아니겠는가?

이러한 인식을 공유하고, 이러한 결단에 동참하려는 사람들이 지난 연말부터 몇 차례 만났다. 그 만남의 구체적인 첫 성과가 바로 이 이론지의 발간이다. 아무튼 이제 우리는 루비콘 강을 건넜다. 그 평가야 어차피 독자의

**발행일**  1992년 7월 15일
발행 주기 계간
발행처  도서출판 이론
발행인  원기호
편집인  김세균
편집위원  강내희, 김재기, 손호철, 윤소영, 허석렬
동인  강내희, 강명구, 김기원, 김세균, 김수행, 김재기, 서관모, 손호철, 윤소영, 이세영,
정성진, 정영태, 정운영, 정춘수, 최갑수, 최종욱, 허석렬, 홍승용

몫일 테지만, 여기서 이런 다짐만은 분명히 전해야겠다. 우선 비판의 무기를 쳐들기 이전에, 무기의 비판부터 다지겠다는 결의決意이다. 실로 어떤 배타적인 주장이나 입장의 고수도 우리의 뜻이 아니다. 따라서 동인의 문호를 항상 열고, 동인지의 빗장을 항상 풀어놓을 것임을 분명하게 약속한다.

하나 더, '이론'이란 이름에 따라다니는 습관적인 오해도 풀어야겠다. 동인이 그 출발 단계에서 주로 대학에서 강의하는 사람들과 언론에 종사하는 사람들로 구성되어, 행여 현학과 공론으로 자족하려는 것이 아니냐는 경계의 시선이 없을 수 없다는 사실을 잘 안다. 그러나 우리의 입장에서 이론은 결코 실천의 반대 개념이 아니고, 이론적 실천의 축어이다. 그리고 이론적 실천은 실천적 이론을 생산하는 작업이다. 요컨대 무기의 비판을 통해 실천적 이론으로 만들어내고, 비판의 무기를 벼려 이론적 실천에 나서려는 것이 우리의 각오인 셈이다.

이른바 '마르크스주의의 위기'에 대한 진단을 창간호의 주제로 잡았다. 그 위기라는 유령의 정체는 무엇이며, 그 유령 소동의 진원은 어디인가? 윤소영은 현실사회주의가 부동의 신념으로 전진하던 시대에 벌써 마르크스주의의 위기를 선고한 알튀세르의 예지를 현 상황에서 다시 조명한다. 김세균은 마르크스주의의 이름으로 행해지는 정치가 대중의 정치적 실천을 억눌렀던 역설을 고발하고, 서관모는 계급 정체성의 동요에도 불구하고 여전히 계급투쟁이 유효한 실천임을 강조한다. 자본의 세계적 재편이 초래하는 작용과 반작용의 분석을 통해 김수행은 자본주의 현실의 위기를 경고한다. 공동 집필 「무엇을 할 것인가」는 그 '유령 사냥'에 나서는 동인의 마니페스토라고 보아도 좋다.

금년 상반기의 가장 중요한 정치 행사는 총선거였고, 따라서 우리는 14대 총선 평가를 정세 분석의 대상으로 선택했다. 총평에서 손호철은 국민당의 부상과 민중 후보 실패의 원인을 비판과 유감의 심정으로 분석했고, 인천 지역 조직 노동자의 투표 성향에 대한 조사 결과를 바탕으로 정영태

는 비록 초보적인 단계나마 계급 이해를 자각하기 시작한 노동자의 정치의
식에 희망을 피력했다.

장기 기획으로 마련한 '현대의 이론'과 '해외 이론지' 소개는 매호 연재될
번역 논문과 함께 해외의 학계 동향과 학술 정보 안내에 길잡이 노릇을 하
게 될 것이다. 특히 이번 호에는 제3세계 학자의 육성을 통해 라틴아메리카
의 사정을 단편적으로나마 들을 수 있는 기회를 마련했다. 그리고 평가하
는 글도 평가받아야 한다는 우리의 고집에 의해 '한 책에 두 시각'이란 다소
특이한 서평 형식을 도입했다.

김남주, 김정환 두 시인은 기꺼이 축시를 보내주었다. 그 간절한 기대와
격려에 보답하는 길만이 남았다. 독자의 심판을 기다리는 자못 긴장된 순
간이다.

1992년 6월 12일

정운영

## '이론 동인' 창립 선언문

진보 진영이 위기를 맞고 있다. 세계적으로 신보수주의 또는 신자유주의
로 표상되는 지배 세력의 공세 앞에서 진보 진영은 갈피를 못 잡고 있다. 지
난 수년간 격변해온 국내외의 실천적·이론적 정세 속에서 우리나라의 진
보적 이론 진영도 커다란 동요와 혼란을 겪고 있다. 실천 진영 역시 예외는
아니다. 진보적 이론과 실천에서 부쩍 강화되고 있는 청산주의적 경향이
그 위기의 심도를 반영한다. 우리나라의 진보 세력이 맞고 있는 위기가 다
른 곳에서와 똑같은 양상을 보이지는 않지만, 그러나 이제 우리는 이 위기

의 보편성과 현실성을 냉정히 인정해야 한다.

우리는 이런 위기의 인정이 노동 해방, 인간해방을 위한 이론과 실천에 간직된 위대한 전통의 청산이 아니라 오히려 올바른 계승의 조건이 된다고 생각한다. 바로 이 위기 속에서 해방을 향한 역사의 새로운 순환을 준비하고, 이를 위한 이론적 작업을 더 효과적으로 수행하려고 이렇게 모였다. 최근의 이론적 정세에 대해 일단의 책임을 면할 수 없는 우리는 자신의 나태와 무능을 새삼 반성하면서도, 모든 역량을 집중하여 현재의 논쟁 지반을 변화시키고자 노력할 것이며, 이를 통해 이데올로기적 보수화 및 반동화의 거센 물결의 막아내는 일에 일조하고자 한다.

진보적 이론의 외연과 내포에 대한 인식을 공유하며, 진보적 학문의 개별 분야를 뛰어넘어 스스로를 '이론 동인'으로 조직하는 우리는 현 상황에서 해낼 수 있는 주요한 공동 작업의 형식으로서 동인지 〈이론〉을 창간한다. 이러한 우리의 노력이 진보적 이론 연구의 수준을 한층 더 높이고, 생산적인 토론의 장을 한층 더 넓히는 데 기여할 수 있기를 희망한다.

**1992년 3월 21일**

**강내희 강면구 김기원 김세균 김수행 김재기
서관모 손호철 윤소영 이세영 정성진 정영태
정운영 정춘수 최갑수 최종욱 허석렬 홍승용**

# 상상

## 상상, 넘나들며 감싸 안는 힘

### 1. 새로움이 야기하는 혼란과 침체, 신세대라 불리우는 유령

새로운 시대가 도래하고 있다. 현존하던 사회주의의 몰락으로 세계적 냉전 체제가 붕괴되고, 첨단의 테크놀로지에 의한 문명사적 전환이 일어나고 있다. 지난 시대를 지탱해주던 이데올로기와 철학은 지축을 뒤흔드는 시대의 변화 앞에 스스로 당황할 수밖에 없다. 세계는 이제 새로운 설명을 요구한다.

새로운 시대란, 한국 사회에서, 해묵은 금기의 해체를 의미한다. 냉전 이데올로기에 근거하여 피해망상을 강요해왔던 거대한 정치적 금기는 사라져가고, 잘 보이지 않는 복잡하고 다양하게 얽혀 있는 금기들이 닥쳐오고 있다. 이런 양상을 두고 모던으로부터 포스트모던으로의 이행이라고 하는 걸까. 그러나 한국 사회는 그것만 가지고는 설명할 수 없는 너무나도 특수한 역사성을 가지고 있다.

새로움은 가능성이기도 하지만 위기이기도 하다. 아니, 위기이면서 가능

**발행일**　1993년 9월 1일
**발행 주기**　계간
**발행처**　살림
**발행인**　심만수
**편집인**　진형준
**편집위원**　강헌, 김종엽, 서영채, 임재철
**자문위원**　박광수, 이문열, 이창동, 황지우

성이다. 어느덧 닥쳐온 새로운 시대 앞에서 한국 사회는 위기감을 느끼고 있다. 아울러 한국의 문화도 혼란과 침체의 늪에 빠져 들어가고 있다. 새로움 때문에, 질서가 파괴되고 있기 때문에. 그러나 새로운 시대를 탓하는 것은 바보스러운 일이다. 새로운 시대의 위기를 새로운 세대에게 전가해버리는 손쉬운 해결 또한. 우리는 새로운 시대를 제대로 읽어내지 못하는 스스로를 탓해야 한다.

새로운 과학은 혼돈이 질서를 형성해낸다고 말한다. 지나간 시대의 질서에 연연하지 않고, 새로운 시대가 야기하는 혼돈의 위기 속에서 새로운 질서의 가능성을 꿈꾸며, 그 자유롭게 열린 새 질서를 찾아내기 위해 우리는 〈상상〉을 창간한다.

공산주의의 유령이 사라졌다는 풍문이 떠돌더니 이제 신세대라는 괴상한 유령이, 아니 마녀들이 떠돈다는 풍문이 돈다. 그러나 새로운 시대가 오고 있는 것은 신세대의 공도 신세대의 탓도 아니다. 그들은 단지 새로운 시대에 등장했을 뿐이다. 사람들은 혼돈이 오면 쉽게 유령을, 마녀를 만든다. 자기들의 위기를 전가할 적당한 대상물을 찾아내기 위해. 그건 무척 위험한 일이다. 신세대는 유령이나 마녀가 아니다. 만약 유령이나 마녀가 있다면 그건 새로운 시대의 혼돈이 야기한 집단적 위기감일 텐데, 다시 말하지만, 위기는 가능성에 다름 아니다. 혼돈이 질서를 형성한다.

〈상상〉은 신세대 잡지이다. 우리가 말하는 신세대란 1960년대와 70년대에 태어난 세대가 아니다. 이 혼돈의 위기를 넘어서 새로운 가능성을 찾아보려 하는 세대이다. 그런 의미에서, 〈상상〉은 신세대 잡지이다.


## 2. 희망을 희망하지 않는 희망

우리는 희망에 부풀어 있지 못하다. 아니, 차라리 절망으로 가득 차 있다. 우리는 희망을 희망하지도 않는다. 그렇다고 절망에 절망하고 있는 것도 아니다. 우리의 절망은 희망의 절망도 아니다. 우리는 희망 없이도 살기,

혹은 절망에 절망하지 않고 살기, 또는 희망도 절망도 없음에 익숙해지기, 그도 아니면 그냥 그저 살기를 바란다. 그것도 희망일까, 절망적이다.

전前 시대 문화의 슬로건은 희망이었다. 그 희망은 혁명, 그리고 민중, 또 계급으로 변주되기도 했었다. 그 희망의 구호는 한켠에서 울려 나오는 반성의 작은 목소리와 어우러져 변증법적 대위법을 터득하기를 희망했으나 기괴한 불협화음으로 전락하고 말았다.

달력이 몇 장 넘어갔고, 오늘날 죽은 희망 위로 절망이란 슬로건이 소리 없이, 그러나 무차별적으로, 거의 광적으로 유포되고 있다. 지금, 여기, 한국의 문화적 상황은 파산 직전이다.

물론 우리는 우리가 너무나 급박하게 질주해왔음을 알고 있다. 제국주의 침탈에 의한 식민지, 해방, 분단, 전쟁, 쿠데타, 또 쿠데타로 이어지는 불우한 근대사 속에서 정신없이 봉건, 식민지 통치, 군정, 식민지 반봉건, 후진 독재, 군부에 의한 개발독재, 예속적 국가독점자본주의, 그리고 포스트모던이라는 너무나 많은 사회를 경험하고 있다. 전통은 단절됐고, 아니 실종됐고, 너무나 다양한 서구의 근대 사조들이 휩쓸고 지나가고는 했다. 그 소용돌이 속에서 우리는 뒤돌아볼 틈도 없이, 앞은 물론이고, 분열과 착란을 일으키고 있는 것이다.

문화의 파탄은 곧 총체적 파탄이다. 그건 문화가 그만큼 중요하다는 의미에서가 아니라 문화란 바로 그 사회의 총체적 반영이기 때문이다. 문화는 사회를 반영하며 아울러 생성해나간다. 절망을 반영하며 희망을 생성해낼 수 있을까. 그것도 희망일까. 희망을 희망이라 말하지 않는 희망. 희망을 희망하지 않는 희망.


## 3. 문학의 죽음, 대중문화라는 이름의 폭주 기관차

소위 대중문화의 시대를 우리는 살고 있다. 대중문화란 무엇일까. 우리 시대를 지배하는 무서운 침묵과 광란의 괴성을 대중문화라고 하는 걸까.

그래서 우리 시대는 소위 대중문화의 시대인가.

우리는 본다. 그리고 듣는다. 단지 보고 들을 뿐이다. TV, 라디오, 신문, 잡지와 같은 대량 매체들과, 첨단의 AV 기기들과, 신성神性을 상실한 제의의 주재자들인 대중문화의 우상들이 벌이는 공연장으로부터, 현란한, 그러나 없는 듯한, 강렬한, 그러나 곧 사라지는, 그런 색과 소리들을. 즉, 소위 대중문화의 현상들을. 그 현상들은 너무 감미롭고 매혹적이어서, 그 감미로움의 매혹은 우리를 금방 마비시키고 파괴시키는 것이어서, 우리는 언제 어디서나 그 색과 소리를 보고 들으면서도 그것이 무엇인지 모른다. 우리는 단지 편승해 있을 뿐이다. 원했건 원하지 않았건. 소위 대중문화라는 이름의 전차 위에. 소위 대중문화의 시대라는 폭주 기관차 위에.

한편, 문학은 죽었다, 고 흔히들 말한다. 문학의 시대는 간 거라고. 시는 이미 죽었고, 소설은 거의 죽었다고. 사람들은 더 이상 책을 읽지 않는다고. 그럴까.

그렇지 않다. 문학은 죽지 않는다. 단지 변화해갈 뿐이다. 시대가 바뀌고 현실이 변화하면 교양도 지식도 문학성도 예술성도 변화해야 한다. 아니, 이미 변했다.

문학은 죽었다, 라고 할 만큼 문학을 황폐화시킨 것은 누구인가. 문학은 죽었다, 는 풍문을 유포시키는 자는 누구인가. 대중은 문학을 원치 않는 것이 아니라 새로운 문학을 원하고 있다.

문학은 세계를, 그 너머를, 자기의 언어로 통찰해낸다. 아르키메데스의 점으로 향하는 아드리아네의 실, 그것이 문학이다. 그런 문학은 영원하다. 죽을 리가 없다. 그리고, 그 밖의 것은 다 변한다. 변함없이 변한다.


## 4. 경계를 넘어서고 간극을 메우며

많은 세대가 있었다. 한국문학만큼 그 짧은 연조에 비해 세대론이 풍성한 문학도 드물 것이다. 아직 살아서 활동하고 있는 세대만 해도 4·19 세대, 유신 세대, 광주 세대, 그리고 유령 같은 신세대, 대략 4대가 한 집안에 살고 있다. 세대 간의 알력이야 없을 수 없는 것이겠지만, 있는 것이 바람직한 경우도 있지만, 소위 유령 세대에 대한 그 전 세대들의 질타는 좀 심한 경향이 있다. 그 질타의 내용은 주로 도덕적인 것인데, 그건 너무 당연하다. 소위 신세대가 그 전 세대들의 도덕률에 비추어 볼 때 부도덕해 보이는 것은 그 거울이 깨졌거나 일그러져 있거나 심하게 때가 끼어 있기 때문이다. 그 거울은 깨끗이 닦거나, 심하게 말하면, 개비할 때가 되었다.

생각해보라. 전 세대들이 어떻게 자기 세대를 주장해왔는가를. 대략 10년을 주기로 일어났던 특정의 역사적 사건에 의해, 정당성을 결여한 권력의 정치적 금기에 의해, 그들은 무척 떳떳하게 자기 세대를 규정해왔다. 도덕적으로. 자연스럽게. 거의 결정론적으로. 정당하지 못하고 이성적이지도 못한 금기를 통해 역규정되거나 역규정한 세대들은 불우했지만, 한편 행운 아들이기도 하다. 문학이나 예술의 경우에는 더욱 그렇다. 그들의 문학은 항상 문학 이상이었다. 그건 어쩌면 근대 이래 한국문학의 숙명이었는지도 모른다.

신세대는 어떤가. 그들에게는 전 세대들이 저항해왔던 것과 같은 거대하고 뻔때 나는 금기가 없다. 허물어졌다. 물론 있기는 있다. 없을 수가 없는 것이, 사회란 바꾸어 말하면 금기의 체계이므로. 모든 소통은, 문학이나 예술이나 철학이나 사상이나 사소한 잡담까지도, 다 그 금기의 선 안에서 그 선을 타고 이루어지므로.

전 세대를 지탱해주던 돋보이는 금기가 눈 밖으로 사라져버리고, 신세대에게는 잘 보이지 않는 복잡하고 다양하게 얽혀 있는 금기들이 닥쳐오고 있다. 마치 유령과 같이. 그 신세대들에게 전 시대의 교양의 척도와 도덕률을 요구하는 것은 아무래도 좀 시대착오적이다.

전 세대의 문화는 그들에게 주어진 금기의 영역 때문인지, 자연스러운 진화의 한 단계였는지, 혹은 단지 그들의 취미 탓이었는지, 대체로 서구적

모더니즘 문화였다. 희망을 강조했건 반성을 강조했건. 지성인을 향했건 민중을 향했건. 엘리트들의 계몽주의 문화였다. 그들의 시대에 그건 대체로 타당했다. 그러나 1993년 가을의 서울에서 그런 주장을 한다면 그는 노인성 치매증 환자임에 틀림없다.

소위 신세대는 대중사회 속에서 대중문화의 세례를 받으며 성장해왔다. 그들은 문자언어에 대한 훈련이 선배 세대들에 비해 덜되어 있으며, 약간 가볍기도 하고, 산만해 보이기도 한다. 그건 그 세대의 조건이지 치명적인 결함이 아니다. 대신 그들은 문자에 대한 편집증에서 자유로우며, 이미지나 소리와 같은 다른 감각과 사유의 통로를 가지고 있다. 이를테면 그들은 멀티(multi)화되어 있다. 더 총체적이고 더 동시적이다. 물론 아직 그들은 성숙하지 못하다. 그리고 우리는 그들을 일방적으로 편들 생각도 없다. 단지 변화를 말하자는 것이다. 전 세대들이 천박하고 물신적인 저질 문화라고 매도하는 대중문화가 신세대들에게는 이미 교양이 되었다.

자, 잠시 정리해보기로 하자. 어떤 경계가 무너지고 어떤 경계가 생겨나고 있는지. 현존 사회주의의 몰락과 냉전의 종식이라는 세계사적 변화의 여진으로, 그리고 자체 내의 근대적이고 민주적인 진화의 화정을 통해, 이제 한국에도 대체로 정치적 금기를 둘러싼 경계는 무너졌거나 무너지고 있다. 봉건과 근대, 외세와 자주, 좌익과 우익, 독재와 반독재, 이런 거대한 경계가 무너지고, 세대 간의 경계, 이익집단 간의 경계, 문화적으로 보자면 고급문화와 대중문화의 경계, 장르 사이의 경계가 생겨난다. 어떤 이는 이걸 모던과 포스트모던의 경계라고도 한다.

이 경계를 넘어서는 길은?


## 5. 상상, 넘나들며 감싸 안는 힘, 힘주지 않는 힘

이제 우리는 〈상상〉을 창간한다. 〈상상〉은 위기와 경계 사이에서 태어나는 셈이다. 유령이 떠돌아다니는 시대에, 때 아닌 마녀사냥의 시대에, 분열과 착란의 시대에, 혼란과 침체의 시대에. 정말이지 우리는 희망에 가득 차 있지 못하다. 절망적으로 희망을 희망한다. 절망 속에 희망의 눈을 뜬다.

〈상상〉이라니까 이 세상에 없는 것을 허황되게 떠올리는 망상을 일삼는 자들의 작당이라 오해하지 마시기를. 상상은 세계를 보고 그 세계를 넘어선 어떤 것까지를 보려는 폭넓은 의식과 무의식의 종합적 작용이니까. 우리는 상상의 그 넘나들며 감싸 안는 작용이야말로 지금 우리를 둘러싼 겹겹의 경계를 넘어 간극을 메우며, 죽어가는 문화를 살려내는, 죽음의 문화를 살림의 문화로 바꿔낼 수 있는, 충분한지는 모르지만 유일한 가능성이라고 생각한다. 그래서 우리는 우리가 만들어낼 정기간행물의 제호를 '상상'이라 부르기로 했다.

의식과 무의식, 현시로가 그 너머, 창작과 이론, 문학과 철학, 장르와 장르, 세대와 세대, 소위 고급문화와 소위 대중문화, 기억과 망각, 질서와 혼돈, 이성과 광기, 그런 경계를 넘나들며 감싸 안는 일을 〈상상〉은 해나갈 것이다. 이 세상의 모든 일이 결국 힘으로 이루어지는 거라면 〈상상〉은 넘나들며 감싸 안는 힘이 될 것이다. 그러나 그 힘은 결코 힘주지 않는 힘이다.

우리는 어느덧 후기 산업사회로 접어들고 있는 한국에서 산업화된 대중문화가 대중들의 정서를 무차별적으로 유린하고 있는 상황을 우려한다. 처음에는 자본의 주변부에 기생하는가 했더니 어느새 괴물처럼 비대해진 대중문화 산업이 자행하는 문화의 천박한 상품화, 즉 문명적 야만 상태에 철저히 저항해나갈 것이다. 한편, 그 시대의 격류 앞에서 무력감과 자조에 빠져 아예 세계와의 통로를 닫아버리고 자폐적 공간으로 숨어 들어간 소위 엘리트 문화와 예술에 대해서도 신랄한 공격을 퍼부을 것이다. 그들의 전문가주의와 엄숙주의는 음험하게도, 또한 비겁하게도 장르를 권력화하고 있기 때문이다.

〈상상〉은 우리가 직면한 문화의 절망적 교착상태를 타개하려 한다. 반성이 결여된 물신적 대중문화와 전문주의를 가장한 자폐적 엘리트 문화 사이의 경계를 허물고 그 간극을 메우는 비판적인 가교가 되고자 한다. 넘나들고 감싸 안으며, 이 죽음의 절망 속에서 진정으로 살아서 생동하는 문화를 생성해낼 것이다. 요컨대, 〈상상〉은 세대와 장르를 넘어서 작가적 대중주의, 대중적 작가주의를 옹호한다.

### 6. 〈상상〉의 출발

〈상상〉은 문학을 비롯하여 제반 대중문화를 담아내려 한다. 단순히 나열하는 것이 아니라, 넘나들고 감싸 안으며. 문학과 영화, 그리고 대중음악, 만화, 광고, 연극, 미술, 그리고 컴퓨터와 AV 하드웨어와 첨단의 미디어까지. 장르를 열거하여 〈상상〉을 설명하는 건 분명히 틀린 방식이지만, 편의상 그렇다. 장르는 아직 힘이 센 모양이다. 특히 문학은 문학 이상이어왔다.

'상상의 선택'은 리뷰란이다. 오늘날과 같이 정보가 폭발적으로 증가하고 있는 시대에 리뷰의 역할은 매우 중요하다. 한 개인이 감당하기에는 너무 버거운 정보들이 쏟아져 나오고 있고, 앞으로는 더할 것이다. 좋은 정보를 선택하여 깊이 있게 소개하는 리뷰어들이 절실하다. 이번 호에는 여러 가지 사정상 소설과 영화에 국한되었지만, 〈상상〉은 문화의 전 분야를 망라하는 리뷰를 계획하고 있음을 밝혀둔다.

'비디오에 대하여 알고 싶은 두세 가지 것들'은 『영화에 대하여 알고 싶은 두세 가지 것들』이란 책을 내서 많은 호응을 받은 바 있는 구회영 씨의 비디오 칼럼 연재란이다. 구회영 씨는 영화에 대한 해박한 지식을 바탕으로 여러분의 비디오 보기를 단순한 오락의 차원을 넘어 계보학적 읽기의 차원으로 이끌어갈 것이다.

'신세대 작가들의 여행'은 길 위에서의 이야기이다. 이번 호에는 소위 신세대 작가군들이 여행에 참여했다. 더 많은 작가들이 함께 떠나 이야기를 나누었으면 좋았겠지만, 사정상 구효서, 박상우, 유정룡, 장정일, 주인석이 묵호에 사는 심상대의 집을 찾아가는 형식으로 이루어졌다. 재미있는 글로 정리해준 박상우 씨에게 감사드린다.

'상상의 산책'은 말 그대로 산책적인 글쓰기이다. 김종엽 씨의 「인류학적 오딧세이 또는 단백질의 인류학」은 거대한 이야기에서 작은 이야기로 넘어가는 이 시대에 음식과 같이 사소한 주제를 가지고 문화를 논의하는 방식을 보여준다. 정준영 씨의 「요괴인간」, 대중문화, 그리고 1973년 서울」은 이미 노스탤지어가 된 20년 전쯤의 문화사적 풍경화를 담담한 문체로 그려내고 있으며, 이문열 씨는 그의 역작인 『황제를 위하여』가 쓰여지게 된 뒷이야기를 솔직하게 술회한다.

이번 호 특집은 새로운 시대의 한국문학에 관한 것이다. 앞서 말했듯이 한국문학은 새로운 시대를 맞아 일종의 혼돈 상태에 빠져 있다. 진형준 씨의 글은 그런 한국문학에 대해 반성과 발상의 전환을 촉구한다. 이광호 씨의 「신세대 문학이란 무엇인가」는 지난 1년간 문단을 시끄럽게 만들었던 소위 신세대 문학에 대한 논란을 정리하고 있으며, 서영채 씨의 「소설의 운명, 1993」은 기존 서사의 위기에 대응하는 젊은 작가들의 새로운 서사적 실험이 어떤 의미와 한계를 가지고 있는가를 꼼꼼히 분석하고 있다.

'상상에서 만난 사람들'은 열린 만남의 자리이다. 장르를 넘나들며, 장르에 갇혀 있을 때는 보지 못하던 새로운 문화의 영역을 짚어보는, 장르가 서로 연락하는 자리이다. 이번 호에는 임철우 씨와 그의 소설 『그 섬에 가고 싶다』를 가지고 영화를 만들고 있는 영화작가 박광수 씨, 소설가이자 이 영화의 시나리오를 쓰고 조감독으로 가담하는 이창동 씨, 그리고 이 영화에 출연하는 배우 안성기, 문성근, 안소영 씨가 한자리에 모여 이야기를 나눈다. 그들의 사진을 찍어 표지에 쓸 수 있게 해준 사진작가 김중만 씨에게 감사드린다.

비평, 논문란에는 김영진 씨와 김용호 씨의 글이 실린다. 김영진 씨는 영화 전문 비평지 〈영화언어〉의 부편집인으로, 열악한 상황에서도 한국 영화에 대한 진지한 애정을 쏟고 있는 몇 안 되는 젊은 비평가 중의 한 사람이다. 김용호 씨는 서구의 이론을 동양적 사유 방식, 특히 불교의 유식설을 통해 새롭게 읽어내려 노력하는 독특한 필자이다. 〈상상〉은 아직 외로운 그의 작업이 한국 문화의 귀중한 자산이 되었으면 한다. 이번 「토플러, 보드리아르, 불교」라는 글도 그런 그의 일관된 작업의 연장선 위에서, 서구의 포스트모던을 대변하는 정보론자와 기호론자의 이론이 불교 철학을 통해 어떻게 창조적으로 읽힐 수 있는가를 보여주고 있다.

창간호에 황지우 시인의 시와 박완서, 윤후명 두 작가의 소설을 실을 수 있게 된 것은 거의 행운에 가깝다. 〈상상〉의 좋은 출발을 위해 원고를 보내주신 시인과 작가분들께 감사를 드린다.

황지우 시인의 시를 해설하고 있는 이명찬 씨는 지금 서울대 국문학과 대학원 박사과정에서 한국의 현대시를 전공하고 있는 새로운 필자이다. 〈상상〉의 시란을 맡아서 운영할 그가 한국 시에 대한 새로운 시각을 보여주기를 기대한다.

박완서 씨의 소설 「나의 가장 나종 지니인 것」은 우리를 감동시켰다. 문학의 원숙성이 무엇인지를 실증시키고 있는 이 소설은, 우리 문학의 장래가 결단코 밝을 것임을 예고하는 것이라 우리는 받아들인다. 상당 기간 휴지기에 들어갔던 윤후명 씨의 신작 중편에 대해서도 우리는 같은 독후감을 갖는다.

한 가지 아쉬운 점이 있다. 새로운 잡지 〈상상〉이 새로운 시인과 작가의 작품을 싣지 못했으니 말이다. 그 가장 큰 이유는 창간에 따른 분주함이었을 것이다. 그들의 좋은 작품을 우리는 항상 기다리고 있다.

자, 이렇게 〈상상〉은 출발한다. 〈상상〉은 새로운 시대의 넉넉한 문화의 마당이 되고자 한다. 독자 여러분의 비판과, 새로운 비전을 제시할 숨어 있는 필자들의 원고 앞에 우리는 항상 열려 있을 것이다.

**편집장 주인석**

# 황해문화

## 전 지구적 시각, 지역적 실천

황해는 일찍이 동아시아의 지중해였다. 한·중·일 세 나라는 이 바다를 중심으로 때로는 적대하고 때로는 연대하면서, 동남아시아, 더 나아가 인도 문명, 아랍 문명과의 교류 속에서 선진적이고 독자적인 문명 세계를 구축하였던 것이다. 그러나 근대 이후 몰아친 서풍西風 속에서 일본이 탈아론脫亞論으로 선회, 아시아 침략으로 나아가면서 황해 문명은 파경적 충격을 경험하게 된다. 특히 2차 대전 이후 한반도의 허리를 조이며 세계적인 미·소 냉전 체제가 작동하면서 한반도의 분단, 중국 혁명, 6·25, 일본의 부흥, 베트남전쟁 등 일련의 격동 속에서 문명의 바다 황해는 문득 죽음의 바다로 변모하였다.

그런데 최근 현존 사회주의의 붕괴 이후 탈냉전 시대를 맞이하여 죽었던 황해가 다시 살아나고 있다. 그에 따라 황해의 거점 도시의 하나인 인천의 위상은 그 어느 때보다 높아졌으니, 인천은 제2의 개항기로 진입하고 있다고 해도 지나친 말은 아닐 것이다. 그럼에도 제2의 개항에 직면한 인천 시

**발행일** 1993년 12월 1일
**발행 주기** 계간
**발행처** 새얼문화재단
**발행인** 지용택
**편집인** 지용택
**편집위원** 박영일, 조우성, 최원식
**자문위원** 강광, 강인구, 김승묵, 김양수, 민용규, 리영희, 오광철, 이태수

민의 자주적 대응은 과연 충분한가? 불행하게도 그렇지 못하다. 바야흐로 동트는 21세기를 향하여 낡은 질서가 급격히 해체되고 있는 20세기의 막바지에서 새로운 문명에 명예롭게 참여할 인천 시민의 노력이 그 어느 때보다도 절실히 요구되는 것이다.

1883년 인천의 개항을 돌이켜 보라. 대일 굴욕 외교의 결과로 개항한 인천은 주체적 준비의 턱없는 부족으로 외세 진출의 교두보로 전락했던 불행한 경험을 가지고 있다. 우리는 물론 당시 나라 안팎의 정세 속에서 인천의 개항이 필연적이라는 점을 이해하지만 내적 성숙 없이 세계 시장에 강제 편입되어 마침내 대한제국이 식민지로 전락하였던 사실을 엄정하게 인식하지 않으면 안 된다.

인천은 냉전 체제 최대의 피해 지역의 하나였다. 남북한을 잇는 허리요, 대중국 교역의 거점으로 성장했던 인천은 분단과 중국 혁명으로 황해가 단절되면서 거의 폐항의 위기에 내몰렸다. 뿐만 아니라 완강한 분단 체제의 톱니바퀴 사이에서 이승엽, 조봉암, 장면 등 인천이 배출한 정치가들은 남북한에서 잇달아 거세되었으니 이 과정에서 인천의 구심력은 와해되고 서울 종속은 심화 일로를 걸어왔던 것이다.

이제, 좌익 독재이든 우익 독재이든 모든 독재의 시대는 지나갔다. 다양한 이해관계가 복잡다기하기에 상충하는 현대사회의 갈등을 획일적인 중앙 통제 방식으로는 슬기롭게 풀어나갈 수 없다는 것이 점점 명확해지는 현시점에서 자기 지역 문제를 그 지역 주민의 민주적인 의사결정에 따라 해결하는 지방자치, 더 나아가 주민자치의 문제는 새 시대의 핵심적 과제의 하나로 떠오르는 것이다.

이에 우리는 국내외적 환경 변화에 창조적으로 대처하기 위해 새얼문화재단을 중심으로 계간 〈황해문화〉를 창간하고자 한다.

〈황해문화〉는 우선, 냉전과 분단의 고착 속에서 분해된 인천 지역의 구심을 광범한 연합 속에서 재건하는 데 주력할 것이다. 인천을 '함께 자유로운 공동체'로 만드는 고귀한 사업에 참여하기를 결단한 분이라면 누구라도 노선의 작은 차이를 넘어서 연대할 수 있는 인천 지역의 협동적 중심을 재건하는 데 〈황해문화〉는 작은 디딤돌의 역할을 충실히 할 것을 약속한다. '유-턴(u-turn) 인천' 또는 '인천의 인천화'는 〈황해문화〉의 제1명제이다.

지금까지 인천 지역의 운동은 크게 보아 관변과 재야로 갈라진 채 전개되어왔다. 그런데 국내외적 환경의 변화 속에서 이와 같은 구분은 거의 의미를 상실한 실정이다. 새로운 상황은 새로운 시각을 요구한다. 〈황해문화〉는 관변도 아닌 그렇다고 재야도 아닌 새로운 지역 운동의 방략과 지향을 시민과 함께 모색할 것이다.

우리는 지역적 토대 없는 사이비 보편주의의 횡행을 경계하지만 그게 못지않게 보편성이 부족한 소박한 향토주의를 함께 극복하고자 한다. 해불양수海不讓水. 인천은 하나의 지방으로 격절되기 어려운 운명을 타고난 도시다. 인천의 주민 구성은 전국적 분포를 가지고 있거니와 황해의 중심 항구로서 인천은 세계의 모든 인종과 어깨를 겯고 살아가야 하기 때문이다. 이 다양성은 방치하면 잡거성雜居性으로 전락하지만 협동적 중심과 결합되기만 한다면 풍요로운 문명적 자산으로 전환될 것을 우리는 믿어 의심치 않는다.

또한 지역 문제도 협량한 지역적 시각만으로 해결될 수 없다는 것은 이제 상식이다. 인천 문제를 올바로 해결하기 위해서는 전국적 시각, 한반도 전체의 시각, 더 나아가서 동아시아 또는 세계 체제와 분리해 볼 수 없기 때문이다. 〈황해문화〉는 세계적 시각에서 지역을 보고 지역의 눈으로 세계를 보는 상호 침투적 시각을 견지함으로써 우리 사회의 역사적 전환을 창조적으로 모색하는 겸허한 주춧돌이 될 것을 성심으로 다짐하는 바이다.

**〈황해문화〉 편집위원회**

# 한겨레21

## '정보 밀림'을 헤쳐가는 〈한겨레〉의 새로운 도약

〈한겨레21〉이 닻을 올린다. 〈한겨레신문〉의 새로운 도전이기도 하다. 국민의 열망을 안고 〈한겨레신문〉이 탄생한 지 6년, 〈한겨레21〉은 이제 6년 뒤 우리의 눈앞에 펼쳐질 21세기의 바다를 향해 첫발을 내딛는다.

우리에게는 미처 〈한겨레21〉 창간호 탄생의 감격을 되새길 겨를이 없다. 시대는 격변의 소용돌이에 휘말려 있다. 지구촌은 갈수록 좁아진다. 정보의 홍수는 정보화 시대를 이끌 길잡이를 갈망한다. 〈한겨레21〉은 시대적 요구의 산물임을 자부한다.

격변의 시대는 미래의 청사진을 요구한다. 개방화의 물결은 지구촌 소식에 촉각을 곤두세울 것을 강요한다. 그러나 무질서한 정보는 이미 정보가 아니다. 〈한겨레21〉은 정보화 시대의 '정보 밀림 지대'를 안내할 믿음직스러운 동반자가 될 것을 선언한다.

우리는 그러나 격변의 소용돌이에 파묻히는 것을 경계한다. 변화에 수동적으로 순응하는 것을 거부한다. 스스로의 본질을 보존하고 자주성을 유지할 때 변신도, 적응도 의미를 갖는다고 믿는다. 경제성장과 국가 경쟁력

발행일  1994년 3월 16일
발행 주기  주간
발행처  한겨레신문사
발행인  김중배
편집인  김중배

도 사회·문화적 건강성이 발현될 때 추구할 만한 일이다. 인류 문명의 절정기, 꿈의 세기로 일컬어지기도 하는 21세기를 향유하는 길은 인간 고유의 품성이 간직될 때만 열린다. 〈한겨레21〉은 경박한 변신술의 미덕을 결코 노래하지 않을 것이다.

더구나 봄은 봄이로되 우리의 봄은 아직 먼발치에서 아른거릴 뿐이다. 물이 흐르는 듯한 순리가 숨을 죽이고 있는 사회에 우리는 살고 있다. 껍데기 민주주의가 샴페인을 터뜨리는 가운데 한쪽에선 가녀린 소외 그룹의 한숨이 터져 나온다. 가치 체계는 곤두박질을 거듭한다. 사회 통합의 끈은 느슨해진다. 부조리의 악순환, 그 모순의 고리를 끊어버리는 일은 우리의 소망이다.

그렇다. 〈한겨레21〉은 부푼 희망과 믿음을 안고 미래로 발걸음을 내딛는다. 무엇보다 한민족 재통합의 시기가 임박했음을 느낀다. 동아시아가 주도하는 태평양 시대의 발자국 소리도 가까워지고 있다.

깊이 있는 기사, 다양한 정보, 품격 높은 보도는 알 권리를 추구하는 독자들의 당연한 요구라고 믿고 있는 우리는 〈한겨레신문〉의 역량을 총동원해 시사 정보지 시대의 새로운 지평을 열어 보이겠다고 감히 약속한다. 아울러 참언론에의 '타는 목마름으로' 태어났던 〈한겨레신문〉 창간 당시의 각오와 다짐은 아직 살아 있음을 거듭 확인한다.

국민의 열망이 〈한겨레신문〉을 꽃피우고 열매 맺게 했듯, 독자 여러분의 뜨거운 보살핌이 〈한겨레21〉을 다시 한 번 튼튼하게 키워낼 것이라고 믿어 의심치 않는다.

〈한겨레21〉은 그 믿음을 안고 21세기를 향해 힘찬 발걸음을 옮긴다.

김중배

한겨레신문사 대표이사

# 문학동네

## 계간 문학동네를 창간하며

　오늘날 명백히 문학은 사양 산업으로 보인다. 작가가 지녔던 예전의 권위는 점차 그 빛을 잃어가고 있으며 문학에 모아졌던 애정과 관심의 시선 또한 빠르게 분산되어가고 있다. 이제 사람들은 더 이상 문학이 고결한 정신의 발현이라거나 혹은 치열한 양심의 불꽃이라고 믿지 않으며 다가올 시대를 고지하는 예언의 목소리라고 여기지도 않게 되었다. 문학을 둘러싼 정치·사회·문화적 지형의 급격한 변화는 문학에게 이제 영원히 주변부적 위치만을 허용할 태세를 갖추고 있으며, 문학은 그런 외적 조건을 극복할 만한 그 어떤 적절한 타개책도 마련하지 못한 채 시류에 따라 이리저리 흔들리는 불안하면서도 안타까운 모습만을 노출하고 있다.

　물론 지금도 여전히 많은 작가들이 지속적으로 글을 쓰고 또 발표하고 있으며 그중에는 상업적으로 큰 성과를 거두어 밀리언셀러를 기록하는 작품도 나오고 있다. 문제작도 있고 수준작도 적지 않다. 문예지와 문학 출판사의 움직임 또한 그 어느 때 못지않게 활발한 듯하다. 현상적으로만 본다

**발행일**　　1994년 11월 10일
**발행 주기**　계간
**발행처**　　도서출판 문학동네
**발행인**　　최인숙
**편집인**　　김경재
**주간**　　　강태형
**편집위원**　남진우, 류보선, 박해현, 서영채, 이문재, 황종연

면 현재 우리 문학이 위기에 처해 있다고 지적하는 것은 지나치게 협소하거나 일면적인 판단에 불과하며 문단 내 극히 일부 사람들의 편파적 관점에 지나지 않는다는 반론이 나올 수도 있다. 그렇다면 문학의 위기는 실제 사실이 아니라 몇몇 사람들의 머릿속에만 존재하는 가상의 징후일 따름인가. 혹자는 말할지도 모른다. 상상력의 고갈과 문학의 죽음을 선전하는 모든 담론들은 기실 문학의 역사만큼이나 오래되었다고. 그러나 이러한 언급이 오늘날 우리 문학이 보여주고 있는 빈곤함과 무기력함에 대한 충분한 변호가 돼줄 수 있는가.

불행히도 우리의 답변은 그렇지 못하다는 쪽으로 모아진다. 오늘 우리가 다시 문학의 위기를 말하고 문학의 죽음을 넘어설 수 있는 방도가 시급히 모색되어져야 함을 주장하는 것은 만성적 불행중독증 환자들이게 마련인 글 쓰는 자들 특유의 관성적 세계 인식에서 연유한 것이 아니라 지금 이곳의 우리 문학의 입지가 그만큼 좁고 위태롭다는 객관적 현실 파악이 낳은 자연스러운 결과인 것이다.

그렇다고 여기서 새삼스럽게 90년대 이후 문학판에 불어닥친 국내외적 상황 변화의 목록을 나열하지는 말기로 하자. 다만 동구와 소련에서의 현실사회주의 정권의 몰락이 초래한 이념적 진공상태는 천민자본주의가 발호할 수 있는 절호의 토양이 되어주고 있으며 무분별한 상업주의의 유혹은 우리의 인내력을 시험하는 단계를 넘어 거의 고문하는 경지에 이르고 있는 것처럼 보인다는 점을 명기해두기로 하자. 아울러 탈산업 사회의 전도사들인 각종 영상 매체와 컴퓨터 등이 문학으로 대표되는 문자문화의 영역을 무서운 속도로 잠식해 들어옴에 따라 여러 심각한 부작용을 표출하고 있다는 점도 덧붙여두기로 하자.

분명한 사실은 사회주의 정권의 몰락이나 영상 문화의 대중적 파급력이 오늘날 우리 문학이 당면해 있는 위기에 대한 알리바이가 되어주지 않으며 우리 문학의 향배를 결정짓는 절대적인 불변의 요인이 될 수도 없다는 점이다. 지난 연대의 험난했던 정치적 억압을 우리 문학이 지혜로우면서도 강인한 투쟁으로 돌파해냈듯이 오늘날 우리 문학을 둘러싼 다양다기한 문제들 역시 고단하긴 하지만 결코 멈출 수 없는 정면 승부를 통해 해결할 수밖에 없다는 것이다.

시대의 모순을 증언하고 인간 정신의 고귀함과 보다 나은 세상에 대한 희망을 일깨우는 문학의 역할은 여전히 계속되어야 하며 계속될 수밖에 없다. 다행스러운 것은 문학의 죽음을 전하는 풍문들이 여기저기서 공공연히 떠돌아다니며 기회주의와 허무주의를 확대 재생산하는 요즘에도 문학만이 가질 수 있는 의미와 가치의 수호를 위해 싸우고 노력하는 문학인들이 우리 주위에 아직도 적지 않다는 사실이다.

오늘 우리는 이러한 진정한 문학인들의 노력에 동참하고 그들의 작업을 후원한다는 취지에서 계간 〈문학동네〉를 창간한다. 우리는 이 계간 문예지가 이 시대의 여러 위협적이고 부정적인 문학 환경의 파고를 단숨에 넘어설 수 있는 유일한 방주라고 주장할 마음은 없다. 우리 문학이 가야 할 길은 아직도 멀고 우리 문학이 대면하고 있는 적은 어느 한 계간지가 단독으로 물리칠 수 있을 만큼 만만한 것이 아니기 때문이다. 하지만 같은 이유에서 우리는 이 계간지가 동시대의 여러 뜻깊은 움직임들과의 유대하에 한 걸음 한 걸음 성실히 전진해나갈 때 반드시 그에 상응하는 성과를 거둘 수 있을 것이라고 생각한다.

그런 의미에서 〈문학동네〉는 어떤 새로운 문학적 이념이나 논리를 표방하지는 않으려고 한다. 대신 현존하는 여러 갈래의 문학적 입장들 사이의 소통을 촉진하고, 특정한 이념에 구애됨이 없이 문학의 다양성이 충분히 존중되는 공간이 되고자 한다. 또한 변화하는 정치·사회·문화의 기류에 성실하고 책임 있게 대응하면서 문학 본연의 사명을 다하는 문학인들에게 신뢰할 만한 자기표현의 자리를 제공하고자 한다. 특히 기성의 관행에 안주하지 않는 젊은 문학인들의 모험과 시도를 폭넓게 수용하여 우리 문학의 활력을 높이는 데 기여하고자 한다. 형해만 남긴 채 실체는 사라진 문학 정신의 회복을 추구하고 모든 교조적 사고방식 및 허위의식에 맞서 싸워나간다는 전제에만 동의한다면 〈문학동네〉는 그 누구에게나 그 문을 활짝 열 것이다.

이번 창간호는 바로 이러한 우리의 뜻을 이해해주신 여러 선배 동료 문학인들의 도움을 받아 애초의 기대보다 훨씬 알차고 짜임새 있는 지면을 선보일 수 있게 되었다. 특집 「문학, 절망 혹은 전망」은 새롭게 출발 선상에 선 〈문학동네〉의 출사표에 해당되는 글들이다. 본 계간지의 편집에 직접 관여하는 황종연, 서영채, 류보선 세 평론가가 각기 다른 각도에서 우리 문학의 현 단계를 진단하고 우리 문학이 나아갈 길을 점검했다. 이들은 절망을 외면한 전망도 전망을 포기한 절망도 다 문학에는 치명적이라는 점을 설득력 있게 해명하고 절망 속에서 절망을 껴안고 나아감으로써 비로소 획득되는 참다운 전망을 조심스럽게 모색하고 있다. 갈피를 잡지 못하고 방황하고 있는 90년대 문학의 길 찾기에 도움을 줄 수 있으리라고 본다.

또 〈문학동네〉는 매호마다 문단의 새로운 별로 떠오르고 있는 젊은 작가를 택해 그 작가의 문학 세계를 총체적으로 조명하는 특집을 꾸미기로 하고 그 첫 번째 대상자로 소설가 최윤 씨를 선정했다. 소설 창작은 물론이고 불문학과 번역문학 분야에서도 일가를 이루고 있는 작가의 폭넓은 활동 반경을 반영이라도 하듯 그녀의 작품은 매우 다채로우면서도 깊이가 있고 단일한 논리의 그물 안에 갇히지 않는 면모를 지니고 있다. 작가의 문학과 삶의 연계를 밝히는 자전적 소설과 박해현 씨의 작가 초상, 그리고 젊은 평론가 최인자 씨의 작가론이 아마도 최윤 문학의 내밀한 영역으로 인도하는 열쇠가 돼줄 것이다.

아울러 〈문학동네〉는 역시 매호마다 우리 시단의 대표적 시인을 조명한다. 이번 호에는 시인 이성복 씨의 신작 시와 이문재 씨의 시인의 초상을 실었다. 80년대를 누구보다도 치열하게 관통해왔던 시인의 근황과 내면 풍경이 선명히 떠오를 것으로 여겨진다.

창작 분야에서 거둔 수확 또한 풍성하기 이를 데 없다. 중진 작가 이청준 씨와 이문구 씨가 오랜만에 발표한 역작에 주목해주기 바란다. 이청준 씨는 삶의 양면성과 타자에 대한 진정한 이해의 어려움을 특유의 알레고리적 수법으로 다루고 있으며, 이문구 씨는 지나간 시절에 대한 우수 어린 묘사를 통해 사람들이 살아가는 와중에 흔히 놓치고 지나가는 것을 아프게 상기시켜주고 있다. 아직도 해결되지 않은 채 내연하고 있는 역사적 비극을 우회적으로 드러내고 있는 신예 작가 공선옥 씨의 작품 또한 기대에 값한다.

이와 함께 본격적인 장편소설 시대를 열어나가기 위해서, 그 문학적 역량의 출중함을 인정받고 있는 세 작가의 장편소설을 동시에 연재한다. 이는 기존의 계간지들이 이론 중심의 특집과 중단편소설에 치중하고 있는 데 대한 대타 의식이 작용한 면도 있지만 최근 점차 장편소설 중심으로 그 판도가 뒤바뀌고 있는 작단의 경향에 적극적으로 대응한다는 의미도 있다. 이미 확고한 자기 세계를 갖고 있는 송기원, 신경숙 씨 두 작가가 새로운 문학적 장정에 나서며, 우리 시대의 탁월한 문학 저널리스트이자 산문가인 김훈 씨가 첫 장편소설을 발표한다.

한편 오늘의 한국문학에 의미 있게 수용되는 외국 작가의 작품이나 비평가의 이론을 소개하는 자리도 마련했다. 이번 호엔 소설 『농담』 『참을 수 없는 존재의 가벼움』 『불멸』 등으로 우리와 친숙해진 체코 출신의 세계적 작가 밀란 쿤데라의 희곡 「자크와 주인 나리」를 시인이자 소설가인 원재길 씨의 번역으로 전문 수록한다. 쿤데라 문학의 독특한 향취를 만끽할 수 있을 것으로 보인다.

이 밖에 우리는 캐나다에 머물면서 우리 소설의 독보적 영역을 개척해온 소설과 박상륭 씨와 현재 프랑스에 체류 중인 작가이자 문학 저널리스트 고종석 씨의 산문을 싣는다. 원래는 문학적 산문의 맛도 살리면서 우리 바깥에서 일어나는 문화적 현상에 대해서도 알아보는 난으로 기획했는데 두

분 모두 우리의 예측을 훨씬 넘어서는 글들을 보내주셨다. 가벼운 읽을거리가 아닌, 그야말로 사유의 피 흘림을 여실히 드러내주는 산문들로 그 글을 읽는 독자들 역시 상당한 정신의 피 흘림을 각오해야 할 것이다.

오늘의 한국문학과 문화에서 일어나는 중요한 쟁점거리를 선정해서 집중적으로 리뷰를 하는 자리도 준비돼 있다. 이번 호에선 올해가 동학 1백주년이라는 점을 감안, 동학을 다룬 대하소설들을 살펴보았다. 올해 완간된 『토지』와 『녹두장군』 『동학제』 『마지막 조선검 은명기』가 바로 대상이 되는 작품들이다. 그 긴 작품들을 읽고 비평하는 고역을 맡아준 채호석 씨에게 감사드린다.

드디어 〈문학동네〉가 닻을 올린다. 21세기를 향한 우리 문학의 전진과 보조를 같이할 〈문학동네〉에 독자 여러분의 관심과 성원을 부탁드린다.

**계간 〈문학동네〉 편집위원**

# 작은책

## 월간 〈작은책〉을 창간하면서

'과연 우리가 노동하는 사람들한테 꼭 필요한 잡지를 만든 것일까?'

창간준비호를 만들면서도 또 사람들과 만나 창간준비호에 대해서 이야기를 나누면서도 늘 가슴이 조마조마했어요.

다행스럽게도 저희가 만난 사람들이 모두들 '우리들 생활이 담겨서 참 좋다'고 이야기를 해주셔서 힘을 얻기는 했지만 창간호를 만들고 있는 지금도 가슴이 조마조마하기는 마찬가지네요.

창간준비호에 대해서 이런저런 의견이 나왔는데 여러 의견 가운데서 중요한 두 가지 문제에 대해 저희 의견을 밝힙니다.

### '너무 무겁다' '사무직 글이 없다'는 의견

저희가 창간준비호를 만들면서 보았던 자료들은 거의 모두 생산직에서 나온 노보들이었고 노보 글 가운데서도 저희는 노동하는 사람들 삶이 잘 드러나거나 건강하게 살아가는 모습이 들어 있는 글을 뽑으려고 했어요. 이 기준에만 맞는다면 꼭 생산직 글이나 사무직 글을 가릴 필요가 없다고

| 발행일 | 1995년 5월 1일 |
| --- | --- |
| 발행 주기 | 월간 |
| 발행처 | 도서출판 보리 |
| 편집자문위원 | 권용목, 김금수, 김종식, 김하경, 박원순, 방현석, 신철영, 윤구병, 이성인, 이오덕, 이재관, 황시백 |

생각해요. 다만 〈작은책〉은 여러분의 의견으로 만들어지는 잡지이기 때문에 의견을 많이 주시거나 자료나 설문지를 많이 보내주시는 쪽으로 저희는 갈 수밖에 없어요. 도움말도 계속 많이 주시고요. 자료나 설문지도 많이 보내주세요.

### '노동자가 책을 안 본다, 판매가 걱정된다'는 의견

저희는 이런 의견을 들을 때마다 거꾸로 이렇게 묻곤 해요. "우리가 노동자들이 볼 수 있도록 책을 만든 적이 있는가?"

노동자들한테 책을 볼 수 있는 시간을 안 준 문제는 빼놓더라도 노동자들의 생활을 담고 노동자들이 꼭 알아야 할 내용을 담은 책들이 과연 얼마나 될까?

저희는 노동자들 가슴 속에 이루 헤아릴 수 없는 많은 사연들이 있을 뿐만 아니라 노동자들이 말하고 싶어 하고 글로 쓰고 싶어 한다고 느껴요. 다만 이제까지 그 누구도 노동자들의 이야기에 귀를 기울이지 않았고 노동자들한테 이야기할 기회를 주지 않았을 뿐이라고 생각해요.

저희가 〈작은책〉을 달마다 내려고 결정하면서 가장 걱정하는 문제는 노동자들이 책을 안 봐서 책이 안 팔릴 것이라는 문제가 아니에요. 오히려 저희가 얼마나 끈기 있게 노동자들이 이야기를 할 수 있을 때까지 기다릴 수가 있을까? 또 얼마나 끈기 있게 노동자들이 하는 이야기를 끝까지 들을 수가 있을까? 이런 것들이지요.

창간준비호를 내면서 또 지금 창간호를 준비하면서 저희들은 '버티자'가 가장 큰 목표예요. 노동 형제들이 도와주시리라고 믿어요.

이제 〈작은책〉은 창간을 해요. 해마다 5월은 시장 물가나 사글세나 전세금이나 공공요금이 많이 오르고, 어린이날, 어버이날, 스승의 날이 있어서 가정도 돌봐야 하고 윗사람도 찾아뵙고 인사를 드려야 하고, 임금 인상 문제로 이곳저곳에서 투쟁을 하고, 노동절과 광주항쟁 행사가 열려요. 이렇게 찾아봐야 할 곳도 많고 챙겨야 할 것도 많고 행사도 많은 5월이지만 봄이 되면 산에 진달래가 피어나고 산 색깔이 푸르러지듯이 봄을 기록하는 노동 형제들의 삶과 글쓰기가 월간 〈작은책〉과 더불어 우리 역사를 더욱 푸르게 해줄 수 있다고 믿어요.

**1995년 4월 6일**

**엮은이 차광주**

# 영화의 '지나간' 100년, 키노의 '새로운' 100년

키노는 1995년 지금, 여기에서 시작합니다. 1895년 12월 28일 뤼미에르 형제가 처음으로 영화를 세상에 알린 날로부터 101년째인 오늘 여기서 여러분과 만납니다. 영화를 통해, 영화에 의해서, 영화에 관해서, 영화로 여러분과 만나는 것입니다. 말하자면 이 만남은 영화의 바깥에서 그 안으로, 그 안에서 아주 구체적인 장소와 시간에 다시 한 번 영화를 사고하고, 보듬고, 따져 묻고, 비판하고, 그리고 다시 안으려는 것입니다.

우리에게 1995년이 중요한 것은 세 가지 이유입니다. 그 하나는 영화의 한 세기를 맞이하는 축제의 순간이기 때문입니다. 두 개의 전쟁과 두 개의 혁명, 그리고 수많은 우리 세기의 기록 속에서 영화는 그 영혼을 담고 살아남아 우리 앞에 선 것입니다. 그건 정말 기쁜 마음으로 안고 함께 건배해야 할 일입니다. 또 하나는 누구나 근심하는 것처럼 영화의 죽음을 맞이하는 뉴미디어의 묵시록의 시간이기 때문입니다. 영화는 인공위성과, 디지틀과, 비디오와, 케이블과, 게임과, 인터액티브와, HDTV 앞에서 산산히 사지 절

| | |
|---|---|
| 발행일 | 1995년 5월 1일 |
| 발행 주기 | 월간 |
| 발행처 | (주)LIM |
| 발행인 | 이정재 |
| 편집인 | 이정재 |
| 편집장 | 정성일 |

단당하고 찢겨나가고 있습니다. 영화는 이제 더 이상 그 경계를 알 수 없는 모호한 자기 해체의 과정을 밟아가고 있고, 그것을 움직이는 논리는 전 지구적 규모의 자본과 정치의 이윤 추구라는 용서 없는 법칙입니다. 이제 마지막 하나는 바로 그 두 가지, 축제와 묵시록 사이에 서 있는 1995년이라는 구체적이고, 물적이며, 바로 우리 눈앞에서 벌어지는, 우리 자신의 삶 속으로 들어온 시간이기 때문입니다. 우리는 이 시간 속에서 의지이며 운명인 영화를, 마치 형이상학적이고 고상한, 그러나 자신과 아무 관계 없는 말장난처럼이 아니라 영화라는 이름으로 거꾸로 우리 자신에게 되돌아와 피와 살과 눈물로 거기 숨결을 불어넣으려는 것입니다.

우리는 주변에 이미 수없이 많은 영화에 관한 담론들이 유령처럼 떠돌고 있으며, 그 속에서 사랑과 증오가, 풍자와 자살이, 패배와 절망이 서로 뒤섞여 알 수 없는 농담(?)이 되어가고 있다는 것을 잘 알고 있습니다. 아주 드문 사랑! 그리고 세상을 점령해버린 것 같은 황당무계한 테크놀로지의 천년왕국론과, 근거 없는 비난을 일삼는 자해극들, 게다가 누가 적이고 누가 친구인지 모르는 속임수는 심지어 우리를 어리둥절하게 만들어버립니다.

우리의 친구들은 90년대가 지난 십 년 전과는 다르다고 점잖게 충고하고 있습니다. 물론입니다. 그건 우리도 알고 있습니다. 그러나 우리가 다르다고 알고 있는 것은 그들과 다릅니다. 이제 더 이상 충무로는 한국 영화의 유일한 근거가 아니며, 기업은 더 깊숙이 개입하고 있고, 직배 영화는 더 많은 이익을 거둬가고 있으며, 더 적은 독립영화가 만들어지고 있으며, 더 많은 우리 영화들이 증발해버렸고, 그보다 더 많은 영화감독들이 영화의 곁을 떠나버렸다는 사실을 '정말' 잘 알고 있습니다. 우리는 축제를 망치지 않을 것이며, 묵시록을 비켜 가지 않을 것입니다. 우리는 의지의 낙관주의와 지성의 비관주의를 알려준 지나간 교훈을 결코 잊지 않을 것입니다. 그래서 거기에 숨을 불어넣고 입을 맞출 것입니다.

올해는 영화의 101년입니다. 우리가 사랑하는 영화를 사랑하는 이들에게. 우리도 당신만큼 영화를 사랑합니다. 우리는 영화를 통해서 만났고, 영화로 함께 전진할 것입니다.

우리의 친구들, 우리의 연인들, 영화의 이름으로 당신에게 우리의 영화 일백 년을 진심으로 바칩니다.

# 씨네21

## 영상 산업의 도약을 견인할 길잡이

한겨레신문이 또 하나의 도전을 시작합니다. 지난해 시사 주간지 〈한겨레21〉을 창간한 데 이어 이제 그 자매지 〈씨네21〉의 닻을 올립니다. 창간 이래 7년 동안 한국의 언론 박토에 단 하나의 '정론지'로 뿌리내리고자 노력해온 한겨레신문이 바로 그 신념과 열정으로 이제 영상 문화 저널리즘에 새로운 정론지를 탄생시키려 합니다.

오늘날 영상 문화는 첨단 정보통신 기술의 비약적인 발전에 힘입어 양적인 팽창과 질적인 변화를 계속하고 있습니다. 영상 문화는 날이 갈수록 대중의 생활과 의식에 대한 영향력을 더해가고 있습니다. 유선방송국이 문을 열고, 주문형 비디오가 시험 가동을 시작했습니다. 움직이는 영상을 실어 나를 공공 데이터베이스도 추진되고 있습니다. 한 해에 줄잡아 400편의 영화가 개봉되고, 텔레비전 채널의 다양화로 프로그램이 홍수처럼 쏟아집니다.

강대국들은 영상 문화의 주도권을 놓고 치열한 경쟁을 벌이고 있습니다. 자신의 시장을 넓히기 위한 문호 개방 요구 또한 집요합니다. 그것은 곧 기술과 문화의 전쟁을 방불케 합니다. 이처럼 역동하는 세계 시장의 한복판

**발행일** 1995년 5월 2일
**발행 주기** 주간
**발행처** 한겨레신문사
**발행인** 권근술
**편집인** 권근술

에 우리는 놓여 있습니다.

이렇듯 영상 문화의 새 시대가 우리들 곁에 성큼 다가와 있음에도, 우리에겐 아직 새로운 영상 시대, 발전하는 영상 문화를 안내할 전문 주간지가 없습니다.

〈씨네21〉은 이 영상 문화를 올바로 읽어내게 해주는 눈이 되고자 합니다. 〈씨네21〉은 나아가 우리 영상 문화의 수준을 높이고 영상 산업의 도약을 견인할 길잡이 역할을 다할 것입니다.

그동안 "한겨레신문이 영화 주간지를?" 하고 고개를 갸웃거리는 안팎의 의구심도 없지 않았습니다. 그러나 대중의 삶의 질을 높이는 것 역시 마땅히 언론의 몫이기도 합니다. 그것은 한겨레신문의 창간 정신이 가리키는 바이기도 합니다. 나아가 한겨레신문이 펴내는 영상 매체는 한겨레다운 품격과 깊은 안목을 보여줄 것입니다.

〈씨네21〉은 AP, UPI, AFP, 로이터 등 세계 굴지의 통신사가 제공하는 세계 각국의 영화계 동향, 세계 8개 도시의 통신원들이 보내오는 현지 소식 등 영화 동향을 빠르게 전달할 것입니다. 영화와 TV, CF 그리고 아직은 영상 문화의 변두리에 남아 있는 만화 문화에까지도 애정 어린 관심을 기울일 것입니다. 한겨레신문을 지켜온 열정으로, 〈한겨레21〉을 키워온 그 애정으로 〈씨네21〉의 문화적 소명을 아름답게 꽃피워주시기를 당부해 마지않습니다.

**1995년 4월 24일**

**권근술(〈한겨레신문〉 대표이사·회장)**

# First Words / 그런 새벽의 느낌

〈PAPER〉 편집인 김원

아주 가끔이지만

새벽 4시쯤 눈을 번쩍 뜨게 되는 경우가 있습니다.

몹시 목이 마르다거나, 또는 몹시 물을 버리고 싶다거나

모기 때문에 도저히 잠을 잘 수가 없다거나

천둥, 번개의 장대비 소리에 잠을 깼다거나

더러는 악몽에 시달리다가

소리를 지르며 깨어나는 경우도 있겠죠.

그렇지만, 그런 경우 말고, 아무런 자각도 없이,

잠에서 깨어났다는 것을 느낄 수도 없이

잠에서 깨어나는 그런 새벽이 있습니다.

분명히 잠이 들어 있었는데, 어느새 나도 모르게

맑은 정신으로 잠에서 깨어 있는

그런 새벽이면

| | |
|---|---|
| 발행일 | 1995년 11월 11일 |
| 발행 주기 | 월간 |
| 발행처 | (주)마당 |
| 발행인 | 박흥식 |
| 편집인 | 김원 |
| 편집장 | 황경신 |

아주 먼 곳에서 들려오는 어떤 소리를 들을 수가 있습니다.

쿵쿵쿵쿵쿵……

한참 동안 조용히 귀를 기울이고 들어보면

그 소리는 매우 가까운 곳에서 울리고 있다는 걸 느끼게 됩니다.

내 심장이 뛰고 있는 소리.

내가 살아 있음을, 이토록 절절하게 살아 있음을 느낄 수 있는

그런 새벽.

그런 새벽의 느낌을 담아내는

PAPER가 되기를 기대합니다.


창간호가 나오기까지 매서운 채찍과 달콤한 홍당무를 보내주신 여러분들께 가슴속에서 솟아오르는 뜨거운 고마움을 전합니다.

특히, 본인들은 전혀 모르고 있겠지만, 이분들이 없었다면 PAPER의 탄생이 어려웠을 수도 있는 여러 고마우신 분들께 지면을 빌어 감사드립니다.

알버트 아인슈타인, 루이 암스트롱, 움베르토 에코, 무라카미 하루키,

올리비에로 토스카니, 박광수의 끝도 없는 과자, 뜬구름 같은 이도희, 서초 전철역 꽃집 아저씨,

LA Street Paper를 보내준 조철형, COLORS를 보내준 임인홍, 말도 많은 편집위원들,

걸리버 여행기 완역판, 좋은 사진을 선뜻 내어준 조병준과 전운용, 모차르트와 괴테,

베르사체, 파스퇴르 유업과 한국 유가공 협회, 서태지와 공룡과 온갖 언론 매체들,

어느 바람 부는 저녁 하늘에 '어디 한번 덤벼 봐' 하고 씩씩하게 떠 있던 구름,

그리고 마지막으로…… 지금 이 글을 읽고 있는 당신.

이매진 IMAZINE

# IMAZINE은 꿈꾸는 잡지다

IMAZINE은 꿈꾸는 잡지다. '꿈꾸다'라는 뜻의 IMAGINE이라는 말과 '잡지'라는 뜻을 가진 MAGAZINE이라는 말이 합쳐져서 IMAZINE이라는 잡지의 이름이 생겨났다는 의미에서가 아니라, 원래부터 IMAZINE은 꿈을 꾸고 있었다. 그러다 어느 날 IMAZINE이라고 부르기 시작하자 IMAZINE은 정말 꿈꾸는 잡지가 되었다.

꿈은 잠의 산물이다. 잠을 자야 꿈을 꾼다. 아무리 백일몽이라 하더라도 백주 대낮에 깜빡 졸아주지 않으면 꿀 수 없다. 몽상가의 눈을 보라. 비로 뜨고 있는 척하지만 그 맥 빠진 눈은 이미 감겨 있는 것이나 다름없다. 그 밖에 길몽이건 악몽이건 흉몽이건 태몽이건 용꿈이건 개꿈이건 돼지꿈이건 잠이 들지 않고 꿀 수 있는 꿈은 없다. 일장춘몽도 봄날 낮잠이 들지 않으면 꿀 수 없고, 동상이몽도 동침하지 않으면 꿀 수 없다. 호접지몽도 장자가 꾸었든 나비가 꾸었든 둘 중의 하나는 혹은 둘 다, 아니면 제삼자라도

| | |
|---|---|
| 발행일 | 1996년 6월 20일 |
| 발행 주기 | 월간 |
| 발행처 | 삼성출판사 |
| 발행인 | 김진용 |
| 편집인 | 김진용 |
| 주간 | 주인석 |
| 편집위원 | 강영희, 김종엽, 백지숙, 이재현, 이정하 |
| 편집자문위원 | 김장섭, 안상수, 황지우 |

잠이 들어 있었음에 틀림없다. 구운몽이 아무리 유장하고 복잡한 구성을 가진 꿈이라 할지라도 일단 육관대사의 제자인 성진이가 깜빡 잠이 들지 않으면 성립하지 않는 것이다. 홍루몽도 옥루몽도 마찬가지다. 잠이 깨면 꿈도 깬다.

그러면 잠은 대체 무언가. 프로이트의 말을 빌어오지 않더라도 잠이란 세상사를 잊고 쉬는 일임에 틀림이 없다. 피곤한 현실을 살짝 벗어나, 문을 닫고, 눈을 감고, 몸을 눕히고, 숨을 편하고 고르게 쉬며, 모든 것을 잊고, 일하지 않으며, 먹지도 않으며, 어쨌든 일체의 움직임을 중단하고 휴식하는 것이다. 꿈은 그 휴식 사이에 벌어지는 일종의 놀이라고나 할까. 남들이 보고 들을 수 있는 건 잠꼬대나 뒤척임밖에 없지만, 꿈을 꾸는 사람은 현실보다 더 현란한 황홀경을 체험하는 것이다.

왜 이렇게 잠이니 꿈이니 하면서 졸립고도 허황된 이야기를 장황하게 하는가 하면, 그건 다름 아니라 IMAZINE이라는 잡지가 잠을 자며 꿈을 꾸는 잡지이기 때문이다. IMAZINE은 잠을 게으르다고 몰아치고 꿈을 헛되다고 매도하는 사람들에게 이렇게 말하는 잡지이기 때문이다.

자, 한번 꿈을 꿔봐. 세상이 지금과 다르다면 어떻게 될지. 그건 결코 위험한 일이 아니야. 꿈이니까. 하지만 꿈이라고 헛되기만 한 일도 아니야. 꿈을 꾸지 않으면 세상은 조금도 바뀌지 않거든. 아니, 점점 더 나빠지거든.

부지런한 척하면서, 현실적인 척하면서 세상을 점점 더 살기 나쁜 곳으로 만드는 일에 여념이 없는 사람들이 있다. 대다수의 권력자, 정치가, 자본가, 경영자, 관료, 심지어는 종교 지도자, 학자, 저널리스트, 예술가 들까지. 사람들이 선망하는 직업을 가진 사람들일수록 더욱 그런 경향들이 있다. 세상을 더 살기 좋은 곳으로 만들어달라고 사람들이 존경해 마지않는 분들이 더 세상을 망치고 있었다니. 우째 이런 일이. 그게 다 그 훌륭하신 분들이 잠자는 일을 게을리하고, 꿈꾸는 것을 소홀히 했기 때문이다. 적어도 IMAZINE은 그렇게 생각한다. 차라리 잠이나 주무시지, 그래서 평화로운 꿈이나 꾸실 일이지. 그랬다면 인류 역사의 그 끔찍했던 장면들이 99.9%는 없어도 됐을 텐데. 빌어먹을.

그래서 존 레논은 IMAZINE이라는 우리 잡지와 유사한 제목의 노래에서 이렇게 말한 바 있다. 꿈을 꿔봐. 천국이 없다면, 국가가 없다면, 사유재산이 없다면, 어떻게 될지. 더 좋아지면 좋아졌지 결코 더 나빠질 건 없다고. 그리고 다시 한 번 꿈꾸라고 한다. 천국이 아니라 오늘을 위해, 모든 것을 나누어 가지며, 평화로운 삶을 살고 있는 사람들을.

꿈은 현실에서 이루어지지 않은 것을 잠을 자면서 보상받는 일이기도 하고, 더 나은 현실을 자유롭게 구상해보는 일이기도 하고, 나쁜 현실을 없애버리는 혁명적인 연습이기도 하다. 헛되다면 헛되고, 헛되지 않다면 헛되지 않은 것이다. IMAZINE은 당연히 헛된 꿈도 헛되지 않다고 생각하는 사람들이 모여 만드는 잡지다. 그래서 어떤 사람들은 이렇게 말할지도 모른다. 꿈꾸고 있네. 깨라 깨. 우리의 대답은 이렇다. 나는 혼자 꿈꾸고 있는 것이 아니라네. 함께 꿈꾸세. 동상이몽이라도 좋으니. 그러면 세상은 달라질 거야.

문화나 예술이라는 건 어쩌면 한 사회가 꿈을 꾸는 제도인지도 모르겠다. 정치나 경제가 사회의 실질적인 가치를 운용하는 제도라면, 문화나 예술은 실질적인 목적을 떠나서 그 실질적인 일들이 야기한 여러 문제점들을 반성하고 근본적으로 해결하고자 꿈을 꾸는 다소 초월적이며 매우 포용력이 큰 제도인 셈이다.

예로부터 예술가들은 실질적인 사회적 생산에 조금도 도움이 되지 않았지만, 막말로 일생에 도움이 안 됐지만, 고통 받고 있는 사람들에게 꿈을 주고, 꿈꾸지 못하는 사람들을 대신해서 꿈을 꿔줌으로써, 세상이 큰 위기에 닥쳤을 때 그 위기를 헤치고 나갈 지혜를 제공하곤 했던 것이다. 세상은 모순으로 가득 차 있고, 문화나 예술은 그 모순마저 포용하는 더 큰 세계를 꿈꾼다.

자, 그러면 IMAZINE은 이제부터 어떤 꿈을 꿀 것인가.

먼저, IMAZINE이 꿈꾸는 잡지라 했고, 계속 꿈꾸는 이야기만 했으니, IMAZINE이 태어나려는 마당에, 그 태몽이나 한번 들어보는 건 어떨까.

IMAZINE의 태몽인즉슨, 이렇다.

미래의 지배자들은 드디어 잠을 자지 않고도 살 수 있도록 인간을 개조하는 데 성공했다. 과거의 자본가들이었다면 그 목적이 노동력의 착취에 있었겠지만, 미래의 지배자들에게 더 중요한 것은 허황된 꿈을 제거하는 것이었다. 사회적 생산이나 분배에서 발생하는 문제가 없어진 지 오래였다. 과학과 테크놀로지의 혁명적인 발전으로 미래는 물질적으로 아무 문제가 없는 유토피아가 되었으니까. 문제는 그놈의 꿈이었다. 꿈은 도무지 통제할 길이 없는 것이었다. 그놈의 꿈을 완벽하게 통제하거나 제거해버리지 않는다면 권력이란 무슨 의미가 있단 말인가.

미래의 지배자들은 그래서 잠을 없애버렸다. 이상적인 사회를 만들기 위해서.

그런데 문제가 생겼다. 잠들지 않고도 꿈을 꾸는 불온 분자들이 생겨나기 시작한 것이다. 한번 생겨나자 그놈의 꿈은 거대한 불길처럼 삽시간에 번져나갔다.

심지어는 까맣게 잊었던 잠을 다시 자는 방법을 배우고 때로 익히는 무리들까지 생겨났다. 사회는 순식간에 혼란에 빠져들었다. 이래 가지고는 애써 건설한 유토피아가 붕괴될지도 모르겠다고 판단한 미래의 지배자들은 불온 세력들의 배후를 파 들어갔고, 국가안전기획부가 찾아낸 잠자고 꿈꾸는 반체제 세력의 이념적 뿌리는 어처구니없게도 바로 1996년이라는 까마득한 옛날 서울이라는 무질서한 도시에서 창간되었다는 IMAZINE이라는 시시껄렁한 잡지 나부랭이였던 것이다. 그걸 아직도 불법으로 발행하는 지하 세력이 있었던 것이다. 미래의 지배자들은 뿌리를 뽑겠다는 생각으로 1996년 서울에 터미네이터를 파견한다.

1996년 벽두 서울에 벌거벗은 몸으로 나타난 미래의 전사 터미네이터는 아놀드 슈왈츠제네거처럼 근육질의 몸을 가지고 있을 필요가 없었다. 그는 곧장 잡지 등록 업무를 담당하고 있는 공보처에 위장 취업했고, IMAZINE이라는 잡지의 등록을 1년 동안만 방해하면 임무를 완수하는 것이었다. 그런데 미래의 지배자들은 실수를 했다. IMAZINE을 없애라는 명령을 말로만 했던 것이다. 워낙 중대한 사안이라 증거를 남겨두지 않기 위해 문건을 작성하지 않은 것이다. 터미네이터는 당연히 IMAZINE이 아니고 IMAGINE인 줄로만 알고, 그만 IMAZINE의 잡지 등록을 접수해주고 말았던 것이다.

분노한 미래의 지배자들은 다른 터미네이터를 보내서 공보처의 터미네이터를 처단했다. 얼마 전 화양리 뒷골목에서 발견된 신원 불상의 변사체가 바로 그 억울한 공보처의 터미네이터였다. 명령을 문건으로만 내려줬더라면 그 불쌍한 터미네이터는 IMAZINE이 없는 미래 세계의 영웅이 되었을 텐데. 하지만 IMAZINE에게는, 그리고 미래의 잠을 잃은, 따라서 꿈을 잃은 민중들에게는 천만다행이 아닐 수 없다.

하지만 이것으로 끝난 것이 아니다. 지금도 끊임없이 터미네이터들이 IMAZINE을 위협하고 있다. 원고 청탁을 거절하거나 방해하는 터미네이터, 원고를 늦게 주거나 펑크 내는 터미네이터, 나쁜 원고를 들고 와서 억지로 실어달라는 터미네이터, 아직도 원고를 손으로 써 보내거나 팩스로 보내서 편집부원들을 애먹이는 터미네이터, 불온 출판물로 고발하겠다고 협박 전화하는 터미네이터, 오자나 탈자를 만드는 터미네이터, 인쇄나 제본을 지연시키려는 터미네이터, 심지어는 판매와 유통을 방해하는 터미네이터들까지.

이렇듯 나쁜 터미네이터들만 있는 것은 아니다. 미래의 IMAZINE은 지금 막 태어나려고 하는 IMAZINE을 위해 IMAZINE 터미네이터를 보내주고 있으니까.

실제로 지금 IMAZINE을 만드는 사람들 중 8할이 미래의 IMAZINE이 보내준 터미네이터들이다. 그렇지 않고서야 어떻게 이토록 획기적인 미래의 잡지가 나올 수 있겠는가. 이 전혀 새로운 개념의 잡지를 선뜻 내주기로 한 발행인이나 이 골치 아픈 잡지의 편집장과 아트 디렉터와 포토 디렉터를 자임하고 나선 사람들도 기자들도 디자이너들도 포토그래퍼들도 내 눈에는 심상치가 않아 보인다.

그래서 IMAZINE의 앞날은 길 것이다. 미래의 IMAZINE이 살아남아 있는 한, 사람들에게 꿈이 필요한 이상, 꿈꾸는 사람들이 있는 한. 각설하고, 이제부터는 새로 태어날 IMAZINE이 꿀 꿈에 대해서 이야기해보자.

먼저 IMAZINE은 1996년 한국 대중문화의 오감도를 그리고, 2001년을 향해 질주하는 13인의 무서운 아해들(사실은 터미네이터들이다)을 꿈꾼다. 그건 60여 년 전, 이상(그가 IMAZINE 터미네이터였다는 사실은 의심의 여지가 없다)이란 시인이 꾸었던 오감도처럼 불길한 꿈이 아니다. 우리의 20세기 말은 시인이 까마귀의 눈으로 보았던 막다른 골목은 아닌 것 같다. 희망을 포기할 필요는 없다. 하지만 시인이 우리에게 가르쳐주었던 삐딱한 시선의 의미는 여전히 중요하다.

1996년 IMAZINE은 시인의 예지의 시선을 빌어 한국 대중문화의 다음 세기를 꿈꾼다.

〈세상 속으로〉에 뛰어든 〈모래시계〉의 작가 송지나와 지나간 시대의 꿈을 꾸기도 하고, 뉴욕 그리니치빌리지의 재즈 카페와 소호의 화랑과 브로드웨이의 뮤지컬과 마틴 스콜세지의 비열한 거리와 우디 알렌의 맨하탄을 꿈꾸기도 하고, 꿈속에 나비가 되었다가 나비가 꾸는 꿈속에서 존 레논을 만나기도 한다.

요컨대 IMAZINE이 꿈꾸는 것은 새로운 문명이다. IMAZINE이 이 문명사적 대전환기에 꾸는 꿈 속에는 소위 사이버 컬처와 에콜로지가 공존한다. 존 페리 바를로라는 사이버 히피 터미네이터가 쓴 「사이버스페이스 독립선언문」을 읽으며 미래의 신대륙 위에 세워질 새로운 유토피아를 꿈꾸기도 하고, 길예경 터미네이터의 안내를 받아 사이버스페이스에서 꿈꾸고 있는 몽상가들을 순례하기도 한다.

그런가 하면, 에로틱한 터미네이터들도 있다. 「포르노티즘과 에로그라피」라는 거의 X등급의 꿈을 꾸는 이재현이라는 터미네이터도 있고, 「정열」이라는 뜨거운 소설을 쓴 송경아라는 터미네이터도 있다. 듀나 일당이라는 신종의 터미네이터가 떼로 등장하기도 한다. 움베르토 에코가 보낸 미네르바의 편지라는 꿈도 도착했는데, 그 양반도 혹시······.

다시 말하지만, IMAZINE은 꿈꾸는 잡지다. 이 꿈에서 저 꿈으로, 저 꿈에서 이 꿈으로, 꿈속에서 또 꿈꾸기도 하면서, IMAZINE의 꿈은 미래로 이어질 것이다. 아주 오래. '영원히'라는 말은 인간이, 아니 터미네이터조차 할 수 있는 말이 아니므로 하지 않겠다.

IMAZINE은 모든 잠자는 사람들, 그러니까 모든 꿈꾸는 사람들의 잡지다. 한 번이라도 꿈을 꾼 적이 있는 사람이라면 누구나 읽을 권리가 있고, 심지어는 살 권리도 있다. 좀 괴롭겠지만 의미심장한 꿈을 기고할 권리도 원한다면 드릴 수 있겠다. 말하자면 IMAZINE은 그렇듯 열려 있다는 것이다. 무시로 드나드시기를.

끝으로 IMAZINE의 탄생을 도와주신 모든 IMAZINE의 터미네이터들께 감사드린다. 억울하게 희생된 공보처의 터미네이터에게도.

# 버전업

## 문학의 위기와 새로운 도전

이용욱(icerain) 본지 편집주간

### 양치기 소년과 〈버전업〉

'문학의 위기'라는 말이 공공연하게 거론되고 있다. 과잉생산되다시피 한 이 위기설은 이제 문학인들뿐만 아니라 일반인들까지도 스스럼없이 이 야기하고 있는 일종의 유행어가 되어버렸다. 그러나 우리는 진정 '문학의 위기'를 목도하고 있으며 또 체험하고 있는가? '늑대와 양치기 소년'이라는 아주 오래된 우화가 있다. 한 양치기 소년이 마을 사람들이 매번 놀라 달려 오는 모습이 재미있어 늑대가 왔다고 거짓말을 하다가 마침내 진짜 늑대가 왔을 때는 사람들이 아무도 믿지를 않아 양들을 모두 잃어버린다는 이야기. 지금 우리 앞에 던져진 '문학의 위기설'과 양치기 소년의 '거짓말'은 무 엇이 다른가? '문학의 위기'는 2차 세계대전 후부터 많은 문예이론가들에 의해 지속적으로 제기되어온 문제이다. 그렇다면 지금 우리가 얘기하고 있 는 '문학의 위기'도 거짓말인 줄 알면서 예의 바르게 취하고 있는 일종의 제 스쳐가 아니겠는가? 90년대 이후 문학 분야 신간 도서의 발행률은 줄어들

| | |
|---|---|
| 발행일 | 1996년 9월 1일 |
| 발행 주기 | 계간 |
| 발행처 | 토마토 |
| 발행인 | 정현태 |
| 편집인 | 정현태 |
| 주간 | 이용욱 |
| 편집위원 | 김영하, 변정수, 신주영, 전사섭, 한정수 |

기는커녕 매년 증가하고 있으며, '영화'나 '비디오' 같은 영상 매체의 서사 예술로서의 영향력 확대에도 불구하고 소설책이 꾸준히 팔려나가고 있는 작금의 상황에서 누가 '문학의 위기'를 인정할 수 있겠는가?

그러나 단언하건데 "지금 문학은 위기이다." '소설의 죽음'이나 '주체의 소멸'이라는 전대의 위기 담론들이 문학의 재현 능력에 대한 회의였다면 지금 우리가 앞에 놓여진 '문학의 위기'는 '문자언어'에서 '전자 언어'로 전통적인 문학의 재현 코드가 이행되어가고 있는 현실하에서 문학이 코드의 외형뿐만 아니라 그 상상력의 층위와 소통 구조까지도 지반이 흔들리고 있음을 보여주는 총체적인 위기이다.

활자화된 텍스트만을 한정하여 문학으로 지칭하여온 전통적 관행은 영상 매체의 영향력이 활자 매체의 영향력을 앞지르고 있으며 매체 통합을 지향하는 멀티미디어가 현실화되고 있는 현 상황하에서 "도대체 문학이란 무엇이며 무엇이어야 하는가?"라는 근본적인 질문 앞에 속수무책일 수밖에 없다.

'위기'는 엄연히 우리 앞에 다가온 현실이며, 또한 바로 그 때문에 우리가 극복해야 할 현실이다.

문학은 현실을 반영하는 예술의 제 장르이며, '반영'은 재현 코드의 문제가 아니라 상상력의 문제임에 우리는 주목한다. 따라서 '문학의 위기'에 맞서고자 하는 우리는 단순히 재현 코드로 환원될 수 없는 문학의 본령을 확인하는 과정을 통하여 '활자의 위기'로부터 '문학'을 분리시킴으로써, 단지 그 유통수단에 지나지 않는 활자 매체의 죽음이 문학의 위기로 이해되는 현 상황의 오독을 경계하고, 나아가 무정형적이고 비제도적이며 다성적인 소통 구조를 지니고 있는 사이버스페이스(cyberspace)라는 새로운 공간 안에서 이미 오래전부터 형성되어온 '문학적 체험'과 그 기반을 이루는 '상상력'과 '소통 구조'의 혁명성에 주목함으로써 '위기'를 극복하려 한다.

지금까지 소위 통신 문학이라고 지시되어온 사이버공간 내에서의 문학 행위는 공간적 한계와 비제도적인 위치에 놓여 있었다. 그리고 이로 인해 외부로부터 심지어 내부에서조차도 정당한 평가를 받지 못하였다.

우리는 '통신 문학'이라는 용어를 거부하고 통신 공간 안에서 이루어지는 새로운 문학 행위를 '사이버 문학'이라 제안하고자 한다. 그리고 나아가 사이버 문학은 현재형이 아니라 미래형이라 확신한다. 사이버 문학은 주변이 아니라 중심이 될 것이며 '위기'에 대한 '대안'이 될 것이다. 우리는 공간적 지엽성과 비제도적인 위치에 놓여 있음으로 해서 외부로부터 정당한 평가를 받지 못한 채 문학의 해방구로서의 매너리즘에 빠져 있는 사이버 문학에 날카로운 자성과 비평의 메스를 들이댐으로써 '문학의 위기'에 대한 대안으로서의 사이버 문학을 현실화시킬 것이다. 〈버전업〉은 사이버 문학의 인큐베이터가 될 것이다.

〈버전업〉은 사이버 문학의 가능성을 문단의 전면에 선포함으로써 '문학의 위기'에 대한 양치기 소년의 마지막 외침이 되길 원한다.

### '사이버 문학'은 도전이며 이념적 지향태이다

우리는 문학이라는 행위, 나아가 글쓰기의 새로운 세계라는 공간적 지반으로서의 사이버공간을 주목하며, 그 안에서 전개되는 문학의 새로운 지평을 정면으로 응시하고자 한다. 우리가 사이버 문학에 주목하는 이유는 그것이 갖고 있는 해체의 가능성이 새로운 문학으로의 구축의 가능성으로 전이될 수 있음을 확신하기 때문이다.

사이버 문학은 폐쇄적인 문단 구조의 해체를 겨냥한다. 뿐만 아니라 이러한 문단 구조를 시장경제의 원리로 위협함으로써 '범람'을 통한 문학의 가치 하락을 주도해온 출판 시장의 상업성과도 그 경계선을 분명히 한다.

사이버 문학은 제도로서의 문학, 상품으로서의 문학이라는 현존하는 문학 행위의 양 측면을 모두 해체하려는 새로운 도전이다.

'사이버 문학'은 PC통신의 실시간성과 소통 구조의 쌍방향성에 기반하는 글쓰기이다. 이것은 작가와 독자의 전통적 분리에 기반한 창작과 수용이라는 문학 행위의 두 축을 통합하는 한편 비교적 엄격하게 제도화되어 있는 장르들 사이의 경계를 지워버리고 창작과비평의 분리를 해체한다. '사이버 문학'은 단순히 등단을 통한 기성 문단으로의 진입을 목표로 한 작가 지망생들의 예비 글쓰기도 아니며, 다분히 과장된 통신 공간 내의 인기 척도에 힘입어 상업적 출판 시장으로의 진입을 꾀하는 통속적 글쓰기의 슬럼은 더더욱 아니다. '사이버 문학'의 주체는 지금까지 제도로서의 문학에서는 '독자'라는 이름의 수용자로서, 상품으로서의 문학에서는 '소비자'라는 수동적 위치에 머물러왔던 바로 우리들 자신이다. '사이버 문학'은 우리에게 '보는' 문학에서 '하는' 문학으로의 의식의 전환을 가져다주었으며 이제 우리가 할 일은 의식의 전환을 가시적인 실현태의 모습으로 구체화시키는 일이다.

따라서 '사이버 문학'은 단순히 통신망 내에서 유통되는 문학 행위라는 매체적 요인이나 공간적 지엽성만으로 규정될 수 있는 것이 아니며, 오히려 문단 제도와 출판 시장에 의해 직접, 간접으로 억압되고 왜곡되어왔던 상상력과 정서의 '해방', 소통 구조의 '다성성'을 통한 새로운 문학 패러다임의 구축을 염두에 둔 이념적 지향태로 기능할 것이다.

### 버전업을 주목하라

쌍방향 실시간 소통에 기반하는 '사이버 문학'은 텍스트의 완결성이라는 전통적 관념이 미망에 지나지 않음을 통박해낸다. 작가도 비평가도 독자도 없는 오로지 있다면 '동등한 자격'을 가진 아이디(ID)들만이 존재하는 사이버공간에서는 문학 행위의 중심이 한 작가가 제시한 자기완결적 텍스트로부터 창작과 감상, 비평이 한데 뭉뚱그려진 텍스트들의 연쇄가 비정형적으로 만들어내는 컨텍스트로 이동한다. 하나의 텍스트란 단지 소통의 한 단계 혹은 하나의 계기에 지나지 않는다. 우리는 이렇듯 보다 거대한 소통의 맥락에 의해 의미가 축소, 한정된 자기완결성을 컴퓨터 프로그래밍의 용어를 빌어와 '버전(version)'이라 환치한다.

우리가 주목하고자 하는 '사이버 문학'이란 단지 '버전'과 '버전' 사이의 계기적 연쇄만을 지칭하는 것이 아니다. '버전업'이란 단절적이고 비연속적인 단계적 발전이 아니라 유기적이고 연속적인 성장의 과정이다. 우리의 시선이 텍스트로부터 컨텍스트로 옮겨 가는 순간 우리의 관심은 고정된 텍스트의 완결성이라는 미망으로부터 역동적인 소통의 과정 그 자체로 이동한다. '버전업'은 쌍방향 실시간 소통의 기반 위에서 역동적으로 표현되고 상호 침투됨으로써 고양되는 새로운 상상력을 위한 우리의 가치 천명이다.

'버전업'은 그러나 텍스트의 자기완결성을 전면 부정하지는 않는다. 비유적으로 말하자면 최초의 '버전'이 없이는 '버전업'이 이루어질 수 없으며, 하나의 '버전'에 대한 '버전업'은 궁극적으로 또 하나의 '버전'을 통하여 이루어진다. '버전업'은 완결과 성장, 단절과 연속의 변증법이다.

우리는 〈버전업〉을 통해 많은 것을 보여주려 조급해하지는 않을 것이다. 우리에게 주어진 책임은, 사이버 문학이라는 거인의 어깨 위에 올라가 거인보다 더 멀리 볼 수 있는 난쟁이의 역할이다. 거인에게는 무한한 힘이 있고 난쟁이에게는 거인을 올바른 길로 안내할 수 있는 안목이 있다. 〈버전업〉은 안목을 갖춘 난쟁이가 되려 한다.

이제 길을 떠나려 한다. 주사위는 던져졌고 양치기 소년은 거인의 어깨 위에 자리를 잡았다. 이제 남은 일은 양들 사이로 뛰어드는 일일 것이다.

# 페미니스트 저널 이프IF

## 출사표 / 왜 지금 페미니즘인가?
### —〈페미니스트저널 IF〉를 세상에 내놓으며

페미니즘에 대한 남성들, 특히 지식인 남성들의 공격과 비난이 시대 현상처럼 번지고 있다. 그리고 그 공격은 거의 예외 없이 무지하고 악의적이다. 이 시대 페미니즘 또는 페미니스트라는 말은 '더러운 꼬리표'가 되고 말았다. 온 세상이 다 페미니즘의 사고 체계와 주장대로 진행되고 있는데도 이 사회에서 페미니스트라는 이름표를 붙이는 것은 금기가 되고 말았다. 참으로 이상하지 않은가? 중세에 불었던 마녀사냥의 광풍처럼 21세기의 미명을 코앞에 두고 있는 지금 한국에서 페미니스트 사냥이 시작되고 있는 것이다.

그들은 왜 페미니즘을 공격하는가. 페미니즘을 공격하는 사람들이 반드시 남성만은 아니다. 여성들조차 그것이 자신의 '음전한' 여성성을 보증하는 방패라도 되는 양 "저는 페미니스트는 아니지만……"이라는 단서를 달곤 한다. 페미니스트는 죄인이 아니다. 그런데 왜 페미니즘은 같은 여성에게부터도 공격을 받아야 하는가?

페미니즘이란 도대체 무엇인가? 페미니즘은 아무것도 아니다. 그것은

**발행일** 1997년 5월 29일
**발행 주기** 계간
**발행처** 도서출판 이프
**발행인** 윤석남
**편집위원** 김신명숙, 김영선, 김재희, 김혜경, 손자희, 오숙희, 유숙렬, 유지나, 이혜경

여성도 인간이라는 여성성의 인간 선언일 뿐이다. 여자의 주인은 남편도 아이도 아닌 바로 여자 자신이라는 그 단순한 진실을 말하는 것이 어째서 그토록 많은 파문을 일으켜야 하는가?

페미니즘은 여성의 삶에 대한 주도권을 여성에게 줌으로써 양성 관계의 변혁을 목적으로 한다. 궁극적으로는 모든 사람이 인간의 잠재성을 실현할 기회를 더욱 많이 가질 수 있게 하려는 것이다. 페미니즘은 단순한 이념이나 사상을 넘어선다. 그것은 남녀 관계의 변화를 통해 세계를 변혁하려는 사회 이론이며 동시에 정치적 실천이다. 따라서 페미니즘은 우리 사회에서 자연스럽고 정상적이며 바람직하다고 인정되는 많은 것에 도전한다. 페미니스트들의 이러한 도전이 지금 비난과 저항에 부딪치고 있는 것이다.

"여성들이 진정으로 원하는 것은 무엇인가?" 저널을 준비하며 우리가 줄곧 매달려온 질문이다. 여성들의 숨은 욕망을 찾아내기 위한 그동안의 토론 과정은 미로 게임과도 같이 지난하고 복잡했다. 결국 우리는 이 질문에 정답은 없다고 결론 지었다. 여성들이 원하는 것은 하나의 절대 진리도 아니며 또 그 답은 사람마다 다른 모습으로 나타날 수도 있기 때문이다. 그러나 우리는 중요한 발견을 했다. 그것은 여성들이 아직까지와는 다르게 새롭게 살고 싶다는 것이다.

여성은 오랜 세월 동안 남성 욕망과 남성 쾌락의 대상에 불과했다. 이제 여성은 스스로 주인이 되어 여성이란 무엇인가에 대한 질문을 새롭게 시작해야 한다. 우리는 자랑스럽게 선언한다.

"IF는 페미니스트 저널이다."

박미라 편집장

## if SPIRIT

### 웃자!

우리는 이제까지 너무나 많은 눈물을 흘려왔다. 그러나 이젠 웃고 싶다. 웃음은 우리를 기쁘고 행복하게 만든다. 폭발하는 침묵처럼, 치솟아오르는 분수처럼 그렇게 웃고 싶다. 자, 웃자!

### 뒤집자!

우리는 여자로 태어나 이 세상을 살아오면서 우리의 내면에서 자연스럽게 자라온 하나의 욕망을 지니게 되었다. 그리고 알게 되었다. 우리 모두 똑같은 욕망을 지니고 있으며 그 욕망이 파괴적이라는 것을. 뒤집고 싶다. 이 세상을 한번 신나게 뒤집어버리고 싶다. 궁금하지 않은가? 어떻게 될까?

### 놀자!

우리는 그동안 눈물과 고통에만 익숙해왔다. 여자로 이 세상을 산다는 것은 고통과 인내, 희생의 지겨운 학습 과정에 다름 아니었다. 그리고 그 과정은 우리의 몸과 마음을 중독시켜 마침내 노예의 평안을 선사했다. 이젠 싫다. 즐겁고 싶다. 재미있고 싶다. 놀고 싶다. 그리하여 여자들을 즐겁게 만들고 싶다.

**유숙렬(편집위원)**

# 당대비평

## 무산된 꿈, 희망의 복원

1995년 겨울 프랑스 노동자 총파업 때 나는 정말 묘하게도, 몇 백 미터만 걸어가면 자유를 위해 피 흘린 역사적 현장이 나타나는 그 나라의 수도에 있었다. 나는 소설가이기 때문에 프랑스 하면 성장기의 나에게 여러 면에서 영향을 주었던 사르트르라는 그 나라의 작가 이름이 제일 먼저 떠오르고는 했었다. "여러분은 우리가 착취자라는 것을 잘 알고 있다." 내가 오래전에 읽었던 책 속에서 죽는 날까지 철저한 '개입파'였던 그는 남의 금속과 석유, 그 밖의 남의 많은 자원에 손을 댄 것은 유럽인이었다고 말했었다. "그 결과 우리의 화려한 궁전과 교회, 거대한 공업 도시가 생겨난 것이다. 그리고 경제적 위기가 있을 때는 식민지 시장이 그 타격을 완화시켜주거나 역전시켰다. 부의 늪 속에 빠져 있는 유럽은 자기 주민들에게만 인간적 지위를 보장해주고 있다. 우리에게 있어 인간이 된다는 것은 식민주의의 공범자가 되는 것이다. 우리는 누구나 식민지 착취로부터 이익을 얻고 있기 때문이다." 물론 내가 그 나라에 가보기 훨씬 이전에 사르트르는 죽어 나무와

**발행일**   1997년 9월 1일
**발행 주기**  계간
**발행처**   (주)당대
**발행인**   김향환
**편집인**   조세희
**책임기획**  문부식

654  시대의 말 욕망의 문장

숲의 어느 묘지에 누워 있었고, 1995년 노동자 총파업은 이제 그의 후배 작가-지식인들의 지지를 받고 있었다. 나는 그해 11월 말과 12월 초 사이에 꼭 네 번, 1968년 '혁명' 이후 가장 크다는 그 나라 총파업 노동자들의 시위대 속에 끼여들어, 우리 현장 노래들보다 몇 배나 더 저항적이고 더 전투적인 저희 투쟁가의 가사를 적어주며 "솔·리·달·리·떼!"라고 외쳐대는 노동자와 학생들을 따라 그 유명한 '연대' 구호를 불러보았다. 그때 우리나라에 큰 재난을 들이며 대통령 자리에 올라 어마어마한 돈을 끌어모았던 두 내란 군인 중 하나인 노태우는 연희동 집에서 끌려나와 구치소에 이미 구속이 되어 있었다. 그보다 언제나 앞장서 더 큰 죄를 지어온 전두환이 구속되었다는 소식을 나는 프랑스 노동자와 학생들이 일터와 대학 강의실을 떠나 연대 투쟁을 벌여 그 열기가 정점에 이르렀던 12월 초 파리 주재 어느 신문사 특파원에게서 처음 들었다. 그로부터 1년 뒤인 1996년 겨울 나는 여의도 광장 우리 노동자 대집회장에 나가 단위 조합별 기수들이 든 수많은 깃발이 한강을 타넘은 찬바람을 맞아 휘날리는 것을 보고, 침묵을 지키다 마침내 입 맞추어 터뜨리는 우리 노동자들의 큰 외침 소리를 들었다. 그 소리가 얼마나 크고 당당했던지 우리 땅 잠자는 사람들뿐 아니라 이미 죽은 사람들까지 깨워 일으킬 것 같았다. 프랑스 총파업 노동자들의 한겨울 시위대 속에서 느꼈던 것보다 몇 배나 더 큰 감동이 내 몸 안에서 일었다. 대학생과 청년, 재야 여러 단체들이 든 깃발이 여의도 겨울 광장에서 함께 휘날렸다. 이것이 지난 87년 대항쟁 기간 중의 일이었다면 아무도 이렇게 감동하지는 않았을 것이다. 80년대엔 동족을 죽여 집권한 전-노, 철저한 3세계형 군부 독재자와 공범자들을 잡아 감옥에 처넣든가 그들에게 어울리는 산이나 들판으로 내쫓고 정말 국민을 위하는 따뜻한 '민간' 정부를 세우겠다는 분명한 싸움의 목표, 분단된 나라의 '반쪽' 민족이 가진 희망이 있었다. 80년대의 이 귀중한 희망은 피 묻은 내란 군부와 손잡은 군인 아닌 김영삼 '민간인'이 노태우가 확장해 잘 지어놓은 청와대로 들어가 '통치한' 90년대에 완전히 파괴되고 말았다. 노동자들은 추운 겨울 내내 바람 부는 여의도 광장과 종묘공원, 탑골공원, 명동성당을 오가며 폭력 독재기에도 잃지 않았던 값진 꿈을 파괴하고 희망을 짓밟는, 그리고 무엇보다 경제 위기의 원인을 노동자 고임금에서 먼저 찾으며 노동법을 개악하고 재개악하려는 권력과 싸우고 있었다. 그때 내가 국민의 한 사람으로서 제일 참을 수 없었던 것은 권력이 국가 구성원에게 가하는 모독이었다. 노동자들이 총파업에 들어가기 얼마 전 청와대 무슨 회의 소식을 전한 보도에 의하면, 우리나라는 멀지 않은 21세기 어느 날 이 지구 위 주요 국가들을 모두 따돌리고 '세계 중심 국가'로 우뚝 서게 되어 있었다. 우리나라, 우리 민족이 이 지구 상 2천이 넘는 인종이 꾸려나가는 1백90여 나라, 55억 인류의 으뜸이 된다는 것이었다. 그렇지 않아도 경제가 정치를 따라 나빠져 미래가 안 보이고, 그래서 생각이라고는 할 줄 모르는 사람들이 내놓고 과거를 그리워하기 시작한 1996년에 우리는 도대체 어떤 퇴화의 과정을 거쳐 이 지경에 이르게 된 것인지 나는 알 수가 없었다. 김영삼 이전 정권, 온 국민에게 함께 도착해 살 낙원으로 선진 경제대국을 약속하고 하루라도 경제성장을 선전하지 않고는 존재할 수 없었던 박정희·전두환·노태우 군부독재 정권 치하에서도 우리는 얼굴 붉어지는 이런 종류의 뉴스는 들어본 적이 없었다. 물론 4천만 한국 국민 중 5퍼센트 정도의 소수는 김영삼 정권이 나라를 어떤 재난, 어떤 공황으로 몰아가든 전-노 정권 때처럼 마음 놓고 행복해할 수 있었다. 한국은 이들 소수의 낙원이 되었다. 이 행복한 소수가 4천만이 살아가는 나라의 국가 토지 60퍼센트 가까이를 소유하고 있다. 날더러 말해보라면, 우리나라는 물론 경제 강국도 아니고 선진국도 아니며, 넙죽넙죽 빌어다 쓴 외채가 하늘에 닿을 정도로 많아 해마다 피땀이 밴 수십억 달러, 가슴이 미어지는 백억 달러 안팎을 원통하게도 국내의 눈물과 한숨 어린 긴급한 문제들에 못 쓰고 자본과 기술의 '본국'들인 선진 세계에 고스란히 이자로 바쳐야 되는, 분수 모르고 설치기만 하는 만년 허풍선이 개발도상국일 뿐이다. 그

동안 하도 떠들어대 이제 듣기만 해도 소름이 끼치는 '1인당 GNP 1만 달러'도 정확히 말하자면 자랑이 아니라 수치이다. 외신들이 한때 '아시아의 용들'로 부른 이른바 우리 이웃 경쟁국들은 조용히 1만 5천 달러에서 2만 달러, 2만 달러에서 3만 달러를 향해갔다. 그들은 우리나라처럼 노동자들을 3대에 걸친 세계 최장 시간 착취 중노동에 동원하지 않고도, 그리고 무엇보다 동족을 학살하고 고문한 원시 폭력 독재도 안 하며 경제상 수치로 제2세계와 제1세계에 다다랐다. 그들에게는, 1천억 달러를 훌쩍 넘어버려 다음 세대들이 21세기에 허리띠 졸라매고 갚아나가야 할 우리와 같은 외채도 물론 있을 리 없고, 우리처럼 죽어라 일해 한 해에 1, 2백억 달러에 이르는 적자도 안 본다. 세계에서 우리처럼 숨 막히고 슬픈 모순의 나라는 아무리 눈 씻고 보아도 찾을 수가 없다. 긴 군부독재기를 보내고 맞게 된 절망적 상황, 바로 이 부분에 이르를 때마다 나는 김영삼 민간정부가 들어선 1992년 「자본시장 보고서」라는 이름으로 독일은행이 내놓았던 작은 문건 하나를 생각하고는 했었다. 독일은행은 그 보고서에서 세계의 다른 지역 경제는 이미 성숙했거나 쇠퇴한 반면 아시아는 젊고 교육받는 단계이며 내일을 위해 저축하고 투자하고 건설하고 있다고 지적했었다. 그러나 아시아에 내재한 위험한 여러 문제들은 순간적 오산이나 부주의, 무책임으로 말미암아 새롭고 연약한 번영의 꽃봉오리를 동사시킬 위험이 있다는 경고를 그들은 잊지 않고 덧붙였다. 그리고 아시아가 90년대에 직면하게 될 최대의 도전은 바로 지도력의 문제라고 말한 이 보고서는 "지도력에 의한 결단과 행동을 위한 의지, 앞을 내다보는 전망 창출에 실패하면 눈앞에 다가온 희망도 무산될 것"이라고 예측했었다. 나는 1996년 11월에 시작해 1997년으로 해를 넘겨 계속되는 노동자 대투쟁 기간 중 어느 날 독일은행의 문건에 쓰인 '희망의 무산'이라는 말이 얼마나 무서운가 하는 것을 새삼스럽게 알 수 있었다. 그 날 만난 한 노동자는 '공황'이 몰고 올 어려움을 말하다 수심에 잠겼다. 물론 군부독재자들이 폭력과 무법, 무규칙으로 키워 민간정부에 넘긴 한국

자본주의경제는 싱가폴 자본주의, 홍콩 자본주의, 대만 자본주의, 동남아 자본주의가 다 서 있는데, 곧 '세계 중심 국가로 인류를 이끌어야 될' 우리 한국 자본주의는, 저 혼자 무릎을 꿇더니 아예 주저앉아버렸다. 한국 자본주의는 좀처럼 일어날 생각을 못했다. 그렇다고, 국민이 굶어 죽는 일은 일어나지 않았다! 1997년에 한국 자본주의는 더 이상 기대할 지도력도 없고, 지혜도 없고, 윤리도 없고, 그래서 어떤 결과와 행동도 바랄 수 없어 그랬는지 김영삼 정권 아래서 최대의 위기를 맞았지만, 국민을 죽음으로 몰아가는 일은 없었다. 먹을 것이 없어 굶어 죽는 일은 우리 민족의 반이 사는 북쪽에서 일어났다. 북한 사회주의는 인민을 아사시켰다. 우리 민족이 어쩌다 이 지경이 되었는가! 무엇이 잘못되어 아시아의 1, 2세계 일본·싱가폴·홍콩·대만, 그리고 세계 경제 강국으로 떠오른 중국에 우리 민족은 둘러싸여 자본주의로는 1천억 달러 외채에 1년 2백억 달러 적자와 부정·부패·착취·속임수로 약해지고, 사회주의로는 그것도 그냥 못사는 것이 아니라, 지구 위 수많은 나라 국민들이 영양과다 섭취로 인한 체중 감량에 고심할 때 얇고 가느다란 몸으로 살아남는 데 필요한 최저 생존 식량이 없어 굶어 죽어가는가! 우리가 〈당대비평〉을 내기로 결심하기 직전 읽은 〈한겨레〉 신문에 북한 조산원 원장이 울면서 했다는 다음과 같은 말이 실려 있었다. "막 아이를 낳은 산모들에게만이라도 쌀죽을 주고 싶다. 다음에 올 때는 입쌀을 갖다 달라. 지금 조선은 후퇴하고 있다. 이 시련이 언제까지 계속 갈지 모르겠다." 물론 민족의 반이 후퇴하고 있는데 다른 반쪽이라고 온전할 수는 없었다. 우리 민족은 다른 민족들이 통상 겪는 것보다 몇 배나 더 큰 고통과 시련을 남북에서 겪고 있었다. 누구든 아주 조금만 생각해도 속으로 눈물 날 바로 이 1997년에 우리는 긴급한 마음으로 〈당대비평〉을 내놓는다. 시작은 셋이 했다. 우리는 이미 여름 기운이 느껴지는 어느 날 밤 아주 심각하고 또 더할 수 없이 비장한 마음으로 편집회의를 시작했는데, 그 자리에서 우리가 결정하고 다음 날부터 급히 청탁에 들어가 만들어낸 것이 물론 미흡한 점이 수없이 많을 창간호이다. 많은 분들이 걱정을 해주시고, 차근차근 준비해 알찬 내용의 책을 경제 상황이 나아질지 모르는 겨울이나 내년 봄, 또는 아예 1년 뒤에 내라는 분들의 충고도 있었지만, 좀 더 많은 사람들과의 합의나 계획, 대안, 그리고 경제적 문제에 대해서는 1997년이 가하는 정신적 압박이 크니까 우선 그것에 저항하고 보자고, 우리는 생각했었다. 나 개인은 1995년에 시작해 1997년까지 이어진 두 나라 노동자들의 투쟁, 즉 신뢰할 수 없는 권력이 결정하는 조건에 따르지 않겠다는, 미래를 위한 당당한 저항에서 배운 것이 많았다. 실제로 우리가 책을 만드는 시간에도 지난 긴 세월 동안 우리를 지배하고 절망으로 이끈 구 독재 체제의 또 다른 얼굴들이 21세기까지 점령해버리겠다는 음모·거래·암투를 계속하고 있었다. 지난 독재 시절 이들 하나하나가 사실은 자기 의지에 따라 움직이는 자유인이 아니었다. 내가 문학을 하는 사람이라 더욱 그랬던지, 나에게 그들은 손에 국민의 피를 묻힌 권력자 밑에서, 또는 그 권력자와 제휴한 또 다른 독재자 밑에 들어가 노예의 삶을 산 종들에 지나지 않았다. 그들이 우리에게 안겨주었던 갖가지 절망이 지금 나로 하여금 이런 글을 쓰게 한다. 20세기를 우리는 끔찍한 고통 속에서 보냈다. 백 년 동안 우리 민족은 너무 많이 헤어졌고, 너무 많이 울었고, 너무 많이 죽었다. 선은 악에 졌다. 독재와 전제를 포함한 지난 백 년은 악인들의 세기였다. 이렇게 무지하고 잔인하고 욕심 많고 이타적이지 못한 자들이 마음 놓고 무리져 번영을 누렸던 적은 역사에 없었다. 다음 백 년의 시작, 21세기의 좋은 출발을 위해서라도 지난 긴 세월의 적들과 우리는 그만 헤어져야 한다.

물론 우리 〈당대비평〉은 앞으로 더 많이 고민하고, 무슨 일이 있어도 편함을 취하지 않겠다는 것을 여기서 약속드린다. 처음부터 우리를 믿어주시고 무더위 속에서 좋은 글을 써주신 선배 어른님들, 동시대 벗님들, 젊은 후배님들, 그리고 〈당대비평〉을 예쁘게 꾸며주신 분들께 정말 감사하다는 깊은 사랑의 인사를 드린다.

# 삶이 보이는 창

## 창의 주인은 바로 당신

**이인휘(박영진 추모사업회, 소설가)**

잡지를 만든다고 하니까 미쳤다고 하는 사람이 많더군요. 아마도 망할 것이라는 생각들을 하시기 때문에 그런 말이 나왔다고 생각됩니다. 사실 우린 재정도 빈약하고, 잡지를 만들어본 경험도 없습니다. 하지만 미쳤다고 생각하는 사람은 하나도 없고, 만들어갈수록 더욱 자신감만으로 충만하게 되고 기쁨으로 웃음꽃을 피우게 됩니다.

그동안 생겨났다가 없어진 잡지들. 특히 민중의 삶을 주제로 책을 만들면 팔리지 않는다고 확신하는 사람들. 우린 그분들을 위해 책을 만들지 않기 때문에 그들의 목소리에 분노하지 않습니다.

민중의 삶이 아름답지 못한 나라는 오래가지 못합니다. 민중이 그 나라의 주인으로서 뿌리를 내릴 때 그 민족과 나라는 풍요로운 햇살의 따뜻함으로 가득 찰 것입니다. 우린 그러한 햇살을 어두운 공장 하늘에 가득 뿌리고 싶습니다. 그리고 더 나아가서는 우리 땅 모든 곳에 가져와 찬란하게 수

| | |
|---|---|
| **발행일** | 1998년 1월 10일 |
| **발행 주기** | 격월간 |
| **발행처** | 구로노동열사 추모사업회 (부설) 도서출판 삶이보이는창 |
| **발행인** | 이인휘 |
| **고문** | 김금수, 김하경, 박창호, 정희성, 조세희, 현기영 |
| **기획위원** | 김명환, 노항래, 송경동, 이인휘, 정종권, 조찬영, 홍기열 |
| **편집자문위원** | 강준희, 김근우, 김명운, 김학철, 남승우, 신성균, 여운모, 유옥순, 윤창식, 이봉우, 정선근, 조경수, 최규엽 |

놓고 싶습니다.

이 책의 발행처를 보면 아시겠지만 이 책은 개인이 만드는 것도 아니고, 영리를 추구하는 책도 아닙니다. 우리 사회의 정의와 평화와 평등을 외치며 산화해간 열사들의 정신으로 만드는 책입니다. 그래서 이 책은 그분들의 정신에 대해 공감할 수 있는 모든 분들의 것입니다. 바로 우리의 미래를 진정으로 걱정하는 모든 분들이 이 책의 주인이라는 것이지요. 노력하겠습니다. 여러분들이 힘을 실어주십시오.

# 인물과 사상

## 창간사(창간준비호) / '지식 권력' 교체는 불가능한가?

강준만

### '전례'에 집착하지 맙시다

〈인물과 사상〉에 보내주신 독자 여러분들의 뜨거운 성원에 깊이 감사드립니다. 지금부터 1년 몇 개월 전 제가 『인물과 사상』이라는 매우 독특한 유형의 책을 내고자 했을 때에 제 주변의 모든 사람들이 반대했습니다. 반대의 이유는 한결같았는데, 그건 그런 '전례가 없다'는 것이었습니다. 그러나 〈인물과 사상〉은 적어도 출판계에서 통용되는 기준으론 크게 성공한 이변이었습니다.

우리 모두 전례에 너무 집착하지 맙시다. 정권 교체도 어차피 전례가 없었던 일입니다. 저는 전례에 집착하지 않는 개척 정신과 창의성이야말로 지금 우리가 처해 있는 국난을 극복하고 더 나아가 우리나라가 번영할 수 있는 비결이라고 생각합니다.

저는 이제 또 전례가 없는 새로운 일을 하나 시작하려고 합니다. 제가 새로 시작하려고 하는 일은 월간 〈인물과 사상〉을 펴내는 일입니다. 월간지야 숱하게 많지만 제가 구상하는 월간지의 내용과 창간 방식은 전례가 없을 뿐만 아니라 기이하기까지 합니다. 거기엔 그럴 만한 이유가 있습니다.

발행일    1998년 4월 1일(창간준비호) / 1998년 5월 1일(창간호)
발행 주기  월간
발행처    인물과 사상사
발행인    강준우

저는 〈인물과 사상〉 제5권에서 '지식 권력도 교체하자'는 주장을 했으며 최근에 낸 『언론권력도 교체하라』는 책을 통해 언론 권력의 교체를 강력히 주장한 바 있습니다. 저는 패거리주의, 기회주의, 보신주의에 오염된 기존의 언론 권력을 포함한 지식 권력을 교체하지 않고선 김대중 정권의 성공도 기대하기 어렵다고 생각합니다.

그런데 지식 권력을 교체하는 게 과연 가능한 일일까요? 저는 그게 정권 교체보다 더 어렵다고 생각합니다. 그럼에도 저는 일단 옳은 소리는 외치고 보자는 심정으로 지식 권력의 교체를 주장해 왔습니다. 그러나 저의 주장은 일정 부분 눈에 보이지 않게 영향력을 행사하면서도 큰 변화를 이뤄낼 수 있을 만큼 힘을 발휘하진 못하고 있습니다.

물론 저는 제 주장의 실현 여부에 관계없이 무조건 제 길을 가겠다는 신념으로 가득 차 있습니다. 크게 실망하실 분들도 있겠습니다만, 제가 『인물과 사상』을 비롯한 저술 작업에 몰두하게 된 건 무슨 거창한 명분에서가 아니라 순전히 저의 개인적인 성향과 취향 때문이었으며 저 스스로 그런 일을 무척 즐겼기 때문입니다. 제가 고민하는 건 저에게 지지를 보내준 많은 분들의 고귀한 뜻이 그냥 이런 시각도 있다는 뜻으로 주변화되어도 괜찮으냐 하는 것입니다.

사실 제가 월간 〈인물과 사상〉을 구상하게 된 건 제가 지지를 보내주신 분들에게서 받은 자극 때문입니다. 그런 분들이 의외로 더 많을 수 있다는 데에 생각이 미치자 저는 그분들이 '조직화'되지 못하고 '파편화'되어 있는 현실에 눈을 돌리지 않을 수 없었습니다. 그분들은 우리 사회의 언로言路에서 정당한 몫을 누리지 못하고 있습니다. 이 점이 중요합니다.

## '조직화'가 필요합니다

언론을 봅시다. 우리나라 지식인은 언론에 의해 장악되었기 때문에 지식 권력은 곧 언론 권력입니다. 지난 대선을 통해 잘 드러났지만 〈조선일보〉와

〈중앙일보〉 등 일부 유력 언론은 이른바 '김대중 죽이기'에 앞장섰습니다. 그들은 김대중 정권의 개혁에 결코 호의적이지 않습니다. 그들은 벌써부터 김대중 정권을 이상한 방향으로 끌고 가려는 음모를 공공연히 드러내고 있습니다.

아니 김대중 정권과 무관하게, 권력을 창출하겠다는 주제넘은 야욕을 노골적으로 드러내놓고 일체 반성의 말을 하지 않는 그런 '언론 마피아'의 오만과 방종을 그대로 두고서 우리나라가 잘되기를 어찌 기대할 수 있겠습니까? 지금과 같은 치욕스러운 IMF 신탁통치 체제도 바로 그런 언론에게 가장 큰 책임이 있는 게 아닐까요? 저는 그런 언론이 계속 번영을 누린다는 건 국민적 자존심 문제라고 생각합니다.

다른 언론 매체들도 딱하기는 마찬가지입니다. 그들 대부분은 기회주의적이고 무능합니다. 〈한겨레〉〈시사저널〉〈말〉 등과 같은 비교적 양심적인 매체들이 있는 게 다행스럽긴 하나 이들 역시 자체의 생존을 위해 허덕일 뿐 기존 언론 판도를 바꾸기엔 역부족이 아닌가 생각합니다. 결국 시민이 나서야 합니다. 정권은 언론을 건드릴 수도 없고 건드려서도 안 됩니다. 시민이 나서지 않는 한 정권은 언론에 끌려다닐 수밖에 없습니다. 그게 바로 우리가 처해 있는 엄연한 현실인 것입니다.

어려운 여건 아래서도 언론 운동을 하시는 분들이 많이 있습니다. 그분들께 지지를 보내주십시오. 저는 다양한 종류의 언론 운동이 필요하다고 생각합니다. 저는 전혀 새로운 종류의 언론 운동, 새로운 종류의 시민운동을 선보이려고 합니다. 그게 바로 월간 〈인물과 사상〉을 구상하게 된 배경입니다.

월간지를 하나 창간하는 데엔 최소 수억에서 수십억 원의 돈이 필요합니다. 그런 돈을 가진 사람은 언론 운동에 관심이 없고 언론 운동에 관심이 있는 사람에겐 그런 돈이 없습니다. 그러나 언제까지 돈타령만 해야 하나요? 저는 발상의 전환이 필요하다고 봅니다.

저는 언론 개혁을 적극 원하는 국민이 적어도 수백만 명은 되리라 믿습니다. 또 정권 교체를 열렬히 원했으며 교체된 새로운 정권이 성공하기를 열렬히 바라면서 김대중 정권에게 제대로 된 비판 또는 격려가 필요하다고 믿는 국민도 수백만 명은 되리라 믿습니다. 그들 가운데 단 1퍼센트만 조직화되어도 엄청난 힘을 발휘할 수 있습니다. 조직화되지 않은 1백만 명보다는 조직화된 1백 명이 더 큰 힘을 발휘할 수도 있습니다. 저는 우리 시대 개혁을 위한 중심 화두로 '조직화'를 제시하고자 합니다. 현 경제 난국도 조직화된 공동체적 결속력이 강해질 때에 보다 쉽게 극복할 수 있을 것입니다.

### 월간 〈인물과 사상〉의 3대 목표

그런데 그런 조직화가 과연 불가능한 것일까요? 저는 그런 조직화가 얼마든지 가능하다고 믿습니다. 그런 믿음 아래 저는 월간 〈인물과 사상〉을 중심으로 언론 개혁 세력을 조직화하고자 합니다. 월간 〈인물과 사상〉은 세 가지 목적을 갖고 있습니다. 이념과 정치적 성향을 막론하고 다음의 세 가지 목적에 동의하고 그 실천을 원하는 분들은 누구나 다 참여하실 수 있습니다.

첫째, 언론의 오만과 방종을 응징합니다. 이념과 정치적 성향은 얼마든지 다를 수 있으며 우리는 남의 이념과 정치적 성향을 존중해야 할 것입니다. 우리가 문제 삼아야 할 것은 최소한의 도덕성입니다. 언론의 위선, 기만, 월권, 음모를 비판하고 바로잡아야 할 것입니다.

둘째, 지역 차별, 학력 차별, 성차별, 장애인 차별 등 모든 종류의 부당한 차별에 대해 투쟁합니다. 차별에 대한 문제의식조차 없이 차별에 대해 침묵하는 언론과 지식인들을 비판합니다. 지금 우리 사회엔 구체적인 차별을 외면하면서 추상적인 사회정의를 역설하는 사람들이 너무 많기 때문에 그런 비판은 반드시 필요하다고 봅니다.

셋째, 성역과 금기가 없는 실명 비판의 문화를 우리 사회의 주류 문화로 정착시킵니다. 우리 사회에서 권리만 누릴 뿐 책임은 전혀 지지 않는 유일한 집단이 바로 지식 권력입니다. 언론은 상호 비판을 금기시하는 이른바 '침묵의 카르텔'을 형성해 우리 사회의 패거리 문화를 유지시키는 주범입니다. 그 카르텔을 반드시 깨부수겠습니다. 모든 종류의 사회 개혁에 있어서 지식 권력은 일종의 지렛대 구실을 할 수 있기 때문에 지식 권력을 감시하면서 경우에 따라 비판하거나 격려하는 것은 매우 중요한 일입니다.

이상 세 가지 목적은 어찌 보면 지극히 상식적인 것인데도 그간 우리 사회에서 실종된 이슈였습니다. 우리는 모든 정치·사회적 문제에 대해 다 똑같은 생각을 가질 필요는 없을 겁니다. 아니 그건 바람직하지도 않습니다. 그러나 이 세 가지 이슈에 대해서만큼은 우리 모두의 공통분모를 찾을 수 있지 않을까요? 월간 〈인물과 사상〉은 반드시 그 이슈를 복원시켜 지식 권력이 거듭 태어나게끔 하는 데에 일조하겠습니다. 아니 반드시 그렇게 되게끔 하겠습니다. 그 실현 여부는 이 운동에 얼마나 많은 분들이 참여하느냐에 달려 있습니다.

참여에 부담 가지실 필요는 전혀 없습니다. 생업 종사에 바쁜 분들께 감히 무엇을 요구할 수 있겠습니까? 〈인물과 사상〉을 구독해주시는 것만으로 족합니다. 그것이 곧 참여인 것입니다. 바꿔 생각해보십시다. 〈조선일보〉라는 신문이 큰 영향력을 발휘할 수 있는 이유가 무엇이겠습니까? 그 신문의 구독자가 많다는 것 아니겠습니까?

지금 우리 사회의 개혁을 열렬히 원하는 사람들은 절대적 다수임에도 불구하고 모두 '외로운 섬'으로 고립돼 파편화되어 있습니다. 기존 언론이 그들의 목소리를 외면하고 있기 때문입니다. 아니 언론 자체가 개혁 대상인데 언론에게 무엇을 기대할 수 있겠습니까? 언론을 바꾸지 않고선 여론은 늘 관리와 조작의 대상으로 전락해 국민에게 염세주의와 패배주의만을 심어 줄 것입니다.

## 여러분이 모두 지식인입니다

제가 특별히 똑똑하거나 양심적이어서 이런 일을 하려고 하는 건 아닙니다. 저는 남들이 보지 못한, 또는 보지 않으려는 우리 사회의 맹점을 발견했기 때문입니다. 저보다 훨씬 더 똑똑하고 양심적인 지식인은 우리 사회에 매우 많습니다. 또 그런 시민운동 단체들도 많습니다. 그런데 그들의 사회 참여 또는 영향력 행사는 언론을 매개로 이루어집니다. 그들은 좋은 목적을 위해 언론을 이용하려는 것이기 때문에 언론과의 사이를 좋게 하기 위하여 언론 비판을 자제하는 건 전술적 선택이라고 생각하는 것 같습니다.

그러나 과연 그럴까요? 예컨대, 부정부패 척결에 대해 생각해봅시다. 지식인과 시민 단체가 부정부패 척결을 위해 할 수 있는 일이 과연 무엇일까요? 기껏해야 언론을 통해 발언하는 것 이외에 무엇을 할 수 있겠습니까? 차라리 그 막강한 언론이 부정부패 척결에 발 벗고 나서게끔 언론계 내부의 부정부패를 척결하고 언론이 다시 태어나게끔 언론을 바꾸는 게 우리 사회의 부정부패 척결을 위해 훨씬 더 효율적인 게 아닐까요? 어찌 부정부패 척결뿐이겠습니까? 남북문제에서 경제 정의에 이르기까지 모든 문제는 언론을 바꿀 때에 훨씬 손쉽게 이루어질 수 있을 것입니다.

그러나 거의 대부분의 지식인들과 시민운동 단체들이 그렇게 하지 않습니다. 이건 결코 그들을 일방적으로 탓할 수 있는 건 아닙니다. 왜냐하면 그들 역시 각자 파편화되어 있기 때문에 언론을 바꾼다는 건 불가능한 일이라고 믿고 있기 때문입니다. 즉 언론을 성역으로 남겨둔 채 가능한 한 언론을 이용해 좋은 목소리를 내는 게 그들이 따를 수밖에 없는 '게임의 법칙'인 것입니다. 저는 언론학을 전공한 덕분에 그러한 '게임의 법칙'에 근본적인 의문을 갖게 되었고 그 법칙을 바꾸고자 하는 것입니다. 이 점을 중요하게 생각해주시기 바랍니다.

월간 〈인물과 사상〉은 그간 계간으로 내던 〈인물과 사상〉의 축약판 형식이 될 겁니다만, 비교적 짧은 글들을 시의성을 살려 싣는다는 점에서 다소의 차별성이 있을 겁니다. 또 하나 중요한 차이는 월간의 경우 독자들의 목소리를 많이 반영하겠다는 것입니다. 저는 그간 독자들로부터 많은 편지를 받았는데, 그 가운데엔 정말 저 혼자 읽기엔 아까운 그런 편지들이 많았습니다. 그럼에도 저는 시간 때문에 일일이 답장을 드리지 못해 늘 죄스러운 마음으로 지내야 했습니다. 사실 그 죄스러운 마음이 이 작업을 구상하게 된 또 다른 이유이기도 합니다. 독자들과의 대화 또는 독자들 상호간의 대화를 매체화해 우리 사회의 변화를 원하는 사람들의 연대감을 확인하고 키워보자는 것입니다.

그 편지들은 제게 도대체 누가 지식인인지 근본적인 의문을 갖게 하곤 했습니다. 대학교수, 언론인, 문인 들은 무슨 말과 글을 내뱉든 무조건 지식인이고 그런 직업을 갖지 못한 보통 사람들은 무슨 말을 하든 지식인이 아니라는 말입니까? 아니 그들에게 공적으로 말할 기회나 주어집니까? 저는 지식인에 대한 기존 정의에 이의를 제기합니다. 저는 모든 독자들께서 지식인으로서 월간 〈인물과 사상〉에 적극 참여하여주실 것을 기대합니다. 여러분들께선 지식 분야에 종사하지 않는 보통 사람들의 논리와 주장이 많은 경우 유명 지식인들의 그것보다 훨씬 더 낫다는 것을 분명히 확인하게 될 것입니다.

우리 헌법이 보장한 언론의 자유는 국민이 향유하는 언론의 자유가 아니라 언론 기업의 이윤 추구 자유로 변질되고 말았습니다. 하다못해 신문의 외부 칼럼 필자까지도 언론사 경영진이나 간부의 친분 관계와 패거리 논리에 따라 결정되는 게 우리 언론 현실입니다. 이 점에 대해선 나중에 독립적인 글로 실명을 거론해가면서 자세히 밝히겠습니다. 오죽하면 일부 중소기업인들이 자기 돈 들여가며 의견 광고를 통해 공적인 주장을 하겠습니까? 저는 언론인이 오만과 편견에 가득 찬 특권계급으로 행세하는 기존의 언론 풍토를 반드시 바꾸고야 말겠습니다.

저는 이 작업을 통해 그간 추상적인 이론으로만 존재해왔던 진정한 의미의 '사상의 자유시장'과 그 어떤 통제도 받지 않는 진정한 '공론장'을 현실화하고 싶습니다. 그건 언론학도로서의 제 꿈입니다. 제게 이 작업은 이론과 실천, 그리고 앎과 삶이 상호 소외되지 않는 그런 언론학 공부이기도 한 것입니다.

### 기존의 '게임의 법칙'이 잘못됐습니다

글을 주실 때에 자신의 신분을 밝히셔도 좋고 익명 처리를 요구하셔도 좋습니다. 실정법에 위배되지 않는 한 그 어떤 내용이건 그대로 다 싣도록 하겠습니다. 회원들 상호간의 대화 또는 논쟁도 가능할 것입니다. 물론 저에 대한 비판도 대환영입니다. 저 역시 늘 감시의 대상이 되어야 할 것입니다. 저에 대한 비판에 대해 성의 있는 답과 경우에 따라 반성의 말씀을 꼭 드리도록 하겠습니다. 다만 누구나 동의할 수 있는 상식 차원에서 독자 전체를 위해 경우에 따라 글을 일부 삭제하거나 다듬는 수준에서 편집권을 행사할 수 있다는 점은 이해하여주시기 바랍니다.

월간 〈인물과 사상〉의 분량은 현재 계간 형식으로 나가고 있는 〈인물과 사상〉의 3분의 1에서 2분의 1 정도가 될 겁니다. 1년 회비는 3만 원입니다. 여기 동봉돼 있는 지로 용지를 이용해 내주시면 됩니다. 다른 분들께도 구독을 권유해주십사 하는 뜻에서 지로 용지를 더 넣었습니다. 명단을 확인하여 추가로 신청해주신 지로 용지에 대해선 창간호를 우편으로 보내드리도록 하겠습니다.

말이 나온 김에 드리는 말씀입니다만, 현재 우리 언론의 독과점 체제가 유지되고 있는 가장 큰 이유는 왜곡된 유통 체제 때문입니다. 유통 비용이 너무 높아 신규 매체의 시장 진입이 매우 어렵습니다. 기존의 '게임의 법칙'이 강자에게만 유리하게끔 돼 있는 것입니다. 저는 우편제도를 통해 새로운 언론 매체 창간의 가능성을 성공적으로 증명해 보임으로써 기존의 언론 유통 체제를 뒤흔들어보겠다는 야심을 가지고 있습니다. 그건 꿈이 아니라 얼마든지 실현 가능한 일입니다.

연회비라곤 하지만 3만 원이라면 결코 적은 돈이 아닙니다. 게다가 지금과 같은 IMF 신탁통치 체제 아래서 저의 제안은 무모한 것일 수도 있습니다. 제가 그걸 왜 모르겠습니까. 경제 난국으로 인해 제가 활동 근거로 삼았던 출판 시장은 물론 시민운동까지 고사 위기에 처해 있습니다. 부도 위기에 처해 있는 언론사들도 하나둘이 아닙니다. 그런데 제가 두려워하는 건 바로 그렇기 때문에 '악화가 양화를 구축한다'는 그레샴의 법칙이 언론계에 작용할 가능성이 더욱 높아졌다는 것입니다. 즉 수단과 방법을 가리지 않고 장사만 잘하는 대형 언론사는 살아남고 사회정의와 개혁을 위해 애써온 언론사는 문을 닫을 가능성이 높아졌다는 것입니다. 저는 제가 느끼는 두려움에 많은 분들이 공감하리라 믿습니다.

이 월간지의 시작은 아주 초라합니다. 이 눈부신 정보화 시대에 우편 사서함을 이용한 커뮤니케이션 방식이 웬 말입니까? 그러나 조금만 지켜봐주십시오. 머지않아 이 잡지는 한국 언론을 바꾸는 영향력 있는 선진 매체로 성장해나갈 것입니다.

그런 점에서 구경하고 싶은 분들도 참여해주시기 바랍니다. 즉 제가 추진하는 운동에 동의하지 않는 분이라도 제가 친 큰소리가 과연 실현될 수 있을 것인지 지켜봐주시라는 겁니다. 이건 아주 흥미진진한 일 아닙니까? 제가 아무리 보잘것없는 사람일지라도 이건 제 인생을 걸고 하는 일입니다. 그 어떤 최악의 상황에도 저는 이 일을 도중에 그만두진 않을 겁니다. 그럴 만한 자세와 역량을 갖고 있습니다. 흥미진진한 일을 사랑하시는 분들의 많은 참여를 바라 마지않습니다.

### 패배주의는 버립시다

지금 내고 있는 계간 〈인물과 사상〉은 앞으로도 계속 그대로 출간할 것입니다. 물론 제가 동시에 월간 〈인물과 사상〉도 내야 하는 관계로 다른 필자들의 기고량이 늘어날 것입니다만 〈인물과 사상〉이 갖고 있는 그간의 문제 의식은 결코 변질되지 않을 것입니다. 월간지의 경우 회원들의 참여와 더불어 당분간은 저 혼자 다 쓰겠습니다만, 우리들의 문제의식에 깊이 공감하는 다른 필자들의 글도 늘려나갈 생각이오니 행여 제가 이 두 가지 일을 다 감당할 수 있을까 하는 우려는 하지 않으셔도 될 겁니다.

저는 이 작업이 일정 궤도에 오르면 자료만 추적하는 전문 요원을 고용할 생각까지 갖고 있습니다. 어떤 인물에 대해 그 인물이 과거 어떤 행동을 했고 어떤 발언을 했는지 그걸 철저히 집요하게 추적해 언론과 지식인도 자신의 행동과 발언에 대해 책임을 지는 그런 풍토를 반드시 정착시키고야 말겠습니다.

월간지에 실리는 글들 가운데엔 제가 다른 매체에 기고한 짧은 칼럼을 바탕으로 늘려 쓴 글들이 있을 겁니다만, 어떤 점에서든 결코 독자들을 실망시키지 않을 정도로 확실한 '품질'을 유지하겠다는 것을 약속드립니다.

계간 형식의 〈인물과 사상〉으론 다 소화할 길이 없었던 저의 왕성한 비판 욕구는 저 개인의 문제가 아니라 이 나라 언론의 문제이기도 합니다. 도대체 왜 우리가 이런 수준의 언론을 상전처럼 떠받들어야 합니까? 그들의 권력 기반이 과연 무엇입니까? 정권 교체에 표를 던진 1032만 6725명은 모두 식물인간입니까? 정권 교체에 표를 던지지 않았더라도 '한국 언론, 죽어도 이대론 안 된다'고 생각하는 수백만 명의 시민이 있습니다. 그들 역시 잠자고 있는 겁니까?

저의 새로운 시도는 그것이 얼른 보기엔 황당한 것처럼 생각되더라도 그런 근본적인 물음과 함께 평가해주십시오. 우리나라 개혁 세력의 가장 큰 문제는 새롭고 창의적인 운동 방법에 믿기지 않을 정도로 둔감하다는 것입니다. 오로지 양심과 당위만 역설해서 할 수 있는 일이 무엇이 있겠습니까? 21세기를 목전에 두고서도 19세기적 운동 방법으로 대처하려는 사람들에겐 저의 새로운 시도가 마땅치 않게 보일 수도 있을 겁니다. 그러나 저는 '결과에 관계없이'라는 사고방식을 좋아하지 않습니다. 옳은 생각이라면 결과까지 책임을 지려는 자세가 필요할 것입니다.

바꿀 수 있습니다. 패배주의를 버립시다. 정권 교체의 가장 큰 의미는 수십 년간 우리 국민을 짓눌러온 패배주의를 깨부순 데에 있습니다. 그런데도 언론에 대해선 아직까지도 패배주의를 버리지 않으시렵니까? 제겐 지식 권력을 교체할 수 있는 합법적이면서도 정정당당한 전략과 전술이 있습니다. 앞으로 그걸 차근차근 밝히도록 하겠습니다. 속는 셈 치고 저를 믿어주십시오. 독자 여러분들의 뜨거운 호응을 바라 마지않습니다.

**1998년 3월**

**강준만 올림**

## 독자들께(창간호)

이 잡지에 삽입돼 있는 지로 용지를 보고 의아하게 생각할 독자들이 있을 겁니다. '아니 돈을 냈는데 또 내란 말이야?' 그게 아닙니다. 절대 오해하지 마십시오. 그 사연을 말씀드리면 이렇습니다.

이 잡지는 서점 판매와 가판을 일체 하지 않고 오직 정가 구독 시스템에 의해서만 운영됩니다. 대대적인 광고 공세를 할 수 있을 만큼 자본력이 있는 것도 아닙니다. 이 잡지의 성장은 기존의 정기 구독자들을 중심으로 한 '인간 커뮤니케이션 채널'에 크게 의존할 수밖에 없습니다.

그렇다고 주위에 계신 분들께 이 잡지의 구독을 적극 권유해달라는 말씀을 드리는 게 아닙니다. 잡지엔 '우연 독자'라는 게 있지 않습니까. 주위에 계신 분들 가운데 우연히 이 잡지를 보고서 정기 구독의 뜻을 갖게 될 분들이 있을 경우, 그런 분들을 위해 여기에 동봉한 지로 용지가 매우 편리하지 않겠느냐는 것입니다. 그런 취지로 앞으로 매호마다 지로 용지 1장씩을 동봉하고자 하오니 행여 오해하거나 부담을 느끼시는 일이 없기를 바랍니다.

# 사진비평

## 발행사 / 사진 읽는 재미를

임향자(발행인)

사진은 예술이나 실용을 훨씬 뛰어넘는 무엇인가입니다. 우리의 일상은 그런 사진들로 범람하고 있습니다. 〈사진비평〉에는 사진을 보는 방법, 읽는 방법에 관한 글들이 실립니다. 사진 비평은 어떤 사진—그것이 예술사진이거나 광고사진이거나 보도사진이거나 가족들의 앨범 사진이거나에 관계없이—에 담긴 내용이 무엇인가, 그 의미를 어떻게 풀어야 하는가, 그리고 그것을 어떻게 평가해야 할 것인가로 성립됩니다.

그리고 〈사진비평〉은 사진에 관한 매력적인 글들을 통해서 사진을 찍는 즐거움과 사진을 읽는 재미를 한층 깊게 해줄 것입니다. 또 〈사진비평〉에 실리는 각 분야의 필자들에 의한 자극적인 글들은 독자들이 사진 비평 그 자체가 갖고 있는 힘을 체험하는 데 있어서도 유효한 단초를 제공해줄 것입니다.

〈사진비평〉은 사진 이론가에게는 물론, 사진가들에게도 지면을 넓게 열어놓을 것입니다. 사진에 관한 참신하고 매력적인 담론의 장소와 작품 발표의 공정한 기회를 제공하는 일, 사진 안쪽과 바깥쪽을 이어주는 일—척박

발행일    1998년 8월 31일
발행 주기  계간
발행처    사진비평사
발행인    임향자
주간     김승곤
편집위원   이경민, 진동선

한 한국의 사진 현실 속에서 우리는 누군가 그 역할에 도전해주기를 오래 전부터 기다려왔습니다. 미치지 못하는 힘으로나마 더 늦기 전에 〈사진비평〉이 지금 그 일을 시작하려 합니다.

새로운 도전에는 장애가 따르기 마련이라는 것을 알고 시작하는 일입니다. 어려운 대목에서도 우리의 의지가 한결같이 지속될 수 있도록 힘을 실어주시기 바랍니다.


## 퍼스트 프레임 / 우리가 두려워하는 것은

김승곤(주간)

높은 곳에 올라서서 눈길이 닿는 지평의 끝까지 바라보는 것, 자신만의 비전을 소유하는 일—인간이라면 누구나 갖고 있는 욕망이다. 그것은 자신이 지금 서 있는 위치를 확인하기 위해서 필요한 일이다. 우리의 시야에 들어오는 한국 사진의 지평은 어떤가? 자신이 보고 있는 현상들에 대해서 확신에 찬 어투로 말할 수 있는 사람이 있을 것 같지 않다. 시계는 코앞을 분간하기에도 어려울 정도로 불투명하다. 그럼에도 불구하고, 우리는 지금 우리 앞에 펼쳐진 그 공간을 바라보며 우리 시야에 들어오는 무엇인가에 관해서 얘기하지 않으면 안 된다.

한 장의 사진이 가진 힘은 백 마디 문자, 천 마디 말보다 강하다. 부질없는 말이나 문자는 오히려 사진이 가진 그 순수하고 강렬한 충격력을 약화시킬 수도 있다. 그러나 사진은 결코 사진만으로 자립하지 않는다. 사진은 찍는 행위에 의해서가 아니라 그 사진을 들여다보는 시선에 의해서 비로소 완성되는 매체이기 때문이다.

지나치게 가까운 거리에 있는 사물이 보이지 않는 것처럼, 사진을 바라

볼 때에도 사진과 사진을 바라보는 사람 사이에 어떤 거리가 개재되어야 한다. 사진은 그 얄팍하고 빤질빤질한 표면의 안쪽에 턱없이 넓고 깊은 지평을 펼쳐두고 있고, 그것을 들여다보기 위해서는 인간이 영위하는 모든 영역들로부터 끌어낸 자유롭고 다양한 언어가 필요하다. 〈사진비평〉은 바로 그런 언어들을 위한 장소다. 〈사진비평〉은 해낼 것이다. 그러나 두려운 것이 없는 것은 아니다. 재정적인 문제도 그렇고, 사진에 관한 얘기가 고갈되는 일도 그렇다. 용기를 잃거나 현실에 절망하는 일이 있을지도 모른다. 그러나 우리가 가장 두려워하는 것은 〈사진비평〉이 한국의 사진에 아무런 역할도 기능도 하지 못한 것으로 뒷날 역사에 기록되는 일이다.

# 진보평론

## 진보의 새 장을 열기 위하여

우리가 사는 이 시대는 사회 변혁을 위한 그간의 역사적 실천이 거대한 패배를 겪음으로써 생겨난 상처가 아직 아물지 않고 있는 시대이다. 이 시대는 동시에 자신의 축적 위기에서 벗어나기 위한 자본의 공세가 인류 역사상 유례없는 새로운 재앙과 야만을 불러오고 있는 시대이기도 하다. 이런 시대에 진보가 과연 의미를 지니고 있는지, 지니고 있다면 그것이 어떤 내용의 것이 되어야 하는지는 지금까지 〈진보평론〉의 발간을 준비하기 위해 모인 여러 자리에서 항상 제기된 질문이다. 그간의 토론을 통해 '〈진보평론〉 발간 모임'에 참여한 사람들은 진보를 자본주의 극복의 전망을 포기하지 않는 입장, 계급적 착취와 억압만이 아니라 모든 형태의 억압과 착취 및 배제에 반대하는 입장, 모든 사회적 문제들에 대한 '근본적인' 분석과 해결

| | |
|---|---|
| 발행일 | 1999년 9월 1일 |
| 발행 주기 | 계간 |
| 발행처 | 도서출판 현장에서미래를 |
| 발행인 | 홍근수 |
| 대표 | 김진균, 손호철, 최갑수 |
| 편집위원장 | 김세균 |
| 편집부위원장 | 남구현, 서관모, 윤수종, 이종회, 이환재 |
| 편집위원 | 강남훈, 강내희, 강동진, 고민택, 곽탁성, 구춘권, 권영근, 김도형, 김명선, 김명준, 김상복, 김성구, 김진업, 김진호, 김현우, 노중기, 박성인, 박장근, 박준성, 백원담, 신병현, 안호상, 이구표, 이상영, 이성민, 이성백, 이세영, 이종영, 이진경, 이해영, 원영수, 장여경, 정양희, 정성진, 정진상, 채만수, 최형익, 한면희, 이황현아 |

을 지향하는 입장 등으로 정리했으며, 지금이야말로 흩어진 역량들을 모아 진보의 기치를 다시 내걸어야 하는 시기라는 점에 의견의 일치를 보았다. 이러한 우리의 입장은 이 책의 모두에 실은 「〈진보평론〉 발간 모임' 결성 선언문」 및 부록에 실은 「진보 이론 정론지 발간 제안문」 등에 잘 나타나 있다.

이런 입장을 공유하면서 우리는 우리 사회에 진보의 새 장을 열기 위한 노력의 일환으로 〈진보평론〉을 발간하기로 했다. 우리는 〈진보평론〉이 세상을 바꿀 무기들을 실어 나르는 '역사의 기관차'가 되고 새 세상을 건설할 보고들을 싣고 풍랑을 헤쳐 나가는 '노아의 방주'가 되기를 바란다. 또한 우리는 〈진보평론〉이 그런 역할을 수행하려면 우리들 자신이 대장정에 나서는 각오로 잡지의 발행에 임해야 한다는 점을 알고 있다. 그 길로 독자들이 우리와 함께 나아갈 수 있도록 최선의 노력을 다하는 것이 우리의 책임이기도 하다.

우리는 진보를 위한 이론적·실천적 작업과 맑스주의와의 관계에 대한 질문을 진보를 위한 장정의 출발점으로 삼으려고 한다. 그래서 우리는 〈진보평론〉 창간호의 특집 주제를 '맑스주의의 오늘과 내일'로 정하고, 특집 글로 긴 역사적 안목을 지니고 한국사와의 연관성을 문제 삼으면서 「공산당 선언」의 현재적 의의를 평가한 최갑수의 글, 현 시기의 세계 경제 위기에 대해 맑스주의 진영을 대표할 만한 분석을 행했다고 평가받기도 한 브레너의 논지를 비판적으로 검토한 정성진의 글, 맑스주의의 철학적 입지점으로 불리기도 하는 '노동의 인간학'이 사실은 노동자의 욕망을 자본의 욕망으로 대체시키는 철학이라고 보면서 노동과 인간의 등식을 깨는 새로운 마르크스주의의 구성을 제안한 이진경의 글 및 보편적 주체가 아니라 다양한 소수적 주체들의 다양한 자유의 공간을 확보해나가는 과정을 맑스주의를 확장시키는 새로운 코뮤니즘의 길로 제시한 윤수종의 글 4편을 실었다. 글들 하나하나가 주요한 쟁점이 될 만한 논지들을 포함하고 있다.

정세와 관련하여서도 4편의 글을 실었다. 이환재의 글은 국가와 자본의 신자유주의 공세에 저항하는 주력부대인 민주노조 진영의 99년 상반기 투쟁을 총괄적으로 평가하고 있다. 강정구의 글은 김대중 정부의 대북 정책이 민족 친화적 요소와 반통일적 요소라는 상반되는 이중적 성격을 지니고 있음을 지적하면서 바람직한 대안적인 대북 정책의 방향을 모색하고 있다. 구춘권의 글은 최근 종결된 코소보 전쟁의 성격 및 그 전쟁이 21세기 세계 질서 형성에 대해 지닌 관련성을 총괄적으로 정리하고 있다. 장석준의 글은 우리에게 모순되는 다양한 이미지로 다가오는 스코틀랜드에서 움튼 작은 희망의 싹인 '스코틀랜드 사회주의당'의 실험을 소개하고 있다. 4편의 글 모두가 관련 주제들을 심층적·종합적으로 분석하고 있는 글들이다.

일반 논문으로 실은 신병현의 글은 여성 노동자들의 집단적 정리 해고를 가져온 작년의 현대자동차 사태와 관련하여 '민주'노조 운동이 극복하지 못하고 있는 남성 노동자 중심 노조운동의 가부장제적 이데올로기 문제를 분석하고 있다. 채만수의 글은 불환의 중앙은행권이 전일적으로 유통하는 상황이 만들어낸 '금폐화론金廢貨論' 혹은 '화폐국정설貨幣國定說'을 비판하고 있다. 두 글 다 문제 되는 바를 적당하게 넘기지 않고 집요하게 추적하고 있는, 그런 점에서 이론적 글의 모범을 보이고 있는 글들이다.

우리는 진보적 외국인 학자의 기고 글을 가능하면 항상 한 편 정도 실으려고 한다. 창간호에는 실업자 운동 등에 앞장서서 참여하고 있는 프랑스 에브리대학 교수 꾸르-살리스의 실업 문제에 관한 글을 실었다. 「다시 읽기」는 주요 고전들을 그간의 지배적 해석과는 다른 새로운 시각으로 해석해 그것들의 현재적 의미를 재조명해보는 글들을 싣기 위해 만든 난이다. 이 난에 실은 고병권의 글은 마르크스의 박사 논문에서 헤겔의 영향력이 아니라 헤겔의 전통과는 전혀 상이하고 오히려 그것을 근본적으로 비판하는 유물론의 전통을 발굴해내고 있다.

위에서 소개한 글들이 대체로 '논문' 형식의 글들이라면 '시평' '발언대' '해외통신' 난에 실리는 글들은 대체로 '수필' 형식의 글이 될 것이다. '시평' 글에서 백기완은 '3김 정치'의 본질을 파헤치고 그것을 넘어설 수 있는 역사의 가능성을 찾고 있다. '발언대'난에는 억압에 맞서 싸워온 이들이나 다수자들의 목소리에 묻혀 그 목소리를 듣기 어려운 소수자들의 목소리를 실을 예정이다. 창간호에는 30년을 감옥살이했고 지금은 정부의 보안관찰 대상자인 정순택의 목소리를 실었다. '해외통신'난에 실은 은재호의 글은 현 시기 프랑스 좌파 지식인 운동의 동향을 전하고 있다.

우리는 서평난이 학문적 업적들에 대한 실질적인 평가가 이루어지고, 그러한 평가가 자유롭고 공개적으로 이루어지는 공적 논의의 장이 되도록 노력할 것이다. 주제 서평에서 강수돌은 신자유주의 문제를 다루고 있는 제반 서적들에 대한 종합적인 평가를 행했다. 책 서평은 한국인이 쓴 책 3권과 번역본 2권을 대상으로 삼았다.

'〈진보평론〉 발간 모임'의 공동 대표 중의 일인인 김진균이 쓴 머리말은 '〈진보평론〉 발간 모임' 회원 전체를 대표해 쓴 '발간사' 격의 글이다. 끝으로 창간호의 '독자투고'난에 투고해주신 신현철 씨에게 감사드린다.

만들어놓고 보니 여러모로 부족한 점이 많다. 독자들의 너그러운 양해를 구할 따름이다. 실린 글들이 큰 테두리에서는 모두 진보적 입장에서 쓴 글들이지만, 각론에서는 글들이 주장하는 내용 간에 상당한 차이들이 존재한다. 그러므로 독자들에게는 자신의 판단력으로 차이의 의미를 새기고 자신의 입지를 세워가기를 당부한다. 차이들이 존재하는 만큼 우리는 또한 〈진보평론〉을 논쟁다운 논쟁이 행해지는 장소로 만들기 위해 노력할 것이다. 그 논쟁의 장에 독자들도 초대한다. 〈진보평론〉이 명실상부하게 독자와 함께 만드는 잡지가 되기를 바라면서.

**1998년 8월**

**편집위원장 김세균**

# '〈진보평론〉 발간 모임' 결성 선언문

지금 급속히 진행되고 있는 자본의 세계화는 일국적·세계적 차원에서 자본주의적 양극화 과정을 격화시키고 있다. 자본 측의 계급투쟁의 현재적 형태인 신자유주의의 공세가 노동자, 민중의 오랜 투쟁의 성과물들을 무로 돌리려 하고 있고, 삶의 전 영역에서 비인간적·야만적인 결과들을 초래하고 있다. 중심부 나라들에서는 '복지 자본주의'가 '정글 자본주의'로 대체되고 '20 대 80의 사회'가 고착되어가고 있으며, 투기적 금융자본을 위시한 초국적 독점자본의 제약받지 않는 축적 운동이 주변부, 반주변부 나라들의 민중의 삶과 희망을 유린하고 있다.

자본주의의 착취적 본성이 적나라하게 드러나고 있는 가운데 이에 저항하는 노동자, 민중의 투쟁이 전 세계적으로 분출되고 있다. 근년의 프랑스 공공 부문 노동자들의 투쟁과 실업자 운동, 멕시코의 사파티스타 봉기, 1996~97년 한국 노동자들의 총파업 투쟁 등은 그 두드러진 예이다. 그러나 착취와 억압에 대한 수세적 저항은 좁은 한계를 지닌다. 변혁은 착취의 모순이 이데올로기적 반역과 결합함으로써만 일어난다. 오늘날 변혁 운동의 근본적인 어려움 중 하나는, 착취의 모순이 격화되고 자본주의와 자유주의의 위기가 심화되어감에도 불구하고 스스로 대중 이데올로기로 전화하여 대중을 사로잡고 대중의 반자본주의 투쟁을 추동할 변혁 이론이 부재하다는 데에 있다. 종래의 사회변혁 이론은 지금까지 존재해온 형상으로는 더 이상 대중을 사로잡기 어렵다.

이와 같은 역사적 정세하에서 진보적 이론 진영의 근본적인 과제는 계급 적대를 유일한 보편적 적대로 간주하는 경향이 있는 종래의 변혁 이론의 한계와 모순을 냉철히 인식하고 그것을 비판적으로 개조·발전시키는 것이다. 그것은 지식의 성격과 분배에 관련된 적대, 성적 분할에 기초를 둔 갈

등, 종족적 갈등과 같은 여타의 사회적 적대 내지 갈등과 계급 적대와의 절합을 사고하고 이론화시키는 것을 말한다. 적대 내지 갈등의 복수성을 승인한다는 것은 해방의 정치의 다차원성을 승인한다는 것, 곧 사회적 관계들의 변혁이라는 강한 의미의 정치가 계급 정치로 모두 환원되지 않음을 승인한다는 것을 의미한다.

해방의 지평은 계급 관계에서 지적·성별적·종족적 관계 등 다른 사회적 관계들로 확장되어야 하며, 사회적 관계들에 더하여 신체, 욕망, 성 등이 해방의 또 다른 지평으로서 사고되어야 한다. 계급적·지적·성별적·인종주의적 억압으로부터의 해방을 지향하는 사회운동들은 신체, 욕망, 성 등을 작용 지점으로 하는 억압으로부터의 해방들을 지향하는 운동들과 연대하고 교통해야 한다. 연대와 교통은 이 모든 운동들이 유효성을 지니게 되는 조건이다. 나아가 계급 운동을 위시하여 이 모든 해방운동들은 인식과 실천에서 생태주의적 진전을 이루어야 한다. 어떠한 범주의 인간 집단도 인류의 생존을 위태롭게 하며 심지어 절멸의 위협까지를 불러일으키는 현재의 절박한 생태적 위기로부터 자유로울 수 없다.

현재의 이론 정세, 이데올로기적 정세에 대한 이와 같은 인식을 공유하면서 오늘 우리는 '〈진보평론〉 발간 모임'을 결성한다. 세계 체계 수준의 대전환기인 지금 전 세계의 진보적 연구자들의 짐은 무겁다. 우리는 유효한 진보적 이론들에 대한 시대의 요청에 힘을 다하여 부응하고자 한다. 우리는 진보적인 이론적 작업이 지식인만의 일이 아니라 투쟁하는 대중의 일이기도 함을 안다. 대중들의 운동 밖에서는 비판적이고 혁명적인 이론이 산출될 수 없으며, 어떤 혁명적 이론도 대중운동과 결합되지 않고서는 물질적 힘으로 전화할 수 없다.

그러기에 우리의 개입 지점은 다층적이고 다면적이게 된다. 우리는 〈진보평론〉이 추상적인 이론적 탐구의 장에 머무르지 않고 현실 운동들의 구체적인 경과들과 경향들의 조사의 장, 운동들의 직접적 요청에 실천적으로 부응하는 장이 되도록 노력할 것이다. 우리는 우리의 모임과 잡지가 전문적인 연구자들과 실천적인 지식인 활동가들의 결합과 교류의 장, 생산적인 분업과 협업의 장이 되기를 기대한다.

해방의 지평이 복수로 있다 해도 우리에게 이론의 정박지는 노동 착취와 관련된 적대이다. 우리 모임 안에 이론적·정치적 입장의 상당한 차이가 존재하지만 우리는 이러한 차이를 넘어 계급해방의 기획에 힘을 모으고자 한다. 나아가 착취와 모든 종류의 억압, 배제에 반대하는 우리는 〈진보평론〉이 이론적 작업의 영역에서 계급해방운동과 여성해방운동, 반제국주의 운동, 반인종주의 운동, 환경 운동 등의 연대와 교통의 장이 되기를 희망하며, 외국인 노동자, 동성애자, 장애인 등 다양한 소수자 운동이 발언하는 장이 되기를 희망한다.

지금 대중은 어려운 조건 속에서도 운동하고 있으며 투쟁의 새로운 형태들을 창조해가고 있다. 우리는 〈진보평론〉의 발간이 대중들의 운동의 진전에 기여하도록, 우리의 이론적 작업이 대중운동과 결합하여 진보와 해방의 도정에서 유의미한 진전을 이루어낼 수 있도록 최선을 다하고자 한다.

**1999년 4월 17일**
**'〈진보평론〉 발간 모임' 회원 일동**

# 비평과 전망

## 비판과 관용의 네트워크
### —내부에서 실천하고 외부에서 연대하자

열광과 환멸의 연대는 지나갔다. 바야흐로 다가올 시대의 전망과 대안적 이념을 기획해야 할 시점인 것이다. 그러나 우리 시대의 정신적 기후는 지나치게 혹독하다. 나침반을 잃은 자의 항해처럼, 나아가지도 뒷걸음치지도 못하는 정신의 교착상태다. 한 시대의 이념형을 상실해버린, 사유와 실천의 동력을 상실해버린, 냉담하고 건조한 일상들이 오래도록 지속되었던 것이다. 상실된 이념형을 대체했던 것은 표적 없는 절망과 순진해서 치열했던 과거에 대한 향수였다. 바야흐로 세기말이고 우리들은 '최후의 인간'이었다.

그러나 이 빈곤해만 보이는 혹독한 정신적 기후의 이면에서, 우리는 전망과 대안을 현실화시키는 창조적 기획이 시작되기를 기대한다. 우리들이 하나의 숙주로 삼았던 90년대도 저물어가는 이 시점에, 우리가 역동성을 상실한 지식사회의 담론 공동체에 비판적으로 개입해 들어가기를 욕망하는 것은 이 때문이다.

우리는 90년대가 우리들에게 제기한 부정적인 변화의 징후들을 직시할 것이다. 아날로그 문화를 대체하기 시작한 디지털 문화의 급진적 확산, 인

**발행일**　1999년 11월 18일
**발행 주기**　반년간
**발행처**　도서출판 새움
**발행인**　이대식
**편집위원**　고명석, 이명원, 홍기돈

식론과 존재론을 근간으로 한 인문학적 탐구를 나비처럼 가벼운 문화 상품의 향유 욕망으로 치환시켜버린 소비사회의 신화, 진보 이념의 혼란스런 퇴조를 틈타 등장한 지적 선정주의와 회의주의의 만연, 민주 공간에서의 시민적인 주체성 확립의 불철저, 문화 지형에서의 강화된 상업주의와 연고주의의 횡행과 같은 부정적 징후가 그것이다.

우리는 90년대가 우리들에게 보여준 희망의 징후들을 더욱 확산시키기를 기대한다. 독백적 담론의 특권화된 해석학을 분해시킨 대화적 소수 담론의 융성, 귀속적歸屬的 연대성에서 자원적自願的 독립성을 지향하는 젊은 세대의 출현, 독점화된 권위와 위계화된 삶의 방식을 급진적으로 해체시키고자 하는 비판 저널리즘의 융성과 같은 것들이 그것이다.

우리가 지향하는 것은 방향성을 내장한 비판 저널리즘이다. 그러나 이 비판 저널리즘은 종전의 저널들이 흔히 보여주곤 했던 '논쟁의 주기율'을 거부하는 형태로 전개될 것이다. 월간지나 계간지의 형태로 등장하는 많은 잡지들이 보여주는 발행 주기에 얽매인 정례화된 논쟁에의 강박적 집착, 출판 자본의 영향력으로부터 자유롭지 못한 데서 파생되는 자기 검열의 폐해 등을 극복하겠다는 것이다. 문제적 사안에 대한 기민한 대응을 통해 비판 저널리즘의 자율성과 독립성, 대안적인 문학 이념의 구체성과 현장성에 더욱 철저하게 주력하겠다는 이야기다.

우리는 절망의 표지標識를 보지 않고, 가능성의 중심을 향해 나아갈 것이다. 우리는 지나간 과거가 타파되어야 할 미망迷妄으로 남기보다는 껴안고 넘어서야 할 실천의 참조점으로 기능하기를 바란다. 이때 우리의 비평적 실천은 앞서간 모든 것을 우상으로, 도래할 미정형의 미래를 근거 없는 낙관주의로 채색하는 조급한 메시아주의와는 어떠한 연관도 맺지 않을 것이다. 출발점에 서 있는 자기 매체의 차별성을 부각시키기 위해, 앞서간 모든 저널들의 의미 있는 성과들을 축소시키는 한편, 그것의 부정성을 정도 이상으로 부각시켜, 자기 매체의 진정성을 보증하려는 지적 선정주의를 경계하겠다는 것이다. 이제 하이에나 저널리즘에서 흔히 나타나곤 하는 이벤트성의 부자연스러운 단절 욕망이 아니라, 지나간 역사 속에서 축적된 비판 담론의 성과와 한계를 냉정하게 직시할 때이다.

우리는 동시대의 문학 지형에 비판적으로 개입하기를 희망한다. 그러나 그 개입은 기존의 문학 지형에 적당하게 편승하는 방식이 아니라, 그것의 구도를 지속적으로 재구성하는 비평적 실천의 형태로 이루어질 것이다. 선정적인 비난의 수사학이 철거된 자리에, 비판과 성찰의 네트워크를 조성해보자는 이야기다. 그것은 이해와 해석의 복잡다단한 해석학을 넘어서 비판과 실천의 순환 구조를 역동적으로 확산시키는 것으로 수렴된다.

우리는 우리 세대의 정신과 육체에 각인된 기억의 역사를 복원할 것이다. 그러므로 우리들은 '타자화된 정체성'을 거절한다. 그러나 이 말은 타자들의 다양한 시선을 고려하지 않겠다는 것이 아니라, 그것을 감싸 안은 상태에서 우리들의 '자기 정체성'을 확보하겠다는 것을 의미한다. 우리는 이 시선들의 중첩에서 우리 문학이 더욱 풍요롭게 개화하기를 기대한다. 문제는 이곳의 현실을 표현해낼 언어이다. 우리는 '타인의 언어'가 아닌 '자기만의 언어'를 찾고자 노력할 것이다. 타인의 중계를 통해서 표현된 '나/우리'가 아닌, 차이를 손쉽게 응고시키는 '이방의 언어'가 아닌, 스스로 말하되 타인의 언어와 유쾌하게 공명하는 그런 언어를! 그러므로 우리는 깊어지되 동시에 넓어지는 그런 언어를 기대한다. 완고하게 응결된 '나/우리'를 넘어서 더욱 넓은 지평에서 타자들과 공명하기를 우리는 기대한다. 그 언어는 타자의 언어와 공명하는 '대화성의 언어'이면서도, 또한 타자의 언어를 압살하는 불합리와 싸우는 섬세한 '공격성의 언어'이다.

우리는 완고한 문학주의자가 되기보다는 그것을 넘어서는 관용적인 문학의 네트워크를 조성하기 위해 노력할 것이다. 우리는 문학이 우리의 현실 속에서 인식과 존재의 가장 의미 있는 근거로서 여전히 작용하기를 욕망하지만, 변화된 현실 공간 속에서 이루어지는 다양한 문화적 실천 행위들과 의미 있는 인식의 공유가 이루어지기를 또한 기대한다. 비판과 실천의 방향성을 공유하자는 것이다. 대화성을 지향하는 개방적인 커뮤니케이션 구조를 구축해보자는 이야기다.

우리의 비평 행위는 냉철한 비판의식을 잃지 않으면서도 자기 성찰의 겸허함을 견지하려고 노력할 것이다. 우리가 비판적으로 개입하는 지점은 문학의 인식론과 존재론을 왜곡시키는 비이성적인 연고주의며, 에콜의 자의식 없이 권력의 동력학에 편승하는 패거리주의며, 의식의 자기 발전을 교묘하게 배제시키는 문학계의 마술적인 상업주의와의 동화 경향이다. 또한 우리가 타기하고자 하는 것은 관행화된 불합리며, 권력화된 반지성이며, 진정성에 투철하지 못한 인정주의다. 우리가 지향하는 것은 이성적인 사회의 투명성이며, 대안 있는 저항성이며, 방향성을 담보한 전복성이다. 우리들의 성찰적 자기 인식은 이 비판의 문학적 실천이 외부에 대한 엄격함과 같은 비중으로 우리들 자신에게도 이뤄져야 한다는 것을 끊임없이 의식하겠다는 것의 다른 표현이다.

우리는 문학의 존재론과 인식론을 치열하게 고민할 것이다. 문학의 존재론과 인식론에 대한 성찰이 배제된 채로 이루어지는 비평 행위는 떠들썩한 풍문의 해석학은 될지언정 우리가 살고 있는 이 세계 속에서의 문학의 기능과 그것의 의미를 밝혀줄 수는 없다고 믿는 까닭이다. 그러나 문학의 인식론과 존재론에 대한 정교한 탐구는 또한 그러한 문학적 인식을 가능케 하는 외부의 규정력들에 대한 심화된 탐구와 결합되어야 한다. 변화는 문학의 내부와 외부에서 동시다발적으로 진행되어야 한다.

우리는 문학의 내부에서 사유하지만, 문학의 외부에서 반성할 것이다. 우리는 문학의 외부에서 반성하지만, 문학의 내부에서 실천할 것이다. 우리는 문학의 내부에서 실천하지만 문학의 외부에서 연대할 것이다. 우리는 〈비평과 전망〉이 의미 있는 '비판의 네트워크'로 기능하기를 기대한다. 다시 우리는 〈비평과 전망〉이 성찰적 담론을 가능케 하는 '관용의 네트워크'로

기능하기를 기대한다. 우리는 〈비평과 전망〉이 답보 상태를 면치 못하고 있
는 비평계에 의미 있는 비평적 실천으로 기억되기를 기대한다. 길이 시작되
었다.

# 잡지 문화의 현재와 미래

## —2000년대

### "세상을 바꾸는 시간이 더디고 더디게 올지라도"

# 인터넷 시대와 종이 잡지의 종막?

    나는 그래도 인문학 전통이 있다는 대학에서 문학과 문화론을 가르치고 있다. 수업을 듣는 인문계 학생들도 그나마 종이 매체에 친숙하며, 개중에는 심지어(!) 장래에 글쓰기나 출판 같은 일에 종사하고 싶어 하는 부류도 여럿 있다. 그런데 그들에게 시사 잡지를 정기 구독하는지 묻거나 〈문학동네〉 같은 문예지를 읽느냐고 물어보면 '그렇다'라고 답변하는 학생 수는 0이나 1에 수렴한다. 〈역사비평〉이나 〈창작과비평〉 같은 한국에서 가장 중요한(했던?) 잡지는 아예 그 존재조차 모르는 경우가 대부분이다. '계간지' 같은 말이 처음 듣는 단어인 학부생들도 적지 않다. 내 부정확한 서울말 발음 탓인지 '개간지'와 혼동하기도 한다. 이런 현상은 경영학과나 이공계 학생이 모인 자리라면 더욱 심할 것이다. 시대 혹은 '세대' 탓일 것이다. 바로 이것이 2000년대 이후 잡지 문화와 그 '환경'이다.

    우리 잡지사는 들뜬 붐 상태와 그 반대인 위기가 반복되어왔다고 말할 수도 있다. 1945년 해방 직후에도, 한국전쟁이 막 끝난 1954~55년에도, 4·19 뒤에도 5·16 이후에도, 1987년 6월항쟁 뒤끝이나 1990년대 중반에도 잡지는 '붐'이었다. 그처럼 정치적 격동과 경제 불황은 문화의 위기를 불러왔지만, 위기는 오히려 잡지 창간 정신과 창간에 대한 욕망을 불타게 했다. 그러나 붐은 오히려 필연적으로 공급과잉과 과잉 경쟁을 부르고 수많은 잡지들을 시장에서 죽음을 맞게 했다. 요컨대 외적 압력과 출판자본주의의 내적 한계는 붐과 위기를 서로 다르지 않은 '순환'의 관계에 놓이게 한 것이다. 그런데 이런 순환 자체가 이제 다른 결로 바뀌거나 정지하고 있는 것처럼 보인다.

잡지 문화의 '근현대사'가 중단됐거나 종이 잡지의 시대가 '사실상' 서서히 종료되고 있다고 봐야 할 듯하다. 물론 이는 더 큰 차원의 문화 변동에 연동돼 있는 것이다. 즉, 종이로 된 책을 사서 읽는 문화 자체가 바뀌고 흔들리고 있다. 오늘날의 젊은 문화 수용자들이 교양이 낮거나 무지하다기보다 종이 매체가 거의 모든 계층에서, 문화의 모든 부면에서 쇠락하거나 영향력이 축소되고 있다. 오늘날 한국의 20대들은 50대들보다 더 책을 안 사 읽는다. 대학 진학률이 80퍼센트를 상회하는데도 그렇다. 미디어 환경 자체가 바뀌고, 문학과 글쓰기의 위상과 배치가 달라지고, 문자문화가 이전과 다른 국면에 접어들고 있기 때문이다. 미디어의 중심은 문자에서 영상으로, 또 종이 매체에서 방송이나 웹 공간으로 옮아갔다. 지금도 이 변화는 진행 중이다. 이는 세계적인 '추세'이기도 하며, 2000년대 초보다 중반 이후에 더 큰 가속도가 붙었다.


## 문화사적 대전환

20세기 초, 문자문화의 헤게모니가 세상을 장악한 이후에도, 미디어 복합convergence과 문자로 쓰인 문학작품이 소리나 영상을 가진 다른 장르의 작품으로 만들어지는 '미디어 전환'은 언제나 있어왔다. 뒤늦게 나타난 시각 미디어 혹은 시청각 미디어가 종이 매체와 문학을 위협해왔던 것처럼 생각하기 쉽지만, 온전한 진실은 아니다. 책과 신문·잡지의 시대는 영화의 시대나 라디오·텔레비전의 시대와 함께 시작됐고 또 늘 함께였다고 이해해야 한다. 사실 책과 신문·잡지는 지배계급 문화와 더 밀착된 채로 독자적인 자기 세계를 누리고 지켜왔다.

그런데 왜? 오늘에 이르러 책 읽기 문화와 출판자본주의는 새로운 침체 상황을 맞고 있을까? 무엇이 읽기 문화를 바꾸고 인쇄 매체의 영역을 축소하고 있는가? 총체적인 답을 말하기는 쉽지 않다. 그리고 단순히 '웹 대 종이'라든가 '아날로그 대 디지털'로 문제를 단순화하기는 어렵다. 다만 스마트폰(+태블릿 PC)의 위력에 대해서는 한마디 덧붙이고 가야 하겠다.

2000년대 후반에 급속도로 보급된 이 새로운 기계는 한 단계 더 심화된 '미디어 복합'과 '재매개'를 이뤄냈다. 그것도 한 사람 한 사람의 손바닥과 모든 일상의 시공간, 의식과 무의식 속에서. 기성의 모든 매체, 즉 책, 신문, 라디오, 텔레비전, 영화, 전화, 카메라 등을 모두 바꾸고 또 상시적으로 접속하게 하는 도구로서 스마트폰의 힘은, 이전의 어떤 매체-기계보다 강력한 듯하다. 보도에 따르면 2012년 상반기 미국의 서점·가판대에서 판매된 잡지의 판매량은 총 2640만 부인데, 5년 전 같은 기간 4710만 부의 절반 수준이었다 한다.[1] 그 차이를 스마트폰과 전자책, 구글 등의 다양한 인터넷 뉴스 서비스가 메우고 있는 것이다.

세계 어느 곳보다 더 디지털 전기기기와 스마트폰이 발달한 한국에서도 이 변화는 정신 차리기 힘들게 빠르다. 다음 쪽 표는 2011년 문화체육관광부가 작성한 「정기간행물 현황 등록 일람표」 중에서 일간지와 통신(사)을 제외한 잡지 등록 현황 통계이다. 숫자는 등록 간행물의 누적 종 수다.

추세를 보자. 정부에 등록된 정기간행물을 기준으로 할 때 IMF 경제 위기 직후인 1998~99년에는 모든 종류의 잡지의 종수가 줄었지만, 2000년대 이후 다시 늘어났다. 주간지와 월간지는 1990년

| | 1997 | 1998 | 1999 | 2000 | 2001 | 2002 | 2003 | 2004 | 2005 | 2006 | 2007 | 2008 | 2009 | 2010 | 2011 |
|---|---|---|---|---|---|---|---|---|---|---|---|---|---|---|---|
| 주간 | 2,343 | 2,317 | 1,956 | 2,166 | 2,354 | 2,437 | 2,335 | 2,316 | 2,426 | 2,697 | 2,887 | 2,788 | 2,653 | 2,868 | 2,891 |
| 월간 | 2,850 | 2,457 | 2,271 | 2,468 | 2,644 | 2,637 | 2,434 | 2,505 | 2,744 | 3,028 | 3,257 | 3,243 | 5,257 | 3,936 | 4,209 |
| 격월간 | 514 | 447 | 372 | 389 | 398 | 390 | 361 | 369 | 410 | 431 | 453 | 435 | 670 | 542 | 584 |
| 계간 | 1,020 | 868 | 669 | 696 | 710 | 748 | 745 | 794 | 838 | 904 | 986 | 973 | 1,514 | 1,161 | 1,266 |
| 연 2회간 | 342 | 264 | 212 | 226 | 242 | 225 | 255 | 261 | 267 | 298 | 325 | 322 | 509 | 408 | 425 |
| 인터넷 신문 | - | - | - | - | - | - | - | - | 286 | 626 | 927 | 1,282 | 1,698 | 2,484 | 3,193 |
| | 7,069 | 6,353 | 5,480 | 5,945 | 6,348 | 6,437 | 6,130 | 6,245 | 6,971 | 7,984 | 8,835 | 9,043 | 12,301 | 11,399 | 12,568 |

〈표〉 2011 정기간행물 등록 현황(일간지 및 통신사 제외)

대 후반보다 많아졌지만 계간지는 그렇다고 할 수 없다. 이 통계만
봐서는 경향적으로 주간·월간·계간 잡지의 종 수가 늘거나 줄고 있
다고 말하기 어렵다. 한마디로 들쭉날쭉하거나 갈지자걸음을 하고
있는 상태인 것이다. 국민소득이 증가하고 문화 전체의 역량이 커지
며 단행본 책 종 수가 경향적으로 느는데도 그렇다는 것은, 지금이
'잡지의 시대'는 아니라는 증거일 것이다. 여기에 관한 무수한 사례
를 들 수 있다.

그런데 위 표에서 실로 두드러지는 한 항목이 있다. 아예 존재
하지 않는 것으로 돼 있다가 급격한 증가 상태에 있는 '인터넷 신문'
이다. 그전까지는 '법 밖'에 있던 인터넷 신문·잡지들이 2005년 언론
관계법 개정 이후 '언론'으로 정식 등록되었다. 2000년대 이후 등록
정기간행물 종 수가 늘었다 말할 수 있다면 그 이유는 오로지 딱 하
나, 인터넷 기반 언론사 때문이다. 물론 스마트폰과 태블릿 PC는 인터
넷 언론의 영향력을 더 크게 만들고, 그리고 새로운 사람 관계망SNS을
창출해냈다.

## 웹진-블로그-SNS 그리고 인터넷 방송과 팟캐스트

웹진 시대는 1990년대 후반에 개막되었다. 김어준이 창간한 〈딴지일보〉, 새로운 형태의 문화 비평과 정보를 제공한 〈스펀지〉나 〈컬티즌〉, 스포츠 콘텐츠를 이전과 다른 방식으로 다뤄 각광 받은 〈후추닷컴〉, 음악 비평가들이 만들어 유지해온 〈웨이브WEIV〉, '영 페미니스트 그룹'을 자처하며 이전과 다른 버전의 여성주의를 표방한 〈달나라딸세포〉, '인터뷰 전문'을 표방한 인문주의 웹진 〈퍼슨웹〉, 진보적인 언론 운동을 편 〈대자보〉 등은 웹에만 존재한 '1세대 웹진'이라 할 수 있다. 블로그와 SNS 시대 이전 웹 미디어의 총아였던 이들은 모두 독자적인 인력과 취재에 의해 만들어진 일종의 '독립 언론'이었다. 이제 웹진이 인터넷 언론을 대표하는 시대는 갔다. 하지만 웹진은 단체·기관 등에서 만들어 운영하는 웹상의 기관지의 형식으로는 자리를 잡고 있다. 이를 '잡지'라 보기는 좀 어렵다.

오늘날에는 기성 신문사·잡지사들도 모두 웹페이지를 마련하고 독자들과 온라인·오프라인에서 이중으로 소통하고 있다. 오프라인에서는 여전히 정기 구독과 가판, 서점 구매에 의해 잡지가 팔리지만 온라인에서 제공되는 기사는 대개 무료다. 오프라인 기사의 일부만 제공되거나, 일정한 시간이 지난 뒤에 '과월호' 상태에서 무료로 서비스된다.

잡지라 할 수는 없지만 2000년 2월 '시민 기자' 제도를 만들어 네티즌의 언론 참여 방식을 바꾼 〈오마이뉴스〉와, '대안 언론'을 표방하며 웹계의 진보적 지성지의 위치를 지닌 〈프레시안〉 같은 웹 언론이 기성 종이 매체 회사나 통신사의 뉴스 서비스와 경쟁하고 있다. 아예 종이 매체가 없는[2] 이 같은 언론사는 최근에 부쩍 더 늘어났다. 그중 저널리즘으로서의 권위나 안정성을 가진 경우는 그리 많지 않지만, 점차 상황은 달라지고 있다.

개인이나 작은 규모의 독립적인 단체가 운영하는 웹진의 기능은 근래 들어 블로그나 SNS의 역할에 의해 대체되었다. 블로그나 SNS의 가장 큰 특징은 개인들이 직접 정보 생산 및 유통의 주체가 된다는 점이다. 특히 전문성과 비판 역량을 가진 블로거들은 잡지의 기능을 일부 대체할 수 있었다. 또한 SNS는 뉴스 및 여론이 만들어지고 파급되는 중대한 새 공론장이다. 이 새로운 공론장들에 대해 언제나 보수 세력과 기성 언론사는 견제해왔다. 자기들의 권위와 정보 및 여론 생산의 위계 구조를 위협하기 때문이다. 그러나 어쩔 수 없다.

한편 인터넷방송과 팟캐스트podcast도 빼놓을 수 없는 2000년대의 미디어로서 언론과 잡지 기능 일부를 대체하고 있다. 한국에서 인터넷 방송은 2000년대 초에 본격화했고, 2011년 '나는 꼼수다' 이후에는 팟캐스트의 시대가 왔다. 팟캐스트는 아이팟iPod의 '팟pod'과 방송broadcast의 '캐스트cast'가 합쳐진 단어로서 미국에서는 2004년부터 사용되기 시작한 말이다.[3] 물론 이젠 애플사의 아이팟이 없어도, 아이튠즈에 접속하지 않아도 방송을 들을 수 있고, MP3 파일만 제작할 수 있으면 방송을 만들어 송출할 수도 있다. 이 문단의 내용이 무슨 말인지 잘 모르겠다거나 아직 팟캐스트를 들어본 적이 없다면 당신은 '완벽한 20세기 인간'이다. 한국에서 가장 열띤 팟캐스트의 수용자는 30대들인 듯하다.

기존 방송사들도 팟캐스트로 인기 있는 방송을 다시 내보내고 세상에 할 말 있는 개인들도 팟캐스트를 만든다. 팟캐스트의 종류는 정말 다양한데, 현재 주로는 시사·정치와 문화·독서 쪽에 걸친다. 현재 기성의 출판사들도 팟캐스트를 제작하고 있다. 가장 중요한 것은, 팟캐스트나 웹 언론이 단행본·잡지·신문의 경계를 허물고 있다는 점일 것이다.

# 잡지 문화와 새로운 지식사회 1
## —언론 개혁과 보혁 이데올로기 전선

　　언론 개혁 시민운동과 '안티조선'이라 별칭되는 〈조선일보〉 반대 운동은 2000년대 초 언론사·지성사에서 중요한 항목이다. 인터넷 공간을 기반으로 하던 안티조선 운동이 오프라인에서도 본격화된 것은 1998년경이라 한다. 〈월간조선〉 11월 호가 김대중 정부의 정책자문기획위원장으로 발탁된 정치학자 최장집 교수의 '사상'을 검증한답시고 매카시선풍을 일으키고 여기에 수구 세력이 동조·공격하여 끝내 최 교수가 사임했다. 와중에 〈조선일보〉 기자들이 강준만 전북대 교수와 〈말〉지 정지환 기자를 고소하는 사건이 생겼다. '우리 모두' 등 네티즌들 사이에서 〈조선일보〉의 안보 상업주의와 사실 왜곡 등 보도 행태 전반에 대한 문제의식이 더욱 커졌다. 여기에 다시 지식인들이 가세하여 안티조선 운동은 전국적 사안이 되었다. 2000년 8월 7일, 강준만(전북대)·김명인(인하대)·진중권 교수 그리고 문규현 신부 등 지식인 154명은 〈조선일보〉에 대한 기고와 인터뷰 거부'를 선언하였다. 또한 9월 20일 조국(서울대)·구갑우(북한대학원)·한홍구(성공회대) 교수 그리고 김진호 목사 등 153명이 동참한 2차 선언이 이어졌다. 선언은, "〈조선일보〉는 그들의 정체를 위장하기 위해 진보적인 지식인들을 활용"하고 "마치 다양성을 존중하는 민주 언론인 양 국민들을 호도하는"데 이러한 "〈조선일보〉의 위장술에 넘어가 극우 이데올로기에 동화되"는 현상을 거부하기 위해서라 했다.

또한 그해 10월 소설가 황석영과 공선옥이 〈조선일보〉가 주관하는 동인문학상을 거부하거나 심사 대상에 오르기를 마다했다.[4] 이런 일들 때문에 지식인·문인 사회 내에서 심각한 논쟁이 일어났다. 과연 〈조선일보〉에 기고와 인터뷰를 거절해야 하는가? 그것이 양심과 상식을 지키고 한국 사회의 '진보'를 조금이라도 앞당기는 적절한 방법인가?

안티조선 운동은 지식인·문인들의 운동만이 아니라, 일반 시민들 사이에서 확산된 '아래로부터의 언론 개혁 운동'의 성격을 띠었다. 이 운동은 '우리 모두' '조선일보 없는 아름다운 세상(조아세)' '서프라이즈' 등의 웹 공간에서 급격하게 확산되었다. 자생적 안티조선 시민 단체는 2000년대 이후 '노사모' 등의 새로운 정치적 시민운동과 접속했다. 이 운동의 과실은 2기 민주정부, 즉 노무현 정권의 탄생과도 연관된다. 그러나 그보다 더 중요한 것은 2000년대적 대중지성이 이런 자생적 운동의 과정에서 형성되었다는 것이다. 이름 없는 무수한 '시민 논객'들이 저마다 한국 사회의 문화, 정치, 언론 등에 대해 발언하고 글을 쓰며 새로운 시민적 주체가 되었다.

안티조선 운동이나 민주정부와의 대결 과정에서 〈조선일보〉는 진보적 지식인과 시민사회의 공적公敵이 되었다. 하지만 부작용도 있었다. 반공주의와 시장 전제주의의 이념적·담론적 사령탑으로서의 〈조선일보〉의 지위가 오히려 공고해졌던 것이다. 〈조선일보〉는 일부 기업과 보수 정당, TK·PK 지역에 사는 일부 사람들에게는 '일용할 양식'이자 사고의 지침이 되었다. 그리고 진보 대 보수의 정치적 양극화·'진영화'가 촉진되었다.

한국 언론의 문제는 단지 〈조선일보〉만의 것이거나 언론 시장의 기형성 문제만은 아니다. 주류 언론 전반이 자본의 논리에 충실한 보수적 정치 동맹을 결성하고 있다.[5] 그리고 이명박 정권 이래의 방송을 둘러싼 권력의 행태를 봐도 '언론'은 언제나 최전선의 정치적·문화적 전투 고지이다. 그래서 언론 미디어 환경과 그에 대한 저항과 대안의 창출은 2000년대 이후 지식 문화의 중대한 상수 과제가 되었다.

### 언론 개혁 운동과 잡지

1998년 4월에 창간된 〈인물과 사상〉이나 2000년에 나온 〈아웃사이더〉, 2007년 9월에 창간된 〈시사IN〉 등은 모두 언론 개혁 및 안티조선 운동과 직간접적인 연관을 맺고 창간된 잡지들이다. 〈딴지일보〉 또한 〈조선일보〉를 패러디하는 것으로 자신의 패러디·풍자 임무를 시작했었다.

〈아웃사이더〉는 홍세화, 김규항, 김정란, 진중권 등을 편집위원으로 해서 나온 잡지인데, 창간사에서 "한국 지식인의 가장 중요한 임무가 극우 집단주의와 싸우는 일"이라 주장하고 "상식이 통하는 세상을" 만들기 위해 극우 집단주의의 "본산이자 결정체"인 〈조선일보〉와 싸우겠다고 선언했다. 안티조선 운동은 〈조선일보〉 절독뿐 아니라 인터뷰 및 기고 거부 등을 실천 사항으로 정했다. 그러나 〈조선일보〉 기고 문제가 야기한 이런저런 곤란도 창간사에 드러나 있다. "그 신문에 기고하는 일은 옳지 않다는 입장이지만 아직은 우리의 입장이 최소한의 사회적 합의에 이르지 못한 현실을 인정한다"는 것이다.

〈아웃사이더〉나 안티조선 운동은 2010년대 중반인 지금과는 사뭇 다른 2000년대 초 한국 사회의 '담론'과 이데올로기 지형을 보여준다. 〈아웃사이더〉의 편집위원이었던 사람들과 안티조선 운동의 주체들은 2002년 대선을 계기로 분화되어 서로 다른 길로 갔다.

한편 〈시사IN〉은 주간지 〈시사저널〉(1989년 창간)에서 퇴사한 기자들이 만든 잡지다. 〈시사저널〉은 1990년대 이래 권위와 신뢰를 유지해온 대표적인 주간지였으나, 2006년 6월에 벌어진 사건이 도화선이 되어 완전히 상황이 달라졌다. 〈시사저널〉 870호(2006년 6월 19일 자)에 실리기로 예정되어 있었던 삼성 관련 기사를 당시 〈시사저널〉 사장이 삭제해버린 일이 벌어졌다. 사장은 오히려 그 기사를 삼성 광고로 대체했다. 직접 인쇄소에까지 나가 윤전기를 세우고 그렇게 했다 한다. 이를 계기로 〈시사저널〉 기자들은 편집권 독립 투쟁을 벌이며 노조를 결성하고 파업을 시작했다. 그리고 그로부터 "꼭 여덟 달하고 열흘" 만에 〈시사저널〉을 떠난 기자들이 시민사회의 도움을 얻어 〈시사IN〉을 출범시켰다.[6] 이런 과정 자체가 한국 언론의 현실을 잘 드러낸다.

이 책에 실린 글은 창간 당시 문정우 〈시사IN〉 편집국장이 쓴 첫 번째 「편집국장의 편지」다. "정몽구, 김승연, 그리고 신정아에 이르러서는 할 말을 잊는다. (…) 법 집행을 사실상 포기한 재판부와 집행유예 판결을 받아 들고 웃고 있는 정몽구 현대·기아차 회장과 김승연 한화 회장은 이 친구들에게는 뉴스 가치가 없다"라고 했다. "이 친구들"은 주로 보수 언론사의 기자들을 말하는데, 이들이 재벌을 비호하거나 눈치를 보느라 제대로 된 보도를 회피하고 있다는 비판이다.

2000년대의 한국의 공론장은 크게 '대자본과 특권 동맹을 축으로 하는 보수 언론 vs 소규모 진보 언론과 SNS 등에 모인 개인들'이라는 대립 구도로 짜여 있었다 해도 많이 틀리지는 않을 것이다. 이 구도는 현재 바뀌고 있는데, 그 '개인들' 중에는 정말 뛰어난 지성과 열정을 가진 무명씨들이 많다.

## 역사와 민족 전쟁

〈내일을 여는 역사〉(2000)는 처음에 "역사학의 현재성과 대중성"을 강조하고 "중·고등학교에서 역사 교육을 담당하고 있는 분들에게 다소나마 도움이 되었으면 하고"자 발간된 잡지다. 그런데 근자에는 성격이 다소 변화했다. '역사적 현실'을 둘러싼 비판과 비평 작업의 비중이 더 커졌다.

2000년대 이후에도 쉼 없이 우리 사회에서는 근현대사를 둘러싼 '기억 투쟁'이 벌어질 수밖에 없었기 때문이다. '민주정부' 시절에는 정부가 주도한 '과거사 진실 규명과 화해 작업'이 있었고, 우파가두 번 연이어 집권하고 특히 '박정희의 딸'이 대통령이 되면서 '기억투쟁'의 범위가 커지고 열도도 더 뜨거워졌다. 정권이 공공연히 '역사 전쟁'의 선두에 서려 하기 때문이다. 역사 교과서 문제는 그 전쟁의 정점에 있다.

친일파 및 박정희의 행적, 이승만의 과오, 김구·김일성의 공과등 근현대사 논쟁의 제반 사안은 언제나 지식계에도 뜨거운 화두를 제공해왔다. 물론 지금도 그렇다. 그래서 원로 역사학자 강만길이 14년 전에 쓴 창간사도 여전히 '현재적'일 뿐 아니라, 지난 10여 년 동안 우리 역사가 후퇴해왔다는 것을 알 수 있다.

한편 "2000년 6월 우리는 천지개벽을 목격했습니다"로 시작하는 〈민족21〉은, "화해의 시대는 화해의 언론을 요구한다"는 요청과 "남북이 함께하는 언론"의 기치를 든 잡지다. 그 창간사는 시종 '감격'하고 있다. 이런 감격은 김대중·김정일, 남과 북의 두 정상이 평양에서 만나 발표한 6·15남북공동선언과, 그를 정점으로 한 남북 화해및 통일 무드 때문에 빚어진 것이다. 실로 2000년부터 2007년까지의 시간은 한반도와 동북아시아 현대사에서 예외적인 시간이라 할수 있다. 이 시기에 남과 북은, 활발하게 교류하고 교역했으며, 관광과 왕래가 '일상화'되다시피 했다. 북미·북일 관계가 '정상화'되고 북한 핵 문제도 6자 대화Six-Party Talk로 '해결'될 실마리를 찾고 있었다. 따라서 전쟁의 위험이나 반공몰이도 끝나고 분단 극복의 길이 보이는 듯했다. 실제로 전방에서의 남북 비방전도 중지되고, 국방장관 회담도 열려 군사적 긴장이 완화되고 있었다.

그러나 이 모든 것은 김대중·김정일·노무현의 죽음이 상징하듯, 기억만을 남긴 채 물거품이 됐다. 오히려 2008년 이후 역사의 시계는 거꾸로 달렸다. 남한 내부의 치열하고 또 치졸한 이념 갈등은 그것을 야기한 결과이자 원인이었다. 이명박·박근혜 정권과 보수 세력은 남북 화해와 그에 관한 모든 것을 '종북'이나 '퍼주기'로 몰아갔다. 그 대가는 오히려 정권 자신의 외교적 무능과 안보 위기였다. 그러나 여전히, 수구 기득권 세력은 남북 화해보다는 갈등과 긴장에 더 많은 이해관계를 갖고 있는 모양이다.

북이 최악의 인권침해 국가이자 일종의 왕조 국가로 머무르는 동안, 남도 국가보안법 체제를 온존시키고 있다. 국정원은 '간첩'과 '빨갱이' 들을 제조하고 있다. 〈민족21〉도 수난을 당한 적 있다. 국정원은 2011년 7월 6일 잡지사 사무실과 안영민 편집주간, 정용일 편집국장의 집을 압수 수색했다. 물론 〈민족21〉이 '친북' 잡지인 것도, '종북'적인 NL계가 잡지를 운영하고 만드는 것도 아니다. 안영민 주간이 북한노동당 225국의 지령을 받은 재일 공작원에게 포섭돼 활동했다는 혐의 때문이었다.(이른바 '왕재산 사건') 안 주간의 아버지인 안재구 전 경북대 교수도 간첩 혐의로 기소되었다. 2014년 7월 30일 서울지방법원은 그가 이적 단체를 구성해 국가 기밀을 넘기려 했고 이적표현물을 소지·반포했다는 혐의를 인정했다. '간첩'은 아니지만 국가보안법을 범한 것은 사실이기에 징역 3년을 선고했다는 것이다.[7] 21세기에도 이 민족은 구원舊怨과 분단의 모순 속에 허덕이며 살고 있다. 남과 북이 각각 철저한 사회 개혁을 통한 '체제 전환'해야 하며, 가능하지도 않은 흡수통일이나 민족 구성원의 절멸이 아니라 평화 공존을 통해 분단 모순을 해소해야 한다.

2000년대에 역사, 언어, 문학 등 분야의 국학자들이 중심이 된 남북 공동 학술·문화 사업들이 여럿 있었다. 사학자들은 남북역사학자협의회를 구성해서 공동으로 문화재 발굴 사업과 학회를 열기도 했고, 국어학자들은 『겨레말큰사전』 공동 편찬 사업을 지금도 진행하고 있다. 6·15민족문학인협회라는 문학가 단체는 함께 〈통일문학〉이라는 잡지를 두 권 내기도 했으며,[8] 창비는 제19회 만해문학상을 북한 소설가 홍석중에게 수여하기도 했다. 이는 모두 사관·문학관은 물론 문화나 언어 전반이 엄연히 '분단'되어 상호 이해가 협애한 상태에서 수행된 일종의 실험이기도 했다.[9] 그 실험은 결과를 보기도 전에 중단되어 있는 것이다.

# 잡지 문화와 새로운 지식사회 2
## ―논문 쓰기와 '지식인의 죽음'

앞에서 썼듯 지식인 잡지나 '담론지'의 경우 1980년대에는 선전·조직·계몽의 요청 때문에, 1990년대에는 새로운 모색과 이념의 재정립을 위해 잡지가 매개로 사고됐다고 했다. 그러나 2000년대에는 이도저도 아니라 말할 수밖에 없는 형편이다. 2000년대의 지식인은 잡지를 창간하고 운영할 능력을 잃고 있다.

2000년대 이후 한국 지식인 사회와 학계를 근저에서 규정하는 힘은 이른바 '학진 시스템'이다.('학진'은 한국연구재단에 흡수 통합된 옛 '한국학술진흥재단'의 줄임말이다.) '인문·사회과학 연구자들에 대한 한국연구재단의 연구 지원 제도+이에 입각한 대학과 연구 재단의 연구자 평가 및 인사 제도'를 뜻하는데, 굳이 여기서 이 이야기를 하는 이유는 '학진 시스템'이 오늘날 잡지 문화의 맥락을 결정하는 힘이기도 하기 때문이다. 오늘날 대학에 몸담은 한국 지식인과 연구자들은 연구자로서의 가치를 평가받기 위해 '등재지 논문' 쓰기를 존재 근거로 삼을 수밖에 없다. 그러다 보니 표면적으로는 '공부'를 열심히 하고 글도 많이 쓰는데, 그 글의 9할은 '먹고사니즘'에 입각한 순수한(?) 아카데미즘 속의 '논문'들이다. 이런 상황에서 '학진 시스템'과 논문 생산량이 지식과 지식인을 통제하고 관리하는 데 유용한 도구로 악용되고 있다. 1년에 최소 2, 3편, '등재(후보)지'라는 것에 반드시 논문을 발표해야 직장을 다닐 수 있고 밥도 주고 승진도 시켜준다. 그래서 비평도 '잡문'도, 다른 어떤 글도 쓰지 않고 오로지 열심히 '논문'만 쓰는 문화가 한국 지식계에 이미 정착했고 후배들에게도 전수되고 있다.

　'학진 시스템'이 정착하는 과정에서 학술 잡지의 종 수는 크게 늘었다. 교육부 자료에 따르면 1998년에 불과 56종이었던 등재(후보) 학술지는 2004년이 되자 1146종으로 폭증했고 7년 만인 2012년에는 다시 거의 두 배가 되었다. 2136종의 학술지가 있다는 것이다. 2014년 인문학 분야에는 등재 학술지가 총 527종, 사회과학은 730종이다. 등재 학술지당 연구자 수는 평균 85명이고 인문·사회 분야 평균은 55.4명이다.(후보지 포함)[10] 오늘날 상당수의 학자들은 학회를 만들고 유지하고 '등재 학술지'를 운영하는 데 온 힘을 쓴다. 인문·사회과학계 학회의 거의 대부분은 회원 100명 이내의 소규모이며, 회비와 논문 게재료[11] 등의 지극히 영세한 재원에 의해 한편 자족적이며 다른 한편 대학원생과 후속 세대 연구자들의 부불不拂 노동과 전임교수 등의 기부 등에 근거하는 자기 착취로 운영된다. 분야에 따라 비슷한 내용과 성격의 학회가 중복 운영된다. 근래에는 사실상 지면도 넘친다고 할 수 있다.

　그리하여 오늘날 한국의 '대학 지식인'들이 낸 말과 지식의 대부분은 학술지를 통해 쏟아진다. 학술지야말로 언어와 지식의 중심이자 교통로다. 물론 역설적으로 그렇다. 보통 사람들이나 다른 분야 사람들에게 학술지의 언어와 말은 거의 통하지도 전달되지 않는다.

　한국연구재단에 의하면 최근 5년간 4년제 대학 전임교원의 '논문 실적'은 2008년 5만 293건에서 2012년 6만 6745건으로 32.7퍼센트 증가했다. 또 2012년 국제 전문 학술지 게재 건수가 전년에 비해 16.6퍼센트 증가했다. SCI 논문 증가율은 9.9퍼센트다.[12] 지난 8년간 4년제 대학 전임교원이 생산한 국내 등재 학술지 논문 수는 평균 약

30퍼센트, 소위 "국제 전문 학술지" 게재 건수는 5년 사이에 59퍼센트 증가했다 한다. 이 같은 통계는 전체 4년제 대학 전임교원 중에서 연간 평균 논문 생산 수가 0.54편에 불과한 60대라든지 '논문 쓰기 기능'을 주로 행하지 않는 예체능계 교수 등을 포함한 기계적인 계산 수치다.[13] 따라서 이는 연구계 전체의 최저치에 해당할 것이다. 알다시피 이 같은 논문 게재 실적은 대학 평가뿐 아니라 연구자 개인의 인사에서 결정적인 중요성을 갖는 지표이다. 그리고 그 증가는 인사고과 기준일 뿐 아니라 '돈'으로 유인된 것이다. 대학 전임교원에게는 논문 한 편당 적게는 50만 원에서 최대 1억(국제 유명 학술지의 경우)까지의 '상금'이 주어진다.

그래서 '논문 인플레'가 야기되고 있다. 또 다른 문제는 자연과학, 공학, 경영학 등과 인문·사회과학 등의 학문 간 차이가 이 평가 시스템에서 인정되지 않는다는 점이다. 요새는 1년에 거의 열 편씩 논문을 발표하는 인문·사회과학 연구자들도 있다 한다. 그러다 보니 논문의 질이 떨어지고 연구 부정이 야기되기도 한다. 논문이 아닌 다른 전문 서적이나 교양서를 쓰거나 잡지에 기고하는 일은 물론, 지식인으로서의 과업 자체가 망각되고 있다. 그리고 이런 일들이 쌓여 대중과 학문, 대학과 현실 사이의 거리가 더 멀어지게 되는 것이다. 결국 대학 지식인은 공부를 열심히 할수록 바보가 되는 경향이 있다.

이런 현실을 총체적으로 가리켜 '대학의 사망, 지식인의 죽음'이라 한다. 이는 인문학의 위기 상황과 함께 가속화했다. 물론 여기에 저항하거나 다른 대안적 모색을 하는 지식인과 자발적 인문학 공간이 2000년대 초중반부터 생겨나기도 했다. '다중지성의 정원' '철학아카데미' '수유+너머 연구실' 등이 그들이다. 이들에 의해 〈모색〉이나 수유연구실 발행 잡지 〈부커진 R〉 등의 같은 동인잡지가 발간되기도 했다.[14]

앞에서 말한 대로, 수많은 학술지의 '논문'들은 '일반인'은 물론 인접 분야의 학자들에게도 거의 읽히지 않는 글들이다. 무수한 '학회지' 논문들이 과연 학문적·사회적 가치가 있는 것인지, 삶과 인문학의 본연에 복무하는 것인지 '논문 인플레'는 성찰하지 못하게 한다. '학진 시스템'에 효과적으로 대처하거나 또는 벗어나는 일은 사실상 한국 인문학의 기능 회복에서뿐 아니라 비평과 잡지 문화를 활력 있게 만드는 데 관건이 아닐 수 없다.

이제까지 한국 지식인 문화를 대표하는 잡지 형태는 계간지였다. 그러나 현재의 지식 정보 유통 시스템에서 계간지는 시간성이나 글쓰기 형식 면에서 그 유효성이 의심스러워지고 있는 데다가 학술지와도 경쟁 아닌 경쟁을 벌이고 있다. 그래서 근래 몇몇 대형 출판사들이 그러하듯, 계간지만으로 충족될 수 없는 것을 웹진, 이메일 뉴스레터, 팟캐스트 등을 통해 메우고 있다.

# '잔여적인 것'의 존재 가치와 미래의 징후들

여기서부터 우리는 본격적으로 '현재'와 만나게 된다. 2000년
대 후반부터 이어지고 있는 이 잡지 문화의 '현재'는 아직 모양이 다
갖춰지지 않은 현상과 미래의 징후들이다. 그중 몇 가지 사항을 꼽
아보았다.

### '근대문학의 종언'과 문예지의 운명

2000년대 중후반 한국 문학계의 가장 뜨거웠던(?) 논쟁은 '근
대문학 종언' 논쟁이었다. 사실 이 논쟁 자체는 좀 사변적인 것이다.
한국문학의 역사성이 어디에 이르렀는가라든지, '현재'는 근대인가
근대 이후인가 하는 식의, 실제 문학 제도나 작품 경향과는 다소 동
떨어진 추상적인 논의가 주요 요소였던 것이다.

'근대문학의 종언'이라는 명제는 2000년 서울에서 열린 심포
지엄에서 일본인 비평가 가라타니 고진에 의해 언명된 것인데, 동명
의 번역본이 2006년에 발간되자 가장 중요한 논쟁거리가 됐다. 비평
가나 연구자뿐 아니라 황석영 같은 소설가나 한국 문학문화의 여러
주체들이 이 명제를 거부하거나 찬성하는 것을 통해 현재의 한국 문
단문학에 대한 자신의 태도를 드러냈다.

종언이라니? 문학 자체가 없어지거나 끝날 리가 있겠는가? 지

금 눈앞에서 보듯 한국문학은 새로운 문화적 상황에 (부)적응하며, 돈을 (못) 벌거나 문화적 가치를 (잘못) 창출하거나 하고 있다. 그러나 한국 문학문화의 전반적인 상황은 바뀌고, 한국문학의 문화적 기능은 1990년대 후반 이래 완연히 약화되고 달라졌다.[15]

오늘날 문학의 사회적 배치와 '구성적 외부'의 잠재성은 벌써 '근대문학적' 질서를 초과했다. 독자의 존재 방식readership과 유통의 질서뿐 아니라 '문학성'의 내용도 심각하게 변화했다. 한국문학은 근대 네이션nation의 체계 및 그에 길항하는 주체성의 양식으로서 탄생했다. 또한 초국가적인 자본제와 식민지 근대성의 일국적 구현 속에서 자라났다. 그리고 한국문학은 근대 문자문화 및 '지적 불평등의 문화 체계'에 근거하고 존속해왔다. 디지털화한 세계와 '대중지성의 시대'에, 문자를 통한 표현의 생산과 지적 위계가 근대문학이 배태·발양하던 때와는 전혀 다르기 때문에 '문학'의 가능성도 다른 것이다. 즉, 근대문학이 근거했던 국가, 미디어, 주체, 자본주의 등 '판의 구조'를 보건대, 굳이 가라타니 고진의 말을 좇지 않아도 문학문화의 근대적 국면이 종결됐음을 쉬 관찰할 수 있다.

따라서 우리가 누리고 생산·수용하는 오늘의 한국문학은 포스트後—근대문학의 시대, 벌써 '타임아웃'됐지만 '종결'되지는 않은, 서든데스도 승부차기도 없는, 이상하고 지루한 연장전 격인 배치에 입각해 있는 듯하다. 1960년대 이래의 미디어 체계를 핵심으로 하는 문학 제도의 낡음과 우리 문학의 현대성은 미묘하게 엉켜 있다. 낡은 것은 죽었으나 살아 있고, 새로운 것은 분명 태어났으나 미처 도착하지 않았다. 이 문제는 잡지에 어떻게 반영되는가?

꽤 오래 문학작품은 모든 잡지의 중심적 콘텐츠였다. 이를테면 40년대의 〈신천지〉와 60, 70년대의 〈세대〉, 또한 〈신동아〉나 〈월간조선〉 같은 종합지는 물론, 50년대의 〈신세계〉 같은 정치 잡지나 뚜렷한 주

의를 지향한 90년대의 〈녹색평론〉에도 항상 시와 소설이 실렸던 것
이다. 한국의 '종합지'는 시와 소설을 싣는다는 어떤 원칙을 서로서
로 공유하고 고수했다. 달리 말하면 시·소설 등이 포함됨으로써 잡
지의 '종합지 됨'은 완성되었다. 지금은 어떤가?

2000년대 이후에도 여전히 종이 잡지가 새로 창간되어왔다. 문
예지의 종 수도 별로 줄어들지 않았다. 문화예술위원회의 2009년
『문예연감』에 따르면 약 300종의 문예지가 있었다. 최근의 전수조사
가 없어 정확히 알 수는 없는데 약 250종 이상의 문예지가 발간되고
있는 것으로 추정된다.

그리고 외견상 1950년대에 시작한 〈현대문학〉도, 1970년대
에 탄생한 〈문학사상〉이나 〈세계의 문학〉도 여전히 건재한 것 같다.
1966년에 나오기 시작한 〈창비〉의 형태나 포맷도 결정적으로는 바뀌
지 않았다. 또한 〈문학/판〉 〈문학인〉 〈문학과 경계〉 〈리토피아〉 〈문학
수첩〉 〈너머〉 〈문학들〉 〈자음과모음〉 〈삶과 문학〉 〈리얼리스트〉 〈크리
티카〉 〈시에티카〉 같은 문예지가 2000년대에 새로 창간되기도 했다.
그러나 새로 창간된 잡지 중에서 오래 살아남아 유의미한 영향력을
발휘하고 있는 경우는 드물다 해야 한다.


## 판타스틱 또는 미스틱

〈판타스틱〉(2007)의 경우를 잠시 볼까 한다. 〈판타스틱〉은 새
롭고 독특해서 문학사적으로 유의미한 잡지였다. 독자의 호응도 있
었다.

〈판타스틱〉에는 발행인과 편집장이 각각 쓴 두 개의 창간사가
실렸는데 각각 '장르 문화 창달'을 다짐하고 있다. 다 장르 마니아로
서 어떤 사명감을 가지고 있는 것이다. 그중 편집장이 쓴 글이 조금

더 길고 흥미롭다. 이 글에는 특히 극소수의 마니아들에게만 알려져 있는 1950~70년대 한국 장르문학의 주역들과 그 작품들에 대한 언급이 들어 있다.

2000년대 중반, 주류 문학의 '장르화'와 장르문학 붐은 한국에서는 분명 '탈근대' 문화의 새로운 징후로 간주됐다. 〈판타스틱〉 외에도 추리문학을 전문으로 다루는 계간 〈미스터리〉, 라이트노블을 주로 다루는 반년간지 〈파우스트〉, SF 전문 무크 〈해피SF〉 등이 발간되기도 했다. 장르문학은 분명 지금도 문학문화의 일각을 장악하고 있다.

이는 2000년대의 '현실' 자체와도 유관하다. 하이퍼리얼리티와 환상성의 개념과 경험 자체가 이전과 다르다. 이에 대한 해명과 체험의 공유는 언제나 중요한 사안이다. 그럼에도 정작 잡지 〈판타스틱〉은 그리 오래가지 못했다. SF, 판타지, 호러, 미스터리 등의 다양한 팬들이 존재하는데도 말이다. 왜 그랬을까? 종이 잡지를 사 보는 문화에서 이미 이탈한 세대가 장르 팬이었기 때문이 아닐까? 아니면 다른 미디어 전략이 필요했던 게 아닐까?

현재 발간되고 있는 문예지들의 전망도 밝다고 하기 어렵다. 안개 속에 있다. 오래 명맥을 유지하고 있는 명망 있는 문예지들 대부분도 기실 적자를 감수하면서 '출혈' 발간되고 있다. 기실 "한 호의 원고료도 감당할 수 없"을 정도로 잘 팔리지 않는 것이다. 그럼에도 출판사들이 문예지를 발간하고 운영하는 이유는 뭘까? 권성우가 지적했듯 여기에 우리 지식 문화의 몇 가지 비밀(?)이 담겨 있다. 문예지 운영이 상징권력을 유지하는 데 도움이 되고 "부수적 효과를 기대하"기 때문이다.[16] 부수적 효과란 주로 잡지에 글을 쓰는 작가나 저자들을 자기 출판사 '소속'으로 만들거나 문예지에 장편소설 연재를 유치하고 그렇게 입도선매한 장편소설을 단행본으로 묶어 팔기 위한 것이다.

이처럼 대부분의 문예지들은 기형적으로 존재하고 있다. 한때 문예지에 실린 작품의 원고료를 국가기관이 보조한 적도 있고, 이런 수혈輸血이 기현상을 낳아 시 전문 잡지가 붐을 이룬 적도 있었다.[17] 현재에도 〈시로 여는 세상〉(시로여는세상), 〈시산맥〉(시산맥), 〈시와 반시〉(시와반시사), 〈시와 사상〉(시와사상사), 〈시와 세계〉(시와세계), 〈시인동네〉(문학의전당), 〈시인수첩〉(문학수첩), 〈시작〉(천년의시작), 〈시현실〉(시현실), 〈유심〉(만해사상실천선양회) 등의 시 전문 잡지들이 있다. 시와 문학은 이토록 많은 종이와 잡지를 필요로 하는 것이다.


## 다시 진정한 말을 찾아

〈말과 활〉(2013)에 담긴 글들은 현재 한국 잡지에 실린 글들 중 가장 수준 높은 것들이라 해도 된다. '인문주의 정치 비평'을 지향하는 이 잡지의 어떤 글들은 독백 조를 띤 우울한 목소리들로 느껴진다. 창간사에 이에 대한 설명이 있다.

> 체제의 상식과 문법을 벗어난 새로운 말들은 비웃음을 사거나 즉각 거부당할 것이다. 지금부터 우리는 저들이 들어달라고 말을 하려는 것이 아니다. 우리는 우리 자신이 해야 할 일들을 입을 열어 말하려는 것일 따름이다. 우리의 말이 세상을 바꾸는 시간이 더디고 더디(遲遲)게 올지라도.

이 고독과 비관은 잡지 발행인인 홍세화의 것이기도 하고 '이명박근혜' 시대 진보 정치계의 '공통감각'인 것 같기도 하다.

2014년 4월 16일 세월호 참사에서 보듯, 세상은 풍요해졌으나 더 나빠지고 한국의 민주주의는 후퇴하고 있다. 대중은 분명 땅거죽 아래에서 끓는 마그마처럼 분노하고 있으나 폭발하지는 않는다. 잘못된 정치·경제의 구조가 물길을 꽉 막아 호도하고 있기 때문이다. 마중물이 돼야 할 진보 정치나 급진 민주주의 세력은 최대의 위기에 처해 길을 잃고 있었다. 〈말과 활〉의 창간사는 그 같은 상황을 반영하고 있다.

창간사가 겨냥하여 비판의 화살을 날리는 데는 지배 권력과 기득권 세력이 아니라, "유럽산 복지"에 대한 공약이나 여전히 "대의제"에 대한 믿음을 유포하는 소위 '민주주의자'들이다. '민주주의'의 그 흔한 말들은 "고장 난 자본주의"의 진정한 출구거나 대안이 될 수 없다는 것이다. 그래서 다시 '진정한 말'이 필요하다. 하지만 "말은 다시 활이 될 수 있을까". 어떻게 할 것인가에 대한 구체적인 답은 없지만 당분간 진정한 "말의 가능성"에 매달린다는 것이다. 관계자들에 따르면 창간 과정에서 "활"이 무엇인가 라는 질문을 많이 들었다 한다. 그럴 수밖에 없었겠다. '활'은 언어가 삶(살 활, 活)이 되고, 말이 실천(무기 활, 弓)이 되는 날을 다시 기약한다는 의미라 한다.

이 창간사에는 우리가 사는 2010년대의 세계를 새로운 인문·사회과학으로 설명한 키워드들이 여럿 들어 있다. '민주화 이후' '배제된 노동'이나 '벌거벗은 생명' '고용 없는 자본주의' 등이 그러하다.

홍세화는 『나는 빠리의 택시 운전사』(창비, 1995)와 잡지 〈아웃사이더〉 이래 가장 영향력 있는 지식인이자 언론인의 하나다. 특유의 진중한 글쓰기와 감응력으로 젊은 세대들에게도 영향을 끼쳐왔다. 그런 그가 한국 진보 정치의 '현실'에 휘말려 2011년 11월 진보신당 대표로 취임했다. 때는 한국 진보 정치가 "분열·종북 논란을 거친 뒤 내리막"[18]을 타기 시작한 때였다. 그는 스스로 '개인적으로는' 어울리지 않는 거친 자리였다고 토로한 바 있다.

〈말과 활〉은 협동조합 형태로 조직된 독자 모임에 의해 유지되고 읽힌다 한다. 그 정기 구독자 조합원이 900여 명에 이른다 하는데, 시민 교양을 위한 인문학과 정치 강좌와 교육 프로그램을 조직한다 한다. 시민의 자기계몽·상호계몽의 의무와 방법론에 대해 생각해야 한다는 것, 또는 앎을 행함이나 삶의 양식으로 바꾸기 위한 방법을 생각하는 것은, '역사'가 후퇴하고 있는 오늘날 다시 정말 중요해진 과업이다.

### I say 잉! U say 여!

〈월간잉여〉(2012)가 이 책 전체에서 가장 '젊은' 잡지다. "I say 잉 U say 여"라니 창간사는 제목부터 한껏 2000년대스럽다. 설마 이 "I say~ U say~"가 어떤 음악 장르에서 나온 말인지 모르는 독자들은 없으리라. 이 잡지 자체가 한국에 사는 인간의 다수가 세계 자본주의 체제의 변화와 자본의 새로운 전략 덕분에 잉여인간(이 창간사의 표현대로라면 "떨거지")으로 전락한 거대한 맥락을 반영한다. 1997년 경제 위기 이후 한국의 인구 및 고용 구조는 크게 나빠지고, 세대 문화도 완전히 변했다. 한국의 20, 30대 세대는 거대한 (정치적) 소외와 불안을 겪으며 성장했고 앞으로도 또 그렇게 살아가게 된다. 그들은 역사상 가장 많은 교육을 받고 문화적으로도 가장 세련된 존재들이지만 지배계급과 부자 노인들의 '호구'가 되었다. 그들의 분노와 체념은 21세기 한국 문화의 각 영역에서 뚜렷한 코드와 새로운 내용이 되었다. 그 정서는 "청년 실업자" 혹은 그 예비군이 대표하는데 〈월간잉여〉의 창간사에 따르면 "체념과 자학이 몸에 뱄"고 "미래 지향적인 사고와 행동보다 현재의 즐거움을 중시"한다.

하지만 "잉여력"도 충만하다. 사실 '잉여력'은 오늘날의 사회에서 대중지성의 힘이자 긍정적인 동력이다. '돈 되는' 일이 아니라도 해내는 '잉여력'은 언제나 문화와 예술의 창조, 그리고 사회 변화의 동력이었다. '잉여력'과 '잉여짓'은 결코 부끄럽거나 열등한 것이 아니라 그 반대다. 주체적인 인간이기에 '잉여짓'을 한다. 그럼에도 기업 사회가 짜놓은 규율과 성과주의의 내면화 때문에 오늘날의 젊은이들은 돈 안 되는 일에 가책을 느끼고 연대를 포기한다. 그것으로부터 탈주하는 데 우리 사회의 미래가 있다고 본다.

따라서 이는 단지 20, 30대의 세대 문화에 한정되는 이야기가 아니다. '잉여'로서라도 살아남고 모든 '잔여적인 것the residual'[19]이 그러하듯 '잉여'와 '잔여'로서 발언하고 저항하는 것은 단지 특정 세대를 위한 것이나, 과거를 부여잡는 것만은 아니다. 책과 잡지에 관해서도 마찬가지다. 잔여적인 것은 잉여의 시간적 버전일 것인데, 잉여나 잔여 속에는 역설적으로 미래적인 것이 담길 수 있다. 신자유주의와 독점자본만이 발언권을 가진 세상에서 인간적 보편을 위한 의의를 갖는다. 오늘날 종이 잡지를 만들고 배포하며 '함께' 읽는다는 일도 물론 그와 유관하다. 〈월간잉여〉가 잘 버티기를 바란다.

서평이나 '독서' 관련 대부분 그 기능이 웹으로 이전했다. 그래서 수많은 서평 블로거와 로쟈 같은 대중지성이 출현했으나, 그런 와중에도 〈학교도서관저널〉 같은 독특한 종이 잡지도 나왔다.

# 글로컬·혼종성·아시아

2000년대에 들어 가장 많이 쓰게 된 단어의 하나가 '글로벌 global'과 그 번역어·파생어들이며 '세계화'니 '글로벌 리더'니 하는 말들이다. 냉전이 종료되고 1990년대 이후 자본주의 세계체제는 새로운 국면을 맞았다. 자본주의 세계체제의 '바깥'은 없어졌고 한국도 그 속에 더 없이 깊이 결속되었다. 인적·문화적 이동성은 전에 없이 새롭게 커져 우리의 삶과 문화는 크게 달라졌다. 하지만 국민적인 것 the national과 지역적인 것the local의 규정력도 줄지 않고 있다. 우리 삶은 글로벌·내셔널·로컬한 것의 상호작용을 통해 구현된다. '전 지구적인 것'은 어딘가 멀리로부터 날아와서 우리의 삶을 '과잉 결정'하지만, 우리의 발과 몸은 어디까지나 구체적이고 좁은 '지역' 또는 지방에 있다.

90년대 중반 이후 지방자치 시대가 열리고 지역 문화의 중요성은 새롭게 부각되었다. 그것은 일면 지역 정체성의 새로운 자원이 되었지만 일면 교환가치로 평가되는 '문화 콘텐츠'가 되었다. 하지만 지방과 서울(수도권)의 격차와 모순은 더욱 커졌다. 여전히 지방 사람들은 생계와 진학을 위해 자본과 권력이 모인 서울과 수도권으로 가야 한다. 대신 '서울 사람'들은 '답사기'를 들고 차를 몰고 다니며 지역 문화와 '맛집'과 '축제'를 소비한다.

〈문학들〉 같은 문예지도 전남·광주에 근거를 둔 의미 있는 잡지지만 여기서는 〈전라도닷컴〉을 골랐다. 벌써 14년의 역사를 가진 이 잡지는 '지역 문화'를 전면에 내세우고 호남 지역에 사는 평범한 사람들의 삶을 부각해왔다. 〈전라도닷컴〉이 다루는 호남의 정체성과 문화가 그저 먹고 소비되는 비정치적인 것만이 아니라는 사실을 최근의 사실 하나가 새삼 가르쳐준다. 지난 2014년 8월 30일 '일베' 회원이 〈전라도닷컴〉 사이트를 해킹하고 분탕질을 해서 사이트가 마비됐다. 이 사건은 〈전라도닷컴〉이 세월호 참사를 기획 특집으로 다루면서 불거졌다는 점에서 조금 더 복잡하게 한국 사회의 '현실'을 보여준다.[20]

'호남 혐오'는 '종북 몰이' 따위와 함께 여전히 지배의 공공연한 전략이자 정서다. 지역주의 정치도 이전과 조금 다른 방식으로 재생산되고 있다. 광주와 호남은 두 가지 모순 속에서 원하지 않는 고통을 받고 있는 것으로 생각된다. 첫째, 일반적인 의미의 지방 차별과는 성격이 유다른 호남 차별이 광범위하게 존재한다는 점이다. 이는 '민주화 이후의 민주주의'의 실패와 지방 식민지화가 호남의 역사적 특수성과 겹친 결과겠다. 둘째, 호남 스스로가 지역주의 정치의 실행자가 되고, 이는 지역 내부의 기득권을 재생산하는 강력한 기제가 된다는 점이다. 주로 이는 보수 야당의 호남 지배로 현상한다. 물론 이는 영남과 서울의 패권에 대한 방어적 성격을 띠고 있기는 하다.

〈전라도닷컴〉의 창간사가 이런 문제를 정면으로 다룬 것은 아니다. 다만 "밝고 건강한 전라도를 오래도록 전라도닷컴에 담아" "각박한 땅, 허허로운 사람들이 '오진 꼴 봤다'며 달가워할" 종이 잡지를 만들겠다는 각오가 들어 있다. 그리고 '전라도'와 '닷컴'이라는 다소 어색한 단어 조합이 어디에서 유래했는지? 잡지 창간과 관련된 가장 '2000년대스러운' 고민 그 자체, 즉 과연 종이 잡지가 유효하고 가능한가에 대한 고민이 다정하고도 유려한 문장에 담겨 있다.

www.jeonlado.com

# 월간 전라도닷컴

창간호 2002 3월

**깨!**
어깨춤 선무당 임의진 목사 2
정장 입고 자장면 배달 5
열아홉순정 부르는 국어시간 6

**사람과 삶**
거리의 악사 문정현 신부 11
전설의 칼 경인도 12
한 부엌에 여자가 셋? 17

**문화야 놀자**
한 사내의 뒷모습 20
광주비엔날레 '멈춤' 21·22
절대로 읽지마라, 임꺽정 23

**시선집중**
테러 당한 금남로 14
촌지 실토하라구? 50
유권자 수준이 후보자 수준 42
"손씻겠다" 대도 이종범 54

**창간 이벤트!!!**
월드컵 입장권을
잡아라 44

1부 1000 원

**전라도 여기저기**
결코 만만치 않은 홍어 거시기 29
봄볕 이고 가네 섬진강 자전거길 30
장구목에서 구담마을로 31

발행인 겸 편집인 하성용   편집장 황용년   구독/광고문의/기사제보 (062) 650-2271~6   FAX (062)650-2270
등록번호 광주라78   창간일자 2002.2.25   펴낸곳 ☎ 503-841 광주광역시 남구 진월동 314-7   3F

22
43
10

'지역 문화'지 〈전라도닷컴〉 창간호(2002년 3월) 표지.

## 탈식민·탈민족

한국의 2000년대는 탈식민주의·탈민족주의의 시대였다. 80년 대식 민족주의가 효력을 다했고 90년대 이후 한반도를 둘러싼 지정학이 전변했다. 한국은 OECD 국가가 되고 탈냉전의 수혜자가 되었다. 냉전은 국내 정치용으로만 기능했다. 반면 북한은 김일성의 죽음과 경제정책의 실패, 외교적 고립과 자연재해가 겹치면서 남한과의 경쟁에서 완전히 열위에 처했다. 중국은 개혁·개방으로 거대 자본주의국가가 되고, 일본과는 교류가 증대했다. 그리하여 한국인들의 심상 지리도 변했다.

한국의 (동)아시아에 대한 자각은 역사가 짧지는 않다. 한국이 제3세계의 일원이라는 인식은 50년대 말에도 있었고, 70년대에 특히 강하게 대두되었다. 그러나 기실 한국은 미국의 군사동맹국으로서 그 핵우산 속에서 '안보'를 유지했고 문화적으로도 미국 중심의 서구 세계에 지향을 갖고 있었다. 이런 사정을 볼 때 "민족의 경계를 넘어 아시아의 연대와 공존으로 나아가"자며 대만, 베트남, 필리핀, 라오스 등의 동남아시아 문학뿐 아니라 터키와 아랍 등의 문학을 다루는 계간 〈아시아〉의 기획은 놀라운 것이다. 그 나라들의 문화와 삶은 그 전에는 단 한 번도 이 나라에서 제대로 가시화된 적 없었다. 당연한 것일지 모르지만 이 나라에서 중국과 일본이 차지하는 비중이 너무 크다. '탈서구적 보편'을 지향하는 동아시아 담론조차 결코 중·일 중심의 사고를 넘어서지 못하는 경향이 있다.

1990년대에 〈엘르〉나 〈마리끌레르〉 〈보그〉 〈바자〉 등에 의해 한국 여성들은 초국적인 몸 정치body politics의 '세계 공화국'으로 편입되었다. 이런 잡지들은 1페이지부터 끝까지 세계 최고의 화장술, 세계 최강의 사진술을 통해 세계 최장의 팔다리를 가진 여성들(때론 남성들)을 잔뜩 전시한다. 과거에도 그랬지만 오늘날에도 '패션·뷰티' 잡지 시장은 상품 미학의 트렌드를 선도하며 하이퍼모더니즘을 세계적인 수준에서 구현한다. 단지 옷이나 화장술에 그치지 않는 총체적인 자본주의 생활 미학이 이 잡지들에 표현·반영된다. 먹거리(요리와 '맛집')와 문화의 일부(때로는 책과 음악 등)도 거기 선별적으로 포함된다. 거기서 '문화'는 전통이나 국적을 상실한다.

2000년대 이후 한국 남성들도 이 '혼종성'에 몸을 담갔다. 〈GQ〉(2001), 〈맥심〉(2002), 〈아레나〉, 〈에스콰이어〉 등의 '남성 잡지'가 2000년대에 새로 창간되었다. 아니, '수입'되었다. WTO와 FTA가 세계를 지배하고 한류가 세계 대중문화의 지분을 확보하고 있는 상태에서, 이제 수출·수입의 박정희 시대 식 이분법은 잘 적용되지 않는다. 잡지도 그렇다. 이런 '라이선스 잡지'의 본부 기사의 번역이 10~30퍼센트, 한국 지부에서 작성된 '로컬 기사'가 70~90퍼센트쯤 된다 한다.[21]

'남성 잡지'는 약간의 차이는 있지만 대체로 남성 옐로페이퍼의 문법을 따른다. 몸매 좋은 젊은 여성의 사진과 섹스, 스포츠, 자동차, 전자 제품 등을 위시한 '남성 콘텐츠'를 주로 다룬다. 이런 면에서 이들은 〈선데이 서울〉이나 〈건강 다이제스트〉 따위의 후계자이며, 전 세계 남자들이 가장 좋아하는(?) 〈플레이보이〉 〈허슬러〉 같은 잡지의 소프트 버전이다.

그런데 오늘날 한국에서 읽히는 남성 잡지들은 매우 세련되게 '세계적인 트렌드'를 반영하며 고급화되고 있다. 이들은 여성 패션 전문지처럼 주로 미국과 유럽에 근거를 둔 다국적 기업의 상품 문화와 중상류층 도시 문화에 근거한다. 이들 잡지에서는 남성이 패션의 주체로 등장하며, 고품질의 이미지로 (이전엔 남성 소수의 관심사에 불과했고 또한 현재에도 여전히 일부 남성들은 관심 없는) 명품이나 옷가지 등을 조명한다.

그런데 이 세련됨과 물질성은 스노비즘이나 물신주의와 떼려야 뗄 수 없는 연관성을 갖고 있다. 잡지들에서 멋있게 포장하고 있는 섹스, 여자, 자동차, 스포츠 등에 관심과 취향은 결코 새롭다 할 수 없는 '현대적 남성성'의 존재 형식이다. 다만 새로운 국면의 자본주의와 새로운 '허세'를 반영하고 있는 것은 분명하다. 물론 '허세'는 인간-남자가 태어난 이래 남성성의 가장 중요한 요소 자체다.

〈GQ〉 같은 잡지의 '허세'는 자못 진지하다 못해 정치적 '진보'의 영역에 이르고 있다. 2014년 5월 호에는 화려한 브랜드 옷가지, 시계, 레스토랑 화보들 사이에서 '20대 논객' 노정태가 칸트를 인용해가며 '계몽의 불가능성'에 대해 논하는 기사가 있다. 근래 20대들에게 영향력 있는 '셀럽' 중의 하나라는 허지웅도 이 잡지 기자 출신이라 한다.

RHK일본문화콘텐츠연구소의 〈BOON〉(2014)은 또 다른 각도에서 한국 문화의 혼종적 상태를 표현하고 있다. 20세기 이래 일본(대중)문화는 언제나 한국 문화에 깊이 '침투'하거나 스며 있는, 상수常數적인 외적 영향이었다. 그런데 1945년 해방 이후의 반일 민족주의는 이 영향을 없는 것처럼 꾸미고 봉쇄해두었다. 물론 그 사이에도 청소년들은 늘 일본 만화와 포르노를 보고, 어른들은 일본 문학 작품을 읽고 노래를 듣고 있었다. 지식인이나 언론인 들도 일본산 지식과 정보를 공공연히 모방하거나 몰래 베끼곤 했다. 이 같은 비공식적이고 은폐된 수용이 90년대의 단계적 개방을 통해 해소됐다. 그래서 90년대 이후에 청소년기를 보낸 사람들은 이전 세대보다 더 깊이 일상적으로 일본 소설, J-pop, 망가, 재패니메이션을 접하며 자라났다. 2002년 한일월드컵 이후 일본 대중문화와 한국 대중문화는 실시간으로 교호하고 간섭하게 되어, 일류와 한류는 상시화됐다.

그래서 2014년에야 "일본 문화 콘텐츠 전문 잡지"가 출현했다는 사실은 오히려 이상하게 보일 수도 있다. 〈BOON〉은 단순한 정보 잡지도 아니고 청소년 취향에 치우친 잡지도 아니다. 진지한 비평과 전문적인 내용도 담고 있어, '일본 문화 중심'이지만 보편적인 문화 비평지의 역할을 하는 데 별로 부족함이 없다. 창간호에는 미야자키 하야오와 히가시노 게이고 '작가 특집'이 나왔고, 2호에는 김백영, 박노자, 임경화 같은 진지한 연구자들의 글도 보인다. 따라서 이 잡지는 일본 문화라는 매개물을 통해 진보적 지식인과 젊은 문화 수용자들이 소통하는 보기 드문 장이 되고 있는 것이다.

　　〈BOON〉은 창간사에서 "'일류日流'와 '한류韓流'를 넘어서는 한일 간 '환류還流'의 가능성을 지향하는, 양국 상호 신뢰 구축의 발신자 역할을 수행하고자" 한다는 당찬 포부도 밝혔다. 이 소망은 이뤄질까? 현재 한일 관계는 최악이다. 3·11과 아베, 그리고 박근혜와 양국의 우익들 덕분이다. 일본에서는 한류가 이미 끝장났다고 생각하는 사람들이 많고, 한국에서도 일본에 대한 혐오감과 경계심은 다시 커지고 있다. '교류' 또한 2000년대 초중반과 같은 자발성과 활기를 갖고 있지 못하다.[22] 그러나 장기적으로는 한일 양국은 공존하며 서로 영향을 주고받을 수밖에 없다.

# 에필로그를 대신해서
## ─잡지와 '잡지스러운 것'의 미래 운명

미래의 잡지 문화는 어떻게 될까? 30년쯤 후에는 어떤 종이 매체가 살아남을까? 사람들은 어떤 잡지를 어떤 방법으로 (사) 볼까?

〈타임〉과 함께 미국의 대표적인 시사 주간지였고 우리나라에서도 많이 읽혔던 〈뉴스위크〉가 지난 2012년 11월부터 종이 잡지를 포기하고 인터넷판으로만 내기 시작했다. 〈뉴스위크〉는 1933년 5만 부로 시작했는데 "1991년에 최대 부수 330만 부"까지 이르렀다. 하지만 디지털 시대에 적응하지 못해 독자 수가 2001년 315만 명에서 2012년 10년 만에 150만 명으로 줄었고, 광고 수익도 2003년 4억 4500만 달러에서 2012년 1억 4100만 달러로 격감했다 한다. 〈뉴스위크〉 측은 "웹사이트 방문객과 태블릿 PC의 급격한 증가에 기대를 걸고"[23] 종이 잡지를 폐간한 것이다.

그런데 더 드라마틱하고 '교훈적'인 것은, 폐간 1년 만인 2014년 3월에 종이 잡지 〈뉴스위크〉가 되살아난 일이다. 소식을 전하는 기사는 그 복간의 의미는 "인터넷 매체가 한 단계 더 도약하기 위해선 종이 매체의 위력을 활용하는 것이 필수적임을 보여주"는 것이라 한다. 종이 〈뉴스위크〉는 이전보다 훨씬 싸고 적은 발행 부수로 돌아왔다. 종이 잡지가 망하고 인터넷 사이트에 전념하는 사이에 "독자층을 세분화하고 다양한 독자층 수요에 부응하"는 데 성공해서 인터넷 〈뉴스위크〉의 방문자 수는 세 배나 늘어났다. 부활한 종이 〈뉴스위크〉는 "소수의 고급 독자층을 위한 '럭셔리 잡지'로 특화할 계획"이라 한다.[24] 이 독자들은 〈뉴스위크〉에 충성도가 있고 종이 잡지 읽기를 여전히 즐기는 부류의 사람들일 가능성이 크겠다.

〈뉴스위크〉의 '사망—부활' 이야기는 20세기에서 21세기에 걸친, 특히 20세기의 마지막 장에서부터 '바로 지금'까지의 20여 년에 걸친 잡지 문화의 극적인 변화를 잘 요약해서 보여주는 듯하다. 이 같은 '세계적'인 추세는 단지 잡지에 한정된 것이 아니라 신문과 종이 책에도 나타나는 현상이다.[25] 스마트폰이 세계에서 가장 널리 보급돼 있는 한국에서도 물론 선명히 나타나고 있다.

한국ABC협회가 발표한 2012년 신문 발행 부수 통계에 따르면 〈조선일보〉가 132만 부(유료 부수 기준)로 단연 1위이고 91만 부의 〈중앙일보〉, 75만 부의 〈동아일보〉가 뒤를 잇는다. 그런데 〈동아일보〉는 지난 2011년에 비해 약 11만 부(13.5퍼센트), 〈조선일보〉와 〈중앙일보〉도 각각 4만 부 안팎씩 유료 부수가 계속 줄고 있다 한다. 4, 5위를 차지한 유료 부수 55만 부의 〈매일경제〉와 35만 부의 〈한국경제〉도 약 3~4만 부씩 줄었다. 〈국민일보〉〈한국일보〉는 더 빨리 줄고 있다 한다. 〈경향신문〉〈한겨레〉는 각각 17만, 21만 부 정도인데 조금씩 독자 수가 줄고 있다.[26]

일간지 시장의 상태는 잡지 시장에도 반영된다. 대부분의 언론사가 일간지와 주간지, 월간지를 다 갖고 있다. 주간지 시장의 패자인 〈시사IN〉은 2012년 7월부터 2013년 6월까지 유료 부수가 5만 4422부, 지난해보다 약 8000부가량 증가했다.(발행 부수는 약 7만 부) 〈한겨레21〉은 발행 부수 4만 8121부, 유료 부수 3만 7348부로 최근 지속적으로 유가 부수가 감소해 4년 사이 1만 부 이상 감소했다 한다. 〈시사저널〉과 〈주간경향〉의 유료 부수는 각각 3만 4970부와 2만 4003부로, 〈시사저널〉은 하락세에 있고 〈주간경향〉은 소폭 증가했다 한다. 월간지의 경우 〈월간조선〉이 2만 5669부, 〈월간중앙〉이 3만 575부, 〈신동아〉가 1만 9391부를 기록했다. 〈월간조선〉은 지난해 2만 9208부에 비해 하락세, 〈신동아〉는 지난해 1만 8796부에 비해 소폭 상승했고 2만 2086부였던 〈월간중앙〉은 8000부 가까이 증가했다.[27]

종이로 된 문예지나 지식인 계간지도 다 사라지지 않을 것이다. 그런 식의 잡지를 향한 지식인이나 '개혁가'들의 욕망도 완전히 사그라들지는 않고 있기 때문이다. 얼마 전에도 어떤 지인으로부터 계간지(물론 종이로 된) 하나 만들고 싶다는 이야기를 들었다. 그는 40대 후반의 운동권 출신이다. 나는 '잘 안될 것이다'고 단언했다. 대신 돈이 많다면 투트랙(의미 있는 블로그나 웹사이트를 먼저 만들고, 그 성공에 근거하여 아주 간소한 종이 잡지를 갖는 양방향 전략)은 가능할지도 모르겠다 했다.

물론 2014년 현재에도 새로 종이 잡지가 만들어지고 있다. 그러나 당장의 새 흐름은 태블릿 PC와 디지털 잡지가 대표한다. 현재로서는 태블릿 PC가 'e-북화'한 잡지를 보기에 적합한 플랫폼인 것 같다. 광고와 기사 속에서 링크된 소리와 동영상이 튀어나온다.

분명 오래된 어떤 잡지들이 사라져버리고, 또 새로운 잡지가 나타났다 곧 사라질 것이다. 앞에서 부수를 언급했지만 기사의 질은 어떻게 될까? 최근의 〈월간조선〉과 〈신동아〉는 이전에 비해 두께가 반도 안 된다. 이 두 잡지는 신문지면이 담아낼 수 없는 '심층 보도'를 표방했고, 언론의 자유가 심각하게 제약된 시절엔 나름 '민주발전'에 기여했다. '민주화 이후'엔 민주주의에 대항해 싸웠다. 그러면서 언제나 다른 잡지들에 비해 훨씬 두꺼웠고, 신문은 물론 주간지에도 결코 실을 수 없는 원고지 200~300매짜리 원고를 전재全載했노라고 자랑하고는 했다. 때론 그런 자랑조차 위압적으로 느껴지기도 했다. 그런데 이제 그 부피가 반으로 준 것이다. 종편 TV를 통해 알 수 있듯, 전통 깊은 언론 자본과 보수는 고심을 거듭하여 생존 전략을 짜고 있다. 그들은 일단 대자본을 투여하고 권력을 동원하는 방식을 택했다.

〈한겨레〉가 2012년 10월에 창간한 "사람매거진" 〈나·들〉은 계속 적자를 낸 끝에 2014년 7월 호를 끝으로 발행 중단했다.[28] 나는 처음부터, 창간호 표지 모델로 어느 여성 소설가의 얼굴을 내건 이 잡지의 창간이 매우 위험한 모험처럼 생각됐었다. 물론 이 잡지는 2010년대식 한국의 지적 진보주의를 다각적으로 반영한다는 점에서 의의가 있었으나, 실험은 결국 잠정 실패한 것으로 보인다.

지적 진보주의의 글쓰기와 이상理想의 플랫폼은 어디에 있나? 여전히 〈한겨레〉와 〈창비〉에 의지해야 하나? 계간지는 적절한 선택인가? 팟캐스트나 SNS는 어떻게 활용돼야 하는가? 이런 질문을 정말 진지하게 해야 한다.


## 미래에도 우리는

한편 한국 잡지 문화를 대표해온 오래된 잡지들은 어떻게 될까? 이를테면, 1988년 〈문학과사회〉 가을 호를 펼치니 세이코 시계, 럭키그룹, 대한페인트, 보리텐 음료 광고가 실려 있다. 지금 문학지 중에 자기 회사나 친구 회사의 책 광고(그러니까 광고도 아니다) 외에 다른 광고가 실려 있는 잡지가 얼마나 될까?

〈창작과비평〉은 그 생각과 형태는 낡았지만, 자금력과 판매망 덕분에 오래갈 수 있을 것 같다. 〈세계의 문학〉이나 〈문학사상〉은 어떨까? 독자층이나 수익 구조가 다른 〈주부생활〉이나 〈시사IN〉은 어떨까? 대자본 미디어나 대형 출판사에 기생할 수 있거나 여전히 창업자 또는 발행인의 강한 의지가 담긴 종이 잡지들은 더 오래 버틸 것이다.

한국잡지협회는 지금으로부터 딱 10년 전인 2004년, 500개 회원사를 대상으로 설문 조사를 한 적이 있다. 그 결과 잡지 발행인의 99퍼센트가 '현재' 한국 잡지 산업이 '불황'이라고 답했고, 75.6퍼센트는 앞으로 잡지 시장이 쇠퇴할 것이라고 예상했다.[29] 2008년 12월 3일에는 '잡지 등 정기간행물의 진흥에 관한 법률'과 그 시행령이 공포되었다. 이는 "한국 잡지 100년사에 처음으로 잡지인들이 독립된 법을 갖게 된 것"으로 "실로 몇 년에 걸쳐 몇 대 운영진의 끈질긴 노력 끝에 얻어낸 빛나는 결과물이었다" 한다. 2011년 4월 7일, 한국잡지협회와 문화체육관광부가 공동으로 '잡지 산업 진흥 5개년 계획'을 발표했다. 정부가 2012년부터 2016까지 5년에 걸쳐 모두 433억 원을 잡지계에 지원하고 '잡지산업육성위원회'를 설립하고 공동 판매망 구축과 디지털 잡지 제작을 돕는다는 내용이다. 잡지업계가 정부로 하여금 잡지(업)을 지원하게끔 하려는 노력은 그 뒤로도 계속되고 있다. 현재 잡지 진흥법 개정과 '잡지문화산업진흥원'을 설립도 추진하고 있다. 그 내용은 잡지의 디지털화 지원, 국제적으로 경쟁력 있는 우수 잡지(한류 잡지)의 해외 진출 지원, 국제 도서전 참가 지원 사업 등이라 한다.[30] 이런 노력들 중에서 '대세'에 걸맞은 것은 무엇일까?

정리하면, 중요한 것은 일단 두 가지인 듯하다. 첫째, 미래에도 우리는 어딘가에서 모여 이야기를 나누고 서로가 쓴 글을 나누고 돌려 읽기는 해야 한다. 그래서 '잡지'라는 글—묶음과 앎—모듬의 형식도 유지될 것이다. 종이는 아직은 문자문화를 위한 가장 값싼 도구이며, 종이 책도 여전히 가장 우수한 미디어 플랫폼이기는 하다.

요컨대 세계를 문자와 활자, 문학이란 행위로 포착하여 해석하고 변혁하려는 노력은 계속된다. 그 방법들은 언제나 특정한 지적 장치와 유형으로 틀 지워져 있다. 이 틀을 '플랫폼'이라 할 수 있는데 그것도 세계를 생각하는 방법 자체가 되기도 한다. 지식인, 편집자, 학자에게 특히 그렇다. 종이 잡지는 그 틀의 하나였던 것이다.

그러나 둘째, 영원한 플랫폼이나 '매개'(미디어)는 없다. 당장의 패자覇者처럼 보이는 네이버나 페이스북, 구글 들도 지금과 같은 형태와 위세를 영원히 유지하지는 못할 것이다. 그것은 미디어 역사, 나아가 문화사의 법칙이다.

그러니 '잡지스러운 것'도 끝없이 모양을 바꾸고 다른 '매개화'를 겪을 것이다.

그 작용은 인간의 언어와 교통이 있는 한 영원할 것이다.

《말과 활》 창간호(2013년 7월) 표지.

〈아웃사이더〉 창간호(2000년 4월) 표지(왼쪽)와 창간사(오른쪽).

# 아웃사이더를 내놓으며

모든 새로운 것이 다 그렇듯 《아웃사이더》 역시 몽상에서 출발했다. 우리 가운데
한 사람이 90년대 중반 이후 나타난 이른바 전투적인 글쓰기를 하는
지식인들이 힘을 모으는 잡지가 있으면 좋겠구나, 그게 가능만 하다면
세상에 참 유익하겠구나, 혼자 생각했던 게 《아웃사이더》의 시작이었다.
한 사람의 몽상은 이내 네 사람의 열정과 신념이 되었다.

하나의 잡지를 만드는 일에 의기투합했다지만 우리 네 사람이 세상을 보는 눈은
조금씩 다르다. 그러나 우리는 현재 한국 사회의 가장 큰 문제가
극우집단주의라는 데, 한국 지식인의 가장 중요한 임무가 극우집단주의와
싸우는 일이라는 데 전적으로 뜻을 같이 했다. 우리는 이 중요한 싸움을
위해 서로의 차이를 존중하며 연대한다. 또한 우리는 우리의
이 작은 연대가 한국의 모든 양심적이고 분별력 있는 지식인들의 거대한
연대로 이어지길 간절히 바란다.

《아웃사이더》는 상식이 통하는 세상을 꿈꾼다. 좌파든 우파든 혹은
다른 어떤 생각을 가진 이든 나름의 생각을 분명하게 펼치고 공정하게
경쟁함으로써 보다 나은 사회로 나아가는 그런 세상을 《아웃사이더》는
꿈꾼다. 그런 점에서 자신과 다른 모든 의견에 폭력적인 태도를 보이는
극우집단주의는 《아웃사이더》의 적이다. (극우집단주의를 말할 때 우리는
그 본산이자 결정체로 《조선일보》를 적시하지 않을 수 없다.
우리에게 극우집단주의와의 싸움은 곧 《조선일보》와의 싸움이기도 하다.)

아웃( )사이더

고도 살 수 없는

202 THE FIRST

월간잉여

르 어느 정당을 지지해야 하나

잉여 최애봉의 이중성

가 나꼼수에 빠진 날

= 잉여탈출?

이 없으니까 잉여이다

생겨요; 30대 남성이 연애시장에서 잉여인 이유

의 뇌구조

〈월간잉여〉 창간호(2012년 1월) 표지(왼쪽)와 본문(오른쪽).

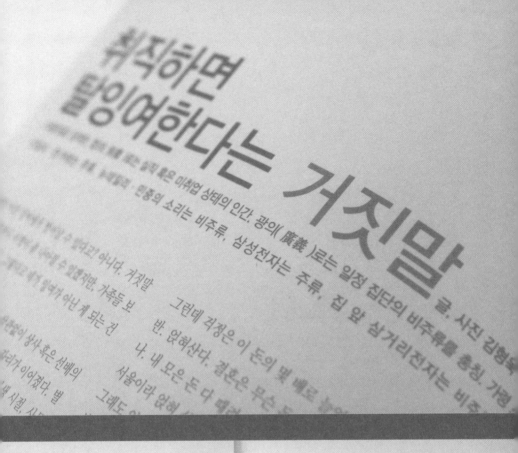

# 취직하면 잉여한다는 거짓말

취업 준비와 일, 노동이나 혹은 미취업 상태의 인간. 광의(廣義)로는 일정 집단의 비주류를 총칭. 가장... 글. 사진 김형욱

... 아니다. 거짓말

... 민중의 소리는 비주류, 삼성전자는 주류, 집 앞 삼거리전자는 비주...

... 수 있겠지만, 가족들 보... 그런데 짐정은 이 돈의 몇 배로 벌... 결혼은 무슨...

... 게 되는 건... 반. 얹혀산다. ... 나. 내 모은 돈 다 빼... ... 살사 혼은 선배의... 서울이라 얹혀... 리가 이어졌다. 별... 그래도 ...

---

# 12 잉여들의 뇌구조

도 알고 딱 100명에게 물어봤다. 월간잉여가 질문했고 2030 청춘남녀(남녀비율 54:46)가 대답했... 1월 16일까지 신촌 홍대 길거리와 온라인(서베이 몽키)에서 진행된 설문조사의 결과를 공...

조사에 참여한 청년 중 75%가 스스로 잉... 다. 잘 모르겠다고 한 사람은 14명, 스스로 ... 라고 한 사람은 11명에 그쳤다.

... 고 느껴지는 순간으로 가장 많은 선택을 받... ...없는 짓에 많은 시간을 소비할 때(63명) ... 때(35명), 무직인 상태에 취직한 친구 ... 4명)가 뒤를 이었다. (복수 답변 허용)

... 는 '메이저 언론사 애들이 X같이 허세부릴 ... 규칙으로서 사내 정규직과 대우에서 차이를 ... 급하고 있는 일 혹은 준비하고 있는 잉여에서 ... 가시적인 성과로 이어지지 않는 듯한 느낌 ... 를 해야할지 모를 때", "ps3 게임 플래티넘 ... 노력할 때" 등이 있었다.

'잉여짓' 하면 떠오르는 것으로 가장 많이 꼽힌 것은 ... 시 인 사이드'(60%)로, 잉여의 성지 다운 위용을 과시 ... '웃긴 대학'의 득표율은 12%로 디시 인 사이드에 ... 미쳤다. 특기할 만한 사실은 월간잉여를 택한 사람은 ... 나 됐다는 것이다. 아마 발행인의 친구들인 것 같다. 기... 견으로 페이스북, 연애인 미녀 사냥 댓글, "아무 생각... 티비를 보거나, 습관적인 인터넷 서핑과 쇼핑을 탐독... 있었다.

2012년 소망으로는 '취직'과 '연애'가 공동 1위... 됐다.(각각 24%) 그 뒤를 정권 교체(8%), "딱히 소... 다."(2%)가 이었다. 기타의견으로는 다이어트, 잉여... 문제인 테마주 대박" 등이 있었다.

... 긴 건 누구 때문인가요?" (복수 답변 허용)라 ... "누구를 원망하리, 나 자신 때문이다"라는 ... 으로 많았다.(약 75%) "이게 다 노무현 때... 194한 사람은 8명, "이게 다 이명박 때문이 ... 사람은 16명으로 이명박이 이겼다(?) 기타의 ... 징, 피할 수 없음. 받아들임. 불경", "신자유 ... 책을 적극적으로 도입한 김대중 때문이다." ... 노무현 이명박 탓 사회탓 비율은 그때마다 ...

직접 설문조사하며 느낀 바가 있다. 돈 많이 벌어서 나... 꼭 전문기관에 맡겨야겠다는 것이다. 온라인에 금손... 길가에 지나가는 사람 불들고 금손금손해 대답을 받은 ... 첨 집계하고 계산했다. 문과출신에는 쉽지 않은 일이... 그런데 이렇게 힘들게 해봤자 100명, 별로 대표성도 ... 문조사한 듯, 아이고 나 또 잉여짓했네.

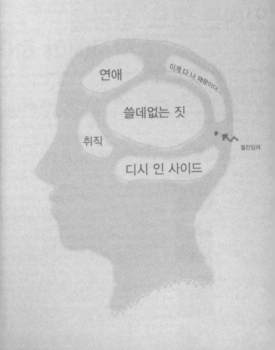

연애
쓸데없는 짓
취직
디시 인 사이드
이게 다 나 때문이다...
월간잉여

# 창간호
## 2000년/봄

# 내일을 여는 역사

〈내일을 여는 역사〉 창간호(2000년 4월) 표지.

정직한 사람들이 만드는 정통 시사 주간지

# 시사IN

2007년 9/25 · 10/2
창간호 (추석 합병 1~
www.sisain.cc

2007년 8월 29일 등록 [서울 다 078C
(주)참언론
[우편번호: 110-090] 서울시 종로구
부귀빌딩 6층
대표전화: 02-3700-3200

I간 인터뷰

한테
리나요"

취재

기의

립 언론

에 떨어진 월스트리트 저널의 운명
던트 창립자 휘텀 스미스 인터뷰

〈시사IN〉 창간호(2007년 9월 25일) 표지.

월스트리

# 아웃사이더

## 아웃사이더를 내놓으며

모든 새로운 것이 다 그렇듯 〈아웃사이더〉 역시 몽상에서 출발했다. 우리 가운데 한 사람이 90년대 중반 이후 나타난 이른바 전투적인 글쓰기를 하는 지식인들이 힘을 모으는 잡지가 있으면 좋겠구나, 그게 가능만 하다면 세상에 참 유익하겠구나, 혼자 생각했던 게 〈아웃사이더〉의 시작이었다. 한 사람의 몽상은 이내 네 사람의 열정과 신념이 되었다.

하나의 잡지를 만드는 일에 의기투합했다지만 우리 네 사람이 세상을 보는 눈은 조금씩 다르다. 그러나 우리는 현재 한국 사회의 가장 큰 문제가 극우 집단주의라는 데, 한국 지식인의 가장 중요한 임무가 극우 집단주의와 싸우는 일이라는 데 전적으로 뜻을 같이했다. 우리는 이 중요한 싸움을 위해 서로의 차이를 존중하며 연대한다. 또한 우리는 우리의 이 작은 연대가 한국의 모든 양심적이고 분별력 있는 지식인들의 거대한 연대로 이어지길 간절히 바란다.

**발행일**　2000년 4월 1일
**발행 주기**　격월간(무크지)
**발행처**　아웃사이더(영화언어)
**발행인**　김규항
**편집위원**　김규항, 김정란, 진중권, 홍세화

〈아웃사이더〉는 상식이 통하는 세상을 꿈꾼다. 좌파든 우파든 혹은 다른 어떤 생각을 가진 이든 나름의 생각을 분명하게 펼치고 공정하게 경쟁함으로써 보다 나은 사회로 나아가는 그런 세상을 〈아웃사이더〉는 꿈꾼다. 그런 점에서 자신의 다른 모든 의견에 폭력적인 태도를 보이는 극우 집단주의는 〈아웃사이더〉의 적이다.(극우 집단주의를 말할 때 우리는 그 본산이자 결정체로 〈조선일보〉를 적시하지 않을 수 없다. 우리에게 극우 집단주의와의 싸움은 곧 〈조선일보〉와의 싸움이기도 하다.)

〈아웃사이더〉의 목표는 번창이 아니라 쇠락이다. 〈아웃사이더〉라는 잡지가 아무 짝에도 쓸모없는 그런 날이 오기를 〈아웃사이더〉는 진정 바란다. 그날까지 〈아웃사이더〉는 열심히 연대하고 기꺼이 싸울 것이다.
　　—〈아웃사이더를 위하여〉 머리말에서

〈아웃사이더〉를 내놓는다. 지난해 가을 〈아웃사이더〉를 준비한다는 소식이 세상에 전해진 후 참 많은 이야기들이 오갔다. 고맙게도 분에 넘치는 기대와 격려가 많았지만 우려와 비판의 목소리도 있었다. 그런 우려와 비판들은 대개 〈아웃사이더〉 편집진들을 과대평가하는 데서 시작하지만 그런 의견에 대한 〈아웃사이더〉의 입장은 하나다. 만일 〈아웃사이더〉 안에서 그런 문제들이 발견된다면 〈아웃사이더〉는 즉시 해체할 것이다. 〈아웃사이더〉는 〈아웃사이더〉보다 〈아웃사이더〉에 담긴 정신이 살아남길 바란다.

〈아웃사이더〉는 연재 에세이와 인터뷰를 기본 구성으로 한다. 독자들은 〈아웃사이더〉를 두 달에 한 번씩 받아보는 읽을거리라 여겨도 좋을 것이다. 필요할 경우 특집이나 기획 기사를 마련할 것이다.
이를테면 〈아웃사이더〉는 〈조선일보〉와 관련한 몇 가지 특집을 준비하고 있다. 그 하나는 '지식인의 〈조선일보〉 기고 문제'다.

물론 〈아웃사이더〉는 〈조선일보〉가 극우 신문이라 확신하고 지식인이 그 신문에 기고하는 일은 옳지 않다는 입장이지만 아직은 우리의 입장이 최소한의 사회적 합의에 이르지 못한 현실을 인정한다. 현재 필요한 건 최소한의 합의를 위한 토론과 논쟁이다.

〈아웃사이더〉는 편집 디자인이 '텍스트를 담는 그릇'이라고 생각한다.

지난 10여 년 동안 지식인 영역에서 생산하는 사회문화 비평지들의 편집 디자인이 별다른 발전이 없었다는 사실은 아쉬운 일이다.

그런 점에서 그래픽디자이너 안상수·김미정 씨와 사진가 김재성 씨의 참여는 〈아웃사이더〉로선 행운이었다. 〈아웃사이더〉의 미더운 동료가 되어 준 그들에게 감사드린다.

창간호 발행이 많이 늦어졌다. 우리의 목표와 의욕은 충만했으나 준비와 능력은 부족했다. 〈아웃사이더〉 창간에 많은 관심과 격려를 보내준 분들에게, 특히 아직 실체도 없는 잡지를 정기 구독함으로써 큰 힘을 준 분들에게 고개 숙여 사과드린다. 세상에 이로운 〈아웃사이더〉가 되도록 최선을 다할 것을 약속드린다.

2000년 3월 27일

김규항 김정란 진중권 홍세화

# 내일을 여는 역사

## 〈내일을 여는 역사〉를 내며

### 강만길

1970년대는 박정희 정권의 이른바 유신 체제가 기승을 부리던 때였다. 경제개발을 내세우면서 정치·사회·문화면 전체에 걸쳐 엄청난 반역사적 시책이 자행되고, 종신 집권이 전망되는 상황이었지만 그것을 막으려는 쪽의 힘은 약하기만 했다. 괴뢰 만주국 장교 출신을 정점으로 하는 박 정권이 유신 폭정을 호도하기 위해 한국적 민주주의를 내세우고 감히 민족주체성 운운하면서 중·고등학교 국사 교과서를 국정화했으나 역사학계에서는 반대 성명 하나 나오지 않았다.(이때 국정화된 국사 교과서는 30년이 된, 그리고 민간 정부가 두 번째 들어선 지금까지도 국정화인 채로 있다.) 국사 교과서 국정화에 무관심한 역사학계가 유신 체제의 반역사성에 관심을 가질 리 없었고, 적극적으로 비판하거나 저지하려는 움직임을 보일 리 없었다. 역사학계가 이 같은데 반유신 운동이 쉽게 대중운동으로 확산될 리 없었다.

대학에서 우리 근현대사를 가르치는 사람으로서 역사학계가 이렇게 현실 문제에 무관심한 채 과거사에만 안주하게 된 원인이 어디에 있는가, 그

발행일　2000년 4월 5일
발행 주기　계간
발행처　신서원
발행인　임성렬
편집인　강만길
편집위원　김영하, 변은진, 신용균, 오종록

해결책이 무엇인가를 심각하게 생각하지 않을 수 없었다. 일제 강점 시대의 우리 역사학 방법론이 민족의 현실적 고통을 외면한 채 오로지 과거사의 천착에만 안주한 사실이 그 학문적 현재성을 상실하게 된 중요한 원인이라 파악할 수 있었다. 그 연장선상에서, 해방 후 우리 시대의 역사학이 현재성을 회복하고 대중성을 유지하기 위해서는 민족 분단 극복 의식이 학문에 투영되어야 하며 또 분단 문제 자체가 역사학 연구의 대상이 되어야 한다고 생각했다.

이런 생각을 바탕으로 일정하게 개인적인 노력을 해봤고 나름대로 몇 권의 책도 썼지만 영향력이 너무도 미약함을 실감하지 않을 수 없었다. 그래도 대학에 적을 두고 있을 때는 그 이상 더 적극적인 방법을 강구하기 어렵다고 스스로 변명해왔다. 그러나 이제 대학에서 물러남으로써 변명의 여지조차 없어졌으니 어떤 일이든 시도해보지 않을 수 없게 되었다. 생각 끝에 현재성과 대중성이 있고 그 위에 발전적 역사 인식이 깃들일 수 있는 역사 대중잡지를 만들기로 했다. 다행히 지금은 현재성과 대중성을 갖춘 학문 경향을 가진 젊은 연구자들이 상당히 배출되었다고 생각되어 그들과 함께 노력해보려 한다.

거듭 강조하지만 지금처럼 중·고등학교에서 국정교과서만으로 우리 역사가 가르쳐져서는 안 된다. 역사를 보는 관점이 다양해져야 그 민족사회를 이끄는 힘이 커진다는 사실을 아는 일이 중요하다. 〈내일을 여는 역사〉를 발행하는 취지는 두 가지로 요약될 수 있다. 첫째 우리가 강조해온 역사학의 현재성과 대중성이 갖추어져서 역사 보는 눈이 다양해지기 바라며, 둘째 그 위에 지금까지의 남북 대결 구도를 청산하고 남북 화해를 지향하는 역사 인식을 정착하는 데 도움이 되었으면 한다. 우선 중·고등학교에서 역사 교육을 담당하고 있는 분들에게 다소나마 도움이 되었으면 하고, 우리 역사를 좀 더 객관적인 처지에서 보려는 지식인 일반에게 읽혀졌으면 한다.

우리의 출발은 비록 엉성하고 미약하지만 이 땅의 역사 교육에 의미 있는 하나의 초석이 되기를 기대해본다. 이런 일을 맡아 하겠다고 선뜻 나서는 출판사가 많지 않은 세상인데도, 짧은 기간이나마 역사학을 가르치고 배운 인연으로 혼쾌히 출판을 맡아준 신서원의 임성렬 사장에게 감사하고, 혼연 일체가 되어 함께 애쓰고 있는 젊은이들에게도 감사한다.

**2000년 3월 여사서실**黎史書室**에서**

# 민족21

## 겨레의 마음을 잇는 경의선이 되겠습니다

2000년 6월 우리는 천지개벽을 목격했습니다. 남과 북의 두 정상이 마침내 두 손을 굳게 잡은 것입니다. 김구 선생에서 문익환 목사에 이르는 통일운동가들이 지난 55년 동안 흘린 피와 땀과 눈물이 헛된 꿈이 아니었음을 확인하는 순간이었습니다. 그 벅찬 순간에 우리는 역사가 우리에게 무엇을 요구하고 있는가를 생각했습니다. 미력하나마 우리는 역사가 부여하는 짐을 짊어지기로 했습니다. 이것이 〈민족21〉 발기의 계기입니다. 〈민족21〉은 6·15남북공동선언의 한 아들(딸)이라 할 수 있을 것입니다.

〈민족21〉 발기인들은 그동안 북을 자기 주제로 삼아온 언론인, 학자, 사회운동가들입니다. 이들은 민족 허무주의가 휩쓸던 1990년대의 10년간, 굳건하게 '민족'이란 화두를 추구해왔다는 공통점을 가지고 있습니다. 또한 〈민족21〉의 취지에 공감하는 이른바 386 기업인들이 창간의 종자돈을 모아주었습니다. 통일운동가이자 한학자이신 고 임창순 선생의 유지에 따

| 발행일 | 2001년 4월 1일 |
|---|---|
| 발행 주기 | 월간 |
| 발행처 | (주)민족이십일 |
| 발행인 | 강만길 |
| 편집인 | 강만길 |
| 주간 | 안영민 |
| 고문 | 문명자 |
| 편집기획위원 | 도진순, 이찬우, 이태섭, 전현준, 정운현, 한홍구 |

라 설립된 청명문화재단도 창간의 든든한 지주가 되어주었습니다.

창간 과정에서 가장 많이 받은 질문은 '무엇을 할 것인가'라는 것입니다. 오늘날 같은 정보 과잉의 시대에 새로운 매체를 만들겠다면 그만한 이유가 있어야 할 것입니다. 우리는 이렇게 답하고자 합니다. "화해의 시대는 화해의 언론을 요구한다."

지난날 우리 언론이 화해와 통일이라는 민족사적 과제 앞에 어떤 역할을 해왔는지에 대해서는 새삼 재론할 필요가 없을 것입니다. 거기에는 크게 두 가지 이유가 있었습니다. 우선 광적인 반공주의, 친미 사대주의, 북에 대한 지식 부족 등 언론 자신의 의식의 한계입니다. 언론인들 자신이 냉전의 산물로서 시대를 넘어서지 못했던 것입니다. 다음으로 북측 취재원에 대한 접근이 불가능하다는 취재 환경의 문제가 있었습니다. 이런 상황에서 우리 언론은 모르는 것도 아는 것처럼 쓸 수밖에 없었습니다.

6·15남북공동선언은 분단의 장벽을 밀어내는 불도저였습니다. 이전까지 콘크리트 장벽에 난 바늘구멍만 한 틈으로 남북을 오가던 언론인들도 이제 당당하게 6·15남북공동선언이 닦은 신작로 위를 오갈 수 있게 되었습니다. 우리는 이 길을 따라 전진하며 오늘 우리가 할 수 있고 해야 할 일부터 시작할 것입니다.

〈민족21〉은 '남북이 함께하는' 언론 매체를 자임하고자 합니다. 여기서 '함께한다'는 행위는 구체적으로 '방북 취재'와 '기사 교류'를 의미합니다. 우리는 가능한 한 자주 북의 현장을 취재해 그곳의 현실을 있는 그대로 남의 독자들에게 전할 것입니다. 또한 북의 언론인, 지식인들의 귀한 글을 청해 〈민족21〉에 실을 것이며, 북의 독자들도 남의 필자들이 쓴 글을 읽을 수 있도록 할 것입니다.

남북이 함께 쓰고 함께 읽는 화해의 언론 과정을 통해 〈민족21〉은 7천만 겨레의 마음을 잇는 경의선이 되고자 합니다. 그것이 통일의 시작일 것입니다.

통일 언론의 길에서 〈민족21〉의 든든한 동반자가 되어주기로 약속한 북의 통일 잡지 〈민족대단결〉에 다시 한 번 감사를 드립니다.

　분단 55년 만에 비로소 첫발을 떼는 '남북이 함께하는 언론'의 길이 장미꽃이 뿌려진 탄탄대로이기는 어려울 것입니다. 그러나 6·15남북공동선언의 감격과 역사가 부여하는 사명을 추동력으로 〈민족21〉은 통일 언론의 길에 끝까지 매진할 것임을 7천만 겨레 앞에 다짐합니다.

**2001년 3월 20일**

**월간 민족21**

전라도닷컴

## 봄날의 발심發心, 월간 〈전라도닷컴〉

봄입니다. 언 땅을 톡톡 두들겨 새 기운이 터져 오릅니다. 독한 겨울과 부대껴 성마른 사람 속에도 훈김이 돕니다. 그렇습니다. 봄은 망각이며 시작입니다. 쓰리고 아픈, 어둡고 추운 상처들이 한 줌 봄볕에 스러지고 맙니다. 그리고 가슴속에 작지만 거부할 수 없는 울림이 있습니다. 시작하라고, 우리를 떼미는 보이지 않는 손이 있습니다.

3월은 그래서 시작하기에 맞춤한 날들입니다. 어찌해볼 수 없을 것만 같던 일에도 손이 갑니다. 아득하기만 하던 먼 길에 첫발을 떼볼 용기가 솟습니다. 떠난 사랑, 깨진 우정의 저편을 향한 미움을 다독여볼 엄두도 납니다. 정말 좋은 날들입니다. 이렇게 좋은 날의 '발심'을 눌러 참는다면 그건 어리석음입니다. 아마 일 년 내내, 아니 오래도록 가슴을 치며 후회할지도 모를 일입니다.

월간 전라도닷컴!

아직은 어설픈 날것 하나를 내미는 이유로 '더없이 좋은 봄날'을 핑계 삼아봅니다.

발행일　2002년 2월 25일
발행 주기　월간
발행처　(주)전라도닷컴
발행인　하상용
편집인　하상용
편집장　황풍년

전라도닷컴은 이제 컴퓨터 바깥세상으로 나왔습니다. 전라도의 사람, 자연, 문화를 인터넷에 제대로 담겠다며 www.jeonlado.com 사이트를 개설한 지 16개월여 만입니다.

2002년 3월, 인터넷 문화잡지 전라도닷컴이 종이옷을 입고 다시 태어난 것입니다.

그동안 숱한 주저와 망설임을 지나왔습니다. 쉽지 않은 선택의 순간도 많았습니다. 오만 가지 종이들이 쏟아져 나오는 세상입니다. 더러는 이름조차 남김없이 사라져갑니다. 잉크가 마를세라 쓰레기장에 버려지는 것들도 헤아릴 수 없을 정도입니다. 어떤 이는 '더 이상의 페이퍼는 필요 없다'며 기를 꺾습니다.

이렇듯 종이가 지천인데도 우리는 오래도록 꿈을 꾸었습니다. 각박한 땅, 허허로운 사람들이 '오진 꼴 봤다'며 달가워할 종이를 만드는 꿈이었습니다. 어쩌면 책 한 권으로도 모자랄 아름다운 이야기들이 컴퓨터 화면 속에서 휙휙 지나쳐 가는 아쉬움이 컸기 때문이었는지도 모르겠습니다. 그게 신문이든 잡지든, 형식이란 기존의 그 무엇이 아니어도 상관없다 생각했습니다. 차라리 기분 좋은 이야기, 정겨운 풍경, 다정한 얼굴을 담은, 왠지 다른 종이 뭉치 정도라 해도 좋겠습니다.

종이에 대한 꿈이 월간 〈전라도닷컴〉으로 손에 딱 잡힐 때까지 우리들은 즐겁고 분주했습니다. 크기는? 모양은? 사진은? 어떤 책을? 무슨 영화를? ……우리는 지치지 않았습니다. 때론 자유롭고 유쾌한 상상을 나누었고 때론 한 치도 물러섬 없는 논쟁으로 낯 붉히기도 했습니다. 그렇게 밤을 지새워가며 전라도닷컴을 자꾸자꾸 그려보았습니다. 겨우내 앓고, 시름하며, 울다가 웃다가 우리는 새봄을 맞았고 월간 〈전라도닷컴〉을 내놓게 되었습니다.

이 작고 어설픈 우리들의 꿈을 함께 나누고 싶습니다.

또 약속합니다. 밝고 건강한 전라도를 오래도록 전라도닷컴에 담아내겠습니다.

**하상용(발행인)**

# 아시아의 내면적 소통을 위해

21세기에 들어서도 한글로 쓰는 문학은 마치 냉전 체제의 기나긴 늦겨울을 지나가는 것처럼 '민족'이라는 두툼한 외투를 벗지 못하고 있다. 분단의 철조망을 걷어내는 그날까지, 민족은 '방어를 위한 저항'이라는 정당방위 수준의 논리적 토대로 작용할 것 같다. 그러나 우리의 민족은 배타적인 모습을 드러내기도 한다. 북녘의 '우리 민족끼리'와 남녘의 아시아 출신 외국인 노동자에 대한 편견이 그것을 대표한다.

이렇게 위험한 민족 담론의 이중성을 극복하는 길은 무엇인가? 이 질문에 대한 오랜 고민의 한 갈래가 '상상력의 확장'을 거듭하여 아시아를 시야의 지평에 넣게 되었다. 언제라도 아시아의 패권 지역으로 둔갑할 가능성이 있는 '동북아시아'가 아니라 36억 인구가 살아가고 있는, 존재하는 그대로의 아시아였다. 일본을 괄호 밖에 두면, 모두가 서구적 근대의 폭력과 억압을 20세기의 고통스런 기억으로 간직한 아시아를 위해 포스코청암재단이 '아시아펠로우십'이라는 진지한 프로젝트를 구상한 것은 매우 선구적인 일

| | |
|---|---|
| 발행일 | 2006년 5월 15일 |
| 발행 주기 | 계간 |
| 발행처 | 도서출판 아시아 |
| 발행인 | 이대환 |
| 주간 | 방현석 |
| 편집위원 | 김재용, 방민호, 차승재 |
| 기획자문위원 | 김남일, 김형수, 신상웅 |

이라고 본다.

포스코청암재단은 포스코를 세계 최고의 철강 기업으로 키우고 기업의 사회 공헌을 모범적으로 실천한 청암靑巖 박태준 선생의 철학과, 그러한 전통을 계승하고 강화해나가는 포스코 현 집행부의 신념으로 세워졌다. 나는 포스코청암재단의 이사로 참여하면서 아시아펠로우십 프로젝트에 아시아의 내면적 소통을 위한 문학 매체 발간이 필요하다고 건의하였고, 문예지 〈아시아〉는 재단 이사회의 공감과 결단을 통해 빛을 보게 되었다. 하지만 이 매체에 참여하는 작가들의 아시아를 향한 열정과 건강한 상상력을 신뢰하는 포스코청암재단은 편집권에 대해 어떤 간섭도 하지 않기로 하였다.

사실 아시아의 언어들이 서로의 내면으로 대화를 나눈 경험은 아직까지 딱할 정도로 빈약하다. 한국문학이 베트남 문학에 어둡듯 베트남 문학은 한국문학에 어둡고, 필리핀 문학이 라오스 문학을 모르듯 라오스 문학은 필리핀 문학을 모른다. 상대의 언어 안에 피처럼 흐르는 정서와 영혼과 역사를 이해하는 일은 민족의 경계를 넘어 아시아의 연대와 공존으로 나아가기 위한 전제 조건이다. 이는 나아가 인류 사회가 새롭게 기획해야 할 평화의 질서를 위해서도 절실한 일이다. 식민지를 체험하고 다시 분단을 감당해나가는 한글의 운명을 딛고 일어나 새로운 시각으로 아시아의 친구들을 만나고 있는 한국의 작가들이, 아시아의 또 다른 언어들과 교류하며 민족이 직면한 현실 문제와 아울러 우리의 평화 정신까지 한껏 공감대를 넓히는 역할을 해주었으면 한다.

이렇게 해서 먼 길을 출발하는 문예지 〈아시아〉는 어떤 힘의 중심을 추구하지 않아야 한다. 굳이 중심이란 소리를 듣게 된다면, 아시아의 다양성 동등하게 만나고 섞이는 '소통의 중심'이란 평가를 가장 영광스럽게 받아들일 자세를 갖춰야 한다. 아쉽게도 지금은 영어를 소통의 수단으로 채택해야 하는 객관적 조건을 수용할 수밖에 없지만 아시아의 문화와 문학이 대등한 다양성으로 만나고 섞일 것이다. 다양성에 대한 존중을 앞자리에 놓고 늘 이를 옹호하고 그 앞에서 겸손하기를 바란다.

　마지막으로 유럽, 아메리카, 아프리카가 아시아를 궁금해할 때 반드시 문예지 〈아시아〉를 찾게 되는 미래를 떠올려보며, 그 기나긴 노정이 '건강한 후견'에 대한 보람을 만들어가는 아름다운 방식이 될 것으로 믿는다.

**2006년 5월**

**발행인 이대환**

# 판타스틱

## 별/이 지/고 새 별/이 뜹/니/다

    지난 4월 3일부터 '한국 과학소설 100년 기획 전시회'가 문지문화원 사이에서 열렸습니다.(5월 9일까지 전시합니다.) 월간 〈판타스틱〉이 창간에 앞서서 일종의 선언적 의미로 이 땅의 SF 역사를 돌아보고 새 출발을 다짐하는 행사로 마련한 것입니다. 그런데 준비하는 중에 무척 안타까운 일이 있었습니다.

    1953년, 한낙원 작가의 과학소설 『잃어버린 소년』이 〈연합신문〉에 연재되었습니다. 아마도 해방 이후 최초의 창작 과학소설로 여겨집니다. 1924년 생인 한낙원 선생은 그 뒤 1990년대까지도 작품을 계속 집필했던, 우리나라 창작 과학소설가의 산증인입니다. 그가 1957년에 출간한 『금성탐험대』는 1980년대 초까지도 재판을 거듭한 스테디셀러였습니다.

    편집장은 지난 2월 초에 처음으로 한낙원 선생을 찾아뵈었습니다. 그런데 여든이 넘은 연세에도 불구하고 뜻밖에 정정하셔서 무척이나 안도했습니다. 조만간 다시 찾아뵙고 정식으로 인터뷰를 할 계획이었거든요. 과학

| | |
|---|---|
| **발행일** | 2007년 5월 1일 |
| **발행 주기** | 월간 |
| **발행처** | (주)페이퍼하우스 |
| **발행인** | 최내현 |
| **편집장** | 박상준 |

750 시대의 말 욕망의 문장

소설 작가로서 그분의 일생을 회고하고, 기록을 남겨 두고두고 우리 문화의 한 유산으로 보존할 생각이었습니다.

그런데 3월 중순에 다시 연락을 드렸다가, 그사이에 한낙원 선생이 돌아가시고 말았다는 비보를 접하고 말았습니다. 너무나 애석한 일이었습니다.

그분의 부음이 유난히 가슴 아팠던 이유가 있습니다.

작년에 편집장은 황종호 선생을 몇 차례 찾아뵌 적이 있습니다. 영문학자였던 황종호 선생은 번역가로서도 오랫동안 활동해왔으며, 한국번역문학상을 수상하기도 했습니다. 특히 국내에 소개된 추리소설의 상당 부분이 그분의 손을 거쳤고, 일찍이 1970년대 초반에 결성된 추리소설클럽의 핵심 멤버로 우리나라 팬덤 활동의 선구자 격인 역할을 하셨던 분입니다. 1930년생인 황종호 선생은 작년에 뵐 당시 국내외 추리문학사를 총정리하는 역저를 준비하고 계셨는데, 그만 안타깝게도 마무리를 짓지 못하고 초가을에 돌아가시고 말았습니다.

한편 1965년에 본격 장편 과학소설 『완전사회』를 발표한 문윤성 선생은 이미 2000년에 작고하셨고, 과학기자 출신으로 1960년대 말 '한국SF작가클럽' 결성을 주도했고 과학소설의 집필 및 번역 활동도 활발히 하셨던 서광운 선생 역시 1998년에 돌아가셨습니다.

이렇듯 우리나라 장르문학의 살아 있는 역사라 할 분들이 계속 사라져가고 있습니다. 이제껏 아무도 진지하게 살펴볼 생각을 하지 않았던 척박한 장르 소설계에서 그나마 꾸준히 현장을 지켜오셨던 분들입니다.

장르 소설은 기본적으로 서양 문명이 낳은 '근대화'의 산물입니다. 우리가 이를 무조건 수용해야 하느냐라는 논점과는 별개로, '이그조틱한 이국의 문물'은 그 자체로서 훌륭한 예술적 영감의 원천이 된다고 믿습니다. 그점에서 SF나 판타지와 같은 장르 소설들이 취하는 독특한 시각은 우리에게 매우 새롭고 창조적인 지평을 제공합니다. 21세기로 접어든 현시점에서도 우리의 문화가 여전히 빈곤함을 운위해야 할 처지라면, 이는 상당 부분 장르 문화의 빈곤에서 배태된 것이라고 감히 생각합니다.

본격 장르 매거진 〈판타스틱〉을 새롭게 출범시키는 자리에서, 앞서 언급한 분들의 업적을 기리며 명복을 빕니다. 천대와 무관심에도 아랑곳하지 않고 꿋꿋하게 자기 영역을 지켜오셨던 분들, 〈판타스틱〉은 이런 분들이 아니었다면 결코 탄생할 수 없었을 것입니다.

# 친구들, 하나도 안 변했더군

올해 1월 5일 파업을 하고 현장을 떠났으니 꼭 여덟 달하고 열흘 만에 다시 기자로 돌아온 셈이다. 한동안 다시는 돌아가지 않으리라 작정을 하고 신문을 아예 외면을 하고 살았다. 그러고 살아보니 사실 별로 아쉬울 것도 없었다. 오늘 신문 머리기사가 뭔지, 정치면과 사회면에서 가장 눈에 띄는 기사가 뭔지 몰라도 살아가는 데 아무 지장이 없다는 걸 알았다. 그저 바람결에 들리는 소식만으로도 세상이 어찌 돌아가는지 능히 짐작할 수 있었다.

편집국장을 맡고 나서 다시 신문에 코를 파묻게 됐다. 조간이건 석간이건 기사면은 말할 것도 없고 텔레비전 예고란까지 샅샅이 살펴보던 그 버릇이 되살아났다. 어느 결에 신문을 보면서 욕을 해대는 고질병까지 도지고 말았다. 신문 기사에 나오는 사람을 욕하기도 하지만 대부분 신문 그 자체에 육두문자를 퍼붓는 것이다. 아이들 교육에 좋지 않다는 걸 알면서도 종종 아침 밥상에서도 발작하고 만다.

여덟 달이 넘어서 만났지만 이 친구들은 정말로 하나도 안 변했다. 백 살

**발행일** 2007년 9월 25일
**발행 주기** 주간
**발행처** (주)참언론
**발행인** 백승기
**편집인** 문정우
**편집위원** 김상익, 서명숙, 이윤삼

이 가까운 친구들이나 채 스무 살도 안 되어 얼굴이 살구빛인 친구나 하는 짓은 다 비슷하다. 대통령 선거가 다가오는 만큼 자제력도 약해져가는 듯하다. 사람이 비뚤어져서 그런지 몰라도 자기가 미는 후보에게 유리할지 불리할지가 이 친구들이 뉴스의 경중과 면 배치를 판단하는 유일한 기준이 아닐까 하는 의심에 때로는 사로잡히게 된다.

정몽구, 김승연, 그리고 신정아에 이르러서는 할 말을 잊는다. '법은 이상일 뿐'이라며 법 집행을 사실상 포기한 재판부와 집행유예 판결을 받아 들고 웃고 있는 정몽구 현대·기아차 회장과 김승연 한화 회장은 이 친구들에게는 뉴스 가치가 없다.

그보다는 신정아 씨가 백배는 더 중요한 인물이다. 하물며 그녀의 누드야 말해 뭣하겠는가. 상투적으로 표현해보자면 이것이 선진국 진입을 눈앞에 뒀다는 대한민국의 언론 현실이다.

〈시사IN〉의 편집 방향을 놓고 고민하느라 밤잠을 많이 놓쳤다. 아프리카 오지에서도 지구의 문제가 곧 나의 문제화되어가는 이 전대미문의 시대에 어떤 매체를 내놓아야 하는지가 화두였다. 하지만 괜한 고생을 했다는 생각이 든다. 저 친구들 따라 하지만 않아도 당분간 상품성은 충분하겠다. 여러모로 준비가 부족한데도 창간호를 내보낼 용기가 생겼다. 친구들, 다시 만나서 반갑다.

문정우 mjw21@sisain.co.kr

# 월간잉여

## I say 잉 U say 여

언론사 입사 대비 스터디 활동을 하고 입사 지원을 하며 시간을 보낸 지 햇수로 2년. 지원 결과는 번번이 내게 모욕감을 줬다. 2년 가까이 한 짓은 말과 글에 관련된 것뿐인데, 관련 업계는 날 받아주지도 않는다니! 아니 이게 무슨 소리요 의사양반! 게다가 그나마 쓸 만했던 토익 점수는 만료됐다. 요즘은 대기업, 중소기업가릴 것 없이 토익 점수가 필요하다던데, '산업 역군'으로 방향을 전환하기도 쉽지않다. 그래, 내가 바로 대한의 '잉여'다.

**글 잉집장**

### 설마 잉여인간의 뜻을 모르는 사람은 없겠지만…

'쓰고 난 나머지'라는 포괄적인 뜻을 가진 잉여라는 단어는 최근에는 주로 잉여인간의 줄임말로 쓰이고 있다. 잉여인간이란 사회에서 잉여인 존재로 '소외된 인간' '쓸모없는 인간'이라고 할 수 있다. 태초에 손창섭이 있었

**발행일** 2012년 1월 30일
**발행 주기** 월간
**발행처** 서울 서초구 신반포로 270 113-1102
**발행인** 최서윤(잉집장)
**편집인** 최서윤

다. 1958년 단편 「잉여인간」을 발표했다. 주로 문학사 및 수능 언어 영역에서만 얘기되던 '잉여인간'이라는 단어는 영화 〈말죽거리 잔혹사〉에서 주인공 현수(권상우 분)의 아버지(천호진 분)의 일갈("너 대학 못 가면 뭔 줄 알아? 잉여인간이야, 잉여인간! 잉여인간 알아? 인간 떨거지 되는 거야 이 새끼야!") 이후 새로운 지위를 얻는다. '디시 인사이드'나 '웃긴 대학' 등 통상적으로 잉여인간이 많다고 여겨지는 곳에서 영화의 저 장면을 딴 '플짤'이 유행하기 시작했고, '잉여인간'이라는 단어도 덩달아 유행어가 됐다. 이제는 유행어를 넘어 일상어가 됐다.

### 잉여 헤는 밤

주변에 수많은 잉여들의 이름이 떠오른다. 잉여라면 모름지기 늦게 자고 늦게 일어나기 마련. 별을 보며 별 하나에 아름다운 말 한 마디씩 불러본다. 언론사 시험을 함께 준비하고 함께 낙방한 '언시잉여'들. 사법고시에 두 차례 낙방에 취직 전선에 뛰어들었지만 면접 때마다 면접관과 싸우는 친구, 취직 전에는 졸업을 하지 않겠다며 졸업 유예를 거듭한 끝에 10학기 만에 졸업했지만 아직도 취직 못한 친구. 이런 잉여의 이름을 불러본다. 별 헤는 밤이다. 이런 별들은 약 30만 개쯤 있다. 지난달 통계청에 따르면 15~29세 청년 실업자는 약 30만 명이라고 한다. 1년 전에 비해 1만 3000명 늘어난 것이라고. '잉여의 범람'은 내 주변만의 일은 아닌 것이다.

'잉여의 범람'에는 여러 가지 원인이 있다. 어느 정도 경제발전이 이뤄지며 경제성장은 둔화됐다. 산업구조가 고도화되며 산업의 고용 창출력도 저하됐다. 대졸자는 차고 넘치는데 일자리는 적다. 때문에 잉여 인력들은 급증하고 있고, 앞으로도 증가할 것이라고 전문가들은 예측한다. 청년들은 이 점을 몸으로 느껴왔고 이내 익숙해졌다. 체념과 자학이 몸에 뱄다. 체념은 미래 지향적인 사고와 행동보다 현재의 즐거움을 중시하게끔 했다. 소위 말하는 '잉여질'을 하는 청년들도 늘어나 다시 인사이드의 일일 방문 수는 16만을 넘어서기도 했다.

### 〈월간잉여〉의 탄생

이렇게나 잉여 넘치는 사회인데 본격적으로 이를 다루는 전문지는 없어 보였다. 그래서 잉여에 의한, 잉여를 위한 잡지, 〈월간잉여〉를 창간하기로 했다. 어차피 언론사 입사의 길이 깜깜하다. 시간과 잉여력도 남아돈다. 〈월간잉여〉가 흥해 나의 자활을 돕고, 잉여들의 목소리를 세상에 알려 보다 '친親잉여적' 사회가 되는 걸 도왔으면 좋겠다는 희망을 가져본다.

그러니까 여러분들, 내가 '잉!' 하면 '여!' 해주시라. 둘이 합쳐 하나같이 잉! 여! 잉! 여! 외쳐보자.

# 말과 활

## 불온하고 아름다운 상상이 세상을 바꿀 때까지

**홍세화 발행인**

우리는 지금 말의 범람과 결핍을 동시에 경험하는 시대를 살아가고 있다. 다른 어느 때보다도 수다스런 말들에 둘러싸여 있지만, 동시에 말의 지독한 공백을 절감해야 하는 그런 부조리한 시대를 말이다.

따지고 보면 그렇지 않았던 때가 언제 있었느냐고 반문할 수도 있겠다. 한 사람의 독재자만이 말을 할 수 있었던 시대가 있었다. 그의 말은 곧 명령이었다. 그 시절 말을 빼앗겼던 사람들조차 돌아보건대 그 시대가 명령의 과잉을 요구하던 시대였다고 말하기도 하지만, 명령의 과잉을 용서할 수 없었던 시인은 깊은 밤 부엉이의 노래를 불렀다. 침묵 대신. 비록 지지遲遲한 노래이고, 더러운 노래이고, 생기 없는 노래일망정.

말의 자유를 빼앗겼으므로 대다수 인민은 침묵했다. 그러나 침묵이 곧 결핍을 의미하는 것은 아니다. 침묵은 과잉된 권력의 명령을 거부하거나 맞

| | |
|---|---|
| **발행일** | 2013년 7월 22일 |
| **발행 주기** | 격월간 |
| **발행처** | 일곱번째숲 |
| **발행인** | 홍세화, 강경미 |
| **편집인** | 홍세화 |
| **기획주간** | 문부식 |
| **편집위원** | 김규항, 김상봉, 김선우, 김신식, 김진호, 노순택, 류동민, 미류, 박권일, 박노자, 박성준, 박점규, 박형근, 변정수, 서용순, 안영춘, 엄기호, 이계삼, 이광일, 이상길, 이선옥, 이창근, 이택광, 이혜정, 임민욱, 정진우, 정희진, 천정환, 하종강, 한윤형, 허지웅 |

서는 무서운 말이 자라는 토양이 되기도 했다. 그리하여 지지한, 더러운, 생기 없는 노래 속에서도 하나의 (정언)명령은 자라났다. 봉기하라는. 시대의 벽 너머로 날아오르라는. 그것이 근대적 규율 권력이 지배하는 억압과 굴종의 시대에 바람보다 빨리 눕고, 빨리 울지만, 바람보다 먼저 일어나던 인민의 존재 양식이었다. 때문에 침묵과 결핍은 다른 것이다. 강요된 침묵 속에 봉기를 숨기던, 그리하여 봉기의 순간, 화살이 되어 온몸으로 가자고 스스로에게 명령하던 그런 시대는, 그러나 이미 과거가 되었다.

권력을 자신들의 손으로 뽑는 '민주화'의 시작과 함께 침묵도 끝이 났다. 막혔던 입이 열리자 말이 범람했다. 하지만 범람하는 말들은 어떤 경계도 넘지 못했다. 과잉과 범람 역시 같은 의미를 지니는 말이 아니다. 범람은, 간혹 벽을 허무는 순간에도 경계를 의식하지 못하며 넘쳐 흩어질 뿐이다. 과잉은, 경계를 두고서만 의식할 수 있으며, 경계를 지탱하던 벽-전제 자체를 어느 쪽에서든 허물어버릴 수도 있다. 말의 자유를 얻는 대가로 '자유경쟁'의 룰을 받아들일 때, 범람은 방치되어도, 과잉은 자제되거나 처벌받아야 하는 위험한 무엇으로 취급된다.

중요한 것은 말의 자유가 말의 평등을 의미하는 것은 아니라는 사실이다. 평등하기 위해 자유로운 것이 아닐 때, 자유는 거짓말을 하기 시작한다. 자유는 결코 평등하지 않다. 자유의 사회적 조건이 다르면 자기가 바라는 바를 행할 자유의 폭과 범위는 당연히 다를 수밖에 없다. 자유를 온전히 실현하기 위해서는 평등-전제가 요구된다는 사실이 실종되면 자유의 실현은 자유의지에 의한 이해 실현의 문제가 되며, 모든 것은 갈등과 조정과 경쟁의 영역 안으로 흡수되어버린다. 그 외의 나머지 것들은 다음과 같은 식으로 간주된다. 누구나 자신의 목표를 자유롭게 추구할 수 있는 자유국가에서 모든 행위의 결과는 '자기 책임'이라고. 설혹 어떤 사람이 좌절 끝에 스스로 목숨을 끊더라도, 그가 낙오하기 전까진 자유로운 존재였을 것이라고.

이것이 오늘 우리가 살아가는 세계이다. 우리는 더 이상 자유를 의심하지 않는다. 더불어 '시장의 자유'와 '자유-민주주의'를 자명한, 움직일 수 없는 전제로 받아들인다. 심지어 과거 독재 권력에 맞선 항쟁도, '민주화 이후'의 시간들도 이 같은 체제를 더욱 공고히 하기 위한 노력이었다고 믿는다. 시인은 깊은 밤 더는 부엉이의 노래를 부르지 않는다. 지지한 노래 속에 불온한 상상을 품고 있는 대신 컴퓨터 앞에 앉거나 휴대폰을 들고 '정세'에 빠르게 반응한다. 말은 범람한다. 범람하는 말 속에서 말을 다룰 줄 아는 전문가들은 말의 권력을 얻는다. 작가, 예술가, 지식인 등 말의 시장경쟁으로부터 명사가 된 이들이 추구하는 것은 '정치적 올바름'이다. 이 '올바름'이 거처하는 곳은 이른바 '상식'이다. 체제의 윤리이자 질서를 내장한 이 상식은 어떤 과잉과, 상식과 다른 질서를 상상하는 말을 가리고 가로막고 윽박지르고 지우는 잣대가 된다. 다른 말로 하자면, 그러한 말들이 지당하고 옳을수록 더 체제의 재생산에 기여한다는 역설이 생겨난다.

우리가 '진보'라고 부르고, 스스로 진보 정치를 자임한 집단들이 꼭 그랬다. 진보(좌파)란 본디 자유와 평등의 사회적 조건이 되는 자원(자본)을 누가, 어떤 방식으로 소유하고 있는지를 묻고, 나아가 소유의 독점이 불러오는 모순이 극복되는 사회를 설계하는 것에서 존재의 이유를 찾는 사람들을 일컫는 말이다. 이들은 상식에 도전하고, 체제의 언어 안에 다른 언어를 기입하는 자들이고 또 그래야 본연의 좌파일 수 있다. 좌파는 한때 한밤에 시인이 부르는 부엉이의 노래에 귀 기울이던 자들의 이름이었다. 그 지지하고, 더럽고, 생기 없는 노래 뒤로 깊은 어둠을 가르며 다가오는 심상치 않은 시대의 공기를 감지할 수 있는 자들이었다. 그래서 시대의 전위라는 다소 과장된 이름도 용서받을 수 있었다.

그러나 지금의 좌파는 시대의 소명에서 고개를 돌린 자들의 이름이고, 시인의 노래를 저버린 자들의 이름이고, 무엇보다 인간의 고통에 눈감은 자들의 이름이다. 아니 인간의 고통과 분노를 대변하고 대표한다는 그간의 언명마저 귀찮아 달아나는 자들의 이름이 되어버렸다. 이들은 물론 지금도 자본주의는 문제라고 말하고, 이 문제 많은 자본주의가 심각한 위기를 가져왔다고 투덜댄다. 하지만 딱 거기까지이다. 이들은 실은 자본주의를 누구보다도 걱정하고 있었던 것이다. 좋게 말하면, 자본주의가 좀 잘해주기를 간곡히 요청하고 있었던 것이다.

그것은 우선 진보(좌파)가 자본주의의 오늘에 대해 무지하기 때문이고, 아니면 이미 그것들에 관심이 없어졌기 때문이다. '지금 여기'의 상황에 무지한 자들은 내일 이곳에서 벌어질 (수 있는) 일들에 대해 거짓말을 한다. 이들은 '고용 없는 자본주의'를 두고 완전고용을 약속하고, 본산지에서도 토대가 무너진 유럽산 복지를 공약한다. 이들의 몰락은 예고된 것이었다. 고장 난 자본주의가 부실한 민주주의의 남은 의미마저 고갈시키는 동안에도 이들은 그럴수록 '대의제(대표제)'에 매달린다. 문제는, 이들이 대표하고자 하는 사람들이 이들에게 관심이 없어졌다는 데 있다.

공허한 말들이 범람하는 사이, 말을 빼앗긴 사람들과 목소리가 지워진 사람들은 허공을 향해 걸어갔다. 인민도 이제 하나의 인민이 아니고, 노동자도 이미 하나의 노동자가 아니다. 자본으로부터 한번 배제된 노동이, 노동으로부터 다시 한 번 배제되고 나면 그는 노동자라기보다는 '벌거벗은 생명'에 가까워진다. 안정된(상대적으로) 노동의 하위에 배치된 불안정한 노동도 사정은 크게 다르지 않다. 이중 삼중으로 배제된 존재는 존엄에서 멀어진다. 존엄의 물적 조건을 갖지 못한 자들의 말은 말이 아니라 비명에 가까운 것이 된다. 존엄한 존재로 다시 말을 할 수 없는 한 어떤 힐링의 수단도 그들의 고통을 치유할 수 없다. 치유되지 못한 과잉된 고통들은 공중에 매달리거나 지상에서 사건으로 폭발한다. 그리고 이 사건의 개시와 함께 범람하던 말들은 잠시 정지된다. 바로 이 순간, 우리는 물어야 한다. 말은 다시 활이 될 수 있을까. 우리의 말은 다시 존재의 떨림과 긴장을 담아 체제의 모순을 겨냥하여 날아가는 활이 될 수 있을까. 이 저주받은 세계가 강요하는 배제의 폭력에 저항할 수 있는 가능성을 '말의 가능성'으로 다시 사고할 수 있을까.

우리의 말은 다시, 시인의 노래를 닮아야 한다. 시인은 어둠의 시간 물신의 세계에 간신히 남겨진 숲에서 들려오는 부엉이의 노래를 듣는다. 시인의 노래는 부엉이의 노래를 닮아 있다. 늘 그렇듯, 시는 세계를 낯설게 한다. 인간의 고통이 잉태한 사건은 시를 닮았다. 사건은 새로운 진리를 탄생케 하고, 어제의 생기 없던 자를 전혀 새로운 주체로 만든다. 그렇다고 하여 사건이 모두를 새로운 주체로 만드는 것은 아니다. 새로운 말만이 새로운 주체를 만든다. 새로운 주체는 현존하는 체제가 알아들을 수 없는 방언方言을 한다. 사건의 시간을 통과한 그들은 체제의 문지기들 앞에서 스스로를 피해자라고 말하지 않을 것이다. 그들은 세상에 무엇을 요구하려는 것이 아니라 세상을 바꾸려는 자들이기 때문이다.

체제의 상식과 문법을 벗어난 새로운 말들은 비웃음을 사거나 즉각 거부당할 것이다. 지금부터 우리는 저들이 들어달라고 말을 하려는 것이 아니다. 우리는 우리 자신이 해야 할 일들을 입을 열어 말하려는 것일 따름이다. 우리의 말이 세상을 바꾸는 시간이 더디고 더디(遲遲)게 올지라도.

분BOON

## 문화의 '환류' 가능성을 찾아서

RHK일본문화콘텐츠연구소에서 잡지 〈BOON〉이 출범합니다. BOON [buːn]은 '재미있는, 유쾌한, 긴요한'이라는 뜻으로 '문화文化'의 일본어 음독인 '분카[bunka]'의 '분[bun]'이라는 발음과도 같습니다. 일본 문화 콘텐츠 전문 잡지의 창간에 부쳐 예상되는 난관은 적지 않았습니다. 아직도 청산되지 않은 아픈 역사의 문제, 일본 정부의 우경화 등 최근의 한일 관계가 경색 국면을 맞이했기 때문입니다. 그러나 한국과 일본은 오랜 시간 경제적인 협력 관계를 구축해왔으며 문화 교류 또한 활발한 것이 사실입니다. 지역 평화와 안정을 위해 우리의 이웃인 아시아 국가와의 협력은 간과할 수 없는 부분입니다. 우리 자신을 뒤돌아보고 이웃을 이해하는 첫걸음은 바로 그들의 문화를 이해하는 데 있다고 할 수 있습니다.

최근 일본의 드라마를 리메이크한 〈직장의 신〉과 〈여왕의 교실〉이 큰 화제를 모은 바 있습니다. 현재 한국에서는 일본의 문화 콘텐츠에 대한 관심

| 발행일 | 2014년 1월 15일 |
|---|---|
| 발행 주기 | 격월간 |
| 발행처 | (주)알에이치코리아 |
| 발행인 | 양원석 |
| 편집인 | 이헌상 |
| 편집위원 | 권희주, 박삼헌 |

이 높아지고는 있으나 이에 관한 정확한 정보를 전문적으로 제공하는 곳은 거의 전무하다고 할 수 있습니다. 그로 인해 정보의 오류로 인한 오해나 양질의 문화 콘텐츠가 제대로 소개되지 못하고 또한 한국의 문화 콘텐츠를 일본에 제대로 알리지 못하는 등 여러 문제점이 드러나고 있습니다. 바로 일본의 문화 콘텐츠에 관한 정확하면서도 빠른 정보 제공과 이에 걸맞는 심도 있는 연구가 그 어느 때보다 필요한 실정입니다. 한국에서는 현재 민간은 물론이거니와 정부 차원에서도 문화 콘텐츠의 생산과 글로벌화에 지대한 관심을 가지고 적극적인 정책을 펴나가고 있습니다. 이러한 정책은 올바른 정보와 문화 교류를 근간으로 해야 하며, 이러한 밑받침 없이는 자칫하면 내셔널리즘에 빠질 우려도 있어 폭넓은 논의의 장이 필요합니다.

바야흐로 현재는 문화 콘텐츠의 시대라고 할 수 있습니다. 한국의 문화 콘텐츠 산업은 최근 급속도로 성장하여 전 세계에 우리 문화의 우수성을 발신하고 있으며 특히 한류는 더 이상 아시아에 국한된 문화 현상이라고 할 수 없습니다. 이렇듯 국경을 초월한 문화 교류는 우리에게 낯설지 않은 혼종적인 문화의 장을 제시합니다. 이번에 출범하는 잡지 〈BOON〉은 '문화 콘텐츠'를 매개로 '일류日流'와 '한류韓流'를 넘어서는 한일 간 '환류還流'의 가능성을 지향하는, 양국 상호 신뢰 구축의 발신자 역할을 수행하고자 합니다. 〈BOON〉은 공감하는 문화, 소통하는 문화를 통해 한국과 일본이 서로를 이해하여 신뢰를 구축하고 나아가 아시아와 세계의 문화 창출에 기여하는 첫걸음이 될 것으로 기대하는 바입니다.

RHK일본문화콘텐츠연구소

소장 양원석

약 3년 전에 마음산책에서 이 작업을 제안했을 때 '재밌겠다' 싶어 욕심을 냈지만 작업의 규모가 얼마나 될지 짐작할 수는 없었다. 중간에 그야말로 무식·무모한 욕심이었다는 것을 깨닫고 여러 번 후회도 했지만 멈출 수는 없었다. 현대 한국 잡지사 전체를 대략 훑고 잡지들의 창간사와 창간호를 들여다보고 골라내고, 또 그에 대해 뭔가를 쓰는 가슴 두근거리는 작업이란 그러나 혼자서 감당할 수 있는 성질의 것은 아니었다.

800페이지가 넘는 이 책은 마음산책 편집진과의 공동의 성과다. 편집자들의 노력은 보통의 책 한 권을 만들기 위해 들이는 수고를 훨씬 넘어가는 것이었다. 책을 마무리해준 편집자들은 연구자에 못지않은 탐구심과 열정으로 자료를 찾고 창간사를 입력하였다. 처음 아이디어를 제안하고 오래 원고를 기다려 두꺼운 책을 만들어준 마음산책에 깊은 사의를 표한다.

한국에서 70, 80년대에 자라난 다른 아이들과 비슷하게, 어려서 나는 지금은 돌아가신 아버지·어머니가 보거나 사준 잡지 덕분에 잡지의 세계를 알게 됐다. 〈신동아〉 〈월간조선〉 〈주부생활〉 〈향장〉 그리고 〈새소년〉 〈보물섬〉 등이다. 머리가 좀 굵고 나서는 80년대에 허다했던 무크나 비합법 간행물들이 복간된 〈창비〉나 〈문사〉와 함께 눈앞에 있었다. 물론 이제는 없는 〈주간야구〉나 〈키노〉 같은 잡지도 한때 좋아했다.

연구자의 길로 들어서고 난 뒤에 나에게 잡지 연구의 길을 보여주고 함께 이끈 것은 스승과 선배 들이다. 돌이켜보면, 은사이신 조남현 선생님께서는 미디어나 문화사 연구에 대해 눈을 뜨기 훨씬 전에 잡지의 중요성을 가르쳐주셨던 듯하다. 한 편 한 편 잡지에 실린 원 텍스트를 읽고 또 개화기 잡지나 〈개벽〉 등에 대해 선구적인 논문을 쓰셨던 선생님께서는, 은퇴하실 때는 『한국문학잡지사상사』(서울대학교출판문화원, 2012)라는 거대한 성과도 내놓으셨다. 역시 한 땀 한 땀 정성을 기울이고 단 한 구석도 허투루 넘어감 없는 우직한 작업의 결과였다. 지금도 계속 그렇게 연구하고 계신다. 내 책은 그런 작업의 성실함에 비하면 '날라리'에 불과한지 모른다. 이 자리를 빌려 새삼 선생님의 은혜에 감사의 절을 올린다.

성균관대에 가서는 한기형·박헌호·최수일·이경돈 선생 등 식민지 시대 잡지와 문화제도 연구에서 선도적이고 단단한 성과를 낸 학풍에 영향을 받았다. 그분들 곁에서 기웃대다 1930년대 최고 인기 월간지였던 〈삼천리〉에 관한 책도 한 권 냈었다. 1950년대 이후의 문학사와 문화사를 공부하면서는 김현주·김건우·권보드래·이혜령 선생들 같은 재밌는 선배·동학들과 〈사상계〉 〈창작과비평〉 〈청맥〉 등을 읽었다.

한국 현대 잡지사 전반을 다루는 이 책에서 나는 얕은 공부나 깜냥으로 감당할 수 없는 영역과 분야의 잡지까지 언급할 수밖에 없었다. 그래서 1945년에서 1960년대까지의 잡지 문화에 대한 조언을 저명한 노래 평론가이자 전방위적 대중문화 연구자이신 이영미 선생님과, 〈상허학보〉 편집장이시며 그 시대 미디어 연구의 권위자인 이봉범 선생님으로부터 들었다. 그리고 1980년대 이후부터의 잡지 문화에 대해서는 사회평론사 윤철호 대표님과 출판평론가 변정수 선생님께서 예리하고 영양가 있는 조언을 해주셨다. 이들은 90년대에 직접 잡지 운영에 관계하거나 열렬한 독자였고 지금도 한국 출판문화의 최전선에서 활약하는 분들이다.

그리고 자료를 제공하거나 개별 영역의 잡지에 대해 조언을 해주신 분들도 있었다. 전상기 선생님의 논문과 자료는 1960년대 주간지 문화에 대해 논하는 데 결정적인 도움이 되었다. 한국 시 동인지의 역사에 대해서는 심선옥·정우택 선생님 두 분의 가르침을 들었으며, 북한 잡지와 언론 개혁 운동에 대해서는 노혜경 박사님의 조언이 중요했다. 살가운 김건우 형兄은 〈사상계〉와 1950년대 잡지에 대해, 서울대 홍성욱 교수님과 임태훈 박사는 과학 잡지와 2000년대 잡지에 대해, 미술비평가 김만석 선생과 사진비평가 김현호 선생도 자기 분야에 관련된 중요한 조언을 주셨다.

이 자리를 빌려 다시 한 번 고개 숙여 모든 분께 감사드린다.

천정환 올림

**책을 엮으며  잡지 창간 정신과 창간사의 문화**

1    한국언론재단 조사분석팀,『잡지 경영 현황과 발전 전략』, 한국언론재단, 2006,
36쪽의 분류는 아래 표와 같다.

| 분류 | 내용 |
|---|---|
| 시사지 | 시사 일반, 시사 회보, 정치비평, 언론 등 |
| 여성지 | 여성 종합, 패션, 뷰티, 요리, 유아 등 |
| 교양지 | |
| 학습지 | 학습 자료, 수험 정보, 학습지 등 |
| 취미·레저지 | 취미, 여가 활동, 퍼즐, 게임 등 |
| 문학지 | 시, 소설, 수필, 시조, 문학평론 등 |
| 농·수·축산지 | 농업, 수산업, 축산, 원예, 임업 등 |
| 교통·관광지 | 교통, 관광, 자동차 등 |
| 종교지 | 기독교, 불교, 천주교, 천도교, 기타 |
| 청소년지 | 청소년 교양, 연예 등 |
| 산업지 | 섬유, 일반 산업, 에너지, 물류 등 |
| 경제지 | 경제, 경영, 무역, 세무, 금융, 물가 조사 등 |
| 스포츠지 | 운동 관련 잡지 |
| 컴퓨터·과학지 | 종합 과학, 컴퓨터, 컴퓨터 게임, 정보, 통신 등 |
| 생활정보지 | 인테리어, 주택, 상품정보, 식품, 광고 등 |
| 법률·고시지 | 법률, 고시 등 |
| 지역지 | 지역 시사, 지역 문화 등 |
| 성인·오락지 | 성인지 등 |
| 아동지 | 아동 관련지, 유아 등 |
| 문화·예술지 | 악, 미술, 연극, 춤, 사진, 영화, 비디오 등 |
| 만화지 | 청소년 만화, 성인 만화, 일반 만화 |
| 기계·기술지 | 기계, 전기, 전자, 금속, 화공 등 |
| 건축·건설지 | 건축, 설계, 토목 등 |
| 건강·의학지 | 건강, 위생, 의학, 약학, 보건, 한방 등 |
| 학술지 | 학술 자료, 학술 발표 논문지, 논문 등 |
| 환경지 | 환경, 노동, 안전 등 |
| 사보 | 기업 홍보지 |
| 기관지 | 정부기관 및 법인체 |
| 학회·학술지 | 학회 학술지류(회원용, 비매품) |
| 회보·소식지 | |
| 기타 정보지 | |

**2** 대한출판문화협회, 『한국출판연감』 1990년판, 대한출판문화협회, 86쪽.

**3** 이를테면 한국 언론사 연구의 대표적인 학자인 정진석의 잡지사 시대구분이 통상의 현대사나 10년 단위의 정치사 구분과 다르다. 『한국 잡지 역사』(커뮤니케이션북스, 2014)나 『한국언론사』(나남출판, 1995) 등의 저작을 보라.

**4** 참고로 한국언론재단이 2006년에 조사한 잡지 1218종 가운데 34.1퍼센트가 1991년에서 2000년 사이에 창간했으며 34.0퍼센트는 2001년부터 2006년 조사 시점 사이에 창간했다. 1990년 또는 1990년 이전에 창간해 16년 이상의 역사를 자랑하는 잡지들도 29.2퍼센트(1980년 이전 14.2퍼센트, 1981~1990년 15.0퍼센트를 차지하고 있었다 한다. 한국언론재단 조사분석팀, 앞의 책, 32쪽.)

## 1945~1949년 해방과 잡지

**1** 해방기 잡지사에 관한 연구는 다음을 참고하라. 최덕교, 『한국잡지백년』, 현암사, 2004 ; 조남현, 『한국문학잡지사상사』, 서울대학교출판문화원, 2012 ; 이신철 외, 『동북아 한인 언론의 발자취 1945~1949』, 성균관대학교출판부, 2013 ; 국사편찬위원회, 한국사 데이터베이스(http://db.history.go.kr) '한국 근현대 잡지 자료' 항목 중 해방 후 잡지들 해제.

**2** 김송, 「무기 없는 민족」, 〈백민〉 2·3호, 1946. 1 등을 참조.

**3** 〈별나라〉는 어린이 잡지였다. 그 외에 〈아동문학〉 〈새동무〉 〈주간 소학생〉 같은 어린이 잡지가 해방기에 창간됐으나 대부분 오래 지속되지 못했다.

**4** 김근수, 『한국잡지사연구』, 한국학연구소, 1999.

**5** 〈개벽〉에 대한 연구는 상당히 축적돼 있다. 조남현, 최수일 등 문학사 연구자들뿐 아니라 사회사·언론사 연구자들이 〈개벽〉의 전모를 파헤치다시피 했다. 특히 최수일, 『〈개벽〉 연구』, 소명출판, 2008 참조.

**6** 이신철 외, 앞의 책, 「개벽」 항목에서 인용.

**7** 「용지난 해소해주오」, 〈동아일보〉 1968. 3. 28, 6면 ; 「용지난 속에 종이 낭비」, 〈경향신문〉 1974. 1. 19, 7면.

8 「신문 증면 경쟁, 최악의 '종이 가뭄'」, 〈한겨레〉 1995. 3. 5, 16면.

9 이 문제와 함께 1945~49년의 잡지 문화에 관한 조언을 상허학회 편집위원장인
이봉범 선생님으로부터 받았다. 이 자리를 빌려 감사드린다.

10 김근수, 앞의 책.

11 『김수영 전집 2』, 민음사, 2003 ; 사상계연구팀, 『냉전과 혁명의 시대 그리고 〈사
상계〉』, 소명출판, 2012, 4-5쪽, 재인용.

12 이는 북조선에서 1946년 7월부터 발간된 동명의 잡지와 다른 것이다.

13 김정인, 「〈개념으로 읽는 한국 근현대〉 (6) '민주주의' : 해방기 분열 혹은 통합의
아이콘」, 〈경향신문〉 2013. 5. 4.

14 조남현, 앞의 책. 1059쪽의 정리를 참고한 것이다.

15 박용규, 「미 군정기 중간파 언론 : 설의식의 〈새한민보〉를 중심으로」, 한국사회언
론연구회 엮음, 『언론, 선출되지 않은 권력』, 한울, 1992.

16 이 잡지가 1947년 7월에 창간됐다는 『민족문화대백과사전』 등의 설명은 오류인
것으로 보인다. 〈조선문학〉 1981년 2월 호, 〈조선문학〉 2000년 7월 호 등에 이에
관한 증거가 있다. 이는 노혜경 선생께서 제공해준 자료에 근거한 것이다. 이 자리
를 빌려 감사드린다.

17 분단 이후 문단의 상황에 대해서는 조은정, 「1950년대 문학장의 재형성과 〈현대
문학〉지 연구」, 성균관대 석사 논문, 2009 ; 김준현, 「전후 문학 장의 형성과 문예
지」, 고려대 박사 논문, 2009 등을 참조.

18 이봉범, 「단정수립 후 전향의 문화사적 연구」, 〈대동문화연구〉 제64집, 2008 ; 이
봉범, 「해방 10년, 보수주의문학의 역사와 논리」, 〈한국근대문학연구〉 제22호,
2010.

19 김시철의 『그때 그 사람들』(시문학사, 2006) 1, 2권에 나타난 문단 내부의 권력 암
투를 참조하라.

20 「남한의 잡지」, 〈동아일보〉 1948. 11. 9.

21 한국사회학회 등 각 학회의 홈페이지를 참고.

22 이인희, 『뉴스 미디어 역사』, 커뮤니케이션북스, 2013.

23 박혜성·박주석, 「한국 사진 잡지 〈사진문화〉 연구 : 1948년부터 1950년까지」,

한국사진학회지 〈AURA〉 제23권, 2010, 98쪽.

24 일간지로는 〈가정신문〉〈부녀일보〉〈부녀신문〉〈여성신문〉 등이 있었다.

25 국립중앙도서관과 국회도서관에 일부가 보존돼 있다.


## 1950년대 부활과 재출발

1 박원식, 「잡지 문화의 실태」, 〈동아일보〉 1955. 4. 22.

2 박원식, 같은 기사.

3 이봉범, 「1950년대 잡지저널리즘과 문학 : 대중잡지를 중심으로」, 〈상허학보〉 제 30집, 2010.

4 이봉범, 같은 곳.

5 「빈약한 출판, 독서계의 진흥을 위하여」, 〈조선일보〉 1954. 9. 28, 조간 1면.

6 김창집, 「최근은 휴업 상태, 6·25 후의 출판계 개관 : (2) 환도 후의 출판계」, 〈조 선일보〉 1955. 6. 24, 조간 4면.

7 「안정되는 듯한 출판계」, 〈조선일보〉 1958. 8. 28, 1면.

8 천정환, 「한국문학전집과 정전화 : 한국문학전집사(초)」, 〈현대소설연구〉 제37호, 2008.

9 미국의 아세아재단은 출판계뿐 아니라 1950~60년대 한국의 문화·교육·예술계 전반을 지원했다. 이에 대한 연구가 별로 돼 있지 않다. 다음 기사들을 참조. 「자 유문학상 제정 문총과 아세아협회 주최」, 〈경향신문〉 1953. 12. 10 ; 「아세아재단 이전」, 〈경향신문〉 1961. 9. 29 ; 「자유 진영의 무상 원조 긴요 : 박의장 아세아재 단서 연설」, 〈동아일보〉 1961. 11. 22.

10 김건우, 『사상계와 1950년대 문학』, 소명출판, 2003 ; 사상계연구팀, 『냉전과 혁 명의 시대 그리고 〈사상계〉』, 소명출판, 2012.

11 김건우, 앞의 책.

12 김건우에 따르면 이 글은 서영훈이 쓴 것이라 한다. 서영훈은 서북 기독교 쪽 인 맥에 속한 이로서 도산사상연구회 회장, '우리민족 서로돕기운동' 상임 대표, 대

한적십자사 총재, 새천년민주당 대표 등을 지냈다. 시민운동의 원로로서도 활동했던 인물이다.

13　「대선 후보 연구 (10) 전후 시절(상)」, 〈경향신문〉 1992. 7. 28, 4면.

14　윤형두, 『한국출판의 허와 실』, 범우사, 2002, 253면.

15　이 세 잡지와 문단의 관계에 대해서는 다음을 참조. 조은정, 「1950년대 문학장의 재형성과 〈현대문학〉지 연구」, 성균관대학교 석사 논문, 2009 ; 김준현, 「전후 문학 장의 형성과 문예지」, 고려대학교 대학원 박사 논문, 2009.

16　「남녀 대학생 설문 통계」, 〈여원〉, 1956. 1, 72쪽.

17　박종화, 「〈현대문학〉지 만 부 돌파에 기함」, 〈현대문학〉, 1958. 1.

18　〈현대문학〉 홈페이지 참조. www.hdmh.co.kr

19　김수영, 「문단 추천제 폐지론」, 『김수영 전집 2』, 민음사, 1981 등을 참조.

20　이봉범, 「1950년대 등단제도 연구 : 신춘문예와 추천제를 중심으로」, 〈한국문학 연구〉 제36권, 동국대학교 한국문학연구소, 2009 참조.

21　김명인, 『조연현, 비극적 세계관과 파시즘 사이』, 소명출판, 2004.

22　김명인, 앞의 책, 4쪽.

23　「월간 '현대문학' 박근혜 대통령 수필 조명」, 〈연합뉴스〉 2013. 8. 27.

24　1960년 경제기획원 통계국은 국세조사에서 12세 이상 문맹 인구 추정치를 445만 230명으로 잡았다. 이는 당시 대한민국 사람의 27.9퍼센트가 까막눈이었다는 의미다.(1959년 현재 한국은 인구 1000명당 일간신문 발행 부수가 30부.)

25　김기석·강일국, 「1950년대 한국 교육」, 『1950년대 한국사의 재조명』, 문정인·김세중 공편, 선인, 2004, 541쪽. 문맹률 연구자들은 단지 학교교육 경험뿐 아니라 한 국가의 신문 발행 부수, 농업 인구 수, 국민소득 수준 등을 문맹률 추정의 근거로 삼는데, 이런 수치를 고려하면 대한민국의 문맹률은 1960년대 초에도 60퍼센트를 상회해야 한다. 그러나 1962년에 이르러 국민학교(초등학교) 취학률이 86퍼센트나 되었다는 통계도 있다.

| 구분 | 국민학교 | | 중학교 | | 고등학교 | | 사범학교 | | 대학교 | |
|---|---|---|---|---|---|---|---|---|---|---|
| | 학교 수 | 학생 수 | 학교 수 | 학생 수 | 학교 수 | 학생 수 | 학교 수 | 학생 수 | 학교 수 | 학생 수 |
| 8·15 직후 | 2,884 | 1,866,024 | 166 | 80,828 | – | – | 10 | 8,220 | 19 | 7,898 |
| 1952 | 3,938 | 2,369,861 | 607 | 312,071 | 342 | 123,041 | 17 | 10,245 | 49 | 31,342 |
| 1954 | 4,056 | 2,743,710 | 803 | 420,178 | 468 | 212,516 | 18 | 13,207 | 51 | 62,663 |
| 1955 | 4,220 | 2,877,405 | 949 | 475,342 | 557 | 260,618 | 18 | 13,230 | 53 | 78,649 |
| 1956 | 4,301 | 2,920,748 | 999 | 458,905 | 592 | 274,383 | 18 | 14,133 | 56 | 92,616 |
| 1957 | 4,367 | 3,188,188 | 1,034 | 439,571 | 611 | 275,612 | 18 | 12,924 | 56 | 106,818 |
| 1960 | 4,640 | 3,621,267 | 1,053 | 528,614 | 640 | 263,563 | 18 | 9,865 | 63 | 97,819 |

26 1950년대 국민학교(초등학교) 여성 취학률에 대한 정확한 통계는 남아 있지 않다. 그러나 가장 오래된 통계 자료인 1965년의 통계에서 국민학교 여성 취학률은 전체 취학률의 50퍼센트가 넘는다.(한국교육개발원 교육통계연구본부, 『통계로 본 한국교육의 발자취』, 교육부·한국교육개발원, 1997, 54쪽.) 또한 1950년대 국민학생의 숫자는 1950년대 초보다 100만 명 이상 증가하는 것으로 보아 여아의 취학률도 이러한 상승세로 증가했을 것을 짐작할 수 있다.

27 이봉범, 「1950년대 잡지저널리즘과 문학 : 대중잡지를 중심으로」.

28 「대중잡지의 현재와 장래」, 〈경향신문〉 1955. 9. 16, 4면.

29 「대중잡지의 빗나간 편집 방향」, 〈한국일보〉 1958. 2. 22 ; 이봉범, 앞의 글.

30 이봉범, 앞의 글.

31 1971년에 〈신여원〉이 다시 나오고 1974년 7월 호부터 〈여원〉으로 제호를 바꾼 뒤에 다시 1995년까지 이어졌다. 그사이에 발행인이 여러 차례 바뀌었다.

32 김예림, 「1960년대 중후반 개발 내셔널리즘과 중산층 가정 판타지의 문화정치학」, 성공회대 동아시아연구소 편, 『냉전 아시아의 문화풍경 2』, 현실문화, 2008, 414-415쪽 ; 이선미, 「〈여원〉의 비균질성과 '독신여성' 담론 연구 : 1950(55~58)년대 〈여원〉을 중심으로」, 〈한국문학연구〉 제34집, 동국대 한국문학연구소, 2008.

33 「이대 독서 실태」, 〈동아일보〉 1966. 9. 27, 5면.

34 이신철 외, 『동북아 한인 언론의 발자취 1945~1949』, 성균관대학교출판부,

2013. 하지만 최초의 주간지는 최남선이 1922년 9월에 창간한 〈동명〉이고 해방기에도 서울신문사의 〈주간서울〉이 있었다. 정진석이 쓴 『한국 잡지 역사』(커뮤니케이션북스, 2014) 참조.

35    이를테면 〈경향신문〉 1956. 11. 16, 4면의 신간 안내를 보면 〈주간희망〉과 〈월간희망〉이 동시에 소개되고 있다.

36    장영민, 「한국전쟁기 주한 미국공보원의 선전 활동 : 인쇄매체를 중심으로」, 〈한국근현대사연구〉 제57집, 한국근현대사학회, 2011 ; 허은, 『미국의 헤게모니와 한국 민족주의』, 고려대학교민족문화연구원, 2008.

37    권영민, 『한국현대문학대사전』, 서울대학교출판부, 2004.

38    「야담과 실화의 폐간 처분은 과연 타당한 조치일가」, 〈경향신문〉 1958. 12. 4, 1면.

39    「월간 ‘야담과 실화’ 발행인 구속」, 〈연합뉴스〉 1992. 6. 29.

40    기독교사상사 홈페이지 참조. http://www.clsk.org/gisang/notice_view.asp?board_idx=13

41    이혜정, 「한국 대중과학잡지의 발행 역사 : 창간호를 중심으로」, 서울대학교 석사논문, 2010, 30-33쪽.

42    전파과학사 홈페이지 ‘회사 소개’ 참조. http://www.s-wave.co.kr/cominfo.php


## 1960년대 지성과 대중문화의 새로운 공간

1    권보드래·천정환, 『1960년을 묻다』, 천년의상상, 2012 ; 천정환·김건우·이정숙, 『혁명과 웃음』, 앨피, 2005 참조.

2    1946년 3월 29일 발포된 이 미군정법령이 그대로 한국 언론법으로 사용되고 있었던 것이다. 이 법령의 요체는 언론사에 대한 허가제였다.

3    이승만이 4월 26일 하야 성명을 발표한 것을 가리킨다. 「새 공화국 탄생 전과 후 : 언론」, 〈경향신문〉 1960. 12. 16, 3면.

4    앞의 기사.

5 조용수 사장의 유족은 진실·화해를 위한 과거사정리위원회의 조사 결과를 바탕으로 법원에 재심을 청구하여, 사건 발생 47년 만인 2008년 1월에 무죄를 선고받고 보상받았다.

6 이를테면 안병욱, 「利의 世代와 義의 世代」(《사상계》 1960년 6월 호)를 보라.

7 김질락의 면모와 비극적 죽음에 대해서는 권보드래·천정환, 『1960년을 묻다』, 천년의 상상, 2012 ; 임유경, 「1960년대 '불온'의 문화 정치와 문학의 불화」, 연세대학교 박사 논문, 2014 참조.

8 1960~70년대 남북 관계와 국제 정세를 다룬 홍석률의 동명의 책 제목에서 따온 말이다.

9 예외가 있었다고 해야 된다. 1969~72년 사이에 백낙청이 하버드로 박사 학위를 받으러 간 사이에 염무웅이 한남철 등의 조력으로 1972년 여름 호까지 창비를 운영했다.

10 리영희, 『대화』, 한길사, 2005, 383쪽. 또한 『백낙청 회화록』(창비, 2007) 1권에 실린 선우휘-백낙청 좌담을 참조.

11 정용욱, 『1960년대 한국의 근대화와 지식인』(선인, 2004) 참조.

12 예컨대 경향신문 특별취재팀의 『민주화 20년, 지식인의 죽음』(후마니타스, 2008) 제9장 참조.

13 「군문軍門 두드린 '어학이 천재'」라는 이 기사는 그 자체로 읽을 만한 재미가 있다. "일 년간의 석사(MA) 과정을 마친 백 군은 영·불·독어 등에 능통한 어학의 천재로 이름을 떨쳤다. (…) 백 군이 이와 같은 용단을 갖게 된 결정적인 요인은 그의 가정환경에 있는 것 같다. 즉 백 군이 나이 어린 13세 때 아버지와 큰아버지가 6·25동란으로 붉은 침략자들에게 강제로 납치당한 비통한 현실이 그에게 그러한 결심을 하게 한 것일지도 모를 일이다."

14 리영희, 앞의 책, 543쪽.

15 한국 문인과 다방·카페, 술집 그리고 거기서의 문화에 관한 책과 논문도 적지 않다. 1950~60년대 지식인의 그것과 관련해서는 『명동백작』 같은 서사물이나 김수영의 수필 등을 참조할 수 있다. 고은의 일기를 엮은 고은의 『바람의 사상』(한길사, 2012)이나 남재희의 『언론·정치 풍속사』(민음사, 2004)는 1970~80년대의 이

술자리 문화를 본격적으로 다뤘다.

16 염무웅, 「창비 30년을 듣는다 2 : 두들길수록 단단해졌던 격동기의 '창비'」, 창비 홈페이지 참조. http://www.changbi.com/archives/46368?cat=3364

17 고은, 앞의 책.

18 「창비 30년을 듣는다」, 창비 홈페이지 참조. http://www.changbi.com/ archives /category/changbi-archive/page/2

19 백낙청, 「창비 30년을 듣는다 1 : 창비의 유년 시절, 60년대」, 창비 홈페이지 참조. http://www.changbi.com/archives/46363?cat=3364

20 김윤식의 『문학사의 라이벌 의식』(그린비, 2013)은 이런 점에 주목하여 백낙청론을 싣고 있다.

21 백낙청, 앞의 글.

22 "김남조(시인), 김원일(소설가), 김윤성(시인), 김주연(문학평론가), 김후란(시인), 문덕수(시인), 박희진(시인), 신경림(시인), 오세영(시인), 유안진(시인), 유종호(문학평론가), 이근배(시조시인), 이어령(문학평론가), 이호철(소설가), 정연희(소설가), 정현종(시인), 최일남(소설가), 한말숙(소설가), 홍윤숙(시인) 선생 등"이다. 한국문인협회 홈페이지. http://www.ikwa.org

23 한국문인협회 홈페이지 인사말. http://www.ikwa.org/category/?cid= 21090100&no=2

24 70년대 이후 시 동인지의 성격과 의미에 대해서는 성균관대 심선옥·정우택 두 분의 가르침을 들었다. 이 자리를 빌려 감사드린다.

25 이형기, 「동인지」, 한국문인협회 편, 『해방문학20년』, 정음사, 1966, 197쪽. 이봉범, 「1960년대 등단제도의 문단적, 문학적 의의와 영향」 재인용.

26 동인지를 위시한 이 시대의 문학 재생산 제도에 대해 이봉범의 「1960년대 등단제도의 문단적, 문학적 의의와 영향」을 참조하라.

27 한승헌, 「〈한양〉지 사건의 수난」, 『장백일 교수 고희기념문집』, 대한, 2001, 182쪽 ; 하상일, 『1960년대 현실주의 문학비평과 매체의 비평전략』, 소명출판, 2008, 39-40쪽.

28 〈명랑〉의 성격에 대해서는 김지영, 「1950년대 잡지 〈명랑〉의 '성'과 '연애' 표상 : 기

사 · 화보 · 유머란(1956~1959)을 중심으로」, 〈개념과 소통〉 제10호, 한림대학교 한림 과학원 HK연구부, 2012, 173-206쪽 ; 최애순, 「1950년대 활자매체 〈명랑〉 '스토리' 의 공유성과 명랑공동체」, 〈한국문학이론과 비평〉 17권 2호 제59집, 한국문학이 론과비평학회, 2013, 241-262쪽 등을 참조. 국립중앙도서관에 자료가 남아 있으 나 아직 재조명되고 연구가 된 적 없는 〈사랑〉도 연구할 가치가 있는 담론과 내용 을 가진 잡지로 사료된다. 이 잡지를 연구 중인 부산대학교 김만석 선생으로부터 들은 교시에 의함.

29  1960년대 대중잡지 읽기에 대해서는 특히 이영미 선생님의 조언을 받았다. 이 자 리를 빌려 깊은 감사의 뜻을 전한다.

30  〈주간한국〉의 창간호는 한국일보사에만 보관되어 있는 것으로 알려져 있는데, 신문사 이전 후 자료 접근이 쉽지 않다. 이 책에 수록된 글은 성균관대 전상기 선 생님께서 제공해주신 자료에 바탕을 둔 것이다. 이 자리를 빌려 다시 깊은 감사 의 뜻을 전한다.

31  정진석, 『한국 잡지 역사』, 커뮤니케이션북스, 2014, 101쪽 ; 전상기, 「1960년대 주간지의 매체적 위상 : 〈주간한국〉을 중심으로」, 〈한국학논집〉 제36권, 계명대 학교 한국학연구소, 2008, 225쪽. 이 잡지의 성격에 대해서도 전상기의 논문을 참고.

32  「1974년 서울 신문 가판대 선데이 서울 선풍적 인기」, 〈서울신문〉 2013. 1. 16, 31면.

33  서울신문 100년 편찬위원회, 『서울신문 100년사 : 1904~2004』, 서울신문사, 2004.

34  임종수 외, 「〈선데이 서울〉에 나타난 여성, 섹슈얼리티 그리고 1970년대」, 〈한국 문학연구〉 제44집, 동국대학교 한국문학연구소, 2013.

35  김성환, 「1970 박정희부터 선데이서울까지 (4) 선데이 서울과 유신 시대의 대중」, 〈경향신문〉 2013. 8. 24.

36  이 개념에 대해서는 천정환, 「서발턴은 쓸 수 있는가 : '문학과 정치'를 보는 다른 관점과 민중문학의 복권」, 『문학사 이후의 문학사』, 푸른역사, 2013 참조.

37  최선주, 「입시경쟁체제에서 형성된 시험형 자기주도성에 관한 생애사적 연구」, 서

울대학교 박사 논문, 2013 참조.

38 「두 대학 입시 원서 접수 마감」, 〈동아일보〉 1965. 1. 25, 3면.

39 권보드래·천정환, 앞의 책.

40 지금 이 잡지를 내는 회사는 다른 기업이다.

41 안인기, 「박정희 시대의 민족주의와 미술의 변화에 대한 연구」, 〈예술교육연구〉 9권 제3호, 한국예술교육학회, 2011.

42 공간사 홈페이지. http://www.vmspace.com/

43 안인기, 「미술잡지 저널리즘의 형성과 기능」, 〈미술이론과 현장〉 제2호, 한국미술이론학회, 2004.

44 '사단'은 '寫壇', 즉 사진계를 뜻한다.

45 〈월간사진〉 홈페이지. http://www.monthlyphoto.com/

46 「명복을 빕니다—국내 첫 무용 전문 월간지 '춤' 창간 조동화 선생」, 〈동아일보〉 2014. 4. 25.

47 「월간 '춤' 발행… 1세대 무용평론가 조동화 선생 타계」, 〈한국경제〉 2014. 4. 24.

48 이서행·이재범·박병련·강병수·김창겸·양창진, 『한국민족문화대백과사전 수록 인물 추가 선정 방안 연구』, 한국학중앙연구원, 2008.

49 임태훈, 「1960년대 남한 사회의 SF적 상상력 : 재앙부조, 완전사회, 학생과학」, 『우애의 미디올로지』, 갈무리, 2012 참조.


## 1970년대 개발독재 시대의 잡지 문화

1 한국잡지협회, 『한국잡지총람』, 한국잡지협회, 1994.

2 1970년대 중반에는 150원이었다.

3 강운구와 쉰여덟 사람, 『특집! 한창기』, 2008, 창비, 24쪽.

4 앞의 책, 157쪽.

5 함석헌기념사업회 홈페이지 참조. www.ssialsori.org

6 김용준, 「사상의 혼돈 잠재운 지침서」, 〈동아일보〉 1993. 4. 7, 15면 ; 최성각, 『나

는 오늘도 책을 읽었다』, 동녘, 2010 ; 김언호, 『책의 공화국에서』, 한길사, 2009 등에 책의 영향력이 기술되어 있다.

7 동아시아출판인회의, 『동아시아 책의 사상 책의 힘』, 한길사, 2010.

8 「불황 속에 고전하는 한국 잡지」, 〈중앙일보〉 1970. 10. 28. 윤금선, 「1970년대 독서 대중화 운동 연구」, 〈국어교육연구〉 제20집, 국어교육학회, 2007 재인용.

9 이선영 외, 『해외 매체의 국내 수용 현황 : 라이선스 잡지와 외국 영어매체를 중심으로』, 한국언론재단, 2001, 66쪽.

10 앞의 글.

11 두산백과사전 등 참조.

12 「횡설수설」, 〈동아일보〉 1974. 12. 10.

13 「팝스·코리아나 연예오락 잡지 창간」, 〈경향신문〉 1968. 6. 8, 5면.

14 김토일, 「'길보드' 없었으면 대중음악 이만큼 클 수 있었을까」, 〈미디어오늘〉 2012. 3. 14.

15 신현준, 『빽판 키드의 추억』, 웅진지식하우스, 2006, 227쪽 ; 「24년 전 빌려준 〈월간팝송〉 기억나?」, 〈한겨레〉 2008. 12. 21 ; 「월간팝송 용두동에 새 사옥」, 〈매일경제〉 1983. 9. 6, 9면.

16 「월간 스테레오 창간」, 〈동아일보〉 1974. 1. 10, 8면 ; 송명하, 「늘 사라지는 운명―국내 팝/록 음악지 수난의 연대기」, 다음 뮤직. http://music.daum.net/musicbar/musicbar/detail?board_id=3156&menu_id=13

17 로렌스 웨너, 송해룡 역, 『미디어 스포츠』, 박영률출판사, 2004를 보라.

18 「우수 선수들에 과학적 훈련 병행 시청각 교육에 치중」, 〈동아일보〉 1963. 3. 26, 8면 ; 「81종에 조치」, 〈동아일보〉 1964. 8. 5, 5면 등에 스포츠 잡지가 준비되고 있다거나 스포츠 잡지사가 실적을 내지 못해 등록 취소를 당했다는 내용이 보인다.

19 천정환, 『조선의 사나이거든 풋뿔을 차라』(푸른역사, 2008)를 참조할 것.

20 「대한 생활체조협회 회장 정인위 옹」, 〈경향신문〉 1991. 5. 30, 17면.

21 「잡지 전문화 시대 열렸다」, 〈동아일보〉 1988. 3. 24, 6면.

22 박맹호와 고은의 회고록에 이와 관련된 이야기가 상세하다. 김현을 비롯한 '문학

과지성' 그룹이 민음사를 근거로 출판 기획 및 비평 활동을 하다가 별도의 출판
사를 차려서 독립하려 하자 박맹호 회장이 민음사에서 내려던 『겨울여자』(조해
일)를 기꺼이 양보하면서 젊은 비평가들을 격려했다는 등이다.

23  고은, 『바람의 사상』, 한길사, 2012, 775쪽.

24  '창비'와 달리 문학과지성사 홈페이지에는 〈문학과지성〉의 목차나 내용이 정리돼
있지 않다. 다행히 국회도서관이 〈문학과지성〉의 목차 정보를 제공하고 있다.

25  문학사상사 홈페이지. www.munsa.co.kr

26  박맹호, 앞의 책.

27  〈소설문학〉의 전신이다. 이 잡지는 1987년에 폐간됐고, 현존하는 동명의 잡지는
2000년대 이후에 다른 회사에 의해 재창간된 것이다.(「소설문학 폐간 신청 노사분
규·적자누적」, 〈경향신문〉 1987. 12. 28, 11면 참고.)

28  〈심상〉 창간호 판권지에서의 표현임.

29  「문학 동인지 발간이 어렵다」, 〈동아일보〉 1979. 2. 9, 5면.

30  박정희 시기의 동원과 국민–만들기에 대해서는 조희연, 『동원된 근대화』, 후마니
타스, 2010 ; 황병주, 「유신체제의 대중인식과 동원 담론」, 〈상허학보〉 제32집, 상
허학회, 2011 등을 참조.

31  한국독서인구개발공사와 독서장려협회의 사업 내용에 대해서는 윤금선, 「1970
년대 독서 대중화 운동 연구」 등을 참고하라.

32  이신철 외, 『동북아 한인 언론의 발자취 1945~1949』, 성균관대학교출판부,
2013

33  「출판계 불황 타개의 몸부림」, 〈동아일보〉 1970. 8. 26, 5면.

34  같은 기사.

35  「유가·발행 부수 1위 '매경이코노미'」, 〈매일경제〉 2014. 4. 25.

36  「주식 투자자 대해부 : 영향력 커진 법인… 지분율 끌어올린 외인」, 〈이투데이〉
2014. 3. 11.

37  안인기, 「미술잡지 저널리즘의 형성과 기능」, 〈미술이론과 현장〉 제2호, 한국미술
이론학회, 2004.

38  미술의 '대중화'와 '생활화'를 더 강조한 70년대 미술 잡지는 〈미술과 생활〉(1977)

이었다 한다. 미술계에서는 자본력을 가진 화랑이 미술지를 창간하는 경우가 많은데 80년대 이후의 〈화랑춘추〉(한국화랑협회), 〈가나아트〉(이호재), 〈미술정보〉(김홍년), 〈고미술〉(김종춘), 〈아트프라이스〉(김영석) 등도 모두 그런 경우라 한다. 안인기, 앞의 논문.

## 1980년대 운동으로서의 잡지, 저항으로서의 독서

1  한국잡지협회, 『한국잡지협회 60년사』, 한국잡지협회, 2013, 99쪽.

2  『한국출판연감』 1988년판과 다음 기사를 참고. 「시사 잡지 창간 봇물」, 〈한겨레〉, 1989. 6. 29 ; 「출판사들 잡지 창간 움직임 활발」, 〈동아일보〉, 1987. 9. 1, 14면 ; 「문화 욕구 늘고 출판계 활성화 영향 미술 잡지 창간 붐」, 〈매일경제〉, 1988. 2. 4, 9면 ; 「출판계에 학술 잡지 창간 붐」, 〈경향신문〉, 1988. 1. 8, 6면 ; 「잡지 창간 "홍수"… 저질화 우려」, 〈경향신문〉, 1989. 6. 12, 8면.

3  『한국출판연감』 1987년판, 대한출판문화협회, 114~115쪽. 표에서 1960~61년의 변화와 1974~75년, 그리고 1980~81년의 변화에 주목해보라.

4  『한국출판연감』 1989년판, 대한출판문화협회, 79쪽. 6월항쟁 직후 87년 하반기에 88년에 각각 1200종, 1000여 종의 잡지가 새로 등록됐다는 뜻이다.

5  서중석, 『6월 항쟁』, 돌베개, 2011 참고.

6  최일남, 「잡지 시대의 개막」, 〈경향신문〉 1984. 2. 29, 9면.

7  최일남, 앞의 글 ; 『한국출판연감』 1985년판, 대한출판문화협회 참조.

8  임헌영, 「1980년대 무크지를 통한 문학운동」, 〈작가연구〉 제15호, 깊은샘, 2003. 4, 109쪽.

9  실천문학사 홈페이지 참조. http://www.silcheon.com/sub02/index.asp?menu=1

10  백낙청, 「1983년의 무크운동」, 『민족문학과 세계문학 2』, 창작과비평사, 1985.

11  '총망라'한 것은 아니며 문학을 중심에 놓고 파악한 것이라 분류에 잘못이 있을 수도 있다. 백낙청, 임헌영의 앞의 글들과 다음을 참고하여 추렸다. 김성수, 「문학

운동과 논픽션문학 : 1980년대 전반기 수기, 르뽀를 중심으로」, 〈작가연구〉 제15호, 깊은샘, 2003 ; 한기, 「무크지 시대의 종언 혹은 전환기의 문학적 움직임 : 80년대 무크운동의 의미」, 〈문학과사회〉 제1호, 문학과지성사, 1988 ; 송기호, 「역사의 대중화를 향하여 : 80년대 무크운동의 의미」, 〈문학과사회〉 제1호, 문학과지성사, 1988.

12 송기호가 「역사의 대중화를 향하여 : 80년대 무크운동의 의미」에서 〈역사비평〉과 『한국사 시민강좌』를 통해 역사학 쪽의 무크운동을 조망.

13 헌책 전문 사이트 북코아 참조. http://www.bookoa.com/module/book/book_view.asp?book_no=14920869

14 김문주, 「1980년대 무크지 운동과 문학장의 변화」, 〈한국시학연구〉 제37호, 한국시학회, 2013.

15 김대성, 「제도의 해체와 확산, 그리고 문학의 정치 : 1980년대 무크지 운동 재고」, 〈인문학연구〉 제45집, 계명대학교 인문과학연구소, 2011.

16 「무크 '노래' 제4집 5년 만에 새 모습」, 〈한겨레〉 1993. 12. 1.

17 한국에서 (주)신도리코에 의해 최초의 보통 용지 복사기가 보급되기 시작한 것은 1975년이며, 1978년경부터 신도리코는 복사기 때문에 엄청난 급속 신장을 달성했다고 한다. (주)신도리코 홈페이지 '회사 소개' 중 '연혁' 참조. http://www.sindo.com/

18 다음을 참조하라. 천정환, 「1980년대 문학과 매체 환경 : 팸플릿과 무크, 그리고 민주혁명」, 〈문학수첩〉 통권 13호, 문학수첩, 2006 ; 임태훈, 「'복사기의 네트워크'와 1980년대」, 〈실천문학〉 통권 105호, 실천문학사, 2012.

19 러시아어로 '불꽃'이며 레닌이 플레하노프 등과 함께 러시아혁명 과정에서 만든 정치 신문의 이름.

20 〈녹두서평〉 창간호, 15쪽.

21 「녹두출판 대표 징역 3년 선고」, 〈경향신문〉 1987. 10. 20.

22 「구속 문인 석방 촉구 결의문」, 〈한겨레〉 1988. 8. 24.

23 「금서 431종 해제」, 〈동아일보〉 1987. 10. 19.

24 「녹두출판 대표 징역 3년 선고」, 〈경향신문〉 1987. 10. 20.

**25** 「'창비' 주간 구속 파문」, 〈한겨레〉 1989. 11. 29.

**26** 「80년대의 출판—그 흐름과 실태」, 〈동아일보〉 1985. 5. 4.

**27** 오하나, 『학출』, 이매진, 2010, 119쪽.

**28** 등에 편집부 엮음, 『박노해현상』, 등에, 1989, 182쪽.

**29** 채광석, 「민족문학과 민중문학」, 『박노해현상』, 등에, 1989, 259쪽. 원래는 김병걸 외, 『민족, 민중, 그리고 문학』(지양사, 1985)에 수록.

**30** 김정환, 「민중문학의 전망에 대한 몇 가지 생각」, 〈한국문학〉 1985년 2월 호.

**31** 천정환, 「그 많던 '외치는 돌멩이'들은 어디로 갔을까 : 1980-90년대 노동자문학 회와 노동자문학」, 〈역사비평〉 2014년 봄 호.

**32** 70년대에 노동청(노동부의 전신)이 발간한 〈노동〉이 있었다. 노동청장이 권두언을 쓰고 유신의 역사적 의의를 설파하는 어용적인 잡지였다. 그러나 당대의 노동 실 태 관한 보고서와 부녀·소년 근로자 생활 수기나 시·수필 그리고 '근로자 발언 대' 같은 란도 있어 연구가 필요한 잡지다.

**33** 〈노동자〉 편집후기 참조.

**34** 이은탁(데모당 당수) 페이스북(http://www.facebook.com/profile.php?id= 100003743790767)과 다음을 참조. 「대학생 8명 안기부 앞 기습 시위」, 〈연합뉴스〉 1990. 10. 22.

**35** 예컨대 김명인, 「90년대 문학운동의 과제와 방법에 대하여」, 〈문예중앙〉 1990년 봄 호를 보라.

**36** 이 사정에 대해서는 김원, 「민족—민중적 학문공동체의 변화와 대안적 지식공동 체」, 권보드래 외, 『지식의 현장 담론의 풍경』(한길사, 2012)의 정리가 상세하다.

**37** 편집부, 「황지우의 문학적 편력」, 〈문학과사회〉 제45호, 문학과지성사, 1999. 2, 313-314쪽.

**38** 〈행복이 가득한 집〉 홈페이지 소개 글. http://happy.design.co.kr/happy/ about.html

**39** 「노인전문치료 새마음종합병원 문 닫아」, 〈동아일보〉 1982. 7. 13, 11면 ; 「박근 영 양 어제 결혼식 자택 정원서」, 〈경향신문〉 1982. 9. 15, 2면 ; 「10·26 세 돌」, 〈동 아일보〉 1982. 10. 26, 11면.

40 「어깨동무」·「꿈나라」 폐간 신청」, 〈경향신문〉 1987. 5. 25, 6면.

41 「박근혜 씨 피소 명예훼손 등 혐의로」, 〈동아일보〉 1989. 2. 11.


### 1990년대 문자문화의 마지막 전성과 '역사의 종언'

1 한국잡지협회, 『한국잡지협회 60년사』, 한국잡지협회, 2013, 115쪽.

2 앞의 책.

3 〈사회평론 길〉로 널리 알려진 이 잡지는 나중에 〈길을 찾는 사람들〉과 〈사회평론〉으로 합쳐진다. 「진보지 사회평론 길… 통합 내달 새 월간지로 출범」, 〈동아일보〉 1993. 6. 30, 14면 등을 참조.

4 「'사회평론 길' 지령 100호」, 〈한겨레〉 1998. 4. 8, 15면 등을 참조.

5 『공산당선언』의 첫 문장과 유사한 것이다.

6 서동진, 「아디오스, 너바나가 곧 정치였던 90년대와 당신이여」, 〈프레시안〉 2014. 2. 21. http://pressian.com/news/article.html?no=114518

7 '녹색평론을읽는사람들' 홈페이지 참조. www.ournature.org

8 환경운동연합 홈페이지 참조. http://kfem.or.kr/?page_id=15

9 '또 하나의 문화' 홈페이지 참조. http://www.tomoon.com

10 한국성적소수자문화인권센터의 '성적 소수자 사전'(http://kscrc.org/bbs/zboard. php?id=press_dictionary)에서 '버디' 항목 참조. 미술평론가 김만석 선생이 〈버디〉에 관한 논의와 자료들을 소개해주셨다. 이 자리를 빌려 감사의 뜻을 전한다. 〈버디〉 창간호는 풍부한 내용에도 불구 창간사를 따로 싣고 있지 않다.

11 「부산 인문학 뿌리와 현장 (8) 부산의 인문학적 잡지」, 〈국제신문〉 2013. 3. 6 등을 참조.

12 1990년대 잡지 문화의 구도에 대해서 특히 변정수 선생님께서 증언·조언을 들려주셨다. 이 자리를 빌려 감사드린다.

13 김영진, 「90년대 중후반 한국 영화계를 말하다 : 르네상스를 맞이한 90년대 영화계」, 〈영화천국〉 vol. 28, 한국영상자료원, 2012, 16쪽.

14 「15살 생일 맞은 '핫 뮤직' 조성진 편집장」, 〈한겨레〉 2005. 11. 13.

15 〈사진예술〉 홈페이지 참조. http://www.photoart.co.kr/company/award. php?inc=award_01

16 원래는 이청준 소설의 제목이다.

17 비슷한 시기에 창간된 〈시사저널〉도 새로운 주간지였으나 창간사에 별 내용이 없다. 이 잡지의 의의는 2000년대의 〈시사IN〉 관련 대목 참고.

18 국립중앙도서관 등에서 '일반 도서'로 분류되는 이 저널룩 『인물과 사상』과 월간 〈인물과 사상〉은 다른 간행물이다.

19 천정환, 『대중지성의 시대』, 푸른역사, 2008.

20 「여성잡지계 제2춘추전국시대 예고」, 〈매일경제〉, 1992. 7. 29, 14면.

21 신인섭, 「한국의 잡지와 광고」, 『한국잡지 100년사』에 실린 『한국잡지협회 60년사』 115쪽 재인용.

22 〈쎄씨〉 홈페이지. http://mnbmagazine.joins.com/magazine/about magazine.asp?magazine=201

23 「밝고 따뜻한 '스트리트 매거진'」, 〈경향신문〉 1996. 11. 30.

24 「세계적 여성·패션지가 몰려온다」, 〈매일경제〉 1996. 7. 14, 16면.

25 하태성, 「문화예술인이여! 조직을 건설하라」, 〈참세상〉 2006. 10. 11. http://www.newscham.net/news/view.php?board=news&id=37610

26 야학과 그 안에서의 글쓰기도 90년대 이후에 성격이 변화했다. 천성호, 『한국야학운동사』, 학이시습, 2009 중 「야학의 변화 : 90년대」 참조.

27 송경동, 『꿈꾸는 자 잡혀간다』, 실천문학사, 2011 ; 「거리의 시인 송경동 인터뷰」, 전태일기념사업회 회보 〈사람세상〉 2008년 11/12월 호.

28 2013년 3월 16일 있었던 '노동자 글쓰기' 공부 모임과의 집담회에서의 발언.

29 「출판사·문예지 '문학교실' 운영 붐」, 〈경향신문〉 1991. 8. 12, 23면 ; 「가을이면 더 깊은 '창작 열정' 문학교실마다 수강생 열기」, 〈동아일보〉 1995. 10. 5 등을 참조.

30 월간 〈작은책〉 홈페이지 참조. www.sbook.co.kr

31 격월간 〈삶이 보이는 창〉 홈페이지 참조. http://www.samchang.or.kr

32  자크 랑시에르, 『무지한 스승』, 궁리, 2008, 19쪽 및 83쪽.

33  「첫 통신문학 계간지 '버전업' 8월 창간」, 〈한겨레〉 1996. 5. 15, 12면.

34  제이 데이비드 볼터·리처드 그루신, 이재현 역, 『재매개』, 커뮤니케이션북스, 2006 참고.

35  「굿바이, PC통신… "우린 신인류였어"」, 〈프레시안〉 2013. 2. 10.

36  〈한겨레〉, 앞의 기사.

37  〈한겨레〉, 앞의 기사.

38  「종이 없는 '인터넷 잡지' 국내 등장」, 〈동아일보〉 1996. 6. 4, 23면 ; 「"'종이 없는 잡지' 실패작인가" CD롬 잡지 4종 1년도 안 돼 폐간… 격월간 〈클릭〉만 남아」, 〈동아일보〉 1995. 12. 19, 23면.

### 2000년대  잡지 문화의 현재와 미래

1  「美 잡지 판매량 급감… 인터넷판 미약」, 〈연합뉴스〉 2012. 8. 8.

2  〈오마이뉴스〉는 한때 종이 매체를 찍기도 했다."

3  위키피디아에서 'Podcast' 항 참조.

4  한윤형, 『안티조선 운동사』, 텍스트, 2010 등을 참조.

5  2012년 ABC 발표 기준 '조중동' 세 신문을 합친 유료 발간 부수는 전체 신문 발간 부수 609만여 부의 3분의 1가량이나 된다.

6  〈시사IN〉 홈페이지 참조. http://www.sisainlive.com/com/com-3.html

7  「안재구 교수, 국보법 위반 세 번째 '유죄'」, 〈오마이뉴스〉 2014. 7. 31.

8  이 잡지는 남한에서는 유일한 북한 책 전문 서점인 대훈서적이 북한 문학을 소개할 목적으로 만든 〈통일문학〉과 다른 잡지다. 「김주팔, "통일은 책 속에 있다"」, 〈통일뉴스〉 2002. 1. 10.

9  최재봉, 「'통일문학' 2호 발간 고무적이지만…」, 〈한겨레〉 2008. 10. 30.

10  한국연구재단, 「학술지 등재제도 개선방안」, 서울 공청회(2014. 4. 11) 자료 3쪽.

11  연구자가 학회에 글을 실으면 원고료를 받는 게 아니라 반대로 심사비 등을 낸다.

**12** 2011년 4만 4760에서 2012년 4만 9174편. 한국연구재단,『2013년도 전국대학 대학연구활동 실태조사 분석보고서』.(한국연구재단 홈페이지 '자료실' 참조.)

**13** 이는 1인당 0.85편(2006년)을 쓰다가 2012년 0.91편으로 늘어났다는 사실에도 잘 반영돼 있다. 앞 자료, 78쪽.

**14** 이에 관해 김원,「민족—민중적 학문공동체의 변화와 대안적 지식공동체」, 권보 드래 외,『지식의 현장 담론의 풍경』, 한길사, 2012 등을 참조.

**15** 천정환,「포스트—근대문학의 시대, 또는 연장전에 대하여」, 〈실천문학〉 통권 103 호, 2011.

**16** 권성우,「문예지 창간 붐, 그 '욕망'의 근원은」, 〈문화일보〉 2003. 3. 3.

**17** 김미현,「21세기 문학잡지의 위치」, 〈세계의 문학〉 통권 121호, 2006.

**18** 「기초단체장 0… 생존 갈림길에 선 진보정당」, 〈한겨레〉 2014. 6. 5.

**19** 이 개념은 레이먼드 윌리엄스의『문학과 문화이론』(박만준 역, 경문사, 2003), 슬라 보예 지젝의『나눌 수 없는 잔여』(이재환 역, 도서출판b, 2010) 등에서의 용례를 참 조했다. 레이먼드 윌리엄스는 이를 앞 시대의 문화가 남긴 것, 생을 다했으면서도 여전히 문화 속에서 활동하고 있는 것을 지칭하며 썼다. 지젝은 현존하는 '의식, 역사, 주체' 따위의 것이 다 소탕하지 못하고 남기는 것, 즉 개별자들 속에 보존되

는 '무의식, 광기, 타자성' 등의 의미로 사용한다.

20  광주전남민언련의 '일베 〈전라도닷컴〉 침탈 논평' 참고. http://www.jeonlado. com/v5

21  이선영 외, 『해외 매체의 국내 수용 현』, 한국언론재단, 2001, 25쪽.

22  「일본인 절반 "한류 이미 끝났다고 생각한다"」, 〈부산일보〉 2014. 7. 22.

23  「80년 만에 종이 잡지 포기한 뉴스위크」, 〈중앙일보〉 2012. 11. 3.

24  「뉴스위크, 발매 중단 이후 1년여 만에 재개 예정」, 〈중앙일보〉 2014. 3. 4.

25  마크 셀던, 「포스트–인쇄 시대의 전자출판과 비판적 지성」, 권보드래 외, 앞의 책.

26  「조선 1위, 중앙 2위, 동아 3위 한국ABC협회 2012년 발행 부수 발표」, 〈시사저널〉 1259호, 2013. 12. 4.

27  「시사 주간지 압도적 1위, 시사IN」, 〈미디어오늘〉 2014. 5. 23. 한국ABC협회 회원사인 〈주간조선〉은 부수 실사를 받지 않았다. 〈주간동아〉는 한국ABC협회 회원사가 아니다.

28  「잡지 산업 위기에 한겨레 출판국 비상」, 〈기자협회보〉 2014. 4. 16.

29  한국잡지협회, 『한국잡지협회 60년사』, 한국잡지협회, 2012, 144쪽.

30  한국잡지협회, 앞의 책, 158-162쪽.

❖ 목록에 적힌 발행처와 발행일은 창간호 판권면을 토대로 하며, 정확한 발행일이 불명인 경우 비워두었다.

〈백민〉 / 백민문화사 / 1945. 12. 1.

〈민성〉 / 고려문화사 / 1945. 12. 25.

〈개벽〉(복간호) / 개벽사 / 1946. 1. 1.

〈대조〉 / 대조사 / 1946. 1. 1.

〈신천지〉 / 서울신문사 / 1946. 1. 15.

〈진학〉 / 학생사 / 1946. 1. 27.

〈문학〉 / 조선문학가동맹 / 1946. 7. 15.

〈새한민보〉 / 새한민보사 / 1947. 6. 1.

〈학풍〉 / 을유문화사 / 1948. 9. 28.

〈여학생〉 / 여학생사 / 1948. 11. 1.

〈문예〉 / 문예사 / 1949. 8. 1.

〈월간 희망〉 / 미국공보원 / 1950. 1. 1.

〈사상〉 / 국민사상연구원 / 1952. 8. 21.

〈학원〉 / 대양출판사 / 1952. 11. 1.

〈사상계〉 / 사상계사 / 1953. 4. 1.

〈새벽〉 / 새벽사 / 1954. 6. 1.

〈현대문학〉 / 현대문학사 / 1955. 1. 1.

〈아리랑〉 / 삼중당 / 1955. 3. 1.

〈야담〉 / 희망사 / 1955. 7. 1.

〈여원〉 / 학원사 / 1955. 11. 1.

〈주간희망〉 / 희망사 / 1955. 12. 26.

〈명랑〉 / 신태양사 / 1956. 1. 1.

〈신세계〉 / 창평사 / 1956. 2. 6.

〈자유문학〉 / 한국자유문학자협회 / 1956. 6. 1.

〈신미술〉 / 대한미술연구회 / 1956. 9.

〈야담과 실화〉 / 야담과실화사 / 1957. 2. 1.

〈기독교사상〉 / 대한기독교서회 / 1957. 8. 1.

〈현대시〉 / 정음사 / 1957. 10. 1.

〈지성〉 / 을유문화사 / 1958. 6. 1.

〈전파과학〉 / 전파과학사 / 1959. 4. 15.

〈문학〉 / 문학사 / 1959. 10. 1.

〈부부〉 / 부부사 / 1961. 2. 1.

〈한양〉 / 한양사 / 1962. 3. 1.

〈산문시대〉 / 가림출판사 / 1962. 6. 15.

〈현대시〉 / 문선각 / 1962. 6. 25.

〈여상〉 / 신태양사 / 1962. 11. 1.

〈지성〉 / 삼중당 / 1962. 12. 1.

〈세대〉 / 세대사 / 1963. 6. 1.

〈새소년〉 / 새소년사 / 1964. 5. 1.

〈인물계〉 / 인물계사 / 1964. 7. 20.

〈청맥〉 / 청맥사 / 1964. 8. 1.

〈신동아〉(복간호) / 동아일보사 / 1964. 9. 1.

〈주간한국〉 / 한국일보사 / 1964. 9. 27.

〈정경문화〉 / 한국정경연구소 / 1965. 1. 1.

〈진학〉 / 학원사 / 1965. 3. 1.

〈시문학〉 / 청운출판사 / 1965. 4. 1.

〈야담〉 / 아리랑사 / 1965. 4. 1.

〈주부생활〉 / 학원사 / 1965. 4. 1.

〈학생과학〉 / 과학세계사 / 1965. 11. 1.

〈대화〉 / 월간대화사 / 1965. 11. 10.

〈여학생〉 / 여학생사 / 1965. 11. 10.

〈창작과비평〉 / 문우출판사 / 1966. 1. 15.

〈춤〉 / 창조사 / 1966. 7. 15.

〈포토그라피〉 / 포토그라피사 / 1966. 7. 26.

〈공간〉 / 애이제작주식회사 / 1966. 11. 1.

〈기계〉 / 한국기원 / 1967. 8. 1.

〈월간중앙〉 / 중앙일보사 / 1968. 4. 1.

〈주간중앙〉 / 중앙일보사 / 1968. 8. 24.

〈신상〉 / 대한공론사 / 1968. 9. 20.

〈선데이 서울〉 / 서울신문사 / 1968. 9. 22.

〈월간문학〉 / 한국문인협회 / 1968. 11. 1.

〈주간경향〉(시사 주간지 〈주간경향〉과 다른 생활지) / 경향신문사 / 1968. 11. 17.

〈현대시학〉 / 현대시학사 / 1969. 3. 1.

〈등산〉 / 산악문화사 / 1969. 5. 1.

〈바둑〉 / 한국기원 / 1969. 8. 1.

〈상황〉 / 범우사 / 1969. 8. 15.

〈여성중앙〉 / 중앙일보사 / 1970. 1. 1.

〈샘터〉 / 샘터사 / 1970. 4. 1

〈연극평론〉 / 연극평론사 / 1970. 4. 10.

〈씨울의 소리〉 / 씨알의소리사 / 1970. 4. 19.

〈문학과지성〉 / 일조각 / 1970. 8. 30.

〈다리〉 / 월간다리사 / 1970. 9. 1.

〈독서신문〉 / 독서신문사 / 1970. 11. 8.

〈산〉 / 산악문화사 / 1971. 1. 1.

〈시문학〉 / 현대문학사 / 1971. 7. 1.

〈스포츠한국〉 / 스포츠한국사 / 1971. 9. 1.

〈지성〉 / 지성사 / 1971. 11. 1.

〈수필문학〉 / 수필문학사 / 1972. 3. 1.

〈새마을〉 / 대한공론사 / 1972. 6. 25.

〈문학사상〉 / 삼성출판사 / 1972. 10. 1.

〈학생중앙〉 / 중앙일보사 / 1973. 4. 1.

〈심상〉 / 심상사 / 1973. 9. 10.

〈한국문학〉 / 한국문학사 / 1973. 11. 1.

〈새마을〉 / 대한공론사 / 1974. 5. 15.

〈영상〉 / 영상회 / 1975. 4. 5.

〈춤〉 / 금연재 / 1976. 3. 1.

〈뿌리깊은 나무〉 / 한국브리태니커사 / 1976. 3. 15.

〈반시〉 / 동림출판사 / 1976. 6. 15.

〈세계의 문학〉 / 민음사 / 1976. 9. 15.

〈디자인〉 / 오미출판사 / 1976. 10. 1.

〈계간 미술〉 / 중앙일보·동양방송 / 1976. 11. 1.

〈미술과 생활〉 / 월간 미술과 생활 / 1977. 3. 30.

〈현상과 인식〉 / 한국인문사회과학원 / 1977. 4. 5.

〈문예중앙〉 / 중앙일보·동양방송 / 1978. 4. 1.

〈주간매경〉 / 매일경제신문사 / 1979. 7. 5.

〈실천문학〉 / 전예원 / 1980. 3. 25.

〈월간조선〉 / 조선일보사 / 1980. 4. 1.

〈TV가이드〉 / 서울신문사 / 1981. 7. 18.

〈마당〉 / 마당 / 1981. 9. 1.

〈시와 경제〉 / 육문사 / 1981. 12. 25.

〈레이디경향〉 / 사단법인 경향신문사 / 1982. 4. 23.

〈보물섬〉 / 재단법인 육영재단 / 1982. 10. 1.

〈지평〉 / 부산문예사 / 1983. 4. 20.

〈매경이코노미〉 / 매일경제신문사 / 1983. 9. 1.

〈객석〉 / 주식회사 예음 / 1984. 3. 1.

〈스크린〉 / (주)월간스크린 / 1984. 3. 1.

〈음악동아〉 / 동아일보사 / 1984. 4. 1.

〈월간낚시〉 / 조선일보사 / 1984. 5. 1.

〈외국문학〉 / 외국문학 / 1984. 6. 1.

〈노래〉 / 실천문학사 / 1984. 7. 15.

〈미술세계〉 / ㈜경인미술관 월간 〈미술세계〉 / 1984. 10. 1.

〈샘이깊은물〉 / 뿌리깊은 나무 / 1984. 11. 1.

〈또 하나의 문화〉 / 평민사 / 1985. 2. 28.

〈말〉 / 도서출판 공동체 / 1985. 6. 15.

〈과학동아〉 / 동아일보사 / 1986. 1. 1.

〈하이틴〉 / 중앙일보사 / 1986. 1. 1.

〈민족지성〉 / 민족지성사 / 1986. 2. 25.

〈녹두서평〉 / 도서출판 녹두 / 1986. 3. 25.

〈전망〉 / 사회발전연구소 / 1987. 1. 1.

〈주간야구〉 / ㈜주간야구 / 1987. 3. 25.

〈일요뉴스〉(《일요신문》) / 학원사 / 1987. 6. 7.

〈출판저널〉 / ㈔한국출판금고 / 1987. 7. 20.

〈노동자의 길〉 / 인천지역민주노동자연맹 / 1987. 7. 25.

〈행복이 가득한 집〉 / 주식회사 디자인하우스 / 1987. 9. 1.

〈역사비평〉 / 역사문제연구소 / 1987. 9. 30.

〈월간 오디오〉 / 월간팝송사 / 1988. 1. 1.

〈노동문학〉 / 실천문학사 / 1988. 1. 5.

〈문학과사회〉 / 문학과지성사 / 1988. 2. 25.

〈철학과 현실〉 / 철학과현실사 / 1988. 3. 2.

〈가나아트〉 / ㈜가나아트갤러리 / 1988. 5. 9.

〈새벽〉 / 도서출판 석탑 / 1988. 5. 15.

〈사회비평〉 / 나남출판사 / 1988. 6. 14.

〈동향과 전망〉 / 도서출판 태암 / 1988. 6. 20.

〈우먼센스〉 / 서울문화사 / 1988. 8. 1.

〈현실과 과학〉 / 도서출판 새길 / 1988. 8. 15.

〈사회와 사상〉 / 한길사 / 1988. 9. 1.

〈수필문학〉 / 수필문학사 / 1988. 9. 1.

〈녹두꽃〉 / 도서출판 녹두 / 1988. 9. 20.

〈월간미술〉 / 중앙일보사 / 1988. 9. 20.

〈인간시대〉 / 동양서적 / 1988. 10. 1.

〈인물계〉(복간호) / ㈜인물계 / 1988. 12. 1.

〈경제와 사회〉 / 도서출판 까치 / 1988. 12. 2.

〈노동자〉 / 백산서당 / 1989. 3. 1.

〈노동해방문학〉 / 노동문학사 / 1989. 3. 31.

〈작가세계〉 / 도서출판 세계사 / 1989. 6. 15.

〈사상문예운동〉 / 도서출판 풀빛 / 1989. 8. 20.

〈노동자신문〉 / ㈜주간노동자신문 / 1989. 10. 20.

〈시사저널〉 / 국제언론문화사 / 1989. 10. 29.

〈사진예술〉 / 월간 사진예술 / 1989. 5. 25.

〈우리교육〉 / 도서출판 우리교육 / 1990. 3. 1

〈시대와 철학〉/ 도서출판 천지 / 1990. 6. 25.

〈리빙센스〉/ 서울문화사 / 1990. 7. 20.

〈핫윈드〉/ 도서출판 한국문화 / 1990. 9. 1.

〈핫 뮤직〉/ 핫 뮤직 / 1990. 11. 1.

〈좋은생각〉/ 도서출판 미르 / 1990. 12. 25.

〈시와 시학〉/ 시와시학사 / 1991. 3. 1.

〈오늘의 문예비평〉/ 도서출판 지평 / 1991. 4. 15.

〈사회평론〉/ 사회평론사 / 1991. 5. 1.

〈녹색평론〉/ 녹색평론사 / 1991. 11. 25.

〈과학사상〉/ (주)범양사 / 1992. 3. 25.

〈문화과학〉/ 문화과학사 / 1992. 6. 20.

〈이론〉/ 도서출판 이론 / 1992. 7. 15.

〈상상〉/ 살림 / 1993. 9. 1.

〈황해문화〉/ 새얼문화재단 / 1993. 12. 1.

〈한겨레21〉/ 한겨레신문사 / 1994. 3. 16.

〈이브〉/ 주식회사 디자인하우스 / 1994. 8. 20.

〈오늘예감〉/ 도서출판 오늘예감 / 1994. 10. 17.

〈문학동네〉/ 도서출판 문학동네 / 1994. 11. 10.

〈리뷰〉/ 문예마당 / 1994. 11. 18.

〈현장에서 미래를〉/ 도서출판 현장에서미래를 / 1995. 1.

〈뚜르드 몽드〉/ 씨에콤 / 1995. 4. 11.

〈작은책〉/ 도서출판 보리 / 1995. 5. 1.

〈키노〉 / (주)LIM / 1995. 5. 1.

〈씨네21〉 / 한겨레신문사 / 1995. 5. 2.

〈페이퍼〉 / (주)마당 / 1995. 11. 11.

〈이매진〉 / 삼성출판사 / 1996. 6. 20.

〈버전업〉 / 토마토 / 1996. 9. 1.

〈안과밖〉 / 영미문학연구회 / 1996. 11. 9.

〈21세기문학〉 / (주)도서출판 이수 / 1997. 3. 10.

〈페미니스트 저널 이프〉 / 도서출판 이프 / 1997. 5. 29.

〈당대비평〉 / (주)당대 / 1997. 9. 1.

〈삶이 보이는 창〉 / 도서출판 삶이 보이는 창 / 1998. 1. 10.

〈인물과 사상〉 / 인물과 사상사 / 1998. 4. 1(창간준비호), 1998. 5. 1(창간호).

〈사진비평〉 / 사진비평사 / 1998. 8. 31.

〈송인소식〉 / 한국출판마케팅연구소 / 1999. 2. 1.

〈진보평론〉 / 도서출판 현장에서미래를 / 1999. 9. 1.

〈비평과 전망〉 / 도서출판 새움 / 1999. 11. 18.

〈아웃사이더〉 / 아웃사이더(영화언어) / 2000. 4. 1.

〈내일을 여는 역사〉 / 신서원 / 2000. 4. 5.

〈아트 인 컬처〉 / 에이앰아트 / 2000. 11. 1.

〈모색〉 / 도서출판 갈무리 / 2001. 1. 2.

〈유심〉(복간호) / 모아드림 / 2001. 3. 1.

〈리토피아〉 / 리토피아 / 2001. 3. 10.

〈민족21〉 / (주)민족이십일 / 2001. 4. 1.

〈전라도닷컴〉 / (주)전라도닷컴 / 2002. 2. 25.

〈고래가 그랬어〉 / (주)야간비행 / 2003. 10. 1.

〈허스토리〉 / 허스토리 / 2003. 11. 20.

〈기획회의〉 / 한국출판마케팅연구소 / 2004. 7. 20.

〈쿨투라〉 / 도서출판 작가 / 2006. 3. 20.

〈아시아〉 / 도서출판 아시아 / 2006. 5. 15.

〈판타스틱〉 / (주)페이퍼하우스 / 2007. 5. 1.

〈시사IN〉 / (주)참언론 / 2007. 9. 25.

〈자음과모음〉 / 이룸출판사 / 2008. 8. 20.

〈흔적〉 / 도서출판 시사랑음악사랑 / 2009. 12. 18.

〈학교도서관저널〉 / (주)학교도서관저널 / 2010. 3. 1.

〈오늘의 교육〉 / 교육공동체 벗 / 2011. 3. 1.

〈인문예술잡지 F〉 / 문지문화원 사이 / 2011. 9. 1.

〈월간잉여〉 / 서울 서초구 신반포로 270 113-1102 / 2012. 1. 30.

〈말과 활〉 / 일곱번째숲 / 2013. 7. 22.

〈BOON〉 / (주)알에이치코리아 / 2014. 1. 15.